Das Buch

Das Volk der Masken ist der neueste Band eines groß angelegten Zyklus über die Ureinwohner Nordamerikas.

Die Ostküste Nordamerikas im 11. Jahrhundert: Der Ruf, ein geheimnisvoller Hellseher zu sein, eilt dem neunjährigen Jungen Falschgesicht-Kind – genannt Polterer – weit voraus. Er ist seit seiner Geburt an Armen und Beinen verkrüppelt und wird vom Volk gefürchtet und ausgestoßen. Der machtgierige Kriegshäuptling Springender Dachs überfällt das Dorf und nimmt Polterer gefangen. Doch das mutige Mädchen Zaunkönig, das sich sehr zu Polterer hingezogen fühlt, kann ihn in einem waghalsigen Unterfangen befreien. Zusammen können sie fliehen. Eine dramatische Hetzjagd beginnt. Wird es den beiden Ausgestoßenen gelingen, Polterers Vater zu finden und ihn um Hilfe zu bitten?

Die Autoren

Kathleen O'Neal Gear, führende Archäologin in den USA, veröffentlichte bereits über zwanzig Sachbücher, die sich mit der prähistorischen Geschichte Amerikas befassen.

W. Michael Gear studierte Anthropologie an der Colorado State University und arbeitete als Archäologe. Beide leben in Wyoming.

Kathleen O'Neal Gear und W. Michael Gear im Wilhelm Heyne Verlag:

Im Zeichen des Wolfes (01/8796), *Das Volk des Feuers* (01/9084), *Das Volk der Erde* (01/9610), *Das Volk vom Fluss* (01/9947), *Das Volk an der Küste* (01/10338), *Das Volk an den Seen* (01/10588), *Das Volk der Stille* (01/13029), *Das Volk der Blitze* (01/13 181) und *Das Volk des Nebels* (01/13212).

KATHLEEN O'NEAL GEAR UND W. MICHAEL GEAR

DAS VOLK DER MASKEN

Roman

Aus dem Amerikanischen
von Christine Roth

WILHELM HEYNE VERLAG
MÜNCHEN

HEYNE ALLGEMEINE REIHE
Band-Nr. 01/13305

Die Originalausgabe
PEOPLE OF THE MASKS
erschien im Verlag Tom Doherty Associates, Inc., New York

Umwelthinweis:
Dieses Buch wurde auf
chlor- und säurefreiem Papier gedruckt.

Deutsche Erstausgabe 10/2001

Printed in Germany 2001
Umschlagillustration: Royo/Norma, Barcelona
Umschlaggestaltung: Nele Schütz Design, München
Satz: Buch-Werkstatt GmbH, Bad Aibling
Druck und Bindung: Bercker, Kevelaer

ISBN: 3-453-18915-9

http://www.heyne.de

Für Harold und Sylvia Fenn
und ihr hervorragendes Team in Kanada.

Wir danken ihnen für ihre Freundschaft,
ihre Unterstützung, ihre Begeisterung
und für ihr Interesse daran,
Bücher über das reiche archäologische und historische
Erbe Kanadas zu veröffentlichen.

13 000 v. Chr. 10 000 v. Chr. 6 000 v. Chr. 5 000 v. Chr.

Paleo Indianer *Frühes Altertum*

Volk des Wolfs
Alaska &
Kanada Nordwesten

Volk des Feuers
Rocky Mountains
& Präriegebiet

Das Volk an der Küste
Pazifische Küste &
Großes Flußdelta

Volk der Blitze
Florida

Paleo Indianer *Altertum*

3 000 v. Chr. 100 n. Chr. 800 n. Chr. 1 000 n. Chr. 1 300 n. Chr.

Altertum *Waldland-Kultur* *Mississippi-Kultur*

Volk der Erde
Nördliche Prärie
& Seengebiet

Volk des Nebels
Chesapeake Bay

Volk des Flusses
Tal des Mississippi

Volk der Masken
Ontario &
Hinterland von New York

Das Volk an den Seen
Östlich-zentrale Waldgebiete
& Große Seen

Volk der Stille
Südwestliche Anasazi

Korbflechter *Pueblo-Indianer*

Das
Volk
der

Norden

Buntfelsen
Warmseed Lake
Flowering Tree
Nebelschleier-Dorf
Buntfelsen-Dorf
Krähen-Dorf
Leafing Lake
Wanderer-Dorf
Dancing Man River
Donnerer-Dorf
Rennender

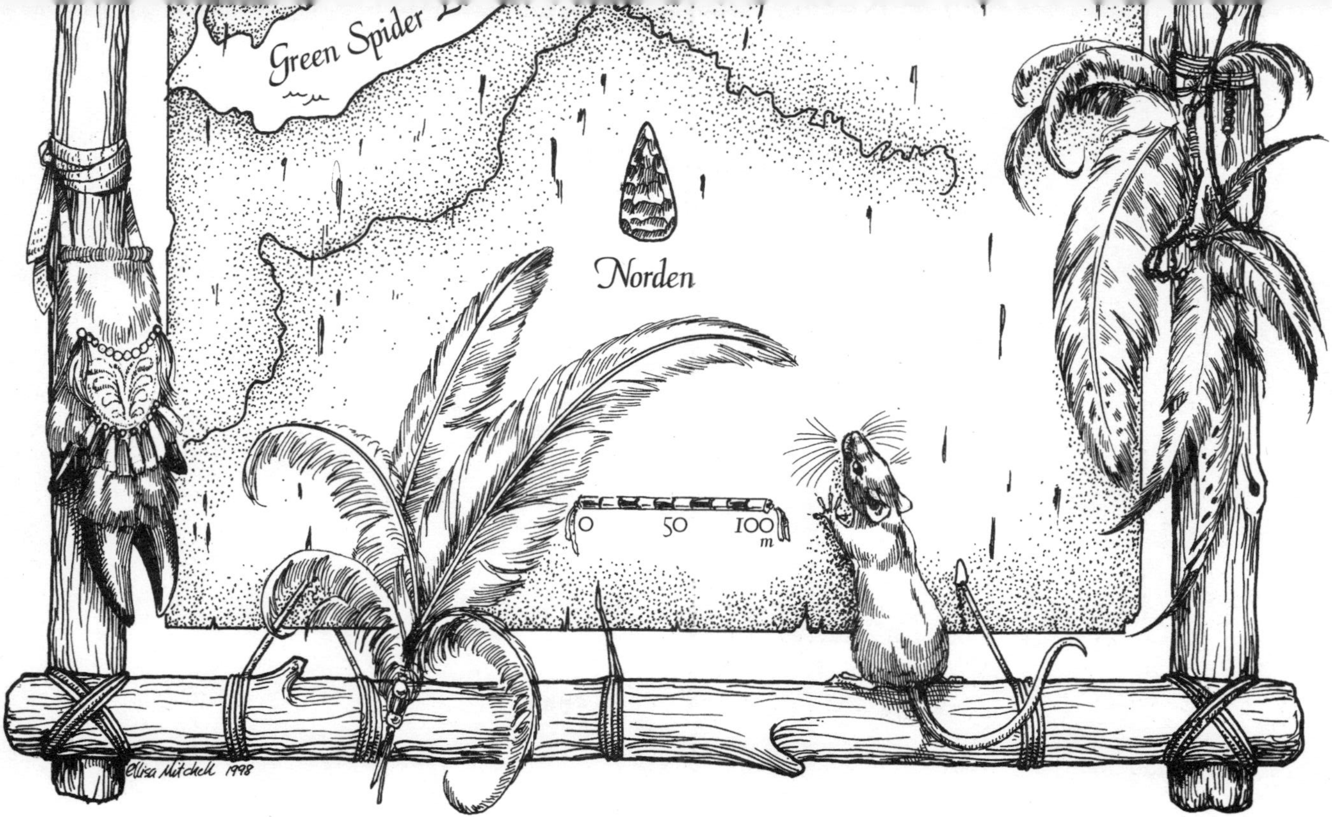
Green Spider
Norden
0
50
100
m
©Elisa Mitchell 1998

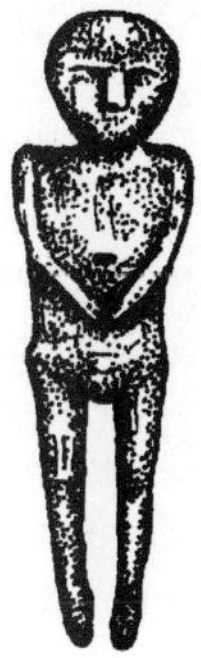

Vorwort

Den meisten Menschen, die im heutigen Nordosten der Vereinigten Staaten von Amerika und im südöstlichen Kanada leben ruft das Wort »Irokese« eine ganze Reihe romantischer Bilder ins Bewusstsein: große, von Holzpfählen umfriedete Dörfer mit den traditionellen Langhäusern; unerschrockene Krieger, die gegen die Armeen ihrer Kolonialherren kämpften; fruchtbare Felder, auf denen Mais, Bohnen und Kürbisse gediehen. Die Irokesen werden als streng matrilineares und matrilokales Volk eingestuft, was bedeutet, dass die Abstammung durch die mütterliche Linie definiert wird und dass der Mann, wenn er heiratet, ins Dorf der Frau zieht und dort lebt.

In Wirklichkeit ist die Kultur der Irokesen weitaus vielfältiger und interessanter. Erst im Lauf der letzten 1500 Jahre haben sie sich von einem patrilinear geprägten Jäger- und Sammlervolk zu dem großen matrilinear bestimmten Ackerbauernvolk gewandelt, das wir heute kennen.

Der Übergang erfolgte nicht über Nacht. Das Volk der Irokesen ist ein klassisches Beispiel dafür, dass sich matrilinear geprägte Gesellschaftsformen über die Jahrhunderte entwickeln können und es auch tun.

Historische Dokumente aus der Zeit des 16. bis 19. Jahrhunderts belegen, dass etliche irokesische Stammesgruppen Fragen der Abstammung, Ehe und Scheidung oft auf unterschiedliche Weise regelten.

Father Gabriel Sagard berichtete zum Beispiel im Jahr 1624,

dass ein irokesisches Paar erst dann heiraten durfte, wenn der Mann die Zustimmung *beider Elternpaare* eingeholt hatte, und dass ein Vater sich bei ihm über die Hartnäckigkeit seiner Tochter beklagt habe, die nur einen ganz bestimmten jungen Mann ehelichen wollte. Sagard schreibt außerdem, dass im Fall einer Scheidung alle Kinder, mit Ausnahme noch nicht abgestillter Säuglinge, beim Vater bleiben. (Ein patrilineares Merkmal.)

Im Jahr 1724 schrieb Father Joseph François Lafitau, dass Männer nur eine Ehefrau haben durften, Seneca-Frauen hingegen mehr als nur einen Ehemann. Er hielt auch fest, dass sich Ehemänner nach der Scheidung häufig auf das Recht beriefen, die Söhne zu sich zu nehmen und oft lange Wegstrecken zurücklegten, um die Söhne abzuholen, dass letztendlich jedoch die Entscheidung, bei welchem Elternteil die Kinder zukünftig leben sollten, von den Frauen getroffen wurde. (Das war offenbar der Übergang von dem alten patrilinearen zu einem sich entwickelnden matrilinearen System.)

Im Jahr 1851 berichtet Lewis Henry Morgan in seinem Buch *League of the Iroquois*, dass Eheschließungen von den Müttern arrangiert wurden und dass die Irokesen alle Forderungen von Vätern ihre Kinder betreffend ablehnten und ihnen weder das Recht der Versorgung noch der Erziehung zugestanden. (Ein matrilineares Merkmal.) Tatsächlich verwenden die Ethnologen dieses klassische »irokesiche« Verwandtschaftssystem als Maßstab für den Entwicklungsstand anderer Kulturen.

Wir sehen die Wurzeln dieser Veränderung bereits in frühgeschichtlicher Zeit. Der Schauplatz des vorliegenden Romans *Das Volk der Masken* ist etwa um das Jahr 1000 n. Chr. einzuordnen, eine zentrale und sehr komplexe Zeitperiode der prähistorischen Geschichte Nordostamerikas. Wir werden uns auf drei verschiedene Kulturen konzentrieren: die Princess Point (500 – 1000 n.Chr.) und Glen Meyer (900 – 1250 n. Chr.), sowie Kulturen im südlichen Ontario und die Carpenter Brooks Phase der Owasco-Kultur in New York State (1000 – 1200 n.Chr.).

Die Bauweise der Häuser war damals sehr unterschiedlich. Die Formen reichten von Rundhütten mit ca. fünf Metern Durchmesser bis hin zu frühen Formen von Langhäusern.

Diese Periode kennzeichnet den Beginn der ersten matrilinearen Gesellschaftssysteme, da die Formen der irdenen Töpferwaren ziemlich einheitlich sind. Wenn Töpferwaren über einen längeren Zeitraum hin identisch bleiben, geht die Wissenschaft davon aus, dass die Fertigkeiten von den Müttern an die Töchter weitergegeben wurden. Die Töchter haben damals offenbar nach der Hochzeit ihr Dorf nicht verlassen, sondern lebten weiterhin in der Gemeinschaft, in der sie geboren wurden. Diese Stämme waren demnach wahrscheinlich matrilokal orientiert, und matrilokale Stämme waren beinahe immer auch matrilinear.

Bestimmte Keramikstile blieben über längere Zeiträume aber auch aufgrund von gegenseitigen Vernichtungskriegen erhalten, die die Dörfer zwangsläufig voneinander isolierten.

Mit Sicherheit gehört diese Periode einer Zeit an, in der die Bevölkerung expandierte. Die Dörfer wurden größer, die Häuser stabiler. Zwischen 900 und 1000 n.Chr. entstanden die ersten Palisaden. Wenn Menschen anfangen, Mauern um ihre Dörfer zu errichten, fragen sich die Archäologen: »Versuchten sie, etwas für sich zu behalten, oder wollten sie etwas abhalten?«

Wir wissen aus der Geschichte, dass viele Völker Erdwälle oder Schutzzäune aus Holzpfählen errichteten, um heilige Orte klar abzugrenzen. Wie *Das Volk von den Seen* zum Beispiel – in diesem Fall hatten die Mauern sicher den Zweck, etwas zu bewahren; heiligen Boden zu schützen. Öfter hingegen wurden Palisaden errichtet, um etwas von außen Kommendes abzuwehren. Namentlich feindliche Krieger.

Sehen wir uns einmal an, wovor die Menschen damals Angst gehabt haben könnten.

Um das Jahr 1000 n. Chr. bauten die ersten Irokesenvölker bereits seit mindestens vierhundert Jahren Mais an, vielleicht sogar schon länger. Sie lebten in einer milden und regenreichen Klimaperiode, Neo-Atlantic genannt. Wenn das Getreide gut gedeiht, wächst gewöhnlich die Bevölkerungszahl. Aber diese Völker waren keine Bauern, sie bestellten keine großen Felder, um sich dann dort anzusiedeln, sondern betrieben Hortikultur. Das bedeutet, dass sie Gärten und kleine Felder anlegten und einige Stammesangehörige zurückblieben, um diese während der Reifezeit zu versorgen. Die anderen Mitglieder der Gruppe verließen das Dorf, gingen jagen, fischen und Beeren und Wurzeln sammeln, um die Ernährung des Stammes zu gewährleisten.

Der Nordosten der heutigen Vereinigten Staaten ist reich an Wildtieren. Wir wissen, dass die ersten Irokesen Rotwild, Waschbären, Schwarzbären, Füchse, Stinktiere, Waldmurmeltiere, Kaninchen, Bisamratten, Biber, Eichhörnchen, Streifenhörnchen, Wildtauben, Enten, Strandvögel, Adler, Wildgänse, Schlangen, Schildkröten und Frösche jagten, Fischfang betrieben und Süßwasserkrebse sammelten, um nur einige Tierarten zu nennen. Daneben sammelten sie Blaubeeren, Himbeeren, Sumach und Walderdbeeren, wilden Reis, Holunderbeeren, wilde Pflaumen, wilde Trauben, Eibischsamen, Gänsefuß, Sonnenblumenkerne, wilde Kürbisse, Walnüsse, Hickorynüsse und Eicheln.

Trotz oder vielleicht gerade wegen der Vielfalt an Nahrungsmitteln fanden sich diese halbsesshaften Kulturen bald umgeben von anderen Bevölkerungsgruppen, die ebenfalls nach Land suchten, um Felder anzulegen, die Fischgründe und Jagdreviere beanspruchten und die in denselben Wäldern nach Beeren suchten. Das muss zwangsläufig Spannungen verursacht haben, mag aber auch die Gründung erster Stammesgemeinschaften vorangetrieben haben. Neben den zahlreichen Princess Point- und Glen Meyer-Siedlungen finden wir neue Häuserformen, die sich zu den alten gesellten, und neue Keramikformen, die gemeinsam mit den traditionellen Tongeschirren benutzt wurden.

Diese frühen Dorfvereinigungen haben wahrscheinlich den Boden für eine der außergewöhnlichsten Allianzen in der Geschichte bereitet, der Liga der Irokesen, die um das Jahr 1450 n.Chr. gegründet wurde.

Im Nachwort zu diesem Buch werden wir uns noch eingehender mit der Liga der Irokesen beschäftigen. Im Augenblick soll es genügen, wenn wir feststellen, dass die Grundlagen unserer modernen Demokratie nicht aus Europa, sondern aus dem nordöstlichen Teil Nordamerikas herrühren.

Einleitung

Maureen Cole saß auf der altmodischen Veranda, die drei Seiten ihres kleinen Hauses in Niagara on the Lake umspannte. Sie war fünfungdreißig, sah aber zehn Jahre jünger aus, wie sie häufig zu hören bekam. Ihr Gesicht war so glatt wie ein Pfirsich, und ihr langes Haar glänzte wie Pech. Die traditionellen Adlergesichtszüge – gerade Nase, dunkle Augen, volle Lippen – hatte sie von ihrer Mutter geerbt, einer Vollblut-Seneca. Sie trug ein paar ausgewaschene Levis Jeans und ein weißes T-Shirt.

Maureen legte ihre Füße, die in Mokassins steckten, auf das hölzerne Veranda-Geländer und lehnte sich in ihrem bequemen Korbsessel zurück. Vor ihr, im Norden, breitete sich groß und blau der Ontario-See aus. Auf dem Tischchen neben ihr stand ein Glas mit Pfefferminztee; die Eiswürfel darin waren schon fast geschmolzen. Sie hatte sich den Tee vor einer Stunde eingeschenkt, aber noch keinen Schluck davon getrunken.

John, ihr Mann und bester Freund, war vor genau einem Jahr gestorben. An einem Herzinfarkt. Mit achtunddreißig Jahren. Maureen sehnte sich nach einem guten Scotch, vorzugsweise einem 25 Jahre alten McCallan. Oder einer Flasche Belgian Guinness. Die Belgier wussten, was ein gutes Bier war. Das Gebräu in Irland konnte mit dem würzigen, cremigen Stout, das unter Guinness-Lizenz in Belgien gebraut wurde, bei weitem nicht wetteifern.

Doch sie hatte vor sechs Monaten aufgehört zu trinken.

Nach Johns Tod war sie am Ende gewesen und hatte aus eigener Erfahrung gelernt, was der Ausdruck »Seinen Kummer in der Flasche ersäufen« bedeutete. Und in diesen Zustand wollte sie nie wieder zurückfallen.

Sie musterte ihre Hände, die gefaltet auf ihrem Schoß lagen. Die Fingernägel waren abgebrochen und ausgefranst. John hatte sie oft damit geneckt. Sie hatte noch nie ordentliche Fingernägel gehabt. Nicht einmal als Kind. Obwohl ihre Mutter eine fromme Katholikin gewesen war und Maureen im christlichen Glauben erzogen hatte, war sie darauf bedacht gewesen, dass Maureen auch die traditionellen Fertigkeiten der Seneca erlernte: Töpfern, Weben, Korbflechten, Perlenstickerei, ja selbst jagen lernte sie, das Abhäuten der Tiere und das anschließende Gerben der Felle. Wie oft hatte ihre Mutter ihr erklärt: »*Die schwächlichen weißen Frauen haben nur deshalb so makellose Hände, weil sie sich vor allem Lebendigen und Toten fürchten. Du, meine Tochter, wirst dich immer daran erinnern, dass deine Ur-ur-urgroßmütter Jägerinnen und Kriegerinnen gewesen sind. Fünf Irokesen-Kriegerinnen erhielten eine Soldatenrente für ihre heldenhaften Taten im Unabhängigkeitskrieg von 1812. Eine von ihnen, Julia John, war eine Verwandte von dir. Unsere Frauen waren Anführer, keine Mitläufer. Sollte ich jemals die Abdrüke deiner Mokassins in denen eines anderen Menschen entdecken, wirst du für den Rest deines Lebens frische Häute schaben.*«

Und da Maureen bereits Dutzende frischer Tierhäute geschabt hatte – wohlgemerkt mit den traditionellen Steinwerkzeugen –, hatte sie sich geschworen, mit ihren Mokassins niemals in die Fußstapfen eines anderen Menschen zu treten.

Maureen warf noch einmal einen Blick auf ihre Nägel und fragte sich, ob sie sie überhaupt lackieren *könnte*. Wahrscheinlich nicht. Falls sie einmal in die Nähe eines Fläschchens mit rosa Nagellack käme, würde sie mit Sicherheit fluchtartig das Weite suchen.

Sie nahm das beschlagene Glas und trank einen Schluck. Kühl und angenehm süß rann der Pfefferminztee durch ihre Kehle. Die Minze zog sie in ihrem eigenen Garten. Der fertige Eistee, den man in Kanada zu kaufen bekam, war ein grauenvoll süßes, mit künstlichem Zitronenaroma versetztes Gebräu.

Die Vereinigten Staaten hatten nicht viel zu bieten, aber es gab geeisten Tee. Jetzt, da sie darüber nachdachte, kam sie zu dem Schluss, dass die Staaten tatsächlich zwei große Pluspunkte aufwiesen: Eistee und Dodgers. Den Rest, überlegte sie, konnte man getrost dem Erdboden gleichmachen, und niemand würde es bemerken.

Sie schwenkte den Tee in dem hohen Glas herum, beobachtete, wie die klare, hellgrüne Flüssigkeit bis zum Rand schwappte und stellte das Glas wieder auf den Tisch zurück.

Ihr Ehering glitzerte in dem von den dichten Bäumen gefilterten Sommerlicht, das in goldenen Punkten über die Veranda tanzte. Es war ein schlichter Goldreif, den sie noch nie abgelegt hatte. John hatte ihr den Ring vor der Hochzeit angesteckt, in den dunklen Tagen, als sie sich beide das Essen vom Mund absparen mussten, damit sie an der McGill University von Montreal ihren Doktor in Philosophie machen konnten. Dieser Ring war Verlobungs- und Ehering zugleich, eine unglaubliche Extravaganz trotzdem, und Maureen schätzte ihn jetzt noch mehr als damals.

Sie legte die rechte Hand auf den Ring und drückte ihn an ihr Herz.

An der Westseite des Hauses, links von ihr, knackten plötzlich die alten Dielenbretter. Maureen wusste aus Erfahrung, was das bedeutete: ein unerwarteter Besucher.

Sie drehte sich um und sah einen mittelgroßen Mann mit einer dichten grauen Haarmähne um die Ecke kommen. Seine Kleider waren verstaubt, und auf dem Kopf trug er einen zerbeulten Filzhut, der in den vierziger Jahren einmal modern gewesen war.

»Dr. Cole, sitzen sie an Sommernachmittagen immer auf der Veranda? Ich dachte, die Vorsitzende der anthropologischen Abteilung der McMaster University sei jederzeit sehr beschäftigt.«

Maureen lächelte ihn an. »Es ist Juli, Dale. Semesterferien. Schon mal davon gehört?«

»Nein. Um diese Zeit ist bei den Archäologen Hochbetrieb. Da buddeln wir rund um die Uhr.«

»Tja, wir biologischen Anthropologen nutzen unsere Zeit für erhabene Gedanken. Sie wissen schon, die Meditation über die Natur der Wirklichkeit, die Zukunft der menschlichen Rasse... Was führt Sie nach Kanada?«

Er nahm seinen Hut ab, klopfte sich den Staub von den Jeans und trat vor Maureen. »Die Arbeit.«

Maureen deutete auf den anderen Korbsessel. »Setzen Sie sich doch. Und wo gibt es Arbeit? Ich dachte, man bräuchte ein AK-47 – von denen ihr in den USA genug habt, zu Verteidigungszwecken selbstverständlich –, um sie aus dem Südwesten herauszumanövrieren.«

Dale Emerson Robertson, der große alte Mann der Archäologie des amerikanischen Südwestens, versank schnaufend in den dicken Kissen von Maureens Korbsessel und legte seine staubigen Stiefel neben Maureens Mokassins auf die Verandabrüstung. Er war beinahe siebzig, und die sengende Sonne von Arizona, New Mexico, Utah und dem südlichen Colorado hatte tiefe Furchen in sein Gesicht gebrannt.

»Kann ich bitte einen Schluck von Ihrem Eistee trinken?«, fragte er.

Sie reichte ihm das Glas, das er mit vier großen Schlucken fast leer trank. »Ich schenke Ihnen gern ein Glas ein. Wir haben nämlich Kühlschränke in Kanada. Das beste Modell wurde in Yellowknife irgendwann im Dezember erfunden.«

»Nein, vielen Dank.«

Dale war der typische Kleinstadt-Western-Boy, der nur dann den Mund aufmachte, wenn man ihm die Pistole auf die Brust setzte. Also fragte Maureen: »Was ist passiert? Sind die Anasazi-Ausgrabungsstätten in der Four Corners Region dem Bulldozer zum Opfer gefallen?«

Dales Furchen formierten sich zu einer grimmigen Miene. »Pah, Bulldozer sind unser kleinstes Problem. Der Kongress und diverse Ölkonzerne setzen Himmel und Hölle in Bewegung, um die Erhaltung unseres glorreichen amerikanischen Erbes zu sabotieren.« Er schlürfte den Rest Eistee und gab ihr das Glas zurück. Maureen stellte es wieder auf den Tisch. »Aber deshalb bin ich nicht hier.«

»Das habe ich auch nicht vermutet. Worum geht's?«

Dales buschige Augenbrauen senkten sich über seine blauen Augen. »Ich möchte, dass Sie sich eine bestimmte Parzelle ansehen.«

»Ach ja? Wo denn?«

»Hinter der Grenze, südlich von Buffalo, New York.«

Maureen kippte ihren Sessel zurück und schaukelte auf den zwei hinteren Beinen. »Ich war gerade auf dem Kongress der

American Association of Physical Anthropologists«, sagte sie.«Da wimmelt es nur so von Knochengräbern. Wozu brauchen Sie mich?«

»Nun«, begann er und ließ den Blick über die schimmernde Weite des Ontario-Sees schweifen. Eine Schar Wildenten drehte eine lang gezogene Kurve und landete dann unter platschendem Flügelschlagen auf dem Wasser. »Zum einen sind Sie die Beste unter diesen verdammten biologischen Anthropologen in Nordamerika…«

»Ein Kompliment zur rechten Zeit bringt einen meilenweit.«

»…und zum anderen sind Sie Irokesin.«

Maureen ließ ihren Korbsessel mit einem lauten Rumms wieder auf seine vier Beine fallen und schenkte Dale ein freudloses Lächeln. »Ich möchte doch stark hoffen, dass sie von mir nicht erwarten, die Rolle des ›Vorzeige-Indianers‹ zu spielen, damit Sie Ihrer verkorksten amerikanischen Kulturerbe-Politik wieder auf die Beine helfen können. Was haben Sie entdeckt? Ein Grab? Da schert sich doch keiner drum.«

Dale drehte sich in seinem Sessel um und schenkte ihr sein charmantestes Lächeln. »Würden Sie einen Blick darauf werfen? Es liegt nur eine Stunde von hier entfernt. Zum Abendessen sind Sie wieder zurück.«

Sie passierten die Boxen der Aufpasser an der Grenze, zeigten ihre Ausweise vor und beantworteten irrwitzige Fragen. Anschließend nahm Dale mit seinem Wagen den Highway 62 in südlicher Richtung und bog kurz vor Eden, New York, auf eine kleinere Landstraße ab.

Haushohe Rotbuchen und Ahornbäume säumten die schmale Straße und warfen einen Patchworkteppich aus warmem Sonnenlicht und kühlem Schatten auf die Windschutzscheibe.

Maureen wusste sofort, dass sie ihr Ziel erreicht hatten, als sie die Feldschule mit den mindestens dreißig Studenten sah, die mit Schaufeln bewaffnet eine riesige Wiese bearbeiteten. Sie hatten bereits acht 2x2-Meter-Parzellen ausgehoben, was darauf hindeutete, dass sie schon eine ganze Weile hier buddelten. Alle trugen sie Shorts, T-Shirts, solide Schnürstiefel und Hüte, mit Ausnahme eines barhäuptigen Hedonisten. Groß und blond kniete er am Rand eines Ausgrabungsschachts und sah auf zwei weibliche Teammitglieder hinunter, die dort unten gruben. Seinem Grinsen nach zu urteilen galt seine Aufmerksamkeit eher der holden Weiblichkeit als der Wissenschaft. Mit seinen breiten Schultern und der typischen Beachboy-Bräune erinnerte er Maureen unwillkürlich an Michelangelos Vision vom perfekten Mann – was ihn ihr sofort unsympathisch machte. In Gegenwart dieser blonden Götter hatte sie sich noch nie wohl gefühlt. Dieser hier war zum Glück wenigstens von oben bis unten mit Dreck beschmiert, was seinen Anblick etwas erträglicher machte.

Dale brachte den Wagen im Schatten eines Pecanobaums zum Stehen. Maureen öffnete die Tür und stieg aus. Die Pecannüsse vom letzten Jahr fühlten sich unter den dünnen Sohlen ihrer Mokassins an wie kleine Kieselsteine. Sie humpelte auf die sonnenbeschienene Wiese zu und wartete dort auf Dale.

Er kramte ein paar Unterlagen aus dem Handschuhfach, knallte die Wagentür zu und kam dann auf Maureen zugestapft. Nachdem er sich den Hut bis über die Augen gezogen hatte, rief er mit einer ausholenden Armbewegung: »Willkommen in der Paradies-Ausgrabungsstätte.«

»Soll das eine Anspielung auf die Tatsache sein, dass Eden gleich dort hinten beginnt?«

»Unglaublich, wie scharfsinnig Sie das kombiniert haben.«

»Ich habe schon öfter mit Archäologen gearbeitet, Dale. Und bisher habe ich noch keinen getroffen, der sich als besonders kreativ erwiesen hat, wenn es darum ging, Ausgrabungsstätten einen Namen zu geben. Biersorten, ja. Ausgrabungsstätten, nein.«

Dales Schnauzbart krümmte sich unter einem verlegenen Grinsen. »Lassen Sie mich diese Unterlagen schnell unserer Teamleiterin, Myra Linn, aushändigen, dann bringe ich Sie zu dem Grab.«

»Wo liegt es?«

Dale deutete mit dem Finger. »Dort drüben, gleich neben diesen blühenden Hartriegelsträuchern.«

»Okay. Bevor Sie gehen, lassen Sie mich raten: Sie sind der Projektleiter, der für …«

»Ich bin einer der Projektleiter. Mein Kollege …« Dale blinzelte gegen die Sonne, deutete in Richtung des blonden Gottes und fuhr fort: »Ah, dort ist er. Das ist William Stewart. Eigentlich ist er für die Arbeiten im Gelände zuständig. Ich kenne ihn schon seit Jahren. War vor allem im Südwesten mit ihm zusammen. Er ist für ein Jahr an die University of Buffalo berufen worden, um dort …«

»Warten Sie.« Maureen hob eine Hand und warf Dale einen fragenden Blick zu. »Sie meinen doch nicht etwa Dusty Stewart? Den Irren von New Mexico?«

Dale wischte sich mit dem Handrücken den Schweiß von der Stirn. »Sie kennen ihn?«

Maureen blieb der Mund offen stehen. »Kennen! Was ich von ihm gehört habe, ist erschreckend! Donita Rodriguez hat ihn mir als den größten Ladykiller auf Gottes weiter Erde beschrieben. Ein Schuft übelster Sorte, ein glorreicher Trophäenjäger, ein …«

»Tja, nun, jeder hat das Recht auf seine eigene Meinung«, meinte Dale mit einer wegwerfenden Handbewegung. »Ich gebe ja zu, dass er ein schillernder Typ ist. Nebenbei spricht er übrigens fließend Navajo, Hopi, Zuni, Apache und Arapaho. Er ist einer der ganz wenigen Archäologen in Amerika, dem eingeschworene Traditionalisten vertrauen, und – tja – er ist tatsächlich ein sehr guter Archäologe. Geben Sie ihm eine Chance.«

Maureen stemmte die Hände in die Hüften. »Also schön, Dale. Ihnen zuliebe. Aber nur eine.«

»Okay, das ist nur fair. So, jetzt gebe ich rasch diese Unterlagen weiter, und dann führe ich Sie herum.«

Dale ging in den südlichen Teil des Ausgrabungsgeländes und unterhielt sich dort mit einer Frau, die eine Sonnenbrille mit reflektierenden Gläsern trug. Nach zehn Minuten wurde Maureen kribbelig. Sie machte sich auf den Weg zu den Büschen, in deren Nähe nach Dales Aussage das Grab liegen sollte.

Sie kam an verschiedenen Parzellen vorbei, spähte in die Gruben, lächelte die Studenten freundlich an und setzte ihren Weg fort. Es sah nicht so aus, als ob sie bisher schon etwas Aufregendes gefunden hätten. Ein paar Feuerstellen, einige Steinsplitter – wie sie bei der Herstellung von Steinwerkzeugen entstehen – und etwas, das wie ein Fußboden aussah. Bisher hatten die Studenten nur eine halbwegs runde Bodenfläche freigelegt, die sich farblich von dem umliegenden Erdreich unterschied. Maureen konnte keine Vertiefungen für Holzpfosten oder andere Artefakte entdecken, aber möglicherweise handelte es sich tatsächlich um die Überreste einer kleinen Wohnhütte.

Maureen bahnte sich weiter ihren Weg durch das kniehohe Gras. Als sie die angegebene Stelle erreichte, stellte sie fest, dass die 2x3 Meter große Grube relativ flach war, nur etwa einen Meter tief. Von der Straße aus war sie nicht zu sehen gewesen, da sie im Schatten der Hartriegelbüsche lag. Die üppigen weißen Blüten verströmten einen herrlichen Duft. Jahrhundertelang hatten die Indianerstämme die Wurzeln der Hartriegelbüsche ausgekocht, wenn diese in Blüte standen, und daraus eine leuchtend rote Farbe gewonnen. Und die zu Pulver zerstampfte Rinde der Büsche hatte als Chininersatz Verwendung gefunden.

Sie kniete sich am Rand der Grube nieder und spähte hinein. Was sie sah, erfüllte sie mit heiliger Ehrfurcht. »Oh... mein Gott«, wisperte sie.

»Verzeihung!«, rief jemand hinter ihr. »Wer sind Sie? Was suchen Sie hier?«

Maureen blickte hoch und sah Dusty Stewart, der mit säuerlicher Miene auf sie zustapfte. »Ma'am? Haben Sie einen triftigen Grund, sich hier aufzuhalten? Diese Parzelle ist der Öffentlichkeit nicht zugänglich.«

»Ach, tatsächlich?«, rief sie zurück. »Ich habe kein »Zutritt verboten!«-Schild gesehen.«

Er blieb auf der anderen Seite der Grube stehen und schnaufte vernehmlich. An seinen behaarten braunen Beinen vorbei entdeckte sie Dale, der durch das Camp hastete und dabei »Dusty! Dusty!« rief.

Maureen stand auf und sah Stewart an. »Ich bin in Begleitung von Dr. Robertson hier.«

»Ach ja?« meinte er und stützte lässig die Hände in die Hüften. »Darüber wurde ich nicht informiert.«

»Lieber Himmel, glauben Sie vielleicht, dass Dr. Robertson keinen Wert auf ihre Meinung gelegt hat? Wenn ja, was könnte der Grund dafür sein?«

Seine strahlend blauen Augen verengten sich. Dann deutete

er mit dem Zeigefinger auf sie. »Hören Sie, ich weiß überhaupt nicht, wer Sie sind ...«

»Das ist Dr. Maureen Cole«, sagte Dale und blieb schnaufend neben Stewart stehen. Sein verwittertes Gesicht war schweißbedeckt.

»Oh.« Stewart ließ langsam den Finger sinken. »Hmm ... Hi.«

»Ich hoffe, Ihr Vokabular ist auf archäologischer Ebene etwas umfangreicher«, bemerkte Maureen sarkastisch.

Dale zog sich seinen Schlapphut in die Stirn und meinte versöhnlich: »Ich glaube, ich mache euch beide erst einmal miteinander bekannt. Maureen, das ist Dusty Stewart. Dusty, das ist Dr. Maureen Cole.«

»Freut mich«, nuschelte Stewart, schob aber seine Hände so demonstrativ in die Taschen seiner Shorts als meinte er nicht wirklich, was er eben gesagt hatte. »Wie werden Sie von gewöhnlichen Leuten genannt? Maury?«

Getrieben von dem Bedürfnis, ihm den Hals umzudrehen, wäre Maureen um ein Haar in die Grube gestolpert. »Nein«, schnappte sie. »Gewöhnliche Leute nennen mich Dr.Cole. Und wie werden Sie gerufen? *Arschloch*?«

Er lächelte, als habe er ihre Gedanken gelesen, und entblößte dabei perfekte, schneeweiße Zähne. »Meinen Sie, von Angesicht zu Angesicht?«

»Nicht unbedingt.«

Dale legte eine Hand auf Stewarts Schulter. »Ich glaube, wir sollten jetzt besser zur Sache kommen. Ich habe Maureen nämlich versprochen, dass sie zum Abendessen wieder zu Hause ist.«

»Klar, Dale. Ich bin bereit. »

Stewart kniete sich an den Rand der Parzelle. Beide Grabstätten waren bereits präpariert worden, das heißt, man hatte das Erdreich um die beiden Skelette und die Grabbeigaben freigelegt. Oberhalb des Schädels des weiblichen Leichnams steckte inmitten der Scherben einer zerbrochenen Tonschale eine dreieckige Pfeilspitze. Der männliche Tote hatte eine mit Muscheln bestickte Kapuze und zwei Halsbänder getragen, das eine aus Kupfer, das andere aus kunstvoll zugefeilten Muschelschalen.

Maureen setze sich im Schneidersitz vor die Grube. Dale beugte sich vornüber, die Hände auf die Knie gestützt.

Aufmerksam studierte sie die Fundstücke. Besonders die Beigaben interessierten sie. »Was ist das?«, fragte sie und deutete auf die Muschelkette.

»Wir bezeichnen das als Halskette, Doktor«, erklärte Stewart in schneidendem Tonfall. Sehen Sie die kunstvoll geschnitzte Figur in der Mitte? Das ist der Vogelmann. Der Stamm der Hügelbauer hat ihn sehr verehrt. Er war für sie so etwas wie der Erzengel Michael – flog zwischen Himmel und Erde hin und her und brachte den unglücklichen Menschen Botschaften.«

Maureen spürte, wie sich ihre Mundwinkel verspannten und musste die Zähne zusammenbeißen, um Stewart nicht in Grund und Boden zu verfluchen. »Dale?«, sagte sie. »Was ist das?«

»Das ist ein Mississippi-Brustschmuck.« Er schob seinen Hut wieder aus der Stirn, an der graue, verschwitzte Haarsträhnen klebten, und warf Stewart einen irritierten Blick zu. »Die Mississippi sind das Volk, das die großen Erdhügel in Cahokia in Illinois, in Spiro, Oklahoma, in Moundville, in Alabama und an etlichen anderen Orten aufgeschüttet haben.«

»Ah, ja, jetzt klickt es«, sagte sie. Natürlich wusste sie darüber Bescheid, aber ihre vermeintliche Unwissenheit entlockte Stewart wirklich interessante Kommentare. »Ich bin sicher, sie wurden in diesen langweiligen Archäologie-Seminaren, die ich belegen musste, hie und da einmal erwähnt.«

Stewarts Nasenflügel begannen zu flattern.

»Und das hier?« Sie zeigte auf die glänzende Pfeilspitze in dem zerbrochenen Tongefäß. »Das sieht aus wie Obsidian.«

»Gratuliere«, feixte Stewart. »Sind Sie Gesteinsexpertin?«

»Ich …«

»Maureen«, unterbrach sie Dale, »das ist Yellowstone-Obsidian. Er stammt aus dem nördlichen Wyoming.«

»Wyoming?« Maureen musterte skeptisch die beiden Skelette. Sie lagen gekrümmt da, auf der Seite, die Knie angezogen. Der rechte Arm der Frau befand sich unter den Rippen des Mannes, ihr linker Arm ruhte auf seiner Schulter – als ob sie ihn umarmte. Maureen war zutiefst gerührt. Diese Frau musste den Mann sehr geliebt haben.

Sie blinzelte in die Sonne, als sie Stewart ansah. »Wie kommen Mississippi-Halsbänder und Yellowstone-Obsidian nach New York?«

Stewart beugte sich zu ihr und flüsterte: »Bedeutet Ihre Frage, dass Sie die Möglichkeit in Erwägung ziehen, dass Außerirdische diese Gegenstände angeschleppt haben?«

Maureen dachte kurz über eine passende Antwort nach. »Sind Sie Wissenschaftler oder ein Talkshow-Master?«

»Weder noch«, blaffte er zurück. »Ich bin Archäologe.«

Maureens Gesichtszüge gefroren. Sie nickte steif. »Gute Antwort, Stewart.«

Seine Mundwinkel krümmten sich zu einem Lächeln, das jedoch nicht bis zu den Augen reichte.

Maureen beugte sich wieder über den Rand der ausgehobenen Grube. »Sind das Kordelabdrücke auf den Tonscherben?«

»Jawohl, Doktor, das sind Kordelabdrücke«, bestätigte Stewart.

Viele alte Indianervölker verzierten ihre Tongefäße mit einfachen Ornamenten, indem sie vor dem Brennen mit Schnüren umwickelte Holzstäbe in den feuchten Ton pressten. Diese Scherben erinnerten Maureen jedoch stark an Princess-Point-Keramiken. Die Archäologen datieren die Hochblüte der Princess-Point-Kultur auf einen Zeitraum zwischen 500 und 1000 n.Chr. Geographisch gesehen umspannten die Siedlungen der Princess-Point-Kultur das Gebiet des südlichen Zentral-Ontario, von Long Point zum Niagara-Fluss, entlang des Nordufers des Erie-Sees und um das westliche Ende des Ontario-Sees, und reichten nördlich bis an den Credit-Fluss heran.

Auch in New York fand man bei Ausgrabungen etliche Tongefäße, die denen der Princess-Point sehr ähnlich sahen – möglicherweise handelte es sich dabei um Nachbildungen anderer Völker. Auch diese hier konnten solche Nachbildungen sein.

»So«, meinte Dale, »was halten Sie von den Skeletten?«

»Recht spektakulär«, antwortete Maureen. »Ich habe noch nie einen Menschen gesehen, der mit einer so ausgeprägten Achondroplasmose alt geworden ist. Normalerweise stirbt man daran schon bei der Geburt. Sehen Sie nur die …«

»Sag mal, Dale, spricht die Dame gerade unsere Muttersprache?«, erkundigte sich Stewart gespreizt.

»Versuch einfach zuzuhören, Dusty«, raunte Dale. »Ich erkläre es dir später.«

Stewart lüpfte eine Augenbraue. »Dir zuliebe.«

»Danke. Bitte, Maureen, fahren Sie fort.«

»Sehen Sie sich diese starke Lordose im lumbal-sakralen Wirbelbereich an, die kurzen Gliedmaßen und die bogenförmigen unteren Extremitäten ...«

»Wollen Sie damit auf gut Amerikanisch ausdrücken«, fiel ihr Stewart mit wachsendem Interesse ins Wort, »dass dieser Mann ein Zwerg war?«

Maureen nickte. »Ganz recht.«

Empört warf Stewart die Arme in die Höhe. »Allmächtiger! Dale, das hätte ich dir auch sagen können! Musstest du für diese atemberaubende Diagnose eigens eine Spezialistin herzitieren?«

Dales Mundwinkel krümmten sich ein wenig. »Und weiter, Maureen? Können Sie das ungefähre Alter bestimmen?«

Maureen studierte den Schädel des männlichen Skeletts. Bei der Geburt sind die Knochen des Schädeldachs dünn und elastisch. Die Nähte, die Verbindungen der Schädelknochen, sind offen, damit das Gehirn wachsen kann. »Nun, die kranialen Nähte sind verknöchert, aber nicht nur das. Sehen Sie sich die epiphysealen Knorpelplatten an. Ich ...«

»Die was?« warf Stewart ein. »Befinden sich diese Unaussprechlichkeiten im Kopfbereich?«

Maureen stützte die Ellbogen auf die Knie. Epiphysisches Knorpelgewebe wuchs an den Enden der Bein- und Armknochen. Es wird mit dem Alter dünner und verschwindet schließlich ganz.

»In diesem Fall«, erwiderte sie, an Stewart gewandt, »würde das mit Sicherheit einiges über den Zustand ihres Schädels und des Gehirns aussagen, oder diesen Körperteil zumindest interessanter machen als er im Augenblick erscheint.« Sie seufzte und warf sich das lange schwarze Haar über die Schulter. »Worauf ich hinaus will, Dale, ist, dass dieses Gewebe nicht mehr zu erkennen ist. Meiner Schätzung nach war dieser kleine Bursche zwischen fünfzig und fünfundfünzig Jahre alt, als er starb.«

»Und die Frau?«, wollte Dale wissen.

Maureen schüttelte den Kopf. »So um die Sechzig. Und es ist höchst verwunderlich, dass sie überhaupt so alt geworden ist. Man sieht ganz deutlich die Frakturen an drei Rippen ihres linken Brustkorbs. Und hier, die Verletzung an der Schädeldeke.

Sehen Sie dieses kleine nekrotische Areal? Knochenfraß. Es hat eine Hypervaskularisation stattgefunden. Demnach muss sie die Verletzung in jungen Jahren erlitten haben. Ein Teil des Knochens resorbierte, aber …«

»Sie meinen, dass ihr jemand ein Loch in den Schädel geschlagen hat?«

»Kompliment, sehr scharfsinnig kombiniert, Stewart«, konterte sie. »Sie lernen schnell. Das Interessante dabei ist, dass alle diese Verletzungen verheilt sind. Sie muss sehr gelitten haben, aber sie hat überlebt.«

»Krieg? Sklaverei?« Dale strich sich mit zwei Fingern über seinen grauen Schnauzbart.

»Sie sind der Archäologe. Sagen Sie es mir. Ich für meinen Teil kann nur vermuten, dass jemand ihr nicht sehr wohl gesonnen war.«

»Eine weitere *scharfsinnige* Beobachtung«, bemerkte Stewart lächelnd.

Maureen erwiderte sein Lächeln. »Haben Sie keinen Studenten, den Sie mit ihrem dummen Gerede nerven können? Vorzugsweise ein männliches Opfer, denn ich kann mir vorstellen, dass die weiblichen Studenten es allmählich leid sind, jedes Mal mit der Ausrede zu verduften, sie müssten schnell mal Pipi machen gehen, wenn Sie auftauchen.«

Maureen hatte noch keinen Mann kennen gelernt, dessen Mundwinkel so schnell nach unten sacken oder in die Höhe schießen konnten wie die Stewarts. Sein Blick erdolchte sie förmlich.

Maureen wandte ihre Aufmerksamkeit wieder dem männlichen Skelett zu und sagte: »Es fehlen einige seiner Phalanx. Haben Sie sie gefunden?«

»Die Fingerglieder?«, vergewisserte sich Stewart. »Nein.«

»Nicht einen einzigen?«

»Ich werde die Parzelle vergrößern und danach suchen lassen, zufrieden? Kann ich mir jetzt ein Eis holen?«

Maureen bedachte ihn mit einem versteinerten Blick und drehte sich zu Dale um. »Anhand dieser exotischen Handelswaren würde ich sagen, dass diese beiden hier ganz außergewöhnliche Händler waren. Sehen Sie das auch so?«

»Das ist möglich, ja. Wenn dem so ist, dann sind die zwei

über den halben Kontinent gewandert. Es könnte aber auch ein Beispiel für den Hand-zu-Hand-Handel sein. Wäre möglich, dass das Halsband und die Pfeilspitze den Weg auch stückweise zurückgelegt haben, im Lauf der Zeit von einer Hand zur anderen weitergereicht wurden.«

Maureen betrachtete stirnrunzelnd das Muschelhalsband. Es schimmerte wunderschön im Sonnenlicht. »Welcher Kultur würden Sie diese Fundstücke zuordnen?«

Dale öffnete den Mund, aber Stewart war schneller: »Princess Point«, sagte er.

»Tatsächlich?«, meinte Maureen skeptisch. »Wie kommen Sie darauf? Außer den Tonscherben sehe ich keine …«

»Wir haben sieben C-14-Analysen an diesem Fundort ausgewertet. Alle deuten auf eine Zeitspanne zwischen 900 und 1050 nach Christi hin.«

»Das mag schon sein«, erwiderte Maureen, die sich nur mit Mühe beherrschen konnte. »Aber in dieser Region gibt es etliche Kulturen, die in diese Zeitspanne fallen. Warum …«

»Nennen Sie es Ahnung«, schlug Stewart vor.

»Ahnung…?« Sie legte den Kopf schief. »Ist das ein wissenschaftlicher Begriff?«

»Jawohl. Es ist ein wissenschaftlicher Begriff. *Meine* Art von Wissenschaft«, setzte er feindselig hinzu.

Maureen lächelte. »Die sehr viel Ähnlichkeit mit dem militärischen Nachrichtendienst hat, nehme ich an.«

Jeder Ausdruck wich aus Stewarts Gesicht. Er stemmte die Fäuste in die Hüften. »Warten Sie's nur ab«, erwiderte er in autoritärem Tonfall. »Wenn wir hier fertig sind, wird Ihre Theorie nur noch so viel wert sein wie eine Hand voll Hundefleisch, meine Liebe.«

»Mein Volk hat Hundefleisch immer sehr geschätzt. Es muss natürlich von einem Hundebaby sein und langsam im Holzkohlenfeuer gegart werden, aber …«

»Ich sage Ihnen«, beharrte Stewart, »diese beiden hier sind frühe Irokesen. Sie …«

»Sagten Sie nicht vorhin etwas von Princess Point?«

»In der Tat.«

»Dann sind es Algonkins.« Maureen stand wieder auf und verschränkte die Arme vor der Brust. Diese These wurde in Ontario lang und breit diskutiert, und sie hatte sich immer an die »Migrations«-Theorie gehalten, die davon ausging, dass einige Irokesen-Clans um 900 n. Chr. das Gebiet der heutigen Vereinigten Staaten verlassen hatten und nach Norden gezogen waren. Die Algonki sprechenden Völker, die dort lebten, hatten sie unterworfen.

Stewart schüttelte arogant den Kopf. »Sie müssen mal die Nase aus Ihrem Labor herausstrecken, meine Liebe. Ahnungen sind das Resultat schmutziger Hände. Und das Herzstück jeder guten, *soliden* Wissenschaft.«

»Solide Wissenschaft gründet sich auf Fakten, Mr. Stewart, nicht auf Mutmaßungen. Und das ist etwas, was ihr Archäologen bisher nicht begriffen habt.«

Stewart deutete wieder mit dem ausgestreckten Zeigefinger auf Maureen, aber diesmal stieß er nicht zu wie mit einem Dolch. »Es *wird* sich herausstellen, dass diese beiden Leute zu dem frühen irokesischen Kulturkreis gehörten. Und das werde ich ihnen auch beweisen.«

»Nur zu«, sagte sie. »Beweisen Sie es mir.«

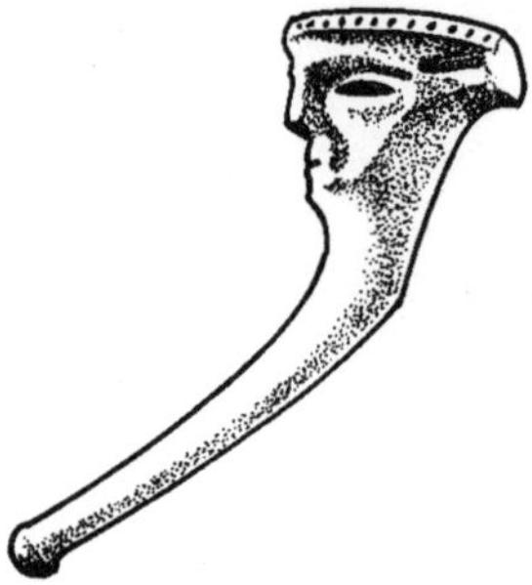

Der Winter der weinenden Felsen.
Mond der gefrorenen Blätter

Träume. Seltsame Träume…

Ich höre die Schritte eines Kindes, das durch tiefen Sand rennt. Der Rhythmus ist zögernd, unsicher, als ob das Kind sich beim Laufen häufig umblicken würde.

Ich sehe, wie der Sand unter seinen Schritten einsinkt, während es näher kommt.

Sandkörner wirbeln auf.

Aber da ist kein Kind.

Da ist nur blutrotes Sonnenlicht, das sich durch die Wolkenfetzen stiehlt.

Die Schritte kommen auf mich zu, ich strecke die Hand aus, will nach ihm greifen.

Aber meine Hände greifen ins Leere.

Kälte. Unerträglich rot.

Meine Frau… meine frühere Frau… hat mir erzählt, wenn irgendwo auf der Welt ein Kind stirbt, dann wächst die Wüste. Der Sand schreitet weiter voran.

Seit dem Augenblick, als mein kleiner Sohn starb, arbeitet sich der Sand beständig in mein Herz vor. Unaufhaltsam. Erstickt jede kleinste Lebensflamme, die es wagt, vorsichtig in die Höhe zu züngeln.

Je mehr ich gegen den Sand ankämpfe, desto stärker wird er, saugt mich hinein in diese unvorstellbare Dunkelheit, die mein Herz erfüllt.

Oh ihr Götter, ich vermisse meinen Sohn.

Und meine Frau.

Zu wissen, dass sie lebt, atmet, dass ihr Herz schlägt, macht es mir noch schwerer.

Und schlimmer noch…

Ich weiß, dass irgendwo in dieser grauenvollen Finsternis eine Quelle der Kraft liegt.

Doch um diese zu finden, muss ich in die bodenlose Tiefe eintauchen und nackt in der Dunkelheit um mich spähen.

Was bin ich doch für ein Feigling.

Ein gebrochener, elender Feigling.

Deshalb…

… schreitet die Wüste Tag für Tag auf mich zu.

Und auch ich nähere mich ihr unaufhörlich.

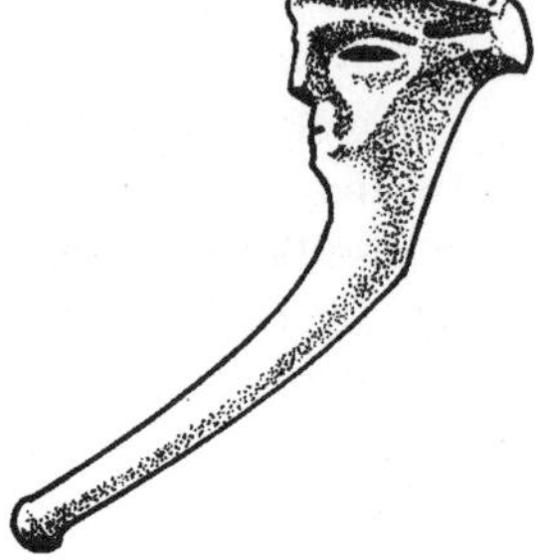

1.Kapitel

Eilig segelten die weißen Wolkenriesen westwärts, die Bäuche vom zaghaften Licht des jungen Morgens vergoldet. Vor dem stahlblauen Winterhimmel sahen sie aus wie riesige Tiere, die vor dem wiedererwachten Blick von Großvater Tagbringer flohen.

Silberner Sperling legte den Kopf in den Nacken und folgte ihnen mit seinem Blick nach Westen. Die kühle Morgenluft war erfüllt vom Geruch nach feuchter Erde und gefrorener Rinde. Er sog sie tief in seine Lungen, während er kräftig auf dem vereisten Waldpfad ausschritt.

Riesige Hickorybäume verschränkten hoch über seinem Kopf ihre nackten, steifen Arme. In ihrem schwarzen Geäst flatterten zwitschernde Waldvögel umher, die den neuen Tag mit einer fröhlichen Serenade begrüßten. Oben auf dem Hügel angekommen, drehte Sperling sich um und warf einen Blick zurück auf das dunkle Flechtwerk, das die Schatten der Wolken über den Wald warfen. Das filigrane Gespinst geriet in Bewegung, trieb auf ihn zu, wenn der Wind auffrischte, und flog wieder davon, ehe er noch die Hand ausstrecken konnte, um es zu berühren. Er hatte dreiundfünfzig Winter gesehen, und an diesem Morgen spürte er jeden einzelnen davon. Sein langes, weißes Haar fiel locker um sein eulenhaftes Gesicht, als er die Knie durchdrückte, um aufrecht stehen zu bleiben. Die drei Tage des Fastens und Betens hatten seinen Körper geschwächt, doch seine von Euphorie getragenen Gedanken schwebten dahin wie feine Katzenhaare in einer warmen Herbstbrise.

Er schickte sich an, seinen Weg fortzusetzen, als eine Bewegung ihn innehalten ließ. Er kniff die Augen zusammen. Zwischen den Bäumen sah er etwas Blaues aufblitzen.

Abwartend blieb er stehen.

Ein Mann tauchte auf. Unter seinem Umhang trug er ein Bündel auf dem Rücken und sah damit aus wie ein Buckliger. Ihr Volk stellte unterschiedliche Kleidungsstücke für den Winter her: Umhänge, dicke Mäntel und kurze Jacken. Jeder zog an, was ihm am meisten behagte.

»Oh, nein«, wisperte Sperling leise. »Ehrwürdige Ahnen, nicht heute! Nicht, wenn ich unbedingt allein sein muss.«

Großer Blauer stieg mit kräftigen Schritten den Hügel hinan. Sein hüftlanges schwarzes Haar schimmerte im jungen Morgenlicht. Die blauen Ornamente, mit denen der Saum seines Hirschlederumhangs bemalt waren, leuchteten auf, wenn er aus dem Schatten in die Sonne trat. Siebenundzwanzig Winter war er alt, hatte eine lange, gerade Nase und einen breiten Mund. Und er stand in dem Ruf, ein Held zu sein. Das war zweifellos der Grund, warum man ihn für diese Aufgabe ausgewählt hatte.

»Ich warte auf eine Vision!«, brüllte Sperling, so laut er konnte, und brachte damit die Vögel abrupt zum Schweigen. »Mir ist ganz gleich, was passiert ist, Blauer!«

Sperling drehte sich um und zwang seine müden Beine, ihn den Pfad hinab und über die Wiese zu tragen, in der Hoffnung, den jungen Mann abzuhängen, der sich an seine Fersen geheftet hatte. Wühlmäuse und Feldmäuse suchten hüpfend das Weite, aufgeschreckt durch das leise Stapfen seiner Mokassins.

Sperling schüttelte angewidert den Kopf. Er besaß nicht die Kraft für ein langwieriges Gespräch über dieses und jenes. Die Anwesenheit von Großer Blauer hatte er bestimmt Aschenmond zu verdanken. Sie versuchte ständig, seine Suche nach Visionen zu sabotieren. Und das Schlimmste daran war, dass sie als Anführerin des Erdendonnerdorfes das Recht dazu besaß.

»Ältester?«, rief Großer Blauer mit einer tiefen, entschuldigungsheischenden Stimme. »So warte doch. Bitte!«

Sperling beschleunigte seine Schritte. Das gefrorene Laub knirschte unter seinen Mokassins.

»Geh nach Hause, Blauer!«

Großer Blauer breitete in einer hilflosen Geste die Arme aus.

Mit zittrigen Knien steuerte Sperling einen umgefallenen Baumstamm an und ließ sich erschöpft darauf niedersinken. »Die Geister beobachten dich, Großer Blauer!«, brüllte er. »Weißt du das? Sie beobachten dich und sagen: ›Seht euch nur diesen jungen Kriegsführer an, der seine Ältesten bedrängt. Was sollen wir mit ihm tun?‹«

Großer Blauer lächelte. Er hatte ähnliche Sätze häufig von Sperling gehört, früher schon, als er noch ein schlaksiger Junge gewesen war.

»Ich bin nicht aus eigenem Willen hier, alter Mann. Das solltest du wissen.«

»Ja, natürlich. Aber um des Friedens deiner Urgroßmutter willen, Blauer, solltest du auch wissen, dass ich allein sein muss! Warum hast du es zugelassen, dass Aschenmond dich dazu drängte, hierher zu kommen?«

»Häuptling Büffelschädel hat mich ebenfalls gebeten, mit dir zu sprechen, alter Mann.«

Auf dem Baumstamm lag ein Tannenzapfen. Sperling griff danach und schleuderte ihn in Richtung des Kriegsführers. Großer Blauer duckte sich, warf Sperling einen indignierten Blick zu und marschierte unverdrossen weiter auf ihn zu.

Zehn Schritte vor Sperling blieb er stehen. »Verzeih mir, Ältester. Ich bringe wirklich sehr wichtige Neuigkeiten von unseren Klan-Führern.«

Sperling verschränkte die Arme vor der Brust. »Aber hauptsächlich von Aschenmond, hab ich Recht? Was ist geschehen? Hat sie ein Furunkel entdeckt und will, dass ich komme und beschwörend davor tanze?«

Peinlich berührt von der Leichtigkeit, mit der Sperling Aschenmond abkanzelte, senkte Großer Blauer den Blick und starrte auf seine Fußspitzen. »Ein durchreisender Händler hat bei uns Rast gemacht und uns einige schreckliche Dinge erzählt.«

Sperling schnaubte leise, antwortete aber nicht. Irgendetwas Wichtiges gab es immer.

Großer Blauer trat verlegen von einem Fuß auf den anderen. »Ich weiß, dass das eine Störung ist, Ältester, aber ich muss mit dir reden.«

Sperling straffte die Schultern. Störung! Das musste ihm Aschenmond eingetrichtert haben. Von selbst wäre Großer Blauer nienals auf so einen Unsinn gekommen. Für den Erdendonner-Klan gab es nichts Wichtigeres, als von der Geisterwelt Beistand und Rat zu erbitten. Auch für bevorstehende Kriegszüge... weshalb Großer Blauer sicherlich auch gekommen war.

Sperling schloss die Augen, brummte etwas Unfreundliches und klopfte mit der Hand auf den Baumstamm. »Setz dich, Blauer. Erzähl schon, was gibt es so Wichtiges?«

Großer Blauer ließ sich neben Sperling nieder. Seine Gesichtszüge wurden hart. »Es geht um den Wanderer-Klan, Ältester.«

»Das habe ich mir fast gedacht. Was hat Springender Dachs jetzt schon wieder angezettelt?«

Vor fünf Wintern hatte Springender Dachs, der Kriegsführer des Wanderer-Klans, seine Umgebung einen ganzen Mond lang terrorisiert.

»Er hat das Nebelschleier-Dorf angegriffen. Das liegt ...«

»Drei Tagesmärsche von hier entfernt.« Sperling ballte die Fäuste und vollführte damit eine Drohgebärde. »Und Aschenmond befürchtet nun, dass wir die nächsten sind, richtig?«

»Ja, Ältester.«

»Ich weiß allerdings nicht, was ich ihrer Meinung nach dagegen unternehmen soll, Blauer. Ihn verfluchen und beten, dass seine Leute sich gegenseitig zerfleischen, anstatt uns?«

Der Erdendonner-Klan gehörte zum Schildkröten-Volk. Die Erdendonner-Leute waren als friedfertige Jäger und Sammler bekannt, die ihre kleinen Lager immer wieder auf- und abbauten, um dem Wild zu folgen oder neue Felder und Nusswälder aufzusuchen. Ihre entfernten Verwandten, das Bärenvolk, sahen dies als Schwäche an. Sie hatten begonnen, die Lager des Schildkröten-Volks anzugreifen und die Familien von ihren Jagdgründen und Feldern zu vertreiben, die sie zum Überleben brauchten, um sich selbst dort niederzulassen.

Die Schildkröten-Klans mussten sich dagegen wehren. Bald. Und Sperling war aufgerufen, ihnen seinen besten Rat dafür zu geben. Aber das konnte er erst tun, nachdem er zu seinem Geisterhelfer gesprochen hatte. Das war keine Angelegenheit mehr, die allein von Menschenhand geregelt werden konnte. Die Menschen hatten getan, was sie konnten. Nun vermochten nur noch die Geister dieses Problem zu lösen.

Nervös scharrte Großer Blauer mit seinen Mokassins im knirschenden Schnee. »Ältester?« sagte er. »Du bist jetzt bereits seit drei Nächten in den Wäldern. Hat sich dein Geisterhelfer schon gezeigt?«

»Nein.«

»Nein?«

»*Nein*!«

Dieser Umstand hatte ihn schon zur Genüge gepeinigt. Gewöhnlich erschien sein Helfer immer am zweiten Tag seiner Suche. Heute brach der vierte Tag an, und er hatte sich noch nicht einmal …«

»Aschenmond vermutete, dass er noch nicht erschienen ist«, unterbrach ihn Großer Blauer eilig. »Und deshalb glaubte sie wohl auch, dass es in Ordnung sei, dich bei deiner Suche zu stören.«

Im Stillen überlegte Sperling, was geschehen würde, wenn er ins Erdendonner-Dorf marschierte und Aschenmond das Kriegsbeil kräftig über den Schädel zöge.

»Deshalb«, fuhr Großer Blauer fort und schlug sich mit den Händen auf die Knie, »bin ich gekommen um dich zu bitten, ins Dorf zurückzukehren. Anführerin Aschenmond meinte, du könntest deine Suche fortsetzen, sobald du im Ältestenrat gesprochen hast.«

Sperling starrte nur vor sich hin.

Aschenmond hatte noch nie eine Suche nach einer Vision unternommen. Sie kannte nicht die bittere Kälte, die sich in der Seele breit macht, oder die körperliche Erschöpfung, die einen befällt, wenn man tagelang ohne Essen und Trinken durch die Wälder streift. Sie könnte niemals diese zersetzende Verzweiflung nachempfinden, die einen Träumer befällt, wenn er fürchten muss, zu versagen.

Sperling befeuchtete seine aufgesprungenen Lippen. Sie schmeckten nach geronnenem Blut und salzigen Tränen. »Kannst du dir vorstellen, was Aschenmond dir antworten würde, wenn du ihr so eine Botschaft brächtest, nachdem sie tagelang gebetet und gefastet hat?«

Großer Blauer ließ den Kopf sinken. »Ich …«

»Sie würde dir sagen, du sollst dich von der nächsten Klippe stürzen. Und die gleiche Antwort sollte ich dir auch geben.«

»Ältester«, erwiderte Großer Blauer aufgebracht. »die Anführerin ist nicht so schlimm, wie du sie darstellst.«

»Das musst du ausgerechnet *mir* erzählen!« Er kniff die Augen zusammen. »Ich habe fünfunddreißig Winter mit ihr gelebt, Blauer. Ich kenne die verschlungenen Pfade, auf denen ihre Gedanken wandeln.«

Hoch über Sperlings Kopf begann Windmutter leise zu flüstern. Schneeflocken regneten aus den Bäumen und setzten sich glitzernd auf sein weißes Haar und seinen Umhang. Er unternahm nur einen halbherzigen Versuch, sie abzuschütteln. »Du kannst meinem früheren Eheweib ausrichten, dass ich ins Dorf zurückkehren werde, sobald ich meine Suche beendet habe. Und nicht einen Herzschlag eher.«

Großer Blauer nickte niedergeschlagen. »Ich werde natürlich tun, was du sagst, Ältester. Hoffentlich macht sie sich dann nicht selbst auf die Suche nach dir.«

Blauer schüttelte sein Lederbündel ab und legte es zwischen sich und dem alten Mann auf den Baumstamm. Als er die Bänder aufknotete und in dem Beutel herumkramte, duftete es plötzlich süß nach geröstetem Mais. »Verzeih mir, Ältester. Ich breche sofort auf, nachdem ich etwas gegessen habe. Ich bin nämlich schon seit dem gestrigen frühen Morgen auf der Suche nach dir.«

Sperlings Magen begann vernehmlich zu knurren, als ihm das süße Aroma von mit Hickorynüssen durchsetztem Maiskuchen in die Nase stieg. Der Duft kam ihm sehr vertraut vor. Er hob eine Braue. »Aschenmond hat diese Kuchen für dich gebacken, stimmt's?«

»Hm, ja, Ältester«, nuschelte Großer Blauer mit vollem Mund. »Woher weißt du das?«

»Weil es meine Lieblingskuchen sind, deshalb«, erklärte Sperling und zischte durch zusammengebissene Zähne: »Ich schwöre, diese Frau stammt aus der Brut einer Hexe.«

Großer Blauer stopfte sich den Rest des Kuchens in den

Mund und griff nach dem nächsten. Krümel gesellten sich zu den Schneeflocken auf seinem Umhang.

Sperling hätte wissen müssen, dass Aschenmond so etwas tun würde.

Erst vor fünf Nächten war sie zu seiner Hütte gekommen, um ihn wissen zu lassen, dass sie gerade mit einem Späher gesprochen habe, der ihr berichtete, dass sich die Krieger des Bärenvolkes versammelten – als planten sie einen großen Überfall. Aschenmond hatte ihm erklärt, dass er in diesen unsicheren Zeiten unbedingt bestrebt sein müsse, sich nützlich zu machen. »Geh und such nach einer Vision. Dein Volk benötigt diesmal einen weisen Rat. Nicht dieses erbärmliche Geschwätz, das du sonst so von dir gibst.«

Sperling musterte Großer Blauer aus zusammengekniffenen Augen. »Sie versucht mich in den Wahnsinn zu treiben, Blauer. Erst befiehlt sie mir, nach einer Vision zu suchen, und dann schickt sie dich mit der Aufforderung zu mir, meine Suche abzubrechen. Womit muss ich als nächstes rechnen? Dass sie mir Wasserschierling unter mein Essen mischt?«

»Es tut mir Leid, Ältester«, erwiderte Großer Blauer und kaute an seinem Maiskuchen. »Ich ahnte schon, dass du nicht sehr begeistert sein würdest, mich zu sehen. Ich habe dich so oft von den Beschwerlichkeiten dieser Suche erzählen hören – dem Hunger, dem Durst und der Einsamkeit. Bist du einsam?«

Sperling zuckte nichts sagend die Schultern. Natürlich war er einsam. Schrecklich einsam.

Großer Blauer schluckte den letzten Bissen hinunter, ließ einen zufriedenen Seufzer hören und zog die Bänder seines Lederbündels wieder zu. »Ich gehe jetzt, Ältester. Bist du sicher, dass du nicht mitkommen willst?«

Sperling schob die Fäuste in die Taschen seines kunstvoll bemalten Elchledermantels. Die roten und dunkelgrünen Spiralen leuchteten in dem von dem Astwerk gebrochenen Sonnenlicht. »Wenn ich der Versuchung nachgebe, wird mein Helfer böse werden. Vielleicht erscheint er mir dann nie wieder.«

Großer Blauer streifte die Trageriemen über die Schultern und schüttelte den Lederbeutel in die richtige Position.

»Vielleicht ist er deshalb noch nicht erschienen, um zu dir zu sprechen, weil er schon böse auf dich ist.«

»Ach? Und wie kommst du darauf?«

»Nun, ich ... genau weiß ich es natürlich nicht«, stammelte Großer Blauer. »Aber Aschenmond hat gesagt ...«

»Ehrwürdige Geister! Wenn du etwas von mir wissen willst, dann frag gefälligst *mich*!«

Großer Blauer wischte sich die Krümel von den Händen und sah zu, wie sie auf den Waldboden rieselten. »Ja, das hätte ich tun sollen. Du hast Recht.«

Sperling drehte sich zur Seite, um Großer Blauer anzusehen. »Was hat sie gesagt?«

Großer Blauer musterte ihn misstrauisch. »Nun, Ältester, du... du weißt doch, dass du das Dorf während des letzten Mondes mehrmals aufgeweckt hast, nicht wahr?«

»Ja.«

»Deine Schreie haben die Leute erschreckt. Es klang immer so, als littest du große Qualen. Aschenmond meinte, dass dein verfluchter Seelenhelfer dich wohl wieder peinigte.«

Sperling kniff die Augen zu. Er fuhr oft nachts aus dem Schlaf hoch, schweißgebadet, wimmernd, von unerträglichen Schmerzen gequält. Und anschließend fühlte er sich körperlich so erschlagen, als ob feindliche Krieger ihn die ganze Nacht mit Holzknüppeln malträtiert hätten. Er wusste, was das zu bedeuten hatte. Auf diese Weise rief ihn sein Helfer zu sich. Und diesem Ruf konnte er sich nicht widersetzen.

Sperling schlug die Augen wieder auf und blinzelte zu den nackten Ästen über seinem Kopf empor. »Nein, nicht die Brut einer Hexe«, sagte er unvermittelt. »Sie ist aus Vogelscheiße geboren, dem Samen von Nattern, aus ...«

»Ältester.« Großer Blauer studierte die schmale Linie von Sperlings Lippen. »Bitte, kehre mit mir zurück. Wenn du deine Suche nach der Ältestenversammlung fortsetzen willst, so steht dir das frei.«

In dem plötzlich einsetzenden Schweigen schienen die Vögel lauter zu zwitschern, das Wispern des Windes in den Bäumen anzuschwellen. Der Wald verströmte an diesem Morgen einen schweren, beißenden Geruch.

»Also gut«, seufzte Großer Blauer schließlich resigniert. »Vielleicht kannst du mir dann wenigstens ungefähr sagen, wann deine Suche beendet sein wird?«

»Ich fürchte mich davor, eine Mutmaßung anzustellen.«

»Du? Fürchten? Du bist ein mächtiger, heiliger Mann. Was könnte dir schon Angst einjagen?«

»Nun ja ...«, Sperling machte eine lebhafte Geste mit den Händen. »Zum einen, Großer Blauer, fürchte ich mich davor, dass ich meine Suche beenden muss, ohne einen Geisterhelfer gesehen zu haben, was die Meinung von Aschenmond bestätigen würde, dass ich nur ein Verrückter bin, kein Träumer. Zum anderen befürchte ich, dass wir bald in den Krieg ziehen müssen. Und wenn du es ganz genau wissen willst, jagt mir dieser Schmerz in meiner Brust eine höllische Angst ein.« Sperling legte eine Hand ans Brustbein.

»Dein Herz?« fragte Großer Blauer.

»Ich weiß nicht.«

Großer Blauer setzte sich wieder auf den Baumstamm und forschte in Sperlings Gesicht. »Tut es die ganze Zeit über weh?«

Sperling schüttelte verneinend den Kopf.

»Bist du vielleicht besessen?«, flüsterte der junge Mann erschrocken. »Sollen wir einen Schamanen rufen?«

Sperling musste lächeln, und dabei platzten seine ausgetrockneten Lippen auf. Kleine Blutstropfen rannen warm über sein Kinn. »Nein«, sagte er und wischte sie mit dem Handrücken ab. »Ich denke eigentlich, dass die Schmerzen von meinem Geisterhelfer kommen.«

Großer Blauer schien sich ein wenig zu entspannen. »Ich habe gehört, dass die Alten häufig unter seltsamen Schmerzen leiden. Mein Urgroßvater hat jedes Mal gestöhnt, wenn er ...«

»Ich bezweifle, dass es sich dabei um das gleiche Leiden handelte, Blauer. Hatten seine Schmerzen goldene Augen?«

Großer Blauer klappte den Mund zu und blieb eine Weile stumm. »Ich glaube nicht«, sagte er dann.

»Mein Schmerz hat Augen. Sie funkeln mich in meinen Träumen an.«

»Seit wann siehst du diese Augen schon?«

»Seit ungefähr sieben Monden.«

Der Adamsapfel von Großer Blauer hüpfte, während er schwer schluckte. Offenbar kostete es ihn große Überwindung, die nächste Frage zu stellen. »Vielleicht sollten wir einen Läufer zu Polterer schicken. Ich bin sicher, dass das Falschgesicht-Kind dir sagen kann, ob diese Augen gut oder schlecht sind.«

Polterer, der Zwergenjunge, der zwei Tagesmärsche nördlich im Buntfelsen-Dorf lebte, besaß große Macht. Er jagte den meisten Menschen Angst ein, auch Sperling, aber dennoch liebte Sperling den Jungen von ganzem Herzen.

»Ich könnte mir vorstellen, dass Polterer wichtigere Dinge zu tun hat, als sich um die Zipperlein eines alten Mannes zu kümmern.« Um seine Worte zu unterstreichen, stöhnte Sperling, als er seine verspannten Rückenmuskeln dehnte. »Geh jetzt wieder heim, Blauer. Ich habe eine wichtige Suche vor mir. Ich muss mich konzentrieren.«

Großer Blauer erhob sich langsam. »Nun denn, Ältester«, sagte er.

Der junge Kriegsführer blieb jedoch mit gesenkten Brauen vor Sperling stehen und fixierte ihn mit einem besorgten Blick.

Sperling hob die Hand und deutete mit dem Zeigefinger geradeaus. »Verfolge einfach deine Fußspuren im Schnee zurück, Blauer.«

Der junge Mann starrte ihn verwundert über diesen unnötigen Ratschlag an. »Ich bete dafür, dass dein Helfer bald in Erscheinung tritt, Ältester.«

»Ja, ich ebenfalls.«

Großer Blauer nickte, drehte sich um und trottete langsam davon. Sperling sah ihm hinterher, wie er durch das steifgefrorene Gras stapfte, auf den Pfad zu, der ihn zurück ins Erdendonner-Dorf brachte.

Währenddessen stützte Sperling die zitternden Arme auf die Knie. Die letzten drei Tage hatten ihn mehr Kraft gekostet, als er erwartet hatte. Er atmete ein paar Mal tief ein und ließ langsam die Luft entweichen, während sein Blick durch den Wald schweifte. Der Stand der Sonne hatte sich verändert. Glitzernden Vorhängen aus fein gesponnenem Flachs gleich fiel das Licht jetzt durch die Bäume, und wo es auf den Waldboden traf, dampfte die Erde.

Tannen und Fichten säumten den Pfad und verströmten ihren harzigen Duft. Der Pfad wand sich um einen Erdhügel, schlängelte sich durch flaches Gestrüpp auf eine flache Felsbank zu. Sperling schaffte es bis zu der steinernen Ebene und blieb dann stehen, um zu verschnaufen. Er sog tief die Luft in die Lungen und hörte dabei kaum, dass Windmutters Stimme sich verändert hatte. Das leise Wispern war zu einem tiefen, dumpfen Grollen angeschwollen. Als er das Heulen eines Wolfs in der Ferne hörte, fuhr Sperling herum. Sein langes weißes Haar wehte ihm ins Gesicht. Das schrille, klagende Heulen ging ihm durch und durch.

Hinter ihm knackten Äste.

Sperling blickte über die Schulter und erwartete, Großer Blauer zu sehen, doch da waren nur abgebrochene Äste. Der Kragen seines Mantels flatterte im eisigen Wind.

Er hörte das Geräusch wieder, zu seiner Linken diesmal, wie Äste, die unter schweren Schritten zerbrachen. Ganz in seiner Nähe.

Ehrwürdige Geister, ich habe doch hoffentlich keinen Puma aufgestöbert! Oder einen missgelaunten Elch? Ganz langsam drehte er sich um. Die trockenen braunen Blätter, die noch an manchen Zweigen hingen, flatterten raschelnd im Wind und verursachten ein wundersames Wechselspiel zwischen Licht und Schatten. *Vielleicht war es nur ein Reh oder ein…*

Jetzt drang ein anderer Laut an sein Ohr, leise, rhythmisch, wie der Atem eines Tieres, das auf ihn zukam.

Sperling sträubten sich die Haare im Nacken. Unwillkürlich wich er einen Schritt zurück.

Das Atmen schien jetzt von überall her gleichzeitig zu kommen, als lebte es in Windmutters Herz.

Sein Blick huschte von einem Schatten zum nächsten. »Da ist überhaupt nichts!«, sagte er laut zu sich selbst. »Nichts. Schau dich doch um! Du bist nur …«

Plötzlich zerbarsten Äste über seinem Kopf. Sperling ließ sich bäuchlings auf den Boden fallen und suchte kriechend Deckung. Erst als er es hinter einen Haufen abgebrochener Äste geschafft hatte, wagte er es, aufzusehen.

Im Gipfel der Fichte hockte ein Eichhörnchen und kaute wie besessen mit vollen Backen. Irgendwelche kleinen Brocken segelten zu Boden. Sperling spähte hinauf, um zu sehen, woran das kleine Tier nagte. Es ließ einen Fichtenzapfen fallen, der mit sirrendem Geräusch nach unten taumelte und dabei krachend gegen die unteren Äste schlug.

Dann wurde es wieder still im Wald, das Sonnenlicht fiel beinahe unerträglich glitzernd durch die Bäume. Sperling war nach Lachen zumute. Er rollte sich auf den Rücken und gönnte seinen ausgepumpten Lungen ein paar Augenblicke lang Ruhe. »Ehrwürdige Geister«, rief er aus, »was bin ich doch für ein ausgemachter Narr!«

Irgendwo in seiner Nähe wisperte eine schaurig kindliche Stimme: »*Ja, das bist du.*«

In Sperlings Adern gefror das Blut.

2.Kapitel

Lahmer Hirsch fiel das von silbernen Strähnen durchzogene pechschwarze Haar in das kantige Gesicht, als er sich vorbeugte, um sich die Hände am Feuer zu wärmen. Ihm gegenüber auf einem Holzklotz saß der Häuptling des Buntfelsendorfs, das runzelige Gesicht zu einer mürrischen Miene verzogen. Der alte Mann hatte seit geraumer Zeit kein Wort gesprochen. Lahmer Hirsch wurde immer unruhiger. Er wollte aufstehen und seinen Pflichten als Kriegsführer nachgehen, aber der Klan-Älteste hatte ihn zu sich gerufen und so musste er bleiben, bis er entlassen wurde. Das ausgemergelte Gesicht von Rote Pfeife erinnerte an eine Dörrpflaume. Die wenigen grauen Haare auf seinem fleckigen Schädel bauschten sich um seine Ohren. Er trug einen sorgfältig gegerbten Umhang aus feinstem Büffelleder; das mit den Haaren nach innen verarbeitete Fell schmiegte sich angenehm warm an seine Haut. Um den Kragen rankte sich ein sternförmiges Muster aus blauen und gelben Stachelschweinborsten.

»Also«, murmelte Rote Pfeife schließlich, »was sollen wir tun? Abwarten? Oder unser Schwesterdorf mit der Bitte um Unterstützung belästigen?«

»Diese Gerüchte gehen jetzt schon seit einem halben Mond um,ehrenwerter Häuptling. Aber noch sind wir sicher und unser Dorf blüht und gedeiht.«

Rote Pfeifes faltige Lippen schoben sich über die zahnlosen Gaumenbögen. Er nickte bedächtig und verfiel wieder in nachdenkliches Schweigen.

Acht kleine, mit Baumrinde gedeckte Hütten duckten sich unter die Baumgruppe zu Lahmer Hirschs Linken. Blaue Rauchwolken quollen aus den Abzugsöffnungen der runden Dächer, schlängelten sich durch die knorrigen Äste der alten Eichen und stiegen schwerelos in den nachmittäglichen Himmel empor. Lahmer Hirsch konnte Großvater Tagbringer nicht sehen, wusste aber, dass er irgendwo am westlichen Horizont saß. Der Himmel färbte sich in einem goldenen Bronzeton. Die meisten Dorfbewohner hatten sich in ihre Hütten zurückgezogen, um das Abendessen vorzubereiten, und Lahmer Hirsch und Rote Pfeife allein auf dem Versammlungsplatz zurückgelassen.

»Hast du keine Angst?«, fragte Rote Pfeife.

Lahmer Hirsch hob einen kleinen Zweig auf, der neben die Feuerstelle gefallen war, und drehte ihn nervös zwischen den Fingern. Seine achtundzwanzig Winter hatten seine Haut so rau und furchig werden lassen wie ein verwitterter Felsen. Und er spürte, wie die Falten sich immer tiefer in sein Gesicht gruben. »Nein.«

»Und warum nicht, Kriegsführer? Du solltest doch eigentlich der Vorsichtigste von uns sein.«

»Das bin ich auch. Aber Maishülse ist ein Lügner. Er übertreibt maßlos, um seine Geschichten spannender zu machen.«

»Und um klüger und erfahrener zu erscheinen, als er in Wirklichkeit ist. Ja, das weiß ich.« Rote Pfeife starrte lange in die züngelnden Flammen. Seine Augen hatten einen seltsam trüben Schimmer angenommen. »Was ich aber nicht weiß, ist, ob wir seine Warnung so einfach missachten sollten. Könntest du nachts gut schlafen, wenn wir unsere Schwesterdörfer nicht um Hilfe anrufen würden?«

Lahmer Hirsch warf den Zweig ins Feuer. »Ältester, kannst du dich noch an die Schlacht beim Dorf der Tiefen Wasser vor zehn Wintern erinnern? Dazu kam es nur, weil ein Händler Lügengeschichten verbreitete. Ich bin mir sicher, dass der Mann nur die Unterhaltungen beim Feuer beleben wollte, aber seine Worte kosteten fünfzig Männern das Leben. Heutzutage sind die Bewohner der einzelnen Dörfer von tiefem gegenseitigem Misstrauen erfüllt. Es braucht nicht viel, um in unseren Herzen ein Feuer zu entfachen. Ein Händler braucht bloß die Bemerkung fallen zu lassen, dass ein Dorf des Bärenvolkes uns hasst, dass ihre Krieger neue Waffen herstellen oder dass sie in unseren Wäldern gesichtet wurden, und schon senden wir Späher aus. Früher oder später wird in einem unbedachten Augenblick ein Pfeil abgeschossen.« Lahmer Hirsch breitete die Arme aus. »Und dann ist es um uns geschehen.«

»Ja«, stimmte ihm Rote Pfeife zu. »Alles, was du gesagt hast, ist wahr.«

»Ich traue den Händlern nicht, alter Mann. Das ist zwar nur meine Ansicht, aber ich denke manchmal, dass sie alle Spione sind.«

Das Feuer warf seine tanzenden Schatten über den Schädel des alten Mannes, als er sich nach vorne beugte. »Aber du hast meine Frage noch nicht beantwortet, Kriegsführer. Vor weniger als fünf Hand Zeit hat Maishülse uns berichtet, dass er im Wald Springenden Dachs gesehen hat, mit mindestens achtzig seiner Krieger im Gefolge. Und er sagte, dass sie in unsere Richtung marschiert seien. Noch einmal. Wirst du nachts gut schlafen können, wenn wir unsere Schwesterdörfer nicht um Hilfe bitten?«

»*Falls* wir sie darum bitten, uns einige Krieger zu schicken, und es kommt zu keinem Angriff, werden sie uns dann beim nächsten Mal wieder unterstützen, wenn wir ihre Hilfe wirklich dringend benötigen? Wenn wir verlässliche Informationen besitzen und mit Sicherheit wissen, dass wir uns in Gefahr befinden?«

Rote Pfeife zögerte. »Das weiß ich nicht.«

»Würdest du es tun, weiser Mann? Wenn du eine Gruppe

Krieger ins Erdendonner-Dorf gesandt und dein eigenes Dorf über Nächte hinweg ungeschützt gelassen hättest, und deine Krieger wären zurückgekehrt und hätten dir berichtet, dass nichts vorgefallen war, würdest du dann deine Leute wieder ausschicken, wenn das Erdendonner-Dorf das nächste Mal um deine Hilfe bittet?«

Rote Pfeife fuhr sich mit der Zunge über die eingefallenen Lippen. »Das käme auf die Umstände an, aber höchstwahrscheinlich würde ich ablehnen.«

»Und deshalb schlage ich vor abzuwarten, alter Mann. Bis wir mehr wissen.«

»Vielleicht hast du Recht. Ich vermute, dass Maishülse dieselben Gerüchte auch in anderen Dörfern des Schildkrötenvolks verbreitet, und keiner von denen hat uns um Hilfe angerufen. Zumindest bis jetzt noch nicht. Ich…«

Er unterbrach sich, als er Wilde Rose, die heilige Frau des Dorfes, mit einem Arm voll Feuerholz aus dem Wald kommen sah. Sie trug einen weißen Ziegenlederumhang, von dem sich ihr langes Haar wie ein pechschwarzer Vorhang abhob. Die Frau war klein und von zarter Statur und hatte auf der Stirn einen grünen Baum eintätowiert. Er und sie waren einige Winter lang in derselben Siedlung herangewachsen. Seine Mutter und ihr Vater hatten den Tod gefunden, als sie beide noch sehr jung waren. Nach dem Tod von Lahmer Hirschs Mutter hatte sich sein Vater wieder verheiratet und die Mutter von Wilde Rose zur Frau genommen.

Lahmer Hirsch sah, wie sich Wilde Roses Lippen bewegten, konnte aber nicht verstehen, was sie sagte. Ihr Sohn, Polterer, stolperte mit wiegenden Schritten neben ihr her, dicht gefolgt von Steinmantel, seinem schwarzen Hund, der mit heraushängender Zunge hinter ihm trottete. Polterers Gesicht hatte einen unirdischen Glanz, wie Mondlicht, das sich auf einem See spiegelt. Obwohl er schon neun Winter gesehen hatte, war er nicht größer als ein Knabe in seinem vierten Winter. Das dichte schwarze Haar reichte ihm bis ans Kinn. Ihr Volk nannte ihn Falschgesicht-Kind, weil sie nach seiner Geburt gefürchtet hatten, er sei ein Waldgeist, wie sein Vater. Der Entrechtete, wie der Vater des Knaben genannt wurde, verkleidete sich oft als menschliche Gestalt. Für eine kurze Zeitspanne hatte man Polterer und seine Mutter damals tatsächlich aus der Dorfgemeinschaft ausgeschlossen.

»Ja«, sagte Rote Pfeife, den Blick auf den Jungen geheftet. »Springender Dachs müsste wirklich ein Narr sein, wenn er uns angriffe.«

Lahmer Hirsch musterte Polterer. Der zwergenwüchsige Knabe hatte das Buntfelsendorf zur gefürchtetsten Siedlung des Schildkrötenvolks gemacht. Man musste nur einen Blick in seine Augen werfen, um zu verstehen, warum. In diesen bodenlosen, tiefschwarzen Seen lebte und atmete eine unvorstellbare Macht.

»Springender Dachs muss wissen, dass das Falschgesicht-Kind seine Ankunft vorhersehen und uns warnen würde«, murmelte Lahmer Hirsch.

»Ich an Springender Dachs' Stelle hätte Angst davor, dass das Falschgesicht-Kind seinen Vater anrufen und dass der gesamte Wald mich und meine Kriegerhorde vernichten würde.«

Seit man Polterer im Alter von zwei Wintern wieder in die Klangemeinschaft aufgenommen hatte, wurde er von den Ältesten verwöhnt und verzärtelt, aber gleichzeitig wie ein Erwachsener behandelt. Sie fragten Polterer jedes Mal um seinen Rat, ehe sie eine wichtige Entscheidungen fällten und verwendeten viel Zeit darauf, dem Jungen alles Wissenswerte über Tiere und Pflanzen beizubringen, ihm die uralten Sagen und Legenden immer wieder und wieder zu erzählen und ihn zu lehren, wie man aus dem Himmel und der Erde Kraft bezog. Das Schildkrötenvolk wusste viele Geschichten über außergewöhnliche Zwerge und ihre wundersamen Taten zu berichten. Fast alle hatten sie ihr eigenes Leben aufs Spiel gesetzt, um ihr Volk zu retten. Und Polterer war sich sehr wohl bewusst, dass die Ältesten des Buntfelsendorfes von ihm nichts Geringeres erwarteten.

»Außerdem«, setzte Lahmer Hirsch nach einer Weile hinzu, »ergibt Maishülses Warnung keinen Sinn. Wenn Springender Dachs uns wirklich angreifen wollte, wozu bräuchte er dann achtzig Krieger. Er könnte uns mit fünfzig seiner Leute mühelos besiegen. Unser Dorf ist klein. Wir bringen es gerade mal auf zweiundvierzig Krieger, wenn alle gesund sind und keiner auf der Jagd oder beim Fischen ist. Weshalb sollte Springender

Dachs wegen uns achtzig Krieger aus dem Wandererdorf abziehen?«

Rote Pfeife schien darüber nachzudenken. Nach einer Weile sagte er: »Das klingt in der Tat sehr unwahrscheinlich. Sein Dorf, das Wandererdorf, wäre beinahe schutzlos, wenn er mit so vielen Kriegern loszöge.«

»So ist es, alter Mann.«

Rote Pfeife beugte sich zur Seite, nahm einen Ast von dem Holzhaufen zu seiner Linken und legte ihn aufs Feuer. Rotglühende Funken stoben auf und flogen knisternd gen Himmel. »Ich habe viele Male mit der alten Siebenstern gesprochen, einer der Anführerinnen der Wanderer. Sie ist viel zu klug, um so etwas zuzulassen.«

Lahmer Hirsch verschränkte die Arme um die Knie, erleichtert, dass er keine Läufer in die umliegenden Dörfer schicken musste, um Hilfe zu erbitten. Solche Anliegen beschämten ihn, aber mehr noch, er wollte keine Gefälligkeiten in Anspruch nehmen, wenn es nicht dringend erforderlich war. Ganz bestimmt nicht allein auf das Geschwätz eines berüchtigten Händlers wie Maishülse hin.

»Seid gegrüßt«, sagte Wilde Rose mit einem Lächeln. Ihre Jugend und ihre Schönheit rührten Lahmer Hirschs Herz jedes Mal. Ihr langes schwarzes Haar schimmerte rötlich im warmen Licht des Feuers.

»Sei gegrüßt, meine Schwester«, antwortete Lahmer Hirsch. »Wie ich sehe, warst du im Wald Holz sammeln. Ich hoffe, du hast auch ein paar Zweige für mein Feuer mitgebracht. Diese lächerlichen Gerüchte haben mich den ganzen Tag über von der Arbeit abgehalten-«

Rote Pfeife unterbrach ihn, indem er sich an Polterer wandte: »Wie geht es dir, mein Kind?«, erkundigte er sich freundlich.

Die Augen von Polterer schienen sich zu weiten. Er machte einen vorsichtigen Schritt nach vorn wie eine Katze auf der Jagd; seine Mokassins verursachten nicht den geringsten Laut. »Was wolltest du mich fragen, Rote Pfeife?«

Rote Pfeife zögerte einen Moment und sagte dann: »Wir haben heute erschreckende Neuigkeiten gehört. Und deshalb wollten wir dich fragen, ob du vielleicht etwas geträumt hast. Etwas von einem Überfall möglicherweise?«

Polterer schien nicht zu atmen. Nach einer Weile drehte er den Kopf und starrte in die Richtung, wo die Hütte seiner Mutter stand. Sein Hund, Steinmantel, ließ sich vor seinen Füßen auf den Bauch plumpsen und winselte leise.

»*Sieh nur*«, flüsterte Polterer.

Rote Pfeife kniff die trüben alten Augen zusammen und folgte dem Blick des Jungen.

Wilde Rose legte das Holzbündel ab und klopfte sich die Erde und die Rindenreste von ihrem weißen Umhang. »Was ist los, Polterer? Was hast du …?«

»*Wer ist das?*«

Steinmantel bellte.

Lahmer Hirsch stand auf und legte schnell die Hand auf den Hirschhorndolch, den er am Gürtel trug. Sein Puls raste. »Wen meinst Du?«

»Dieser Junge«, sagte Polterer so leise, dass man ihn kaum verstand. »Dieser kleine Junge.«

Lahmer Hirsch trat vom Feuer weg und stellte sich hinter Rote Pfeife, um dessen Rücken zu decken. »Ich sehe niemanden«, sagte er und blickte den alten Mann fragend an.

Der alte Häuptling schüttelte den Kopf. »Ich auch nicht.«

Wilde Rose runzelte die Stirn und strich ihrem Sohn übers Haar. »Polterer, wo ist dieser Junge?«

Polterer starrte stumm in die Ferne.

Rote Pfeifes runzlige Lippen bewegten sich. »Wo kommt dieser Junge her, Polterer? Ist er einer unserer ehrwürdigen Ahnen? Oder ein Waldgeist?«

Polterer setzte ganz langsam einen Fuß vor den anderen, machte einen zaghaften Schritt auf die Hütte seiner Mutter zu. »Er sagt, ihr braucht keine Läufer auszusenden. Es wird keinen Überfall geben.«

Erleichterung und Beklemmung mischten sich in Lahmer Hirschs Brust. Er und Rote Pfeife drehten sich gleichzeitig um und starrten sich an. Wilde Rose studierte den Ausdruck auf ihren Gesichtern.

»Wer, glaubtest du, wollte uns angreifen?«, fragte ihn Wilde Rose.

Lahmer Hirsch wollte gerade antworten, da stieß Polterer einen durchdringenden Schrei aus. »*Nein*!«

Steinmantel sprang jaulend hoch, legte die Vorderpfoten an Polterers Brust und starrte dem Jungen geradewegs in die weit aufgerissenen Augen.

Polterer schien den Hund überhaupt nicht zu bemerken. Er stand da wie eine geschnitzte Holzstatue, die kurzen Arme und Beine angespannt, als wappne er sich gegen einen Hurrikan. »Warum?«, flüsterte er, offenbar einer Stimme lauschend, die die anderen nicht hören konnten.

Lahmer Hirschs Blick suchte die leere Fläche zwischen zwei Hütten ab. Nicht einmal ein Windhauch zupfte an dem gefrorenen Wintergras.

»Polterer?« Wilde Rose kniete sich neben ihren Sohn auf den Boden. »Was geht hier vor? Erzähl es mir.«

»Oh, Mutter!«, schluchzte er. »Sie kommen hierher. Sie kommen wegen uns!«

»Wer? Wer kommt wegen uns?«, fragte sie mit schreckerfüllter Stimme.

Lahmer Hirsch wurde es immer ängstlicher zumute. Dieser Junge hatte unmenschliche Augen; schwärzer als schwarz, und so alt, als ob die Seelen, die in diesem verkrüppelten Körper wohnten, schon mehr Jahrhunderte erlebt hatten, als Lahmer Hirsch zählen konnte. Er ballte die Hände zu Fäusten, um sich zu beruhigen. »Nun sag schon, Polterer«, drängte er. »Wer kommt wegen uns? Springender Dachs?«

Plötzlich liefen Polterer die Tränen in Strömen über das runde Gesicht. »Nein. Nein, es sind Großvater Tagbringers Kinder. *Sie verfolgen uns*!«

»Was sagst du da? Großvater Tagbringers Kinder?« Lahmer Hirsch spähte hinaus auf den westlichen Horizont. Die lautlos dahinsegelnden Wolken hatten sich rosa verfärbt. »Warum sollte die Sonne…«

Polterer rannte davon, über den Dorfplatz, und duckte sich unter den ledernen Türvorhang in die Hütte seiner Mutter.

Steinmantel trabte pflichtbewusst hinterdrein.

Rote Pfeife packte Wilde Rose am Arm. »Finde heraus, was er damit gemeint hat, Kusine«, sagte er. »Wir *müssen* es wissen.«

»Ja, das – das werde ich.« Wilde Rose drehte sich um und ließ Rote Pfeife und Lahmer Hirsch allein auf dem Dorfplatz zurück.

Die Falten um Rote Pfeifes Augen wurden tiefer. »Was hältst du davon?«

Lahmer Hirsch schüttelte ratlos den Kopf. »Ich weiß es nicht. Der Junge sieht und hört oft Dinge, die uns verborgen bleiben. Möglich, dass es nur eine Botschaft war, die allein ihm oder Wilder Rose galt und nichts mit uns zu tun hat.«

Der Ledervorhang schwang zur Seite, als Wilde Rose in ihre Hütte ging, und gab einen kurzen Blick auf sie und ihren Sohn frei, die bunten Körbe an den Wänden und einen Topf, der über der rot glühenden Feuerstelle hing. Polterer stand mit dem Rücken zum Eingang. Ein seltsames Geräusch, wie das Heulen eines Wolfes in der Ferne, wurde vom Wind herangetragen.

Silberner Sperling stolperte den Abhang hinunter, der zu beiden Seiten von einem uralten Bergahornwald gesäumt wurde. Sein Ziel waren die graublauen Rauchwolken, die aus dem Tal aufstiegen und über den rasch dunkler werdenden Abendhimmel zogen. Sperling begann zu laufen; immer wieder rutschten seine Mokassins auf dem nassen Laub aus.

Bald erblickte er die riesigen Eichen, die ihre Arme schützend über dem Buntfelsen-Dorf ausbreiteten. Er rannte über den ausgetretenen Pfad auf den Dorfplatz zu, angezogen von dem köstlichen Duft gebratenen Biberfleischs. Schon konnte er das süße, fette Fleisch förmlich auf der Zunge schmecken. Sein Magen begann laut zu knurren. Er hatte seit fünf Tagen nichts mehr gegessen.

»Ehrwürdige Ahnen, gebt mir die Kraft, weiterzulaufen. Nur noch ein Stückchen.«

Der Pfad schien kein Ende zu nehmen, schlängelte sich um Felsen und umgestürzte Bäume. Die Augen einer Eule, die hoch oben in einem Baumwipfel saß, blinzelten ihm zu, und er hörte ein leises *Hu-huu*.

Panik wallte in seinen Adern auf. Bestimmt waren das wirkliche Eulenrufe, beruhigte er sich. Aber es konnten ebenso gut feindliche Krieger sein, die sich in der Dunkelheit miteinander verständigten.

Er war auch einmal ein Krieger gewesen. Vor vielen Wintern. Und er kannte die Tricks, die auf dem Kriegspfad angewandt wurden, um miteinander in Verbindung zu bleiben, während man sich an die Opfer heranschlich.

Die Nacht schritt voran. Immer mehr Wolkenriesen versammelten sich am Himmel und verdeckten die weißen, gefiederten Wohnstätten der Ahnen in der Welt-über-dem-Himmel. Sperling beschlich das unangenehme Gefühl, dass sie nur gekommen waren, um ihn zu beobachten, zu sehen, ob er den Mut aufbrachte, in ein verfluchtes Dorf zu laufen – ein Dorf, das ihn und seine Träume verachtete – weil er den Bewohnern mitteilen wollte, was er gesehen hatte.

Beinahe wäre er über den Wächter gestolpert. Der stämmige Mann hockte auf einem kleinen Hügel, von dem aus er das Dorf überblicken konnte, den Rücken an den wuchtigen Stamm einer Eiche gelehnt. Als er Sperling kommen sah, stieß er einen Schrei aus und sprang auf die Füße, den Bogen schussbereit gespannt.

»Warte! Nicht schießen! Ich bin Silberner Sperling vom Erdendonner-Dorf. Zwei Tage und Nächte bin ich gelaufen, um mit Kriegsführer Lahmer Hirsch zu sprechen.«

Gemächlich ließ der Mann den Bogen sinken und kniff die Augen zusammen, um das Gesicht des Fremden im schwindenden Licht zu erkennen. »Komm her! Zeig dich!«

Sperling schritt auf den Mann zu. Er schien an die fünfunddreißig Winter gesehen zu haben. Ein geflochtenes Lederband hielt ihm das schwarze, schulterlange Haar aus der Stirn; er war einen Kopf kleiner als Sperling.

»Ich bin Rufender Falke«, stellte sich der Mann vor. »Was führt den berüchtigten Irren vom Erdendonner-Dorf zu unserem Kriegsführer Lahmer Hirsch?«

»Meine Worte gelten allein Lahmer Hirsch. Ich muss ihn sprechen. Jetzt. Sofort.«

Rufender Falke lockerte die gespannte Sehne seines Bogens, nahm aber den Pfeil nicht aus der Kerbe. »Ihr hättet einen Boten schicken sollen, um Lahmer Hirsch euren Besuch anzukündigen.«

»Warum?«, fragte Sperling mit unsicherer Stimme. »Sag bloß, er ist nicht im Dorf! Er muss hier sein! Ich habe …«

»So habe ich das nicht gemeint. Er ist da. Aber er hasst es, gestört zu werden, wenn er schläft. Und nicht nur das. Ich habe strengste Anweisung, dich nicht einmal einen Fuß in unser Dorf setzen zu lassen. Rote Pfeife hat nicht vergessen, dass du ihm damals eine schreckliche Krankheit vorausgesagt hast. Drei Wochen ist er aus Angst, die Krankheit in sein Dorf zu tragen, durch eisige Schneestürme gewandert. Und in der ganzen Zeit hat er nicht einmal einen Schnupfen gekriegt.«

Sperling war damals noch ein junger Träumer gewesen und noch nicht sehr geübt darin, die seltsamen Bilder und Zeichen zu deuten, die ihn heimsuchten. »Lahmer Hirsch schläft?«, fragte er verwundert. »Die Sonne ist doch gerade erst vom Horizont verschwunden.«

»Der Kriegsführer wird mich um Mitternacht ablösen, wie er es auch gestern getan hat. Er braucht seine Ruhe.« Rufender Falke hängte sich den Bogen über die Schulter und schob den Pfeil in den Köcher zurück. »Erzähl mir, welche Botschaft du bringst, dann werde ich entscheiden, ob sie wichtig genug ist, um Lahmer Hirsch zu wecken.«

Sperling überlegte kurz, ob er darum bitten sollte, mit einem der Dorfältesten zu sprechen, kam aber zu dem Schluss, dass Rufender Falke darauf nur noch misstrauischer reagieren würde. Daher sagte er: »Richte Lahmer Hirsch aus, dass ich seinen Tod geträumt habe. Das Buntfelsendorf wird angegriffen werden. Ich sah es ...«

Rufender Falke fing an zu lachen. Ja, er warf den Kopf in den Nacken und brüllte wie ein Bär. Die umliegenden Hügel warfen sein Lachen als donnerndes Echo zurück.

Sperling nahm seinen ganzen Mut zusammen und fragte: »Das findest du lustig?«

»Nein.« Rufender Falke schüttelte kichernd den Kopf. »Nein, es ist nur so, dass das Falschgesicht uns neulich erst erzählt hat, dass wir nicht angegriffen werden. Er sagte, wir seien so sicher wie ein Kind im Leib der Mutter. Aber keine Angst.« Er hob eine Hand. »Ich werde deine Botschaft weitergeben. Lahmer Hirsch wird sie hören wollen. Diese Art von Belustigung ist besser als ein wenig Schlaf, findest du nicht auch? Aber du bleibst hier«, fügte er streng hinzu. »Verstanden?«

»Natürlich.«

Rufender Falke marschierte ins Dorf und Sperling sank auf den Platz nieder, den der kleine Krieger gerade unter der alten Eiche frei gemacht hatte.

»Ach, ihr Geisterwesen«, wisperte er leise vor sich hin. »Polterer hat geträumt, dass das Buntfelsendorf sicher ist...« Er lehnte sich zurück und stieß einen tiefen Seufzer aus. »Habe ich mich etwa wieder getäuscht?«

»Lahmer Hirsch?«

Die Stimme von Rufender Falke riss Lahmer Hirsch aus dem Schlaf. Er rollte sich auf die Seite und stützte sich auf einen Ellbogen. Die lodernden Holzscheite in der Feuerstelle tauchten seine Hütte in ein blutrotes Licht, das die leeren Augenhöhlen der Schädel, die von der Decke herabbaumelten, zum Glühen brachte. Es waren Trophäen seiner Kriegszüge, die er poliert hatte, bis sie glänzten wie Schieferspiegel. »Tritt ein!«, rief er.

Rufender Falke schob seinen Kopf durch den ledernen Türvorhang. »Verzeih mir, dass ich dich aufgeweckt habe, aber ich habe eine Nachricht für dich, die dich interessieren dürfte.«

Lahmer Hirsch gähnte geräuschvoll. »Ich hoffe für dich, dass sie wichtig ist. Worum geht es?«

»Der alte Sperling kam gerade in unser Dorf gerannt. Ich schwöre, er sieht aus wie ein Verbannter. Seine Kleider sind verdreckt, das weiße Haar verfilzt und voller Blätter. Er ...«

»Was will er?«

»Ich soll dir ausrichten, dass das Buntfelsendorf angegriffen wird und dass du dabei umkommen wirst«, antwortete Rufender Falke und kicherte belustigt.

Lahmer Hirsch lächelte. »Hast du ihn gefragt, ob er seine Neuigkeiten von Maishülse hat?«

»Er hat sie geträumt und ist zwei Tage und Nächte unterwegs gewesen, um dir Bescheid zu sagen.«

Lahmer Hirsch schüttelte verächtlich den Kopf. Silberner Sperling war allgemein bekannt für seine unsinnigen Phantastereien. »Richte dem alten Mann aus, dass unser Dorf nach Falschgesichts Aussage sicher ist. Wir ...«

»Das habe ich ihm bereits gesagt. Und er war reichlich verwirrt über meine Worte.«

Lahmer Hirsch schob die Felldecken bis zur Hüfte herab und setzte sich auf. »Aber er hat darauf bestanden, dass du mir trotzdem von seinen Träumen berichtest?«

»Ja.«

»Und, was hältst du davon? Hat er irgendetwas gesagt, das darauf hindeutet, dass das Falschgesicht sich möglicherweise geirrt haben könnte?«

Rufender Falke trat unsicher von einem Fuß auf den anderen. »Nein. Ich meine, ich bin sicher, dass er nur ein alter Spinner ist. Jeder denkt so. Aber ich muss zugeben, dass ich mir über die Vision von Falschgesicht so meine Gedanken gemacht habe. Hat er eigentlich die Worte von diesem Geisterjungen erklärt, wonach Großvater Tagbringers Kinder uns angeblich verfolgen?«

Lahmer Hirsch holte seufzend Atem. Seine Gedanken schienen keine feste Gestalt annehmen zu wollen. »Polterer hat seiner Mutter erzählt, dass diese Botschaft nur für seine Ohren bestimmt war. Dass wir uns nicht damit zu beschäftigten brauchen.«

Rufender Falke dachte einen Augenblick über das Gesagte nach, dann erhellte sich seine Miene wieder zu einem Lächeln. »Ich wusste, dass das nichts zu bedeuten hat. Soll ich Silberner Sperling wieder wegschicken?«

»Ja. Und vielleicht solltest du ihm noch den guten Rat geben, unverzüglich heimzukehren und nachzusehen, ob das Erdendonnerdorf noch steht.«

Rufender Falke lachte. Sperlings frühere Ehefrau, Aschenmond, die Anführerin des Erdendonnerdorfes, ließ keine Gelegenheit aus, dem Verrückten aus dem Weg zu gehen, indem sie jedes Mal das Lager verlegte, wenn er unterwegs war. Es ging das Gerücht um, dass es ihr einmal sogar gelungen wäre, das gesamte Lager abbauen zu lassen und weiterzuziehen, während Silberner Sperling tief und fest schlief.

Lahmer Hirsch legte sich wieder nieder und schob einen Arm unter den Kopf. »Und beeil dich, Rufender Falke. Rote Pfeife soll gar nicht erst merken, dass Sperling hier gewesen ist, sonst nervt er uns wieder mit seinen Wahnvorstellungen. Jedesmal, wenn Rote Pfeife Wind davon bekommt, dass Sperling irgendwo in der Nähe ist, schläft er mit seinem Bogen und seinem Kriegsbeil im Arm.«

»Ich gehe schon«, sagte Rufender Falke und ließ das Türfell fallen.

Lahmer Hirsch schloss wieder die Augen und lauschte den sich entfernenden Schritten von Rufender Falke.

Vier Hand Zeit später erwachte Lahmer Hirsch.

Eine seltsame Dunkelheit erfüllte seine Hütte. Er spähte hinauf zu dem Rauchabzugsloch, konnte aber keine von Nachtwanderers fedrigen Wölkchen entdecken. Wolkenriesen mussten sie alle verschluckt haben.

Lahmer Hirsch zog seinen dicksten Umhang über, schlüpfte in seine Mokassins und griff nach Bogen und Köcher.

Als er sich durch den Türvorhang nach draußen duckte, fuhr ihm die eisige Nachtluft wie Pfeilspitzen in die Lungen. Nachdem sich seine Augen an die Dunkelheit gewöhnt hatten, konnte er die kleinen, runden Umrisse der Hütten ausmachen. Im Buntfelsendorf war friedliche Ruhe eingekehrt. Hier und da stahlen sich ein paar rot glühende Funken durch den Rauchabzug einer Hütte und tanzten dem nachtschwarzen Himmel entgegen. Lahmer Hirsch erschauderte fröstelnd, als er über den gefrorenen Dorfplatz schritt.

Windmutter säuselte durch die hoch aufragenden Eichen und wehte ihm das ergrauende Haar ums Gesicht. Die eisige Feuchtigkeit des Bodens fraß sich durch seine Mokassins. Noch hatte es nicht geschneit, doch die Luft roch bereits intensiv nach Schnee.

Leise ging er an der Hütte von Wilde Rose vorbei und folgte dem ansteigenden Pfad hinauf auf den Hügel.

Er hatte unruhig geschlafen. Alte Geister hatten ihn ständig in seinen Träumen heimgesucht. Die Toten waren gekommen, um ihre eisigen Körper um seinen zu schlingen wie sich paarende Schlangen. Lahmer Hirsch hatte nie wie viele Mitglieder seines Klans die Gabe besessen, Träume zu deuten. Rote Pfeife zum Beispiel konnte man den absonderlichsten, verworrensten Albtraum erzählen, und binnen dreißig Herzschlägen hatte er die Bedeutung dieses Traumes enträtselt und konnte einem genau sagen, was man tun musste, um die Mächte versöhnlich zu stimmen.

Morgen werde ich Rote Pfeife aufsuchen. Vielleicht kann er mir helfen, die Bilder zu verstehen.

Ehe er noch an der alten Eiche anlangte, sah er, dass Rufender Falke nicht auf seinem Posten war – obwohl jeder Krieger im Dorf wusste, dass es den Tod bedeutete, seinen Wachposten ohne Erlaubnis zu verlassen.

Wutschnaubend stapfte Lahmer Hirsch den Pfad hinan. Knirschend zermalmten seine Mokassins das gefroreren Laub. Und dann blieb er abrupt stehen. Er hatte vor dem Stamm einer Platane einen seltsamen Schatten gesehen, der entfernt wie der Umriss eines Menschen aussah. Lahmer Hirsch ging näher heran. Es war ein Mann, der vor dem Baum stand, den Kopf gesenkt, als schämte er sich.

»Rufender Falke?«, rief Lahmer Hirsch die Gestalt an. »Was machst du hier? Ich sollte dir bei lebendigem Leib die Haut abziehen!«

Der Mann rührte sich nicht. Lahmer Hirsch hob seinen Bogen, legte einen Pfeil ein und ging weiter auf den Mann zu, bis er im fahlen Licht, das sich an einer Wolke vorbeistahl, den Pfeil erkennen konnte, der den Körper von Rufender Falke an den Stamm der Platane genagelt hatte. Eine Steinaxt hatte ihm den Schädel gespalten. Sein Umhang und die Leggins waren blutbesudelt. In Lahmer Hirschs Kehle breitete sich der metallene Geschmack des Entsetzens aus.

Er wich stolpernd zurück.

Geistern gleich, lösten sich im nächsten Augenblick feindliche Krieger aus den Schatten der Bäume. Lahmer Hirsch stand da wie versteinert. *Nein. Das konnte nicht sein. Das Falschgesicht-Kind hat doch gesagt, dass uns keine Gefahr droht. Er sagte, wir bräuchten keine Späher auszusenden. Er …*

»Aufwachen!« schrie er so laut er konnte. »Schnell, steht auf! Alle! Wir müssen …«

Kriegsgeschrei zerriss die Nacht. Hunde kamen aus den Hütten gekrochen, bellten und rannten auf die Eindringlinge zu. Rote Pfeife stakste mit steifen Gliedern aus seiner Hütte, den runzeligen Mund weit offen, als er losrannte. Eine feindliche Kriegerin schoss ihm einen Pfeil in den Rücken, der den alten Mann mit dem Gesicht voraus auf den aufgeweichten Boden warf. Überall flohen Menschen aus ihren Hütten und rannten in wilder Panik über den Dorfplatz. Mütter hielten ihre Säuglinge schützend an die Brust gepresst. Männer stürzten sich auf die Angreifer. Alte Frauen, Greise und Kinder suchten verzweifelt irgendwo Deckung.

Ohrenbetäubende Schreie wurden laut, die sich wie Blitze in Lahmer Hirschs Eingeweide bohrten. Er stürzte sich mitten in das Schlachtgetümmel und schoss einen Pfeil nach dem anderen ab.

Um ihn herum stießen Menschen gellende Schreie aus, ehe sie getroffen zu Boden sanken. Dann sah er zwei Männer, die unter dem Türfell von Wilde Roses Hütte hindurch ins Freie stürzten. Einer von ihnen hatte den strampelnden Polterer im Arm. »*Nein! Bitte, nicht!*«, schrie Wilde Rose mit der Verzweiflung einer Mutter. Ihre Stimme übertönte selbst das gellende Gebrüll um sie herum. Es mussten an die hundert Krieger sein. Gegen eine solche Übermacht hatten sie keine Chance! Ein winziger Funke entzündete Lahmer Hirschs Herz und setzte eine tosende Feuersbrunst in Gang.

»Folgt mir!«, schrie er mit heiserer Stimme. »Versucht nicht zu kämpfen! Folgt mir, bevor sie uns alle umbringen!«

Elchgeweih ließ ihren Bogen sinken. Eine halbe Hand Zeit war verstrichen, seit sie ihren Fuß auf den Dorfplatz gesetzt hatten. Im flackernden Schein der brennenden Hütten erkannte sie, dass es in dieser Nacht keine weiteren Kämpfe geben würde. Der gefrorene Boden war übersät mit Leichen, deren aufgerissene Münder in einem stummen Schrei erstarrten. Die große, schlanke Frau mit dem schulterlangen Haar hatte schon achtunddreißig Winter erlebt... aber so etwas wie hier hatten ihre Augen noch nie geschaut. Wie die Männer die Toten behandelten, bereitete ihr Übelkeit. Sie richtete sich zu ihrer vollen Größe auf und holte durch ihre breite, flache Nase tief Luft. Rauch und der Gestank nach verbranntem Fleisch waberten durch die dunkle Nacht, die von schwelenden Feuern in ein gespenstisches Rot getaucht wurde.

Springender Dachs kam auf sie zustolziert, sein Bibermantel war mit Blut getränkt, das lange schwarze Haar von Asche und Staub verklebt. Den Bogen trug er lässig über der rechten Schulter. Mit seinen achtundzwanzig Wintern war er einer der jüngsten Kriegsführer in der Geschichte des Wanderer-Klans. Er war ein gut aussehender junger Mann mit fein geschnittenen Zügen und dunklen, unheimlichen Augen.

Als er an ihr vorbeimarschierte, griff sie nach seinem Arm

und funkelte ihn zornig an. »Du hast deinen Männern befohlen, die Toten zu schänden? Die ungeborenen Kinder aus den Leibern ihrer Mütter zu schneiden? *Warum*?«

Er beugte sich näher zu ihr und zischte ihr ins Gesicht. »Weil ich es so wollte.« Dann schüttelte er ihre Hand ab. Seine Augen schimmerten im fahlen Schein der erlöschenden Feuer. »Bleib hier. Wache über die Männer, bis sie meine Anordnungen ausgeführt haben, dann bringst du sie her.«

Elchgeweih schloss ihre Faust fester um ihren Bogen. Sie wusste, dass sie sich seinem Befehl nicht widersetzen konnte. »Wohin soll ich sie bringen, Kriegsführer?«

»Wir werden weiter oben entlang des Pfades unser Lager aufschlagen ...«

»Im Norden? Aber unsere Kriegskanus liegen östlich von hier, am Ufer des Leafing Lake.«

»Wir kehren nicht nach Hause zurück. Im Morgengrauen werden wir aufbrechen und die Überlebenden verfolgen. Ich will Lahmer Hirsch.«

»Wir haben keine Anweisungen, die Überlebenden aufzuspüren!«, wandte Elchgeweih ein. »Die Anführerinnen haben dir befohlen ...«

»Widersprich mir nicht, altes Weib!«, brüllte er lauter als die tosenden Feuer. Das ekelhafte Gejohle der Männer schwoll an. Köpfe hoben sich auf dem Dorfplatz. Springender Dachs ballte die Faust vor Elchgeweihs Gesicht. »*Befolge meinen Befehl, oder du wirst die Folgen zu spüren bekommen*!« Er öffnete die Faust und ließ den Blick über den blutgetränkten Dorfplatz schweifen. Ein grausames Lächeln verzerrte seine Mundwinkel.

Dann drehte er sich um und setzte seinen Weg fort. Rotglühende Schatten umtanzten ihn.

Elchgeweihs Blick haftete an seinem Rücken, bis Springender Dachs hinter der Kuppe des Hügels verschwunden war. Erst jetzt ließ sie die Luft entweichen, die sie angehalten hatte, und kämpfte ihre maßlose Wut nieder.

Ach, sie wünschte, Blauer Rabe wäre jetzt bei ihr. Er könnte diesem widerwärtigen Treiben ein Ende bereiten. Er würde ihm ein Ende bereiten.

Sie senkte den Kopf und schüttelte ihn resigniert.

Wenn er doch nur ein Krieger geblieben wäre.

Aber dem war nicht so. Er war das Oberhaupt des Dorfes geworden. Eine Tatsache, die sie immer noch seltsam anmutete. Als Junge wollte er unbedingt ein großer Krieger werden, heiraten und viele Kinder haben… so wie sie.

Aber er hatte nichts von alledem getan – obwohl er einige Winter lang ein guter Krieger gewesen war.

Ihre Gedanken schweiften ab zu den unbeschwerten Tagen ihrer Jugend, den lauschigen Nachmittagen, wo sie sich auf den saftigen Wiesen in der Umgebung des Wandererdorfes geliebt hatten. Das erregende Gefühl, seine Augen auf ihrem Körper zu spüren, hatte sie süchtig gemacht. Ehrwürdige Geister! Sie hatte Blauer Rabe mit Leib und Seele geliebt.

Ein raues Lachen drang vom Dorfplatz an ihr Ohr.

Elchgeweihs Augen verjüngten sich zu schmalen Schlitzen, als sie sah, wie ein Mann einen toten Säugling in hohem Bogen in die Dunkelheit schleuderte.

Sie schlang die Arme um ihre Brust und drückte die Knie durch. Ihre Gedanken wurden bitter, Hass wallte in ihr auf. Hass, der Springender Dachs galt.

Bald würde sie es nicht mehr schaffen, seinen Befehlen zu gehorchen, obwohl er der Kriegsführer war.

Und wenn dieser Zeitpunkt gekommen war, würde sie ihn töten müssen.

Moosschnabel breitete seine Decken unter demselben verrußten, vom Blitz gespaltenem Bergahornbaum aus, unter dem Schädelkappe saß und das Falschgesicht-Kind mit seinem Blick fixierte. Schädelkappe hatte seine Zöpfe aufgeflochten, das schwarzeHaar wellte sich jetzt um sein hageres Gesicht und brachte seine große Knollennase noch mehr zur Geltung. Der junge Krieger hockte wie betäubt da, so als hätte ihm jemand eine Keule über den Kopf gehauen.

Moosschnabel massierte seinen schmerzenden Rücken und streckte sich dann auf seinen Decken aus. Kurz nachdem sie dem Gemetzel im Buntfelsendorf entkommen waren, hatte ihn ein umherstreunender Hund angegriffen und versucht, ihn in die Kehle zu beißen. Er hatte sich zwar blitzschnell umgedreht, doch der Köter war ihm stattdessen in den Rücken gesprungen und hatte ihn zu Boden geworfen. Zum Glück hatte er sein Messer ziehen und die Bestie töten können, ehe sie noch jemanden ernsthaft verletzte, aber er hatte den ganzen Tag über Blut gepisst.

»Schädelkappe, warum starrst du ihn denn so an?«, fragte er den jungen Krieger verwundert. »Er ist doch nur ein Junge. Mehr nicht. Wenn er so mächtig wäre, wie die Leute behaupten, hätten wir ihn dann gefangen nehmen können, hm? Denk doch mal nach.« Moosschnabel lachte.

Schädelkappe blinzelte nicht einmal. Tiefe Furchen durchzogen seine jugendliche Stirn, und seine dunklen Augen blickten furchtsam.

Moosschnabel kramte in seiner Tasche nach einem Stück Dörrfleisch.

Sie konnten es nicht wagen, Feuer zu machen, denn es war gut möglich, dass ein Überlebender des Gemetzels im Buntfelsendorf ihnen gefolgt war. Das gedörrte Hirschfleisch verstärkte nur seinen Wunsch, endlich wieder im Wandererdorf bei seiner Familie zu sein. Wie nach jedem Kriegszug würde Eistaucher, seine Frau, ihm zu Ehren ein Festmahl zubereiten und triumphierend die besten Felldecken über seine Schultern legen. Seine Kinder würden stolz zu seinen Füßen hocken und ihn mit hundert Fragen über die Schlacht löchern.

Er biss in seine karge Wegzehrung und kaute kräftig, um das trockene Fleisch wenigstens etwas saftiger zu machen. »Schädelkappe?« fragte er noch einmal. »Was ist denn nur los mit dir? Du starrst diesen Jungen jetzt schon seit …«

Schädelkappes Augen wurden auf einmal ganz groß. *»Siehst du das denn nicht?«*

Moosschnabel ließ das Stück Fleisch sinken. »Was denn? Ich sehe nichts.«

Das Falschgesicht-Kind lag fünf Schritte von ihnen entfernt am Boden, auf der Seite, die Beine nach hinten abgewinkelt und im Rücken an die Hände gefesselt. Am Morgen hatte er unsägliche Schmerzen gelitten, aber dagegen ließ sich nichts machen. Springender Dachs hatte strikte Anweisung gegeben, dass der Junge unter keinen Umständen entkommen durfte. Seit zwei Tagen lag er nun schon so da und hatte noch keinen einzigen Mucks von sich gegeben.

Schädelkappe schluckte hart. »Da ist…etwas…in seinen Augen. Es lebt. Ich schwöre es dir, Moosschnabel. Sieh nur! Manchmal blitzt es.«

»Es blitzt?«

»Ja! Schau doch hin!«

Moosschnabel ließ ein verächtliches Grunzen hören und riss mit den Zähnen ein weiteres Stück von dem zähen Fleisch ab. Von seinem Platz aus gesehen lag das Gesicht des Jungen im Schatten. Er konnte seine Augen gar nicht erkennen. »Du hast den Verstand verloren. Versuch ein bisschen zu schlafen. Das wird dir gut tun.«

Schädelkappe legte sich auf seine Decken zurück, aber sein Blick ruhte weiterhin auf Falschgesicht.

Als ob der Junge es gemerkt hätte, hob er den Kopf. Seine Lippen krümmten sich zu einem knabenhaften Lächeln. »Ich werde dich töten«, sagte er leise. »*Bald*.«

Schädelkappe zog sich die Decke über den Kopf und kauerte sich wie ein Säugling zusammen.

»Versuch nicht, uns Angst einzujagen, Junge! Wir sind zwei der tapfersten Krieger des Wandererklans. Wenn wir wollten, könnten wir dir die Leber aus dem Bauch schneiden und sie ungekocht verspeisen!«

Ein leises, kindliches Gelächter hallte in der Stille wider.

Schädelkappe wimmerte unter seiner Decke, ein Laut, der Moosschnabel noch wütender machte.

Er stand auf, stapfte hinüber zu dem Jungen und zerrte so gewaltsam an seinen Fesseln, dass sie ihm in Arme und Beine schnitten. Der Junge gab keinen Laut von sich, aber Moosschnabel bemerkte zufrieden, dass er vor Schmerz die Augen zukniff. Hähmisch grinsend zurrte er die Fesseln noch strammer um seine Gelenke.

»So«, raunte er dem Jungen ins Ohr. »Jetzt lernst du den Preis dafür kennen, einen Krieger des Wandervolkes zu beleidigen. Morgen früh wirst du deine Arme und Beine nicht mehr gebrauchen können.«

Damit stolzierte Moosschnabel wieder zu dem Baum zurück, unter dem sie lagerten, schickte sich an, sich in seine Decken zu wikeln – und verharrte plötzlich in der Bewegung, als er ein seltsames Geräusch vernahm. Es war ein tiefer, kehliger Laut, wie das Knurren eines Tiers, eines Wolfs, der zum Angriff ansetzt...

»Du wirst als erster sterben, großer Mann«, sagte eine Stimme, die keinem Menschen gehörte. *»Dich im Todeskampf winden.«*

Mit einem Satz sprang Moosschnabel auf die Füße und schaute sich um. Sein Atem ging keuchend.

»Wer hat das gesagt?«, rief er in die Dunkelheit. Sein Blick suchte den Wald und den wolkenverhangenen Himmel ab und blieb schließlich an dem Falschgesicht-Kind haften. »Junge? Sag, kannst du deine Stimme so verändern?«

Eine leichte Brise fuhr rauschend durch die Baumwipfel und ließ die Äste hin und her schwingen.

»Schädelkappe? Hast du diese Stimme gehört?«

Statt einer Antwort schüttelte sich Schädelkappe unter seinen Decken.

Moosschnabel setzte sich wieder auf sein Lager und zog seinen Köcher neben sich in Reichweite. Als er seinen Bogen auf dem Knie aufsetzte, hob Falschgesicht den Kopf. Weiße Zähne blitzten in der Dunkelheit auf.

Moosschnabels Fingernägel umklammerten das polierte Holz seines Bogens. »Bleib liegen, Bursche, sonst komme ich rüber und gebe Dir einen Fußtritt.«

Der Junge bedachte Moosschnabel mit einem Lächeln, das ihm das Mark in den Knochen erstarren ließ.

»Wenn wir im Wandererdorf sind, Junge«, zischte Moosschnabel, »werden wir dir deine Überheblichkeit schon ausprügeln, verlass dich drauf.«

Doch als er sich in seine Decken einrollte, legte er seinen Bogen vorsichtshalber dicht neben sich.

3. Kapitel

Lahmer Hirsch stand im Eingang der Höhle und spannte die Sehne seines Bogens. Weiter unten scheebte Morgenfrau durch das enge Tal und streifte mit dem hellblauen Saum ihres Rocks über den Waldboden. Lautlos und mit einer gleitenden Bewegung ließ er die Sehne los und schickte den Pfeil auf seinen Weg.

Im Dickicht der Bäume ein Aufruhr von Schatten, als Männer blitzschnell in Deckung gingen.

»Gelobt seist du, Fallende Frau«, flüsterte er und ließ sich gegen die Steinmauer sinken. Er hob eine zitternde Hand, um sich das ergraute Haar aus den braunen Augen zu streichen. Schweißtropfen perlten aus seinen Gesichtsfalten und rannen kühl über sein kantiges Kinn.

Aus dem finsteren Inneren der Höhle drang eine ängstliche Stimme, die fragte: »Sind die Wanderer noch da?«

Die Stimme klang nach einem der jüngeren Krieger, und Lahmer Hirsch sah sich nicht zu einer Antwort genötigt. Als er seine Leute am Abend zuvor in das Versteck geführt hatte, waren sie bereits in drei Gruppen aufgeteilt gewesen, von der jede versuchte, sich allein den Weg freizukämpfen. Seine fünfzehnköpfige Gruppe hatte sich an die steile Felswand an der nördlichen Seite des Tals abdrängen lassen. Die meisten der Frauen und Kinder waren getötet worden, als sie den steilen Felspfad hinaufkletterten,um in der kleinen Höhle Unterschlupf zu suchen.

»Lahmer Hirsch?«, wisperte der Junge abermals.

»Versuch zu schlafen!«, rief Lahmer Hirsch unwirsch zurück. »Du wirst deinen Schlaf brauchen.«

Er blinzelte in das düstere Innere der Höhle. Während der Nacht waren seine Leute mehrmals mit ihren Decken auf der Suche nach einem einigermaßen bequemen Schlafplatz umgezogen, deshalb wusste Lahmer Hirsch nicht mehr, wer wo lag oder saß. Oder, wichtiger noch, wer von seinen Angehörigen lebte und wer im Kampf getötet worden war. Ein Verwundeter keuchte schon seit über einer Hand Zeit, als ob er nicht genug Luft zum Atmen bekäme.

»Lahmer Hirsch? Sind es sehr viele? Kannst du sie zählen?«

Er zögerte, und die Leute wurden unruhig. Staubige Luft erfüllte die Höhle.

»Lahmer Hirsch, bitte!«, flehte der junge Krieger noch einmal. »Sag es uns. Was siehst du da draußen? Müssen wir kämpfen, oder ...«

»Du wirst kämpfen«, antwortete Lahmer Hirsch und spähte in die dunkle Ecke zu seiner Linken. Er vermutete, dass es der junge Feuerrabe war, der zu ihm gesprochen hatte. Der Bursche hatte gerade mal sechzehn Winter erlebt und hatte wahrscheinlich Angst, aufzustehen und in die Gesichter der Toten zu sehen, die den Waldboden unterhalb der Höhle bedeckten. »Aber bis dahin ist noch Zeit. Trink den letzten Rest Wasser in deinem Wasserbeutel – falls noch etwas übrig ist – und ruhe dich aus.«

Drei der erfahrensten Krieger gesellten sich zu Lahmer Hirsch, darunter sein ältester Freund, Schwarzer Stein.

Schweigend ließen sie die Blicke durch das Tal schweifen. Am Fuß der Felswand, unterhalb der Höhle, und entlang des Bachs, der sich durch die Wiese schlängelte, sahen sie die Leichen ihrer Dorfmitglieder liegen. Die gefrorenen Augen von Frauen und Kindern starrten zu ihnen empor, ihre aufgerissenen Münder waren mit einer Frostschicht bedeckt – eine Szene, die Lahmer Hirschs Seele lähmte.

Meine Schuld. An dieser Tragödie trage ganz allein ich die Schuld.

»Was werden wir jetzt tun?« Feuerrabe ließ nicht locker. »Wir müssen fliehen. Sag uns, wie, Lahmer Hirsch. Wie sieht dein Plan aus?«

Schwarzer Stein drehte sich zu Lahmer Hirsch um. Er war klein und bullig und so stark und standfest wie ein Baumstumpf. Aus seinen Augen sprach Vergebung und Versöhnlichkeit. Er legte Lahmer Hirsch eine Hand auf die Schulter und flüsterte: »Die Ahnen entscheiden über die Zeit, die wir auf Erden verbringen. Das ist alles.«

»Ist das so, mein Bruder?«

Schwarzer Stein studierte aufmerksam das Gesicht seines Freundes. »Wir können niemandem einen Vorwurf machen. Dir nicht, und auch sonst keinem von uns. Wir haben einfach... unsere Macht verloren.« Er stieß hart die Luft aus und spähte hinaus. Die Falten, die sein Gesicht durchzogen, wurden noch tiefer. »Das Falschgesicht-Kind hat sich getäuscht. Zum ersten Mal. Das konntest du nicht ahnen.«

Als Schwarzer Stein die grimmige Miene seines Freundes sah, nahm er die Hand von dessen Schulter und verschwand in den hinteren Teil der Höhle, wo er sich resigniert an die kalte Felswand lehnte.

»Lahmer Hirsch?«

Morgenfrau kam immer näher und warf ihren Schein in die Höhle, so dass Lahmer Hirsch jetzt das glatte, asketische Gesicht von Feuerrabe erkennen konnte, das von schulterlangem, schwarzem Haar umrahmt wurde. Verzweifelte Hoffnung schimmerte in den Augen des jungen Kriegers.

»Ja, was ist, Feuerrabe?«

»Du kannst alles erreichen, Lahmer Hirsch. Wir alle wissen das. Du brauchst uns nur deine Befehle zu erteilen!«

Selbst jetzt, nachdem er sein Volk in den Tod geführt hatte, konnte er sich nicht von den Legenden freimachen, die wie eine zweite Haut an ihm hafteten. Zwölf Winter lang war er der erfolgreichste Krieger des Buntfelsen-Klans gewesen, und seither erzählten sich seine Leute nächtelang Geschichten über seine Abenteuer und verwandelten seine hart erkämpften Siege in heilige Akte. Bis vor drei Nächten hatten sie alle fest daran geglaubt, dass er nur seinen Bogen anzulegen brauchte, und schon wären ihre Feinde besiegt.

Die Vernichtung des Buntfelsendorfs hatte diesen Glauben jählings zerstört. Nur die einfachsten Gemüter hielten noch daran fest.

»Also schön, Feuerrabe«, antwortete Lahmer Hirsch. »Ich erteile dir einen Befehl. Du und Laufente, ihr bleibt solange mit mir in dieser Höhle, bis ich euch durch ein Zeichen signalisiere« – er hob eine zur Faust geballten Hand in die Höhe – »loszurennen. Dann nehmt ihr den Wildpfad, der an den Felsen vorbei hinauf zur Anhöhe führt. Wir sahen ihn letzte Nacht. Erinnerst du dich?«

»Ja. Ich erinnere mich!«

»Wenn ihr oben an der Felswand angelangt seid, lauft ihr so schnell ihr könnt ins Erdendonner-Dorf und berichtet Silberner Sperling, was sich hier zugetragen hat. Sag ihm...« Sein Mund wurde staubtrocken. Er schluckte hart dagegen an. »Sag ihm, dass er Recht gehabt hat.«

»Recht?«, fragte Feuerrabe verwirrt. »Womit hat er Recht gehabt?«

»Wiederhole nur meine Worte, Junge!«, krächzte Lahmer Hirsch.

Feuerrabes geweitete Augen verschwanden wieder in der Dunkelheit.

Lahmer Hirsch wandte sich ab. Silberner Sperling war zwei Tage und Nächte gelaufen, und Lahmer Hirsch hatte ihn hämisch ausgelacht.

Obgleich viele Mitglieder des Bärenvolks davon überzeugt waren, dass Silberner Sperling große spirituelle Macht besaß und ihn deshalb fürchteten, gab es unter dem Schildkrötenvolk doch etliche, die meinten, der alte Mann sei verrückt. Silberner Sperlings Ehefrau hatte sich von ihm scheiden lassen und erzählte nun jedem, der es hören wollte, was für ein Narr Silberner Sperling geworden sei. Kein Wunder, dass Lahmer Hirsch die Warnung Sperlings in den Wind geschlagen hatte. Sperlings Worte waren unzuverlässig. Er ...

»Lahmer Hirsch?«, begann Feuerrabe von Neuem. »Ich will keine Botschaften überbringen. Bitte! Ich will kämpfen. Ich bin ein Krieger! Ich ...«

»Du wirst tun, was ich dir sage, Feuerrabe.«

Feuerrabes Unterkiefer sackte nach unten, dann hob er beide Fäuste und schüttelte sie – zum Zeichen des Gehorsams.

Lahmer Hirsch ließ den Blick über das Tal wandern und versuchte dabei, über die Leichen und die feindlichen Krieger hinweg zu sehen. Er wollte nur die atemberaubende Schönheit seines letzten Morgens genießen.

Das Sonnenlicht fiel in goldenen Streifen über die Baumwipfel und schimmerte in den flauschigen Nebelschwaden, die aus dem kleinen Bach aufstiegen. Er beobachtete, wie eine dieser Nebelzungen über den gefrorenen Boden kroch, den Stamm einer alten Eiche erklomm und sich dann träge in den höchsten Ästen ringelte wie eine Schlange, die sich in der Sonne aalt. Inzwischen waren die Vögel erwacht. Singend und zwitschernd hüpften sie von Ast zu Ast.

Lahmer Hirsch holte tief Luft und hielt den Atem fest in den Lungen.

»Glaubst du, dass Wilde Rose irgendwo dort draußen ist?«, fragte Schwarzer Stein. »Dass sie uns gerade beobachtet? Vielleicht mit ihrem Ehemann Pläne schmiedet, wie sie uns helfen kann?«

Ohne es zu wollen, presste Lahmer Hirsch die Augen zusammen. Seine Trauer war offensichtlich. Leises Geflüster wehte durch die Höhle.

»Ich kann mir nicht vorstellen, wie meine Schwester hätte überleben sollen, Schwarzer Stein. Die Wanderer-Krieger haben ihre Hütte als erste überfallen. Sie haben das Falschgesicht entführt. Und sie haben... gewiss auch...«

Die Vorstellung, dass sie möglicherweise für immer aus seinem Leben gegangen war, erfüllte ihn mit einer Leere, die so dunkel war wie das Herz von Fallender Frau. Wilde Rose hätte gekämpft wie eine Bärenmutter, um ihr Kind zu schützen. Und die Tatsache, dass das Falschgesicht-Kind entführt worden war, konnte nur bedeuten, dass sie nicht mehr in der Lage gewesen war, zu kämpfen.

In seiner Brust breitete sich ein brennendes Prickeln aus, als ob ein Schwarm Stechfliegen über ihn hergefallen wäre. Während sein Blick über die Gesichter der Leute in der Höhle wanderte, vermeinte er ihre Anwesenheit gleichsam zu spüren. In jedem einzelnen glaubte er Wesensmerkmale von Wilde Rose zu erkennen. Sie atmete, lächelte und blickte durch ihre Augen. Wilde Rose war die bescheidenste, dabei aber die selbstbewussteste Frau, die ihm jemals begegnet war; eine Frau, die jedem Lebewesen Achtung und Respekt entgegenbrachte, Erwachsenen, Kindern, Tieren, ja selbst den geflügelten Samen der Pflanzen, die im Sommerwind dahinsegelten. Man verehrte sie als heilige Frau, obgleich sie ein wenig unzuverlässig und flatterhaft schien. Wenn eine Versammlung der Dorfgemeinschaft angesetzt war, wusste jeder im Voraus, dass sie als Letzte und völlig außer Atem herbeieilen und sich bei den Ältesten in endlosen Entschuldigungen für ihr Zuspätkommen ergehen würde. Immer gab es jemanden, der sie noch dringend gebraucht hatte. Sie lebte genau das, was sie die jungen Mädchen und Knaben lehrte, glaubte an Nächstenliebe und vor allem an die Liebe, die sie den Menschen ohne Vorbehalte entgegenbrachte. Nachts, wenn die meisten Mitglieder des Buntfelsendorfes schliefen, konnte man Wilde Rose am Lagerfeuer antreffen, wo sie den Mutlosen oder Hinterbliebenen Trost spendete, sie an Dinge erinnerte, die sie eigentlich wussten, in ihrer Einsamkeit aber vergessen hatten.

Sie hatte ihre beiden Seelen dem Buntfelsenvolk geschenkt.

Und dabei selbst so viel erdulden müssen.

Vor vielen Wintern hatte Wilde Rose ihm erzählt, dass ihr Sohn das Buntfelsendorf beschütze. Das schien der Wahrheit zu entsprechen. Nach der Geburt des Zwergenkindes hatte das Dorf plötzlich überall Siege errungen, nicht nur Schlachten gewonnen, sondern auch Ballspiele und Speerweitwurf-Wettbewerbe. Und Lahmer Hirsch hatte mit jeder Faser seines Körpers daran geglaubt. Vielleicht, weil das so ungeheuer wichtig für ihn war.

Silberner Sperling hatte versucht, diesen Glauben zu zerstören, worauf Lahmer Hirsch den alten Mann wie ein Kind behandelt hatte.

Feuerrabe fuhr unvermittelt herum. »Hast du das auch gehört?«

Lahmer Hirsch versteifte sich, als er die Stimme von Springender Dachs rufen hörte: »Spannt die Bogen!«

Wir sind gar nicht hier, hätte Lahmer Hirsch seinen Leuten in diesem Augenblick am liebsten erklärt. *Wir befinden uns auf der Jagd. Es ist Herbst und die Blätter färben sich golden. Vor uns streift das Rotwild durch die Wälder…* Der süße Duft gebratenen Wilds stieg so deutlich in seine Nase, dass er einen Moment lang tatsächlich glaubte, ihn zu riechen.

»Macht euch bereit!«, schrie Springender Dachs.

Der Befehl, der von Mann zu Mann weitergegeben wurde,

hallte durch das Tal und wurde von den Hügeln als Echo zurückgeworfen.

Es hatte fünf Winter gedauert, aber schließlich war es Springender Dachs gelungen, Lahmer Hirsch eine Falle zu stellen. Jetzt war er wohl toll vor Freude, klopfte seinen Kriegern stolz auf die Schultern und versprach ihnen große Ehre, wenn sie heute siegten.

Schatten huschten zwischen den Bäumen hindurch, um sich am entfernten Rand der Wiese zu einer schwarzen Linie zu formieren.

Lahmer Hirsch richtete sich auf. Dabei rieselten Sandkörner von seinem blutgetränkten Kriegshemd auf den Felsenboden der Höhle und ließen eine leise Melodie erklingen.

»Sie kommen«, sagte er.

Geflüsterte Worte huschten durch die Dunkelheit. Langhorn klagte: »Ich habe keine Pfeile mehr. Ich wollte es dir eigentlich nicht sagen. Aber ich habe sie letzte Nacht alle verschossen.«

Augen leuchteten auf, als sich die Krieger zu ihr umdrehten.

»Bald wirst du genügend Pfeile haben, Langhorn«, beruhigte er die junge Frau. »Sie werden zu uns hinaufschießen. Und viele ihrer Pfeile werden über unsere Köpfe hinwegfliegen und die Decke oder die Wände der Höhle streifen. Wir sammeln sie einfach auf und schießen damit auf die Wanderer-Krieger zurück.«

Im hinteren Teil der Höhle prallten dunkle Schatten aufeinander, als die Leute sich eilig aufrappelten oder mit verwundeten Gliedmaßen durch die Dunkelheit humpelten, um sich einen sicheren Platz zu suchen. Unterdrücktes Stöhnen und Seufzen wurde laut. Lahmer Hirsch sah eine Hand spinnengleich in der Dunkelheit nach einem Bogen tasten.

»Eisvogel, Grünschnabel«, rief er, »ihr stellt euch hier neben Schwarzer Stein und mir auf!« Sein Blick suchte nach den übrigen verbliebenen Kriegern. »Sauerklee, bereite dich darauf vor, den Platz des ersten Mannes einzunehmen, der fällt. Weide, ich weiß, dass dein Bein verletzt ist, aber du musst dann an Sauerklees Stelle treten. Verstanden?«

Köpfe nickten.

Der verwundete Mann fing wieder an zu keuchen, wie ein sterbendes Tier, das um sein Leben rennt. Ein Arm löste sich aus den Schatten der hinteren Höhlenwand, die Hand des Mannes fiel schlaff herab und landete klatschend auf seinem Bauch. Ein unterdrücktes Stöhnen ersetzte das Keuchen. Schafgarbe. Er war noch ein halbes Kind. Fünfzehn Winter zählte er. Lahmer Hirsch schloss die Finger fester um seinen Bogen.

Schwarzer Stein, Eisvogel und Grünschnabel nahmen im Eingang Aufstellung. In den Köchern über ihren rechten Schultern steckten jeweils nur zwei oder drei Pfeile. Lahmer Hirsch besaß nur noch einen einzigen. Den legte er auf die Sehne und stellte sich neben seine Männer.

Aus dem Augenwinkel sah er, wie Schafgarbes Zwillingsbruder, Laufente, über den Höhlenboden kroch und neben Feuerrabe niedersank. Der Junge musste die ganze Nacht über die schwindenden Kräfte und die unermesslichen Schmerzen seines Bruders miterlebt haben. Die Angst stand ihm nur zu deutlich ins Gesicht geschrieben. Feuerrabe legte Laufente den Arm um die Schulter und drückte ihn an sich.

»Sieh, dort«, flüsterte Schwarzer Stein.

Lahmer Hirsch fuhr herum.

Einer heranrollenden Welle gleich bewegte sich die Truppe der Wanderer-Krieger durch das Tal auf sie zu; ihre Pfeilspitzen blinkten im schräg einfallenden Sonnenlicht. Leichtfüßig übersprangen sie das Bachbett und stürmten auf die Felswand zu. Als sie den steilen Pfad erklommen, verwandelte die Siegessicherheit ihr Kriegsgeheul in schrille Schreie.

»Denkt daran«, ermahnte Lahmer Hirsch seine Männer mit strenger Stimme, »sie müssen den steilen Pfad hinaufklettern, um zu uns zu gelangen. Verschwendet keine Pfeile für unsichere Ziele. Lasst sie ganz nahe herankommen. Wenn ihr sicher seid, den Feind auch zu treffen – und nur dann – schießt ihr.«

Ein schwarze Wolke von Pfeilen kam in einem gleichmäßigen Bogen durch den goldenen Morgen geflogen.

»Runter auf die Knie!«, befahl er und beobachtete, wie seine Krieger gleichzeitig zu Boden glitten.

Pfeile flogen in die Höhle, prallten von den Wänden ab. Flüche wurden laut, als Steinsplitter niederprasselten.

In der Nähe des kleinen Baches stand Springender Dachs, die Arme vor der Brust verschränkt, und verfolgte die Fortschritte seiner Krieger. Gut aussehend und sehr von sich eingenommen, stand er in dem Ruf, ein brutaler Mann zu sein. Den Lauf eines

Mondes lang sprachen die umliegenden Dörfer von nichts anderem als den Gräueltaten, die er begangen hatte. Seine Hosen und sein Hemd starrten zwar vor Dreck und Blut, doch für diese besondere Gelegenheit hatte er sich das Haar geölt und es sorgfältig zu einem festen Knoten geschlungen. Es glänzte wie Steinkohle.

Im Näherkommen lösten sich fünf Krieger aus der Formation und übernahmen die Führung. Lahmer Hirsch, den Bogen schussbereit, zwang sich zu warten. *Warte!* Kalte Schweißperlen rannen über seine Brust.

»Sie greifen an!«, warnte Schwarzer Stein.

Pfeile prallten an den Felsen ab und blieben zitternd in der Erde stecken.

Der Mann an der Spitze der Truppe stimmte sein Kriegsgeheul an und raste auf die Höhle zu.

»Schwarzer St …«

Ehe Lahmer Hirsch den Namen noch ganz ausgesprechen konnte, hatte sein Freund schon seinen Pfeil abgeschossen. Die Spitze bohrte sich in den Leib des Angreifers. Der feindliche Krieger geriet ins Taumeln, umfasste den Pfeilschaft mit beiden Händen, stieß einen brüllenden Schrei aus und fiel.

Ein seltsamer, Furcht erregender Laut wie das Todeswimmern eines Kaninchens erhob sich im Inneren der Höhle. Lahmer Hirsch tötete den nächsten Krieger, der den Pfad erklommen hatte. Zwei weitere stürmten auf sie zu, heulend wie Kojoten und mit funkelnden Augen.

Lahmer Hirsch, der keinen Pfeil mehr hatte, fiel auf die Knie, um fieberhaft den Boden abzusuchen… und landete neben Eisvogel. Ohne nachzudenken streckte er die Hände nach seinem Freund aus, um ihm in seinem Schmerz beizustehen, doch dann griff er nach dem letzten Pfeil in dessen Köcher und sprang wieder auf.

»*Er kommt!*«, schrie Schwarzer Stein, stürzte auf den Höhleneingang zu und rannte dabei Lahmer Hirsch beinahe um. Der feindliche Krieger stürmte in die Höhle, einen Dolch aus Hirschgewerk in der Hand, und wollte sich auf Schwarzer Stein stürzen.

Lahmer Hirsch packte ihn von hinten an den Schultern und riss ihn zurück, indes Schwarzer Stein ihm den Dolch entwandt und ihn ihm mit voller Wucht in die Brust rammte. Als der

Mann tödlich getroffen zusammensackte, schleuderte Lahmer Hirsch den Angreifer zur Seite und legte Eisvogels Pfeil auf die Sehne...

Der schussbereite Bogen vibrierte, während seine Augen den Pfad absuchten.

Die Wanderer-Krieger waren in Deckung gegangen. Pfeilspitzen glitzerten im Sonnenlicht; seltsamerweise schienen sie nicht mehr zu den höhnischen Gesichtern der Krieger zu gehören, die zwischen den großen Felsblöcken in Schussposition knieten. Im Vordergrund wanden sich ihre verwundeten Kampfgenossen im sonnendurchfluteten Staub und drehten sich um die eigene Achse wie sterbende Schlangen; andere zuckten und winselten wie geprügelte Hunde.

Während Lahmer Hirschs Blick über den Vorplatz der Höhle wanderte, begriff er plötzlich. *Ehrwürdige Geister! Springender Dachs hat das genau geplant. Er hat uns in dieses Tal gelockt, weil er wusste, dass wir hier nur diese eine Zufluchtsstätte finden würden. Und gerade in diesem Augenblick hat er eine Hand voll Krieger geopfert, um die restlichen in Position zu bringen...*

Das tiefe, kehlige Lachen von Springender Dachs kroch den steilen Pfad empor. Lahmer Hirsch sah zu, wie sein Erzfeind lässig über den Bach sprang, ein siegessicheres Grinsen im Gesicht, und sich zu seinen Männern gesellte.

Jeglicher Kampfgeist und Überlebenswille flossen aus Lahmer Hirschs Herz wie Wasser aus einem zerbrochenen Krug. Er hob eine zitternde Hand, um sich die Haare aus den Augen zu streichen.

»Warum schießen sie nicht?« stammelte Feuerrabe verwundert, seine tief liegenden Augen leuchteten hoffnungsvoll auf. »Sind sie abgezogen? Haben sie genug?«

»Ja!« jubelte Laufente. »Das ist es! Wir haben sie besiegt!«

Einige Herzschläge lang erfüllte absolute Stille die Höhle.

Dann kicherte Schwarzer Stein trocken, und aus dem Dunkel erhob sich zaghaftes Gelächter. Gespenstische Laute, wie Knochen, die im Wind klappern.

Sanft schimmerndes Licht strömte in die Höhle, das sich in den Blutlachen auf dem Boden spiegelte und den dazwischen umherkriechenden Schatten der Verwundeten wieder Gesichter verlieh.

»Zählt eure Pfeile«, befahl Lahmer Hirsch. »Wie viele besitzen wir noch?«

Schwarzer Stein fiel verdutzt die Kinnlade herab. »Du glaubst doch nicht im Ernst, dass wir noch eine Chance haben, selbst wenn wir Pfeile genug ...«

»Ich habe noch einen«, fiel ihm Lahmer Hirsch ins Wort. »Wer noch?«

»Lahmer Hirsch!« schrie Schwarzer Stein. »Uns bleiben genau drei Möglichkeiten: Wir können uns die Kehlen aufschlitzen, solange wir noch die Kraft dazu haben; abwarten, bis uns der Durst in die Arme von Springender Dachs treibt und wir ihn um einen Schluck Wasser anwinseln; oder, wenn wir zu schwach sind, um uns zu wehren, könnten wir uns auch von den Wanderern wie Säcke über die Schultern werfen und zum Marterpfahl schleppen lassen. Kämpfen ist sinnlos!«

Lahmer Hirsch würdigte seinen Freund keines Blickes, sondern wiederholte seine Frage noch einmal: »Wer besitzt noch einen Pfeil?«

»Ich habe noch zwei«, antwortete Sauerklee und hielt sie hoch.

Langhorn, die gerade erst im letzten Mond zur Frau geworden war, rief: »Ich habe auf dem Boden zwei Pfeile gefunden, die noch brauchbar sind.«

»Bringt sie mir.«

Lahmer Hirsch bedachte die beiden mit einem zuversichtlichen Nicken, als sie ihm die Pfeile in die Hand drückten.

Schwarzer Stein schnaubte ungehalten. »Was soll dieser Wahnsinn! Wir sind besiegt, Lahmer Hirsch. Wenn wir klug sind, nehmen wir unsere Messer und machen unserem Leben selbst ein Ende, bevor Springender Dachs-«

»Du bist vielleicht besiegt – aber ich nicht.«

Ein Lächeln zupfte an den Mundwinkeln der überlebenden Buntfelsen-Krieger.

Stimmen murmelten: »*Lahmer Hirsch hat einen Plan... wird uns nicht sterben lassen...wird sie töten...*«

Feuerrabe starrte Lahmer Hirsch an, als wüsste er mehr als Fallende Frau selbst. »Was sollen wir tun, Lahmer Hirsch? Sie angreifen?«

Als Lahmer Hirsch antwortete: »Ja, Feuerrabe. Genau das

werden wir tun«, fuhr Schwarzer Stein herum, als habe man ihn geohrfeigt.

»*Was!*«

»Schwarzer Stein, ich möchte, dass du Grünschnabel nimmst, Sauerklee, Weide und...« – er spähte durch die Höhle – »und Langhorn. Ihr fünf macht den Anfang. Lauft nach Westen. So schnell euch eure Beine tragen. Lenkt sie ab, wenn ihr könnt. Ich gebe euch zehn Herzschläge Vorsprung, dann renne ich mit Laufente und Feuerrabe Richtung Osten los, über den Wildpfad zwischen den Felsen hindurch. Ich werde die beiden Jungen decken, solange ich kann. Vielleicht, wenn Fallende Frau uns wohl gesonnen ist, schafft es einer von uns bis hinauf auf die Felsenklippe.«

»Und welchem Zweck soll das dienen?«, meinte Schwarzer Stein zweifelnd.

»Es gibt nur einen *einzigen* Zweck, Schwarzer Stein.«

Gefangene würde man tagelang quälen und foltern. Dafür würde Springender Dachs mit Freude Sorge tragen. Er würde seine Gefangenen sogar mit Gewalt füttern, damit sie länger bei Kräften blieben und länger leiden konnten. Ihnen blieb nur noch eine Möglichkeit: Sie mussten den feigen Wanderer-Kriegern zeigen, was Mut bedeutete.

Lahmer Hirsch teilte seine Pfeile auf, behielt zwei für sich und reichte Schwarzer Stein die übrigen drei.

Schwarzer Stein starrte sie eine Weile schweigend an. Eine seltsame Ruhe war über ihn gekommen. »Ja«, sagte er schließlich. »Du hast Recht. Zumindest können wir auf diese Weise...« Seine Stimme erstarb. Er steckte die Pfeile in seinen Köcher und rief dann plötzlich mit kraftvoller Stimme: »Lasst uns diesen Feiglingen zeigen, wie die tapferen Buntfelsen-Krieger sterben! Kommt her, Freunde!«

Die junge Langhorn trat als erste zu ihm. Sie zitterte wie Espenlaub. Sauerklee und Grünschnabel folgten. Schafgarbe humpelte heran und stellte sich hinter sie. Aus der verbundenen Wunde an seinem Bein sickerte Blut. Die Männer, die Langhorn um Haupteslänge überragten, ließen sie so klein und schmächtig erscheinen wie einen jungen Schößling.

Schwarzer Stein trat näher an Lahmer Hirsch heran und flüsterte ihm zu: »Was ist mit den Verwundeten? Möchtest du, dass ich ...«

»Nein«, antwortete Lahmer Hirsch. »Das obliegt meiner Verantwortung.«

Schwarzer Stein blickte seinem Freund lange und eindringlich in die Augen, dann wandte er sich ab, nickte und stieß einen gellenden Kriegsschrei aus, der einem das Blut in den Adern gefrieren ließ. Dicht gefolgt von seinen Kriegern stürmte er aus der Höhle. Staubwolken wirbelten auf, als sie den Pfad hinabstürmten …

In der Gruppe der Wanderer wurden Rufe des Erstaunens laut. Sie fluchten und hoben hastig ihre Bögen. Einige von ihnen nahmen die Verfolgung der Buntfelsen-Krieger auf.

Lahmer Hirsch riss sein Messer aus dem Gürtel und eilte in den hinteren Teil der Höhle, wo Schafgarbe lag. Der Verwundete starrte ihn aus großen Augen an.

»Beeil dich«, keuchte er. »Bitte… mach schnell.«

Lahmer Hirsch betrachtete einen Moment lang das junge Gesicht des tapferen Kriegers, dann schlitzte er ihm mit einem schnellen, präzisen Schnitt die Kehle auf.

Laufentes heiserer Schrei hallte von den felsigen Wänden der Höhle wider. »*Was hast du getan*?« Der Junge warf sich über seinen Bruder und schluchzte, als Schafgarbes Kopf schlaff zur Seite fiel.

Lahmer Hirsch lief zu Eisvogel hin. Der starrte ohne zu blinzeln hinauf zur Decke. Staub und welke Blätter bedeckten seine weit aufgerissenen, toten Augen. Lahmer Hirsch strich seinem Freund liebevoll über die Wange und richtete sich wieder auf.

»Feuerrabe? Laufente?« Er hob die rechte Hand und ballte sie zur Faust. Das Zeichen für die Jungen. »Folgt mir!«

Lahmer Hirsch rannte aus der Höhle hinaus ins gleißende Morgenlicht. Im Westen sah er nur noch Schwarzer Stein laufen. Mindestens zwanzig Krieger hatten sich an seine Fersen geheftet. Lahmer Hirsch schlug die Richtung nach Osten ein.

»Feuerrabe«, rief er über die Schulter, »lauf links von mir! Laufente, du bleibst dicht hinter mir!«

Lahmer Hirsch folgte dem Wildpfad, der sich zwischen den zerklüfteten, mit Gestrüpp und Flechten bewachsenen Felsbroken hindurchschlängelte. Hitziges Kriegsgeheul ließ die Luft erzittern. Lahmer Hirsch rannte immer schneller. In einer Biegung warf er einen Blick zurück über die Schulter. »*Laufente*«, keuchte er. »*Wo bist ...*«

»Er wollte seinen toten Bruder nicht zurücklassen!«, rief Feuerrabe. »Er ist neben Schafgarbe sitzen geblieben.«

Übelkeit stieg in Lahmer Hirschs Kehle auf. Er hetzte weiter. Hätte er das vorher gewusst, hätte er Laufente die grauenhaften Folgen seines Entschlusses erspart. Jetzt musste der Junge die Martern alleine ertragen.

»*Lauft, ihr Feiglinge! Rennt um euer Leben!*«, brüllte Springender Dachs und schickte ein schrilles Lachen hinterher.

Weiter oben neben dem Wildpfad erhoben sich auf der südlichen Seite von Wind und Wetter glatt geschliffene Felsbrocken. Im Norden stand die große Felswand. »Feuerrabe, lauf jetzt vor mir!«, befahl Lahmer Hirsch.

Der junge Krieger überholte ihn mit schweren Schritten.

Pfeile zischten an ihnen vorbei und prallten an den Felsen ab. Lahmer Hirsch verschwendete keine Zeit darauf, sich umzudrehen und auf die Verfolger zu schießen; er musste Feuerrabe von hinten decken.

»Lauf, Feuerrabe. Lauf, so schnell du kannst!« Lahmer Hirsch beschleunigte sein Tempo und zwang Feuerrabe dadurch, sein Bestes zu geben.

Zwanzig Schritte vor ihnen wand sich der Wildpfad hinauf zum Grat der steilen Felswand. Es käme einem Wunder gleich, wenn Feuerrabe es bis dorthin schaffen würde, dachte Lahmer Hirsch, wenn es ihm gelänge, Silberner Sperling zu erreichen... Aber, bei den ehrwürdigen Ahnen, er *musste* ihm diese Chance geben.

»*Lahmer Hirsch, hilf mir!*«

Als Feuerrabe seinen Schritt verlangsamte und stehen bleiben wollte, brüllte ihn Lahmer Hirsch an: »Dreh dich nicht um! Laufente hat seinen Tod selbst gewählt! Du willst doch nicht das gleiche Schicksal erleiden, oder? Weiter, Junge! Lauf!«

Feuerrabe legte die letzte Etappe in weniger als fünfzehn Herzschlägen zurück und stolperte in gebückter Haltung über den Randfelsen.

Lahmer Hirsch atmete erleichtert auf.

Er wirbelte herum, riss noch in der Drehung einen Pfeil aus dem Köcher und tötete den ersten ihrer Verfolger. Sechs weitere, einschließlich Springender Dachs, suchten Deckung hinter den Felsbrocken.

»Springender Dachs!« rief Lahmer Hirsch, um Zeit zu gewinnen. »Verflucht seist du! Hörst du mich? Vor vier Nächten kam Silberner Sperling zu mir. Er erzählte mir, dass du vorhast, das Buntfelsen-Dorf anzugreifen und das Falschgesicht-Kind zu entführen. Und er sagte außerdem, dass dich das deine Seelen kosten würde! Er hat dich verflucht. *Hörst du, was ich sage?* Silberner Sperling sagte, dass dich deine Kraft verlassen wird, dass du bald herumschleichst wie ein getretener Dorfköter! Wenn du dich nicht mehr selbst verteidigen kannst, wird dich das Falschgesicht-Kind töten. Lässt du ihn jetzt nicht frei, wird das deinen Tod bedeuten!«

Er hörte, wie die Wanderer-Krieger nach Luft schnappten.

Zehn Schritte von ihm entfernt hechtete ein Mann auf den Pfad und schoss auf ihn. Der Pfeil traf ihn in den Oberschenkel und brachte ihn beinahe zu Fall. Lahmer Hirsch legte seinen letzten Pfeil ein, zielte und tötete den Krieger.

Zwei weitere Pfeile kamen auf ihn zugeflogen. Einer prallte rechts von ihm an der Felswand ab, der andere bohrte sich mitten in seine Brust und schleuderte ihn rückwärts gegen den Felsen. In dem verzweifelten Versuch, auf den Füßen zu bleiben, krallte er sie Finger in das rissige Gestein.

Feindliches Siegesgeheul brach los. Zwanzig Männer und eine große Frau, die Kriegerin, die Rote Pfeife getötet hatte, stürmten den Pfad hinauf.

Ehrwürdige Ahnen, habe ich Feuerrabe genügend Zeit gelassen? Lahmer Hirsch drehte den Kopf, um nach Feuerrabe Ausschau zu halten, doch das Blut, das gurgelnd in seiner Kehle aufwallte, erstickte seinen Atem. Angst fraß sich in sein Herz. Er taumelte, stürzte auf den schmalen Pfad, wo sein Körper sich in einem letzten verzweifelten Kampf wand. Bald schon schmolzen Angst und Schmerz dahin und verwandelten sich in eine wohlige Leichtigkeit. Lahmer Hirsch blinzelte in den wolkenlosen Morgenhimmel. Grauer Nebel vibrierte wie tausend Nachtfalterflügel am Rande seines Sichtfeldes. Angestrengt versuchte er, das Bild von Wilde Roses Gesicht heraufzubeschwören, sich vorzustellen, wie ihre Brauen sich krümmten, wenn sie lachte, wie der samtene Schimmer ihrer rehbraunen Augen …

Dann stand Springender Dachs über ihm, packte Lahmer Hirsch am Hemd, schüttelte ihn brutal und schrie: »Lügner! Ich habe dem alten Mann nichts getan! Warum sollte Silberner Sperling mich verfluchen?«

Mit einer letzten Kraftanstrengung... lächelte Lahmer Hirsch ihn an.

Silberner Sperling folgte schweren Schrittes dem Pfad, der zum Erdendonner-Dorf führte. Er war die ganze Nacht hindurch auf den Beinen gewesen, nachdem sie ihn aus dem Buntfelsendorf gejagt hatten, zu beschämt, um irgendwo in der Nähe Rast zu machen, zu erregt, um Ruhe zu finden. Tags zuvor hatte er am Nachmittag ein paar vertrocknete Hagebutten gegessen und morgens eine Hand voll Wasser getrunken. Er fühlte sich etwas besser, obwohl ihm immer wieder die Beine versagten und er sich bäuchlings im Staub liegend wieder fand. Er wünschte sich nur, endlich wieder zu Hause zu sein. Sein verwundetes Herz sehnte sich nach dem tröstlichen Anblick seiner Familie, sein knurrender Magen nach einem saftigen Stück Wildbret.

Eine Gruppe von Wildpflaumenbäumen säumte seinen Weg. Die größten Bäume ragten fünf bis sechs Manneslängen in die Höhe, die obersten Äste waren ineinander verschlungen und bildeten ein grünes Blätterdach über dem Weg. Durchscheinendes Sonnenlicht sprenkelte den Boden, als hätte dort jemand goldene Bernsteinsplitter verstreut. Während er über einen abgebrochenen Ast hinwegstieg, stützte er sich mit der Hand an einem der Pflaumenbäume ab. Er fühlte sich kühl an. Die dünne, graubraune Rinde war an einigen Stellen abgeblättert und darunter das dunklere Holz sichtbar. Die Knospen an den äußeren Fingern der Äste hatten sich im Winter braun verfärbt. In weniger als drei Monden jedoch, wusste er, würden diese Knospen in einem saftigen Grün leuchten und bald darauf den Baum in eine weiße Blütenpracht hüllen.

Sperling sehnte sich nach dem Frühling. Nein, eigentlich sehnte er sich nach jedem beliebigen Ort zu jeder beliebigen Jahreszeit, nur weit weg von dem Ort, an dem er sich im Augenblick befand. Das hämische Lachen von Rufender Falke klang ihm immer noch genauso im Ohr wie das Kichern aus Lahmer Hirschs Hütte.

»Was ist nur los mit meinem Geisterhelfer? Kann er denn nichts richtig machen?«

Oder führte der boshafte Junge Sperling nur an der Nase herum, weil er ihm Demut beibringen wollte? Der Junge hatte ihn bisher nie direkt angelogen, jedenfalls nicht, soweit Sperling wusste, aber er vermittelte ihm häufig die Traumbilder auf eine Art, dass Sperling alle Mühe hatte, ihre Bedeutung zu begreifen. Wenn Sperling den Traum falsch deutete, brüllten die Leute vor Lachen und verunglimpften ihn, nannten ihn einen Einfaltspinsel oder einen Verrückten.

Verdrossen stieß Sperling mit der Spitze seines Mokassins einen von einem Eichhörnchen angeknabberten Pflaumenkern vor sich her.

Im Grunde musste sich Sperling die Schuld an seinem lächerlichen Ruf selbst zuschreiben, doch andererseits hatte Staubmond hatte ihrerseits auch herzlich wenig dazu beigetragen, ihn zu unterstützen. Im Gegenteil. Jedesmal, wenn Sperling einen Fehler machte, sah sie zu, dass jedermann im weitesten Umkreis davon erfuhr.

Unbeirrt schritt er aus, überquerte einen grasbewachsenen Hügel und folgte dem Weg entlang einem Bach. Das kristallklare Wasser plätscherte über Kiesel und kleine Steinbrocken dahin, die aufspritzenden Tropfen glitzerten im Schein von Großvater Tagbringers strahlendem Gesicht. Über ihm stießen drei Raben ihre krächzenden Rufe aus. Sperling legte den Kopf in den Naken und spähte hinauf. Die großen Vögel flatterten in Richtung Süden, ihre schwarzen Körper schimmerten wie Pech vor dem azurblauen Himmel.

»Du kannst Staubmond keinen Vorwurf machen«, rügte er sich selbst. »Das ist dein Problem, nicht seins.«

Der Schmerz, der jetzt schon seit zwei Wintern in Sperlings Herz schwelte, erwachte wieder zum Leben. Er vermisste sie. So sehr, dass er es manchmal kaum aushalten konnte. In den fünfunddreißig Wintern, die sie zusammen verlebt hatten, war sie ein Teil von ihm geworden – der Teil, den er nicht missen mochte. Gemeinsam hatten sie vierzehn Kinder gezeugt und über den Tod von dreizehn getrauert. Sperling hatte sie aus tiefstem Herzen geliebt – bis vor elf Monden, als sie ihn aus der Hütte warf, die er gebaut hatte.

Das Scheitern ihrer Liebe hatte viele Ursachen. Jedesmal, wenn eines ihrer Kinder krank wurde, hatte Staubmond ihr ganzes Handeln und denken nur darauf verwandt, es wieder gesund zu machen. Sperling hatte bis vor kurzem nie darüber nachgedacht, doch jetzt war ihm bewusst geworden, dass sie, indem sie sich ganz und gar ihren Kindern widmete, ihn allein gelassen hatte. Furchtbar allein. Je mehr Kinder sie hatte, umso mehr verloren sie, und umso weniger Zeit konnte sie für ihn erübrigen. Gegen Ende war er hoffnungslos verzweifelt gewesen, hatte sich gefühlt wie ein ausgehungertes Tier im Käfig, das auf ein paar karge Essensreste wartet.

Als sein Geisterhelfer auf ihn zugekommen war, hatte sich Aschenmond hartnäckig geweigert, ihm das zu glauben. Von diesem Moment an hatte sie Sperling behandelt wie einen Fremden.

Er hatte sie dafür gehasst… eine Zeit lang.

Aber er war darüber hinweggekommen.

Unwillkürlich griff er an die Muschelperlenkette, die er um den Hals trug. Im Lauf der vergangenen siebenunddreißig Winter hatte er sie zehnmal neu geknüpft. Damals, als er zu seinem ersten Kriegszug aufbrechen sollte, war sein Herz von Angst und einem Sehnen erfüllt gewsen, das er nicht erklären konnte. Er war zu Staubmond gegangen, um ihr Lebewohl zu sagen. Sie hatte ihn umarmt und ihm gesagt, wie stolz sie auf ihn sei und welch großes Vertrauen sie in seine Fähigkeiten als Krieger setze. In dem Augenblick, als sie ihm die Kette umgelegt hatte, war er sich deutlich der Kraft bewusst geworden, die plötzlich durch seine Adern strömte. Und seither hatte er diese Kette niemals mehr aus den Augen gelassen.

Sehnsucht nagte an den Wänden seines leeren Magens. Er fing an zu laufen, wollte nur heim zu ihr und zu seinen Enkelkindern. Am meisten brannte er darauf, Narzisse zu sehen, seine Tochter. Sperling mocht vielleicht nicht fähig sein, etwas richtig zu machen, aber er konnte wenigstens ihr helfen und seinen Enkelkindern.

Er näherte sich der Hügelkuppe, von wo aus man das Erdendonnerdorf überblicken konnte, und verlangsamte seinen Schritt. Die Krähen kreisten jetzt. Hoch über seinem Kopf segelten sie durch die Lüfte, tauchten spielerisch kopfüber in die Tiefe und krächzten sich gegenseitig zu. Sperling zwang seine müden Füße, ihn über den Hügelkamm zu tragen.

Merkwürdig. Er müsste bereits Stimmen hören, den rauch von den feuern der Dorfbewohner aufsteigen sehen. Die Hunde bellten meistens…

Sperling folgte dem Weg über die Hügelkuppe und blieb wie angewurzelt stehen. Die Gestänge aus jungen Weidenruten, die den rahmen der Hütten bildeten, standen nackt da; die Planen aus Rinde waren sorgfältig zusammengerollt und weggeschafft worden. Nicht einmal der dünnste Rauchfaden stieg von den kalten Feuerstellen auf. Das Erdendonnerdorf war schon seit tagen weitergezogen.

Ärger mischte sich in seine Verzweiflung. Ihm wurde übel.

»Oh, Staubwolke«, zischte er durch zusammengebissene Zähne.

Ihren Spuren zu folgen und sie einzuholen, konnte Tage dauern.

Seine zitternden Knie versagten ihm den Dienst. Er fiel in sich zusammen, stürzte wie ein gefällter Baum auf den staubigen Weg. Der schwere Duft feuchter Erde drang ihm in die Nase.

Anstatt sich aufzurappeln und seinem Dorf zu folgen, rollte er sich auf die Seite und versuchte zu schlafen.

Der Traum rollt wie eine Gewitterwolke über den See.

Mir ist kalt. Eiskalt. Laufen…

Fahles Licht fällt durch das blattlose Geäst und betupft das strahlende Gesicht des Jungen. Er tanzt zwischen den eingefallenen Haufen verbrannter Rinde umher, den verkohlten Dachbalken, den Skeletten von Steinmauern – alles, was noch vom Buntfelsendorf übrig geblieben ist.

Sein Lachen klingt wie das muntere Zwitschern von Finken. Süß. Fröhlich.

Er klettert über einen schwelenden Dachbalken, dreht sich auf einem Bein im Kreis herum und hüpft auf den Boden, wo er sanft und leise landet wie eine Nebelschwade.

Kein flüchtiges Aschestäubchen fliegt unter seinen Mokassins auf. Die Rauchfäden, die aus dem schwelenden Balken in die Höhe steigen, bewegen sich nicht einmal, als er an ihnen vorbeitanzt.

Alles ist still.

Niemand weiß, dass er hier ist.

Außer dir. Und mir.

Und dem Tod, der uns aus aschegeschwärzten Augen beobachtet.

Die Muschelperlen auf seinem Lederhemd schimmern, als er durch einen Ozean von geschundenen Leibern tollt. Manchen der Toten ragt ein Pfeil senkrecht aus der Brust. Andere wiederum haben eingeschlagene Schädel.

Der Junge breitet die Arme unter dem sonnengetränkten Himmel aus und ruft:

»Wacht auf, meine Schatten! Schnell! Großvater Tagbringers Kinder jagen euch. Wenn sie euch kriegen, verliere ich die allessehenden Augen, die du in mir geöffnet hast.«

Der Junge dreht sich um, starrt. Seine Augen haben sich verändert. Sie sind nicht länger groß und dunkel; sie leuchten wie glühende Kohlen. Goldgelb. Leidenschaftlich. Er füllt seine Lungen mit der rauchgeschwängerten Luft und schreit: »Habt ihr keine Ohren? Schnell, beeilt euch! Ihr werdet gejagt!«

Der Junge wirbelt herum, lacht, die Asche des verbrannten Dorfes wirbelt auf, wird schärzer, verdichtet sich zu einem tiefen dunklen Loch im gesicht der Welt.

Es ist der klaffende Schlund des Vergessens.

Darin sehe ich Millionen ausgemergelte, leidgeprüfte Gesichter, die um Hilfe rufen…

4.Kapitel

»Blauer Rabe? Blauer Rabe, sie sind hier!«

Straußenfeder schlug das Türleder des Langhauses zur Seite und spähte hinein. Der Junge mit dem breiten, flächigen Gesicht war zehn Winter alt. Er fuhr sich nervös mit der Zungenspitze über die Lippen und strich sich mit seiner schmutzigen Hand das schulterlange schwarze Haar aus den Augen. »Sie sind gerade angekommen! Siebenstern sagt, du sollst dich beeilen. Aber nur du! Niemand sonst. Sie bringen das Falschgesicht-Kind zum Versammlungshaus!«

Im Langhaus wurde es still.

Sie hatten darauf gewartet. Die meisten von ihnen wie kleine Kinder, die sich auf ein kostbares Geschenk der Geisterwelt freuten, einige mit bangen Mienen, als ob sie die schreckliche Strafe fürchteten, die sie für das begangene Verbrechen verdienten. Blauer Rabe ließ den Blick durch das hundert Hand lange Haus schweifen und studierte die angespannten Gesichter seiner Angehörigen. Er hatte sich vehement gegen diesen Überfall ausgesprochen. Das wussten sie. Alle vierzig Bewohner des Hauses saßen da wie Holzfiguren, die Hornlöffel mit Maisbrei schwebten reglos vor ihren offenen Mündern.

»Lass mich rasch meine Sachen zusammenpacken.« Blauer Rabe stellte seine Schale mit Fichtennadeltee ab, die er sich gerade eingeschenkt hatte. Einundvierzig Winter zählte er und war sehr groß; das lange schwarze Haar, das sein ovales Gesicht umrahmte, begann zu ergrauen. Er griff nach seinem Umhang.

Seine alte Mutter und seine junge Nichte saßen ihm auf der anderen Seite der Feuerstelle gegenüber. Seine Mutter, Frost-auf-den-Weiden, hielt den Kopf gesenkt. Ihr Gesicht zeigte keinen Ausdruck, ihr Atem ging flach. Die dreieckigen gehämmerten Kupferplättchen, die den Aussschnitt ihres Lederkleides zierten, schimmerten bei jedem ihrer kurzen Atemzüge.

Kleiner Zaunkönig, seine Nichte, starrte ihn aus großen Augen an. Zwölf Winter war sie alt, und ihr schmales, eckiges Gesicht sah aus wie aus feinstem goldbraunem Holz geschnitzt. Das lange, glänzende Haar fiel ihr in einem dicken Zopf über die linke Schulter. Ihre Eltern und ihr jüngerer Bruder waren bei einem Kanu-Unfall vor acht Monden ums Leben gekommen. Ihre Leichen waren nie zum Vorschein gekommen. Zaunkönig hatte sich seit dem Unfall verändert, war ungehorsam und aufsässig geworden. Mindestens einmal in jedem Lauf des Mondes zettelte sie einen rücksichtslosen Faustkampf an. Schlimmer noch und sicherlich auch viel gefährlicher – Zaunkönig kannte absolut keine Angst. Sie würde einen Wolf bis in den tiefsten Wald verfolgen, nur um sein Fell glänzen zu sehen. Blauer Rabe wusste nie, was dieses schlaksige Mädchen als nächstes sagen oder tun würde.

Zaunkönig stellte ihre Teeschale auf den Boden, beugte sich vor und wisperte mit leiser Stimme: »Ist das Falschgesicht-Kind hier? Wirklich?«

Blauer Rabe warf sich den Biberpelzumhang über die Schultern und entgegnete mit gehobenen Brauen: »Hast du etwa an den Fähigkeiten deines Verwandten als Kriegsführer gezweifelt, Zaunkönig?«

»Ja«, erwiderte sie so ungeniert, dass Blauer Rabe sich ein Grinsen verbeißen musste. »Und eigentlich dachte ich immer, dieses Kind besäße soviel Macht, dass es sich niemals gefangen nehmen ließe«, setzte sie hinzu. »Darf ich den Jungen sehen, Onkel? Nur anschauen? Ich muss ihn nicht anfassen, ich möchte nur …«

»Nein!« Straußenfeder ließ den Türvorhang fallen, stürmte ins Haus wie ein wilder Bär und brüllte: »Anführerin Siebenstern hat ausdrücklich gesagt, dass nur Blauer Rabe kommen soll!«

Blauer Rabe tätschelte seiner Nichte versöhnlich den Kopf. »Ich dachte, du wolltest heute Gauner besuchen?«

»Oh, ja, das muss ich. Ich habe es ihm versprochen.« Sie ließ ihre Hand sinken und schloss sie um die geknotete Rohlederschnur, die an ihrem geflochtenen Gürtel hing. Sie knetete das Spielzeug, als tröstete sie das. »Aber Gauner wird nichts dagegen haben, wenn ich ihn besuche, *nachdem* ich mir das Kind angeschaut habe.«

»Gewiss, aber nicht jetzt, Zaunkönig. Später.«

Das Mädchen funkelte Straußenfeder beleidigt an, und der Bursche grinste.

»Und lass dir ja nicht einfallen, hinter mir her zu schleichen, Zaunkönig«, warnte sie Blauer Rabe.

Zaunkönig klapperte unschuldig mit den Augenlidern. »Aber nie im Leben, Onkel.«

Blauer Rabe musterte sie skeptisch. »Wenn ich dich trotzdem dabei erwische, händige ich dich Siebenstern aus.«

Siebenstern, die Anfüherin des Klans, kannte kein Mitleid mit ungehorsamen Kindern. Sie ließ sie so lange Wasser holen, Mais mahlen und Feuerholz schleppen, bis sie um Vergebung bettelten.

Zaunkönig sank kleinlaut in sich zusammen. »Ich bleibe hier, Onkel. Darauf gebe ich dir mein Ehrenwort.«

Allmählich erwachte das Langhaus zum Leben. Gemurmel wurde laut. Die Bewohner nahmen ihre Tätigkeiten wieder auf, und die satten Rot, Gelb- und Grüntöne ihrer prächtigen Gewänder verwandelten den Raum in ein buntes Farbenmeer. Die Muschelohrringe klimperten wieder ihre fröhlichen Melodien. Obwohl der gestampfte Lehmboden mit dicken Lagen von Fellen ausgelegt war, brauchte es doch vier große Feuerstellen, um eine angenehme Wärme in dem Langhaus zu gewährleisten. Die Flammen warfen ihr orangerotes Licht über Körbe, Bögen und Lanzen, die an den Seitenwänden aus Baumrinde hingen, und tanzten über die getrockneten Vorräte an Früchten und Gemüsen, die in dicken Büscheln an der Decke aufgehängt waren. Nach all den Monden im Rauch der Feuerstellen hatten die Maiskolben, Bohnen, Kürbisse, Sonnenblumen und anderen Pflanzen eine glänzende schwarze Patina angenommen.

»Was wirst du tun, Blauer Rabe?«, rief ein Mann vom anderen Ende des Langhauses ihm zu. »Wirst du das Kind hierherbringen? Soll es bei uns leben?«

»Ich fälle keine Entscheidung, ehe ich es nicht gesehen habe.«

An den Ärmeln seines Umhangs zog sich eine Borte aus roten Stachelschweinborsten entlang. Sie leuchteten glutrot, als er sich von seinem Platz am Feuer erhob.

Die Leute starrten ihn an, ihre Besorgnis war gleichsam mit Händen greifbar.

»Esst weiter«, sagte er mit ruhiger Stimme. »Das Schlimmste ist schon geschehen. Wir haben das Kind geraubt.«

Frost-auf-den-Weiden schürzte ihre runzeligen Lippen, versagte sich aber einen Kommentar.

»Mutter«, beruhigte er sie. »Ich werde bald zurückkehren. Mach dir keine Sorgen um mich.«

Als sie ihr wettergegerbtes Gesicht hob, floss der Widerschein der Flammen wie Honig in die tiefen Falten und ließ sie aussehen, als hätte sie schon tausend Winter gesehen. Ihr weißes Haar leuchtete wie frisch gefallener Schnee. »Der Junge ist sehr gefährlich, mein Sohn.«

»Er ist doch erst neun Winter alt, Mutter.«

»Er ist ein wahrer Schrecken!«

Blauer Rabe knotete seinen Umhang zu. »Vielleicht. Aber darüber urteile ich, nachdem ich ihn gesehen habe.«

»Warum ist er ein Schrecken?«, fragte Zaunkönig verwundert. Sie balancierte auf den Knien, als mache sie sich für einen Wettlauf startbereit. »Ich dachte, er wäre ein Kind der Macht.«

»Das ist er auch«, pflichtete ihr Blauer Rabe bei. »Aber mehr wissen wir im Augenblick noch nicht.«

Frost-auf-den-Weiden hob eine dünne, eisgraue Braue. »Würdest du die Ältesten des Buntfelsen-Volkes Lügner schimpfen? Sie sagen, das Kind ist *sehr* gefährlich.«

»Ja, und ihre Worte haben uns in Angst und Schrecken versetzt, nicht wahr, Mutter? Genau, wie sie es geplant haben.«

Frost-auf-den-Weiden schlug den herrischen Tonfall an, bei dem Blauer Rabes Herz als Kind jedes Mal gebebt hatte. »Diese Ältesten erzählen, dass das Falschgesicht-Kind, kaum dass es laufen konnte, zu jagen begonnen hat, aber nicht kleine Vögel und Streifenhörnchen wie andere Kinder, sondern Wölfe und Rotluchse. In seinem vierten Winter benötigte er auch keinen Bogen oder Pfeile mehr dazu. Er konnte töten, indem er ein Tier in dessen eigener Sprach anrief. Der alte Mann, Silberner Sperling, hat ihn einen ganzen Tag lang auf einem Felsen hocken sehen, wie taub und blind, und als er ihn später fragte, was er dort gemacht habe, antwortete der Junge: ›Dem Volk meines Vater zugehört.‹«

Zaunkönig schnappte nach Luft. »Sein Vater war ein Waldgeist! Das stimmt doch, oder? Das hat Biberschwanz mir erzählt!«

»*Schh, Mädchen*!«, zischte Frost-auf-den-Weiden. Zaunkönig biss sich beinahe auf die Zunge, so schnell klappte sie den Mund zu. Dann wandte Frost-auf-den-Weiden sich wieder an Blauer Rabe. »Um unserer ehrwürdigen Ahnen willen, mein Sohn, als dieses Kind zum erstenmal auszog, um eine Vision zu suchen, da war er gerade fünf Winter alt. Du kannst ihn nicht behandeln wie …«

»Ich kenne die Legenden über den Jungen, Mutter«, meinte Blauer Rabe kurz angebunden. Er hatte Silberner Sperling einmal getroffen und mochte den alten Mann. Aber damals war er noch kein Träumer gewesen, sondern ein Händler. »Dein Neffe, Springender Dachs, hat ja alles darangesetzt, dass diese Geschichten auch jedermann zu Ohren kommen. Ich wünschte, du würdest mir vertrauen.«

Straußenfeders Blick wanderte zwischen den beiden hin und her. Ein orangeroter Schimmer lag auf seinem Gesicht. »Verzeih, Ältester, aber Siebenstern hat gesagt, dass du *sofort* kommen sollst.«

»Ich bin gleich fertig.« Blauer Rabe nahm seine Handschuhe von dem Begrenzungsstein der Feuerstelle, auf den er sie zum Trocknen gelegt hatte. »Richte Springender Dachs …«

»Er ist noch nicht wieder im Dorf, Älterer«, erwiderte Straußenfeder. »Springender Dachs hat zwei Läufer mit dem Jungen vorausgeschickt. Moosschnabel und Schädelkappe sagten, dass Springender Dachs heute abend zurückkehren würde, dann übergaben sie das Falschgesicht-Kind den alten Frauen und flüchteten in ihre Langhäuser. Sie waren beide so krank, dass sie kaum noch stehen konnten!«

»Krank?«, rief Zaunkönig mit wiedererwachtem Interesse dazwischen. »Was haben sie denn?«

»Das hat mir niemand erzählt!«, bellte Straußenfeder. »Ich bin nur ein Junge!«

Blauer Rabe streifte sich beunruhigt die Handschuhe über.

Die Männer hatten tagelang gekämpft und waren eine weite Strecke gelaufen, da waren sie natürlich erschöpft, aber... krank? »Und warum ist Springender Dachs noch nicht wieder zurück? Wo steckt er überhaupt?«

»Er jagt hinter den Überlebenden der Schlacht im Buntfelsendorf her.«

Hitzige Röte stieg Blauer Rabe in die Wangen. Die Anführerinnen des Klans hatten Springender Dachs beauftragt, den Jungen zu entführen, doch er hatte selbstständig entschieden, alle Mitglieder des Buntfelsendorfes zu töten. Seit vielen Wintern schon wuchs sein Ärger über die Überheblichkeit seines Cousins beständig an. Seit fünf Wintern war Springender Dachs Kriegsführer. Und in dieser kurzen Zeit hatte er sich beinahe alle Dörfer im Umkreis einer Mondreise zum Feind gemacht. Sein Wort schien mehr Kraft zu besitzen als das von Blauer Rabe. Er gab Straußenfeder einen Wink mit der behandschuhten Hand. »Lauf los und richte Siebenstern aus, dass ich auf dem Weg zu ihr bin.«

»Ja, Ältester.« Straußenfeder duckte sich unter den Türvorhang und eilte davon.

Frost-auf-den-Weiden fixierte Blauer Rabe mit einem sorgenvollen Blick. »Hör mich an, mein Sohn. Jeder von uns weiß, dass du gegen diesen Überfall gewesen bist. Ich war auch nicht damit einverstanden. Aber das zählt jetzt nicht mehr. Die Tat ist geschehen. Das Falschgesicht-Kind ist hier bei uns. Behandle ihn wie einen verwundeten Panter, wie eine Bestie, die sich unter Schmerzen windet und alles daransetzen wird zu fliehen.«

»*Eine Bestie,* Mutter?« Blauer Rabes Stimme wurde auf einmal sehr leise, und es schien, als neigten sich alle Bewohner des Langhauses näher zu ihm hin, um ihn besser verstehen zu können. »Er ist ein kleiner Junge. Ein Kind, das gerade hatte mitansehen müssen, wie seine ganze Welt zerstört wurde. Er ...«

»Ich warne dich«, fiel ihm seine Mutter ins Wort und hob eine verknöcherte Hand. »*Er ist nicht menschlich.*«

Zaunkönigs Mund klappte auf. »Ist er nicht? Was ist er dann?«

Blauer Rabe ignorierte seine kleine Nichte. Er liebte und achtete seine Mutter zu sehr, um in Gegenwart anderer ihre Worte in Frage zu stellen. Sie saß kerzengerade am Feuer, das ihr schneeweißes Haar mit einem rötlichen Schimmer überzog. »Ich werde mich vorsehen, Mutter. Darauf gebe ich dir mein Ehrenwort.«

Mit diesen Worten hob er den Türvorhang an und schlüpfte hinaus.

Die Kälte traf ihn wie ein Faustschlag, bohrte sich in sein Fleisch und brannte ihm in den Augen. Er beschleunigte seinen Schritt.

Sechs Langhäuser umschlossen den Dorfplatz. Um das Dorf hatten sie eine Palisade aus Baumstämmen errichtet, die zwanzig Hand hoch aufragte – eine notwenige Schutzmaßnahme seit den Überfällen von Springender Dachs. Sie fühlten sich auch in ihrem eigenen Dorf nicht mehr sicher.

Überall in den Eingängen zu den Langhäusern tauchten Köpfe auf. Die Leute starrten ihm mit angespannten Gesichtern hinterher, weiße Dampfwolken ausatmend, während sie miteinander tuschelten. Blauer Rabe spürte ihre Aufregung und ihre Angst ganz deutlich. Die bangen Empfindungen prickelten auch auf seiner Haut wie die ersten Regentropfen eines herannahenden Unwetters, das Flüsse über die Ufer treten lässt und ganze Dörfer verwüstet. Und er konnte im Augenblick nichts dagegen unternehmen.

Den Eingang zum Dorf bildete der schmale Raum zwischen zwei sich überlappenden Pfahlwänden. Es gab zwei Eingänge, einen auf der Nordseite des Dorfes und einen im Süden. Blauer Rabe schlüpfte durch das südliche Tor und eilte den Hügel hinab.

Seit dem Abend, als man ihn zum Kriegsführer ernannt hatte, kreisten die Gedanken von Springender Dachs um das Falschgesicht-Kind, erzählte er immer wieder von grauenvollen Morden und Verstümmelungen – und beschrieb in allen Einzelheiten, wie der Junge sein Volk davor bewahrt hatte. Die Idee, ihn zu entführen, war in ihm gewachsen, bis sie ihn zu verzehren schien. »*Wir müssen diesen Jungen haben!*«, hatte er immer wieder gesagt. »*Er ist ein Falschgesicht, ein Geisterwesen! Seit seiner Geburt ist das Buntfelsendorf kein einziges Mal angegriffen worden, während wir alle zwei, drei Winter überfallen wurden. Jede Schlacht, die der Kriegsführer der Buntfelsen geschlagen hat, hat er gewonnen! Denkt doch nach. Stellt euch vor, was wäre, wenn wir den Jungen hätten! Wir wären unbesiegbar! Wir könnten überall hin auf Kriegszug gehen und uns nehmen, was wir wollen. Wir* müssen *dieses Kind haben!«*

Vor einem Viertelmond hatten die Händler Gerüchte über neue kriegerische Überfälle ins Dorf gebracht. Blauer Rabe dachte darüber nach, während er seinem Weg folgte. Der Wanderer-Klan gehörte zum Bärenvolk. Seit hunderten von Wintern schon versuchten das Bärenvolk und das Schildkrötenvolk sich gegenseitig von ihrem Land zu vertreiben: Die Bären drängten nordwärts, anschließend drängten die Schildkröten nach Süden, und jetzt war das Bärenvolk wieder dabei, Richtung Norden zu ziehen. Seit das Bärenvolk begonnen hatte, Getreide anzubauen und in großen, befestigten Dörfern zu leben, hatten sie das Schildkrötenvolk gezwungen, vor ihnen zu fliehen oder ihre Dörfer mit denen des Bärenvolkes zu vermischen. Das bedeutete, dass man jetzt häufig Langhäuser neben den traditionellen runden Hütten sah, die die Alten des Schildkrötenvolkes bevorzugten. Sie alle sprachen eine ähnliche Sprache, so dass eine Vermischung möglich war, wenn sie auch nicht ohne Komplikationen vor sich ging.

Aus diesem Zusammenwachsen entstanden unterschiedliche Arten von Dörfern: Bärenvolk-Dörfer, deren Bewohner gewöhnlich in Langhäusern lebten wie der Wanderer-Klan; Bären-Schildkröten-Dörfer, wie das Felsbankdorf, wo man auf kleine Hütten und große Langhäuser traf; und Schildkröten-Dörfer wie das Buntfelsendorf mit den kleinen Rundhütten.

Das Schildkrötenvolk folgte den Erbregeln der väterlichen Linie, nicht der mütterlichen. Das führte häufig zugroßer Verwirrung, wenn ein Mitglied des Schildkröten-Volkes einen Partner aus dem Bärenvolk heiraten wollte, was westlich vom Pipe Stem Lake des öfteren vorkam. Im Bären-Schildkröten-Dorf musste ein junger Mann die Einwilligung der Mutter und des Vaters einholen, ehe er deren Tochter heiraten durfte. In den Bären-Dörfern arrangierten allein die Frauen die Hochzeiten. In den Schildkröten-Dörfern hingegen waren die Väter für die Hochzeiten zuständig. Und die Jungen mussten zusehen, wie sie die gegensätzlichen Regeln und Tabus unter einen Hut brachten.

Die Bären-Schildkröten-Dörfer überließen den Kindern die Entscheidung, zu welchem Klan sie gehören wollten, zu dem ihrer Mutter oder dem des Vaters, doch dieser Kompromiss hatte chaotische Folgen. Wenn sich in einem Dorf des Bärenvolkes ein Ehepaar scheiden ließ, lebten ihre Kinder fürderhin im Klan der Mutter. Sie behielten ihre Namen sowie ihren Status und die damit verbundenen Verpflichtungen bei. Wenn aber ein Kind in einem Bären-Schildkröten-Dorf geboren war und den Klan seines Vaters gewählt hatte, musste es nach der Scheidung das Dorf seiner Mutter verlassen und bei den Verwandten des Vaters leben. Waren Kinder noch zu klein, um selbständig zu entscheiden, bestimmten die Eltern darüber. Gewöhnlich beanspruchten die Väter die Jungen, und die Mütter die Mädchen.

Diese seltsame Vermischung von Sitten und Gebräuchen – die ursprünglich dazu dienen sollte, die Harmonie zwischen den verschiedenen Klans zu gewährleisten – war zu einer unerschöpflichen Quelle von Feindseligkeiten geworden, da die Klanmitglieder sich nicht mehr einig wurden, wie sie miteinander verwandt waren.

Selbst Inzest-Tabus ließen sich nicht mehr einhalten. Im letzten Sommer hatte eine junge Frau aus dem Wandererdorf, Kieselstein hieß sie, Schwarzer Falke, einen Mann aus dem Felsbankdorf heiraten wollen. Da der Wanderer-Klan seine Abstammung durch die mütterliche Linie definierte, waren nur mütterliche Verwandte als Ehepartner ausgeschlossen, also hatten die Alten Frauen des Wanderer-Klans dieser Ehe zugestimmt. Die Bären-Schildkröten-Ältesten des Felsbankdorfes hingegen hatten gegen diese Ehe Einspruch erhoben. Schwarzer Falke war, wie sich herausstellte, der Sohn des Bruders von Kieselsteins Vater, und in Bären-Schildkröten-Klans waren Angehörige väterlicher- sowie mütterlicherseits als Ehepartner tabu.

Allein das Nachdenken über diese verwickelten Zusammenhänge bereitete Blauer Rabe schon Kopfschmerzen. Kein Wunder, dass es zwischen den Völkern immer wieder zu kriegerischen Auseinandersetzungen kam.

Um die Sache noch komplizierter zu machen, nutzten die Bären- und Schildkrötenklans das Land auch noch auf unterschiedliche Weise. Die Bären-Klans pflanzten Mais, Bohnen, Kürbis, Sonnenblumen und Tabak an. Während die meisten Erwachsenen das Hauptdorf in den Frühlings- und Sommermonaten verließen, um fischen oder jagen zu gehen, blieben etliche Frauen und Kinder im Dorf zurück. Sie kümmerten sich um die Getreidefelder und Gemüsegärten, bewässerten sie und düngten den Boden, indem sie Fischüberreste in der Nähe der zarten Wurzeln vergruben; später brachten sie die Ernte ein, lagerten sie und bewachten die Vorräte. Die permanente Bestellung des Bodens brachte es mit sich, dass die Erde nach ein paar Wintern ausgelaugt war und der Klan gezwungen wurde, mit seinem Dorf weiterzuziehen, um neues Ackerland zu finden.

Die Bären-Schildkröten-Klans verbrachten den Winter in ihren Dörfern, die sie im Sommer dann verließen und in kleinere Lager zogen, wo sie fischten, jagten, Beeren, Kräuter und Nüsse sammelten.

Das Schildkröten-Volk hingegen bestellte sein Land nicht. Sie streuten im Frühjahr ein Paar Samenkörner über der Erde aus, bauten ihr Lager ab und verbrachten den Sommer, indem sie umherzogen und jagten und sammelten, was Mutter Natur für sie bereithielt. Im Herbst kehrten sie dann zurück, schlugen wieder ihr Winterquartier auf und ernteten, was immer die Vögel und Insekten ihnen an Getreide übrig gelassen hatten. Offenbar brauchten sie den Boden nicht so nötig wie ihre Verwandten des Bärenvolks. In jünster Vergangenheit hatte es etliche Auseinandersetzungen gegeben; Häuser brannten, Frauen und Kinder wurden gestohlen, Vorratshäuser geplündert. Nichts Ungewöhnliches. Bis jetzt jedenfalls. Die Händler behaupteten, dass die Schildkröten-Klans beschlossen hätten, sich nicht länger von ihrem Land vertreiben zu lassen. Sie wollten sich zusammenschließen und dem Bärenvolk offiziell den Krieg erklären.

Blauer Rabe hatte darüber nur gelacht. Die Schildkröten-Klans schafften es ja nicht einmal, während ihrer alljährlichen, sechs Nächte dauernden zeremoniellen Zusammenkünfte friedlich miteinander auszukommen. Wie konnten sie da darauf hoffen, fragte er sich, sich zu einem langen Krieg zusammenzuschließen?

Springender Dachs hatte den Alten geschmeichelt und die Gerüchte dazu benutzt, um seinen Klan davon zu überzeugen, dass es gut wäre, einem Kriegszug zuzustimmen und das

Falschgesicht-Kind zu rauben. Blauer Rabe war wie vor den Kopf geschlagen gewesen, als er gehört hatte, dass die Ratsversammlung mit dem Vorschlag einverstanden war. Ehe er noch Gelegenheit gehabt hatte, seinen Leuten Vernunft beizubringen, hatte Springender Dachs schon seine Krieger um sich geschart und war mit ihnen in den Wäldern verschwunden.

Bilder von flüchtenden Menschen und brennenden Hütten tauchten vor seinem inneren Auge auf. Und seine Träume der vergangenen Nacht waren von den Schreien sterbender Kinder erfüllt gewesen.

Er holte tief Luft und marschierte eilig weiter.

Ein eisiger Wind, der den Geruch nach modrigem Laub und verfaultem Holz mitbrachte, wehte über den Pipe Stem Lake. Die kahlen Äste der Ahornbäume und Birken waren von einer glitzernden Reifschicht überzogen. Einen Moment lang labte Blauer Rabe seine Augen an dieser winterlichen Schönheit. Vor dem goldenen Himmel ließ der Raureif auf den Ästen ein silbern funkelndes Netzwerk entstehen.

Er erreichte die Weggabelung und schlug den Pfad ein, der hügelabwärts zu dem kleinen Zedernwäldchen führte, in dem das Versammlungshaus stand. Es maß einhundertzwanzig Hand in der Länge und sechzig in der Breite, das abgerundete Dach erhob sich fünfzig Hand in die Höhe. Die von Wind und Wetter ausgeblichenen Rindenwände waren mit Moosflechten bewachsen und gaben dem Haus das Aussehen einer riesigen, zotteligen Bestie.

Blauer Rabe verlangsamte seinen Schritt. Was sollte er zu dem Jungen sagen? Das Buntfelsen-Volk nannte ihn Falschgesicht-Kind, aber er besaß sicherlich auch einen eigenen Namen. Seine Mutter, Wilde Rose, hatte ihn angeblich im Alter von dreizehn Wintern geboren, noch ehe ihre monatlichen Blutungen eingesetzt hatten. Die Ältesten des Buntfelsen-Dorfes tuschelten, dass Wilde Rose sich mit einem Waldgeist gepaart habe, der einem verkrüppeltem Baum ähnelte. Sechs Nächte lang sei er zu ihr gekommen, habe sie beobachtet und um sie geworben. In der siebten Nacht dann habe er ihr beigelegen. Der Junge sei dem Vater nachgeraten, was seine Furcht einflößende Macht und sein verwachsenes Äußeres hinlänglich bezeugten.

Blauer Rabe spähte hinüber zum Versammlungshaus. Kein

Laut regte sich darin. Seltsam. Alle geraubten Kinder heulten und riefen nach ihren Müttern. Blauer Rabe hatte dies schon hundertmal erlebt. Vielleicht hatten die Klan-Mütter das Kind ja geknebelt? Siebenstern besaß einen Sinn fürs Praktische, der bisweilen ans Brutale grenzte.

Er trat an die Tür und blieb vor dem ledernen Türfell stehen. »Anführerin Siebenstern? Ich bin gekommen, wie du es befohlen hast.« Er beugte sich vor. »Anführerin? Ich bin's – Blauer Rabe. Soll ich draußen warten?«

Eine heisere Stimme antwortete: »*Komm rein. Schnell!*«

Blauer Rabe schob den Türvorhang zur Seite und trat ein. Als das Leder hinter ihm zurückschwang, huschte ein Lichtstrahl über die grauen Häupter der Dorf-Vorsteherinnen. Siebenstern stand mit dem Rücken zu ihm und starrte in die rechte hintere Ecke des Hauses, während Weißer Reiher zu seiner Linken auf dem Boden lag.

»Was ist geschehen? Ist Weißer Reiher verletzt?« Er schickte sich an, zu ihr zu gehen.

»Halt!«, rief Siebenstern. »Bleib, wo du bist!«

Blauer Rabe verharrte in der Bewegung. »Warum?«, fragte er, die Fäuste vor Nervosität geballt.

Die neunundfünfzig Winter, die Siebenstern zählte, hatten deutliche Spuren in ihrem Gesicht hinterlassen. Die eingesunkenen Lippen über ihrem zahnlosen Gaumen sahen aus wie verknittertes altes Leder. Ihre zitternde Hand hielt ein Hornsteinmesser umfasst, mit dem sie irgendwohin deuten wollte, doch die Spitze zeigte erst an die Decke, dann auf den Boden und wieder hinauf zur Decke. »Siehst du es?«

»Was soll ich sehen?«, wollte er wissen. »Wo ist der Junge?«

Siebenstern fuhr mit feurigen Augen herum. »Er ist kein Junge. Er ist der Verstoßene! Sieh nur!«

Blauer Rabe schaute sich in dem Raum um, betrachtete die mit kräftigen bunten Farben bemalten Zeremonien-Masken, die in regelmäßigen Abständen an den Wänden hingen. Sie wurden mit Sonnenblumenöl eingefettet, damit sie glänzten und das Leder weich blieb. Auf dem Boden rechts von ihm standen Tontöpfe, daneben lag ein Stapel Felldecken, die als Sitzpolster genutzt wurden, und ein Haufen klein gehacktes Feuerholz. Der Verstoßene? Um ihn rankte sich eine uralte und tragische Liebesgeschichte, die an langen Winterabenden gern an den Feuern erzählt wurde. Er hatte Gerüchte gehört, wonach der Verstoßene der wirkliche Vater des Jungen sein sollte, aber nicht der Junge selbst.

»Anführerin«, wandte sich Blauer Rabe an Siebenstern, »was ist geschehen? Ich sehe den Jungen nirgendwo. Ist er davongelaufen? Hast du ihn…«

Eine Bewegung unter dem Dachfirst.

Blauer Rabe warf den Kopf in den Nacken und spähte so ruckartig nach oben, dass er das Gleichgewicht verlor und ein paar Schritte rückwärts taumelte. Das Herz hämmerte wie Kriegstrommeln in seiner Brust.

Der Junge verschmolz nahezu mit der Dunkelheit, kaum sichtbarer als eine schwarze Spinne zwischen den rauchgeschwärzten Dachbalken. Seine verkrüppelten Arme waren ausgebreitet wie Flügel. Die Füße an seinen kurzen, krummen Beinen, die mit Lederstreifen gesesselt waren, ruhten auf einem Eichenbalken. Er trug ein schwarzes Gewand, das glitzerte wie mit Quarzsplittern bestickt.

Heftig atmend stand Blauer Rabe da und versuchte gegen die schreckliche Vorstellung anzukämpfen, dass der Junge tatsächlich ein Geist war. »Wie ist er da hinaufgekommen?«, flüsterte er. Seine Beine sind gefesselt!«

»Weißer Reiher…« Siebensterns Stimme brach ab, als sie mit der Hand auf die Stammesälteste deutete, die zu ihren Füßen auf dem Boden lag. »Sie hatte Mitleid mit ihm. Die Krieger hatten seine Fesseln so stramm gezogen, dass sie blutende Striemen in die Hand- und Fußgelenke geschnitten hatten. Deshalb hatte Weißer Reiher gemeint: ›Er ist doch nicht größer als ein Junge von vier Wintern. Ich denke, es reicht, nur seine Beine gefesselt zu lassen. Er wird uns keine Scherereien machen.‹ Sie nahm ihr Messer, um ihm die Handfesseln durchzuschneiden, und der Junge… schlug ohne Vorwarnung zu, Blauer Rabe! Blitzschnell wie eine Schlange! Er riss Weißer Reiher das Messer aus der Hand und rammte es ihr mitten ins Herz! Dann…« Sie hob wieder ihr eigenes Messer hoch, und jetzt erst sah Blauer Rabe, dass Blut an der hellen Steinklinge klebte. »Er hat Weißer Reiher getötet und ist dann dort hinaufgeflogen. Ich schwöres es! Er flog hinauf wie eine flügellose Amsel! Ich – ich habe ihn mit meinem Messer noch erwischt, als er sich in die Luft erhob, aber er …«

Blauer Rabe drehte sich zu Weißer Reiher um. »Dann ist sie …«

»Ja.« Ein Schluchzer erstickte Siebensterns Stimme. Sie presste eine Hand auf den zahnlosen Mund, um die Klagelaute zurückzuhalten, die in ihrer Kehle aufstiegen, und nickte.

»Ehrwürdige Götter. Was für ein Unglück für unseren Klan! Jeder von uns liebte sie von ganzem Herzen.«

Wut und Trauer kämpften in seinem Inneren um die Vorherrschaft. Weißer Reiher war dem Klan seit dreißig Wintern eine gewissenhafte Anführerin gewesen, hatte sich um die Kranken gekümmert und den Hungrigen zu Essen gegeben. Und sie hatte die Kinder über alles geliebt. Das Volk würde lautstark nach Vergeltung schreien, sobald die Nachricht die Runde gemacht hatte.

»Hat der Junge das Messer noch?«, erkundigte er sich.

»Nein!« Siebenstern deutete zu Weißer Reiher hin. »Er hat es fallen lassen, als er sah, was er angerichtet hatte, hat es geradezu von sich geschleudert, als habe er sich daran verbrannt. Das Messer liegt neben Weißer Reiher auf dem Boden.«

Blauer Rabe sah es nicht. Aber er sah auch keinen Tropfen Blut. Das düstere Licht verbarg ihm möglicherweise eine Fülle von Dingen vor ihm.

»Warum hast du nicht um Hilfe gerufen, Siebenstern? Es hätte dich bestimmt jemand gehört und wäre herbeigeeilt.«

Siebenstern wischte sich mit dem Ärmel ihres roten Kleides über die feuchten Augen. »Es ist gerade erst passiert. Ich war viel zu erschrocken, um zu schreien. Und ich fürchtete, er würde möglicherweise entfliehen, sich in einen Waldgeist verwandeln und unser Dorf zerstören, wenn ich den Blick auch nur für einen Moment von ihm abwendete.«

Wut überlagerte jetzt alle anderen Gefühle, die in Blauer Rabes Brust tobten. Wut auf Springender Dachs, weil er darauf bestanden hatte, den Jungen zu rauben, und auf seinen Klan, weil sie dem Überfall zugestimmt hatten. Wie viele Menschen hatten deshalb ihr Leben lassen müssen?

Blauer Rabe ging zurück zur Tür, hob den Ledervorhang hoch und schlang ihn um die Haltestange. Dann legte er eine

Hand an den Mund und rief, so laut er konnte: »Eichel, Quellwasser? Kommt her! Schnell! Wir …«

Unter dem Dach erhob sich ein Rauschen, als schlage ein riesiger Vogel mit den Flügeln. Blauer Rabe sprang schier das Herz aus der Brust, als er herumfuhr. Die Dunkelheit, die den Jungen umgab, schien aufzuwirbeln und zu verwehen, als fächelte sie jemand mit einem Federbüschel hinweg. Im Zentrum des Wirbels griff eine kleine Hand verzweifelt nach einem Dachbalken.

»Siebenstern«, sagte Blauer Rabe mit achtunggebietender Stimme. »Geh hinaus. Jetzt sofort. Versichere dich, dass Eichel und Quellwasser meinen Ruf gehört haben. Wenn nicht, dann schick sie zu mir. Ich bleibe hier und …«

»*Ich werde sie holen, Onkel!*« Es war Zaunkönig, die plötzlich heftig schnaufend im Eingang auftauchte und sich mit großen Augen neugierig in dem Versammlungshaus umblickte. Als sie die dunkle Gestalt unter dem Dach hängen sah, erstarrte sie wie die Maus vor der Eule.

Blauer Rabe wollte sie schon schelten, doch stattdessen sagte er: »Zaunkönig, hilf Anführerin Siebenstern den Pfad hinauf und bring sie ins Dorf zurück.«

»Ja, Onkel!«

Zaunkönig rannte zu Siebenstern hin, nahm sie am Ellbogen und half der alten Frau beim Aufstehen. Ohne ein weiteres Wort gingen die beiden an ihm vorbei, hinaus ins Tageslicht.

»Ich suche Eichel und Quellwasser, Onkel!«, rief Zaunkönig über die Schulter.

Blauer Rabe erschauderte.

Im Versammlungshaus war es plötzlich so bitterkalt geworden, als ob die Donnervögel hineingeflogen wären und in den Balken ihre Nester gebaut hätten. Er rieb sich die Oberarme und sah wieder hinauf zu dem Kind.

Ein leises Zischen wie von einer Schlange huschte durch die Dunkelheit.

Blauer Rabe spürte, wie ihm die Knie weich wurden. Das ärgerte und beschämte ihn, aber er konnte sich der plötzlichen Schwäche nicht erwehren. All die Geschichten, die Springender Dachs in den vergangenen vier Wintern erzählt hatte, kamen ihm wieder in Erinnerung, und ihn beschlich das furchtbare Gefühl, dass nichts, was er mit Sicherheit zu wissen glaubte, noch sicher war.

»Ich – ich bin Blauer Rabe, Oberhaupt dieses Dorfes«, sagte er. »Du wirst Falschgesicht-Kind genannt, ist das richtig?«

Er zwang seine Beine, ein paar Schritte zu tun. Als er direkt unter dem Jungen stand, streifte er sich die Handschuhe ab, warf sie auf den Boden und streckte die Arme vom Körper ab, um zu zeigen, dass er keine Waffe in den Händen hielt – in seinem Gürtel steckte freilich ein Messer, das der Umhang verbarg. »Hast du noch einen anderen Namen? Einen Jungennamen?«

Das Zischen wurde wieder laut, diesmal jedoch klang es eher wie ein Kratzen, aber es kam ganz deutlich von dem Jungen. Dann erstarb das Geräusch, und man hörte ein leises *Klick-klick, Klick-klick.* Das Geräusch von Krallen auf Holz. Sie bewegten sich vor und zurück, vorsichtig, wie ein Raubtier beim Anpirschen.

Blauer Rabe ballte die Hände zu Fäusten, um nicht voreilig sein Messer zu ziehen. »Junge! Ich bin gekommen, um dir zu helfen! Verstehst du das?«

Ein Tropfen Wasser fiel ihm auf die Stirn. Blauer Rabe blinzelte verwundert. Ein weiterer traf seine Schulter. Der nächste fiel auf den Lehmboden.

Er runzelte nachdenklich die Stirn.

... Tränen.

Die Tränen eines kleinen Jungen.

Leise rief er zu ihm hinauf: »Ich habe das nicht gewollt! Genausowenig wie du. Was passiert ist, tut mir Leid. Bitte – lass mich dir helfen. Der Boden muss schrecklich weit entfernt aussehen von dort oben. Soll ich hinaufklettern und dich runterholen? Ich ...«

»*Blauer Rabe*?« rief Eichel. »*Blauer Rabe, wir sind hier! Wir haben das ganze Dorf mitgebracht! Wir haben alle Bögen und Pfeile ...*«

Das Falschgesicht-Kind stieß einen verhaltenen Laut aus, halb Stöhnen, halb Grollen, der Blauer Rabe an ein in einer Falle gefangenes Tier erinnerte. Das Blut pulsierte immer heftiger in seinen Adern.

»Eichel?«, rief er zurück, doch sein Blick blieb an der verwachsenen schwarzen Silhouette oben im Gebälk haften. »Sorge dafür, dass alle draußen bleiben. Kommt erst rein, wenn ich euch rufe. Hast du verstanden?«

Verängstigte Stimmen wurden laut, Fragen erhoben sich, und Staub wirbelte ins Versammlungshaus, als Dutzende nervöser Füße über den Boden scharrten.

»Hast du verstanden?«, wiederholte Blauer Rabe. »Geht zurück bis zum Pfad und wartet dort, bis ich euch rufe.«

»Aber Blauer Rabe, was ist, wenn ...«

»Stell jetzt keine Fragen. Wir unterhalten uns später darüber. Tu einfach, was ich dir sage. Bitte!«

»Also gut... ja«, antwortete Eichel zögernd. »Mir... mir gefällt das nicht! Aber wir gehen.«

Die Leute zogen sich zurück, ihre Stimmen verhallten, bis der Wind nur noch leises Gemurmel herantrug.

Blauer Rabe versuchte wieder ruhiger zu atmen. Hoch über ihm, unter dem Dach, hing der Junge – schweigend und mit funkelnden Augen.

»Ich klettere jetzt hinauf und hole dich, Junge.«

»Nein!«

»Ich werde dir nichts tun. Das verspreche ich dir.«

Ein mitleiderregendes Wispern drang an sein Ohr. »Du willst mich töten.«

»Nein, nein. Du musst mir glauben. Ich habe das nie gewollt. Und mein Volk auch nicht. Wir wollten nur ...«

»Sie haben mein Dorf niedergebrannt! Ich hab's gesehen!«

Ein unterdrückter Schrei erfüllte die Stille – Schluchzer, die gegen fest verschlossene Lippen drängten.

»Ich schwöre dir, dass du hier sicher bist«, sagte Blauer Rabe. »Du kannst mir vertrauen, Junge. Ich habe noch nie ein Kind belogen.«

Ganz vorsichtig näherte er sich einem Eckpfosten, einem dicken Stamm von zwei Hand Durchmesser. Schößlinge wanden sich um den Pfosten, die ihm Stabilität verliehen und als Leiter benutzt wurden, wenn etwas an den Wänden oder im Dachgebälk ausgebessert werden musste. Er hob ein Bein an und stellte den Fuß auf die erste Sprosse.

»Ich komme jetzt rauf, Junge.«

Je höher Blauer Rabe kletterte, desto deutlicher konnte er das kleinwüchsige Kind sehen. Abgesehen von seinen kurzen krummen Armen und Beinen hatte der Junge dichtes schwarzes, auf Kinnlänge geschnittenes Haar und ein hübsches, rundes Gesicht. In seinen dunklen Augen glitzerten Tränen. Aus einer Wunde am linken Oberarm sickerte Blut. Diese Wunde hatte ihm Siebenstern beigebracht, dachte Blauer Rabe und nahm zwei weitere Sprossen. Die Kleider des Jungen waren nicht, wie er vorher angenommen hatte, mit Quarzkristallen verziert, sondern mit sorgfältig zugeschliffenen Muschelstücken. Zwei der größeren runden Scheiben zierten Abbildungen von Donnervogel und der Fallenden Frau. Der Anhänger an seiner kupfernen Halskette war so groß, dass er beinahe den Medizinbeutel verdeckte, den er um den Hals trug. Ihn zierte das groteske Bild eines verkrüppelten, entwurzelten Baums.

Blauer Rabe hielt an der Verbindung zwischen Wand und Dach inne. Der Junge stand acht Hand von ihm entfernt zu seiner Linken, den Rücken gegen die Dachschräge gedrückt, die gefesselten Füße auf dem Querbalken. Lag es an der seltsamen Haltung, dass Siebenstern geglaubt hatte, er sei hinauf »geflogen«? Der Junge hatte sich mit den Armen nach oben gehangelt, während seine nutzlosen Beine herabbaumelten. Er klammerte sich so fest an den Dachbalken, dass die Knöchel an seinen Stummelfingern weiß hervortraten.

Blauer Rabe streckte den Arm nach ihm aus. »Komm, nimm meine Hand. Bitte. Hab keine Angst. Ich lasse dich nicht fallen.«

Der Junge schüttelte den Kopf.

Blauer Rabe streckte den Arm noch weiter nach ihm aus.

»Greif nach unten. Siehst du meine Hand? Sie ist ganz nahe.«

Verzweifelt huschte der Blick des Jungen durch das Versammlungshaus, offenbar auf der Suche nach einem Weg in die Freiheit… und machte sich an einem der Rauchabzugslöcher im Dach fest.

Panik erhitzte Blauer Rabes Blut. Er würde in den sicheren Tod stürzen, wenn er den Sprung wagte. »Das Loch ist zu eng für dich«, warnte er ihn. »Bitte, versuch es nicht!«

Der Blick des Falschgesicht-Kindes blieb an dem Abzugsloch haften, als kalkulierte es das Risiko eines Sprungs.

»Und… draußen stehen unsere Krieger. Selbst wenn du es schaffen solltest, würden sie dich spätestens dann erwischen, wenn du an der Hauswand herabkletterst.«

Das Falschgesicht-Kind ergriff einen der Querbalken und schien sich zum Sprung bereit zu machen.

Blauer Rabe schüttelte sich eine verschwitzte Haarsträhne aus dem Gesicht. Er musste den Jungen weiter in ein Gespräch verwickeln, um ihn von seinem Vorhaben abzulenken. »Junge, sag mir, wie heißt du? Wie ruft dich deine Familie? Hast du einen Jungennamen?«

Das Falschgesicht-Kind antwortete nicht.

»Als ich ein Junge war«, fuhr Blauer Rabe unbeirrt fort, »da hatte ich einen besonderen Namen. Meine Eltern nannten mich Tanzender Fuß, weil ich ständig auf einem Bein herumgewirbelt bin. Sie sagten, ich erinnere sie an ein verrücktes, einbeiniges Waldhuhn.« Die Erinnerung daran zauberte ein Lächeln auf sein Gesicht. »Die anderen Kinder machten immer gackernde Geräusche, wenn sie mich sahen. Hast du auch so einen Namen?«

Zuerst beantwortete Schweigen seine Frage, dann kam ein fast unhörbares »P-Polterer«.

»Polterer? Das ist ein lautmalerischer Name. Den habe ich noch nie gehört. Warum hat deine Mutter dich so genannt? Hat sie es dir erzählt?«

Polterer senkte den Kopf, und Tränen fielen aus seinen Augen auf den Lehmboden des Versammlungshauses. Winzige Staubwölkchen wirbelten auf, die sich spiralförmig nach oben schraubten wie ein Tornado im Sonnenlicht. »Ich liebe Echos.«

Blauer Rabe lächelte. »Ich kenne eine wunderschöne Schlucht, wo die Echos vier- und fünfmal hin und her fliegen. Als Junge bin ich oft dorthin gegangen, um mit ihnen zu reden. Würde dir das auch Freude machen?« Er streckte noch einmal die Hand aus und beugte sich so weit wie möglich zu dem Jungen hin. »Ich würde dir die Schlucht gern einmal zeigen. Du wirst überrascht sein, was für Stimmen du dort hörst. Jeder Geist hat eine ganz eigene Stimmlage, wie die unterschiedlichen Töne, die du erzeugen kannst, indem du die Finger über den Löchern einer Flöte bewegst.«

Polterer biss sich auf die Unterlippe. Er überlegte lange, dann aber schob er Blauer Rabe zögernd seine gefesselten Füße entgegen.

»Gut. Ja, so ist es gut. Schau nicht nach unten.«

Der Junge näherte sich Handbreit um Handbreit. Sein missgestalteter Körper zitterte dabei wie Espenlaub.

»Hab keine Angst. Du machst das sehr gut. Ich kann dich beinahe schon erreichen.«

Als der Junge in seine Reichweite kam, packte Blauer Rabe ihn am linken Handgelenk, worauf der Junge aufschrie, vor Schmerz oder vor Angst, das konnte er nicht sagen.

»Ich hab dich! Jetzt brauchst du keine Angst mehr zu haben.«

Sein Blick fiel auf das Handgelenk des Jungen, und jetzt begriff er auch die fatale Entscheidung von Weißer Reiher. Die Lederriemen hatten tiefe Wunden in das Fleisch gescheuert, die Schattengeister hatten sich bereits daran gelabt und eiternde Spuren hinterlassen. Die gefesselten Beine des Jungen sahen auch nicht besser aus, sie bluteten und waren angeschwollen. Der Anblick tat Blauer Rabe in der Seele weh. Wie konnten erwachsenen Männer einem Kind von neun Wintern so etwas nur antun? Wenn sie tatsächlich Angst vor dem kleinen Jungen gehabt hatten, so warf das ein beschämendes Licht auf die gesamte Kriegerschar des Wanderervolkes! Dann sollte man sie als Feiglinge aus dieser tapferen Schar ausschließen!

»Keine Sorge, ich lasse dich nicht fallen«, versicherte er Polterer mit freundlicher Stimme. »Rutsche mit deinen Füßen langsam Stück für Stück näher zu mir heran. Ich muss dir die Fußfesseln aufschneiden.«

Polterer kniff die schwarzen Augen zusammen, als argwöhnte er eine Falle.

»Ich greife jetzt in meinen Umhang, um mein Messer aus der Scheide zu ziehen. Keine Angst, ich will damit nur die Lederriemen durchschneiden. Hast du mich verstanden?«

Blauer Rabe bemühte sich um ganz langsame Bewegungen, während er das graue Hornsteinmesser an Polterers Beine führte. Mit einem gekonnten Schnitt trennte er die Riemen durch, die zu Boden fielen und dort wie eingeringelte Schlangen liegen blieben.

Ein kleiner Seufzer der Erleichterung stahl sich aus Polterers Kehle.

»So«, sagte Blauer Rabe. »Jetzt kannst du dich leichter bewegen. Komm her. Wir klettern jetzt gemeinsam hinunter und suchen uns einen gemütlichen Platz am Feuer.«

Polterer streckte zögerlich die Hand aus, und Blauer Rabe ergriff einen kleinen, eiskalten Arm.

»Gut gemacht. Ich danke dir, Polterer!«

Jetzt konnte Blauer Rabe einen Arm um den Kleinen legen und ihn auf seine Hüfte ziehen.

»Halt dich gut an mir fest, wenn wir herunterklettern, ja?«

Der Junge nickte.

Vorsichtig begann er den Abstieg. An der dritten Sprosse vergrub Polterer das Gesicht in den Falten von Blauer Rabes Lederumhang, um seine Augen zu verbergen.

»Das schaffen wir ohne Probleme«, redete ihm Blauer Rabe beruhigend zu. »Du brauchst keine Angst mehr zu haben.«

Als Antwort griff der Junge durch die Öffnung des Umhangs von Blauer Rabe und klammerte sich an seinem Lederhemd fest.

Nachdem sie wieder festen Boden unter den Füßen hatten, sagte Blauer Rabe: »Du kannst jetzt deine Augen wieder aufmachen. Siehst du? Ich sagte dir doch, dass wir nicht runterfallen.« Vorsichtig setzte er Polterer ab.

Der Junge stand schwankend auf seinen zitternden Beinen und versuchte angestrengt, die Beinmuskeln anzuspannen, damit das Zittern aufhörte. Aber es half nichts. Schließlich spreizte er die verletzten Beine, um einen einigermaßen sicheren Stand zu haben.

Nachdem er ein paar Mal tief Luft geholt hatte, fragte er tapfer: »Was hast du jetzt mit mir vor?«

»Ich bringe dich in mein Langhaus. Wo ist denn dein Umhang? Oder haben die Krieger dir eine Decke gegeben, um dich warm zu halten?«

Polterer schob einen zitternden Finger zwischen die Lippen und lutschte daran. Das schien ihn zu beruhigen, denn unversehens glätteten sich seine verängstigten Züge. »Nein, ich hatte nur mein Hemd«, nuschelte er an seinem Finger vorbei.

»Die Männer, die dich raubten, haben dir doch sicherlich etwas zum Anziehen gegeben, damit du auf dem langen Fußmarsch nicht frierst.«

Polterer schüttelte den Kopf. »Nein, haben sie nicht. Auch kein Wasser oder etwas zu Essen. Sie hatten Angst vor mir. Am zweiten Abend, als wir das Lager aufschlugen, sagte ich ihnen, dass ich sie töten würde. Danach haben sie sich nicht mehr getraut, mich anzufassen.«

Blauer Rabe nahm seinen eigenen Umhang ab und legte ihn Polterer um die schmalen Schultern. »Sie hatten Befehl, sich gut um dich zu kümmern, Polterer. Sie werden für ihre Dummheit bestraft werden, das versichere ich dir.«

Er knotete die Lederbänder des Umhangs unter dem Kinn des Jungen fest. »So, ich glaube, fürs Erste geht das so.« Zwei Handbreit des Saums bauschten sich auf dem Boden. »Du solltest den Umhang hochheben, damit du beim Gehen nicht darüber stolperst, aber zumindest wirst du es jetzt warm haben.«

Polterer hielt mit einer Hand den Umhang vorne zu und musterte Blauer Rabe eine ganze Weile schweigend, ehe er dann mit leiser Stimme erklärte: »Ich schenke dir dein Leben.«

Blauer Rabe senkte in amüsierter Dankbarkeit den Kopf, fühlte sich aber plötzlich merkwürdig verwundbar. »Ich weiß das zu würdigen, Polterer. Bist du bereit?«

Der Junge wandte sich zu Weißer Reiher um. Er zog den nassen Finger aus dem Mund und deutete damit auf die alte Frau. »Sie hat Geräusche gemacht. Wie das Knistern des Nachthimmels, wenn die Sterne herabfallen.«

Blauer Rabe sah ihn verdutzt an. »Ihre Stimme knisterte, meinst du? Na ja, sie hat beinahe schon siebzig Winter erlebt …«

»Nein, nicht ihre Stimme. Das Geräusch kam aus ihren Augen.«

»Aus ihren Augen?«

»Ja. Und es war laut.«

Blauer Rabe legte den Kopf schief, nicht sicher, ob er lachen oder sich fürchten sollte. »Hörst du öfter Geräusche aus den Augen der Leute?«

Polterer hatte den Finger wieder in den Mund geschoben. »Nur wenn die Nachtwanderer kommen.«

Blauer Rabe überlief eine Gänsehaut. Die Nachtwanderer waren die Geister der verstorbenen Ahnen, die in Hütten wohnten, die aus weißen Federn gebauten waren und nachts am Himmel leuchteten. Sie stiegen nur zur Erde herab, um eine wichtige Botschaft zu überbringen oder die Sterbenden hinauf in die Welt-über-dem-Himmel zu geleiten.

»Polterer«, begann Blauer Rabe mit einem unbehaglichen Lächeln, »ich muss zu meinem Langhaus zurückkehren, um eine Ratsversammlung einzuberufen. Möchtest du mich begleiten?«

»Ich will nach Hause.«

»Das hier ist dein neues Zuhause, Polterer. Du brauchst nicht mitzukommen. Wenn du möchtest, bringe ich dich in Siebensterns Haus, oder ...«

»Meine Mutter wird bald hier sein.« Polterer reckte den Hals und blickte Blauer Rabe fest in die Augen. »Das wird sie. Sie hat es mir versprochen. Und ihr werdet *alle* sterben.«

»Polterer, ich ...«

»*Sie wird mich holen*. Lahmer Hirsch, mein Onkel, wird sie begleiten und ihr dabei helfen. Das haben sie mir schon vor langer Zeit versprochen. Sie sagten, sie würden es niemals zulassen, dass mir jemand weh tut.« Er nickte selbstsicher. »Ja, sie wird kommen.«

Blauer Rabe strich Polterer zärtlich über das schwarze Haar. Er brachte nicht den Mut auf, dem Jungen ins Gesicht zu sagen, dass seine Mutter und der Kriegsführer des Buntfelsendorfes höchstwahrscheinlich tot waren.

»Na schön, solange du auf sie wartest«, meinte er leichthin, »werde ich mich um dich kümmern. Du hast einen langen Weg hinter dir und bist sicherlich furchtbar hungrig und erschöpft. Erst einmal lasse ich dir etwas zu essen bringen, und dann kannst du dich in meine Büffelfelldecken wickeln und dich am Feuer richtig ausschlafen.«

Blauer Rabe nahm Polterer an der Hand und verließ mit ihm das Langhaus. Die Sonne schien, als sie den Pfad hinauf, auf die Menschengruppe zugingen, die sich auf der Kuppe des Hügels versammelt hatte. Blauer Rabe betrachtete den Jungen aus dem Augenwinkel heraus und sah ihn zum erstenmal deutlich im Tageslicht. Sein Körperbau entsprach zwar dem normal gewachsener Kinder seines Alters, doch die kurzen Arme und Beine ließen ihn dennoch gedrungen erscheinen. Und sein Gang erinnerte an den einer Ente.

Großvater Tagbringers Licht fiel durch die Bäume und malte golden schimmernde Dreiecke auf ihren Weg, doch Polterer spähte nur verzweifelt durch den Wald.

»Polterer, du sollst wissen, dass dich mein Volk, alle Bewohner des Wanderer-Dorfes, für sehr wertvoll erachten. Wir werden dich sehr gut behandeln und du wirst glücklich bei uns sein. Darauf gebe ich dir mein Wort. Ich ...«

Auf der Hügelkuppe entstand plötzlich Unruhe. Blauer Rabe schloss seine Finger fester um die Hand des Jungen. Schreie wurden laut, und einige Frauen rannten mit bleichen Gesichtern davon. Der Rest drehte sich wie ein riesiges, vielköpfiges Wesen um und starrte Blauer Rabe und Polterer entsetzt an.

»Was ist da passiert?«, flüsterte Blauer Rabe ängstlich und beschleunigte seinen Schritt. Polterer watschelte mit seinen kurzen Beinen hastig neben ihm her.

»Ich habe es ihnen gesagt.«

Blauer Rabe sah ihn verwirrt an. »Wem hast du was gesagt?«

»Ihnen. Diesen Männern.«

Eichel löste sich aus der Gruppe und rannte den Hügel hinab auf sie zu. Er war von stämmiger Gestalt und trug die typische Haartracht der Krieger des Dornbusch-Klans – beide Seiten des Schädels kahlrasiert und in der Mitte ein buschiger Haarkamm, der sich von der Stirn bis zum Nacken zog. Sein brauner Büffelfellumhang bauschte sich im Takt seiner weit ausholenden Schritte.

Fünf Armlängen sicheren Abstand wahrend, machte er schnaufend vor ihnen Halt; sein Mund stand offen und seine angstgeweiteten Augen hefteten sich auf Polterer.

»So sprich schon«, forderte ihn Blauer Rabe auf. »Was gibt es? Was ist geschehen?«

»Ältester«, keuchte er atemlos. »Moosschnabel, einer der Läufer, der das Falschgesicht-Kind hergebracht hat... ich glaube, er stirbt.«

Blauer Rabe verschlug es für einen Augenblick die Sprache, dann stammelte er: »W-was? Aber warum? Bist du sicher?«

Eichel schluckte hart und wich einen Schritt zurück. »Ich habe ihn mir selbst angesehen. Ich kenne das Gesicht des Todes, Ältester.«

Blauer Rabe stand stocksteif da und drehte sich dann ganz langsam zu Polterer um.

Das Falschgesicht-Kind bleckte die schneeweißen Zähne, seine dunklen Augen hatten sich in bodenlose Seen verwandelt, deren unendliche Finsternis zum Leben erwachte.

»Polterer, was ...«

Helles, kindliches Gelächter brach aus seiner Kehle hervor, ein Lachen, das Blauer Rabe zu Stein erstarren ließ. Der Junge warf den Kopf in den Nacken und lachte und lachte.

»*Ich habe es ihnen doch gesagt.*«

5. Kapitel

Auf Siebensterns markerschütternden Schrei hin fuhr Blauer Rabe herum und spähte hinauf zum Hügel. Dort stand sie, ihr Brustkorb hob und senkte sich unter heftigen Atemzügen, ihr Gesicht war so weiß die die Rinde einer Birke. »Bring den Jungen aus dem Dorf weg!« schrie sie. »Bring ihn fort, bevor er uns noch alle tötet!«

»Anführerin, bitte«, gab Blauer Rabe zu bedenken, »wir wissen doch noch gar nichts Genaues. Wir sollten keine Beschuldigungen vorbringen, ehe wir nicht …«

»Töte ihn!« Siebensterns alte, knochendürre Beine zitterten so sehr, dass sie sich an der Frau, die neben ihr stand, festhalten musste, um nicht umzufallen. »Dieses Kind ist kein menschliches Wesen!« Ihre Stimme überschlug sich. »Töte ihn!« kreischte sie.

Blauer Rabe verstärkte seinen Griff um Polterers Hand, während er sich wieder an Eichel wandte. »Was ist mit Schädelkappe? Ist er …«

»Er ist am Leben«, antwortete Eichel. »Aber ich weiß nicht, wie lange noch. Er ist sehr krank.«

»Geh und suche Sumpfbohne. Sag ihr, sie soll ihren Medizinbeutel packen und in Perlenfarns Langhaus auf mich warten.«

»Ja, Ältester.«

Blauer Rabe nahm das Falschgesicht-Kind auf den Arm und rannte mit ihm den Hügel hinauf. Oben angekommen übergab er den Jungen Frost-auf-den-Weiden. »Bitte, Mutter, kümmere dich um den Jungen, bis ich Gelegenheit hatte ...«

»Ich will ihn nicht in meiner Nähe haben!«, wehrte Frost-auf-den-Weiden vehement ab und wich ängstlich zurück. »Nimm ihn weg von mir!«

»Mutter, nur bis ich ...«

»Nein!« schrie sie und schlug nach dem Jungen.

Blauer Rabe nahm den Jungen wieder auf den Arm und drehte sich zu der versammelten Dorfgemeinschaft um. »Wer sorgt für den Jungen, bis ...«

»Ich!« rief Zaunkönig und schob sich an den gaffenden Leuten vorbei nach vorn. »Geh nur und schau nach Moosschnabel, Onkel. Ich kümmere mich inzwischen um das Falschgesicht-Kind.«

Zögernd, als greife sie in ein Schlangenloch, streckte Zaunkönig die Hand nach Polterer aus. Ihr ängstlicher Blick suchte den ihres Onkels, ohne die kleine Hand des Jungen loszulassen. »Ich danke dir, Zaunkönig.« Blauer Rabe stellte Polterer auf die Füße und strich Zaunkönig stolz über die Wange. »Bring ihn in unser Langhaus. Ich schicke vier Krieger mit, die dich begleiten. Ich komme gleich nach.«

»Ja, Onkel.«

Blauer Rabe deutete auf vier der älteren Krieger, die sich daraufhin zu Zaunkönig gesellten.

Sie marschierte eilig davon, zügelte aber bald ihr Tempo, damit Polterer mit seinen kurzen Beinen Schritt halten konnte. Er hörte, wie sie mit zitternder Stimme zu dem Jungen sprach.

Blauer Rabe schob sich an den Zuschauern vorbei und eilte auf den Durchlass in der Palisade zu. Anschließend überquerte er gemächlich den Dorfplatz und ging zum Langhaus der alten Perlenfarn, der Großmutter von Moosschnabels Frau. Das gesamte Dorf trottete hinter ihm her; das Schlurfen ihrer Mokassins klang wie das Fauchen einer Horde Pumas.

Das Langhaus stand auf der gegenüberliegenden Seite des

Dorfes, in der Nähe des nördlichen Tores und des Pfads, der hinunter zum Pipe Stem Lake führte. Fünf Bergahornbäume, zehnmal so groß wie ein ausgewachsener Mann, standen im Halbkreis aufgereiht hinter dem Haus. Ihre kurzen Äste formten schmale, kegelförmig Kronen. Vögel hockten in den Zweigen, das Gefiedergegen die Kälte aufgeplustert, doch keiner wagte angesichts des Tumultes im Dorf zu zwitschern. Vor dem Langhaus hatte sich eine Gruppe Jugendlicher und Kinder ängstlich zusammengedrängt.

Blauer Rabe trat vor den Türvorhang und rief. »Perlenfarn? Ich bin's, Blauer Rabe. Darf ich eintreten?«

»Ja! Komm rein!«

Blauer Rabe duckte sich unter dem Türfell und blieb noch im Eingang stehen. Der süßliche Gestank, der ihm entgegenschlug, raubte ihm schier den Atem, eine widerliche Mischung aus Erbrochenem und altem Urin. In der Mitte des Raumes brannte ein einzelnes Feuer, um das sechs Gestalten hockten. Orangefarbene Schatten waberten über ihre angespannten Gesichter. Die alte Perlenfarn sah Blauer Rabe aus großen Augen an. Nicht weit von ihr auf dem Boden lagen zwei Männer, beide in Felldecken gehüllt. Neben dem einen, der sich unter Schmerzen wand und immer wieder stöhnend aufbäumte, knieten vier Männer und eine Frau, die ihn ruhig zu halten versuchten. Neben dem anderen hockte nur eine zusammengekauerte Gestalt.

Blauer Rabe trat forsch vor sie hin. »Was ist passiert?«

Moosschnabel stieß einen heiseren Schrei aus, als sein fiebernder Blick Blauer Rabe entdeckte. Speichel rann aus seinen Mundwinkeln. Er versuchte sich aufzusetzen, doch die vier kräftigen Krieger hielten ihn an Armen und Beinen nieder. Eistaucher, seine Ehefrau, warf sich über seine Brust, klammerte sich an seinen Armen fest und weinte. »Rede, Moosschnabel! Erzähl mir, was passiert ist!«

Moosschnabels fieberglänzende Augen irrten durch den Raum, machten sich dann aber an Blauer Rabes Gesicht fest. Er knirschte mit den Zähnen und warf den Kopf hin und her, als versuchte er zu sprechen.

Blauer Rabe kniete sich neben ihn auf den Boden. »Hab keine Angst, Moosschnabel«, redete er beruhigend auf ihn ein.

»Sumpfbohne wird gleich mit ihrem Medizinbeutel hier sein. Aber wir müssen wissen, was dich krank gemacht hat. Der Junge sagte …«

Moosschnabel schüttelte so ungestüm den Kopf, als jagte ihm die bloße Erwähnung des Falschgesicht-Kindes schreckliche Angst ein. Blauer Rabe sah Eistaucher fragend an. »Hat er etwas gesagt?«

Sie presste eine Hand auf ihre bebenden Lippen und nickte. »Ja. Als er ins Langhaus getaumelt kam, rief er: ›Der Junge! Der Junge!‹ Das war alles. Gleich darauf brach er zusammen. Ich habe ihn zugedeckt und Eichel ausgeschickt, dich zu holen.«

»Gut. Du hast richtig gehandelt. Ich wünschte nur, er würde …«

Moosschnabel wehrte sich gegen die Hände, die ihn festhielten, und fauchte wie ein wildes Tier.

Blauer Rabe unternahm einen neuen Versuch. »Moosschnabel, wenn du sprechen kannst, erzähl mir von dem Jungen. Hat er …«

Der gellende Schrei, der aus Moosschnabels Kehle hervorbrach, ließ Blauer Rabe zurückweichen. Eistaucher begann zu schluchzen. Moosschnabel kämpfte mit dem letzten Rest Kraft, der ihm noch geblieben war, wälzte sich zuckend auf dem Boden und schlug wild um sich. Gurgelnde Worte begleiteten den Schaum, der ihm aus dem Mund troff. »Junge …! Der Junge …!«

»Moosschnabel«, sagte Blauer Rabe mit lauter, deutlicher Stimme. »Hat dir das Falschgesicht-Kind etwas angetan? Dich vergiftet? Verwundet? Was …«

Als ob seine Kraft plötzlich versiegt wäre, sackte Moosschnabel in sich zusammen. Dumpf schlug sein Kopf auf dem harten Lehmboden auf.

»Moosschnabel?«, wisperte Eistaucher verzweifelt und beugte sich über ihn. »*Moosschnabel*?«

Blauer Rabe warf sofort einen prüfenden Blick auf die Brust des Mannes. Sie hob und senkte sich noch. »Er lebt, Eistaucher. Lass ihn ein wenig rasten.«

Tränen strömten über Eistauchers Wangen, aber sie nickte tapfer. »Ja. Natürlich.«

Blauer Rabe erhob sich, um nach Schädelkappe zu sehen. Der lag auf der Seite, das schwarze Haar verdeckte sein Gesicht. Zu

Hübsches Schild, Schädelkappes Frau, die neben ihm kniete, sagte er: »Wie geht es ihm?«

Sie war noch jung, und mit ihrem runden Gesicht, den vollen Lippen und der gebogenen Nase erinnerte sie Blauer Rabe immer an einen Rotluchs mit einem Adlerschnabel. Sie hatte sich das schwarze Haar zu einem dicken Zopf geflochten, den sie seitlich über der rechten Schulter trug. Ihr blaues Kleid schmückten die bereits verblassten roten Bilder von Maus und Wühlmaus.

»Ich weiß es nicht, Ältester«, antwortete Hübsches Schild. »Als er kam, ist er gleich unter seine Decken gekrochen. Und seither schläft er. Ich habe versucht, ihn zu wecken, aber…«

Blauer Rabe legte zwei Finger an die Halsschlagader des Schlafenden. Der Puls war zwar schwach, aber sein Herz schlug noch.

»Lass mich wissen, wenn er aufwacht oder sich etwas an seinem Zustand ändert«, bat er Hübsches Schild und ließ die Hand sinken. »Ich muss jetzt zurück in mein Langhaus und mich um das Falschgesicht-Kind kümmern. Aber ich möchte, dass du sofort nach mir schickst, falls Schädelkappe Anzeichen derselben Krankheit erkennen lässt, die auch Moosschnabel plagt.«

»Jawohl, Ältester, das werde ich.«

Blauer Rabe erhob sich aus der Hocke und ging zur Tür. Als er sich unter den Fellvorhang geduckt hatte, sah er sich einer wogenden Menge von gut hundert Leuten gegenüber. Siebenstern trat auf ihn zu, packte ihn am Arm und zog ihn zu sich heran.

»Was gibt es, Anführerin?«

»Ist er tot?«

»Nein, er lebt noch.«

»Und Schädelkappe?«

»Er scheint ganz tief zu schlafen.«

Siebensterns knochige Finger krallten sich in Blauer Rabes Arm. »Das Falschgesicht-Kind muss das Dorf verlassen. Hast du mich verstanden? Du musst ihn wegbringen, bevor wir noch alle umkommen.«

»Wohin denn, Anführerin?«, fragte er ungehalten. »Wohin soll ich ihn denn bringen?«

Siebenstern überlegte kurz, dann platzte sie heraus: »Binde ihn am Fuße des Sonnenjungen fest! Lass ihn dort in das goldene Auge seines eigenen Todes blicken!« Damit wirbelte Siebenstern herum und rief ihrem versammelten Volk zu: »Hört mich an! *Niemand* darf sich ihm nähern! Wir werden die Rückkehr von Springender Dachs abwarten und dann eine Klan-Versammlung einberufen!«

Blauer Rabe seufzte erleichtert auf. Der Sonnen-Junge war eine besondere Art von Geist; der eine Teil seines Körpers war tot, der andere lebendig. Er wohnte in einer alten Eiche, die im Süden des Wandererdorfes stand. Alle naturbedingten Krankheiten und Todesfälle waren das Werk des Sonnenjungen.

Blauer Rabe erspähte Eichel in der Menge und winkte ihn zu sich heran. »Ich werde jetzt das Falschgesicht-Kind holen und es zum Sonnenjungen bringen«, erklärte er ihm. »Du suchst ein paar Lederriemen zusammen und kommst dann nach.«

»Jawohl, Ältester.«

Zwei Wachen hatten sich an den beiden Enden des Langhauses postiert. Dort standen sie, die Arme vor der breiten Brust gekreuzt, das Kriegsbeil in der Hand, Bogen und Köcher griffbereit über der Schulter. Großmutter Frost-auf-den-Weiden hatte sich geweigert, das Langhaus zu betreten, solange das Falschgesicht-Kind sich darin aufhielt. Sumpfbohne war hineingeschlichen, hatte ihren Medizinbeutel gesucht und das Haus schnell wieder verlassen.

Zaunkönig legte ein neues Holzscheit aufs Feuer. Neben ihr hockte das Falschgesicht-Kind mit angezogenen Beinen auf einem Stapel Felldecken. Seine schwarzen Augen starrten reglos in die niedrigen Flammen. Und selbst als das Feuer aufloderte und Funken sprühten, blinzelte es nicht. Der Junge schien nichts um sich herum wahrzunehmen.

»Möchtest du eine Schale Tee?« fragte ihn Zaunkönig und zwang eine Sicherheit in ihre Stimme, die sie nicht empfand.

Er antwortete nicht.

»Meine Großmutter mischt wilde Johannisbeeren mit Pflaumen und trocknet sie anschließend. Der Tee schmeckt köstlich.«

Im Winter hatte sie die Älteren oft Geschichten von Heiligen Zwergen erzählen hören, aber bis heute noch nie einen gesehen. Und sich auch nicht vorgestellt, dass sie Kinder sein könnten. In all den Geschichten waren die Zwerge immer Erwachsene gewesen, die wundersame Taten vollbrachten, Kranke heilten, die Ruchlosen betraften und ihre Klans zu großen Siegen führten. Konnte so ein verwachsenes kleines Kind tatsächlich ein heiliges Wesen sein?, überlegte sie. Es erschien ihr unmöglich.

»Ich weiß, dass du reden kannst«, erklärte sie. »Vorhin habe ich es gehört.«

Zaunkönig betrachtete interessiert seine verkrüppelten Arme und Beine. Sie waren nur halb so lang wie ihre, und sie wunderte sich, warum die Macht sie hatte verkrüppeln lassen. Gab es vielleicht Dinge, die der Junge mit kurzen Gliedmaßen besser bewerkstelligen konnte? Dinge, die mit der Geisterwelt zu tun hatten? Zaunkönig dachte schweigend darüber nach. Nach dem, was Onkel Blauer Rabe ihr erzählt hatte, benötigte die Macht häufig Schamanen, um Aufgaben auszuführen, die gewöhnlichen Sterblichen unmöglich waren. Vielleicht besaß die Strickleiter, die hinauf in die Himmelswelten führte, tatsächlich so schmale Sprossen? Oder vielleicht war der Eingang nur sechs Hand hoch.

Zaunkönig tippte dem Falschgesicht-Kind auf die Schulter. Als es sich zu ihr umdrehte, sagte sie zu ihm: »Ich habe gehört, dass es Ungeheuer gibt, die auf den Rücken der Wolkenriesen reiten. Sie sollen furchtbar groß sein und Zähne haben, so lang wie Fichten. Mein Volk erzählt, dass diese Ungeheuer mit Vorliebe heilige Menschen verspeisen, die auf dem Weg zu der Welt-über-dem-Himmel sind. Hat dich die Macht deshalb zum Zwerg gemacht? Damit sie dich nicht so leicht erwischen?«

Die Lippen des Jungen öffneten sich einen Spalt und entblößten seine Zähne.

»Ich – ich habe mir nur so meine Gedanken gemacht«, sagte sie schnell.

Sie nahm einen Stock und drehte damit das größte Holzscheit in der Feuergrube um. Das in dem Holz enthaltene Harz begann zu sieden und zischend auf die Glut zu tropfen, aus der plötzlich seltsam grün-blaue Flammen emporzüngelten. Erschrocken warf Zaunkönig den Stock ins Feuer.

»Was hast du mit Moosschnabel und Schädelkappe angestellt? Hast du ihnen Geisterpfeile in den Körper geschossen, um ihre Seelen zu töten?«

Der Junge wandte das Gesicht ab.

»Ich habe die beiden nie sonderlich gemocht«, räumte sie ein. »Moosschnabel hat mich immer mit Weidenruten geschlagen, als ich klein war.« Ihr Blick fiel auf die blutverkrusteten Handgelenke des Jungen. »Hat er dir weh getan?«

Der Junge sah sie an, schweigend, doch in seinen Augen konnte sie die Antwort lesen.

Diese Enthüllung hatte eine seltsame Wirkung auf Zaunkönig. Empörung wallte in ihr auf. Der Junge hatte etliche Schrammen im Gesicht, doch die Wunden an seinen Hand- und Fußgelenken sahen schlimm aus. Sie eiterten bereits.

»Hat Moosschnabel dir die Fesseln angelegt, die dir ins Fleisch schnitten?«

Der Junge nickte kaum merklich.

»Er liebt Lederriemen«, fuhr sie fort. »Ich hatte einmal eine Freundin, Murmeltier hieß sie. Moossschnabel hat sie dabei erwischt, wie sie ein paar Walnüsse aus seinem Vorratsversteck stahl – weißt du, damals waren wir alle draußen im Wald um Nüsse zu sammeln, und Moosschnabel hatte einen großen Haufen für sich allein zusammengetragen. Zur Strafe hat er sie tief in den Wald hineingezerrt, an einen Baum gefesselt und die ganze Nacht dort gelassen. Das war während des Mondes der Braunen Blätter. Es war schrecklich kalt.«

Das Falschgesicht-Kind befeuchtete sich die Lippen und wisperte: »Ist sie gestorben?«

»Nein, aber Murmeltiers Eltern sind in jener Nacht schier verrückt geworden vor Angst. Sie wussten nicht, wo sie sich aufhielt oder ob ihr etwas zugestoßen war. Moosschnabel hat es ihnen erst am nächsten Morgen erzählt. Er sagte, er habe sie an einen Walnussbaum gefesselt, als Strafe für ihren Diebstahl.«

»Aber sie – sie hat doch nur ein paar Nüsse genommen.«

»Ja, doch ihre Eltern waren trotzdem böse auf sie. Deshalb hat ihr Vater Moosschnabel auch nicht getötet. Doch der Vorfall hat ihre Freundschaft zerstört. Und die arme Murmeltier zum Krüppel gemacht. Sie konnte ihre Hände nie mehr so gebrauchen wie früher. Sie sagte, Moosschnabel habe die Fesseln so stramm gezogen, dass er ihre Gelenke verletzte.«

Falschgesicht-Kind hob die Hände und bewegte die Finger. Dabei brachen die Wunden auf, und eitiges Blut rann an seinen Unterarmen herab.

Zaunkönig zuckte unwillkürlich zusammen. »Als ich fünf oder sechs Winter alt war, wünschte ich mir nichts lieber, als dass die Donnervögel Moosschnabel mit einem gewaltigen Blitz zur Vernunft brächten.«

Tränen schimmerten in den Augen des Jungen und er sah plötzlich sehr verletzbar aus. Seine Lippen bebten.

Zaunkönig nahm ihren ganzen Mut zusammen, griff nach seiner Hand und drückte sie aufmunternd. »Bist du sicher, dass du keinen Hunger hast? Wir haben vom gestrigen Nachtessen noch Kanincheneintopf übrig. Mit getrockneten Zwiebeln und Maismehl.«

Vor dem Langhaus erhoben sich aufgeregte Stimmen. Der Türvorhang wurde beiseite geschoben, und Blauer Rabe trat ein, flankiert von den beiden Wächtern. Er ging direkt auf Zaunkönig zu und hockte sich neben sie auf den Boden, ließ dabei jedoch den Jungen nicht aus den Augen. Der Wind hatte sein langes Haar zerzaust, das ihm in grau melierten Strähnen über die Schulter hing.

»Wie geht es ihm?«

Zaunkönig kniete sich hin. »Ich glaube, er ist ganz in Ordnung, Onkel. Ich habe ihn mehrmals aufgefordert, etwas zu essen oder zu trinken, aber er wollte nicht.«

Blauer Rabe kniff die dunkelbraunen Augen zusammen. »Bitte, Polterer, iss etwas. Schnell, ehe ich dich fortbringen muss.«

»Ihn fortbringen?«, wiederholte Zaunkönig alarmiert. »Wohin denn?«

»Anführerin Siebenstern hat bestimmt, dass wir ihn an den Wurzeln des Sonnenjungen festbinden ...«

Zaunkönig spürte, wie sie blass wurde.

»... bis Springender Dachs zurückkehrt und wir eine Klan-Versammlung einberufen können. Außerdem hat sie befohlen, dass sich bis dahin niemand dem Falschgesicht-Kind nähern darf.« Blauer Rabe streckte dem Jungen mit einer bittenden Geste die Hand hin. »Versuche doch, etwas zu essen, Polterer.«

Der Junge zeigte keine Regung.

Daraufhin erhob sich Blauer Rabe seufzend, ging um die Feuergrube herum und zog Polterer auf die Füße.

»Ich bin bald wieder zurück, Zaunkönig. Hilf deiner Großmutter, solange ich weg bin. Du bist sehr viel mutiger als sie.«

»Aber Onkel, hast du es vergessen? Ich muss doch... ich – ich habe versprochen...«

Wortlos ging Blauer Rabe an ihr vorbei und verschwand durch den Vorhang.

6.Kapitel

Zaunkönigs Hirschlederumhang schabte leise wispernd an dem Buschwerk vorbei, als sie Blauer Rabe und dem Falschgesicht-

Kind auf dem gewundenen Wildpfad hinterher schlich. Windmutter blies schon den ganzen Tag über aus vollen Backen – ihr eisiger Atem trieb die verdorrten Blätter über den bewölkten Himmel – und spuckte Schneeflocken. Feine Haarsträhnen lösten sich aus Zaunkönigs Zopf, die sich in den Wimpern verfingen und die sie immer wieder aus dem Gesicht streichen musste.

Jedesmal, wenn sie hierher kam, fraß sich eine eisige Kälte in ihren Magen. Der Sonnenjunge bewegte sich lautlos wie der Schatten eines Falken, wenn er sich an die Kranken und Schwachen heranpirschte. Gelang es ihm, in den Körper eines Menschen hineinzuschlüpfen, dann siechte diese Person dahin und starb. Sie hatte das schon mehrmals miterlebt.

Zaunkönig hielt auf einer Hügelkuppe inne, spähte rasch

über die Schulter, ob ihr niemand gefolgt war, verließ dann den Pfad und verschwand leise in einer dichten Kiefernschonung. Die ersten Schritte legte sie noch auf Zehenspitzen zurück, dann rannte sie los. Wenn sie schnell genug war, könnte sie noch vor Onkel Blauer Rabe das Ziel erreichen – und das war sehr wichtig. Sie hatte Gauner versprochen, ihn heute zu besuchen.

Viele Menschen und Tiere lagen unter den ausladenden Ästen von Sonnenjunge begraben, darunter auch ihr bester Freund. Von der Anhöhe aus konnte sie Gauners Grab sehen. Die Erde hatte sich über der Grabstätte gesenkt und eine flache Vertiefung am Fuße der mächtigen, knorrigen Eiche hinterlassen. Der Anblick ließ Zaunkönigs Herz schneller schlagen.

Sie tastete unter ihrem Umhang nach dem Geschenk, das sie für Gauner mitgebracht hatte, und rannte dann den Hügel hinab.

Sie hatte noch keine zehn Schritte zurückgelegt, da entdeckte sie Onkel Blauer Rabe, der mit dem Falschgesicht-Kind an der Hand am Rand der großen Lichtung auftauchte. Er war schneller gelaufen, als sie gedacht hatte. Zaunkönig warf sich der Länge nach hinter einen umgestürtzten Baum und betete im Stillen, dass er sie nicht gesehen hatte. Wenn man sie hier erwischte, würde sie der Warnung von Anführerin Siebenstern zufolge den Rest ihres Lebens Mais stampfen und Wasser schleppen müssen.

Der Geruch nach verfaultem Holz und gefrorener Erde stieg ihr in die Nase. Ihr Onkel bewegte sich wie ein Mann, der zu seiner eigenen Hinrichtung schritt. Mit schnellen, aber besonnenen Schritten geleitete er das Falschgesicht-Kind zum Sonnenjungen. Stumm watschelte der Junge neben ihm her, die Augen auf die Bäume gerichtet, die am Rand der Lichtung standen. Kurz bevor sie die alte Eiche erreichten, kam Eichel mit einem Bündel Lederriemen hinter ihnen hergerannt.

Es ging alles im Nu. Die Männer legten den kleinen Jungen auf den Boden, fesselten seine Hände und Füße und trieben einen Holzpflock durch die Fußfesseln in die Erde. Anschließend hoben sie die gebundenen Hände über seinen Kopf und fixiertendiese ebenfalls mit einem Holzpflock.

Nachdem der Junge angepfählt war, wich Eichel hastig zurück und wischte sich gründlich die Hände an seinem roten

Hemd ab, als wollte er vermeiden, dass etwas von der Berührung mit dem Falschgesicht-Kind an ihm haften bliebe. Onkel Blauer Rabe jedoch kniete sich neben den Jungen und breitete seinen warmen Fellumhang über ihm aus. Als er etwas zu dem Jungen sagte, das Zaunkönig nicht hören konnte, fing das Falschgesicht-Kind an zu lachen, ein schrilles, hohes, schauerliches Lachen, das Zaunkönig eine Gänsehaut über den Körper jagte.

So hatte er im Langhaus nicht gelacht – den Geistern sei Dank.

Bis zu diesem Augenblick war ihr nie bewusst geworden, was für ein tapferer Mann ihr Onkel war. Als er sich von der Seite des Jungen erhob, schien nicht einmal sein kleiner Finger zu zittern. Er holte tief Luft und stieß seinen Atem als weiße Dampfwolke aus, dann wandte er sich ab und trat zusammen mit Eichel den Rückweg an.

Zaunkönig wartete, bis die beiden Männer zwischen den Bäumen verschwunden waren, dann setzte sich auf und spähte zu Polterer hinüber.

Windmutter wehte ihm das schwarze Haar ins Gesicht und zerrte an den Ecken des Umhangs, der ihn wärmen sollte. Er starrte mit weit aufgerissen Augen zu Sonnenjunge empor. Die rechte Hälfte der Eiche war durch einen Blitzeinschlag verkohlt und im Frühjahr, wenn auf der anderen Seite das junge Grün spross, nahmen sich die schwarzen, kahlen Äste besonders gespenstisch aus. Zaunkönig fragte sich, ob das Falschgesicht-Kind wohl den schrecklichen Geisterjungen mit den Sonnenaugen sehen konnte, der in diesem Baum wohnte. Die Älteren des Wandererklans behaupteten, dass nur Menschen mit großer Macht direkt in die blendenden Augen des Heiligen Jungen blicken könnten.

Zaunkönig musste ihren ganzen Mut zusammennehmen. Gauners Grab lag keine zwanzig Hand von den gefesselten Beinen des Falschgesicht-Kindes entfernt.

Ich komme, Gauner.

Sie spähte noch einmal den Weg entlang und als sie sicher sein konnte, dass niemand sie sah, rannte sie über die verschneite Lichtung. Die Augen des Falschgesicht-Kindes strahlten, als es sie kommen sah.

Sie ging geradewegs auf Gauners Grab zu.

»Ich bin es, Gauner«, wisperte sie. Es hatte zu schneien begonnen, und der frisch gefallene Schnee füllte die Vertiefung über dem eingesunkenen Grab wieder auf.

Das Falschgesicht-Kind drehte den Kopf, um sie zu beobachten.

Zaunkönig kniete sich neben das Grab. »Ich habe mir Sorgen um dich gemacht, Gauner. Hast du es auch warm? Heute ist es so eisig kalt hier draußen.«

Sie wischte mit der Hand den Schnee von Gauners Grab und seufzte tief. Der Kummer, der in ihrer Seelen lebte, flammte wieder auf. Nach dem Tod ihrer Eltern und ihres Bruders war Gauner ihr einziger Freund gewesen. Nachts hatte der treue Hund neben ihr geschlafen, hatte sie gewärmt und ihr die Tränen abgeleckt, wenn sie weinte. Gauner hatte ihr den Verlusst ihrer Familie erträglicher gemacht.

»Ist es ein Hund?«, flüsterte das Falschgesicht-Kind. »Ein toter Hund?«

Zaunkönigs Kehle schnürte sich zusammen. »Er war mein bester Freund.«

»Ich hatte auch einmal einen Hund«, fuhr der Junge leise fort. »Er ist auch gestorben.«

Das Mädchen musste hart schlucken, als sie die flache Kuhle betrachtete. Sie wusste genau, in welcher Position Gauner in seinem Grab lag. In ihrer Vorstellung verfolgte sie die Linie von seiner Nasenspitze, den Rücken entlang bis zum Schwanzende. Er hatte zwei schwarze Flecken auf der Stirn gehabt, die aussahen wie ein zweites Augenpaar. Ihr Volk glaubte, dass solche Hunde eine besondere Macht besaßen. Gauner zum Beispiel war ein großartiger Jäger gewesen. Er nahm immer als erster vor allen anderen Dorfhunden die Witterung eines Wildes auf und konnte einen Bären oder einen Puma den ganzen Tag lang jagen.

»Es tut mir Leid, Gauner«, sagte sie. »Ich liebe dich immer noch.«

»Warum tut es dir Leid?« wollte Falschgesicht wissen. »Hast du ihn totgeschlagen?«

Zaunkönig antwortete nicht. Sie dürfte überhaupt nicht hier sein und schon gar nicht mit dem Jungen reden, nachdem Anführerin Siebenstern dies streng verboten hatte. Doch abgesehen von dem Verbot schmerzte es sie furchtbar, über Gauners Tod zu sprechen.

Es war alles so schnell gegangen. Gauner hatte den ganzen Tag mit den anderen Dorfhunden im Schnee herumgetollt, wie sie es immer taten, doch an jenem Nachmittag waren seine Nase und seine Ohren plötzlich glühend heiß geworden. Die ganze lange Nacht über hatte er in Zaunkönigs Schoß gelegen, mit wässrigen Augen zu ihr emporgestarrt und hin und wieder mit dem Schwanz gewedelt, wenn er ihre besorgte Stimme hörte.

Zaunkönig hatte verzweifelt versucht wach zu bleiben und aufzupassen, dass der Sonnenjunge sich nicht heranschlich, um Gauners taumelnde Seele zu stehlen. Doch dann, mitten in der Nacht, hatte Gauner sie aufgeweckt, indem er dreimal laut bellte – sein Signal an Zaunkönig, dass er einen Eindringling witterte. Zaunkönig war herumgefahren und hatte durch die Dunkelheit in Richtung des flatternden Türvorhangs gespäht. Und als sie sich wieder zu Gauner umgedreht hatte, war es zu spät gewesen. Der Sonnenjunge hatte sich schon in Gauners Körper geschlichen. Er hatte noch einmal zu ihr emporgesehen, nicht mit Liebe, nicht, um ihr ein letztes Lebewohl zuzublinzeln, sondern mit einem traurigen und überraschten Blick, als hätte Zaunkönig ihn im Stich gelassen, weil sie eingeschlafen war und Sonnenjunge dadurch freien Zugang gewährt hatte. Als das Seelenlicht in Gauners Augen verglomm, hatte Zaunkönig ihn mit aller Kraft geschüttelt und versucht, den Sonnenjungen aus seinem Körper zu vertreiben. Dann hatte sie geschrien. Daran erinnerte sie sich noch genau, weil ihre Großmutter ihr sofort eine Ohrfeige gegeben hatte.

Falschgesicht drehte sich ein wenig seitwärts, um das Grab sehen zu können. »Mein Hund hieß Steinmantel.«

Zaunkönig presste die Lippen aufeinander. Sie musste sich zumindest an eines von Siebenstern Verboten halten.

Sie kramte in der Tasche ihres Umhangs und brachte das Geschenk zum Vorschein, das sie Gauner mitgebracht hatte.

»Schau, Gauner, das habe ich hinter einem Stapel Körbe gefunden.« Sie schwenkte den Stock mit den beiden abgekauten Enden über dem Grab ihres Freundes. »Weißt du noch, wie wir damit gespielt haben? Wie du immer bellend um mich herumgesprungen bist und mir den Stock abjagen wolltest?« Behutsam legte sie den Stock auf die gefrorene Erde, genau über Gauners Schnauze. »Ich hatte nämlich Sorge, dass die Geister in der Welt-über-dem-Himmel nicht wissen, wie gerne du mit Stöckchen gespielt hast.«

Es schneite immer heftiger. Dicke Flocken segelten tanzend vom Himmel herab, überzogen die umliegenden Hügel mit ihrer weißen Pracht und schmolzen auf Zaunkönigs langen Zöpfen. Wenn es schneite, senkte sich stets eine seltsame Stille über das Land. Dann hockten die Vögel zusammengekauert in den Bäumen und sahen so traurig aus, während sich hoch oben über den Wipfeln die Wolken bauschten.

Zaunkönig schob die Hände unter ihren Umhang und seufzte. »Ich habe Schwarze Nase ein paar von deinen Dörrfleischstreifen gegeben. Ich hoffe, das stört dich nicht, Gauner. Er war so hungrig. Du weißt ja, wie hart dieser Winter war. Diese Überfälle haben den Leuten Angst eingejagt. Deshalb will keiner einen Bissen seines kargen Mahls mit einem Hundejungen teilen.«

Diese Überfälle fanden schon seit vielen Wintern statt, hatten lange vor Zaunkönigs Geburt angefangen. Ihre Großmutter hatte ihr erklärt, dass das Schildkröten-Volk – das Volk, aus dem Falschgesicht stammte – es verdiente, ausgerottet zu werden, weil die Leute dumm und schmutzig seien. Zaunkönig begriff nicht, wie sie so etwas sagen konnte. Oder warum es irgendjemand verdienen könnte zu sterben. Nachdenklich spielte sie mit dem Stock. Und Gauner hatte es gewiss nicht verdient zu sterben.

»Mit meiner Mutter stimmt etwas nicht«, wisperte das Falschgesicht-Kind. »Ich weiß nicht, was los ist. Sie hat versprochen, mich zu holen, aber« – sein Blick streifte wieder durch die Bäume – »sie ist nicht gekommen.«

Gedankenlos sagte sie: »Wahrscheinlich ist sie tot.«

Die schwarzen Augen des Jungen weiteten sich erschrocken. »Warum sagst du das? Schweigen die Echos dann?«

»Echos?« Sie drehte sich um und sah ihn an. »Welche Echos?«

»Vom Herzschlag meiner Mutter. Ich habe sie immer gehört, auch schon vor meiner Geburt.«

»Ein Mensch kann sich nicht an Dinge vor seiner Geburt erinnern. Da hat man doch noch keine menschliche Seele.«

Deshalb konnte man Neugeborene auch am Hügel der Verlorenen zum Sterben aussetzen, wenn eine Hungersnot über ein Dorf hereinbrach. Manche Seelen mussten der Erde zurückgegeben werden, damit der Klan überleben konnte. Besser ein Neugeborenes, das nur eine Tierseele besaß, als ein Erwachsener mit zwei Seelen. Die zweite Seele, die menschliche Seele, kam erst im Alter von ungefähr vier Wintern zu einem Menschen. Das wusste doch jeder!

»Aber ich erinnere mich trotzdem«, beharrte das Falschgesicht-Kind trotzig.

Zaunkönig klopfte zärtlich auf die gefrorene Erde, die Gauner bedeckte. Seine Nähe tröstete sie und nahm ihr die Angst. Nach einer Weile setzte sie hinzu: »Meine Mutter ist auch tot. Genau wie mein Vater und mein Bruder.«

Das Falschgesicht-Kind versuchte sich ein wenig aufzurichten, um ihr in die Augen zu sehen. »Wie sind sie gestorben?«

»Über dem See brach ein Gewittersturm los. Ihr Kanu kenterte. Sie sind ertrunken.« Merkwürdig, dass sie über dieses Unglück berichten konnte, ohne auch nur den Anflug eines Zögerns zu spüren, so als ob es das Herzeleid eines anderen wäre, das zerbrochen und weggeweht wurde wie trockenes Laub.

Polterer ließ den Kopf langsam auf den verschneiten Boden sinken. »Sind ihre Echos aus deinem Inneren verschwunden?«

Über diese Frage musste Zaunkönig erst nachdenken. Manchmal bereitete es ihr schon echte Schwierigkeiten, sich an ihre Stimmen zu erinnern, und das erschreckte sie jedes Mal. Meinte Polterer das mit seiner Frage? »Weiß ich nicht. Ich … ich glaube schon.«

Unterdrückte Schluchzer zuckten durch die Brust des Falschgesicht-Kindes. »Dann ist meine Mutter wahrscheinlich tot.«

Zaunkönigs Finger strichen abwesend über die Stelle des Grabes, unter der Gauners spitze Ohren lagen. Die Schluchzer des Jungen bohrten sich wie Krallen in ihr Herz; sie klangen genauso wie ihre eigenen, vor acht Monaten. Sie hatte wenigstens Onkel Blauer Rabe und Gauner gehabt, die sie trösteten. Dieser Junge hatte niemanden.

»Sie kann nicht tot sein!«, stammelte das Falschgesicht-Kind mit tränenerstickter Stimme. »Sie hat mir versprochen, mich niemals zu verlassen!«

»Hör mal, du bist doch ein Falschgesicht, oder? Kannst du deine Mutter nicht mit deiner Macht zurückbringen?«

»Ich besitze keine solche Macht!«

»Woher willst du das wissen? Hast du es schon einmal probiert?«, ließ Zaunkönig nicht locker. »Bei uns erzählt man sich die Geschichte von einem uralten Zerg. Hungrige Augen hieß er. Und der konnte die Geister aus der Welt-über-dem-Himmel zurückholen. Er fing sie mit einer Schlinge, steckte sie in einen Beutel aus ungegerbtem Leder und vereinte sie wieder mit ihren Körpern.«

»Und diese Menschen wurden wieder lebendig?«

»Ja. Du bist wahrscheinlich noch nicht alt genug zum Seelenfliegen, aber ich bin davon überzeugt, dass eine solche Macht in dir wohnt. Und selbst wenn ich mich irren sollte, verlierst du nichts, wenn du es wenigstens einmal versuchst.«

Das Falschgesicht-Kind kniff die Augen zusammen und weinte leise vor sich hin. Wie alle geraubten Kinder, die man ins Wandererdorf brachte, sah auch er verloren und hoffnungslos aus.

»Danke«, krächzte er heiser. »Fürs Reden.«

Zaunkönig zuckte schweigend die Schultern. Sie begann Schnee über Gauners Grab und sein Lieblingsspielzeug zu häufen und meinte dann: »Ich muss jetzt gehen, Polterer. Unsere Anführerin Siebenstern hat jedem verboten, in deine Nähe zu gehen. Wenn sie mich hier erwischt, wird sie mich hart bestrafen.«

Polterer drehte den Kopf und spähte hinüber zum Wandererdorf, das sich hinter der niedrigen, mit Kiefern bestandenen Anhöhe zu seiner Linken verbarg. Blaue Rauchwolken ringelten sich über den Baumwipfeln. Plötzlich zog er die Stirn in Falten. Anscheinend sah er etwas, das Zaunkönig nicht sehen konnte. Sie erhob sich rasch, von einem mulmigen Gefühl ergriffen.

»Was ist denn?«, fragte sie.

»Ich werde das Fliegen schnell lernen müssen«, erklärte er mit gehetzter Stimme. »Deine Leute wollen mich nämlich töten.«

»Woher willst du das denn wissen? Wir haben doch noch gar keine Versammlung abgehalten.«

Polterer drehte die Handgelenke unter den strammen Lederriemen. Zaunkönig sah sein Blut in den frisch gefallenen Schnee tropfen und sein Gesicht, das sich unter Schmerzen verzerrte. »Ich weiß es«, flüsterte er.

Zaunkönig schickte sich an, ins Dorf zurückzugehen, hielt dann aber inne. Polterer biss sich auf die Lippen, um die Tränen zurückzuhalten. Zaunkönig wusste nicht, warum sie das tat, aber sie kehrte um und kniete sich neben dem verzauberten Kind in den Schnee.

»Es wird bitterkalt werden, heute«, sagte sie. »Und die Nacht wird noch schlimmer. Ich kann bereits den Sturm in Windmutters Atem riechen.«

Sie beugte sich über Polterer und steckte sorgfältig den Mantel von Onkel Blauer Rabe unter ihm fest, damit der Wind ihn nicht fortblies. »Versuch, dich nicht zu viel zu bewegen.«

Polterers Mund öffnete sich, als wollte er ihr danken, doch dann wisperte er: »Wenn du meine Mutter siehst, sagst du ihr dann, dass ich hier bin?«

»Tja… ich weiß nicht. Damit könnte ich mir eine Menge Ärger einhandeln.«

»Das weiß ich, aber tust du es trotzdem?«

»Ich – ich weiß ja nicht einmal, wie sie aussieht.«

»Sie ist klein und dünn, hat lange, schwarze Haare und Augen so braun wie das Bauchfell von einem Büffel. Und auf ihrer Stirn ist das Bild meines Vaters eintätowiert, ein grüner Baum.«

Zaunkönig kaute unbehaglich an ihrer Unterlippe, während sie sich vorzustellen versuchte, wie sie sich an Polterers Stelle fühlen würde – von einem feindlichen Stamm draußen im Schnee angepflockt, weit weg von der eigenen Familie.

»Also schön, Polterer. Wenn ich sie sehe, sage ich ihr, wo sie dich findet. Aber du darfst niemandem verraten, dass ich das war.«

Der Junge schenkte ihr ein schwaches Lächeln, und Zaunkönig lächelte zurück. Doch als ihr bewusst wurde, was sie eben getan hatte, schnürte ihr die Angst mit eisigen Händen die Kehle zu. Heilige Geister, wenn irgendjemand herausfand, was sie gerade gesagt hatte, würde man ihr bei lebendigem Leib die Haut abziehen!

Sie drehte sich rasch um und ging über die Lichtung davon, bis sie aus seiner Sichtweite war.

Und dann rannte sie, als ob sämtliche bösen Geister hinter ihr her wären.

Ein Kind weinte…

Feuerrabe blieb stehen. Lauschte. Das Weinen hallte durch den Wald, umkreiste ihn wie spielende Falken, manchmal war es so laut, dass er zusammenfuhr und erschrocken herumwirbelte, dann wieder ganz leise, wispernd, lockend.

»Wer ist da?«, rief er.

Sein Blick suchte die schneeweiße, glitzernde Umgebung ab. Keine zwanzig Schritte von ihm entfernt stand eine Hirschkuh unter einem Baum, ihre Augen schimmerten wie weiße Muschelschalen, aber ansonsten konnte er keine Menschenseele entdecken.

»Ehrwürdige Geister, hat mir das Fieber den Verstand geraubt?«

Schwer atmend stützte er sich mit der Hand an dem Felsbrocken ab, der sich links von ihm erhob. Unaufhörlich fiel Schnee aus dem aschgrauen Himmel, überzog die Baumwipfel mit bauschigen Kronen und breitete eine dicke Decke über den ausgetretenen Pfad. Großvater Tagbringers Gesicht erhob sich schon eine ganze Weile am Horizont, doch sein Leuchten vermochte die Wolken kaum zu durchdringen. Das hier *war* der richtige Weg. Feuerrabe hatte ihn schon dutzende Male genommen. Anführerin Aschenmond schlug ihr Lager immer irgendwo entlang dieses Pfades auf, manchmal zwei oder drei Tagesmärsche östlich oder westlich, aber immer…

Warum hatte er das Erdendonner-Dorf noch nicht erreicht?

Er nahm eine Hand voll Schnee von dem Felsbrocken und schob ihn in den Mund. Die eisigen Kristalle schmeckten herrlich kühl, erfrischten ihn.

»Ich kann mich doch nicht verirrt haben«, flüsterte er der Hirschkuh zu. »Ich kenne doch diesen Weg!« Die Ohren der Hirschkuh zuckten kurz und drehten sich in seine Richtung, dann trottete sie ins Unterholz. Leise raschelnd schlugen die schneebedeckten Zweige hinter ihr gegeneinander.

Am Fuße der Anhöhe stand ein verkohlter Baumstumpf. Daran erinnerte er sich.

Vor nicht einmal vier Monden war er mit Lahmer Hirsch diesen Weg gegangen. Lahmer Hirsch... ach, Lahmer Hirsch.

Widerstreitende Gefühle ergriffen ihn. Er war sich nie sicher gewesen, was er von diesem Mann halten sollte. Feuerrabe war fünf Winter alt gewesen, als Lahmer Hirsch seinen eigenen Vater getötet hatte, um sich dessen Zauberkraft anzueignen. Seither war Feuerrabe ihm stets mit Misstrauen und Angst begegnet – aber Lahmer Hirsch hatte Feuerrabe das Leben gerettet.

Er sah an sein mit einem Fellfetzen umwickeltes Bein an. Der Pfeil hatte sich knapp über dem Knöchel in sein Schienbein gebohrt, als er über die Felsenklippe gehechtet war, doch Feuerrabe hatte sich davon nicht aufhalten lassen sondern sich wie ein Verrückter weiter durch den Wald gekämpft. Am ersten Abend hatte er versucht, mit seinem Messer die steinerne Pfeilspitze herauszuschneiden, doch die saß zu tief im Knochen fest. Am dritten Tag war das Bein so angeschwollen, dass er seine Lederleggins erst bis zum Knie und später bis hoch zur Hüfte hatte aufschneiden müssen. Mit jedem Atemzug, den er tat, stach ihm der Geruch der Schattengeister in die Nase, die sich an seinem Fleisch labten. Ihr widerlicher Gestank nach Fäulnis überdeckte sogar den Geruch modriger Baumrinden und alten Laubs.

... Gelächter waberte durch das Gehölz.

»Wer ist da?«, brüllte Feuerrabe noch einmal. »Wer bist du? Warum zeigst du dich nicht?«

Sein Blick erforschte jeden Schatten, jede ungewöhnliche Färbung zwischen den Bäumen, dann ließ Feuerrabe den Kopf sinken und schüttelte ihn resigniert.

Seit drei Nächten sprachen unsichtbare Stimmen zu ihm, die aus dem Nichts zu kommen schienen. Einmal hatte er seine Großmutter seinen Namen rufen hören, wieder und immer wieder, und war der Stimme durch die Wälder gefolgt. Und als ihm einige Zeit später klar wurde, dass sie schon seit mehr als zehn Wintern tot war, hatte ihn Panik erfasst.

Ein eisiger Wind fuhr durch die Eichen und Ahornbäume

und peitschte ihm das schwarze Haar ins Gesicht. Feuerrabe versuchte mit letzter Kraft, sich auf den Beinen zu halten.

»*Beeil dich*!«, schrie das Kind. »*Ich bin hier*!«

»Wer bist du?«

Der Schnee fegte über den Waldweg, verwirbelte in den Biegungen und bauschte sich an den Rändern zu bizarren Verwehungen. Mit zusammengebissen Zähnen humpelte Feuerrabe weiter. Der Schmerz in seinem Bein fraß sich pochend durch seinen ganzen Körper. Er hätte alles darum gegeben, sich hinzusetzen und eine Weile auszuruhen, fürchtete aber, später nicht mehr aufstehen zu können.

»*Hier entlang! Hier bin ich!*«

Seine stolpernden Schritte tappten über eine vereiste Pfütze, seine Füße fanden keinen Halt, rutschten unter ihm weg. Ein heiserer Schrei brach aus seiner Kehle hervor, als er auf dem hart gefrorenen Boden aufschlug. Mit letzter Kraft kämpften seine Lungen um jeden Atemzug, hilflose Tränen brannten ihm in den Augen.

»Ehrwürdige Ahnen«, wisperte er keuchend. Mühsam rappelte er sich zu einer sitzenden Position auf und geriet ins Taumeln, als Himmel, Bäume und Boden um ihn herumwirbelten.

»*Komm,sei nicht so träge! Ich bin hier! So komm doch endlich!*«

Keine sieben Schritte von ihm entfernt sah er etwas Dunkles auf dem Pfad stehen. Er rieb sich die Augen. Es sah aus wie... ein Junge. Eines der Buntfelsen-Kinder vielleicht?

»Kenne ich dich, Junge?« brüllte Feuerrabe der Gestalt entgegen. »Bist du dem Massaker im Buntfelsendorf entronnen? Komm her! Ich brauche Hilfe!«

Das Kind rührte sich nicht. Feuerrabe krallte die Finger in den gefrorenen Boden und zog sich vorwärts. Schnee häufte sich vor ihm auf, der seine bloßen Hände erstarren ließ und an seinem Lederhemd haften blieb.

Der Junge hüpfte davon.

»Warte ... So warte doch, Junge! Ich brauche Hilfe! Hörst du mich? Hol jemanden her, der mir hilft!« So laut er es vermochte, setzte er hinzu: »Bei der Seele von Fallende Frau, ich bin verwundet!«

Die Erscheinung verflüchtigte sich in einem kreiselnden Schneewirbel.

Feuerrabe ließ den Kopf in die Hände sinken. Wie gerne hätte er sich der Kälte und der Erschöpfung überlassen. Wenn er doch nur einen einzigen Tag ausruhen könnte. Dann würde die Schwellung vielleicht etwas zurückgehen.

Schnee knirschte.

»*Wer ist das wohl*?« fragte eine Frauenstimme.

»Weiß ich nicht, Narzisse«, antwortete ein Mann. »Aber ich erkenne die Symbole an seiner Kleidung. Er ist einer aus dem Buntfelsen-Dorf.«

Feuerrabe hob den Kopf.

Die junge Frau hatte er noch nie gesehen, aber den alten Mann kannte er. Schulterlanges weißes Haar umrahmte das zerfurchte Gesicht, das von breiten Wangenknochen und einer gebogenen Adlernase beherrscht wurde. Ein Paar intensiv blickende Augen fixierten Feuerrabe.

»Silberner Sperling? Das bist du doch… oder?«

Der alte Mann kniete sich nieder und nickte schweigend. Dann sagte er: »Ja, das bin ich. Und wer bist du?«

»Oh, ehrwürdige Ahnen.« Tränen erstickten seine Stimme.

»Silberner Sperling, mich schickt Lahmer Hirsch … Um dir auszurichten, dass du Recht gehabt hast. Springender Dachs hat das Falschgesicht-Kind geraubt.« Mit letzter Kraft streckte er ihm die Hand entgegen, die der alte Mann kraftvoll mit seiner umschloss. »Lahmer Hirsch ist tot. Genau, wie du es geträumt hast. Er ist tot!«

Die Finger des alten Mannes griffen fester zu. »Wann ist das passiert?«

»Ich – ich weiß nichts Genaues. Ich …«

»Wie heißt du, Krieger?«

»Feuerrabe«, brachte er noch heraus, dann verließ ihn seine Kraft. Er wälzte sich herum, vergrub das Gesicht im Schnee und heulte wie ein Kind.

Eine warme Hand fasste ihn an der Schulter und rollte ihn auf den Rücken; dann wischten ihm behutsame Finger den Schnee aus dem Gesicht. »Du bist jetzt in Sicherheit, Feuerrabe«, sagte Silberner Sperling mit fester, Zuversicht spendender Stimme. »Wenn irgendjemand dir Böses will, dann muss er zuerst mit mir fertig werden.«

Blauer Rabe hörte, dass Zaunkönig das Versammlungshaus betrat, heftig schnaufend, als sei sie gerannt, aber er drehte sich nicht um.

Er konzentrierte sich auf das Blut, das den harten Lehmboden befleckte. Er hatte den Körper von Weißer Reiher untersucht, nachdem ihre leidgeprüfte Familie sie nach Hause gebracht hatte, um sie für die Beisetzung vorzubereiten, und hatte festgestellt, dass Polterer sie nicht getötet hatte. Zumindest nicht mit seinem Messer. Die Klinge hatte eine Rippe gestreift und war abgelenkt worden. Deshalb auch nur die wenigen Tropfen Blut auf dem Boden.

»Hast du das gehört?«, fragte sie. »Als ich über den Platz ging, haben die Leute davon gesprochen.«

»Ja, ich habe es gehört.«

Moosschnabel und auch Schädelkappe waren vor einer halben Hand Zeit gestorben.

Zaunkönig setzte sich im Schneidersitz neben ihren Onkel. »Glaubst du, dass das Falschgesicht-Kind das getan hat?«

Blauer Rabe schaute sie an. Schneeflocken sprenkelten ihr Haar. Zaunkönig war ein hübsches Mädchen, doch ihre Augen waren das Schönste an ihr. Groß und dunkel, mit langen, seidigen Wimpern. In den letzten acht Monden hatte Blauer Rabe versucht, ihr Vater, Mutter und Bruder zugleich zu sein – und kläglich versagt. Er hatte nie geheiratet und wenig Erfahrung mit Kindern, schon gar nicht mit Mädchen. Aber er war alles, was Zaunkönig hatte. Die Geister wussten, dass seine Mutter sich herzlich wenig um ihre Enkeltochter kümmerte. Frost-auf-den-Weiden hatte sich noch nie viel aus Kindern gemacht, und als kleiner Junge hatte Blauer Rabe seine Mutter dafür gehasst. Doch im Lauf der langen Winter hatte er gelernt, sich damit abzufinden; es war einfach ihre Art.

Er deutete auf die kleine Blutlache. »Wieviel Blut, glaubst du, muss man verlieren, um so eine Lache zu füllen?«

Zaunkönig streckte eine schmutzige Hand aus und hielt sie dicht über den Blutfleck. »Die Lache ist kleiner als mein Handteller«, stellte sie fest. »Ein Hornlöffel könnte mehr Blut fassen.«

Blauer Rabe nickte nachdenklich. »Und dennoch behauptet Siebenstern, dass Polterer Weißer Reiher das Messer ins Herz gestoßen hat.«

Zaunkönig kniff die dunklen Brauen über ihrer spitzen Nase zusammen. »Wenn er das getan hätte, wäre der Boden hier blutgetränkt, nicht wahr? Ich habe viele Hirsche gesehen, die man mit einem Pfeilschuss mitten ins Herz erlegt hat. Und die haben schrecklich geblutet.«

»Ja. Ich fürchte, dass Siebenstern gar nicht genau gesehen hat, was passiert ist. Was sie sah, war, dass Polterer mit dem Messer auf Weißer Reiher einstach, und als die zusammensackte und nicht mehr aufstand, hat sie das Schlimmste angenommen. Und ich hätte vermutlich das gleiche gedacht. Du nicht?«

Zaunkönig berührte die Blutlache mit einem Finger und wischte ihn dann schnell an ihrem Umhang ab. »Ich hätte bestimmt furchtbare Angst gehabt, Onkel. Ich weiß nicht, was ich gedacht hätte.«

»Siebenstern hat sich bestimmt auch gefürchtet. Deshalb hat sie Reiher auch nicht sofort untersucht. Ich nehme an, sie war wie gelähmt vor Angst.«

»Hast du dir die Wunde genauer angesehen?«

»Ja, das habe ich. Das Messer ist nicht tief in ihren Körper eingedrungen. Es hat eine Rippe gestreift, dann hat es Polterer fallen lassen und ist weggerannt.«

Zaunkönig zog mit dem Finger unregelmäßige Kreise um die kleine Blutlache. »Aber Weißer Reiher ist tot.«

»Ja, sie ist tot. Aber wie das passiert ist, das kann ich nicht sagen. Noch nicht.«

Die Schneeflocken auf Zaunkönigs Haar waren zu schillernden Wassertröpfchen geschmolzen. »Hast du auch Moosschnabel und Schädelkappe untersucht?«

»Das ist meine nächste Aufgabe.«

Aufgeregt sprang Zaunkönig hoch. »Darf ich mitkommen? Ich möchte gern …«

»Nein.«

Sie schaute ihn trotzig an. »Aber …«

»Kein aber, Zaunkönig. Die Familien der Toten werden außer sich sein vor Kummer und Leid und Dinge sagen, die sie gar nicht so meinen. Das ist nicht der richtige Augenblick für Außenstehende. Als Häuptling unseres Klans muss ich hingehen. Es ist meine Pflicht herauszufinden, was sich heute hier zugetragen hat. Wenn ich nicht müsste, würde ich sie ihrer Trauer überlassen und sie nicht belästigen.« Er deutete zur Tür. »Sag mal, hast du heute Nachmittag nicht Unterricht bei Sumpfbohne? Ich hörte sie morgens davon sprechen, dass sie dir zeigen wollte, wie man hölzerne Schalen herstellt.«

Zaunkönig ließ resigniert die Schultern sinken. »Ehrlich gesagt, Onkel, hasse ich ihren Unterricht. Sie mag mich nicht. Sie stellt mir immer Fragen, die ich nicht beantworten kann, und dann lachen mich die anderen Kinder aus.«

Blauer Rabe erhob sich ebenfalls und stemmte die Hände in die Seiten. »Daraus schließe ich, dass du ihr nicht richtig zuhörst, Zaunkönig. Du musst diese Dinge lernen, zu deinem Besten und auch zum Wohl unseres Klans. Stell dir vor, man überfiele unser Dorf und du wärst die einzige Überlebende, die sich um die Kranken und Verletzten kümmern kann. Wenn du in deiner Unterrichtszeit nur tagträumst, wirst du nicht in der Lage sein, ihnen zu helfen. Sie würden sterben, und wessen Schuld wäre das dann?«

Zaunkönig bohrte die Spitze eines Mokassins in den Boden. »Die Schuld derjenigen, die sie verwundet haben.«

Blauer Rabe musste sich ein Schmunzeln verbeißen.

»Verzeih mir, Onkel«, murmelte Zaunkönig kleinlaut. »Ich werde es versuchen. Ich verspreche es. Aber erzählst du mir dann später, was du bei Moosschnabel und Schädelkappe herausgefunden hast? Ich möchte wissen, ob das Falschgesicht-Kind ein Mörder ist.«

Blauer Rabe gewahrte den seltsamen Unterton in ihrer Stimme. »Willst du das aus einem besonderen Grund wissen?«

»Na ja, irgenwie scheint er mir gar nicht so böse zu sein, Onkel. Das ist alles.«

»Du hast ihn doch nur für einen Augenblick gesehen, Zaunkönig. Er könnte…« Als ihr die Röte in die Wangen schoss, musterte er sie mit einem strengen Blick. »*Oder …*«

»Onkel, ich… Erinnerst du dich, dass ich Gauner versprochen habe, ihn heute zu besuchen?«

»Gelobt sei Fallende Frau!«, brüllte er. »Trotz dreier Toter und den strikten Anordnungen von Anführerin Siebenstern hast du es gewagt …«

»Ich *musste* zu ihm gehen! Gestern Nacht hat Gauner mich in meinen Träumen gerufen. Und ich habe es ihm versprochen!«

Als Blauer Rabe sah, dass ihre Augen in Tränen schwammen, verkniff er sich die Worte, die ihm auf der Zunge lagen. Obwohl ihr Volk bei besonderen Gelegenheiten Hundefleisch aß, wurden Hunde als Haustiere liebevoll umsorgt. Viele ihrer heiligen Legenden handelten von tapferen Hunden, die Menschen vor dem sicheren Tod gerettet hatten. Und Zaunkönig hatte Gauner geliebt. Drei Monde lang hatte Blauer Rabe um Zaunkönigs Mutter – die seine Schwester war – so getrauert, dass er nicht in der Lage gewesen war, sich so um seine kleine Nichte zu kümmern, wie sie es verdient hätte. Nur Gauner war ihr in ihrem Kummer beigestanden.

Blauer Rabe legte ihr versöhnlich die Hand auf den Rücken. »Du hättest verletzt werden können, oder Schlimmeres, Zaunkönig. Was glaubst du, wie mir da zumute gewesen wäre? Du bist die Wärme, die mein Herz am Schlagen hält. Ich könnte es nicht ertragen, dich zu verlieren. Bitte, geh nicht wieder dorthin. Nicht, bis wir mehr über das Falschgesicht-Kind wissen.« Er führte sie zur Tür, seine großen Schritte ihren kleinen anpassend.

Nachdem er den Türvorhang hochgehoben hatte, traten sie ins Freie, dann ließ er ihn rasch wieder fallen. Eisiger Wind empfing sie. In der vergangenen Hand Zeit war drei Finger hoch Schnee gefallen. Bis zur Dämmerung würde es doppelt so viel sein, überlegte Blauer Rabe.

»Hat das Falschgesicht-Kind irgendetwas zu dir gesagt?«

»Nein«, antwortete sie spontan, besann sich dann aber und fügte hinzu: »Na ja, er...er hat gesagt, dass er glaube, etwas sei mit seiner Mutter passiert.«

Blauer Rabe steuerte auf den Pfad zu, der hinunter zum Dorf führte, Zaunkönig an seiner Seite. Schneeflocken umwirbelten sie so lautlos wie weiße Daunen, während sie dem zugeschneiten Pfad folgten. »Und, was hast du darauf geantwortet?«

Nach einer langen Pause sagte sie: »Ich antwortete, dass sie wahrscheinlich tot wäre. Aber jetzt wünschte ich, ich hätte so etwas nicht gesagt, Onkel. Er hat geweint. Er hat schrecklich geweint. Wie ein richtiger Junge aus Fleisch und Blut.«

Sachte legte Blauer Rabe ihr die Hand auf den Kopf. Obwohl es ihn manchmal zur Weißglut trieb, dass sie jede Anordnung, die er oder jemand anders ihr gab, in Frage stellte, musste er zugeben, dass sie sich sehr viele Gedanken über die Welt um sie herum machte. Sie würde eines Tages eine großartige Dorfvorsteherin abgeben, wie seine Schwester, wenn sie noch am Leben wäre. »Erinnere dich morgen daran, Zaunkönig, wenn du in der Dorfversammlung aufgefordert wirst, deine Meinung kund zu tun.«

»Ja, Onkel.«

Er streichelte ihr über das schwarze Haar. »So, und jetzt erzähl mir von Gauner. Was hast du ihm heute mitgebracht? Wieder einen Knochen? Oder ein Spielzeug?«

Sie hob den Kopf und lächelte ihn an. »Ein Spielzeug. Erinnerst du dich noch an den Stock, mit dem er immer so gern gespielt hat? Ich fand ihn hinter einem Vorratskorb. Ich befürchtete nämlich, dass die Nachtwanderer keine große Ahnung von Hundespielzeug haben. Meinst du, die kennen sich mit sowas aus?«

Blauer Rabe betrachtete sie mit einem liebevollen Blick. »Ich glaube schon. Aber es freut mich, dass du ihm den Stock gebracht hast.«

Zaunkönig drehte sich zu ihm um und schlang ihm die Arme um die Hüften. »Ich danke dir, Onkel, dass du mich nicht geschimpft hast. Ich liebe dich.«

Eine riesige Faust schien sich um sein Herz zu schließen. Er lächelte. »Ich liebe dich auch, meine Kleine.«

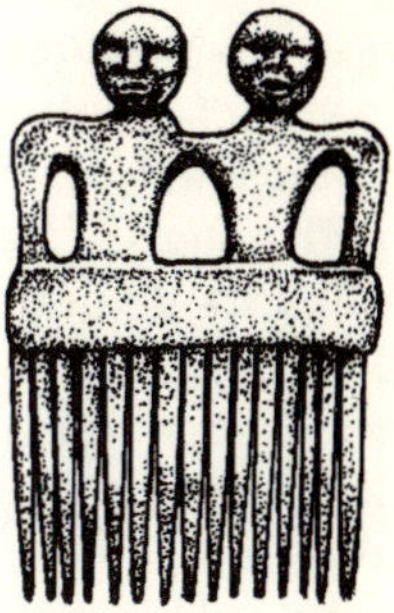

7. Kapitel

Der Nachmittag neigte sich dem Ende zu, und der beginnende Abend brachte einen kalten Wind, der nun über den Dorfplatz fegte und das Feuer vor Kleiner Zaunkönig beinahe ausblies. Asche und Rauch wehten ihr ins Gesicht. Sie wischte sich die Augen und ließ die halb fertige Holzschüssel in den Schoß sinken. Die Luft war erfüllt von dem süßen Duft brennender Hickoryscheite. Die beiden anderen Mädchen, Rebenstock und Dunkler Wind, die ihr gegenüber am Feuer knieten, hielten sich ihre Holzschalen als Schutz vor der fliegenden Asche vors Gesicht. Der orangerote Schein der Flammen tanzte über die grob geschnitzten Böden der Schalen.

Die sich zu grauen Riesen auftürmenden Wolken versprachen weitere Stürme, doch noch warf die Dämmerung ihr schwaches Licht über die Gesichter der Dorfbewohner, die auf dem großen Platz um ihre Feuer saßen. Rechts von Zaunkönig hatten sich elf alte Frauen um ein Feuer versammelt, Sumpfbohne war auch darunter. Sie hatte ihren Unterricht beendet und den Mädchen aufgetragen, weiter an ihren Schalen zu arbeiten, während sie sich nun ihren Pflichten widmete, der Herstellung von Schnüren, die sie aus der weichen, faserigen Rindenschicht der Linde gewann. Ihr weißes Haar schimmerte silbern im Feuerschein. Sie trug einen farbenprächtig bemalten Umhang aus feinem Hirschleder, der mit Muscheln und blaugefärbten Stachelschweinborsten bestickt war. Das Gelächter der alten Frau war im ganzen Dorf zu hören. Aus den feiner gedrehten Lindenfasern würde man später Schals und Armbänder weben. Die robusteren Schnüre wurden zu Matten und Hängekörben geflochten. Links von Zaunkönig standen etwa zwanzig Männer in einem Kreis beeinander, überwiegend ganz junge Burschen oder Greise. Beinahe alle Männer im kriegerfähigen Alter und auch viele Frauen hatten Springender Dachs auf den Kriegszug begleitet. Denjenigen Männern, die zurückgeblieben waren, fiel eigentlich die Aufgabe zu, das Wandererdorf zu bewachen, doch für gewöhnlich begnügten sie sich damit, ums Feuer herumzustehen und sich in endlosen Prahlereien über vergangene Kriegszüge zu ergehen oder solche, an denen sie in Zukunft teilzunehmen hofften.

Zaunkönig wunderte das. Ihr Onkel war ein großer Krieger gewesen, doch er sprach kaum von seinen Beutezügen und Erfolgen, weil er es für klüger hielt, die Schrecken und Gräuel in seiner Seele verschlossen zu halten. Dennoch liebten es die meisten Krieger, mit stolz geschwellter Brust über ihre Heldentaten zu berichten, so als ob sie das Töten als die größte Erfüllung ihres Lebens betrachteten. Ihr Volk hielt Tapferkeit und Kampfeskunst in hohen Ehren, gleichzeitig aber galt Bescheidenheit als große Tugend. Daher konnte Zaunkönig nicht verstehen, warum sich jemand so gern damit brüstete, einen anderen Menschen abgeschlachtet zu haben, oder immer wieder in allen Einzelheiten zu beschreiben, auf welche Art und Weise ein feindlicher Krieger sein Leben gelassen hatte. Zaunkönig empfand das als grausam.

»Also, wenn ihr mich fragt, trägt dieser Junge das Böse in sich«, warf Dunkler Wind unvermittelt in die Runde. »Und wenn man mich auffordert, meine Meinung kund zu tun, dann werde ich genau das sagen.«

Dunkler Wind, hochgewachsen und schlank, trug ihr Haar zu einem straffen Knoten oben auf dem Kopf zusammengefasst. Sie war das hübscheste Mädchen im Dorf, mit den breiten Backenknochen in einem ovalen Gesicht und den großen Augen, deren Farbe den goldenen Schwingen eines Adles glich. Und obwohl sie erst dreizehn Winter zählte und noch nicht zur Frau herangereift war, lächelte sie schon den jungen Burschen zu.

»Das heißt, dass dein Urteil schon feststeht, Schwester? Noch ehe du dir die Berichte angehört hast?«

Im Bärenvolk war es Sitte, alle Frauen, die gemeinsam in einem Langhaus wohnten, »Mutter« oder »Großmutter« zu nennen, und umgekehrt nannten diese Frauen die Kinder »mein Sohn« oder »meine Tochter«. Und untereinander bezeichneten die Kinder sich liebevoll als »mein Bruder« oder »meine Schwester«.

»Ich kenne die Geschichten bereits, Zaunkönig. Ich habe genau zugehört, was in den Familien gesprochen wurde. Sie leben in meinem Langhaus.«

Rebenstock, die beste Freundin von Dunkler Wind, kicherte. Sie sah nicht besonders gut und stieß ständig mit irgendwelchen Leuten zusammen. Pummelig und pausbäckig, mit den kleinen, ständig blinzelnden Knopfaugen und den großen, vorstehenden Schneidezähnen sah sie aus wie ein dickes Eichhörnchen. Ihr schwarzes Haar reichte ihr gerade einmal bis ans Kinn. »Dein Onkel ist nicht der einzige, der Ohren besitzt, Zaunkönig. Ich habe auch die eine oder andere Geschichte gehört.«

Zaunkönig hielt den Mund. Ihr Onkel hatte sie gelehrt, kein Wort zu äußern, solange Wut oder Ärger ihr Herz berührten. Schweigend stellte sie ihre Schale vor sich auf den Boden, wo bereits ihr Werkzeug lag: ein kleines Beil aus Granit, eine Geweihspitze zum Spalten von Holz und ein Steinschaber. Das Holz der Zitterpappel verrottete von innen heraus und bildete eine harte Schicht um den morschen Kern. Wenn diese gesäubert und über dem Feuer gehärtet war, ließen sich aus dem hellen Holz wunderschöne Gefäße schnitzen.

»Sind dir letzte Nacht die Ohren zugewachsen, Zaunkönig?«, witzelte Dunkler Wind. »Jeder hier im Dorf hat über die Morde gesprochen. Wie ist es möglich, dass du die Leute in deinem Langhaus nicht auch darüber hast reden hören?«

»Oh, ich habe sie sehr wohl gehört, Schwester«, entgegnete Zaunkönig und nahm die Geweihspitze und das Steinbeil zur Hand. Nachdem sie die zugeschliffene Spitze des Hirschgeweihs so an dem morschen Holz angesetzt hatte, wie Sumpfbohne es ihr gezeigt hatte, begann sie vorsichtig mit der breiten Seite des Granitbeils auf das abgeflachte Ende der Hornspitze zu schlagen. Das morsche Holz splitterte ab, und Zaunkönig warf die kleinen Brocken ins Feuer, wo die Flammen sie knisternd verschlangen. »Ich höre nur keinen Narren zu.«

Dunkler Wind richtete sich entrüstet auf. »Du nennst mich einen Narren!«

»Nur, wenn du solchen zuhörst.«

Rebenstocks zugekniffene Augen wanderten zwischen ihrer besten Freundin und Zaunkönig hin und her, als wartete sie darauf, dass die beiden sich mit Worten verausgabten, ehe sie handgreiflich wurden. Sie war ein richtiger Angsthase.

Dunkler Wind ereiferte sich: »Du benimmst dich wie ein Mann, Zaunkönig. Du hast weder Sinn für Worte noch für Gefühle. Der Tod deiner Mutter hat dich in deiner Entwickling verkümmern lassen.«

Zaunkönig war machtlos gegen die Tränen, die in ihren Augen aufstiegen.

Ihre Interessen unterschieden sich tatsächlich von denen anderer Mädchen ihres Alters. Das hatte sogar ihre Mutter gesagt. Während andere junge Mädchen von Heirat und Ansehen innerhalb des Klans träumten, dürstete es Zaunkönig nach Abenteuern. Gerade vor einem Mond hatte sie Onkel Blauer Rabe anvertraut, dass sie gerne das Händlergewerbe erlernen würde. Ihre Mutter hatte ihr diesen Vorschlag gemacht, obgleich nur wenige Frauen dieses Gewerbe ausübten, barg es doch unzählige Gefahren. Aber die Aussicht, fremde Menschen kennen zu lernen und ferne Gegenden zu bereisen, faszinierte Zaunkönig über alle Maßen. Onkel Blauer Rabe hatte nach einigem Zögern ihren Wunsch gebilligt, ihr aber gesagt, sie müsse die Angelegenheit vorher noch mit ihrer Großmutter besprechen. Bis jetzt hatte Zaunkönig noch nicht den Mut dazu aufgebracht, aber bald würde sie sich ein Herz fassen und zu ihr gehen.

Dunkler Wind lächelte. »Warum versuchst du nicht wenigstens, dich wie eine Frau zu benehmen, selbst wenn es nicht in deiner Natur liegt? Dann würden dich die anderen Mädchen im Dorf sicherlich eher akzeptieren.«

Rebenstock nickte wichtigtuerisch. »Das ist richtig, Zaunkönig. Ich verstehe wirklich nicht, warum …«

»Klar verstehst du nichts, Rebenstock. Weil du kaum die Hand vor Augen siehst.« Zaunkönig wischte sich mit dem

Handrücken die Tränen ab. »Und was dieses Frauenbenehmen anbelangt, da kann ich nur sagen, dass ich noch keine Frau bin, und du genauso wenig, Dunkler Wind.«

»Niemand mag dich«, erklärte Dunkler Wind und seufzte nachdrückklich.

Die Worte schmerzten, besonders weil Zaunkönig wusste, dass sie der Wahrheit entsprachen. Es war ihr immer schon schwer gefallen, Freundschaften zu schließen. Die einzigen richtigen Freunde, die sie je gehabt hatte, waren tot: ihr kleiner Bruder Himmelsbogen und Gauner.

Das runde, lächelnde Gesicht ihres Bruders zeichnete sich als Erinnerungsbild auf dem unsichtbaren Gewebe ihrer Seele ab. Zaunkönig wurde das Herz schwer wie Blei.

Sie packte die beiden Holzstöcke, die neben den Herdsteinen lagen, angelte damit ein Stück rot glühende Kohle aus dem Feuer und ließ es in ihre Holzschale fallen. Dann zerstieß sie das Kohlestück mit dem Steinbeil und schwenkte anschließend die Schale, um die Glut darin zu verteilen. Als das Holz zu qualmen begann, schüttete sie die Glutstückchen zurück ins Feuer. Sie hatten das Holz recht gleichmäßig verkohlt. Jetzt nahm Zaunkönig den Schaber aus Obsidian zur Hand. Der Stein, oben angerundet und etwa so groß wie ihr Handteller, funkelte im letzten Licht des Tages. Der Griff, an dem der Schaber mit den Hirschsehnen befestigt war, war etwa so lang wie ihre Hand. Sie kippte die Schale, drückte die Seitenwand fest auf den Boden und begann das verkohlte Holz abzukratzen, bis darunter das helle Pappelholz zum Vorschein kam. Durch das Ausbrennen und anschließende Auskratzen entstand der Innenraum einer Schale. Die Hitze der Glut härtete gleichzeitig das Holz. Aber bei diesem Vorgang musste man peinlichst darauf achten, hatte ihnen Sumpfbohne eingeschärft, dass kein Wasser in das Holz gedrungen war. Denn falls sich in einem Spalt Feuchtigkeit angesammelt hatte, bildete sich beim Ausbrennen Wasserdampf, und der zersprengte die Schale. Zaunkönig hatte das schon einmal erlebt. Zuerst kam ein lauter Knall, dann flogen die einzelnen Holzteile den Leuten um die Ohren.

Nach einer Weile sagte sie zu den beiden Mädchen: »Mir ist es gleichgültig, wen ihr mögt oder nicht. Meiner Meinung nach habt ihr beide soviel Hirn wie eine Raupe, wenn ihr das Falschgesicht-Kind verurteilt, ehe ihr alle Seiten gehört habt – nicht nur den Klatsch und Tratsch, der in euren Langhäusern erzählt wird. Wenn …«

»Willst du etwa behaupten, Eistaucher, Moosschnabels Ehefrau, sei eine Klatschbase?«, schnappte Dunkler Wind. »Ihr Mann ist tot!«

Zaunkönig kratzte mehr verkohltes Holz aus ihrer Schale und warf es ins Feuer. »Eistaucher ist verzweifelt vor Kummer. Ihre Worte kann man im Augenblick nicht ernst nehmen.«

»Es ist nicht nur Eistaucher, die so denkt. Ich habe gehört, dass alle Bewohner von Maiskuchens Haus das gleiche Urteil abgeben werden – Tod.«

Rebenstock grinste und entblößte dabei ihre langen Hasenzähne. »Das habe ich auch gehört.«

»Haben wir nicht schon genug Tote zu beklagen?«, warf Zaunkönig wütend ein. »Das Mindeste, was wir Weißer Reiher, Moosschnabel und Schädelkappe schuldig sind, ist, sorgfältig abzuwägen, ehe wir ein weiteres Leben auslöschen.«

»Wäge du nur ab.« Dunkler Wind benutzte jetzt die Holzsteken, um Glut aus der Feuergrube zu heben und in ihre schlampig geschnitzte Holzschale zu werfen. Sie hatte sich noch nicht einmal die Mühe gemacht, die Wurmlöcher mit passenden Holzsplittern zu verschließen, wie Sumpfbohne es ihnen gezeigt hatte. »Ich weiß bereits, wofür ich stimme.«

Zaunkönig wurde es eiskalt ums Herz. Anscheinend hatte sich jeder im Dorf bereits entschieden. Außer ihr. Ihre Hand stahl sich unter ihren Umhang, um den verknoteten Lederstreifen anzufassen, der an ihrem Gürtel hing. Ein kleiner Teil von Gauners Seele löste sich von dem Spielzeug und erwärmte ihr Herz wie eine einzelne Flamme in einer dunklen Winternacht.

»Was machst du da?«, zischte Dunkler Wind, den Blick auf die Stelle geheftet, wo Zaunkönigs Hand unter dem Umhang das tröstende Erinnerungsstück umklammerte. »Streichelst wohl wieder diesen zerkauten Lederfetzen, wie? Also wirklich, Zaunkönig, du benimmst dich wie ein Kleinkind von fünf Wintern!«

Zaunkönig zog ihre Hand heraus und ballte sie zur Faust. Dann stand sie auf, ging um die Feuergrube herum und hielt Dunkler Wind die Faust vor den offen stehenden Mund. »Und du benimmst dich, als seist du scharf auf eine gebrochene Nase.« »Das wagst du nicht …!«

»*Was ist denn da drüben los?*«, rief Sumpfbohne und stapfte auf Zaunkönig zu. Das Gewicht ihres ausladenden Körpers ließ den Boden bei jedem ihrer Schritte erzittern. »Zaunkönig, prügelst du dich schon wieder?«

»Noch nicht.«

Blitzschnell überlegte Zaunkönig, ob sie es wohl schaffte, Dunkler Wind eine Ohrfeige zu geben und schnell genug wegzurennen, ehe sie jemand erwischte. Sie sah zu Sumpfbohne hinüber, schätzte ihre Geschwindigkeit ab und ließ dann resigniert die Faust sinken. »Wenn du dir dein hübsches Gesicht für die Jungen bewahren willst«, zischte sie Dunkler Wind zu, »dann solltest du in Zukunft vorsichtiger sein.«

Sumpfbohne watschelte die letzten Schritte zu Zaunkönig hin, packte sie am Handgelenk und drehte es um. »Wir verständigen uns in diesem Dorf nicht mit Fäusten. Wir reden miteinander. Entschuldige dich bei Dunkler Wind. Los, auf der Stelle!«

Zaunkönig biss die Zähne zusammen und und warf Dunkler Wind einen hasserfüllten Blick zu.

»Worüber habt ihr euch denn gezankt?«, wollte Sumpfbohne wissen.

Zaunkönig schwieg hartnäckig, und Dunkler Wind mimte die Unwissende. »Ich weiß nie, worüber sich Zaunkönig aufregt. Sie ist wie ein Wiesel. Springt immer ohne Grund wild in der Gegend herum!«

Sumpfbohnes Augen verengten sich zu Schlitzen. »Dunkler Wind«, bellte sie mit drohender Stimme, »du tätest gut daran, mir endlich zu erzählen, was hier los war, sonst …«

»Ich habe nur gesagt, dass ich bei der Versammlung gegen das Falschgesicht-Kind stimmen werde. Das war alles.«

Sumpfbohne funkelte Rebstock an, die ganz in sich zusammengesunken dahockte, um dem Blick der alten Frau zu entgehen. »Rebstock, sag mir, ist das wahr? Ging es bei eurem Streit darum?«

Rebstock nickte beflissen. »Ja, ja, genau darum ging es. Zaunkönig passte es nicht, dass Dunkler Wind sich entschieden hat, gegen das Falschgesicht-Kind zu stimmen.«

Falls Zaunkönig sich dagegen hätte verwehren wollen, hätte sie Gauners Spielzeug erwähnen müssen und erklären, wie sehr Dunkler Wind sie mit ihrem Spott verletzt hatte. Die Wahrheit würde Zaunkönig nur beschämen, und das wusste Dunkler Wind ganz genau. Sie bedachtete Zaunkönig mit einem wissenden Lächeln.

Sumpfbohne schüttelte Zaunkönigs Hand. »Welche Ansicht vertrittst du?«

Zaunkönig wiederholte noch einmal, was sie den beiden Mädchen bereits erklärt hatte: »Ich finde, wir sind es den Toten schuldig, die Angelegenheit genau zu bedenken, ehe wir noch einem Menschen das Leben nehmen. Das Leben ist zu wertvoll.«

Sumpfbohne nagelte sie mit ihrem Blick fest. »Du sprichst über die Wertschätzung des Lebens, und gleichzeitig drohst du Dunkler Wind damit, ihr die Faust ins Gesicht zu rammen?«

»Wie soll ich das erklären?« Zaunkönig zuckte die Schultern. »Ich dachte, wenn Worte nichts fruchten …«

»Das will ich nicht hören! Ich habe die Nase voll von deinen Ausflüchten, du ungezogene Göre! Was anderes bist du nämlich nicht!« Sie packte sie mit ihrer fetten Hand an der Schulter und schubste sie in Richtung von Frost-auf-den-Weidens Langhaus. »Geh und hole soviele Wasserbeutel, wie du tragen kannst. Dann läufst du hinunter zum Pipe Stem Lake und schöpfst Wasser, bis es stockdunkel ist.«

»Zum Pipe Stem Lake!«, wandte Zaunkönig ein. »Aber der kleine Teich unten am Hügel hat doch …«

»Widersprich mir nicht!«, bellte Sumpfbohne. »Geh!« Sie wies ihr mit ihrem massigen Arm den Weg.

Wütend stapfte Zaunkönig auf das Langhaus zu. Hinter ihrem Rücken hörte sie Dunkler Wind und Rebstock hämisch kichern, ein Laut, der sich wie spitze Zähne in ihren Magen fraß. Hätte ich ihr doch nur die Nase platt geschlagen, dachte sie inbrünstig. Dann könnte ich mich wenigstens über etwas freuen, während ich meine Strafe abdiene.

Sie schob den Ledervorhang zur Seite, bückte sich durch den Eingang und griff nach den Beuteln aus Hirschblasen, die immer an einem Holzhaken neben dem Eingang hingen. Es waren *zehn* Stück! Hatte irgendein Idiot seine Beutel zusätzlich an

Frost-auf-den-Weidens Haken gehängt, oder… Sie versuchte sich zu erinnern, wann sie das letzte Mal Wasser geholt hatte.

Schuldbewusst zog sie die Beutel von dem Haken und hängte sich fünf über jede Schulter. Ehrwürdige Geister, wenn diese Beutel voll waren, würde sie vom See nach Hause wanken wie ein Hund, dem man zu viele Bündel aufgeschnürt hatte.

Sie verließ das Langhaus und steuerte den Pfad an, der zum Pipe Stem Lake führte. Als sie den Dorfplatz überquerte, hörte sie die Kinder schallend lachen und wusste, dass sie der Grund für das Gelächter war. Doch sie hob stolz das Kinn und versuchte sich einzureden, dass sie sich nicht darum zu kümmern brauchte und dass sie diese Kinder ohnehin nie gemocht hatte… aber trotzdem tat das Gelächter ihrer Seele weh. Sie beschleunigte ihre Schritte und eilte durch das nördliche Palisadentor und hinein in den Wald, der sich dahinter erstreckte.

Die Schatten hatten beinahe das ganze Unterholz verschluckt. Die Hickory-Bäume reckten sich wie bleiche Skeletthände in den düsteren Abendhimmel.

Zaunkönig trottete die erste Anhöhe hinauf und wieder herunter, dann blieb sie stehen und dachte nach. Wie es aussah, würde sie es nicht vor Einbruch der Nacht nach Hause schaffen. Wozu sich also beeilen? Wenn sie schließlich mit den Wassersäcken zurückkehrte, würde ihre Großmutter sie ohnehin nur verspotten und den restlichen Abend den Leuten ihres Langhauses vorjammern, was für eine Plage Zaunkönig sei. Schlimmer noch, Onkel Blauer Rabe würde mit gesenktem Kopf am Feuer sitzen, die Lippen vor Gram zusammengekniffen. Zaunkönig kannte diesen Gesichtsausdruck bei ihm und bekam dann immer ein schrecklich schlechtes Gewissen.

Sie stieß einen Fichtenzapfen vor sich her und beobachtete, wie er den Pfad entlangkullerte. Die Luft im Wald roch modrig und nach feuchter Erde. Windmutter fegte durch die höchsten Wipfel der Fichten. Schneewehen glitzerten matt im verlöschenden Licht.

Der Pfad führte um einen umgestürzten Ahornbaum herum. Zaunkönig blieb stehen und schaute sich die riesigen Wurzeln an und das große Loch, das sie im Erdboden hinterlassen hatten. Tief unten in der Erdgrube schimmerten Granitsteine.

Der Weg führte weiter abwärts und nach einer Biegung kam

das Seeufer in Sicht. Großmutter Mond schob gerade ihr Gesicht über den Horizont und überzog die Wellen mit einem silbernen Glanz. Zaunkönig ließ die Säcke in den Sand fallen und nahm die wunderbare Stimmung in sich auf. Zu ihrer Rechten erhob sich Lost Hill, an die hundert Hand hoch, die Kuppe mit Eichen und Fichten bewachsen. Sie wendete ihren Blick nicht in diese Richtung, aus Angst, das Wimmern der verlorenen Kinder zu hören, die auf diesem Hügel gestorben waren.

Stattdessen starrte sie sehnsüchtig auf das Antlitz von Großmutter Mond. Von allen Legenden, die ihr Volk erzählte, faszinierte Zaunkönig die Geschichte von Großmutter Mond am allermeisten. Bevor die Erde geformt wurde, lebte Großmutter Mond in dem Himmel-über-der-Welt. Eines Tages, als sie auf der Suche nach Heilkräutern war, um ihrem kranken Ehemann Linderung zu verschaffen, riss sie einen Baum mit den Wurzeln aus und öffnete dadurch ein Loch im Himmel. Als sie sich über die Kante beugte, um einen besseren Blick zu haben, gab plötzlich der Boden unter ihr nach und sie wurde in das Loch hineingezogen. Biber sah sie fallen und tauchte hinab in die weiten Wasser, die die Erde bedeckten, fand Sand und häufte ihn auf, damit sie weich aufkäme. Doch als sie auf der Erde landete, wurde sie von allem Bösen begleitet. Sie gebar Zwillinge, zwei Buben, einen guten und einen sehr bösen. Der böse, Roter Feuerstein, kämpfte sich aus ihrem Leib heraus und tötete sie. Von Trauer erfüllt zeichnete der gute Sohn, Himmelshalter, ihr Gesicht in den Himmel, wo es zum Mond wurde, und aus ihren Brüsten formte er die Berge. Der Rest ihres Körpers verschmolz mit dem Wasser und wurde zu Großmutter Erde. Daraus erwuchsen die drei Heiligen Schwestern, Mais, Bohne und Kürbis.

Zaunkönigs liebster Teil der Geschichte handelte von Großmutter Monds Seele. Wie alle Lebewesen besaß auch sie zwei Seelen, eine, die für immer mit ihrem Körper verbunden blieb – sie lebte in Großmutter Erde – und eine, die sich den Nachtwanderern am Himmel anschließen sollte. Diese Seele nannte man Fallende Frau. Fallende Frau war von einer ungeheuren Wut über ihre Ermordung besessen und schwor, erst dann wieder in die Welt-über-dem-Himmel zurückzukehren, wenn sie Roter Feuerstein gefunden und getötet hatte. Aber Roter Feuerstein war sehr gerissen. Er lernte rasch sich zu verstecken, indem er sich in andere rote Gegenständen verwandelte, Rosenblüten, Vogelaugen, Steine und Blut. Das wurde manchen Menschen zum Verhängnis. Wann immer Roter Feuerstein sich in Blut verwandelte, um sich in den Adern eines Menschen zu versteken, versuchte Fallende Frau ihn dort herauszutreiben, indem sie alle möglichen Krankheiten in den Körper dieser Person schickte. Manchmal starben diese Menschen sogar.

Aber Menschen konnten auch auf andere Arten ums Leben kommen: Böse Geister zum Beispiel suchten die Seelen von Menschen heim; Hexen töteten mit Giften und verzauberten Pfeile; mächtige Schamanen, wie das Falschgesicht-Kind oder Silberner Sperling, vermochten allein durch die Kraft ihrer Worte zu töten.

Im verblassenden Licht des Tages suchten Möven den See auf, hielten Ausschau nach Fischen, stießen aus dem Himmel herab und tauchten in die Fluten. Ihre kehligen Schreie klangen wie Holz, das über Kieselsteine gezogen wird. Weiter draußen sah Zaunkönig Fische über Wellen springen und beobachtete die silbernden Kreise, die sich an den Stellen ausbreiteten, wo die Fische wieder eintauchten.

Das Seeufer gehörte schon immer zu Zaunkönigs Lieblingsplätzen. Wie oft hatte sie dort mit Himmelsbogen gespielt. Und mit Gauner. Lachend waren sie den Strand entlang gerannt und Gauner war hinter ihnen her gesprungen. Ihre Seelen konnten immer noch sein fröhliches Kläffen hören. Als sie sich zu der Stelle umdrehte, an der ihre Mutter immer gekniet und Wäsche gewaschen hatte, bekam ihr Innerstes, das zerbrochen und mühsam Stück für Stück wieder zusammengefügt worden war, einen Riss. Sie hatte das Gefühl, als fielen ihr Herz und ihre Knochen vor ihren Augen auseinander.

»Hör auf damit«, murmelte sie und wischte sich mit dem Ärmel über die feuchten Augen. Das letzte Mal, als sie um ihre Familie geweint hatte, hatte ihre Großmutter ihr befohlen, sich in eine Ecke des Langhauses zu hocken, mit dem Rücken zu den übrigen Bewohnern, bis sie sich beruhigt hatte. Inzwischen weinte sie nicht mehr, aber ihren Kummer hatte sie noch lange nicht überwunden...

Zaunkönig kniete sich ans Ufer und tauchte eine der Hirschblasen in den See. Blubbernd floss das eiskalte, grüne Wasser hinein. Als der Beutel voll war, zog sie die Lederbänder zu, verknotete sie und warf sich den Wasserbeutel über die Schulter.

Als sie den zweiten Beutel ins Wasser tauchte, vernahm sie plötzlich merkwürdige Laute, wie... Gelächter.

Sie fuhr herum.

Süß und hell sickerte das Gelächter aus den Tiefen der Dämmerung. »Reb...Rebstock? Bist du das?«

Zaunkönig stand auf.

»Dunkler Wind? Du Feigling! Komm her und zeig dich!«

Ihr Blick suchte die Bäume ab, verharrte auf Reisighaufen und dunklen Büschen, in der Erwartung, eines der anderen Dorfkinder zu entdecken. Wenn es nicht Dunkler Wind oder Rebstock waren, dann vielleicht Zahnkraut. Der Bursche spielte den Leuten andauernd dumme Streiche. Erst letzten Mond hatte er auf einem Waldweg eine Schlinge ausgelegt und den alten Moormann am rechten Fuß erwischt. Nachdem er einen ganzen Mond lang schmutzige Kleider mit Steinen hatte ausklopfen müssen, sollte Zahnkraut eigentlich vernünftiger geworden sein. Vielleicht aber auch nicht.

»Zahnkraut, hast du dich hier irgendwo versteckt? Sieh zu, dass du nach Hause kommst, sonst drehe ich dir den Hals um wie einem Waldhuhn!«

Sie stieg aufmerksam um sich spähend über die Wassersäcke, und...

»Zaunkönig.«

... riss den Kopf herum.

Der Junge lehnte an einer Fichte, die Arme vor der blutenden Brust gekreuzt. Sie kannte den Jungen nicht, aber er sah nicht älter aus als zehn Winter. Sein Lederhemd hing ihm in schmutzigen Fetzen am Leib, und aus den tiefen Wunden auf seiner Brust und am Hals tropfte Blut und färbte seine Leggins rot. Als die Dämmerung der Nacht wich und die Feuer im Wandererdorf angezündet wurden, huschten tanzende Schatten über sein junges Gesicht. Er lächelte Zaunkönig an.

Der Puls hämmerte ihr in den Ohren. »Ehrwürdige Geister, was ist denn mit dir passiert? Du bist ja verletzt!«

Der Junge machte einen Schritt auf sie zu. *»Ja. Schwer verletzt.*

Komm und hilf mir, Zaunkönig. Ich brauche deine Hilfe.« Dann drehte er sich um und rannte zurück in den Wald.

Zaunkönig zögerte. Wie konnte jemand lächeln, während er blutete wie ein Hirsch, dem man die Kehle aufgeschlitzt hatte? Vielleicht hatte ihm der Schmerz die Sinne geraubt.

Ihr war nicht wohl in ihrer Haut, als sie ihm folgte. Im Wald roch es stark nach feuchter Rinde und modrigem Laub. Die Waldgeister seufzten im Abendwind.

Zaunkönig legte die Hände an den Mund und rief: »Wo bist du?«

»Hier. Den Pfad hinauf. Folge meiner Stimme.«

Zaunkönig stockte der Atem. Großmutter Mond warf ihr silbernes Licht durch die Bäume, erhellte den Weg und auch die dunklen Fleken im Schnee. Blut. Zaunkönig kniete sich nieder und betastete die Tropfen. Der süßliche Geruch hinterließ einen unangenehmen Geschmack in ihrem Mund.

»Komm zurück!« brüllte sie in die Dunkelheit. »Ich nehme dich mit ins Dorf. Dort wird man deine Wunden versorgen. Du blutest schrecklich!«

»Du musst zu mir kommen, Zaunkönig. Es ist nicht weit. Komm, bitte. Hilf mir.«

Zaunkönig erstarrte und riss erschrocken die Augen auf, als sie ihn sah – er tanzte – eine gespenstische Erscheinung aus Blut und Mondlicht schwirrte zwischen den schwarzen Baumstämmen umher. Er warf die Arme in die Höhe und drehte sich um die eigene Achse wie ein Wirbelwind im Sommer. Blut spritzte aus seinen Wunden und sprenkelte den Schnee und die Bäume.

Zaunkönig stand da wie versteinert. Ihr war, als starrte sie in die Augen eines Schneepumas, der gerade zum Sprung auf sie ansetzte…

»Ich werde dir nicht folgen!«, widersprach sie. »Ich kenne dich doch gar nicht!«

Hinter einem eisgrauen Baumstamm sah sie ein bleiches, blutverschmiertes Geistergesicht hervorlugen. Es grinste sie an. *»Weißt du, warum Geister Häuser bauen?«*

»Was?« Zaunkönig schüttelte verwirrt den Kopf.

»Sie bauen Häuser, weil sie nicht genügend Gewitterpfeile besitzen. Sie haben Angst vor uns.«

»Angst? Aber warum? Sie sind doch Geister! Und Geistern können wir nichts anhaben.«

Er streckte seine Hand aus. Sie schimmerte matt und sah aus, als sei sie aus Mondlicht gemacht. »*Du musst dir die Geisterhäuser unbedingt ansehen, Zaunkönig. Unsere Welt wird untergehen. Wir müssen die Menschen warnen, ehe es zu spät ist. Bitte, komm mit. Ich kann das nicht alleine tun.*«

Das einzige, was Zaunkönig wahrnahm, war das kräftige, rhythmische Hämmern ihres Herzschlags. »Ich gehe nirgendwohin!« Sie machte einen Schritt zurück. »Außer nach Hause!«

Die Gestalt ließ die Hand sinken. »*Es tut mir Leid, Zaunkönig. Wirklich. Aber ich kann die Dinge jetzt nicht mehr aufhalten. Du* wirst *mit mir kommen. Die Macht hat es beschlossen.*«

Die Angst legte ihre eiskalten Finger um Zaunkönigs Kehle.

Der Junge trat einen Schritt auf sie zu, breitete die Arme aus – und die Wunden auf seiner Brust brachen auf. Das Blut rann ihm in Strömen über den Bauch und die Beine herab. »*Du machst es dir leichter, wenn du freiwillig mitkommst. Bitte.*«

Zaunkönig rannte los, so schnell ihre Beine sie trugen. »Onkel Blau-er Ra-a-be!«, schrie sie aus Leibeskräften.

Blauer Rabe trat mit gebeugtem Rücken durch die Tür ins Langhaus seiner Mutter und spähte hinüber zur großen Feuerstelle, um die Frost-auf-den-Weiden, Siebenstern, Sumpfbohne und Perlenfarn auf dicken Fellstapeln herumsaßen. Perlenfarn trug einen Umhang aus Antilopenfell. Die anderen Anführerinnen hatten sich Decken um die Schultern gelegt; Siebenstern eine rote, die von Sumpfbohne war blau-schwarz gestreift, und die seiner Mutter von einem hellen Beige. Vor ihnen lief Springender Dachs aufgeregt hin und her.

Blauer Rabe betrachtete seinen Vetter eine Weile. Er war etwa halb so alt wie er selbst, hatte breite Schultern und schmale Hüften. Unter dem aufwändig gefärbten Lederhemd wölbten sich seine kräftigen Oberarmmuskeln. Das dichte schwarze Haar fiel ihm offen über die Schultern und glänzte im Feuerschein. Die hohen Backenknochen und dunklen Augen verliehen seinem Gesicht einen markanten Ausdruck. Er war früher einmal verheiratet gewesen. Vor neun Wintern. Die einzige Erinnerung daran war eine wulstige, weiß schimmernde Narbe, die sich quer über seine Kehle zog. Das Messer seines Eheweibs hatte die Halsschlagader nur knapp verfehlt. Sie floh im Chaos des Blutbades und des allgemeinen Geschreis. Niemand hatte je wieder etwas von ihr gehört. Nach Meinung von Blauer Rabe war das arme Eheweib, sie hieß Hügelgrotte, das wahre Opfer dieser Tragödie. Sie hatte alles verloren. Sogar ihre Familie.

Blauer Rabe trat vor die Versammelten hin. »Seid gegrüßt, Anführerinnen, Vetter.«

Frost-auf-den-Weiden drehte sich zu ihm um. »Hast du schon das Neueste von deiner Nichte gehört?«

Blauer Rabe legte ahnungsvoll die Stirn in Falten. »Nein. Wo ist sie? Ich dachte, sie sei hier bei euch.«

»Sumpfbohne hat sie wieder bei Handgreiflichkeiten erwischt.«

»Oh nein, nicht schon wieder!«, seufzte Blauer Rabe resigniert. Ließ sich dieses Mädchen denn überhaupt nicht belehren? »Welche Strafe habt ihr ihr aufgebrummt?«

»Sumpfbohne hat ihr befohlen, alle Wassersäcke hier im Haus mitzunehmen, sie im Pipe Stem Lake aufzufüllen und nach Hause zu tragen. Das dürfte sie eine Weile beschäftigen. Sie war im letzten Viertelmond ohnehin ziemlich faul. Ich schätze, dass es acht bis zehn Säcke sind.«

»Na schön, lass uns das später besprechen«, beendete Blauer Rabe das Thema und trat ans Feuer. Springender Dachs stand ihm gegenüber auf der anderen Seite des Feuers. »Wie geht es dir, Vetter?«

»Ich lebe noch«, entgegnete er. »Und das ist mehr, als ich von Moosschnabel und Schädelkappe behaupten kann. Wo ist das Kind?«

»Wir haben ihn unter dem Sonnenjungen angepflockt, obgleich ich nicht davon überzeugt bin, dass er für ihren Tod verantwortlich ist. Darüber müssen wir uns noch eingehender unterhalten, aber berichte zuerst vom Buntfelsendorf.«

»Es war ein großer Erfolg«, sagte Springender Dachs und rieb sich die Stirn, als sei er sehr erschöpft. »Da gibt es nicht viel zu erzählen. Wir griffen an, raubten das Kind und brannten das Dorf nieder. Ich ...«

»Und anschließend habt ihr die Überlebenden verfolgt. Das berichtete Moosschnabel jedenfalls. Ist das wahr?«

Springender Dachs zog die Brauen zusammen. »Ja. Aber das war eine Kleinigkeit. Es waren nicht sehr viele.«

In einer dunklen Ecke des Langhauses lehnte ein Stock, und auf diesem Stock steckte ein schauerlich anzuschauender Schädel. Der süßliche Verwesungsgestank waberte durch den ganzen Raum. Blauer Rabe fixierte Springender Dachs mit einem durchdringenden Blick. »Auf wessen Befehl hin hast du das getan? Ich kann mich nicht erinnern, dass die Anführerinnen dich beauftragt hätten, alle Bewohner des Buntfelsendorfs zu töten.«

»Hättest du sie lieber *hier*, Vetter?«, konterte Springender Dachs. »Mitten auf unserem Dorfplatz, die Bögen im Anschlag? Wenn nur ein einziger am Leben geblieben wäre, um uns zu verfolgen, glaubst du nicht, dass er es dann auch getan hätte? Welcher deiner Angehörigen wäre wohl getötet worden? Sie hätten alles versucht, um das Falschgesicht-Kind zu retten! Na? Nenn mir einen Namen – oder schweig!«

»Ich …«

Siebenstern hob eine Hand, um den Disput zu unterbrechen. »Bitte, Blauer Rabe, setz dich neben deine Mutter. Und du, Springender Dachs, nimm hier neben mir Platz. Trinkt erst einmal eine Schale Minztee.« Sie deutete auf den Kessel, der an einem Dreibein über den Flammen hing. Neben den Randsteinen der Feuerstelle standen zusätzliche Schalen bereit. »Dies war ein langer Tag, für uns alle.«

Blauer Rabe ließ sich schweigend neben Frost-auf-den-Weiden nieder, Springender Dachs im Auge behaltend, der sich neben Siebenstern auf eine Felldecke hockte. Seinem Gesicht war zu Stein erstarrt.

Blauer Rabe nahm sich eine Trinkschale und füllte sie mit heißem Tee. Springender Dachs war aufgrund seines Wagemuts zum Kriegsführer ernannt worden. Und wagemutig war er tatsächlich. In seinem ersten Kampf, er zählte damals gerade sechzehn Winter, hatte er vier feindliche Krieger getötet. Seither hatten weitere zwölf unter seinem Bogen oder seiner Kriegskeule das Leben gelassen. Wenn es zum Kampf kam, handelte er furchtlos, ja sogar rücksichtslos. Jeder Beutezug nährte seinen Ruf als tollkühner Krieger.

»Vergib mir, Vetter«, ergriff Blauer Rabe wieder das Wort.

»Ich hätte anders beginnen sollen. Dein Kriegszug ist sehr erfolgreich verlaufen. Dafür ist dir unser Volk zu Dank verpflichtet. Bist du während des Kampfes verwundet worden?«

Springender Dachs schöpfte sich eine Schale Tee aus dem Kessel und hielt sie mit beiden Händen, um sich daran die Finger zu wärmen. »Hört zu, alle Geschöpfe des Himmels, der Wälder, Wiesen, Seen und auch die, die unter der Erde leben, haben sich mit uns verbündet. Unser Triumph war überragend. Wir …«

»Wie viele Krieger haben wir verloren?«, unterbrach ihn Blauer Rabe.

»In der ersten Schlacht, im Nebelschleier-Dorf, verloren wir acht, dann …«

»*Nebelschleier*?« Frost-auf-den-Weiden beugte sich vor. Im Schein des Feuers schimmert ihr weißes Haar golden. »Aus welchem Grund hast du ihr Dorf angegriffen? Ich entsinne mich keines so lautenden Befehls!«

Siebenstern setzte hinzu: »Ich ebenfalls nicht. Erkläre uns das, Kriegsführer.«

Sumpfbohnes faltige Lippen bebte, als auch sie empört fragte: »Warum hast du unschuldige Menschen überfallen? Sie haben uns doch nie etwas getan.«

In einer beschwichtigenden Geste hob Springender Dachs die Hand. »Ich bitte euch, ehrwürdige Anführerinnen. Hört mich genau an. Wir wollten das Nebelschleierdorf nicht angreifen. Aber uns blieb keine andere Wahl. Ich wies die eine Hälfte meiner Truppe an, sich vom Süden her in einem Halbbogen an das Buntfelsendorf heranzuschleichen und auf mein Signal zu warten. Mit der anderen Hälfte umzingelte ich das Dorf von Norden her, in der Hoffnung, es so einkreisen zu können …«

»Um sicherzugehen, dass euch das Falschgesicht-Kind nicht entwischt«, mutmaßte Siebenstern.

»Richtig. Aber auf dem Weg traf ich mit meiner Truppe unversehens auf Nebelschleier-Krieger. Und es liegt auf der Hand, dass wir die töten mussten, damit sie ihre Angehörigen im Buntfelsendorf nicht warnen konnten. Und so kam es, dass wir die Krieger bis zurück in ihr Dorf trieben und bekämpften, und dabei sind auch einige der Dorfbewohner umgekommen.« Er zuckte gelassen die Schultern. »Wie viele es waren, kann ich nicht sagen«, meinte er gleichgültig und stärkte sich mit einem großen Schluck Tee. »Wir haben sie nicht gezählt.«

»Bei den Geistern unserer Ahnen!« ereiferte sich Blauer Rabe. »Wie konntest du so ungeschickt sein, in eine Abordnung feindlicher Krieger zu rennen? Hast du denn keine Späher vorausgeschickt? Du hättest ...«

»Erzähl mir nicht, was ich hätte tun sollen!«, donnerte Springender Dachs. »Du bist das letzte Mal vor fünfzehn Wintern auf dem Kriegspfad gewesen. Was weißt du schon von geschicktem Vorgehen? Es kommt immer wieder vor, dass sich Krieger zufällig auf dem Kriegspfad begegnen, ohne Vorwarnung, und dann in einen Kampf verstrickt werden, ehe ihnen noch Zeit für große Überlegungen bleibt! Wir taten, was wir tun mussten!«

»Aber du ...«

»Genug!« mischte sich Siebenstern ein. »Ich bin davon überzeugt, dass du dein Bestes gegeben hast, Kriegsführer.« Ihre alten, wässrigen Augen wanderten vom wutentbrannten Gesicht von Springender Dachs zu Blauer Rabes zusammengekniffenen Lippen, dann stellte sie ihre Schale auf dem Randstein ab. »Vielleicht war es nicht sehr weise, uns heute Abend zusammenzusetzen«, räumte sie ein. »Wir sind alle müde und unsere Herzen von Trauer erfüllt. Lasst uns die Versammlung beenden. Wir setzen sie morgen Früh fort, wenn wir alle ausgeschlafen sind.«

»Ich danke dir«, murmelte Perlenfarn. Ihre Augen waren feucht. »Ich möchte Weißer Reiher noch einmal sehen und ihr Lebewohl sagen.«

Frost-auf-den-Weiden nickte. Der kummervolle Ausdruck ihres Gesichts tat Blauer Rabe in der Seele weh. »Ich ebenfalls. Auch will ich ihr noch ein paar Geschenke auf ihren Weg mitgeben.«

Springender Dachs erhob sich. »Wenn ich entlassen bin, werde ich mir meine Decken suchen und ein Lager bereiten. Mir tut jeder Knochen im Leib weh.«

»Selbstverständlich, Kriegsführer«, erwiderte Siebenstern milde. »Ruh dich aus.«

Blauer Rabe sah seinem Vetter hinterher, wie er steifbeinig zu seinem Lager ging, das sich am nördlichen Ende des Langhauses befand, dann legte er seiner Mutter sacht eine Hand auf die Schulter. »Wenn du mich brauchst, Mutter, ich ...«

Ein schriller Schrei jagte durch das Haus und Blauer Rabe war schon aufgesprungen, noch ehe er seinen Namen hörte: *»Onkel Blauer Raaa-be!«*

Kleiner Zaunkönig kam durch den Türvorhang geschossen und rannte wie eine Verrückte durch das Langhaus, das hübsche Gesicht zu einer ängstlichen Fratze verzerrt. *»Onkel!«* keuchte sie und schlang so ungestüm ihre Arme um seine Hüften, dass sie ihn beinahe rückwärts ins Feuer geschubst hätte.

»Zaunkönig!« rief Blauer Rabe entsetzt. »Was ist denn los? Was ist passiert?«

»Er – er hat versucht mich m-m-mitzunehmen!« stotterte sie. »Ein b-b-blutverschmierter Junge! Mit irren Augen, Onkel. Ja, irre! Er sagte, ich müsse mit ihm gehen, und als ich mich weigerte, sagte er, die Macht hätte mich ausgewählt!« Sie hob den Kopf und starrte ihn mit gehetztem Blick an. »Onkel, du musst mich verstecken! Sonst holt er mich! Ich will nicht weg, ich will bei dir bleiben!«

»Schh, Kleines«, flüsterte Blauer Rabe. »Keine Angst, niemand wird dich mir wegnehmen.« Er streichelte ihr sanft übers Haar, um sie zu beruhigen, dann fragte er: »Wer war der Junge? Ich werde mit seiner Mutter darüber reden. Er hat kein Recht, dich so zu erschrecken. Sag mir seinen Namen.«

Zaunkönig öffnete den Mund zum Sprechen, doch es kam kein Ton heraus. »Onkel. Das war kein *Mensch*!« stieß sie dann hervor. »Das war eines von den Falschgesichtern des Waldes! Das weiß ich! Kein Menschenkind hätte so laut und schrill lachen können, und das mit einem völlig zerschnittenen Körper! Er muss ein Waldgeist gewesen sein! Bitte, Onkel! Er darf mich nicht mitnehmen!«

Verzweifelt vergrub sie das Gesicht in seinem Lederhemd, während Blauer Rabe Hilfe suchend zu den alten Frauen hinüber schielte, die noch ums Feuer herum saßen. Siebenstern hatte skeptisch die Augen zusammengekniffen, und Sumpfbohne und Perlenfarn wechselten verwunderte Blicke. Frost-auf-den-Weiden hingegen stieg sichtbar die Zornesröte ins Gesicht. Sie rappelte sich hoch, humpelte auf Zaunkönig zu und packte sie grob an den Schultern.

Als Zaunkönig ihr trotzig in die Augen blickte, stieß sie ihr einen knochigen Finger in die Brust.

»Erspar uns diese Lügen, Mädchen! Bist wohl spielen gegangen und hast die Wasserbeutel vergessen, wie? Stehen sie noch unten am See? Ja, du hast deine Pflichten vernachlässigt und tischst uns jetzt diese unglaubliche Geschichte auf, um dich rauszureden. So ist es doch, oder etwa nicht? Du bist das unverschämteste Mädchen, das mir je unter die Augen gekommen ist! Leg dich auf dein Lager und zieh dir die Decke über den Kopf. Keiner deiner Angehörigen wünscht heute noch dein Gesicht zu sehen!«

Zaunkönig starrte sie mit offenem Mund an. »Großmutter, es war nicht meine Schuld! Ich habe …«

Die Ohrfeige, mit der Frost-auf-den-Weiden sie zum Schweigen brachte, warf Zaunkönig beinahe um. Die Abdrücke der fünf Finger auf ihrer Wange schwollen knallrot an.

Blauer Rabe packte seine Mutter am Handgelenk und sah sie bestürzt an: »Beim Geist unserer Ahnen, warum hast du das getan?«

Zaunkönig flüchtete sich auf ihr Lager, kroch unter die Felldecken und zog sie sich über den Kopf.

Mit einem heftigen Ruck befreite Frost-auf-den-Weiden ihre Hand aus Blauer Rabes Umklammerung und funkelte ihn bitterböse an. »Die Abendmahlzeit ist fertig, mein Sohn. Komm ans Feuer und iss.«

Damit humpelte sie davon.

Blauer Rabe fühlte sich ausgelaugt und erschöpft… und hatte noch Pflichten zu erfüllen. Springender Dachs würde heute Abend nicht mehr mit ihm reden, aber vielleicht konnte er einige seiner Krieger zu einem Gespräch bewegen. Er wusste, dass Elchgeweih aufrichtig zu ihm sein würde, und der Gedanke an ihre Augen löste seine Verspannung ein wenig.

Stirnrunzelnd sah er auf seine Nichte hinab, als er an ihrem Lager vorbeiging. Mucksmäuschenstill lag sie unter ihren Deken und rührte sich nicht.

Er kniete sich neben sie auf den Boden. »Ich glaube dir, Zaunkönig«, flüsterte er ihr zu. »Es gibt so vieles in der Welt der Geister, das mich fasziniert und verblüfft. Möchtest du mir später mehr über dein Erlebnis erzählen?«

Eine kleine Hand schob sich unter den Fellen hervor, berührte seine Mokassins und war auch schon wieder verschwunden.

Blauer Rabe tätschelte die Stelle, unter der er ihren Kopf vermutete, und erhob sich. Als er an Frost-auf-den-Weiden vorbeiging, sagte er: »Ich bin nicht hungrig, Mutter. Zaunkönig und ich werden später essen. Wenn sie sich beruhigt hat«, fügte er hinzu und trat unter dem Türvorhang hinaus in die Dunkelheit.

Später, gegen Mitternacht, lag er wach auf seiner Bettstatt, den Kopf auf einen Arm gestützt.

»Mutter! Mutter, wo bist du?«

Blauer Rabe wunderte sich, dass irgendjemand bei diesen jämmerlichen Klagerufen schlafen konnte.

Er zog sich die dicken Felldecken bis über die Schultern hoch. Sein ergrauendes Haar lag offen auf den Kissen. Neben ihm wälzte sich Zaunkönig unruhig auf ihrem Lager. Die ganze lange Nacht schon zappelte sie herum, warf die Decken von sich und zog sie sich dann wieder über den Kopf. Als er zurückgekehrt war, schlief sie bereits, deshalb hatte er sein Abendessen allein eingenommen, während Frost-auf-den Weiden nicht müde wurde, über ihre Enkeltochter zu schimpfen. »Das Mädchen ist eine Lügnerin!«, behauptete sie. »Und das ist sie schon immer gewesen. Morgen wirst du es ja selbst sehen. Schick in der Früh jemand hinunter zum See. Dort wird man die Wassersäke finden. Da bin ich ganz sicher. Deine liebe Nichte hat nur eine Ausrede für ihre Nachlässigkeit gesucht.«

Möglich wäre es, überlegte Blauer Rabe, aber eigentlich glaubte er das nicht.

Das Feuer war bis auf wenige rot glühende Holzstücke heruntergebrannt. Nächtliche Stille hatte sich über das Langhaus gesenkt, unterbrochen nur vom leisen Schmatzen eines Säuglings, der an der Brust seiner Mutter trank, und dem unverständlichen Murmeln eines Jungen, der offenbar lebhaft träumte. Zwei der fedrigen Behausungen der Nachtwanderer erschienen über der Öffnung des Rauchabzugs im Dach des Langhauses. Nach all den schlaflosen Nächten, die Blauer Rabe damit zugebracht hatte, durch dieses Loch hinauf in den Himmel zu starren, erkannte er an ihrer Helligkeit, dass es Mitternacht war.

»Bitte, Mutter! So komm doch!«

Die verzweifelten Rufe schallten seit gut einer Hand Zeit

durch die Nacht. Und seither kämpfte Blauer Rabe gegen das Bedürfnis an, aufzustehen. Wenn er sich Siebensterns Anordnungen widersetzte, würde er Schande über sie bringen und über sich, und zudem andere dazu ermutigen, ihre Autorität ebenfalls zu ignorieren. Dadurch würde über kurz oder lang die Ordnung, die den Klan zusammenhielt, im Chaos enden. Doch obwohl ihm das bewusst war, musste er die Hände verschränken, um nicht nach seinem Umhang und den Mokassins zu greifen.

Er hob den Kopf und spähte im Langhaus umher. Außer ihm schien niemand Polterers Jammern zu hören.

Springender Dachs schnarchte so laut, dass die Wände bebten, und das störte Blauer Rabe in dieser Nacht noch mehr als sonst.

Er hatte etliche der Krieger seines Vetters befragt. Die meisten hatten sich sehr bedeckt gehalten. Nur Elchgeweih, seine Jugendliebe, hatte ihm anvertraut, dass Springender Dachs besonders brutal im Buntfelsendorf gewütet habe. Ihrer Aussage nach, hatte er seinen Kriegern befohlen, alle Frauen zu vergewaltigen – auch die toten – und anschließend eigenhändig die Leichen der männlichen Kinder geschändet. Elchgeweih hatte ihm außerdem erzählt, dass er sie und die anderen Krieger auf dem Heimweg ständig in Angst und Schrecken versetzt habe. Er sei jede Nacht aufgestanden, habe sich ein Stück von ihrem Lager entfernt und endlose Gespräche mit dem abgeschlagenen Kopf von Lahmer Hirsch, dem Kriegsführer der Buntfelsen, geführt. Er habe sich gebärdet, erzählte sie im Flüsterton, als wüsste er nicht mehr, wer er sei oder welches Ziel sie verfolgten. Beim ersten Anzeichen der hereinbrechenden Dämmerung hatte er befohlen, riesige Feuer zu entzünden, und niemand, nicht einmal Elchgeweih, hatte gewagt, sich seiner Anordnung zu widersetzen.

»Hörst du ihn, Onkel?«, wisperte eine Stimme neben ihm.

Blauer Rabe drehte sich zu Zaunkönigs Lager um. Zwischen den dicken Felldecken lugte ihr schmales Gesicht hervor, in ihren Augen spiegelte sich der rötliche Feuerschein.

»Ja, ich höre ihn.«

»Er muss schrecklich frieren da draußen. Ich kann meinen Atem sehen, wenn ich hauche, und dabei bin ich hier im Haus. Wieviel Schnee, glaubst du, ist inzwischen gefallen?«

»Drei Hand hoch, schätze ich.«

»Ich hoffe, dass der Wind deinen Umhang nicht weggeblasen hat.«

»Ich auch.«

Nervös zupfte Zaunkönig an einem Faden, der sich aus ihrer Deke gelöst hatte.

»Geht es dir besser?« fragte er.

Sie nickte. »Aber mir ist übel. Tief im Inneren. Als ob meine Knochen vertrockneten.«

»Was vorhin passiert ist, tut mir Leid, Zaunkönig. Deine Großmutter… ich glaube, sie wollte dich nicht schlagen, aber sie wusste nicht, was sie sonst tun sollte.«

»Das ist schon in Ordnung, Onkel«, erwiderte sie tapfer. »Ich mache mir mehr Sorgen um diesen blutverschmierten Jungen als um Großmutters Ohrfeige. Sag, du glaubst doch nicht, dass er in unser Langhaus kommt, oder?«

Blauer Rabe dachte über Zaunkönigs Frage nach. »Die Falschgesichter aus dem Wald fügen Kindern keinen Schaden zu. Nein, ich glaube nicht, dass er hierher kommt.«

Zaunkönig setzte sich auf. Das lange schwarze Haar fiel ihr in dichten Strähnen über die Schultern. »Onkel? Glaubst du, dass das Gesicht Polterer etwas antut? Nachdem er mich nicht erwischt hat? Polterer ist mutterseelenallein dort draußen, und auch noch gefesselt.«

»Ich glaube, dass Polterer mehr Gefahr von der Kälte und den Wölfen droht als von Geistern.«

Sie schien den verbitterten Unterton in seiner Stimme bemerkt zu haben. »Dich trifft keine Schuld, Onkel«, flüsterte sie und legte sich wieder hin. »Du warst nicht damit einverstanden, den Jungen zu rauben. Und das weiß hier auch jeder.«

Blauer Rabe stieg eine saurer Geschmack die Kehle hoch. »Ich hätte mehr dagegen unternehmen sollen, Zaunkönig. Ja, ich wünschte, ich hätte etwas getan.«

»Wäre das denn möglich gewesen? Ohne dass man dich tötet?«

»Ich denke schon. Es ist einfacher, einen ruhigen Mann zu ignorieren als einen, der brüllt und mit den Fäusten droht. Ich hätte brüllen sollen.«

Nachdenklich runzelte Zaunkönig die Stirn. »Aber du bist

doch Häuptling, Onkel. Häuptlinge brüllen nicht. Sie erklären die Dinge ruhig. Von Kriegsführern wird erwartet, dass sie brüllen und die Fäuste schwenken, aber wenn das ein Häuptling tut, dann hassen ihn die Leute.«

Der Wind rüttelte an den Wänden und fegte seitlich am Türvorhang vorbei ins Innere des Hauses. Die Glut in der Feuergrube flackerte auf und breitete einen rotgoldenen Schleier über Zaunkönigs geschwollenes Gesicht. Die Ohrfeige hatte ein hässliches Mal auf ihrer Wange hinterlassen.

Blauer Rabe strich seiner Nichte sanft übers Kinn. »Selbst wenn seine Handlungen einen Häuptling zum meistgehassten Mann im Dorf machen, muss er alles Nötige unternehmen, um die Sicherheit seines Volks zu garantieren. Drei unserer Klan-Mitglieder sind tot, Zaunkönig, und das nur, fürchte ich, weil ich nicht bereit war, gehasst zu werden. Ich besaß nicht den Mut dazu.«

Unter ihren langen, geschwungenen Wimpern studierte Zaunkönig das Gesicht ihres Onkels. »Hast du Moosschnabel und Schädelkappe untersucht?«

»Ja.« Er nickte bedächtig. »Und ich konnte keine Anzeichen von Gewalteinwirkung feststellen. Kein Blut. Keine Wunden. Dennoch sind ihre Familien davon überzeugt, dass Polterer sie getötet hat.«

»Warum?«

»Weil es die einzige Antwort ist, die sie haben.«

Zaunkönig schob eine Hand unter den Fellen hervor und griff nach Gauners Lederspielzeug, das sie nachts immer neben ihr Lager legte. »Onkel, glaubst du, dass Polterer noch in einem anderen Dorf Angehörige besitzt? Wir könnten sie doch ausfindig machen. Wenn du Polterer befreist und ihn zu seiner Familie bringst…«

Blauer Rabe rollte sich auf die Seite. Offensichtlich hatte Zaunkönig entschieden, dass Polterer nicht für die Todesfälle verantwortlich war; außerdem hatte sie sich wohl Gedanken darüber gemacht, wie man diese tragische Angelegenheit lösen könnte. »Unser Klan würde mich verstoßen, Zaunkönig. Und dann würde man mich jagen und als Strafe für mein Verbrechen töten. Genau wie dich, wenn du gegen die Klangesetze handeln würdest.«

Zaunkönig knetete den tröstenden Lederfetzen nachdenklich in ihrer Hand. »Könnten wir nicht irgendjemand anderen finden, der das für uns erledigt? Und ihn dafür bezahlen? Mit zwölf oder dreizehn Biberfellen oder einem Sack Meeresmuscheln?«

»Das Ergebnis wäre das gleiche«, flüsterte Blauer Rabe zurück. So ein Reichtum bliebe niemandem verborgen. Nein, ich glaube, es gibt nur eine Möglichkeit, diesen Wahnsinn zu beenden.«

»Welche denn, Onkel?«

»Etwas, worüber ich schon seit vielen Wintern nachdenke: ein Bündnis mit dem Schildkröten-Volk.«

»Ein Bündnis?«, wiederholte Zaunkönig verblüfft.

»Ja. Stell dir doch mal vor, was für ein Leben das wäre, wenn alle unsere Dörfer und alle ihre Dörfer miteinander Frieden schließen würden. Angenommen, wir kämen zu folgender Übereinkunft: ›Wir überfallen euch nicht mehr, wenn ihr uns nicht mehr überfallt. Und wir versprechen, euch bei der Verteidigung eurer Dörfer zu unterstützen, wenn ihr uns helft, unsere Dörfer gegen feindliche Klans zu verteidigen.‹« Blauer Rabe seufzte. »Im Augenblick ist das natürlich nur ein Wunschtraum, für den es sich aber zu beten lohnt. Unseren Völkern würde es damit sehr viel besser gehen. Der Handel würde blühen…«

»Aber warum haben wir das dann nicht schon längst getan, Onkel?«

»Zum gegewärtigen Zeitpunkt besteht noch viel zu viel Feindschaft zwischen uns, viel zu viel Misstrauen. Aber eines Tages …«

Die Worte erstarben in seiner Kehle, als Polterer erneut »*Mutter*!« kreischte.

Zaunkönigs Augen füllten sich mit Tränen.

Tröstend drückte Blauer Rabe ihre kleine Hand. »Versuch zu schlafen, Zaunkönig. Heute Nacht können wir nichts weiter unternehmen.«

Seufzend rollte Zaunkönig sich zusammen und zog sich wieder die Deken über den Kopf.

»Zaunkönig?«

Leises Schniefen.

»Es tut mir Leid, was mit Polterer geschehen ist. Aber ich gebe dir mein Wort, dass ich alles tun werde, um den Jungen zu retten, wenn er unschuldig ist.«

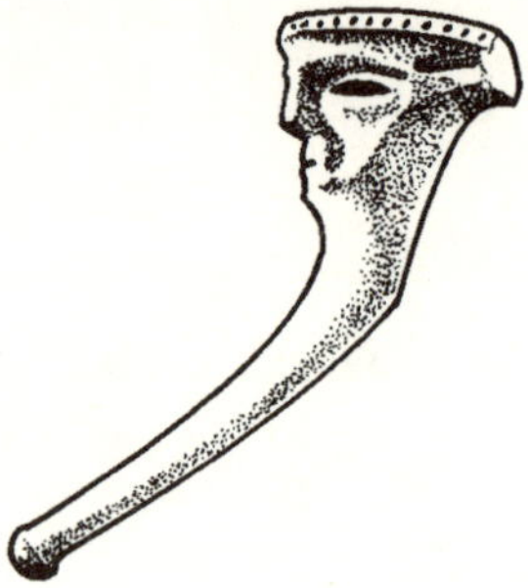

8. Kapitel

Die Dämmerung senkte sich über die sanften Hügelketten und verlieh dem frisch gefallenen Schnee die Farbe und den Schimmer blauvioletter Amethyste. Silberner Sperling stand vor seiner soeben auf einer Anhöhe errichteten Hütte, von der aus man die zehn konisch zulaufenden Hütten des Erdendonner-Dorfes überblicken konnte. Aschenmond hatte bestimmt, das Dorf halbmondförmig um das südliche Ufer des Goose Down Lake zu errichten. Sein Klan baute nicht diese großen, klotzigen Langhäuser wie die Leute des Bärenvolkes. Sie bevorzugten kleine Hütten, die sich leicht abbauen, tranportieren und an einem anderen Ort wieder aufstellen ließen. Es waren Rundbauten mit Wänden aus Baumrinde, etwa so hoch wie ein ausgewachsener Mann und zwei bis drei Körperlängen im Durchmesser. Aus den Öffnungen in den Dächern ringelten sich weiße Rauchfahnen in den Himmel.

Die Bewohner hatten begonnen, sich vor der Hütte von Aschenmond, ihrer Anführerin, zu versammeln und redeten und gestikulierten in einem wilden Durcheinander.

Sperling kniete sich vors Feuer, um seinen Eintopf umzurühren. Der köstliche Duft des köchelnden Hirschherzens wehte ihm ins Gesicht. Neben der Feuerstelle standen Teekessel, Trinkschale und Suppenschüssel bereit. Der Moostee, den er seit einer geraumen Zeit ziehen ließ, verströmte bereits sein süßliches Aroma.

Die strenge Stimme von Aschenmond schallte durch die Nacht: »*Ihr müsst einer nach dem anderen sprechen! Ich verstehe kein einziges Wort!*«

Sperling schaute über seine rechte Schulter. In seiner Hütte unter einem Büffelfell lag Feuerrabe, bewegte die Lippen, wie schon seit zwei Tagen, und murmelte leise, unverständliche Worte. Der flackernde Schein des Feuers, der über das jugendliche Gesicht tanzte, betonte noch seine ausgemergelten Wangen und das zerzauste Haar, das ihm in feuchten Strähnen ins Gesicht fiel.

Sperling hatte seine Wunden versorgt und ihm Salbeitee und Fleischbrühe eingeflößt, doch das Fieber wütete unvermindert weiter in seinem jungen Körper. Wenn es nicht bald aufhörte, würden seine Seelen davonfliegen, fürchtete Sperling.

»Großer Blauer!«, rief Aschenmond.

Der junge Kriegsführer trat mit friedfertig gebeugten Schultern vor. Nachdem Aschenmond etwas zu ihm gesagt hatte, das Sperling nicht verstehen konnte, löste sich der Kriegsführer aus der Menge und marschierte auf Sperlings Hütte zu. Die roten und gelben Stachelschweinborsten, die seine Lederärmel zierten, schillerten bei jedem seiner Schritte.

Sperlings faltiges Gesicht nahm einen resignierten Ausdruck an. Er legte den Rührlöffel auf dem Randstein der Feuergrube ab und stützte abwartend die Ellbogen auf die Knie.

Je näher der Kriegsführer kam, desto widerstrebender wurde sein Gesichtsausdruck.

»Sei gegrüßt, Ältester«, sagte Großer Blauer, als er in den Lichtkreis des Feuers trat; sein Muschelamulett funkelte in allen Regenbogenfarben.

»Ich entbiete dir ebenfalls meinen Gruß, Kriegsführer. Möchtest du eine Schale Wildeintopf mit mir essen?«

Großer Blauer hob abwehrend die Hand. »Nein, danke. Ich könnte keinen Bissen bei mir behalten!«

»Ja, ja, Aschenmonds berühmte Wirkung auf Männer.«

Großer Blauer zuckte die Schultern. »So schnell lasse ich mich nicht beunruhigen.«

Sperling warf einen Hickory-Scheit ins Feuer und beobachtete, wie die Funken in den wolkenverhangenen Nachthimmel stoben. »Welche Botschaft bringst du mir?«

Der Kriegsführer hockte sich ihm gegenüber ans Feuer. »Ich habe den Auftrag, dich zu fragen, ob der Buntfelsen-Krieger wohlauf ist, oder ob seine Seelen schon weggeflogen sind.«

»Es geht ihm nicht gut. Aber die Frage nach seinen Seelen kann ich nicht beantworten. Die Pfeilspitze, die in seinem Bein steckt, lässt sichnicht entfernen. Ich konnte einen Teil abbrechen und habe einen Umschlag aus Schlangenwurzelbrei aufgelegt, aber bisher ist keine Besserung eingetreten. Schattengeister haben sich in der Wunde eingenistet. Seine Seelen wohnen vielleicht noch in ihm, oder sie halten sich außerhalb seines Körpers auf. Vielleicht sind sie schon für immer weggeflogen, oder kehren morgen Früh zurück.«

Großer Blauer warf einen Blick durch den Eingang auf Feuerrabe, wandte ihn aber schnell wieder ab.

»Und weiter?«

Großer Blauer rutschte unbehaglich auf seinem Platz herum. »Heute Morgen sagte Aschenmond, dass sie die Anwesenheit von etwas Bösem hier im Dorf spüre. Sie befürchtet, dass es die Seele von Wilde Rose, der Buntfelsen-Träumerin, sein könnte, die hier umherfliegt. Der Anführerin standen die Haare« – er unterstrich seine Worte mit einer entsprechenden Geste – »kerzengerade vom Kopf ab. Wie bei einem Hund, wenn sich feindliche Krieger nähern.«

»Tatsächlich?«, meinte Sperling mit übertriebenem Interesse. »Ich muss sagen, Aschenmond besitzt erstaunliche Fähigkeiten. Welche Kunststücke hat sie noch vollführt?«

Mit gehetzter Stimme setzte Großer Blauer hinzu: »Sie sagte, der Wind habe einen bitteren Geruch mitgebracht, nach verwesenden Knochen.«

»Verwesende Knochen?«

Großer Blauer nickte heftig.

Sperling griff nach seinen Holzlöffel und rührte damit noch einmal die Suppe um. Sie brodelte inzwischen. »Aha, ihr zerzaustes Haar und der Gestank der Abfälle hinter unserem Lager haben sie also zu der Überzeugung veranlasst, dass die Seelen von Wilde Rose durch die Gegend fliegen. Wie viele Leute haben ihr diese Geschichte geglaubt?«

Großer Blauer legte seine Hände flach auf die Knie und starrte sie an, als habe er sie noch nie gesehen. »Ältester, wie lange wirst du dem jungen Krieger noch gestatten, in deiner Hütte zu bleiben?«

»Bis er genügend Kraft besitzt, um mir zu sagen, dass er gehen will.«

»Ich flehe dich an, Ältester.« Der junge Kriegsführer hob beschwörend die Hände. »Heute Nachmittag kam ein Händler durch unser Dorf. Er berichtete, dass Springender Dachs, nachdem er den Zwergenjungen geraubt hatte, alle Mitglieder des Buntfelsen-Klans verfolgte und tötete, derer er habhaft werden konnte. Wenn er nun erfährt, dass einer von ihnen überlebt hat? Glaubst du nicht, dass er nach ihm suchen würde?«

»Möglich«, meinte Sperling achselzuckend. »Aber das bezweifle ich.«

»Weshalb?«

»Springender Dachs löscht ganze Dörfer aus. Er hat sich alle Mühe gegeben, die Leute davon zu überzeugen, dass er hierfür ein besonderes Talent besitzt. Einen einzelnen Krieger zu töten, käme einer Beleidigung seines Heldenruhms gleich.«

Großer Blauer trat verlegen mit der Spitze seines Mokassin gegen einen Randstein. »Nicht jeder von uns teilt deine Ansichten, verehrter Ältester. Das gesamte Dorf ist bereit, weiterzuziehen und dich zurückzulassen, falls du nicht …«

»Schon wieder?« Sperling stieß den Rührlöffel in den Suppenkessel. »Was soll ich denn tun, Großer Blauer? Feuerrabe aus meiner Hütte zerren und ihn in den Wald schleppen? Ist es das, was du von mir verlangst?«

Feuerrabes schmerzverzerrte Stimme füllte das plötzlich eingetretene Schweigen mit heiseren, gurgelnden Worten. Wahrscheinlich hatte er seinen Namen gehört und fühlte sich bemüßigt, zu antworten.

»Heute Vormittag«, sagte Großer Blauer, »hat Anführerin Aschenmond uns dargelegt, dass der Waldgeist, falls er wirklich in den Buntfelsen-Klan eingeheiratet hat, wie man behauptet, sich demzufolge auch um seine Angehörigen kümmern würde. Und dieser junge Krieger ist schließlich ein Verwandter von Verwandten des Waldgeistes.«

Sperling reckte den Hals und spähte an Großer Blauers breiter Schulter vorbei hinüber zu Aschenmond. Sie stand am Feuer und wärmte sich die Hände, doch ihr Blick haftete dabei ständig auf Sperlings Hütte. Der wäre am liebsten vor sie hingetreten und hätte ihr gesagt, wie lächerlich sie sich aufführte.

Stattdessen beugte er sich vor und flüsterte Großer Blauer vertraulich zu: »Die Waldgeister sind die Überbringer von Seuchen und Dürren. Von einem abtrünnigen Heiler unter ihnen habe ich noch nie gehört, du vielleicht?«

Großer Blauers Mundwinkel sackten nach unten. »Anführerin Aschenmond hat befürchtet, dass du so sprechen würdest.«

»Nein, hat sie nicht. Sie hat es *gewusst*.«

»Ich glaube, sie hat gehofft, dass du ihre Weisheit diesmal achten würdest, damit wir nicht mitten im Mond der Gefrorenen Blätter unser Lager abbrechen und weiterziehen müssen.«

»Richte meiner früheren Ehefrau folgendes aus: Wenn sie wünscht, dass ich ihre Weisheit achte, dann sollte sie auch den Mut aufbringen, diese selbst mit mir zu teilen.«

Großer Blauer nickte kurz. »Jawohl, Ältester.« Er erhob sich und setzte ernst hinzu: »Das werde ich tun. Ich wünsche dir einen guten Abend.« Damit drehte er sich um und marschierte mit wehendem Umhang den Hügel hinunter.

Die Klanmitglieder, die sich um Aschenmonds Feuer versammelt hatten, verfielen in abruptes Schweigen, als sie Großer Blauer kommen sahen. Aschenmond schob sich durch die Menge und ging ihm entgegen. Auf halbem Weg trafen sie sich und wechselten ein paar Worte, worauf Aschenmond in sichtlicher Entrüstung die Arme in die Höhe warf und die Hände rang.

Sperling schöpfte unterdessen Suppe in seine Schüssel, nahm seinen Hornlöffel und kostete vorsichtig von dem dampfenden Eintopf. Er schmeckte würzig und das Fleisch war zart.

Aschenmond kam den Hügel heraufgestapft.

Trotz ihrer fünfzig Winter hatte sie sich einen schlanken, geschmeidigen Körper bewahrt, und ihr langes Haar besaß immer noch einen seidigen Glanz.

Kaum war sie in den Lichtschein des Feuers getreten, knurrte sie wutschnaubend: »Versuchst du uns alle umzubringen?«

Ungerührt schob Sperling einen weiteren Löffel Eintopf in den Mund. »Mitnichten, Aschenmond«, erwiderte er kauend und deutete mit dem Hornlöffel auf den Platz ihm gegenüber. »Du bist die einzige, die ich jemals umbringen wollte. Bitte, setz dich doch und wärme dich mit mir am Feuer.«

Wieder warf sie die Arme in die Luft. »Du kennst diesen Krieger nicht einmal und setzt das Leben deiner Angehörigen aufs Spiel, um ihn zu retten!«

Sperling zerkaute ohne Eile ein köstliches Stück Fleisch, bevor er antwortete. »Er ist krank, Aschenmond«, sagte er freundlich. »Ich kann ihn doch nicht einfach sterben lassen. Du bist eine Heilerin. Du solltest das verstehen.«

»Ich verstehe es aber nicht. Dein eigenes Volk sollte für dich das Wichtigste sein. Außerdem ist dieser junge Krieger ein Verwandter von Wilde Rose und ...«

»Du bist mit Blindheit geschlagen, wenn es um die Angehörigen von Wilde Rose geht und um etliche andere Dinge, einschließlich meiner Wenigkeit, wenn ich das hinzufügen darf. So und jetzt plustere dich auf wie ein balzendes Waldhuhn und sag mir, dass ich genauso blind bin wie du und nutzlos dazu, und wenn du mit deinem Gezeter fertig bist, werde ich dir erklären, weshalb ich versuchen muss, diesen Jungen zu heilen.«

Aschenmond stemmte die Hände in die Hüften und funkelte Sperling wutentbrannt an. »Erspar mir deine Erklärungen. Wilde Rose hat dich zu einem ...«

»Erstaunliche Worte aus deinem Mund, zumal wenn man bedenkt, dass Wilde Rose zehn Winter lang deine beste Freundin war.«

Aschenmond hatte Wilde Rose einst liebevoll »kleine Schwester« genannt. Als Wilde Rose feststellte, dass sie schwanger war und das Kind des Waldgeistes unter dem Herzen trug, hatte Aschenmond weiterhin zu ihr gestanden. Alle anderen hatten sie gemieden, als ob sie eine tödliche Krankheit ausbrütete.

Aschenmond war sogar den ganzen weiten Weg ins Buntfelsen-Dorf gelaufen, als sie hörte, dass Wilde Rose kurz vor der Niederkunft stand. Und nachdem sich ihre Familie geweigert hatte, sie anzurühren, hatte Aschenmond dem Kind ihrer Freundin eigenhändig auf die Welt geholfen.

»Und als unser Sohn Flint im Sterben lag …«

»Ja, ich weiß«, entgegnete Sperling mit müder Stimme. »Da hast du Wilde Rose angefleht, zu uns zu eilen, um ihn zu heilen, und sie ist nicht gekommen. Nach all der Liebe, die du ihr gegeben hast, fühltest du dich betrogen. Aber sie traf keine Schuld, und das weißt du auch. Als du sie um Hilfe batest, lag das halbe Buntfelsendorf mit dem gleichen Fieber darnieder, das unseren Jungen verzehrte. Ihr eigenes Volk brauchte sie damals nötiger als du.« Er deutete mit seinem Hornlöffel, von dem die Suppe tropfte, auf sie. »Hast du mir nicht gerade eben erklärt, dass das eigene Volk an erster Stelle zu stehen hat? Aber wenn es dabei um ein anderes Volk geht, hast du kein Verständnis dafür. Du glaubst immer noch, du und dein Volk hätten Vorrang vor allen anderen.«

Die Falten um Aschenmonds Augen vertieften sich, und Sperling biss unwillkürlich gegen die eigene Trauer die Zähne zusammen. Er hatte jede einzelne Falte in ihrem Gesicht entstehen sehen, hätte sie blind abmalen können. Die lange, gezackte Linie, die an ihrem rechten Auge nach unten verlief, hatte sich gebildet, während sie zusehen musste, wie ihr fünfter Sohn starb. Der Sohn, den Wilde Rose nicht geheilt hatte. Er sah nur elf Winter. Aschenmond hatte neben Flints Lager gewacht, Tag und Nacht, und kaum einen Bissen gegessen. Diese zwanzig Tage waren die längsten ihres Lebens gewesen… und des seinen.

»Außerdem«, fuhr Sperling fort, »weiß ich, dass Wilde Rose ihre Entscheidung von damals bedauert. Jedesmal, wenn ich das Buntfelsendorf besuchte, bat sie mich um Verzeihung und erkundigte sich nach deinem Befinden.«

Aschenmond senkte den Blick. »Es ist mir gleichgültig, was …«

»Ist es dir gleichgültig, dass sie vielleicht tot ist? Dass ihr Sohn ins Wandererdorf verschleppt wurde, vielleicht gefoltert wird und …«

»Ich will, dass dieser Buntfelsen-Krieger verschwindet!«, brüllte sie plötzlich.

Sperling knallte seine hölzerne Suppenschüssel auf den Boden, sprang auf, stapfte um das Feuer herum und blieb einen Schritt vor Aschemond stehen. Der würzige Fichtennadelduft, den ihr silbernes Haar verströmte, traf ihn wie ein Schlag in die Magengrube.

»Aschenmond«, stieß er resigniert hervor, »es geht nicht nur darum, dass ich dieses junge Leben retten möchte. Ich muss herausfinden, was passiert ist. In meinem Traum habe ich gesehen …«

»Träume! Ich wünsche kein weiteres Wort über deine Träume zu hören! Versuch lieber an unseren Klan zu denken. Früher einmal wusstest du, was deine Pflicht ist – bevor dir dieser Geisthelfer einen Schlag auf den Kopf versetzte!«

Sperlings Schultermuskeln verspannten sich. Als der seltsame kleine Junge zum ersten Mal in ihrem Lager aufgetaucht war – in der Nacht, als Flint starb –, hatte Sperling ihn für einen Jungen aus Fleisch und Blut gehalten. Der Junge hatte Sperling aus einem leichten Schlaf geweckt, indem er ihn mit seiner kleinen Faust an der Stirn berührt und gewispert hatte: »*Beeil dich, mein Schatten. Wach auf. Großvater Tagbringers Kinder sind hinter dir her.*«

Sperling ballte die Hände zu Fäusten. »Ich weiß, dass meine Träume dir Angst einjagen, Aschenmond, deshalb will ich dich nicht mit deren Inhalten belasten – aber versuch doch wenigstens zu verstehen. Feuerrabe hat mich gesucht. Möglicherweise ist er das einzige noch lebende Mitglied des Buntfelsen-Klans. Daher bin ich es ihm einfach schuldig, mein Möglichstes zu versuchen, um seine Seelen an seinen Körper zu binden.« In einer flehentlichen Geste, die sie an ihm schon tausendmal gesehen hatte, streckte er ihr die Hände entgegen, die Handflächen nach oben. »Gib mir noch ein paar Tage. Das ist alles, worum ich dich bitte.«

Aschenmond betrachtete seine Hände, und in ihren Augen flakerte eine Gefühlsregung auf. »Ach, Sperling, was ist nur mit dir geschehen? Dieser bösartige Geisthelfer …«

»Hat nichts getan!« Er zwang sich, zu den funkelnden Hütten der Nachtwanderer emporzublicken. Seine Kehle war wie zugeschnürt, und er musste alle Kraft zusammennehmen, damit er nicht losbrüllte. »Er ist nicht bösartig. Er ist ein Junge. Manchmal gibt er sich ein wenig schelmisch. Er versteht nicht«

»Erzähl mir das nicht noch einmal, Sperling. Bitte.«

Sperling machte einen Schritt auf sie zu, bis ihre Gesichter sich beinahe berührten, und schaute ihr tief in die Augen. Beim Heil meiner Ahnen, ich sehne mich so sehr danach, sie in den Armen zu halten, dachte er.

»Sieh mich genau an, Aschenmond. Ich bin derselbe Mann, mit dem du fünfunddreißig Winter in Liebe zusammengelebt hast. Ich habe mich nicht verändert. Wenn du doch nur versuchen würdest ...«

»Ach, Sperling.« Sie schloss die Augen, als litte sie Schmerzen. »Sprich nicht so. Mein Herz erträgt das nicht. Ich möchte... ich möchte doch nur...«

Sie unterbrach sich, als habe die Entscheidung, ihm ihre wahren Gefühle zu offenbaren, die Oberhand gewonnen, und Sperlings Blut begann zu rasen. Innerlich rüstete er sich, alles zu tun, was er tun musste, um ihr dabei zu helfen, diese hauchdünne, aus Schmerzen geflochtene Brücke zu überqueren, die sie voneinander trennte. »Aschenmond, was willst du? Bitte, sag es mir. Ich werde alles tun, was du verlangst.«

Sie schien mit sich zu hadern und abzuwägen, was sie sagen sollte und was besser ungesagt blieb.

Schließlich hob sie den Kopf und sah ihm direkt in die Augen. Sperling hielt ihrem Blick stand.

Ihre Stimme bebte, als sie erklärte: »Ich möchte, dass du uns verlässt, Sperling. Ich gebe dir zwei Nächte. Aber mehr nicht. Entweder du gehst, oder wir alle gehen. Unser Volk möchte gleich jetzt aufbrechen. Und sie warten nur, weil sie meine Entscheidung achten.«

Sperling schob die Hände in die Taschen seiner Elchfelljacke und studierte ihren gequälten Gesichtausdruck. »Wenn du wünschst, dass ich gehe, Aschenmond, so werde ich deinem Wunsch Folge leisten.«

Damit wandte er sich ab und ging zurück zu seinem Platz am Feuer. Als er seine Suppenschale wieder aufgenommen hatte, meinte er freundlich: »So, nachdem wir alles besprochen haben, könntest du noch eine Weile hier bei mir sitzen bleiben. Ich habe gerade einen Kessel Tee aufgebrüht, und es ist noch mehr Eintopf übrig, als ich wahrscheinlich essen kann. Wir könnten uns unterhalten. Vielleicht ...«

»Nein, Sperling, ich...« Sie drehte sich um und spähte hinunter zu ihrem Feuer, um das sich die Dorfbewohner versammelt hatten. »Die Leute sind unruhig. Wenn ich nicht bald zurückkehre, werden sie einen Hilfstrupp nach mir ausschicken.«

»Ich würde dir niemals weh tun, Aschenmond. Das wissen sie. Und du weißt es auch.«

Aschenmond sah ihm geradewegs in die Augen. Der kleine goldene Fleck unter der Pupille ihres rechten Auges fing den Schein des Feuers auf und spiegelte ihn wider. »Ich weiß nicht mehr, was du tun würdest und was nicht, Sperling. Obgleich ich hoffe, dass deine Worte der Wahrheit entsprechen.«

Ohne ein weiteres Wort machte sie sich auf den Weg zurück ins Dorf.

Sperlings Blicke folgten ihr, bis die Dunkelheit sie aufgenommen hatte, dann kippte er wütend den Rest Suppe aus seiner Schale in den Kessel zurück.

Als er sich anschließend auf sein Felllager sinken ließ, bemerkte er, dass seine Hände zitterten.

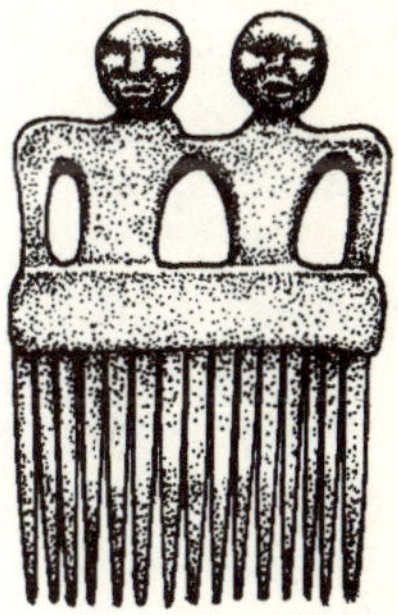

9. Kapitel

Fröstelnd kuschelte sich Kleiner Zaunkönig in ihre rot-blau gestreifte Decke. Sie saß am südlichen Ende des großen Feuers, das auf dem Dorfplatz brannte, sah den maskierten Tänzern zu, die um die Feuerstelle herumwirbelten, und lauschte dabei abwesend der Geschichte, die Anführerin Siebenstern über Weißer Reihers Tod erzählte. Der Mond war schon über eine Handbreit weitergewandert, und noch immer beschrieb sie mit ihrer krächzenden Stimme jede noch so winzige Kleinigkeit in aller Ausführlichkeit. Zaunkönig hatte bis zu der Schilderung, wie Polterer sein Messer in Weißer Reihers Brust stieß, aufmerksam zugehört, doch dann waren ihre Gedanken davongeflogen wie die Wildgänse im Winter. Sie hatte diese Geschichte bis dahin schon mindestens hundermal gehört. Ihr Interesse galt den Maskengeistern.

Die tanzten in einem weiten Kreis um das Feuer herum. Ihre mit Muschelschalen bestickten Mokassins stampften in einem einfachen, aber völlig gleichförmigen Rhythmus auf die Erde. Zaunkönig spürte, wie das dumpfe Pochen durch ihre Beine fuhr und sich bis hinauf in ihre Haarwurzeln fortsetzte. Die Augen der Masken, gefertigt aus gehämmerten Kupferscheiben, Muscheln oder Steinen funkelten im Schein des Feuers. Schweigend tanzten sie mit ihren hypnotisierenden Bewegungen immer und immer wieder rund um die große Feuergrube.

Ihre Anwesenheit segnete die Versammlung und stellte sicher, dass nur die Wahrheit gesprochen wurde.

Als der der Geist von Roter Tau-Adler an Zaunkönig vorbei tanzte, spürte sie, wie ihr das Blut in den Adern stockte. Seine heilige Maske war riesig, etwa dreimal so groß wie ein menschliches Gesicht. Sie war aus Walnussholz geschnitzt, und die Politur mit Sonnenblumenöl verlieh ihr einen schwärzlichen Glanz. In dem grässlich verzerrten Gesicht leuchteten Augen aus Muschelschalen über einem langen, gebogenen Schnabel. Das schiefe Maul zog sich über die rechte Wange hinauf, so dass es beinahe das Auge berührte. Als der Geist sich vorbeugte und Zaunkönig direkt ins Gesicht starrte, wich sie erschrocken zurück.

Die Tau-Adler segelten in den Wolken, in Höhen, in die kein menschliches Auge blicken konnte. Dort sammelten sie Tau in den Vertiefungen zwischen ihren Flügeln, und wenn die Donnervögel ihre Pflicht, Großmutter Erde zu bewässern, vernachlässigten, schüttelten die Tau-Adler ihre Schwingen, und Nebel schwebte auf die Erde hernieder. Manchmal fingen sie mit ihren gebogenen Krallen unartige Kinder und trugen sie zu den Eis-Ungeheuern, die im fernen Norden wohnten und Kinder fraßen.

Als Roter Tau-Adler davon tanzte, atmete Zaunkönig erleichtert aus und sah zu Polterer hinüber.

Der kniete neben Onkel Blauer Rabe, innerhalb des Kreises der Tänzer, nahe am Feuer. Eine bunt bemalte Elchhaut wärmte seinen kleinen, missgestalteten Körper. Die Augen in seinem runden Gesicht, das kinnlanges, schwarzes Haar umrahmte, starrten unablässig in die lodernden Flammen, als wollten sie den ängstlichen Blicken der Leute ausweichen. Polterer schien auch seine Ohren vor den geflüsterten Forderungen nach Rache verschlossen zu haben. Seine gefesselten Hände lagen in seinem Schoß, nervös ineinander verknotet. Er sah sehr verängstigt aus.

Links von Zaunkönig, neben Siebenstern, hatte man die sorgfältig gewaschenen Leichname der drei Krieger auf Büffelhäuten aufgebahrt, aber Polterer vermied es tunlichst, sie anzusehen. Opfergaben häuften sich um die Toten: Steinmesser, Halsketten aus Samenkörnern, wertvolle Muscheln und die verschiedensten Decken und Felle.

Rechts von Zaunkönig hatte Elchgeweih Platz genommen. Sie saß im Schneidersitz auf dem blanken Boden, in einen Büffellederumhang gehüllt, der über und über mit Blut besudelt war, und starrte mürrisch vor sich hin. Immer wieder warf sie Springender Dachs einen raschen Seitenblick zu.

Der stand an einer Ecke der großen Feuergrube, die Schulter an den Stamm einer riesige Birke gelehnt. In dem mit Knochenperlen bestickten Lederhemd sah er aus wie einer der Himmelsgötter, der zur Erde herabgestiegen war. Das lange schwarze Haar, das offen um seine Schultern fiel, bildete einen eindrucksvollen Kontrast zu der weißen Rinde der Birke.

Den ganzen Tag über war er mit stolzgeschwellter Brust durch das Dorf stolziert. Der Raub des Jungen und der Tod von Lahmer Hirsch hatten seinen Ruf als unerschrockener Krieger noch bestärkt. Jeder Dorfbewohner, der seinen Weg kreuzte, erwies ihm mit einer tiefen Verbeugung seinen Respekt. Die Frauen brachten ihm Schalen mit frisch gebrühtem Fichtennadeltee oder dampfendem Wildeintopf. Springender Dachs schien die Zuwendungen seines Volkes zu genießen.

Neben ihm stand Maishülse, der hässliche Händler, die Lippen zu einem breiten Lächeln verzogen, als unterhielte er sich vorzüglich bei diesem Spektakel. Nach dem, was Zaunkönig über ihn gehört hatte, tat er auch gut daran, das Leben in vollen Zügen zu genießen. Denn obwohl er im Felsbankdorf eine Frau hatte, ging das Gerücht um, dass er im Süden des Landes die Ehre einer Frau beschmutzt und der Anführer des Dorfes bereits einen Trupp Männer nach ihm ausgesandt habe, um ihn zu töten.

Die Krieger hatten sich vor ihrem Kriegsführer auf Felldeken niedergelassen, erzählten sich Witze und klopften sich ausgelassen und unter dröhnendem Gelächter gegenseitig auf die Schultern. Immer wieder deutete einer von ihnen auf den blutigen Kopf, der rechts neben ihrem Kriegsführer auf einem Pfahl aufgespießt war, worauf die Horde von Neuem losgrölte.

Zaunkönig fand den Anblick des Kopfes entsetzlich. Krähen hatten die Augen aus dem Schädel gepickt, und das angegraute Haar hing in blutverklebten Strähnen um das hässlich verzerrte Gesicht. Was hatte der Kriegsführer des Buntfelsen-Dorfes wohl in seinem letzten Augenblick gedacht, überlegte Zaunkönig.

Aus irgendeinem Grund musste Zaunkönig beim Anblick des abgeschlagenen Kopfes an den blutverschmierten kleinen Jungen im Wald denken. Beklommen ließ sie den Blick über die Versammelten schweifen, in der bangen Erwartung, sein grinsendes Gesicht hinter einer Schulter auftauchen zu sehen. Die Stimme des Jungen hatten sie den ganzen Heimweg über verfolgt, sein unheimliches Gelächter hallte ihr immer noch in den Ohren wie der heulende Winterwind. Sie träumte beinahe jede Nacht von ihm und hatte das ungute Gefühl, dass dies erst der Anfang einer langen, schrecklichen Heimsuchung war.

Als Anführerin Siebenstern ihre knochigen Arme in die Höhe hob, versuchte Zaunkönig, ihre Aufmerksamkeit wieder auf sie zu richten.

Das weiße Haar der alten Frau flatterte in der kalten Nachtbrise. Sie rief mit lauter Stimme: »Die Tau-Adler sind meine Zeugen, dass ich heute Abend die Wahrheit gesprochen habe!« Die Tänzer hielten wie erstarrt in ihrer Bewegung inne, manche ein Bein erhoben, andere einen Arm in die Luft gereckt.

Siebensterns Furcht einflößender Blick senkte sich auf das Falschgesicht-Kind. »Dieser böse Geist im Körper eines Menschenkindes hat drei unserer Leute getötet, zwei unserer tapfersten Krieger und unsere geliebte Schwester, Weißer Reiher.

Ich kann nicht sagen, welches Schicksal ihm beschieden sein wird. Diese Entscheidung wird sich im Herzen jedes einzelnen von euch finden. Aber ich rate euch, weise darüber zu urteilen. Das Falschgesicht-Kind muss sein Opfer weder sehen noch berühren, um es zu töten. Es war draußen unter dem Sonnenjungen angepflockt, als Moosschnabel und Schädelkappe starben.« Erregtes Gemurmel wurde laut. »Wie könnten wir des Nachts ruhig schlafen, solange dieses Kind in unserer Nähe atmet und lebt? Ich glaube nicht, dass ich jemals wieder ein Auge zumachen würde.« Sie hob vor der versammelten Menge die Hand und schloss die Augen. »Ich habe gesprochen«, sagte sie. »Jetzt sollen sich andere erheben.«

Roter Tau-Adler geleitete die maskierten Tänzer vom Feuer weg. Sie bildeten hinter ihm eine Reihe und schlurften an den Rand des Versammlungsplatzes, wo sie sich im Schatten der Bäume postierten, um die Geschehnisse weiter zu verfolgen.

Siebenstern sank erschöpft auf dem Holzstamm nieder, den man für sie ans Feuer gerollt hatte. Gelbes Herbstblatt, ihre älteste Tochter, legte ihr eine Decke um die ausgemergelten Schultern und sagte etwas zu ihr. Siebenstern nickte und tätschelte ihr dankbar die Hand.

Nun trat Blauer Rabe vor, den eine eigentümliche Würde umgab. Aufrecht und erhaben stand er da, der Blick seiner sanften braunen Augen schweifte ruhig über den Kreis der Versammelten. Er wartete, bis nur noch das Knistern der Flammen die Stille erfüllte.

»Ich bin erst nach Weißer Reihers Tod im Versammlungshaus angelangt«, begann er mit tiefer, wohlklingender Stimme. »Aber ich habe mir ihre Wunden genau angesehen, während ihre Familie den Leichnam für die Beisetzung vorbereitete. Und ich bitte jeden einzelnen von euch, das gleiche zu tun, bevor ihr heute Abend eure Stimme abgebt. Polterer, bekannt als das Falschgesicht-Kind, hat zwar mit seinem Messer auf Reiher eingestochen, doch das geschah aus der Angst und Verzweiflung eines kleinen Jungen heraus. Das Messer ist nicht in ihren Leib eingedrungen! Es ist an einer Rippe abgeprallt! Das werdet ihr selbst sehen. Eine Rippe hat den Stich aufgehalten, und daraufhin ließ der Junge das Messer fallen. Genau so hat es sich zugetragen.« Seine Hände beschrieben eine hilflose Geste. »Ich weiß nicht, warum Reihers Seelen aus ihrem Körper geflohen sind. Vielleicht aus Angst. Vielleicht hat Fallende Frau aber auch just in diesem Augenblick beschlossen, Weißer Reiher von ihrem Körper zu lösen. Reiher hat siebzig Winter gesehen. Und das ist eine sehr lange Lebensspanne.«

Laute des Entsetzens und Zweifelns wurden laut und mischten sich mit dem Wehklagen der Hinterbliebenen. Die Leute drängten nach vorn und kreisten Blauer Rabe ein wie eine Horde Pumas, die eine Beute wittert.

»Hört mich an!«, rief er. »Warum geht ihr nicht ins Versammlungshaus und nehmt selbst den Ort in Augenschein, wo sich die Tat ereignet hat. Das getrocknete Blut, das ihr auf dem Boden finden werdet, hätte nicht einmal ausgereicht, einen Hornlöffel zu füllen. Darauf gebe ich euch mein Wort!«

»Und was ist mit Moosschnabel und Schädelkappe?«, brüllte jemand. »Hat Fallende Frau die auch geholt?«

Kleiner Zaunkönig kniete sich hin, um zu sehen, wer das gesagt hatte. Der-auf-dem-Bären-reitet saß mit übergeschlagenen Beinen da und funkelte Blauer Rabe so wütend an, als wollte er ihm ins Gesicht spucken. Er besaß den muskulösen Körper eines jungen Mannes von zwanzig Wintern, ein flächiges Gesicht mit kantigem Unterkiefer und leicht schräg stehenden Augen. Auf seinem Umhang prangten die mit blauer Farbe aufgemalten Symbole von Falke und Habicht.

»Ihr Tod«, erwiderte Blauer Rabe, »schmerzt mich tief. Sie waren uns allen gute Freunde. Aber Siebenstern hat euch bereits erklärt, dass Polterer sich außerhalb des Dorfes befand, als sie starben. Er konnte ihnen also keinen Schaden zugefügt haben!«

»Falschgesichter und Zauberer können ihre Seelen fliegen lassen! Das ist uns doch allen bekannt!«, rief Moosschnabels Witwe, Eistaucher, dazwischen.

Zaunkönig reckte den Hals nach ihr, konnte aber nur ihren roten Umhang ausmachen.

»Tritt vor«, forderte Blauer Rabe sie freundlich auf. »Wir alle möchten deine Gedanken hören, Eistaucher.«

Eilig drängelte sie sich durch die Menge in den Schein des Feuers. Das einst wunderschöne schulterlange Haar hatte sie zum Zeichen ihrer Trauer abgeschnitten. »Das ist doch alles Narrengeschwätz, Blauer Rabe«, erklärte sie. »Wer von uns hat nicht die Geschichten von der Macht dieses Kindes gehört?« Sie blickte mit verschwollenen Augen in die Runde der Zuhörer, die beifällig nickten. »Man sagt, dieses Kind kann Tiere allein durch die Kraft eines *Wortes* töten. Vielleicht hat er auf diese Weise auch meinen Gemahl umgebracht. Er – er hatte Schaum vorm Mund und...« Ihre Stimme versagte, die Worte erstarben auf ihren Lippen. »Und zerrte und riss im Todeskampf an seinem eigenen Fleisch!«

»Das weiß ich, Eistaucher«, erwiderte Blauer Rabe gütig, »aber du musst deine Gefühle hintan stellen und den Tatsachen ins Auge blicken.«

»Ich habe keine einzige Wunde am Körper meines Gemahls entdecken können! Ja, ein paar Kratzer am Hals und an den Armen, aber die hat er sich bestimmt in irgendeinem Gebüsch zugezogen. Ich habe seinen Körper genau untersucht!« Ihr Blick fiel auf das Falschgesicht-Kind, und sie wich unbewusst einen Schritt zurück. »Ich weiß nur, dass mein Ehemann von mir gegangen ist und dass meine Kinder ihren Vater verloren haben. Und ich sage euch, dieser böse Geist ist mächtiger als Fallende Frau! Er hat Moosschnabel umgebracht. Dessen bin ich mir *sicher*!«

Zustimmendes Gebrüll erhob sich, und Blauer Rabe verzog das Gesicht. Seine ausgebreiteten Arme beschrieben eine flehende Geste. »Bitte, denk noch einmal darüber nach, Eistaucher. Wir müssen abwarten, bis ...«

»Abwarten?« schrie Eistaucher aufgebracht. »Bis das Falschgesicht noch einen von uns tötet?«

»Ich bitte dich, Eistaucher. Wenn der Junge so viel Macht besitzt, wie du glaubst, weshalb konnte es uns dann so mühelos gelingen, sein Dorf zu überfallen und ihn zu rauben? Warum hat er unsere Krieger nicht in dem Augenblick mittels eines Wortes getötet, als er ihrer ansichtig wurde? Warum steht Springender Dachs noch unversehrt dort drüben neben dieser großen Birke? Polterer hat ihn gewiss sofort gesehen, als er das Buntfelsendorf betrat. Warum sollte der Junge ausgerechnet ihn, Springender Dachs, am Leben lassen?«

Polterers Kopf fuhr herum, und der Blick seiner schwarzen Augen machte sich an Springender Dachs fest, als sähe er den Kriegsführer zum ersten Mal.

Springender Dachs versuchte den Jungen solange anzustarren, bis dieser verlegen wegblickte, doch es gelang ihm nicht. Als er schließlich den Blick senkte, ging ein Zischen durch die Menge.

Zaunkönig spürte die Erregung ganz deutlich, die sich zunehmend steigerte. Die Angst schnürte ihr mit unsichtbarer Hand die Kehle zu. Sie kauerte sich tiefer unter ihre Decke und beobachtete jede von Polterers Bewegungen. Sein durchdringender Blick musterte Springender Dachs vom Kopf bis zu den Mokassins, als wollte er die Gestalt des Mannes, der sein Volk ausgelöscht hatte, in sein Gedächtnis brennen.

Zaunkönig liefen eisige Schauer über den Rücken.

Frost-auf-den-Weiden beugte sich zu ihr hin. »Hör auf, so herumzuzappeln, Mädchen. Möchtest du dich auf meinen Schoß setzen?«

Zaunkönigs Großmutter trug das weiße Haar zu einem straffen Knoten oben auf dem Kopf zusammengefasst, und diese strenge Frisur ließ die tiefen Falten, die sich durch ihr braunes Gesicht zogen, noch stärker hervortreten. Zaunkönig schüttelte den Kopf. »Nein. Ich möchte zuschauen. Ich mache mir Sorgen um Polterer.«

Frost-auf-den-Weiden warf ihr einen ängstlichen Blick zu. »Glaubst du, dass man mit diesem Kind Mitleid haben sollte? Es ist ein mordender Waldgeist, der sich als Junge verkleidet hat!«

»Aber...« Zaunkönig schaute wieder zu Polterer hinüber. »Er hat doch die Augen eines kleinen Jungen, Großmutter.«

»Du siehst nicht genau hin, Mädchen. Wie ein Hund, der sein eigenes Spiegelbild in einem Teich anbellt, siehst auch du nur den äußeren Schein. Blicke tiefer. Suche die Fische, die unter der Oberfläche schwimmen. Das ist der Weg zur Weisheit.«

Zaunkönig spielte mit den Schnüren ihrer Mokassins und dachte über das nach, was Onkel Blauer Rabe vorhin gesagt hatte. Wie konnte Springender Dachs das Buntfelsendorf überhaupt angreifen, wenn Polterer wirklich so große Macht besaß?

»Großmutter? Glaubst du, dass der Junge – das Falschgesicht – fliegen kann? Siebenstern hat ihn den Verstoßenen genannt und behauptet, er sei unter das Dach geflogen, nachdem er Weißer Reiher getötet hat. Ich weiß, dass manche Leute der Meinung sind, der Verstoßene sei nur ein alter Mann, der hoch droben im Norden lebt, aber wenn er wirklich ein Geist ist, dann frage ich mich …«

»Schh! Blauer Rabe hat eine Hand erhoben. Hör zu, was dein Ältester zu sagen hat und verstricke dich nicht in die närrischen Gedanken eines kleinen Mädchens.«

Zaunkönig klappte den Mund zu und dachte über den Verstoßenen nach. Sie hatte die Geschichte schon dutzende Male gehört. Von dem jungen Mann, der die Ehefrau seines Bruders so sehr begehrte, dass er seinen Bruder tötete, um sie zu bekommen. Die verzweifelte Frau beging aus Kummer Selbstmord, und der junge Mann, überwältigt von Schuldgefühlen, ertränkte sich. Als seine Seele in der Welt-über-dem-Himmel ankam, verwehrten ihm die Nachtwanderer den Zutritt. Windmutter selbst stieß ihn in ein Loch im Himmel, durch das er taumelnd auf die Erde herabstürzte. Doch während des Sturzes wuchsen dem verstoßenen jungen Mann Flügel. Er wurde zu einem heimatlosen Waldgeist, der fortan einsam von Ort zu Ort flatterte, von allen anderen Lebewesen gemieden.

Könnte der Verstoßene derselbe Waldgeist sein, der Polterer gezeugt hatte? Irgendwo hatte sie das einmal gehört. Vielleicht von Springender Dachs.

Blauer Rabe sagte zu Eistaucher: »Viele Winter lang habe ich an Moosschnabels Seite gekämpft. Und er hat mir mehr als einmal das Leben gerettet.« Er machte eine Pause und setzte dann hinzu: »Und mehr als einmal habe ich das seine gerettet. Ich kann einfach nicht glauben, dass er diese Streiterei gutheißen würde. Er hat sein Leben aufs Spiel gesetzt, um das Falschgesicht-Kind zu rauben und es wohlbehalten in unser Dorf zu bringen. Glaubst du, Moosschnabel oder Schädelkappe würde es freuen, dass wir uns darüber streiten, ob wir das Kind am Leben lassen sollen oder nicht? Lasst uns offen sprechen. Allein darum geht unsere Debatte. Forscht in euren Seelen. Der Wanderer-Klan hat bei diesem Überfall viele wertvolle Mitglieder verloren. Haben wir das Recht, auf das Opfer zu spucken, das sie für uns gebracht haben? *Sie* glaubten fest daran, dass uns das Falschgesicht-Kind Sicherheit und Frieden bringen wird!«

»Aber alles, was es uns gebracht hat, ist der Tod!«, stieß Eistaucher händeringend hervor. »Töten wir ihn, bevor wir noch einen Bruder oder eine Schwester verlieren! Der Überfall war ein Fehler! Ein schrecklicher Fehler! Wir sollten uns das eingestehen und mit unserer Beratung fortfahren!«

Blauer Rabe hob beide Hände, um dem lauten Prostestgeschrei Einhalt zu gebieten. »Wartet! Ruhe! Ich bitte euch!«

Am Rand des Kreises, hinter Blauer Rabe, erhob sich Elchgeweih. Sie hatte sich das schulterlange Haar hinter die Ohren gesteckt und rief mit lauter Stimme: »Hört Blauer Rabe an! Was ihr hier aufführt, entspricht nicht unseren überlieferten Gebräuchen! Jeder von uns hat das Recht, seine Meinung zu äußern, und wir haben die Pflicht, ihn anzuhören!«

Blauer Rabe drehte sich zu ihr um und warf ihr einen dankbaren Blick zu, doch das Geschrei wurde nur noch lauter.

Zaunkönig hielt sich die Ohren zu. Die Haare des Hirschfells, das um Polterers Schultern lag, schimmerten im Schein des Feuers. Der kleine Junge bebte am ganzen Körper – ein Anblick, der Zaunkönig tief traurig machte. Sie fühlte sich so hilflos wie ein nacktes Vogeljunges, das aus dem Nest gefallen war. Polterer hatte mit ansehen müssen, wie sein Dorf niederbrannte, wie sein Volk vor seinen Augen abgeschlachtet wurde – und jetzt das. Die Leute, die ihm alles genommen hatten, beschlossen soeben, dass das Ganze ein fataler Irrtum gewesen wäre.

Er muss uns aus tiefster Seele hassen.

»Warum noch mehr Zeit verschwenden!«, brüllte Eisvogel. »Ich stimme für den Tod! Wer schließt sich mir an?«

Üblicherweise dauerten solche Beratungen oft bis weit nach Mitternacht, doch Eisvogels spontan vorgebrachte Frage musste die Versammelten überrumpelt haben, denn plötzlich trat Ruhe ein. Nur hier und da war noch leises Wispern zu hören.

Blauer Rabe meldete sich wieder zu Wort. »Es gibt noch viele andere, die wir anhören müssen, Eisvogel. Wo ist Schädelkappes Frau? Wo sind die Männer, die an seiner Seite gekämpft haben? Vielleicht konnten sie ja eine Verletzung beobachten, die an den Leichen nicht sichtbar ist. Ein harter Schlag in die Leber? Oder ein ...«

»Keiner der Männer hat irgendwelche Schläge abbekommen«, dröhnte die tiefe Stimme von Springender Dachs durch die Nacht.

Alle Köpfe drehten sich zu ihm um, und es herrschte wieder gespanntes Schweigen.

Blauer Rabe machte einen Schritt auf Springender Dachs zu. »Woher willst du das wissen, Vetter? Hast du jeden Moment der Schlacht mit eigenen Augen verfolgt?«

»Und hast du etwa die Stirn zu behaupten, ich hätte verletzte Männer ausgewählt, um die heilige Pflicht zu erfüllen, das Falschgesicht-Kind in unser Dorf heimzuführen?«

»Verzeih, Vetter, aber in der Hitze des Gefechts ist es oft nicht leicht ...«

»Diese Männer standen nie in der Hitze des Gefechts! Ich befahl ihnen, mit mir zusammen das Haus des Kindes zu überfallen. Und sobald ich ihnen das Kind in den Arm gelegt hatte, verließen sie das Dorf.«

Blauer Rabe stand bewegungslos da, doch der Ausdruck seines Gesichts besagte ganz deutlich, dass er den Worten seines Vetters keinen Glauben schenkte. »Willst du damit sagen, dass du deine zwei besten Krieger nicht in die Schlacht geschickt hast? Jeder aus deiner Schar hätte auf den Jungen aufpassen können, bis der Kampf zuende war.«

Springender Dachs trat von der Birke weg und senkte die geballten Fäuste. »Ich konnte nicht abschätzen, wieviel Macht er besitzt. Daher habe ich selbstredend meine besten Krieger mit der Aufgabe betraut, sich einstweilen um den Jungen zu kümmern! Stellst du etwa meine Worte in Frage, Vetter?«

»Nein. Ich möchte einfach nur wissen ...«

»Frage meine Männer. Sie werden dir genau das gleiche sagen.«

Zaunkönigs Blick wanderte hinüber zu den Kriegern. Die saßen da wie aus Stein gehauen und warteten mit angehaltenem Atem, ob Blauer Rabe die Stirn hätte, den siegreichen Kriegsführer öffentlich zu beschämen, indem er noch seine Männer befragte.

Blauer Rabe schwieg eine Weile und dachte nach. »Und nachdem die beiden Krieger den Schauplatz verlassen hatten? Woher willst du wissen, was mit Moosschnabel und Schädelkappe passierte, nachdem sie außerhalb deines Sichtfeldes waren? Kannst du mit Gewissheit behaupten, dass sie auf dem Weg zurück in unser Dorf keine Verletzungen erlitten haben?«

»Wenn dem so war, dann hat das Falschgesicht-Kind ihnen diese Verletzungen zugefügt!«

Polterer starrte Springender Dachs mit großen Augen an.

»Willst du, dass dieses Kind getötet wird?«, fragte Blauer Rabe. »Du warst doch derjenige, der gegen den Rat unserer Ältesten auf diesem Überfall bestanden hat. Du warst derjenige, der behauptete, dass wir dieses Kind haben müssen! Wirst du jetzt vor uns alle hintreten und eingestehen, dass dein Entschluss ein Irrtum war?«

Springender Dachs reckte stolz das Kinn. »Damals glaubte ich, dass uns dieses Kind Macht über unsere Feinde verleiht und unsere Mägen vor Hunger bewahrt. Jetzt aber sehe ich, dass es nichts dergleichen bewirken wird. Es ist durch und durch böse.«

Zaunkönigs Blick wechselte zu Polterer. Der Junge zitterte noch schlimmer als vorher, und das Fell seines Umhangs wogte im Lichtschein wie ein windgepeitschter See.

»Wirst du deine Stimme abgeben, Vetter?«, fragte ihn Blauer Rabe. »Noch bevor du alle Seiten gehört hast?«

»Jawohl«, donnerte Springender Dachs und deutete mit einer vehementen Armbewegung auf den aufgespießten Schädel. »Bevor Lahmer Hirsch starb, erzählte er mir, dass Silberner Sperling ins Buntfelsendorf gekommen sei und die Leute gewarnt habe, dass wir kämen, um das Flaschgesicht-Kind zu rauben. Er prophezeite, dass das Falschgesicht-Kind unseren Tod bedeuten würde!«

Ein Raunen ging durch die Versammlung. Silberner Sperling war ein allseits geachteter und gefürchteter Mann. Wenn er so etwas sagte...

Zaunkönig aber hörte noch etwas anderes in dem allgemeinen Gemurmel. Springender Dachs Krieger flüsterten miteinander und schüttelten die Köpfe.

Zaunkönigs Blick wanderte von einem Gesicht zum anderen. Die Männer schienen mit den Worten ihres Anführers nicht einverstanden zu sein. Würde es einer von ihnen wagen, die Stimme gegen ihn zu erheben? Wenn ja, wäre damit die Position von Springender Dachs als Kriegsführer in Frage gestellt, was einen Kampf auf Leben und Tod nach sich zöge. Einen Augenblick später verstummte das Geflüster, und die Krieger saßen wieder schweigend und mit gesenkten Köpfen da.

Springender Dachs fuhr unterdessen fort: »Ich schließe mich Eisvogel an! Ich stimme für Tod!«

»Tod! Tod! Tod!«, erhob sich der Ruf aus der Gruppe der Krieger. Drei Fäuste reckten sich als Beweis ihrer Einstimmigkeit in die Höhe.

»Es ist noch zu früh, eure Stimme abzugeben!«, schrie Blauer Rabe verzweifelt. »Noch hat nicht jeder von uns gesprochen!«

Springender Dachs stolzierte quer über den Versammlungsplatz, und einer nach dem anderen erhoben sich seine Krieger von ihren Plätzen, um ihm zu folgen. Die Menge gaffte ihnen schweigend hinterher, bis der Letzte in seinem Langhaus verschwunden war, dann wurden erregte Stimmen laut, die diejenigen niederbrüllten, die anderer Meinung waren.

Kleine Handgemenge machten den Anfang, dann sprangen die Männer auf und stürzten sich johlend aufeinander. Inmitten der rasch um sich greifenden Schlägerei huschten Frauen umher und zerrten ihre Kinder vom Feuer weg.

Verzweifelt schrie Blauer Rabe noch einmal mit durchdringender Stimme: *»Wartet! Kommt zurück! Wir sind noch nicht fertig!«*

Jetzt erhob sich auch Zaunkönig, legte die Hände an den Mund und rief: »Ich stimme für Leben! Lasst den Jungen am Leben! Er hat den Tod nicht verdient!«

Polterer fuhr herum und starrte das Mädchen an. Tränen veschleierten seinen Blick.

»Ich will, dass er lebt!«, schrie sie. Und noch einmal:

»Lasst den Jungen leben!«

Polterer schob einen zitternden Finger in den Mund, während sein Blick Zaunkönig festhielt, als sei sie seine letzte Hoffnung auf dieser Erde.

Mit überschlagender Stimme brüllte Zaunkönig ein letztes Mal: *»Lasst ihn am Leben!«*

Da packte Frost-auf-den-Weiden ihren Gehstock, holte aus und ließ ihn auf Zaunkönig niedersausen, doch die duckte sich im letzten Moment und stolperte rückwärts davon. »Das reicht, Kind!«

»Ich habe das Recht, meine Meinung zu sagen, Großmutter! Ich bin ein Mitglied dieses Klans!«

Frost-auf-den-Weiden kniff die Lippen über den zahnlosen

Kiefern zusammen. »Das mag so sein, aber du musst deine Stimme nicht mit solcher Vehemenz erheben. Komm, wir gehen. Die Versammlung ist beendet. Die Entscheidung ist gefallen.«

»Aber Großmutter, ich möchte noch nicht gehen. Ich möchte bleiben und sehen, was weiter geschieht.«

»Blauer Rabe wird den Jungen in unser Langhaus bringen und anschließend mit Siebenstern sprechen. Sobald sie sich entschieden hat, wie der Junge sterben soll, kommt Blauer Rabe nach Hause. Dann wirst du alles erfahren.«

»Aber ...«

»Widersprich mir nicht«, herrschte sie Zaunkönig an und packte sie am Arm. »Sonst dreh ich dir den Hals um!«

Zaunkönig entwand sich ihrem Griff und sah plötzlich die Tränen, die Polterer über die Wange liefen. Ohne nachzudenken machte sie einen Schritt auf ihn zu.

»Du bist wie ein Wiesel, Mädchen!«, zeterte die alte Frau. »Wenn du deine Nase weiter in Dinge steckst, die dich nichts angehen, beißt sie dir eines Tages jemand ab!«

Damit packte sie Zaunkönig und zerrte sie hinter sich her durch die Menge. Immer wieder musste sich das Mädchen ducken, um den Armen und Ellbogen der miteinander ringenden Männer auszuweichen. Die maskierten Tänzer beobachteten die beiden; ihre Kupfer-, Muschel- und Steinaugen glitzerten gespenstisch.

»Großmutter!«, kreischte Zaunkönig, als sie sich dem Langhaus näherten. »Lass mich gehen! Ich will nicht nach Hause!«

Als Blauer Rabe den Türvorhang hob, wehte kalter Wind ins Haus und entfachte das heruntergebrannte Feuer von Neuem. Flammen züngelten knisternd empor und Funken stoben auf. Zaunkönig hob neugierig den Kopf aus ihren Decken.

Blauer Rabe betrat in gebückter Haltung das Haus, mit Polterer an der Hand. Er wurde von zwei Kriegern flankiert, deren Augen im Schein des auflodernden Feuers funkelten.

Seine Stimme klang erschöpft, als er den Kriegern erklärte: »Wir haben alle unsere Pflichten. Die eure ist, Wache zu stehen. Die meine besteht darin, dafür zu sorgen, dass es der Junge die nächsten sieben Nächte so bequem wie möglich hat. Es wird nicht nötig sein, dass ihr nach ihm seht. Ich werde mich um ihn kümmern. Ich möchte, dass er viel schläft und gut isst. Angesichts dessen, was ihn erwartet, wird er viel Kraft brauchen.«

»Es sei, wie du sagst, Ältester«, erwiderte Eichel respektvoll. »Wir werden in der Nähe sein, falls du uns rufst.«

»Ich danke dir.«

Blauer Rabe ließ den Vorhang fallen. Die kleine Hand des Falschgesicht-Kindes drückend, flüsterte er: »Hier entlang, Polterer.« Er führte ihn zu seinem eigenen Schlafplatz. »Das wird dein Lager sein.«

Polterer watschelte auf seinen krummen Beinen zu Blauer Rabes Bettstatt hin und ließ sich seufzend auf die weichen Felle sinken, wo er sich sofort auf die Seite legte, die Knie angezogen, das Gesicht den glühenden Kohlen zugewandt.

Blauer Rabe breitete noch zwei weitere Felldecken über den Jungen, damit er nicht fror. »Du brauchst dich nicht zu fürchten«, sagte er. »Ich werde dort bei dir sein. Verstehst du?«

Polterer machte die Augen zu.

Zaunkönig sah deutlich die Enttäuschung und Traurigkeit, die das Gesicht ihres Onkels zeichneten. Er beugte sich über den Jungen und strich ihm liebevoll über das zerzauste Haar. »Lost Hill wird für uns nicht leicht werden, aber ich verspreche dir, dass ich dich nicht im Stich lasse.«

Lost Hill... dachte Zaunkönig und ließ sich mutlos auf ihr Lager fallen. Viermal erst war sie beim Hungerberg gewesen, doch die verzweifelten Schreie der Säuglinge, die man dort ausgesetzt hatte, verfolgten noch heute ihre Seelen.

Leise ging Blauer Rabe zu dem Haufen mit zusätzlichen Deken neben Frost-auf-den-Weidens Lager. Großmutter lag auf dem Rüken und schlief tief und fest, den runzligen Mund weit geöffnet. Blauer Rabe breitete zwei Elchfelle auf dem Boden aus, legte sich nieder und deckte sich mit einer Felldecke zu. Es dauerte nicht lange, bis Zaunkönig ihn im gleichmäßigen Rhythmus des Tiefschlafs atmen hörte. Er musste wirklich sehr erschöpft gewesen sein.

Nachdenklich ließ Zaunkönig den Blick durch das Langhaus wandern. Die vom Rauch geschwärzten Gemüsevorräte, die in Körben an den Dekenbalken hingen, schimmerten silbrig im Licht des Mondes, das durch die Rauchabzüge fiel. In der gegenüberliegenden Ecke hörte sie die Familie von Springender Dachs miteinander tuscheln. Jemand lachte leise.

Lost Hill. Ach, ehrwürdige Ahnen…

Während des Winters fegte Windmutter den Schnee über die Kuppe von Lost Hill. Die Bäume neigten sich südwärts, die kahlen Stämme von den immer währenden Stürmen grotesk verdreht. Obwohl der Hügel eine prächtige Aussicht über den Pipe Stem Lake bot, ging dort nie jemand hinauf. Ihre Mutter hatte ihr einst erzählt, dass die Schreie all dieser verlorenen Säuglinge in den Grashalmen weiterlebten, die auf diesem gemiedenen Hügel wurzelten. *Die Leute hören die Schreie vielleicht nicht mit den Ohren, Zaunkönig, aber ihre Seelen hören sie sehr wohl. Die Schreie hinterlassen einen tiefen Schmerz in der Brust, der solange währt, bis du selbst über Lost Hill hinweggegangen bist.*

Zaunkönig drehte sich um und spähte zu Polterer hinüber. Er lutschte an seinem Finger wie ein Säugling. Der rote Schein der Glut spiegelte sich in seinen Augen wider. Er musste sich schrecklich einsam fühlen.

Zaunkönig überlegte kurz, dann kroch sie leise näher zu ihm hin.

»Hast du es warm genug, Polterer?«, wisperte sie. »Ich teile gern meine Decke mit dir, wenn dir kalt ist.« Sie zerrte an der schweren Elchdecke und hielt ihm eine Ecke davon hin.

Der Junge rührte sich nicht.

»Wenn du in der Nacht zu frieren beginnst, dann sag es mir. Ich werde dir helfen.«

Schluchzer zuckten in seiner Brust. »Ich hab's dir gesagt.«

»Was hast du mir gesagt?«

»Dass deine Leute mich töten werden.«

Seine erstickte Stimme rührte sie zu Tränen.

»Du tust mir leid, Polterer«, sagte sie und blickte rasch um sich, um sicherzugehen, dass niemand sie hörte. Ihr Herz klopfte so stark, dass sie das Blut in den Ohren rauschen hörte. Ein zittriges Lächeln zupfte an seinen Lippen, als der Junge mit heiserer Stimme flüsterte: »Ich habe versucht, in die Welt-über-dem-Himmel zu fliegen. Wie du gesagt hast.«

Zaunkönig blinzelte überrascht. »Und, hast du deine Mutter gefunden?«

»Nein, ich … ich bin gar nicht bis dorthin gelangt. Es war so dunkel und so kalt. Meine Seelenflügel wollten nicht schwingen. Aber ich träume viel von ihr. Ich habe geträumt, dass sie hier ist. Dass sie lebt. Sie hat alles versucht, um mich zu finden, aber es ist ihr nicht gelungen. Und ich hatte keine Stimme, um nach ihr zu rufen.«

Zaunkönig strich mit den Fingern über das Elchfell. Es fühlte sich weich und warm an. »Ich habe auch oft von meiner Mutter geträumt. Und in den ersten sechs Monden nach ihrem Tod war es immer der gleiche Traum.«

»Und welcher?«

»Ich träumte, dass das Kanu gekentert war und die Strömung sie mit sich fortgerissen hätte. Es dauerte viel Monde, bis Mutter den Weg zurück nach Hause fand, aber eines Tages stand sie vor unserer Hütte und hat mich so fest umarmt, Polterer, dass ich keine Luft mehr bekam.«

Wenn die Einsamkeit Zaunkönig das Herz zu schwer machte, kehrte dieser Traum zurück, und dann wurde es ihr wieder leichter.

Polterers Kehle entrang sich ein leises Schluchzen.

Zaunkönig biss sich auf die Lippen.

Nach dem Tod ihrer Eltern und ihres Bruders hatte sie Onkel Blauer Rabe hundertmal darum gebeten, die Ufer des Flusses nach ihnen abzusuchen. Das hatte er selbstverständlich getan, und die Gewissheit, dass sie nicht dort waren, sterbend oder allein, hatte ihr geholfen, in einen ruhigen Schlaf zu gleiten.

»Polterer?« flüsterte sie. »Ich gehe jetzt raus und suche deine Mutter.«

Polterer starrte sie mit offenem Mund an, als könnte er nicht glauben, was sie eben gesagt hatte. »Wirklich?«

»Ja.« Sie tastete nach ihrem Umhang und den Mokassins. »Ich kann zwar nicht allzu lange bleiben, aber ich werde die Umgebung in der Nähe des Dorfes absuchen.«

»Sag ihr, dass ich hier bin!«

»Das werde ich«, erwiderte sie... obgleich sie wusste, dass es nicht dazu kommen würde.

Den ganzen Tag über hatten sich die Dorfbewohner lachend auf die Schenkel geklopft und immer wieder die Geschichten wiederholt, die Springender Dachs und seine Krieger erzählt hatten. Wilde Rose war eines schnellen Todes gestorben, erschlagen von Springender Dachs eigener Hand, nachdem er ihr Polterer aus den Armen gerissen hatte.

Aber das spielte keine Rolle.

Zaunkönig schnürte ihren Umhang und die Mokassins zu und stand auf. »Versuche zu schlafen, solange ich draußen bin, Polterer. Du hast zwar sieben Tage um zu essen und dich auszuruhen, aber du wirst all deine Kraft brauchen, um solange auszuharren, bis deine Mutter dich holen kommt. Lost Hill ist ein schrecklicher Ort. Ich wecke dich auf, wenn ich wieder zurück bin.«

Polterer nickte. Tränen schwammen in seinen Augen.

Zaunkönig schlich auf Zehenspitzen zur Tür und duckte sich unter dem Vorhang durch, nach draußen.

Eichel und Pfauenauge wirbelten herum; in ihren Händen blitzten die Klingen von Steinmessern. Sie sahen aus wie Riesen. Eichel war schon ein großer, kräftiger Mann, aber Pfauenauge überragte ihn noch um drei Handbreiten und war doppelt so breit wie er. Zaunkönig musste den Kopf weit zurückbeugen, damit sie ihre Gesichter sehen konnte.

»Ich bin's nur«, sagte sie.

»Kleiner Zaunkönig! Was hast du hier draußen zu suchen?«, knurrte Eichel sie an. »Leg dich wieder hin«, sagte er und deutete mit seinem Messer ins Haus.

»Ich bin voll von Nachtwasser, Eichel! Ich muss mich erleichtern, sonst kann ich die ganze Nacht nicht schlafen!«

»Lass sie gehen«, brummte Pfauenauge. »Aber bleib nicht zu lange, Mädchen, sonst komme ich und hole dich. Verstanden?«

So wie Pfauenauge das sagte, hörte es sich an, als ob er ihr die Kehle aufschlitzen wollte.

»Ich habe keine Angst vor dir«, stieß sie hervor und rannte so schnell sie konnte über den Dorfplatz und durch das südliche Palisadentor.

Pfauenauge und Eichel schauten ihr dröhnend lachend hinterher.

Außerhalb der Dorfumfriedung blieb Zaunkönig stehen und sah sich um. Die riesigen Birken schienen sich bis hinauf in den Himmel zu recken. Die Wohnungen der Nachtwanderer leuchteten in dieser Nacht besonders hell. Jeder Baum und jeder noch so kleine Felsbrocken warfen deutlich sichtbare Schatten. Als der Wind auffrischte, tanzten silbrige Lichtflecken durch den Birkenhain, und die gefrorenen Blätter auf dem Weg funkelten, als hätte jemand Quarzkristalle verstreut.

Auch wenn sie keine Antwort erwartete, rief Zaunkönig dennoch leise in die Dunkelheit: »Wilde Rose? Bist du hier irgendwo?«

Die Birken bogen sich ächzend im Wind, und Zaunkönig spitzte die Ohren, ob sich daraus eine Antwort zusammenreimen ließe.

»Wilde Rose? Ich bin Zaunkönig. Wenn du...« Die feinen Härchen in ihrem Nacken kitzelten plötzlich, als striche eine unsichtbare Hand darüber. Zaunkönig hielt den Atem an und spähte ängstlich um sich. Erst jetzt fiel ihr wieder dieser Junge ein...

»*Junge*?« Ihre Stimme klang gehetzt. »Junge, wenn du hier irgendwo bist, dann lass mich in Ruhe! Ich bin wegen Polterer gekommen!«

Sie fing an zu laufen, den Pfad entlang, der um das Wandererdorf herumführte. Alle paar Schritte rief sie so laut sie konnte: »Wilde Rose? Wilde Rose, bist du hier? Bitte, antworte mir!«

Das Flüstern und Wispern der Nacht um sie herum wurde immer unheimlicher, die funkelnden Sterne schienen sie auf Schritt und Tritt zu beobachten. Der Nachtwind trug das Heulen eines Wolfs herbei, das über die schwarzen Anhöhen hallte wie ein herannahendes Gewitter. Zaunkönig rannte weiter, so schnell ihre Beine sie trugen.

Nachdem sie einmal rund ums Dorf gelaufen war, blieb sie vor dem Palisadentor stehen und beugte sich vornüber; die Hände auf die Knie gestützt, rang sie keuchend nach Luft. Die dunklen Schatten um sie herum schienen zusammenzuwachsen, ineinander zu verschmelzen, größer zu werden. Sie riss die Augen auf. Da war eine Bewegung... etwas Riesiges...mit haarigen Beinen. Sie konnte es nicht richtig erkennen, aber ihre Seelen begannen zu zittern.

Zaunkönig machte einen Satz durch das Palisadentor und rannte mit wehenden Haaren auf Eichel und Pfauenauge zu. Beide Krieger starrten sie mit finsteren Blicken an, als sie schnaufend vor ihnen stehen blieb.

»Ich dachte schon, dich hätte ein Ungeheuer gefressen«,

brummte Eichel unfreundlich, nachdem er sie von oben bis unten gemustert hatte.

Zaunkönig straffte die Schultern. »Du glaubst wohl, ich bin noch ein Kleinkind«, versetzte sie stolz und fegte zwischen den beiden hindurch ins Langhaus.

Auf Zehenspitzen schlich sie zu ihrem Lager, streifte den Umhang ab und machte sich daran, die Mokassins aufzuschnüren. Da hob Polterer den Kopf und fixierte sie mit einem Blick, in dem sich Hoffnung und Verzweiflung spiegelten. »Hast du sie gefunden?«

»Nein, aber ich werde weiter nach ihr suchen, Polterer. Solange du auf dem Lost Hill bist, werde ich jeden Morgen und jeden Abend in den Wald gehen und nach ihr rufen. Mach dir keine Sorgen, ich…«

Polterer hatte sich schon wieder die Decken über den Kopf gezogen. Die Laute, die er von sich gab, erinnerten sie an ein verletztes Hundebaby.

Er jammerte genauso wie Gauner in der Nacht, als er starb.

Zaunkönig zog die Mokassins aus, stellte sie neben ihr Lager und kroch rasch unter ihre Felldecken.

»Polterer?«, wisperte sie.

Als er nicht antwortete, schob sie eine Hand unter seine Decke und tastete solange umher, bis sie die seine fand. Dann drückte sie die kleine Hand und flüsterte zuversichtlich: »Ich bin bei dir, Polterer. Hab keine Angst. Alles wird gut werden. Das verspreche ich dir.«

Polterer umklammerte ihre Hand, als ob er sie nie wieder loslassen wollte.

Springender Dachs schlich unhörbar wie Nebelschwaden durch das Langhaus, die Stoffpuppe mit beiden Händen an sich gedrückt. Er hatte sie aus dem Stoff genäht, der aus den feinen Fasern der Rinde von Linden gewoben wird, die Augen mit brauner, die Lippen mit roter Farbe aufgemalt. An der Vorderseite der Puppe zog sich ein Schlitz entlang, der eine leere Bauchhöhle enthüllte.

Die Schlafenden schnarchten leise und bewegten sich, als er an ihnen vorbei tappte. Die vier Feuer waren bis auf die Glut heruntergebrannt und warfen ihren matten Schein über die

Wände aus Baumrinde. Würziger Zedernholzduft durchzog die kalte Nachtluft.

Draußen in der finsteren Kälte stöhnte ein Geist. Springender Dachs hörte, wie er an den Rindenwänden kratzte und versuchte, ins Haus zu gelangen. Auf der Suche nach ihm.

Das lange Haar fiel ihm ins Gesicht, als er sich neben Zaunkönigs Lager hinkniete. Die Fransen seines knielangen Lederhemds wischten über den mit Fellen ausgelegten Boden.

Das Mädchen hatte nach Wilder Rose gerufen und sie dadurch hierhergeführt.

Zaunkönig lag auf dem Rücken, die Felldecken bis an das spitze Kinn hochgezogen. Ihr schwarzes Haar breitete sich wie ein Fächer um ihr hübsches Gesicht aus. Den rechten Arm hatte sie von sich weggestreckt, ihre Finger hielten die plumpe linke Hand des Falschgesicht-Kindes umfasst.

Springender Dachs beugte sich über sie und flüsterte ihr ins Ohr: *»Ich habe dich draußen im Wald herumstreifen sehen.«*

Er legte ihr die Puppe in Brusthöhe auf die Decke und zog sein Messer aus dem Gürtel. Dann nahm er eine Locke von ihr zwischen Daumen und Zeigefinger und strich sich damit über die Wange und die Lippen. Anschließend küsste er die Strähne und hauchte sie an, um seine Seele durch das Haar in ihren Körper zu schicken. Sein warmer Atem kondensierte vor seinem Mund zu einer weißen Wolke.

Zaunkönigs Lider flatterten.

Mit einem behänden Schnitt trennte Springender Dachs die Locke ab, griff nach der Puppe und stopfte das Haarbüschel in die offene Bauchhöhle.

Plötzlich ein Klopfen außen an der Rindenwand. Springender Dachs sprang auf die Beine, sein Atem raste wie bei einem gejagten Tier. Fäuste … Unsichtbare Fäuste trommelten an die Wand…

Sie suchte *ihn*.

Ängstlich in die dunklen Ecken spähend, schlich er sich durch das Langhaus zu seinem eigenen Nachtlager. Bevor er sich dort niederließ, warf er die Puppe in die Feuerstelle, die seinem Lager am nächsten war.

Rauch wirbelte auf.

Zaunkönig japste leise nach Luft.

Ein Lächeln spielte um die Mundwinkel von Springender Dachs, als der Kopf der Puppe zu brennen begann und die ganze Feuerstelle neu entzündete. Die züngelnden Flammen warfen ihren Schein über die Wände und die Decke.

Zaunkönig stieß einen erstickten Schrei aus und fuhr senkrecht hoch. Blauer Rabe warf seine Decken weg, sprang auf die Füße und war schon neben Zaunkönigs Lager.

»Schh, Kleine«, murmelte er. »Du bist in Sicherheit. Nichts ist geschehen.«

Zaunkönig blinzelte mit großen Augen in die von Flammen erhellte Finsternis. »Oh, Onkel!« wimmerte sie und schlang ihre Arme um seinen Hals. »Ich habe geträumt, dass das ganze Langhaus niederbrennt!«

Blauer Rabe flüsterte etwas, das Springender Dachs nicht verstand, und küsste seine Nichte auf die Stirn.

Das Falschgesicht-Kind wurde ebenfalls wach, drehte sich um und fixierte Springender Dachs mit einem starren Blick. Seine Augen waren schwarz und funkelten.

Wie gelähmt stolperte Springender Dachs die letzten Schritte bis zu seinem Lager. Ohne den Jungen aus den Augen zu lassen, legte er sich hin.

Polterer hob langsam das Kinn und wandte sein Gesicht dem Feuer zu, als wollte er sichergehen, dass Springender Dachs ihn auch sah. Er lächelte, entblößte seine weißen Zähne, dann schürzte er die Lippen. Der Atemstoß, den er Springender Dachs entgegenblies, strömte als glitzernder Nebelfluss aus seinem Mund.

Im gleichen Augenblick verkrampfte sich der Magen von Springender Dachs. Er unterdrückte ein Stöhnen, kroch unter seine Decken und zog sie sich über den Kopf.

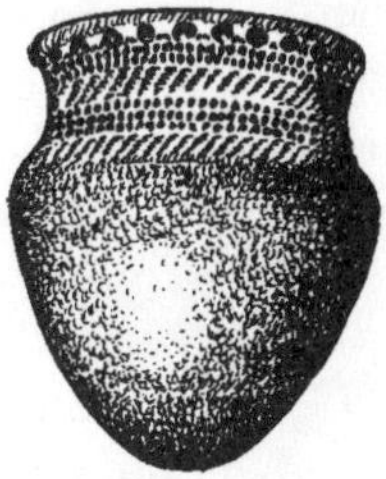

10. Kapitel

»Mutter?« rief Narzisse. »Mutter, Maishülse, der Händler, ist hier. Er möchte mit dir sprechen.«

Aschenmond seufzte. Sie hatte sich gerade das lange graue Haar zu einem Zopf geflochten und über die linke Schulter gelegt, während sie den Blick durch ihre warme, gemütliche Hütte schweifen ließ. Sie maß drei Schritte in der Länge, hatte eine niedrige Decke und der Fußboden war mit Fellen ausgelegt. In der Mitte der Hütte brannte ein kleines Feuer, das seinen tanzenden Lichtschein über die Vorratskörbe warf, die rechts von ihr an der Wand aufgereiht waren. Sie enthielten vier verschiedene Maissorten, Sonnenblumenkerne, Kürbisse und Nüsse und versorgten sie mit beinahe allem, was sie für ihre täglichen Mahlzeiten benötigte. Die Vorstellung, an einem so trüben Morgen ihre warme Hütte verlassen zu müssen, behagte ihr überhaupt nicht. In ihrem Schoß lag ein wunderschönes Kleid aus feinstem Ziegenleder, das sie schon fast ganz mit Stachelschweinborsten bestickt hatte. An den Ärmeln zog sich eine rotblaue Zickzackleiste entlang und vorn auf der Brust wand sich eine gelbe Spirale. Das Kleid war als Geschenk für Narzisse gedacht – falls es jemals fertig wurde. Sie arbeitete schon seit letztem Sommer daran.

Seufzend legte Aschenmond das Kleid beiseite, zog sich den Hirschfellumhang über die Schultern und stand auf.

Als sie durch die niedrige Türöffnung nach draußen in den Nebel trat, warf sie ihrer Tochter einen fragenden Blick zu. Narzisse, eine hübsche Frau von vierunddreißig Wintern, trug ihren Säugling auf dem Arm. Sie zuckte mit den Schultern, um ihrer

Mutter zu bedeuten, dass sie keine Ahnung habe, weshalb Maishülse sie schon so bald wieder aufsuchte. Der berühmte Händler gab sich nur selten die Ehre, in einem so unbedeutenden Dorf wie diesem Station zu machen.

»Als ich ihn kommen sah, habe ich das Feuer auf dem Dorfplatz angezündet und eine Kanne mit Tee aus meiner Hütte geholt. Es ist deine Kräutermischung, Mutter.«

»Ich danke dir, Narzisse«, sagte Aschenmond und tätschelte ihrer Tochter kurz die Hand. »Er wünscht mich zu sehen? Nicht unser Klan-Oberhaupt?«

»Er hat ausdrücklich nach dir gefragt, Mutter.«

Dichter Nebel lag über dem Dorf, der ab und an einzelne Hütten enthüllte und gleich darauf wieder verschluckte. Seit Tagesanbruch tropfte es von den kahlen Ästen der Ahornbäume, und inzwischen hatte sich jede noch so kleine Vertiefung des Dorfplatzes in eine Pfütze verwandelt. Aschenmond stieg achtsam über die sie hinweg, als sie auf die große Feuerstelle auf dem Dorfplatz zuschritt, der bei diesem Wetter wie leer gefegt war. Aus den zehn konisch zulaufenden Hütten des Erdendonner-Dorfes drang kaum ein Laut.

»Ich entbiete dir meinen Gruß, Maishülse«, sagte Aschenmond, ehe sie sich auf ihrem angestammten Platz vor dem Feuer niederließ. Der angenehme Geruch nach verbranntem Hickoryholz hing in der Luft, doch selbst das prasselnde Feuer vermochte in der feuchten Kälte kaum etwas Wärme zu spenden. Der Nebel war so dicht, dass Aschenmond weder den Goose Down Lake im Süden noch Sperlings Hütte oben auf der Anhöhe im Norden des Dorfes ausmachen konnte. »Ich bin überrascht, dich hier zu sehen, Maishülse. Du hast uns doch erst vor einem halben Mond mit deinem Besuch beehrt. Daher fürchte ich, dass wir dir nichts Neues zum Tausch anbieten können. Besonders nicht zu deinen Preisen.«

Der hässliche Händler grinste und entblößte dabei seine verfaulten Vorderzähne. »Wie geht es dir, Anführerin?«

»Es geht mir gut, Maishülse. Bitte, nimm an unserem Feuer Platz.«

Maishülse ließ seinen langen, schlaksigen Körper ihr gegenüber auf einen Holzblock sinken und streckte die Hände zum Feuer aus. Seine kleinen schwarzen Vogelaugen huschten unablässig zwischen Narzisse und Aschenmond hin und her. Der knielange Büffelfellumhang, den er trug, sah schon recht schäbig aus; das braune, lockige Haar war an etlichen Stellen ausgefallen wie bei einem räudigen Hund.

Narzisse nahm neben Aschenmond Platz und legte ihren in weiche Felle eingewickelten Sohn auf den Schoß. Mit dem runden, eulenhaften Gesicht, den großen Augen und Sperlings Hakennase ähnelte sie ihrem Vater viel mehr als ihrer Mutter. Narzisse war das einzige Kind, das Aschenmond geblieben war. Aschenmond brauchte nur in die Augen ihrer Tochter zu blicken, und sogleich schien die aus den Fugen geratene Welt um sie herum wieder ins Gleichgewicht zu kommen. Sie liebte Narzisse über alles und war froh um ihre Gesellschaft.

»Bitte, schenk dir von dem Tee ein, Maishülse«, forderte Aschenmond den Händler auf und deutete auf den Dreifuß, der am Rande des Feuers über der Glut hing. Daneben standen hölzerne Trinkschalen bereit. »Ich habe die Mischung aus Rosenknospen, Rosenblättern und Fichtennadeln selbst zubereitet.«

»Ich danke dir, Aschenmond.« Er nahm sich eine Schale. Als er sie in den Kessel tauchte, stiegen dicke Dampfwolken auf. »Was für ein scheußlicher Tag heute.« Er trank die Schale mit nur vier Schlucken leer, ließ einen zufriedenen Rülpser hören und füllte sie noch einmal.

Aschenmond zückte indigniert die Brauen. Maishülse besaß die ungehörige Angewohnheit, sich erst einmal richtig den Bauch vollzuschlagen, bevor er sich einem Gespräch zuwandte. Sie verschränkte die Arme unter ihrem Umhang und versuchte zu lächeln.

Narzisse bat sie mit einem Blick, sich in Geduld zu üben, was Aschenmond leise seufzend akzeptierte.

In Maishülses schwarzen Zopf mischten sich bereits die ersten silbernen Strähnen. Wenn man ihm glaubte, waren die grauen Haare der Preis für sein abenteuerliches Leben. Er liebte es, die Leute mit sonderbaren Geschichten über die Tempelbauer im fernen Westen des Landes zu unterhalten, oder von den Furcht erregenden Kriechtieren zu berichten, die die Sümpfe im Süden bevölkerten. Auf irgendeiner seiner vielen Reisen hatte er sich die Nase gebrochen, die jetzt wie ein abgewinkelter Daumen zwischen seinen breiten Backenknochen saß. Tiefe Falten zogen sich quer über seine Stirn, doch der Rest seines länglichen Gesichts war unversehrt geblieben.

Maishülse lächelte genießerisch. »Der Tee schmeckt in der Tat hervorragend, Aschenmond.«

»Das ehrt mich.« Aschenmond griff nach ihrer eigenen Schale und füllte sie. Der aromatische Rosenduft wehte ihr mit dem Dampf des heißen Tees ins Gesicht. Sie stellte die Schale auf ihrem Knie ab und sagte: »Was führt dich an diesem kalten, düsteren Tag in unser Dorf? Ich an deiner Stelle säße irgendwo in einer gemütlichen Hütte und würde meine Reichtümer bestaunen.«

»Ich bitte dich, Anführerin«, verwehrte sich Maishülse mit erhobener Hand. »Ich bin doch nur ein armer Händler.« Leise kichernd senkte er den Kopf und starrte in seine Teeschale. »Aber du hast Recht. Ich sollte bereits schon weit unten im Süden sein. Dass ich euch heute trotzdem einen Besuch abgestattet habe, war mit nicht unerheblichen Gefahren verbunden.«

Aschenmonds Blick wurde eine Spur misstrauischer. Ganz gleich, was er ihnen verkaufen wollte, der Preis jedenfalls war soeben gestiegen, das wusste sie. »Ach, tatsächlich? Weshalb denn?«

»Sollten die Anführerinnen des Wandererdorfes jemals herausfinden, dass ich hier gewesen bin, würden sie nicht zögern, mir ein Messer ins Herz zu stoßen.«

Aschenmond hatte bereits befürchtet, dass Springender Dachs von dem Buntfelsenkrieger in ihrem Dorf hören und sofort mit seinen Männern bei ihnen einfallen würde. War Maishülse deshalb gekommen? Um sie zu warnen? Verflucht sei Sperling und sein unnützer Geisthelfer!«

Ihr Magen zog sich schmerzhaft zusammen, doch sie erkundigte sich mit ruhiger Stimme: »Weshalb sollten die Wanderer-Anführerinnen etwas dagegen haben, dass du unser Dorf besuchst?«

Maishülse schlürfte seine zweite Schale leer und deutete auf den Kessel. »Darf ich mir noch Tee nehmen? Die Kälte geht einem wirklich durch Mark und Bein.«

»Aber bitte.«

»Sehr großzügig von dir, verehrte Anführerin.« Er leerte den Teekessel und kippte ihn anschließend, um auch den letzten

Tropfen aufzufangen. »Nun, das ist eine lange Geschichte. Eine sehr lange …«

»Dann wäre es klug, gleich damit anzufangen, Maishülse.«

Der Händler warf ihr einen zweifelnden Blick zu. »Also schön«, meinte er dann. »Du hast gewiss gehört, dass Springender Dachs das Buntfelsendorf überfallen hat.«

»Ja, das habe ich.«

Sein Gesicht nahm einen traurigen Ausdruck an. »Es tut mir leid, dir mitteilen zu müssen, dass er deine Freundin Wilde Rose getötet hat.«

Maishülses Worte trafen sie wie ein Messerstich. Sie hatte Wilde Rose mehr geliebt, als sie gegenüber irgendeinem Menschen zugegeben hätte. Obgleich das Buntfelsendorf und das Erdendonnerdorf während der vier Jahreszeiten mehrmals den Lagerplatz wechselten, siedelten sie doch immer in den gleichen Gegenden. Als Kind hatte Wilde Rose diesen Umstand oft ausgenützt und war wie ein fliehender Hirsch in ihr Dorf gerannt gekommen, um sich auf ihren Schoß zu kauern und ihr ihre kindlichen Geheimnisse anzuvertrauen. Später, nach Polterers Geburt, hatte sich Wilde Rose zu ihr und Sperling geflüchtet. Das Mädchen war vor ihrem verängstigten Klan geflohen, und Aschenmond hatte sie in ihrer Hütte aufgenommen. Diese zwei Winter waren mit die schönsten in Aschenmonds Leben gewesen. Sie hatten viel Zeit miteinander verbracht, gelacht und sich Geschichten erzählt – und Polterer umsorgt. Sie liebte den Jungen wie ihren eigenen Sohn. Sein Lächeln lebte in ihrem Herzen, neben dem ihrer eigenen Kinder.

Erst als Polterer zu laufen begann, merkten sie, dass etwas mit ihm nicht stimmte. Seine Arme und Beine schienen nicht mehr wachsen zu wollen. Aschenmond hatte ihm sämtliche kräftigende Kräuter gegeben, die sie kannte, aber nichts hatte geholfen. Als ihnen schließlich klar wurde, dass er von Fallender Fraus Hand berührt worden war, hatten sie beide nur noch umsichtiger für ihn gesorgt. Noch ehe er den zweiten Winter gesehen hatte, begann sich seine Macht zu entfalten. Jeder konnte das spüren. Wenn Polterer auf seinen krummen Beinchen durchs Dorf watschelte, stellten sich den Leuten unwillkürlich die Nackenhaare auf.

Nach dem Tod von Flint war ihre Freundschaft zu Wilde Rose zerbrochen. Sie hatte so viel für ihre Freundin getan, so viel für sie riskiert, und das eine Mal, als sie Wilde Roses Hilfe wirklich dringend gebraucht hätte, war sie von ihr im Stich gelassen worden. Später, als Aschenmond die Habseligkeiten Sperlings aus ihrer Hütte entfernt hatte, war Wildrose gekommen, um für ihn ein gutes Wort bei ihr einzulegen und sie anzuflehen, dass sie Sperling wieder bei sich aufnehmen solle. »*Er liebt dich so sehr*«, hatte Wilde Rose gesagt.

Aschenmond runzelte die Stirn und senkte den Blick. Der hellgrüne Tee schimmerte wie flüssiges Gold in der hölzernen Schale. In der Nacht, als Flint starb, hätte sie Sperlings Beistand so dringend gebraucht. Aber Sperling hatte sich von ihrem gemeinsan Lager erhoben, die Hütte verlassen und war in der Dunkelheit verschwunden. Dreiundachtzig Tage war er fort geblieben. Aschenmond hatte allein um ihren Sohn getrauert, und die Sorge um Sperling hatte ihren Kummer noch unerträglicher gemacht. In der Nacht dann, als er zurückkehrte, war er wie ein Wahnsinniger durchs Dorf gerannt und hatte dabei unverständliche Dinge über einen Geisterhelfer aus der Welt-über-dem-Himmel gebrabbelt, einem Gott in Gestalt eines kleinen Jungen. Die Menschen im Erdendonnerdorf hatten sein groteskes Possenspiel mit ängstlichem Blick verfolgt. Aschenmond wusste nicht, was sie davon halten sollte. Hatte Flints Tod ihrem Ehemann schwerer zugesetzt, als sie gedacht hatte? Sie kannte Frauen, die nach dem Tod ihrer Söhne den Verstand verloren hatten. Vielleicht war es Sperling ebenso ergangen. Sie hatte ihn liebevoll getröstet und liebkost. Sie hatte ihm zugehört. Sie hatte ihn angefleht und angeschrien, endlich wieder zu Sinnen zu kommen, ihr Leben und seine Pflichten gegenüber dem Klan wieder ernst zu nehmen. Er aber hatte ihr immer wieder geduldig erklärt, dass ihm das nicht möglich sei. Sein Geisterhelfer habe ihm einen anderen Weg gewiesen. »*Von nun an, Aschenmond, wird mich die Macht öfter brauchen als du.*«

Aschenmond nippte an ihrem Tee. Seit nunmehr zwei Wintern nagten Sperlings Worte beständig an ihren Eingeweiden.

Wilde Rose hatte versucht ihr einzureden, dass sie Sperlings Geisterhelfer vielleicht lieb gewinnen könnte, wenn sie ihn erst einmal kennen gelernt habe. Sie erinnerte sich noch genau an ihre Antwort. »*Hat dich ein tollwütiger Hund gebissen?*«

»Wie ist Wilde Rose gestorben?« fragte sie den Händler.

»Es ist besser, wenn du das nicht erfährst. Vertrau mir. Du kennst doch Springender Dachs. Dieser Mann ist wirklich ein Ungeheuer.«

»Ich *will* es aber wissen, sonst hätte ich dich nicht gefragt!«

»Also schön, aber denk daran, dass du den Worten von Springender Dachs nicht immer glauben kannst. Dieser Mann lügt doch, wenn er den Mund aufmacht. Aber sei es, wie es sei, er behauptet jedenfalls, dass er, während seine Krieger mordend und brandschatzend durch das Buntfelsendorf stürmten, mit zwei Männern in Wilde Roses Hütte gegangen sei. Dort fand er sie auch, den Zwergenjungen fest an ihre Brust gedrückt. Sie flehte ihn an, dem Falschgesicht-Kind kein Leid anzutun. Sie bot ihm alles an, wenn er nur den Jungen am Leben ließe. Doch Springender Dachs riss ihr den Jungen aus den Armen, warf ihn wie einen Sack Nüsse seinen Kriegern zu und scheuchte sie aus der Hütte.« Maishülse unterbrach sich und lächelte grimmig. »Dann warf er Wilde Rose auf den Boden. Er schändete sie, während außenherum das ganze Dorf lichterloh brannte. Kannst du dir das vorstellen? Springender Dachs versteht es, selbst mich in Erstaunen zu versetzen!« Maishülses Augen weiteten sich, als ob ihn die Geschichte erregte. »Anschließend«, fuhr er mit einer wegwerfenden Handbewegung fort, »erschlug er sie.«

Aschenmond umklammerte ihre Teeschale. »Woher weißt du von ihrem Tod? Wenn die Krieger nicht anwesend waren, um das zu bezeugen …«

»Springender Dachs hat es mir erzählt! Ich schwöre, die Geschichte kam genau so von seinen Lippen.« Er fuhr mit dem Finger den Rand der Teeschale entlang. »Selbstverständlich musste ich ihn dafür bezahlen, dass er mir das erzählte, aber es war die Summe wert.«

Wert. Natürlich. Aschenmonds Herz verkrampfte sich vor Wut. Maishülse war mit seinem Kanu nicht sechs Tage über den See gerudert und einen weiteren Tag durch die Kälte gerannt, nur um ihr von Wilde Roses Tod zu berichten. Vielmehr wollte er mit diesem Bericht ihre Neugier anstacheln, um ihr anschließend den weitaus interessanteren zweiten Teil der Geschichte zu verkaufen.

»Und was geschah mit dem Jungen? Was hat Springender Dachs mit Polterer gemacht?«

Maishülse grinste wie eine Katze vor dem Mauseloch. »Das werde ich dir erzählen. Wirklich. Deshalb habe ich ja auch den weiten Weg hierher auf mich genommen. Aber zuerst möchte ich dich um einen kleinen Gefallen bitten.«

»Nichts anderes habe ich erwartet.«

Maishülses Lächeln schwand. »Was ich zu berichten habe, sindsehr wertvolle Informationen, ehrenwerte Anführerin. Besonders für dich.«

»Für mich? Weshalb?«

Maishülse machte eine Geste des Rückzugs. »Verzeih mir, aber ich dachte, dass du vielleicht den Jungen retten willst. Ich hörte, dass er dir sehr am Herzen liegt.«

Bilder von Polterers strahlenden Augen flirrten durch ihre Seelen. »Ehrwürdige Geister, du meinst, sie haben vor, ihn zu töten?«

»Ja, genau das meine ich. Ich blieb im Wandererdorf, bis der Urteilsspruch verkündet wurde und bin dann sofort zu dir gelaufen.«

»Warum sollten sie ihn erst rauben und dann …«

Maishülse hob eine Hand, um ihren Redefluss zu unterbrechen. »Es scheint, als habe der Kriegsführer der Buntfelsen, Lahmer Hirsch, Springender Dachs vor seinem Tod noch etwas Erschrekendes mitgeteilt.«

»Was denn?«

»Zuerst …«

»Ja! Ja! Ich weiß. Sag schon, worin besteht dein ›kleiner‹ Gefallen?«

Maishülse betrachtete angelegentlich die Holzmaserung seiner Teeschale. Dann begann er zögerlich: »Darüber zu sprechen fällt mir nicht leicht, aber ich will versuchen, dir die Sache zu erklären. Eine junge Frau in einem der Dörfer im Süden hat mich derart gereizt, dass ich nicht widerstehen konnte. Also bin ich …«

»Unter ihre Decken gekrochen?«

»Ja, aber es war nicht meine Schuld. Das habe ich auch ihrem Ehemann zu erklären versucht, aber der will …«

»Deinen Tod, weil die Goldspechtklans Ehebruch durch Abschlagen des Kopfes sühnen.«

»Hm – äh – ja. Ich glaube, ihr Ehemann tötet im Laufe eines Mondes zwei bis drei Männer. Diese Frau ist unersättlich. Und *sehr schön* obendrein.«

»Wie viele Kriegertrupps suchen nach dir?«

»Drei, glaube ich«, sagte Maishülse und zuckte dann herablassend die Schultern. »Nicht dass ich Angst vor ihnen hätte. Ich bin viel zu schlau, als dass sie mich finden würden, aber dennoch bräuchte ich eine winzig kleine …«

»Möchtest du bitte zum Wesentlichen kommen!«

Maishülse stellte seine Trinkschale neben den Teekessel und wischte sich die Hände an seinem räudigen Fellmantel ab. »Die Macht von Silberner Sperling ist weit und breit bekannt. Du magst vielleicht nicht allzu viel von ihm halten, aber seine Reden über die Götter sind berühmt geworden. Wo immer ich hinkomme, höre ich Leute Teile seiner Reden rezitieren. Wirklich, sein Ruf hat sich rascher gemehrt als der irgendeines anderen Heiligen Mannes, den ich kenne. Allein die Nennung seines Namens im Süden des Landes ruft überall ehrfürchtiges Staunen hervor.« Maishülse hob den Blick und schaute Aschenmond an.

»Und du hoffst, dass Sperling…«

Maishülse rümpfte die Nase, als ob seine Bitte eine Lapalie wäre. »Meine Feinde verflucht.«

Aschenmond sprang auf. »*Bist du von Sinnen?*«, schrie sie den Händler an und weckte damit den Säugling auf, der nun ebenfalls in brüllendes Protestgeschrei ausbrach, bis Narzisse ihn an die Brust drückte und beruhigte. »Wenn das die Goldspechtklans jemals herausfinden, werden sie das Erdendonnerdorf dem Erdboden gleichmachen!«

»Das mag sein«, stimmte ihr Maishülse zunächst zu. »Aber sobald du den Rest der Geschichte gehört hast, wird das die geringste deiner Sorgen sein.«

Aschenmond, von einer plötzlichen Schwäche befallen, setzte sich wieder hin. »Fahre fort, Händler.«

Maishülse verschränkte die Finger vor seinem rechten Knie. »Ich bin mir nicht sicher, wieviel von dem, was ich dir jetzt sage, der Wahrheit entspricht. Springender Dachs hat mir eine Version der Geschichte erzählt, seine Krieger eine ganz andere. Springender Dachs' Geschichte lautet jedenfalls folgendermaßen: Er behauptet, dass Lahmer Hirsch ihm erzählt habe, dass dein Ehemann …«

»*Früherer* Ehemann.«

»Natürlich. Verzeih. Na ja, jedenfalls sagte er, dass Silberner Sperling vor vierzehn Nächten ins Buntfelsendorf kam, um Lahmer Hirsch zu warnen, dass Springender Dachs das Dorf überfallen und das Falschgesicht-Kind rauben wolle. Außerdem hat er gesagt, dass…« Er hielt abrupt inne, als er sah, wie Aschenmond in sich zusammensank. »Anführerin? Anführerin? Geht es dir gut?«

»Was ist mit dir, Mutter?«, rief Narzisse besorgt.

Deshalb also hatte Sperling das Buntfelsendorf aufgesucht, dachte Aschenmond und fragte sich gleichzeitig, wer außer ihr noch davon wusste. Sie warf Narzisse einen Blick zu und sah, dass ihre Tochter sie misstrauisch anstarrte. Ehrwürdige Geister, hatte er etwa Wilde Roses Tod geträumt und ihr nichts davon gesagt? Unwillkürlich ballte sie die Fäuste.

»Es geht mir gut. Fahre fort, Händler.«

»Möchtest du eine Tasse Tee?« Er streckte die Hand nach dem leeren Kessel aus. »Nein, dann vielleicht ein …«

»Erzähl deine Geschichte!«

»Also… Lahmer Hirsch hat gesagt, dass das Falschgesicht-Kind dem Wandererklan den Tod bringen würde und…« Maishülse hob den Zeigefinger, um seinen nächsten Worten mehr Nachdruck zu verleihen, »… und dass Silberner Sperling den Kriegsführer Springender Dachs mit einem Fluch belegt habe. Angeblich hat Sperling prophezeit, dass die Kraft von Springender Dachs schwinden würde, bis ihn jedermann herumstieße wie einen alten Dorfköter.«

Das hörte sich tatsächlich nach Sperlings Worten an. Verdammt sei er! »Und was hat das mit Polterers Rettung zu tun?«

Großvater Tagbringers Strahlen, die allmählich die Erde erwärmten, zerrissen den Nebel, der jetzt nur noch wie feine Spinnweben durch das Dorf wehte. Aschenmond konnte bereits die Umrisse von Sperlings Hütte oben auf der Hügelkuppe erkennen; die feuchte Rinde schimmerte schwärzlich.

Maishülse stützte die Ellbogen auf die Knie. »Ich habe mit einigen der Krieger von Springender Dachs gesprochen. Auf dem Nachhauseweg, sagten sie, habe er sich wie ein Irrer gebärdet.

Er bestand darauf, am Ende der Kriegerschar zu gehen. Stell dir das vor! Ein Kriegsführer in der hintersten Linie. Das ist unehrenhaft! Außerdem erzählten sie, dass er sein Feuerzeug niemals aus den Augen ließ. Er trug es auch nicht mehr in seinem Beutel. Wenn er es nicht brauchte, um ein Feuer zu entzünden, hängte er es um den Hals. Er ...«

»Das klingt alles höchst sonderbar, Maishülse, aber ich sehe dennoch keinen Zusammenhang mit...«

»Er fürchtet sich vor der Dunkelheit, Anführerin!« Maishülse stieß ein verächtliches Lachen aus. »Verstehst du denn nicht? Er glaubt, seine Macht verloren zu haben. Der berühmte Kriegsführer des Wandererklans hat Angst, dass der Fluch deines Ehemannes... äh, früheren Ehemannes seine Seelen tötet!«

Wenn das, was er erzählte, der Wahrheit entsprach, dachte Aschenmond, dann war der Händler mit seinem Kommen tatsächlich eine erhebliche Gefahr eingegangen. Händler mussten sehr vorsichtig sein mit den Geschichten, die sie von Dorf zu Dorf trugen, sonst fanden sie sehr schnell den Tod.

Aschenmond studierte sein entstelltes Gesicht. »Und?«

»Springender Dachs möchte einen Handel mit dir eingehen!«

Narzisse ruschte unruhig auf ihrem Platz umher, und als Aschenmond sich zu ihr umdrehte, gewahrte sie das unauffällige Kopfschütteln ihrer Tochter. Sie wusste, was das zu bedeuten hatte: *Trau ihm nicht*!

Aschenmond spähte kurz zum Hügel hinauf. Dort sah sie Sperling vor seiner Hütte stehen, eine eindrucksvolle Erscheinung mit dem hüftlangen schneeweißen Haar und den breiten Schultern, die durch die Form der Elchlederjacke, die sie einst für ihn genäht hatte, noch betont wurden. Die Reste ihrer alten Liebe und neue Verletzungen fochten in ihrer Brust einen schmerzhaften Kampf aus. Sie hatte ihm ihr Leben und das ihrer Kinder anvertraut... und er hatte dieses Vertrauen zerstört. Ach, ehrwürdige Ahnen, wenn er das doch nicht getan hätte! Sie wünschte, sie könnte ihm verzeihen. Aber ihre Seele war immer noch wund vor Ärger und Kummer. Sie fixierte Maishülse mit einem finsteren Blick.

»Und welche Art von ›Handel‹ schlägt er mir vor?«

»Oh, das ist der beste Teil der Geschichte. Die Anführerinnen des Wandererklans haben dem Jungen noch sieben Nächte zugestanden, dann wird er auf den Lost Hill verbannt. Das ist der Hügel, wo die Wanderer während einer Hungersnot ihre Säuglinge aussetzen. Wenn es nicht zu kalt wird, kann der Junge sechs oder sieben Nächte überleben. Vielleicht auch acht, wenn es Schnee gibt, den er essen kann. Du weißt ja, wie robust Kinder sind. Springender Dachs will dir dabei helfen, das Kind zu befreien, ehe es stirbt.« Maishülse rieb sich scheinbar entzückt die Hände. »Was sagst du dazu?«

»Wozu? Du hast mir beinahe nichts erzählt! Wie gedenkt er den Jungen zu befreien, und was verlangt er dafür als Gegenleistung von mir?«

Sperling kniete sich oben auf dem Hügel vor seine Feuerstelle und legte neue Holzscheite nach, doch Aschenmond spürte, dass er sie weiterhin beobachtete. Sie konzentrierte sich wieder auf den Händler.

»Ach«, sagte Maishülse und wedelte nachlässig mit der Hand, »der Plan von Springender Dachs ist ganz einfach. Der Wächter der Wanderer muss ein sehr striktes Ritual befolgen. Er ist erst dann befugt, Lost Hill zu verlassen, wenn das Kind tot ist. Andererseits ist es niemandem gestattet, den Hügel zu besuchen, abgesehen von einer ausgewählten Person, die dem Wächter zweimal täglich etwas zu essen und zu trinken bringt.«

»Dann ist Polterer ganz allein mit dem Wächter?«

»Richtig. Und wenn ihr, du und Sperling, ins Wandererdorf kommt, verspricht Springender Dachs, den Mann, der auf Lost Hill Wache hält, zu töten. Danach kannst du den Jungen nehmen und mit ihm fliehen. Wenn du damit einverstanden bist, werde ich am Fuße von Lost Hill, am Seeufer, auf dich warten und dich dann zu Springender Dachs führen.«

»Was verlangt er als Gegenleistung?«

»Eine Gefälligkeit.« Maishülse legte Daumen und Zeigefinger aneinander, um ihr zu demonstrieren, wie klein diese war. »Eine klitzekleine Gefälligkeit, Anführerin. Springender Dachs möchte, dass Sperling ihn wieder von dem Fluch befreit! Er stellt aber die Bedingung, dass Sperling persönlich zu ihm kommt, damit er *spüren* kann, dass der Fluch tatsächlich von ihm genommen wurde. Das ist doch wirklich ein Leichtes für ihn, oder?« Maishülse klatschte mit kindlichem Vergnügen in die Hände. »Sperling verflucht meine Feinde, dann nimmt er den Fluch von Springender Dachs, und du kannst das Falschgesicht-Kind haben!«

Falls Polterer lange genug am Leben blieb. Wenn ihm die Anführerinnen vor seinem Gang auf den Lost Hill noch sieben Nächte zugebilligt hatten, dann war er jetzt bereits dort oben angepflockt, der eisigen Kälte und dem schneidenden Wind ausgesetzt, der um den Pipe Stem Lake wütete... Und für den Weg nach Lost Hill würden sie mindestens sieben Tage brauchen, wenn sie sich eilten.

Aschenmond erhob sich. »Warte hier«, sagte sie. »Ich werde mich mit Sperling besprechen. Narzisse, sorge bitte dafür, dass unser Gast zu essen bekommt, während ich weg bin.«

»Ja, Mutter.«

Als sie die Anhöhe hinaufstieg, bohrten sich die warmen Sonnenstrahlen wie goldene Lanzen durch den Nebel. Und wo diese auftrafen, begann die feuchte Erde zu glänzen. Aschenmond bemühte sich zwar, den Pfützen auszuweichen, doch das half ihr auch nicht viel. Schon nach wenigen Schritten klebten ihr die durchweichten Mokassins wie nasse Fetzen an den Füßen.

Sperling warf ein Stück Holz ins Feuer und trat an die Kante des Abhangs, um Aschenmonds Kommen zu beobachten. Eine seiner buschigen weißen Augenbrauen hob sich misstrauisch.

Er hielt beide Hände vor den Mund und rief ihr entgegen: »Nein, er ist noch nicht tot! Und ich werde ihn auch nicht fortjagen!«

Aschenmond erklomm den Hügel und streifte Sperling mit einem missmutigen Blick, als sie an ihm vorbei zum Feuer ging, um sich die Hände zu wärmen. Durch die Türöffnung der Hütte konnte sie den Buntfelsen-Krieger auf dem Fußboden liegen sehen, seitlich, einen Arm von sich gestreckt. Er war noch blutjung. Kaum mehr als fünfzehn oder sechzehn Winter alt. Eigentlich müsste sie ihn kennen, konnte aber momentan weder sein Gesicht noch seinen Namen einordnen. Wahrscheinlich hatte man ihm erst vor kurzem seinen Mannesnamen gegeben, was erklärte, warum sie noch nie von ihm gehört hatte, doch sie hätte gern mehr über seine Abstammungslinie gewusst. Alle Mitglieder des Schildkröten-Volkes waren auf die eine oder andere

Weise miteinander verwandt. Er mochte der Sohn des Bruders ihres Onkels sein oder etwas ähnliches. Wenn man zum Beispiel im Wald auf einen Fremden traf, begann man die Unterhaltung stets mit der Frage nach dem Klan, dem der Fremde angehörte. Denn die Abstammungslinie stellte die Grundlage für eine Freundschaft dar.

Sperling ging um das Feuer herum und musterte Aschenmond mit unverhohlener Neugier. Sein rundes Gesicht und die gebogene Nase glänzten von der Feuchtigkeit des Nebels. Erwartungsvoll hob er die Brauen. »Und, was gibt es?«

»Setz dich, Sperling. Ich bringe Neuigkeiten.«

Sperling ließ sich auf dem Baumstumpf auf der gegenüberliegenden Seite der Feuerstelle nieder und richtete den Blick auf Aschenmond. Sie brauchte keine hundert Herzschläge, um zu dem Teil der Geschichte zu kommen, wo es um den Fluch ging, mit dem Sperling angeblich Springender Dachs belegt hatte. Hier unterbrach sie sich, verschränkte die Arme und funkelte ihn wütend an. Feine Nebeltropfen schimmerten auf ihrem Zopf und auf den Schultern ihres Hirschfellumhangs. Hinter ihr schlängelte sich der Rauch der Feuerstellen im Dorf wie träge, blaugraue Schlangen über den Himmel. Vier junge Knaben waren inzwischen aus ihren Hütten gekrochen und trotteten lachend hinunter zum See, um ihre Wasserbeutel aufzufüllen.

Sperling hob die Hand, als wollte er sich verteidigen. »Zunächst einmal sollst du wissen, dass ich Springender Dachs nicht verflucht habe. Die Schwierigkeiten, die er hat, muss er sich selbst zuschreiben. Und weshalb Lahmer Hirsch ihm dieses Märchen aufgetischt hat, weiß ich nicht. Vielleicht befand er sich in einer Notlage und wollte Springender Dachs einen Schrecken einjagen. Wenn diese groteske Geschichte Springender Dachs dazu veranlasst hat zu zögern, und sei es auch nur für einen Moment, hätte Lahmer Hirsch dadurch noch etwas Zeit gewonnen, das Leben seines Volkes zu retten. Zudem hätte so ein Fluch Springender Dachs' Position als Kriegsführer erheblich untergraben. Wer folgt schon einem verfluchten Mann auf den Kriegspfad?«

Aschenmonds Blick war nicht freundlicher geworden.

»Und zweitens…« – seine Hand beschrieb eine ungezwungene Geste – »…habe ich dir deshalb nichts von meinem Traum erzählt, weil du dich jedesmals, wenn ich meinen Geisterhelfer nur erwähne, in eine wild gewordene Bestie verwandelst, und diesen Anblick wollte ich mir ersparen.«

»Die meisten deiner Träume waren auch äußerst lächerlich, Sperling. Wäre ich jedoch von diesem in Kenntnis gesetzt worden,, hätte ich auf der Stelle unsere Krieger zusammengetrommelt und sie losgeschickt, um den Buntfelsen-Leuten bei der Verteidigung ihres Dorfes zu helfen.«

»Das hättest du getan?« Sperling klang sichtlich überrascht. »Ich dachte, du glaubst nicht an meine Träume?«

Aschenmond kniff drohend die Brauen zusammen. »Erinnerst du dich noch an den Abend, als du den Hügel herabgestürmt kamst, um mir zu sagen, ich solle unsere Krieger anweisen, tausend Pfeile zu fertigen? Du hast behauptet, eine riesige Krähenschar würde unsere gesamte Nussernte wegfressen, und wenn ich nicht unverzüglich …«

»Die Hälfte dieses Traums hat sich bewahrheitet, Aschenmond! Der Krähenschwarm hat tatsächlich den ganzen Himmel verdunkelt. Wie hätte ich ahnen können, dass sie wegen der Käfer gekommen waren, die unsere Bäume zerstörten?«

»Es war ja schließlich dein Traum.«

»Nun, damals war ich noch ein unerfahrener Träumer«, verteidigte sich Sperling lahm. »Ich wusste noch nicht, wie man die Traumbilder deutet. Ich …«

»Wie auch immer«, fiel sie ihm ins Wort und beendete die langatmige Erklärung, die er ihr unterbreiten wollte. »Jedesmal, wenn ich dir glaubte und du dich getäuscht hast, haben mich die Leute anschließend hinter meinem Rücken ausgelacht. Und das passierte vor zwei Wintern leider sehr oft. Mein Ruf hat darunter sehr gelitten.

»*Dein* Ruf?«

»Natürlich betrachte ich deine ›Träume‹ mit Vorsicht. Aber dennoch wünschte ich, du hättest mir den Traum von Wilde Rose erzählt.«

Sperling senkte den Kopf. »Ich auch. Aber du sollst wissen, dass diese fünfzehn Krieger, die du gesandt hättest, kaum hilfreich gewesen wären. Selbst wenn wir jeden gesunden Mann losgeschickt hätten, wären wir kaum auf mehr als dreißig Krieger gekommen. Und Springender Dachs rückte mit über hundert Mann an. Er …«

»Das weiß ich alles.« Sie schob die Arme unter ihren Umhang und zog unbehaglich die Schultern hoch. Nach einer kurzen Pause sagte sie: »Lass mich die Geschichte zuende erzählen.«

»Das war noch nicht alles?«

»Nein. Und bei dem, was jetzt kommt, handelt es sich möglicherweise um eine Falle. Springender Dachs hat mir ein Tauschgeschäft vorgeschlagen. Er verspricht, den Wächter zu töten und uns Polterer auszuhändigen, wenn du ihn von dem Fluch befreist. Allerdings stellt er die Bedingung, dass wir beide persönlich ins Wandererdorf kommen, damit er spüren kann, dass du den Fluch auch wirklich von ihm genommen hast. Wenn nicht, so sagt er, lässt er Polterer sterben.«

»Wir sollen ins Wandererdorf gehen?«, rief Sperling aufgebracht. »Aber die Wanderer *hassen* uns! Sobald wir auf ihrem Dorfplatz auftauchen, schießen sie uns so viele Löcher in den Leib, dass wir nur noch als Getreidesiebe dienen. Ich kann mir nicht vorstellen …«

»Maishülse wird uns vorausgehen, Sperling. Er wird mit Springender Dachs sprechen und einen geeigneten Ort aussuchen, wo du ihn von diesem nicht existierenden Fluch befreien kannst. Anschließend gehen wir gemeinsam zum Lost Hill, Springender Dachs tötet den Wächter, dann schnappen wir uns den Jungen und fliehen mit ihm wie Ratten vor einem Rudel ausgehungerter Wölfe.«

»Das hört sich verdammt nach Selbstmord an, Aschenmond.«

»Kommst du mit oder nicht?«

Sperling starrte ins Feuer und durchdachte diesen wahnwitzigen Vorschlag. Der Rauch des Hickoryholzes stieg in gleichmäßigen Spiralen aus den Flammen empor, verbreitete seinen süßen Duft und wärmte sein Gesicht. Springender Dachs konnte man nicht trauen, das stand fest; behaupteten doch seine eigenen Krieger, dass er den Verstand verloren habe. Und das bedeutete, dass niemand seine Handlungen vorherzusagen vermochte. Maishülse und Springender Dachs hatten einen hübschen, vernünftigen Plan ausgeklügelt – aber der diente nur ihnen selbst.

Sperling hob den Kopf. Sollte er Aschenmond seine Bedenken jetzt mitteilen oder erst nach dem Treffen mit Springender Dachs?, überlegte er.

Aschenmond studierte seine nachdenkliche Miene, erriet seine Gedanken und sagte spontan: »Verdammt, Sperling, rede endlich!«

»Weißt du, ich habe mir gerade etwas überlegt: Würde ich Springender Dachs von dem Fluch befreien, bevor wir Polterer sicher in Gewahrsam haben, dann hätte er keine Veranlassung mehr, seinen Teil der Abmachung einzuhalten. Stimmt das, oder habe ich etwas übersehen?«

Aschenmond machte ein betroffenes Gesicht. »Allmächtige Geister, daran habe ich gar nicht gedacht ...«

»Ich schon, und daher werde ich Springender Dachs erst von seinem Fluch befreien, nachdem der Wächter tot ist und du und Polterer in Sicherheit seid.«

»Aber Sperling, dann wärst du ja ganz allein in einem feindlichen Gebiet.«

»Nun ja, es gäbe noch einen anderen Weg.« Er forschte in ihrem Gesicht, versuchte ihre Stimmung abzuschätzen. Die Möglichkeit, dass er sterben könnte, hatte ihre strenge Miene etwas erweicht. »Ich gehe allein zu Springender Dachs. Ich-«

»Nein.«

»Aschenmond, ich ...«

»Nein!«

»Hör mich an. Es ist gar nicht nötig, dass du mitkommst. Ich könnte allein zum Lost Hill gehen, Polterer befreien, vorgeben, den Fluch von Springender Dachs zu nehmen und mit dem Jungen zurückkommen.«

Sie schüttelte den Kopf. »Polterer braucht mich vielleicht. Ich bin eine Heilerin. Du nur ein Träumer.«

Sperling senkte den Kopf, um seine Bewunderung kund zu tun. »Wie vollendet du das ausgedrückt hast, Aschenmond. Ich hätte nie geglaubt, dass es möglich sei, das Wort ›Träumer‹ so abgeschmackt klingen zu lassen.«

»Ich komme mit.«

»Ach, meine liebe Aschenmond«, erwiderte er vielleicht etwas zu unbekümmert. »Du bist wirklich ein Muster an Überheblichkeit. Glaubst du im Ernst, ich habe fünfunddreißig Winter mit dir gelebt und nichts über Heilpflanzen gelernt?«

»Hm, ja, das glaube ich.«

Sperling überging ihre Antwort. »Erinnerst du dich noch, als Narzisse auf einen Baum kletterte, herunterfiel und sich den Kopf aufschlug? Du warst damals gerade im Nachbardorf. Habe ich nicht Moosumschläge auf die Wunden gelegt und ihr einen Tee aus Weidenblüten gegen die Kopfschmerzen verabreicht?«

»Ah, hier spricht der große Heiler.«

»Es gibt für dich *keinen Grund*, mitzukommen!«

Aschenmond schnippte ein Aschestäubchen von ihrem Umhang und studierte dann eine ganze Weile angelegentlich die Wolken am Himmel. Als sie den Blick wieder auf Sperling richtete, war ihr Gesicht eine steinerne Maske. »Ich bin in einem Finger Zeit abmarschbereit. Und ich habe mir überlegt, Narzisse zu bitten, sich während unserer Abwesenheit um den verletzten Buntfelsen-Krieger zu kümmern. Bist du damit einverstanden?«

»Ich sage dir noch einmal, Aschenmond«, begann Sperling, wohl wissend, dass ein Blitz in Aschenmonds Gehirn fahren müsste, um sie von einem einmal gefassten Entschluss abzubringen. »Dieses Unterfangen ist sehr, sehr gefährlich. Ich wünschte wirklich, du würdest ...«

»Ja oder nein?«

Sperling versetzte einem der Randsteine der Feuerstelle einen verzweifelten Tritt. »Unsere Tochter ist eine beinahe ebenso gute Heilerin wie du. Ich wäre sehr beruhigt, wenn sie Feuerrabe versorgen würde.«

»Wie schnell kannst du aufbruchbereit sein?«

»Ich muss nur ein paar Dinge zusammenpacken. Etwas Verpflegung für unterwegs, ein zweites Hemd, vielleicht ...«

»Beeil dich. Wenn wir den ganzen Weg im Laufschritt zurücklegen, können wir bis zum Einbruch der Dunkelheit die Kanuanlegestelle erreichen. Wir treffen uns vor meiner Hütte.«

In ihrem Klan gehörte es zur Gepflogenheit, dass junge oder mittellose Krieger ihrem Anführer ihre Ergebenheit und die bedingungslose Befolgung ihrer Befehle durch das Heben und Schütteln beider Fäuste demonstrierten. Und das tat Sperling jetzt, genau wie damals in den Tagen als junger Krieger.

Aschenmond kniff die Brauen zusammen, als ob sie diese

Geste nicht sonderlich schätzte. Sie wandte sich zum Gehen, zögerte aber.

»Und was ist mit Maishülse?«, erkundigte sie sich, Sperling den Rücken zudrehend.

Sperling spähte hinunter zum Dorfplatz, wo er Narzisse und Maishülse am Feuer sitzen sah. Maishülse hielt eine Holzschüssel in der rechten Hand und schaufelte mit der anderen den Inhalt in seinen Mund. »Richte Maishülse aus, dass ich seine Feinde nicht verfluchen, ihm jedoch ein Amulett geben werde, das ihn beschützen wird.«

»Das sollte genügen.«

Aschenmond drehte sich gerade so weit um, dass ihre Blicke sich trafen. »Ich weiß, wie gefährlich dieses Unternehmen ist, Sperling. Und ich weiß außerdem, dass du dazu nicht verpflichtet bist. Daher bin ich dir sehr dankbar für deine Hilfe.«

Als ob sie wüsste, dass ihre freundlichen Worte sein Herz entflammen würden und als ob sie die Freude auf seinem Gesicht nicht ertragen könnte, eilte sie den Hügel hinab.

Sperling sah ihr hinterher, wie sie aufrecht, die Schultern bereits für die bevorstehende gefahrvolle Aufgabe gestrafft, einherschritt, und ein respektvolles Lächeln erschien auf seinen Lippen.

Er duckte sich in seine Hütte und schnappte seinen Lederbeutel.

11. Kapitel

Zaunkönig schlich im Langhaus umher, grub mit der Spitze ihres Messers Steinsplitter aus dem Lehmboden vor dem Eingang, die sich dort festgetreten hatten, und schabte die abgeblätterte Rinde von den Holzbalken. Immer wieder hob sie den ledernen Vorhang und spähte hinaus in den stürmischen Nachmittag. Den ganzen Tag schon gebärdete sich Windmutter wie ein tollwütiger Bär, riss an den Ästen der Bäume, peitschte über den Boden und fegte Laub, abgebrochene Zweige und Kieselsteine ins Wandererdorf. Selbst die Wolkenriesen sahen verärgert aus. Schwarz und brodelnd schoben sie sich übereinander und rasten über den Himmel.

Zaunkönig trödelte umher und studierte die Balken, die den Eingang bildeten, um die Zeit tot zu schlagen. Da das Falschgesicht-Kind an diesem Tag wahrscheinlich sterben würde, hatte Großmutter ihr aufgetragen, ihre neuen Hosen und das knielange blaue Hemd anzuziehen, das mit weißen Spiralen verziert war. Wenn der Junge gestorben war, würde Onkel Blauer Rabe ins Dorf kommen und jeden Bewohner bitten, an der Abschlusszeremonie teilzunehmen, wo man den Körper des Jungen kochen und das Fleisch von den Knochen schälen würde. Üblich wäre es dann, anschließend die Knochen des Jungen unter dem Langhaus zu vergraben. Auf diese Weise wurde gewährleistet, dass die Seele des Jungen, so sie das wollte, in den Leib einer Frau eindringen konnte, um wiedergeboren zu werden. Aber Zaunkönig war sich nicht sicher, ob der Klan mit Polterers Knochen genauso verfahren würde. Sie hassten den Jungen so sehr, dass sie seine Knochen vielleicht den Dorfhunden zum Fraß vorwarfen.

Sie hackte gerade an einem der Türpfosten herum, als ihre Großmutter mit zischender Stimme rief: »Um unserer ehrwürdigen Ahnen willen, Zaunkönig, komm her und setz dich endlich hin! Du machst Sumpfbohne ganz verrückt mit deiner Tändelei!«

Die beiden alten Frauen spannen schon seit Mittag Garn aus Hundehaar, und inzwischen türmten sich neben ihnen mehrere auf lange Stöcken aufgewickelte Garnknäuel in verschiedenen Farben auf. Frost-auf-den-Weiden wirkte neben Sumpfbohnes Leibesfülle noch größer und hagerer als sonst. Selbst in Zeiten wenn das Dorf Hunger litt, büßte Sumpfbohne kaum etwas von ihrem Umfang ein – ein Umstand, der Zaunkönig immer wieder erstaunte.

»Ich möchte mich aber nicht hinsetzen, Großmutter«, protestierte Zaunkönig. »Ich bin viel zu unruhig.«

»Weswegen denn?«

Sumpfbohne legte ihre Hand auf Frost-auf-den-Weidens Arm. »Sie macht sich Gedanken um das Falschgesicht-Kind. Als Blauer Rabe den Jungen zum Lost Hill führte, hat sie ihn angebettelt, sie doch mitzunehmen.«

Frost-auf-den-Weiden hob die dünnen weißen Brauen. »Das ist gegen unsere Tradition, Zaunkönig, und das weißt du auch. Du wirst den Jungen und deinen Onkel zur Abendzeit sehen, wenn du ihm sein Essen bringst.«

»Aber ich …«

»Halt den Mund und hör mir zu.« Frost-auf-den-Weiden hob achtungsgebietend einen dürren Zeigefinger. »Niemand darf zum Lost Hill gehen, außer dir. Daher musst du die Verpflichtungen ehren, die mit diesem Privileg verbunden sind. Du gehst hin, bringst das Essen und kehrst sofort wieder zurück. So wird es von dir verlangt.«

Zaunkönig drehte nervös ihr Messer zwischen den Fingern. »Ich wünschte nur, Polterer brauchte nicht zu …«

»Siebenstern hat über sein Schicksal entschieden. Und so wird es geschehen. Hör auf, weiter darüber nachzusinnen.«

Etwas freundlicher setzte Sumpfbohne hinzu: »Großvater

Tagbringer gibt keinem von uns das Versprechen, dass wir alle Tage erleben, die wir erleben möchten. Daher müssen wir das Beste aus unserem Leben machen und glücklich sein, dass unser Leben nicht schlechter ist als es nun einmal ist.«

Frost-auf-den-Weiden ließ einen halb ärgerlichen, halb amüsierten Laut hören. »Begreifst du denn nicht, dass sich das Falschgesicht-Kind glücklich schätzen kann? Wenn Blauer Rabe Siebenstern nicht um Milde gebeten hätte, stünde der Junge in diesem Augenblick auf dem Versammlungsplatz mit einem lodernden Feuer unter den Füßen. Also, sei dankbar.«

Mit kaum hörbarer Stimme wisperte Zaunkönig: »Ich bin … dankbar.«

»Außerdem«, fügte ihre Großmutter hinzu, »ereilt die Menschen gewöhnlich das Schicksal, das sie verdienen.«

Zaunkönig ließ langsam das Messer sinken. Die lächelnden Gesichter ihrer Mutter, ihres Vaters und des kleinen Himmelsbogen malten sich auf ihre Seelen. Dann trottete auch noch Gauner ins Bild, fröhlich mit seinem weißen Schwanz wedelnd. Ohne Vorwarnung schossen Zaunkönig die Tränen in die Augen und kullerten ihr über Wangen. Durch den Tränenschleier hindurch sah sie ihre Großmutter an.

»Was ist los mit dir?« fragte ihre Großmutter verwundert. »Du siehst aus wie ein verletztes Tier!«

»Hat … meine Familie es verdient zu sterben?«, verlangte Zaunkönig zu wissen. »Und Gauner? Er hat nie etwas Böses getan! Er war ein guter Hund – und er war mir ein guter Freund. Ich …«

»Niemand will dein törichtes Geplapper hören!«

Wie oft hatten Erwachsene ihr schon erklärt, dass sie nicht hören wollten, was sie zu sagen hatte? Als ob ihre Gedanken völlig unwichtig wären.

Zaunkönig schob das Messer in die Scheide, die sie am Gürtel trug, zog ihren weißen Fuchsumhang vom Haken neben dem Eingang und duckte sich durch den Vorhang nach draußen in den Sturm. Das lange schwarze Haar peitschte ihr ins Gesicht und verfing sich in ihren Wimpern.

»Ach, lass sie gehen«, hörte sie ihre Großmutter sagen. »Zaunkönig ist eine unerzogene Göre. Das war sie schon immer. Ich weiß noch, damals, nach dem …«

An der großen Feuerstelle auf dem leeren Dorfplatz war kein Stäubchen Asche mehr zu sehen. Die hatte der Sturm zwischen den Begrenzungssteinen hindurch geweht, wo sie zackenförmige Ornamente auf dem Boden hinterlassen hatte. Zaunkönig rannte an der Feuerstelle vorbei in Richtung des nördlichen Palisadentors. Lost Hill erhob sich am Fuß des Pfades. Solange sie den Hügel nicht betrat, würde sie keine Vorschriften verletzen. Sie blickte hinauf zu der tief stehenden Sonne, die ihre Strahlen über die Wipfel der Bäume warf. Ihr blieben mindestens noch zwei Hand Zeit bis zum Einbruch der Dämmerung, und die Geister wussten, dass sie im Dorf niemand vermissen würde. Zumindest so lange nicht, bis es Zeit wurde, Blauer Rabe das Nachtmahl zu bringen. Aber sie würde schon vorher zurück sein.

Der Weg war übersät mit abgebrochenen Zweigen und Fichtenzapfen, über die Zaunkönig in hohem Bogen hinweg sprang.

An der Stelle, wo sich der Pfad um den gestürzten Ahornbaum wand, blieb sie stehen, um einen Blick in das klaffende Erdloch zu werfen, das die herausgerissenen Wurzeln im Boden hinterlassen hatten. Das Loch hatte sich inzwischen mit Wasser gefüllt, und die Kieselsteine am Grund schimmerten wie polierte Edelsteine.

Zaunkönig bückte sich und bohrte einen besonders hübschen roten Stein aus dem feuchten Erdreich. Rot war eine der Heiligen Farben und bedeutete Leben. Rote Steine verbargen auch häufig den zitternden Körper des bösen Zwillings, Roter Flint. Zaunkönig hielt den Stein ans Ohr, und da sie ihn nicht atmen hörte, steckte sie ihn in die Tasche ihres Umhangs und rannte weiter.

Mit jedem Windstoß wischten Schatten und Sonnenflecken über ihren Weg. Sie lief an den kahlen Eichen am Fuße des Pfads vorbei und hinunter zum Seeufer. Schwarze Wellen brachen sich auf dem Kieselstrand, und die Gischtwolken stoben zwei Mannеslängen hoch. Beim Herunterfallen glitzerten die winzigen Wassertröpfchen in allen Farben des Regenbogens. Zaunkönig beobachtete das Naturschauspiel eine Weile und warf dann einen bangen Blick in den Waldhain, wo sie den blutüberströmten Jungen gesehen hatte. Und obgleich das schon drei Nächte her war kam es ihr vor, als wären seither nur drei Herzschläge vergangen. Ihr Puls raste, als ihr ängstlicher Blick die Reisighaufen und das dichte Buschwerk absuchte. »*... du wirst mit mir kommen. Die Macht hat das entschieden.*« Morgens fürchtete sie sich nicht so sehr, doch wenn sie ihrem Onkel am Abend seine Mahlzeit brachte ... da betete sie im Stillen, dass sie sich nicht vor lauter Angst die neuen Hosen nass machte.

Vor ihr erhob sich Lost Hill.

Blauer Rabe saß, eingehüllt in seinen Elchfellumhang, oben auf der Kuppe, den Bogen und den Köcher mit Pfeilen griffbereit neben sich. Vor ihm brannte ein kleines Feuer. Fünf Schritte von ihm entfernt, auf dem abschüssigen Hang, lag Polterer. Er lag auf dem Rücken, den kleinen, missgebildeten Körper ausgestreckt, Hände und Füße gefesselt und angepflockt.

Selbst aus der Ferne konnte Zaunkönig ihn ganz deutlich sehen. Er trug nur Mokassins und sein schwarzes Hemd. Die Muschelschalen, die vorn auf der Hemdbrust aufgenäht waren, klimperten leise bei jedem Windstoß. Die eisige Kälte musste sich in seine Knochen fressen, doch er sah so ruhig aus, so gefasst.

Ein Adler zog seine Kreise über dem Hügel, und Zaunkönig fragte sich, ob das wirklich nur ein gewöhnlicher Vogel war oder ein als Adler verkleideter Donnervogel. Die Geisterhelfer von Großmutter Erde, die Donnervögel, besaßen große Macht. Sie gaben Großmutter Erde zu trinken, wenn sie durstig war, reinigten sie und bewahrten ihre Fruchtbarkeit. Sie schürten auch Feuer in ihren Himmelsschmieden und schleuderten brennende Pfeile in die Wälder, um das Unterholz zu verbrennen und saftige grüne Lichtungen zu schaffen. Vom Beginn des Frühjahres an bis in den späten Herbst sorgten sie umsichtig für das Wohlergehen von Großmutter Erde, im Winter dann vergnügten sie sich mit allerlei Spielen und Possen. Und dabei verkleideten sie sich manchmal auch als Adler.

Zaunkönig kniff die Brauen zusammen. Die Kreise des Adlers wurden immer enger und er flog immer schneller. Als er sich der Kuppe des Hügels näherte, bildete sich genau unter ihm eine Windhose aus aufgewühlter Erde und abgestorbenen Blättern, die sich wie eine schmutzige Schlange in den Himmel emporwand. Der Trichter wirbelte über den Pfad hinweg, an Onkel Blauer Rabe vorbei und schraubte sich dann den Abhang hinunter. Kurz bevor die Windhose Polterer erreichte, verlor sie plötzlich an Schwung und löste sich auf. Das alte Laub, das sie hochgewirbelt hatte, flatterte langsam auf die Erde hernieder.

Zaunkönig blieb vor Staunen der Mund offen stehen, als sie beobachtete, wie das Laub genau über Polterer herabregnete und ihn wie eine dicke braune Decke zudeckte.

»Polterer, hast du die Geister um Hilfe angerufen?«, wisperte sie. »Bist du deshalb …«

Polterer hob den Kopf.

Zaunkönig zuckte zusammen. Sie hatte nicht erwartet, dass er sie hören könnte. Der Wind musste ihre Stimme zu ihm hingetragen haben. Rasch warf sie einen Blick zu ihrem Onkel, um sicherzugehen, dass er sie nicht beobachtete, dann winkte sie Polterer kurz zu.

Der Junge sah sie eine ganze Weile an und bewegte dabei die Lippen, als spräche er mit ihr, dann ließ er erschöpft den Kopf sinken.

Zaunkönigs Herz füllte sich mit Verzweiflung. Sie versuchte sich jede Linie seines Gesichts einzuprägen, die genaue Lage seiner kurzen Arme und Beine, ja selbst das Schimmern der Muscheln auf seinem schwarzen Hemd. Wenn ein Mensch auf diese Weise sterben musste, überlegte sie, wäre es nur recht und billig, wenn die Verantwortlichen ihm dabei zusehen müssten. Wenn alle Bewohner des Wandererdorfes die Pflicht hätten, Wache zu halten, dann würden sie vielleicht weniger Menschen zum Tod verurteilen.

Zaunkönig musste erst einmal schlucken, ehe sie Atem holen konnte.

Sie blieb am Fuße von Lost Hill stehen und beobachtete Polterer, bis das Licht zu schwinden begann und sie ins Dorf zurückkehren musste.

Silberner Sperling warf noch ein paar Äste ins Morgenfeuer. Der Raureif, der auf den Wiesen lag, sah aus wie frisch gefallener Schnee. Sperlings Atem kristallisierte zu kleinen Dampfwölkchen, als er sich über den rußgeschwärzten Kessel beugte, der an einem Dreibein am Rand des Feuer hing. Der Tee, eine Mischung aus getrockneten Holzapfelstückchen und eingedicktem Ahornsirup, duftete herrlich würzig. Sperling war früh aufgestanden, hatte Feuer gemacht, Wasser für den Tee erhitzt, die Kürbisschalen hergerichtet und seine Felldecken zusammengeschnürt. Sein Bündel lag fertig gepackt neben ihm. Aschenmond schlief noch auf der gegenüberliegenden Seite des Feuers, das wunderschöne Gesicht im Schlaf friedlich entspannt. Hinter ihr zog sich eine lange, bewaldete Hügelkette zum Leafing See hinunter. Die schneebedeckten Wipfel leuchteten im ersten zaghaften Licht des beginnenden Tages. Über dem indigoblauen Wasser glitzerten noch die hellsten Wohnstätten der Nachtwanderer.

Sperling ließ sich auf seinem Deckenbündel nieder und verfolgte den Tanz der Aschefunken, die durch die schwarzgrauen, kahlen Äste der Eichen in den dämmrigen Himmel stiegen. Der gestrige Tag war sehr anstrengend gewesen. Vom Morgengrauen bis zum Einbruch der Dunkelheit waren sie gerannt, zwischendurch schnellen Schrittes gelaufen und wieder gerannt, bis sie bei den drei Kanus ankamen, die der Erdendonnerklan immer zwischen Büschen verborgen am Ufer des Leafing Sees bereit hielt. Jetzt, am frühen Morgen, spürte Sperling jeden seiner dreiundfünfzig Winter in den Knochen.

Langsam ließ er die Schultern kreisen. »Ehrwürdige Ahnen«, ächzte er, »mir tut jeder Muskel am Körper weh.«

Er nahm sich eine der Schalen und füllte sie mit heißem Tee. Als er den Kopf über die Schale neigte, um zu trinken, sah er ganz deutlich sein Spiegelbild in der dunklen Flüssigkeit, die gebogene Nase, die buschigen weißen Augenbrauen und das markante Kinn. Sein weißer Zopf hing über der linken Schulter. Als er den Kopf zur Seite drehte, um die Falten an den Augenwinkeln zu studieren, hörte er Aschenmond sagen:

»Du siehst alt aus.« Sie lag noch immer in ihre Decken gehüllt am Feuer.

»Nein, weise.«

»Du glaubst wohl alles, was die Leute so daherschwätzen, wie?«

Er grinste. »Schäl dich lieber aus deinen Decken, damit wir uns auf den Weg machen können!«

Aschenmond stützte sich auf einen Ellbogen; dabei fiel ihr das silbergraue Haar wie ein Vorhang über die Schultern. »Gesegnete Geister, das war vielleicht eine eiskalte Nacht. Mir tut jeder Knochen weh.«

»Ich fürchte, das war nicht die letzte kalte Nacht, die uns bevorsteht, ehe wir unsere Mission erfüllt haben.«

Aschenmond gähnte herzhaft. »Wo, glaubst du, ist Maishülse?«

»Keine Ahnung. Wahrscheinlich einen halben Tagesmarsch voraus. Er ist ja daran gewöhnt, wie ein Wiesel über Land zu rennen und sein Kanu über Seen zu rudern. Du und ich, wir können von Glück sagen, wenn wir es schaffen, zwanzig Schritte zurückzulegen, bevor wir mit dem Gesicht voraus in den Dreck fallen.«

Aschenmond warf ihm einen leicht amüsierten Blick zu und schlug die Decken zurück. Wie er hatte sie in ihren Kleidern geschlafen. Langsam streckte sie ein Bein aus und massierte ihre Wadenmuskeln. Ihr Stöhnen bestätigte Sperlings Ansicht über ihre alternden Körper.

»Die schmerzen, wie?«

»Auch nicht schlimmer als der Rest von mir.« Sie stand auf und tappte steifbeinig zum Feuer. Die Knitterfalten in ihrem Lederumhang würden sich beim Laufen wieder glätten, doch im Augenblick sahen sie aus wie ein dichtes Spinnennetz. Aschenmond kniete sich nieder und langte nach ihrem Bündel, das auf einem der Randsteine lag. Sie schnürte es auf, kramte ihren Holzkamm hervor und begann ihn durch ihr langes Haar zu ziehen. Der Schein des Feuers warf einen rotgoldenen Schimmer über die welligen Strähnen des gelösten Zopfes.

Sperling merkte jetzt, dass er dieses morgendliche Ritual mehr vermisst hatte, als ihm bewusst war. Sie jetzt wieder dabei beobachten zu können, bescherte ihm einen süßen Schmerz. Als sie noch verheiratet waren, hatte er ihr jeden Abend, bevor sie sich zur Ruhe legten, das Haar gekämmt. Unter seinen Händen hatte sich diese füllige Pracht im Lauf der Jahre von einem satten Blauschwarz in ein seidiges Grau verwandelt, und er hatte diese Veränderung mit jedem Kammstrich liebevoll begrüßt.

»In sechs Tagen sollten wir das Wandererdorf erreicht haben, meinst du nicht?«, bemerkte sie.

»Ja, wenn wir unseren alten, gebrechlichen Knochen das Äußerste abverlangen, sollten wir es bis zum Abend des mittleren Tages zwischen Neumond und Vollmond schaffen.«

»Ah, das trifft sich gut. Dann befreien wir Polterer und können noch im Schutz der Dunkelheit mit ihm fliehen. Und zum Vollmond sind wir wieder zu Hause.«

Sperling schwenkte den Tee in seiner Kürbisschale herum. »Ich hoffe es.«

Aschenmond ließ den Kamm auf halbem Wege stecken. »Wie meinst du das? Du hast doch nicht etwa wieder etwas geträumt?«

»Nein, das nicht. Aber ich spüre diesen vertrauten Knoten im Magen. Ich mache mir Sorgen, dass Springender Dachs irgendetwas Unerwartetes unternehmen könnte.«

»Uns mit fünfzig Kriegern empfangen?«

Er nickte. »Ja, zum Beispiel.«

Aschenmond zog ihren Kamm weiter durchs Haar. »Dann müsstest du eben eine deiner berühmten Reden vom Stapel lassen.«

»Berühmt? Meine Reden?«

»Das hat Maishülse wenigstens behauptet.«

Sperling schlürfte geräuschvoll seinen Tee. »In diesem besonderen Fall bezweifle ich, dass irgendeine meiner Reden, berühmt oder nicht, eine große Wirkung zeigen würde. Ich kenne Springender Dachs doch kaum. Ich bin ihm einmal, vor zehn Wintern, begegnet, als wir noch mit dem Bärenvolk Handel trieben. Damals war er noch kein Kriegsführer, sondern ein mürrischer, ungeschlachteter Junge. Ich weilte damals im Wandererdorf, um mit ihrem Anführer, Blauer Rabe, zu sprechen. Seine Mutter, Frost-auf-den-Weiden, war dabei, und Springender Dachs stolzierte wichtigtuerisch in dem Langhaus herum.«

»Nun, zumindest hat er Angst vor dir. Das reicht schon.«

Sperling trank seinen Tee aus und schüttete den Bodensatz, der zischend auf den glühenden Scheiten zerstob, ins Feuer. »Für den Fall, dass es doch nicht reicht, werde ich mir vorsorglich eine Rede überlegen.«

Aschenmond raffte ihr Haar über einer Schulter zusammen und begann es zu einem Zopf zu flechten. »Und, was gibt es zu essen?«

»Ich dachte, wir laben uns an einem der Vorratspäckchen aus deinem Bündel.«

»Du warst schon immer ein fauler Kerl, Sperling. Du hast nichts vorbereitet? Überhaupt nichts?«

»Ich habe Tee gekocht.«

Sperling nahm eine zweite Schale, füllte sie und reichte sie ihr.

Aschenmond stellte die Schale neben sich auf den Boden und flocht ihren Zopf zuende. Nachdem sie ihn mit einer Lederschnur festgebunden hatte, steckte sie den Kamm in ihr Reisebündel und zog zwei in Birkenrinde gewickelte Päckchen heraus, das eine blau, das andere rot bemalt. »Hier«, rief sie und warf ihm das blaue zu. »Nachdem es zu spät ist, um noch etwas Heißes zuzubereiten, werden wir uns wohl damit begnügen müssen.«

Sperling wickelte sein Päckchen aus und fand eine dicke Scheibe getrocknetes Biberfleisch. »Was ist in dem roten Päckchen?«

»Maiskuchen.« Aschenmond nahm einen heraus und biss ein Stück davon ab.

Sperling fixierte den Kuchen mit einem sehnsüchtigen Blick. »Mit gerösteten Hickorynüssen?«

Aschenmond nickte, verschloss das Päckchen wieder und steckte es zurück in ihr Bündel.

Sperling riss mit den Zähnen ein Stück von dem zähen Fleisch ab und kaute.

Sie aßen schweigend.

Windmutter rauschte durch das Tal, rüttelte an den Bäumen, fegte über das gefrorene Gras und brachte den Kessel über dem Feuer zum Schwingen.

Aschenmond erschauderte. »Großer Panter, das ist vielleicht kalt.«

Sperling stand auf, nahm das Hirschfell, auf dem er gesessen hatte, und ging um das Feuer herum. »Ja, und Polterer ist bei diesem Unwetter draußen angepflockt, ohne einen Umhang oder eine Decke.« Er reichte ihr das Fell. »Wir sollten …«

»Behalte das Fell, Sperling. Du brauchst es genauso nötig wie ich.«

Er legte es ihr trotzdem über die Schulter. »Erzähl mir nicht, was ich brauche. Das weiß ich besser als du.«

Er ging zurück zu seinem Platz und verstaute die Teeschale in seinem Bündel. Der Himmel begann sich violett zu färben. »Morgenröte ist erwacht«, bemerkte er. »Wir sollten zusehen, dass wir die Kanus ins Wasser bringen.«

Obwohl sie ihren dicken Fuchsumhang und Handschuhe aus Wolfsfell trug, schien der kalte Wind auch die letzte Wärme aus Zaunkönigs Körper zu saugen. Schneeflocken fielen aus dem bleigrauen Himmel, schwebten lautlos hernieder auf die kahlen Äste des Sonnenjungen, setzten sich auf Zaunkönigs Gesicht und schmolzen glitzernd in ihren Wimpern.

Sie kniete sich vor Gauners Grab nieder. »Ich weiß nicht, was ich tun soll, Gauner. Ein Albtraum hat mich aufgeweckt. Der eiskalte Schweiß stand mir auf der Stirn, und ich weinte. Ich – ich war wieder an dem Fluss, wo das Kanu meiner Eltern kenterte, ich wusste, dass meine Mutter tot ist und meine ganze Kraft mich mit ihr verlassen hat.« Der frisch gefallene Schnee füllte das eingesunkene Grab wieder auf. Sie schob ihn weg. »Ich war allein am Fluss und wusste nicht mehr, welcher Weg zurück ins Dorf führte. Aber ich habe dich bellen hören, Gauner, in weiter Ferne, und habe versucht, deiner Stimme zu folgen. Ich wusste, dass ich in Sicherheit wäre, wenn ich dich fände.«

Sie wischte sich mit dem Handschuh über die Nase und atmete stockend aus. Die Schneeflocken, die um sie herumwirbelten, waren so duftig wie aus den Wohnungen der Nachtwanderer geweht. Vier Hand hoch lag der Schnee inzwischen auf den Wiesen und schimmerte im blassen Morgenlicht wie weiße Federn.

»Ich habe vergessen, dir heute etwas zum Spielen mitzubringen, Gauner. Das tut mir leid. Aber morgen bringe ich dir … ja, da bringe ich dir deine Decke. Die wickle ich mir nachts immer um die Füße, aber ich glaube, du brauchst sie jetzt nötiger als ich.«

Zaunkönig blickte mit tränenfeuchten Augen auf Gauners Grab. »Erinnerst du dich an Polterer? Sie haben ihn dort angepflockt«, sie deutete auf die Stelle fünf Schritte von ihr entfernt. »Weißt du noch, wie er geweint hat?«

Zaunkönig schob ihre Hände unter ihren Fuchsumhang und erschauderte. »Ich fürchte, dass er …«

Aus den Augenwinkeln nahm sie eine Bewegung wahr. Etwa zwanzig Schritte entfernt, weiter unten am Pfad, huschte etwas an den Bäumen vorbei. Sie hielt die Luft an, lauschte, spähte um sich. Wahrscheinlich ein Reh, dachte sie.

Wieder wischte sie den Schnee von Gauners Grab. »Polterer steckt in großen Schwierigkeiten«, wisperte sie. »Ich befürchte, dass er stirbt. Ich weiß, dass dies der Wille unseres Volkes ist, Gauner, aber er hat nichts verbrochen, wofür er den Tod verdient hätte. Ich glaube, dass Moosschnabel, Schädelkappe und Weißer Reiher einfach so gestorben sind. Das passiert eben. Manchmal sterben Menschen ohne jeden Grund. Meine Eltern und Himmelsbogen zum Beispiel.« Und mit sanfter Stimme fügte sie hinzu: »Und du auch.«

Sie erschauderte erneut und flüsterte: »Ich habe schreckliche Gedanken gehegt, Gauner. Ich möchte Dinge tun, von denen ich weiß dass sie falsch sind. Dinge, die mir eine Menge Ärger einbringen werden. Schließlich habe ich bereits zwölf Sonnenzirkel gesehen und sollte meinen Platz und meine Pflichten innerhalb unseres Klans kennen. Aber ich …«

Zaunkönigs Kopf fuhr abermals herum. Mit zunehmendem Tageslicht verschwanden die Schatten und gaben zwei schemenhafte Gestalten preis, die aussahen wie zwei Männer. Große Männer. Sie standen zwischen den Bäumen gleich neben dem Pfad. Der eine stützte sich mit der Hand an einem Baumstamm ab. Sie standen ganz dicht beieinander, wie in ein vertrauliches Gespräch verwickelt.

»Ich liebe dich, Gauner«, wisperte Zaunkönig. »Ich komme wieder. Das verspreche ich.«

Sie erhob sich rasch und verkroch sich in dem dichten Buschwerk, das die Lichtung umgab. Von dort aus bahnte sie sich ihren Weg auf die beiden Männer zu, duckte sich unter tief herabhängenden Ästen hindurch und stieg über umgestürzte Bäume hinweg, bis sie die beiden besser erkennen konnte.

Maishülse stand dort, das Gesicht ihr zugewandt. Seine verfaulten Zahnstummel leuchteten, wenn er grinste. »Ich habe mein Kanu vorangetrieben wie ein Krieger«, sagte er. »Die beiden sind alt. Sie werden länger brauchen, aber bis morgen Abend oder spätestens übermorgen Früh sollten sie es geschafft haben.«

Der Mann, der Zaunkönig den Rücken zukehrte, ließ die Hand sinken und ballte sie zur Faust. »Ich habe den Treffpunkt mit Bedacht ausgewählt.« Das war *Springender Dachs!* »Zuerst wird Sperling den Fluch von mir nehmen. Dann bringe ich die beiden um. Anschließend schnappe ich mir das Falschgesicht-Kind und verkaufe es an die Goldspecht-Klanführer. Die zahlen einen hübschen Preis für so eine Beute. Sie zerstückeln Zwerge nämlich und essen das Fleisch, um sich deren Macht anzueignen.«

Maishülse straffte die Schultern. »Und was soll es bringen, die beiden alten Leute zu töten?«

Springender Dachs machte einen drohenden Schritt auf den Händler zu. »Vor vier Nächten hatte ich einen Mächtigen Traum. Darin sah ich Silberner Sperlings Gespenster-Meute. Sie stießen aus den Wolken auf mich herab und glitten aus Erdlöchern.« Springender Dachs beugte sich näher zu Maishülse, und Zaunkönig sah seine Augen funkeln, als er mit gehetzter Stimme fortfuhr: »Sie haben es auf mich abgesehen, Händler. Ich muss sie aufhalten. Wenn auch nur ein Mitglied von Sperlings Klan überlebt, bedeutet das meinen Tod. So sagte es mein Traum.«

»Nun, das ist ja sehr interessant, Springender Dachs, aber trotzdem will ich damit nichts zu tun haben!«

Ohne Vorwarnung versetzte Springender Dachs dem Händler einen heftigen Faustschlag gegen die Brust. »Dann wird nur noch dein Eheweib die Körperteile wieder erkennen, die ich von dir übrig lasse.«

Darauf entgegnete Maishülse: »Nachdem ich so selten nach Hause komme, bezweifle ich, dass selbst sie sie wieder erkennen würde, aber ich …«

»Und versuch gar nicht erst, das Weite zu suchen, ehe ich mit dir fertig bin.« Springender Dachs senkte die Stimme. »Verstanden?«

Maishülse nickte ruckartig. »Ja. Ich habe verstanden.«

»Gut«, knurrte Springender Dachs zufrieden und stolzierte davon. Der Händler wischte sich mit dem Ärmel seines Büffelmantels über die Stirn, machte sich mit einem wütenden »Dieser Irre!« Luft und ging in die Hocke, um Springender Dachs hinterher zu schauen, der sich seinen Weg durch das dichte Gehölz bahnte. Erst als er außer Sichtweite war, folgte ihm der Händler ohne Eile.

Zaunkönig setzte sich in den Schnee.

»Helft mir, ehrwürdige Geister! Mir bleibt nicht viel Zeit.«

12. Kapitel

Blauer Rabe sah Zaunkönig den Hügel herunterkommen, den Beutel mit seinem Essen über der Schulter. Sie winkte, und Blauer Rabe lächelte. Ihr weißer Fuchsfellumhang schimmerte wie frischer Schnee. Sie hatte die Kapuze gegen den Wind weit ins Gesicht gezogen, doch ein paar ihrer langen schwarzen Locken lugten hervor und tanzten um das hübsche Gesicht.

Nur fünf Schritte entfernt, ein Stück den Hügel hinab, lag das Falschgesicht-Kind im Schnee und wimmerte leise vor sich hin – Laute, die sich wie die Klauen eines Adlers in seine Seelen krallten.

Blauer Rabe ließ sich mit dem Rücken gegen den Stamm der alten Eiche sinken. Unablässig fielen die Schneeflocken aus dem grau-trüben Himmel und tänzelten kreiselnd durch die Luft, bevor sie Lost Hill mit ihrer weißen Pracht verhüllten. Über ihm schwebte ein Wolkenriese, aber ansonsten war der Himmel klar. Die glitzernden Behausungen der Nachtwanderer erschienen am Himmel und entfalteten ihre schillernde Pracht über dem endlosen Blau des Pipe Stem Lake.

»Ehrwürdige Ahnen«, flüsterte er lautlos. »Ich weiß nicht, wie lange ich das noch ertragen kann.

Der Schnee hatte alles zugedeckt – bis auf Polterers Kopf. Unablässig fixierte sein scheinbar vom übrigen Körper getrenntes Gesicht Blauer Rabe, und in den schwarzen Augen loderte die Angst. Im Laufe der vergangenen sechs Nächte waren seine Schreie immer schriller geworden. Blauer Rabe verstand das nicht. Inzwischen sollte der Junge kaum noch genug Kraft haben, um Atem zu holen.

Blauer Rabe blinzelte und zwang sich, den Blickkontakt mit Polterer abzubrechen. Jedesmal, wenn er in die Augen des Jungen blickte, lief ein Feuerstrom an seinen Knochen entlang, kroch durch seine zitternden Muskeln und löste in seinem Herzen eine Feuersbrunst aus, die ihn am ganzen Körper vor Schmerz erzittern ließ.

Er bewegte die Finger in seinen Handschuhen und ging im Geiste noch einmal die Geschichten durch, die seine Mutter ihm erzählt hatte. Geschichten, die sie aus Silberner Sperlings eigenem Mund gehört hatten – über Polterers Vater, den bösen Waldgeist, der nachts an das Lager seines Sohnes trat und ihm Dinge ins Ohr flüsterte, und dass die Nachtwanderer die Befehle des Jungen ausführten. Jeder einzelne, der es je gewagt hatte, dem Jungen Schaden zuzufügen, war auf abscheuliche Weise zu Tode gekommen – das jedenfalls erzählte man sich.

Blauer Rabe legte nachdenklich die Stirn in Falten.

Ein silberner Lichtstreif lag schimmernd über dem Pipe Stem Lake. Am Ufer standen Männer und fischten. Die Ausbeute musste mager sein, denn sonst wären sie längst zurück im Dorf, um das Abendessen vorzubereiten. Blauer Rabe versuchte sich vorzustellen, wie es wäre, wenn er jetzt zu Hause sein könnte, in warme Decken gehüllt an lodernden Feuer sitzend; wenn er Frost-auf-den-Weiden berichten könnte, dass die Wache beendet sei und dass sie alle wieder ruhig schlafen könnten. Ach, er wünschte…

Zwei kleine Fäuste, mit einem kurzen Lederriemen an einen Holzpflock gefesselt, brachen durch die Schneedecke, die Finger streckten sich, versuchten zu greifen.

»*Lahmer Hirsch*!«, schrie Polterer. Er warf sich hin und her, zerrte an den Fesseln, schluchzte atemlos.

Da Polterer den auf einen Pfahl gespießten Kopf von Lahmer Hirsch auf dem Dorfplatz gesehen hatte, vermutete Blauer Rabe, dass der Junge nach Lahmer Hirschs Geist rief. Dieser grauenvolle Anblick, oder die Kälte und der Hunger, hatten dem Jungen anscheinend die Sinne geraubt.

»Ehrwüdige Ahnen«, flüsterte Blauer Rabe verzweifelt. »Warum dauert das denn so lange? Es ist Winter. Dem Jungen sollte doch schon längst das Mark in den Knochen gefroren sein.«

Eine Windbö fegte über den Abhang, und Blauer Rabe wandte den Kopf ab. Als er sich wieder umdrehte, war Polterer von einer dicken Schneewehe bedeckt. So weich und ungebrochen lag sie da, als habe es den Jungen nie gegeben.

Während Blauer Rabe nachdenklich die Schneewehe betrachtete, erhob sich aus den Wipfeln der Bäume oben auf dem Hügel eine graue Eule und segelte lautlos auf die Stelle zu, an der Polterer unter dem Schnee begraben lag. Der Vogel zog einen Kreis, schlug einmal mit den Flügeln und ließ sich dann sanft auf der Brust des Jungen nieder.

Es war, als hätte der Anblick der Eule Blauer Rabes Seelen von seinem Körper gelöst, denn plötzlich schien er hoch über der Erde zu schweben, ihm war wohlig warm, und auch der Sturmwind beutelte ihn nicht mehr. Graue Haarsträhnen tanzten vor seinen Augen, aber die sah er kaum.

Die Eule schlug noch einmal kräftig mit den Flügeln und wirbelte den Schnee von Polterers Gesicht und Brust. Dann hüpfte sie weiter und setzte sich auf den Holzpflock, an den Polterers Füße gefesselt waren. Mit einem gespenstischen *Hu-huu* erhob sich wenig später in die Lüfte und segelte lautlos durch das dichte Schneetreiben davon.

»Hör auf, dich wie ein Narr zu benehmen«, befahl sich Blauer Rabe mit heiserer Stimme. »Eulen sind Raubvögel. Aasfresser. Der Vogel dachte wahrscheinlich, dass der Junge tot sei, und hoffte auf eine Mahlzeit. Bestimmt war er sehr enttäuscht, als er merkte, dass der Junge noch lebte. Es…«

Aus den Tiefen seiner Seelen hörte er die krächzende Stimme seines alten Großvaters: *Du hast jetzt dreizehn Winter gesehen, Enkel. Es ist an der Zeit, dass du etwas über die seltsamen Wege der Götter lernst. Du wirst jetzt deine erste Wache halten. Bewache das Kind. Beschütze es vor hungrigen Tieren. Sorge dafür, dass niemand dem*

Säugling nahe kommt, bis er tot ist. Das ist deine Aufgabe als Wächter. Es mögen merkwürdige Dinge geschehen. Das passiert häufig. Aber jedes Vorkommnis ist eine Prüfung. Die Götter werden dich beobachten. Lass dich durch nichts von der Erfüllung deiner Pflicht abbringen.

Blauer Rabe erinnerte sich noch gut, wie er den ganzen Weg zum Lost Hill gerannt war, mit diesem dem Tod geweihten Säugling im Arm, den er fest an seine Brust drückte. Das schräg durch die kahlen Äste der Eichen und Hickorybäume fallende Sonnenlicht hatte ihn so geblendet, dass er die Augen zusammenkneifen musste, um nicht gegen einen Baumstamm zu laufen. Das Kind hatte jämmerlich geschrien. Obwohl der kleine Junge nur vier Morgen gesehen hatte, schien sein Lebensfaden aus zähem Leder zu bestehen. Zweimal musste die Sonne auf- und wieder untergehen, bis dieser Säugling starb – und die Seelen von Blauer Rabe zu Staub zerfallen waren. Aber es war nichts Merkwürdiges passiert. Nichts, woran er sich erinnern konnte...

Zaunkönig, die plötzlich neben ihm kniete, riss ihn aus seinen Gedanken. »Guten Abend, Onkel.«

Blauer Rabe sog scharf die Luft ein. »Ach, du bist es, Zaunkönig.«

Vorsichtig schnürte sie ihr Bündel auf. »Ich habe dir gebratenes Gänsefleisch und Maisbrei gebracht.« Sie stellte zwei abgedeckte Holzschalen vor ihn auf den Boden und legte einen Hornlöffel dazu. Der Maisbrei dampfte noch. »Geht es dir gut?«

»So einigermaßen. Ich danke dir, dass du gekommen bist. Aber jetzt lauf schnell wieder zurück. Und richte deiner Großmutter aus, dass der Junge noch lebt.«

Der Blick ihrer großen, dunklen Augen wanderte den Abhang hinab. Verzweiflung malte sich auf ihrem Gesicht. »Soll ich noch etwas Feuerholz für dich sammeln, Onkel, bevor ich gehe? Es wird nicht lange dauern.«

Blauer Rabe streckte die Hand aus und drückte liebevoll ihren Arm. Seit zwei Abenden schon bot ihm die Kleine an, für ihn Holz zu sammeln, und jedes Mal schwoll ihm ob ihrer Hilfsbereitschaft das Herz. »Wenn du möchtest, gern. Das wäre eine große Hilfe. Aber es ist nicht nötig, Zaunkönig. Ich kann später selbst Holz suchen gehen.«

»Nein, nein, lass mich das nur machen.«

Zaunkönig rannte den Hügel hinauf zu dem windgepeitschten Ulmen- und Buchenhain, der die Hügelkuppe bedeckte. Vor dem tiefblauen Abendhimmel reckten sich die kahlen Äste wie Skelettarme in die Höhe. Der Wolkenriese war weiter über den See gewandert und hatte den funkelnden Behausungen der Nachtwanderer Platz am Himmel gemacht.

Zaunkönigs weißer Fuchsumhang verschmolz so vollkommen mit dem frisch gefallenen Schnee, dass sie wie ein Geistwesen aussah, als sie zwischen den schwarzen Bäumen umherlief, abgestorbene Äste abbrach und sie in ihrer linken Armbeuge stapelte.

Als Polterer plötzlich aufschrie, wirbelte Zaunkönig so abrupt herum, dass ihr das ganze Holz aus dem Arm rutschte und in den Schnee fiel.

Blauer Rabe erschauderte.

Während sie sich herabbeugte, um die Äste wieder aufzusammeln, riss ihm der Anblick ihres gramzerfurchten Gesichts schier das Herz entzwei.

Woher nahm sie nur diesen Mut? Seit vielen Monden lebte sie nun schon mit dem Tod. Und jetzt musste sie auch noch Polterer sterben sehen, das war härter für sie, als sich irgendjemand von den Dorfleuten vorstellen konnte. Blauer Rabe wünschte, Frost-auf-den-Weiden hätte jemand anderen dazu bestimmt, ihm das Essen zu bringen. Sie aber betrachtete diese Pflicht wahrscheinlich als angemessene Strafe für die zurückgelassenen Wasserbeutel.

Zaunkönig kam eilig und über vereiste Wurzeln schlitternd den Hügel herabgelaufen und lud ihre Last auf dem Stapel mit Brennholz neben der Feuerstelle ab. Sie brach ein paar Äste klein und warf sie ins Feuer, das hellrot aufloderte und Blauer Rabe blendete.

»Ich danke dir, Zaunkönig«, sagte er und legte ihr eine behandschuhte Hand an die Wange. Ihr schmales Gesicht war von der Kälte gerötet, und sie schnaufte heftig. »Diese letzten Abende waren nicht leicht. Ich bin sehr stolz auf dich.«

»Ich weiß nicht, wie du das erträgst, Onkel.«

Blauer Rabe ließ die Hand in den Schoß fallen. »Ich ertrage es, weil ich es ertragen muss.«

Einer spontanen Regung folgend, schlang sie die Arme um seinen Nacken und drückte ihn. »Ich wünschte, du könntest mit nach Hause kommen«, flüsterte sie mit rauer Stimme.

»Ich komme bald«, erwiderte er und hauchte ihr einen Kuss aufs Haar. »Vielleicht schon morgen. Mach dir keine Sorgen um mich.«

Sie nickte an seinem Hals. »Versuche dich ein bisschen auszuruhen, Onkel. Du siehst so müde aus.«

Die Wachehaltenden konnten zwar zwischendurch immer mal ein kleines Nickerchen halten, aber nie richtig schlafen. Und Polterers unentwegtes Weinen und Wimmern machten Blauer Rabe selbst diese kurzen Ruhepausen zur Qual. Wahrscheinlich sah er genauso erschöpft aus, wie er sich fühlte. »Richte deiner Großmutter aus, dass ich hoffe, sie bald wieder zu sehen.«

Zaunkönig nahm ihren Lederbeutel auf und warf ihn sich über die Schulter. »Gute Nacht, Onkel. Ich liebe dich.«

»Sieh dich vor auf dem Rückweg, Kleines. Es wird bald dunkel sein.«

Sie nickte. »Das werde ich. Bis morgen Früh!«, rief sie ihm noch hinterher, als sie wie ein Schneehase den Hügel hinaufhüpfte.

Blauer Rabe beobachtete sie, bis sie hinter der Kuppe verschwunden war, dann nahm er die Schale mit dem gebratenen Gänsefleisch und kostete ein Stück. Der würzige Geschmack war Labsal für seine wunden Seelen. Der orangerote Schein, der den Himmel im Süden zu wärmen begann, kündete davon, dass im Wandererdorf die abendlichen Feuer angefacht worden waren.

Er wünschte sich nichts sehnlicher, als jetzt an einem dieser Feuer zu sitzen.

Die Abenddämmerung senkte sich wie ein grauer Schleier über den See und beraubte das Wasser seiner blauen Farbe.

Zaunkönig versteckte sich hinter einem Felsbrocken, den Rüken an den kalten Stein gepresst, und beobachtete die Leute, die vom See die Anhöhe emporstiegen. Neben ihr lagen ein dickes Bündel, der Bogen und der Köcher mit Pfeilen, die sie untertags bereits dort versteckt hatte. Zwar rechnete sie nicht damit, dass sie den Bogen brauchen würde, jedenfalls nicht heute Abend, aber… aber möglicherweise…

Vier alte Männer führten die Gruppe der Heimkehrenden an, die sich lachend und schwatzend über ihre Fangerfolge austauschten. Im Westen, gegenüber von Lost Hill, vergoldeten die letzten Sonnenstrahlen die dicken Bäuche der Wolkenriesen, bevor sie sich tiefblau färbten.

Hinter den Männern stapften Sumpfbohne und Eistaucher den Pfad hinan. Zaunkönig konnte zwar ihre Gesichter nicht sehen, erkannte sie aber an den Stimmen.

»Das brauchst du mir nicht zu erzählen«, wisperte Sumpfbohne. »Schließlich liegt mein Schlafplatz in derselben Ecke des Langhauses wie der seine. Die ganze Nacht muss ich mir anhören, wie er mit diesem stinkenden Schädel flüstert. Lange ertrage ich das nicht mehr!«

»Was sagt er denn?«, fragte Eistaucher neugierig.

»Meistens stößt er wilde Drohungen aus. Kannst du dir das vorstellen? Er droht einem Toten!«

»Viele der Männer in meinem Langhaus hegen die Befürchtung, dass er den Verstand verloren hat. Wenn er seine fünfzig Krieger nicht um sich weiß, sagen sie, geht er schon beim Zwitschern eines Finken in Deckung!«

»Er war schon immer ein sonderbarer Kauz. Als Junge pflegte er seinen Spielkameraden die Zähne auszuschlagen und diese dann immer bei sich zu tragen, um Macht über deren Seelen zu gewinnen. Und mit diesem stinkendem Schädel hat er wahrscheinlich das gleiche vor…«

Ihre Stimmen verhallten langsam, als sie den Hügel weiter hinaufstiegen.

Zaunkönig stand wie gebannt da und wagte kaum zu atmen. Der flackernde Schein, den das Feuer ihres Onkels warf, ließ die Schatten schlüpfrig und diffus erscheinen. Hinter Sumpfbohne und Eistaucher folgten noch etliche andere Dorfbewohner, die sich leise unterhielten. Zaunkönig kam es wie eine Ewigkeit vor, bis die Prozession endlich den Hügel erklommen hatte.

Als die letzte Gestalt außer Sichtweite war, kam Zaunkönig hinter dem Felsen hervor und spähte um sich. Hier hatte sie den blutenden Jungen gesehen, und je dunkler es wurde, desto größer wurde ihre Angst. Aber sie *musste* es tun.

So schnell es der verschneite Pfad zuließ, rannte sie zum See hinunter.

Die Flammen schossen in die Höhe, als Blauer Rabe ein neues Holzscheit in die Glut warf. Er gähnte und streckte sich auf der Felldecke aus, den Kopf auf den abgewinkelten Arm gebettet. Beinahe im gleichen Augenblick fielen ihm die Augen zu.

Aber Zaunkönig wartete noch. Selbst wenn er aufwachen sollte, würde ihn der grelle Schein des Feuers so blenden, dass er sie kaum wahrnehmen könnte. Aber sie durfte kein Risiko eingehen.

Schnell knotete sie die Bänder ihrer Kapuze unter dem Kinn fest und schlich lautlos über den Schnee. Sie konnte jedes einzelne der borstigen Haare in den Handschuhen aus Wolfsfell spüren, die wie winzige Dornen an ihren Fingern zupften.

Ungefähr zehn Schritte vor ihr lag Polterer auf dem Rücken und starrte hinauf zu den Wolkenriesen. Ihre schimmernden Körper bauschten sich und veränderten die Form, während sie hinter Eulen und anderen Nachtvögeln herjagten.

Der Pipe Stem Lake hatte sich in ein Meer aus blinkenden Silberaugen verwandelt. Wellen klatschten leise an den Strand. Zaunkönig schlich näher zu Polterer hin. Als sie sich bis auf zwei Armlängen herangepirscht hatte, wisperte sie: »Polterer? Hörst du mich?«

Der Junge hob den Kopf. »Zaunkönig?«

»Schh!«

Der weiße Fuchsmantel machte sie beinahe unsichtbar, doch sie warf noch rasch einen Blick auf ihren schlafenden Onkel und nach hinten in Richtung Pfad, ehe sie bis zu Polterer vorrobbte. »Sei nicht böse, dass es so lange gedauert hat, Polterer. Unten am See standen Leute, die gefischt haben. Ich musste warten, bis sie nach Hause gegangen waren, damit sie mich nicht sehen.« Sie öffnete ihren Umhang und holte ihren Beutel hervor.

Der Duft des gebratenen Fleisches, der Polterer in die Nase stieg, traf ihn wie ein körperlicher Schlag. »Was b-bringst du mir?«, stammelte er.

Zaunkönig zupfte ein Stück Gänsefleisch vom Knochen, und Polterer sperrte den Mund auf wie ein Vogeljunges. Sie fütterte ihm drei Stückchen und kramte dann in ihrer Tasche nach dem ledernen Trinkbeutel. »Hier«, flüsterte sie und hielt ihm die Öffnung an die zitternden Lippen. »Das ist Tee aus den Blättern der Schneebeere. Er war noch heiß, als ich das Langhaus verließ.«

Mit geschlossenen Augen schlürfte Polterer den süßen Tee, der noch lauwarm war und in der kalten Luft dampfte.

An den Enden seiner kinnlangen Haare klebten dicke Eisklumpen. Der Schnee musste untertags auf seinem Haar geschmolzen sein und mit zunehmender Nacht war das Wasser dann wieder gefroren. Sein hübsches rundes Gesicht wirkte eingefallen und hatte eine graue Farbe angenommen. Seine Backenknochen stachen hervor wie bei einem Totenschädel.

Einen Augenblick weigerten sich ihre Seelen, das Gesehene wahrzunehmen.

»Polterer? Geht es dir einigermaßen gut?«, fragte sie, während sie den leeren Beutel unter ihrem Umhang verstaute.

Tränen schossen ihm in die Augen, doch er schien nicht mehr die Kraft zu haben, sie wegzublinzeln.

»Meine Echos sind verstummt«, sagte er. »Alle. Meiner Mutters Herzschlag, Großmutter Schweifs Lachen, so-sogar Steinmantels Bellen – alle sind sie verstummt. Zaunkönig, ich – ich muss einen Vogel fangen. Hilfst du mir, einen Vogel zu fangen?«

Zaunkönig studierte sein Gesicht. Er konnte seine Augen nicht ruhig halten; bei dem Versuch, sie anzusehen, verschwanden die Augäpfel immer wieder in den Höhlen und glitten ruckartig zurück. »Ja, ich werde dir helfen, Polterer.«

Zaunkönig breitete die Hälfte ihres Fuchsumhangs über dem Jungen aus und drückte den eiskalten Körper an sich. Er zitterte jetzt noch mehr als vorher, die Gliedmaßen zuckten und zerrten unkontrolliert an den Fesseln.

»Polterer«, flüsterte sie ihm ins Ohr, »ich habe deine Mutter gesucht. Jeden Tag, genau wie ich es dir versprochen habe. Aber entweder ist sie nicht gekommen, oder sie will sich mir nicht zeigen. Aber ich gebe die Suche nicht auf …«

Polterers Lippen öffneten sich den Sternen und dem nächtlichen Himmel zu; er schrie, aber es war kein Ton zu hören.

»Vielleicht sind die Echos deiner Mutter so schwach, dass du sie bei dem starken Wind hier nicht hören kannst. Du weißt, wie laut Windmutter in letzter Zeit brüllt. Wie ein hungriger Wolf heult sie durch die Wälder.«

Wieder zerrte er an seinen Fesseln.

Zaunkönig streifte sich einen Handschuh ab, betrachtete seine gefesselten Hände, die über seinem Kopf im Schnee lagen und hielt sie fest. Sie fühlten sich geschwollen an und eiskalt.

»Deine Hände«, flüsterte sie erschrocken. »Sie ... sie ...«

»Ich kann sie nicht mehr spüren ...«

Zaunkönig setzte sich auf und begann seine dicken Stummelfinger zu massieren. »Und jetzt?«

Er schüttelte den Kopf.

Sie rieb seine Finger noch kräftiger zwischen ihren Händen. Schon oft hatte sie Leute mit schweren Erfrierungen gesehen. Die Finger verfärbten sich schwarz und mussten schließlich abgehackt werden, um die übrige Hand zu retten. Und wenn die Schattengeister schon begonnen hatten, sich an dem toten Fleisch zu laben, verlor die Person sogar den ganzen Arm.

»Zaunkönig, ich muss... ich muss...« Er verstummte, als habe er plötzlich vergessen, was er sagen wollte. Nach ein paar Augenblicken begann er noch einmal: »Zaunkönig, ich muss einen Vogel fangen. Hilfst du mir dabei, einen Vogel zu fangen?«

»Ja, ja, natürlich, Polterer«, stieß sie hervor.

Polterer lächelte. »Du bist meine Freundin.«

Sein Blick verschwamm, und sein Kopf kippte zur Seite.

»Polterer ...«

»Schau«, krächzte er mit beinahe unhörbarer Stimme. »Siehst du ihn?«

Zaunkönig wandte zögernd den Blick von ihm und schaute sich um.

Das Sternenlicht hatte den Schnee hellblau verfärbt. Sie suchte jede Schneewehe, jede Senke ab, die dunklen Baumreihen und den schillernden Uferstreifen. Die Schneeflocken tanzten ohne Unterlass hernieder. »Wen, Polterer?«

»Er kommt jede Nacht zu mir. Und singt. Er – er singt mir etwas vor.«

Der gefrorene Schnee unter Zaunkönigs Füßen schien sich in Treibsand verwandelt zu haben. Ihre Knie wurden weich. »Wer? Wer singt?«

Polterers Lider senkten sich, dann flatterten sie, als ob er sie weiter ansehen wollte, die Augen aber nicht offen halten konnte. »Er will, dass ich jetzt gehe, Zaunkönig. Ich muss... ich muss mit ihm gehen.«

Zaunkönig spähte noch einmal um sich herum in die Dunkelheit. »Wer, Polterer? Wer ist er? Ist es der – der blutende kleine Junge?«

Er schloss die Augen, und seine Muskeln entspannten sich.

»Polterer?« Panik stieg in ihr hoch und schnürte ihr die Kehle zu. »Polterer, du stirbst doch nicht, oder?«

Sie legte eine Hand auf seine Brust, um seinen Herzschlag zu fühlen. Nichts! Da packte sie ihn vorne an seinem Hemd und rollte ihn auf die Seite. Er sackte in sich zusammen wie eine Stoffpuppe.

»Polterer, nein!« Sie zerrte an seinen gefesselten Händen, dann drehte sich sich herum und schüttelte seine Beine.

... Etwas in ihrem Inneren zerbrach.

Zaunkönig riss ihr Messer aus dem Gürtel und schnitt mit fliegenden Fingern seine Fesseln durch.

13. Kapitel

Das Zischen und Knistern der lodernden Holzscheite weckten Blauer Rabe aus seinem Dämmerschlaf. Sein erschöpfter Körper fühlte sich an wie Blei. Für eine Weile erlaubte er sich den Luxus, hinter geschlossenen Lidern den Widerschein des flakernden Feuers zu beobachten. Früher, in seiner Jugend, als er am Lost Hill auf Wache gewesen war, hatte er versucht, Botschaften in diesen tanzenden orangeroten Schatten zu entdecken. Und heute verhießen die Bilder nichts Gutes. Er sah Krieger, die eine blutige Schlacht ausfochten, und riesige, geflügelte Ungeheuer, die über den flammenden Himmel segelten...

Wieder zerbarst ein Holzscheit krachend in der Glut. Blauer Rabe schlug die Augen auf und sah, dass es heftig schneite. Er schaute zum See hinunter, dann zur Kuppe des Hügels, konnte jedoch nur dichtes Weiß ausmachen. Der See wie auch der Hügel lagen hinter einem Vorhang aus Schnee verborgen. Die Flocken fielen senkrecht hernieder und zischten auf, wenn die Flammen sie verschlangen.

Sein Herz schlug sicherlich hundertmal, bis er seinen Bogen und den Köcher mit Pfeilen unter der Schneedecke gefunden hatte. Dann setzte er sich auf und ließ den Blick über den Abhang schweifen.

Polterer lag unter einer dicken, ebenen Schneedecke begraben. Der Junge hatte aufgehört zu wimmern.

»Ich bitte dich inständig, Fallende Frau, lass diese Wache zuende sein.«

Blauer Rabe stand auf, hängte sich Bogen und Köcher um die Schulter und machte sich auf den Weg zu Polterer. Als er so durch den kniehohen Schnee stapfte, kam er sich vor wie die letzte lebende Kreatur auf Erden.

Die Luft roch nach Winter, nach gefrorener Erde und dem würzigen Duft der Fichtennadeln.

An der Stelle, wo er seiner Erinnerung nach Polterer angepflockt hatte, blieb er stehen, doch da lag der Junge nicht. In der Meinung, die Entfernung falsch eingeschätzt zu haben, schlitterte er weiter den Hang herab. Im Schein des Feuers war ihm, als durchquerte er einen glitzernden Ozean aus goldenem Staub.

Blauer Rabe blickte sich genau um, die Stirn skeptisch gerunzelt und nach irgendeinem Hinweis suchend, dass dort ein Körper unter dem Schnee lag. Aber er fand den Jungen nicht. Kopfschüttelnd stieg er wieder den Hang hinauf.

Auf halbem Weg traf er auf eine merkwürdige Rinne, eine schwache Einbuchtung im Schnee, und kniete sich nieder, um sie zu untersuchen. Die Rinne war etwa vier Hand breit und zog sich den Hügel hinab, so weit er sehen konnte...

Mit einem Satz sprang er auf und stolperte den Hang hinunter, den Schleifspuren folgend.

Polterer musste zu schwach zum Laufen gewesen sein, deshalb hatte der Entführer den Jungen in ein Fell oder eine Decke gewickelt und ihn über den Schnee gezogen. Aber weshalb hatte er ihn nicht einfach getragen? Polterers kleiner Körper war so leicht, dass ihn ein Mann ohne Schwierigkeiten hochheben konnte, ja, selbst eine Frau …

Ein scharfer Schmerz jagte durch seine Brust. »Geheiligte Ahnen!«

Der Schmerz wurde so stark, dass Blauer Rabe sich vornüberbeugen musste und mühsam nach Luft japste. Es dauerte dreißig Herzschläge, bis die stechenden Schmerzen zu einem dumpfen, rhythmischen Pochen verebbten. Und während der ganzen Zeit flüsterte er: »Oh, Zaunkönig, Zaunkönig. Weißt du überhaupt, was du da getan hast? Es ist beinahe vierzig Winter her, seit – seit der Klan zuletzt ein Mädchen verstoßen hat, aber die Anführerinnen werden keine andere Wahl haben. Du lässt ihnen, und mir, keinen anderen Ausweg.«

Blauer Rabes Herz raste noch immer, jeder Schlag fühlte sich an, als ließe jemand einen Hammer auf seine Brust niedersausen, aber er zwang sich, weiter zu gehen. Seit wann schneite es so? Sehr weit konnten sie noch nicht gekommen sein. Wenn er sie noch vor dem Morgengrauen finden und zurückbringen könnte, wäre Zaunkönig gerettet. Er würde niemandem ein Sterbenswörtchen verraten und das Mädchen schwören lassen, ebenfalls Stillschweigen zu bewahren. Oh, sie würde seinen Zorn zu spüren bekommen! Ja, er würde dafür sorgen, dass sie für den Rest ihres Lebens das frische Fleisch von den Häuten schaben musste.

»Zaunkönig?« rief er in die Nacht hinaus. »*Zaunkönig*!«

Er kämpfte sich weiter durch den Schnee voran. Weiße Wolken wirbelten hinter ihm auf. So dicht, wie es im Moment schneite, würde die Spur in kürzester Zeit verschwunden sein. Jeder Augenblick, der verstrich, verminderte seine Hoffnung, sie noch rechtzeitig zu finden.

Die Spur führte hinunter zum Seeufer, bog dort in westlicher Richtung ab und verschwand.

Blauer Rabe folgte ihr eine kurze Strecke, dann machte er

kehrt und lief nach Osten. Der Sturm, der über den Himmel fegte, zerfiederte einige der Wolkenriesen, und fahles Sternenlicht fiel auf den See und erhellte den Strand. Blauer Rabe nahm die Spur wieder auf und rannte weiter. Zaunkönig hatte versucht, Polterer an der Wasserkante entlang zu ziehen, in der Gewissheit, dass die Wellen die Spuren verwischen würden. Den größeren Wellen war sie offenbar ausgewichen, denn hin und wieder fand Blauer Rabe eine kurze Schleifspur im Schnee.

Anscheinend hatte sie jetzt die Richtung nach Norden eingeschlagen, zum Leafing Lake.

Der Schmerz wütete mit einer solchen Kraft in seiner Brust, dass er sich nur noch stolpernd vorwärts schleppen konnte. Aber er *musste* sie finden.

»Weiter«, befahl er sich. »Lauf weiter. Zaunkönig! Zaunkönig, wo bist du?«

Im Traum beuge ich mich über den Teich, bis meine Nasenspitze die kalte, grüne Wasseroberfläche berührt, und versuche herauszufinden, wer dieser Fremde ist, der mir da entgegenstarrt.

Ich erinnere mich an den Abend, als ich von meiner Geistreise zurückkehrte.

Ich habe dir alles erzählt. Gab dir die zerbrochenen Teile meines Herzens und meiner Seelen und flehte dich an, mir zu zeigen, wie ich die Teile wieder zusammenfügen könnte.

Wie du es immer getan hast.

Du hast mich angesehen, als hättest du mich nicht gehört.

Ich sehe dich am Feuer sitzen, in deinem einfachen Ziegenlederkleid, und plötzlich verdunkelt sich deine Gestalt.

Plötzlich bin ich weiter entfernt von dir als jemals zuvor.

Liebe ist schmerzvoll.

Das weiß ich.

Ich kann mich nach den vielen Jahren des Glücks, das wir miteinander teilten, nicht daran gewöhnen.

Während ich meinen Kopf zur Seite neige, betrachte mein Spiegelbild, die tiefen Linien, die sich in meine Wangen und die Stirn gegraben haben.

Was ist mit dem Mann geschehen, den du einst geliebt hast?

Ich glaube immer noch, dass er irgendwo hier drin sein muss.

Und ich beginne zu fürchten, dass du die einzige bist, die ihn finden kann.

Und das willst du nicht.

Ach, Aschenmond, ich… ich bin verloren.

Ohne deine Augen, die in mein Innerstes blicken, weiß ich nicht, wer ich bin.

Ich weiß auch nicht, wer die anderen…

»Sperling?«, rief Aschenmond und rollte sich unter ihren Deken herum, um ihn anzusehen.

Er lag auf der anderen Seite des Feuers, die Elchfelldecke so weit über den Kopf gezogen, dass nur seine Stirn und die buschigen Augenbrauen zu sehen waren. Bevor sie sich am Abend zuvor zum Schlafen niedergelegt hatten, war es ihnen gelungen, sich einen provisorischen Unterstand zu bauen, indem sie Äste gegen einen Felsvorsprung lehnten und diese mit Buschwerk bedeckten. Durch die Öffnung vorne sah sie, dass es geschneit hatte. Sie setzte sich auf. »Sperling? Wach auf.«

»Mmpf …«

»Sperling, draußen liegt Schnee. Mehrere Hand hoch!«

Sperling ließ ein erschöpftes Stöhnen hören. »Wo sind die Hütten der Nachtwanderer?«

»Es schneit, du Tor! Ich kann nicht mal zwei Schritte weit sehen.«

Aschenmond kroch zu der kleinen dreieckigen Öffnung neben ihrem Lager und schaufelte mit den Händen den Schnee weg, bis sie ihren Kopf hinausstrecken konnte. Durch die Sturmwolken sickerte nur ein wenig graues Licht. »So weit ich schauen kann, sehe ich nur Schnee.«

»Aschenmond, ich bin völlig erschlagen. Mir kommt es vor, als hätte ich kaum geschlafen. Komm, lass uns noch ein wenig ausruhen.« Er kuschelte sich tiefer in seine Decken.

»Ich werde nicht weiterschlafen, und du auch nicht. Über dem Pfad liegen gewiss schon mannshohe Schneewehen. Selbst wenn wir jetzt sofort zu unserem Kanu aufbrechen, werden wir kaum vor dem späten Nachmittag das Wandererdorf erreichen.« Sie kroch zurück und begann ihre Decken einzurollen. »Komm, Sperling, du Faulpelz. Steh endlich auf. Sofort!«

Sperling blinzelte sich den Schlaf aus den Augen.

»Denk doch daran, wie sich der arme Polterer fühlen muss«, fuhr sie fort, während sie ihr Deckenbündel mit einer Schnur aus Lindenfasern zusammenband. »Das sollte dich auf die Beine bringen.«

»Ich habe die ganze Nacht von ihm geträumt«, erwiderte er mit leiser Stimme. »Seltsame, quälende Träume. Mein Geisterhelfer war an seiner Seite, sprach mit ihm, aber ich konnte nicht verstehen, was sie sagten.«

Die Erwähnung seines Geisterhelfers erfüllte ihr Herz mit Kummer und brachte die Erinnerungen an Flints Tod zurück und an die schrecklichen Tage quälender Einsamkeit, die seinem Tod gefolgt waren. Ein seltsames, dumpfes Rauschen klang ihr plötzlich im Ohr, als hielte sie sich eine Schneckenmuschel davor, und sie verspürte das Bedürfnis, entweder in Schluchzen auszubrechen oder jemanden zu schlagen. Seit zwei Wintern versuchte sie schon, darüber hinwegzukommen, dass er sie im Stich gelassen hatte, aber es wollte ihr einfach nicht gelingen.

»Ich hoffe nur, dass du dich nicht auf deinen Geisterhelfer verlässt, um Polterer zu befreien«, sagte sie bitter, »denn wenn du das …«

»Er ist ein Lehrer, Aschenmond, kein Erretter.«

Eine eiskalte Windbö fegte durch ihren Unterstand, zauste an Sperlings langem weißem Haar und besprenkelte sein Gesicht mit Schnee. Aschenmond beobachtete, wie eine glitzernde Flocke auf seiner gebogenen Nase schmolz.

»Wenn er ein Lehrer ist, warum bittest du ihn dann nicht, dir etwas Nützliches beizubringen? Wie man fliegt, zum Beispiel. Oder besser noch, wie man mit den Händen wedelt, um lästige Dinge wie Schneewehen schmelzen zu lassen.«

Sperling rollte sich auf die andere Seite. »Glaubst du wirklich, dass du noch hier wärest, wenn ich das könnte?«

Aschenmond schnürte ihre zusammengerollten Decken an ihrem Lederbeutel fest, stand auf und versetzte ihm einen kräftigen Tritt in die Seite. »Ich sagte, du sollst aufstehen!«

Sperling verzog das Gesicht. »Weißt du, ich bin viel herumgekommen und habe eine Menge Frauen kennen gelernt. Ich habe die Geisterwelten in den Himmeln besucht, Welten unter der Erde, ja sogar Welten, die auf den Rücken der Wolkenriesen reiten. Aber alle Frauen, denen ich in den verschiedenen Welten begegnet bin, waren freundlich und mitfühlend.«

Aschenmond nickte. »Ja, weil sie alle tot waren. Und wenn du nicht binnen zehn Herzschlägen aufgestanden bist, werden dir noch mehr von diesen freundlichen Frauen begegnen.«

Sie zog sich die Kapuze über und schob sich seitlich durch die Schneewehe, die den Eingang versperrte. Der Schnee reichte ihr bereits bis zur Hüfte und türmte sich auf den Büschen und den schwarzen Ästen der Bäume. »Oh heilige Ahnen, es ist ja noch schlimmer, als ich dachte!«

Dicke Schneeflocken wirbelten ihr ins Gesicht. *Polterer kann dieses Unwetter nicht überleben. Unmöglich!*

Aschenmond hatte dreizehn Kinder in ihren Armen gehalten, während sie im Sterben lagen – hatte sie gehalten und gewiegt, hatte ihnen Lieder vorgesungen, während ihr das Herz vor Kummer in der Brust zersprang. Nicht auch noch Polterer. Sie durfte ihn nicht sterben lassen!

Aschenmond duckte sich in den Unterstand und kroch zur Feuerstelle. Sie hatten am Abend zuvor dicke Holzscheite zu Kohle verbrennen lassen und anschließend die Begrenzungssteine in die Glut gerollt. Die heißen Steine hatten die ganze Nacht hindurch eine angenehme Wärme abgestrahlt und, wie sie hoffte, die Glut darunter bewahrt.

Jetzt benutzte sie einen kräftigen Ast, um die Steine wieder an den Rand der Feuerstelle zu rollen, bis sie einen Ring bildeten, dann stocherte sie in dem Aschenbett herum. Ein paar verkohlte Holzstückchen fingen wieder Feuer. Vorsichtig schob sie sie in die Mitte der Grube, zerbrach den Ast in kleine Teile, schichtete diese über der Glut auf und blies sie behutsam an. Anfangs züngelten die Flammen noch zaghaft in die Höhe, aberschon bald verschlangen sie gierig das trockene Geäst. Jetzt legte Aschenmond größere Holzstücke nach. Zu ihrer Rechten hing der noch halb volle Teekessel an dem Dreibein. Den platzierte sie jetzt so, dass der Kessel am Rande der Flammen hing.

»Ich werde uns einen Brei kochen, Sperling«, verkündete sie. »Das geht schnell. Und der Tee sollte auch bald warm sein.«

Seufzend kroch Sperling schließlich unter seinen warmen Decken hervor und steuerte die seitliche Öffnung des Unterstands an, doch Aschenmonds Stimme gebot ihm Einhalt.

»Warte.«

»Worauf?«, fragte er über die Schulter.

Sie nahm sein Reisebündel und kramte darin nach einem zweiten Topf. Nachdem sie das bauchige Gefäß mit dem verrusten Boden gefunden hatte, warf sie es ihm zu. »Füll ihn mit Schnee, nachdem du dein Geschäft erledigt hast.«

Sperling benutzte den Topf, um sich den Weg nach draußen freizuschaufeln. Kurz darauf kehrte er in den Unterschlupf zurück, mit sorgenvoller Miene. Er kniete sich neben Aschenmond und gab zwei Hände voll Schnee in den Teekessel. »Das ist der schlimmste Schneesturm seit vielen Wintern«, seufzte er.

»Was ist in deinen Träumen noch passiert, Sperling?« Sie nahm ihm den Topf ab und stellte ihn in die Glut. Augenblicklich begann der restliche Schnee darin zu schmelzen. »Ging es Polterer gut?«

»Nein. Er war halb tot.«

Aschenmond nahm zwei in Birkenrinde gewickelte Vorratspäckchen aus ihrem eigenen Beutel, und als sie sie auf die Steine legte, zitterte ihre Hand. »Ich liebe diesen kleinen Jungen, Sperling. Wir müssen ihn retten.«

»Das versuchen wir ja, Aschenmond. Aber, ich …« Er deutete hinaus auf den Schnee.

»Ja, ich weiß. Es scheint, als hätten sich sämtliche Waldgeister da draußen gegen uns verschworen.«

Sie schlug die Rindenmatte auseinander, ließ ein paar Broken von dem eingekochten Ahornsirup in den Topf fallen und gab eine Hand voll getrocknete Blaubeeren dazu. Mit einem Ast rührte sie die Mixtur um. Wenn sie kochte, würde sie Eichelmehl dazugeben.

Sperling schob die Hände in die Taschen seiner Jacke. Das prasselnde Feuer warf rote Schatten über sein Gesicht und ließ seine Falten noch tiefer erscheinen. »Ich verstehe die Wege der Geister nicht immer, Aschenmond. Doch ich weiß, dass mitunter Ereignisse, die einem verhängnisvoll erscheinen, aus dem Blickwinkel einer anderen Person gesehen sehr Glück bringend sein können. Vielleicht gereicht dieser grässliche Sturm Polterer sogar zum Vorteil. Ich gebe zu, dass ich nicht wüsste, wie, aber ich gebe die Hoffnung nicht auf. Und du darfst ebenfalls nicht verzweifeln.«

Die zärtliche Sorge in seiner Stimme berührte Aschenmonds Seelen tief. Sie verschränkte die Arme unter ihrem Umhang und hielt sie wie ein Schild über ihr Herz. »Ich gebe nicht so schnell auf. Du weißt doch, wie mutig ich sein kann.«

Oh, ja, das weiß ich«, grinste er, und die Falten um seine Augen kräuselten sich. »Erinnerst du dich noch an die Sommertänze vor dreiundvierzig Wintern? Ich war damals zehn und so dürr wie ein verhungerter Fink. Schnatterer, dieser Schläger, hatte mich zu Boden geworfen, hockte auf meiner Brust und spuckte mir frech ins Gesicht. Da hast du dich von hinten angeschlichen, ihm einen Stein an den Schädel geworfen, und als er seitlich von mir herunterkippte, hast du zu ihm gesagt: ›Sperling ist nur halb so groß wie du, Schnatterer. Wenn du dich noch einmal mit ihm anlegst, streue ich dir Gift ins Essen.‹«

Aschenmond musste ungewollt lächeln. »Er wusste, dass ich das ernst meinte. Meine Mutter war eine große Heilerin. Und die ersten Lektionen, die sie mir beibrachte, handelten von giftigen Pflanzen und deren Gebrauch.«

Sperling legte den Kopf schräg. »Damals hattest du erst sieben Winter gesehen, Aschenmond. Und Schnatterer war *viermal* so groß wie du. Ich konnte deinen Mut kaum fassen.«

Sie sahen sich lange an. Zwischen ihnen lag ein ganzes Leben geteilter Freude und geteilter Sorgen. Einst, vor nicht allzu langer Zeit, hatten nur die Sorgen sie geschmerzt. Jetzt schmerzten auch die Freuden.

Der Topf kochte über, Schaum sprudelte zischend in die Glut, und Aschenmond griff rasch nach dem Beutel mit Eichelmehl. Sie schüttete die Hälfte des Inhalts in den Topf und rührte mit ihrem Holzstecken um. »So, der Brei wird gleich fertig sein.«

Sperling holte Teeschalen und Holzschüsseln aus seinem Beutel und stellte sie auf den Boden. Dann suchte er die Hornlöffel. Als er sie gefunden hatte, legte er sie in die Schüsseln und sagte: »Ich glaube, der Tee ist warm. Ich schenke uns schon mal ein.«

Sperling tauchte Aschenmonds Kürbisschale in den Tee und stellte sie neben sie auf den Boden. »Du weißt doch«, begann er, die Gunst der Stunde nutzend, »dass das Haus von Narzisse gleich neben dem deinen steht.«

»Glaubst du im Ernst, dass mir das entgangen sein könnte?«

Er spielte nervös mit seiner Teeschale. »Narzisse hat mir erzählt, dass du oft im Schlaf nach mir rufst. Ich weiß, dass es dir wahrscheinlich gleichgültig ist, aber ich wünschte, ich wäre in diesen Momenten bei dir gewesen. Um dich zu halten. Wirklich.«

Dass Narzisse verraten hatte, schmerzte sie, aber nicht annähernd so sehr wie der Ausdruck in Sperlings Augen.

Aschenmond schluckte heftig gegen den Kloß in ihrer Kehle an und sagte nur: »Reich mir deine Schale, Sperling. Der Brei ist fertig.«

Zaunkönig wischte sich den Schnee von den Wimpern und beugte sich über Polterer, um nach ihm zu sehen. Sie hatte ihn in ihren Fuchsumhang gewickelt; nur sein Kopf schaute oben beim Kragen heraus. Sein rundes Gesicht war so weiß wie der Schnee. Er hatte seine Augen noch immer nicht unter Kontrolle; sie blickten wirr in alle Richtungen, die Lider fielen ihm ständig zu, und nur mit Mühe konnte er sie wieder heben. Er murmelte unaufhörlich irgendwelche Worte, sprach mit Leuten, die Zaunkönig nicht sehen konnte.

»P-polterer«, stammelte sie mit klappernden Zähnen. »Geht es dir gut?«

»Kleiner Zaunkönig!«, rief er, als ob er sie nicht sehen könnte. »Zaunkönig?«

»Ich bin…h-hier. Gleich neben dir.«

Sie vergrub ihre Finger in dem Fuchskragen, schloss sie zu Fäusten und stolperte drei Schritte weiter am Pipe Stem-Ufer entlang, Polterer auf ihrem Umhang hinter sich her ziehend. Die Schneeflocken tanzten um sie herum wie weiße Gespenster. Ihre Arme und Beine waren so schwer und kraftlos, dass sie immer wieder vom Ufer weg in die hohen Schneewehen stolperte, die der Wind gegen den Hügel wehte.

Mit zusammengebissenen Zähne kämpfte sie sich weiter voran. Sie musste durchhalten, sonst würde Polterer sterben, und … und sie vielleicht auch. Sobald Onkel Blauer Rabe entdeckte, was sie getan hatte, würde er zu den Anführerinnen ins Dorf laufen. Und die würden sofort einen Suchtrupp losschicken.

Heiße Tränen der Verzweiflung stiegen in ihren Augen auf.

Wie konnten zwei Kinder vor fünfzig Kriegern davonlaufen? Ehrwürdige Ahnen, was habe ich nur getan!

Zaunkönig spürte, dass der Sonnenjunge sie aus der Dunkelheit beobachtete, grinsend und auf den rechten Moment wartend, in sie oder Polterer hineinzuschlüpfen. Jede Welle, die über das Ufer wusch, und jede Windbö, die durch die Äste fegte, wisperten: *»Lauf, Zaunkönig! Schnell! Schnell!«*

Noch einmal nahm sie ihre ganze Kraft zusammen, zerrte ihre Last noch ein paar Schritte vorwärts, doch dann musste sie wieder stehen bleiben. Ihre Beine zitterten, Schluchzer erschütterten ihre Brust. Sie ließ den Kopf auf die Brust sinken und weinte. Warme Tränen rannen ihr über die Wangen, benetzten ihre Lippen. Sie schmeckten salzig. Bald würde der Morgen heranbrechen und Krieger würden die Wälder nach ihnen durchkämmen.

Springender Dachs würde sie finden. Vielleicht brauchte er dazu einen Tag, aber irgendwann würde irgendjemand auf ihre Spuren treffen, und dann waren sie…

Ihr Kopf fuhr ruckartig hoch. Zaunkönig blinzelte, das Blut pochte in ihren Adern. »Ja, edle Geister«, wisperte sie. »Natürlich! Wenn wir es schaffen.«

Sie beugte sich vor und zerrte Polterer mit letzter Kraft vom Ufer landeinwärts, taumelnd und stolpernd wie ein Betrunkener. Ihre überanstrengten Armmuskeln brannten wie Feuer, aber sie schleppte sich unverzagt weiter durch die hohen Schneewehen.

Auf der anderen Seite der weißen Fläche, wo der Dancing Man River in den Pipe Stem Lake mündete, lag der Kanuanlegeplatz der Händler.

14. Kapitel

Maishülse wälzte sich auf seinem Lager in Frost-auf-den-Weidens Langhaus. Er war hellwach und lauschte den wirren Worten, die Springender Dachs dem verwesenden Schädel von Lahmer Hirsch zuflüsterte. Sein Magen revoltierte. Wie konnten die Leute nur so seelig vor sich hin schnarchen, während diese grässliche Kriegstrophäe sie anglotzte? Springender Dachs hatte den Kopf auf einen kurzen, sechs Hand hohen Holzpfahl gespießt und ihn in die Ecke neben seinem Lager gelehnt. Maishülse lag zwei Schritte von ihm entfernt, gleich neben dem Eingang, doch der durchdringende Gestank drehte ihm dennoch den Magen um. Es war ihm unbegreiflich, dass Frost-auf-den-Weiden diesen Schädel in ihrem Langhaus duldete. Draußen auf dem Versammlungsplatz aufgestellt, wäre er der stolze Beweis für ihren Sieg, doch hier im Haus war er nur ein bestialisch stinkender Menschenkopf. Die Augen waren in die Höhlen gesunken, vertrocknet und stumpf, und die Haare begannen schon auszufallen. Jedesmal, wenn Springender Dachs den Pfahl bewegte, fielen graue Haarbüschel auf den Boden.

»Du glaubst wohl, dass ich dich nicht hören kann«, wisperte Springender Dachs, die Nase nur eine Handbreit von dem verwesenden Schädel entfernt. Er kniete auf dem Boden, die Hände rechts und links neben dem Schädel an die Wand gestützt, und starrte in die eingesunkenen Augenhöhlen. »Aber ich kann dich hören. Jedes Wort, das du zu dem Zwergenkind gesagt hast, hallt hundertmal in meinem Kopf wider. Ich weiß genau, was du vorhast. Du und diese verfluchte Wilde Rose.«

Sumpfbohne, die links von Maishülse schlief, warf sich auf die Seite und zog sich schnaubend die Decken über den Kopf. Auch etliche andere Hausbewohner gaben murrende Laute von sich.

Springender Dachs schien das nicht zu bemerken. Sein Blick war starr auf die toten Augen von Lahmer Hirsch gerichtet.

»Versuch es erst gar nicht!«, zischte er dem Schädel zu. »Ich werde ihn finden. Hast du mich verstanden? Er kann sich vor mir nicht verstecken!«

Ein alter Mann stand auf, packte brummend seine Decken und breitete sie am anderen Ende des Langhauses wieder aus. Im rotgoldenen Feuerschein konnte Maishülse sehen, dass er verwundert den Kopf schüttelte, bevor er sich wieder schlafen legte.

»Wage es nicht, mich auszulachen! Hast du gehört? Lach mich bloß nicht aus!«

Ein kleiner Junge brach in Tränen aus und wimmerte: »Mutter? Mutter, halt mich fest!«

»Schh, schh, es ist alles gut«, tröstete ihn die Mutter und nahm ihn in die Arme.

Sumpfbohne warf ihre Decken zurück, setzte sich auf und polterte: »Springender Dachs!« Ihr pausbäckiges Gesicht leuchtete orangerot. »Du erschreckst die Kinder. Leg dich endlich schlafen!«

Springender Dachs drehte sich ganz langsam um und ließ seinen versteinerten Blick über die Lager seiner schlaflosen Verwandten wandern. Dann sank er sichtlich widerwillig auf seinen Schlafplatz und zog sich die schwarz-weiß gestreifte Decke über den Kopf.

Erleichtertes Seufzen. Ein paar Leute brummelten noch etwas, dann senkte sich Stille über das Langhaus.

Maishülse schielte mit einem Auge zu Springender Dachs hinüber, um zu sehen, ob der verrückte Kriegsführer tatsächlich seine erregte Debatte mit dem Kopf von Lahmer Hirsch beendet hatte. Als aus der fraglichen Ecke kein Laut mehr zu hören war, schloss er die Augen und atmete tief aus.

Seit Springender Dachs ihm erklärt hatte, dass er vorhabe, Silberner Sperling und Aschenmond zu töten, fand Maishülse kaum noch Schlaf. Er musste die beiden unbedingt warnen, hatte aber noch keine Idee, wie er ihr Leben und auch das seine retten könnte. Dazu kam, dass der unberechenbare Kriegsführer ihn seither keinen Herzschlag lang aus den Augen ließ. Maishülse konnte nicht einmal mehr in den Wald gehen, um sich zu erleichtern, ohne dass er die Augen von Springender Dachs irgendwo in den Büschen glitzern sah. Der Mann befürchtete offenbar, dass Maishülse seine Pläne doch noch vereiteln könnte.

Tatsächlich befand sich Maishülse in einem argen Zwiespalt. Bis vor ein paar Nächten hatte er sich noch damit gebrüstet, kein Gewissen zu haben. Er war ein praktisch veranlagter Mann, der sich mit dem vorherrschenden Wind zu drehen pflegte und sich nur selten, wenn überhaupt, moralische Urteile über Menschen oder deren seltsames Gebaren erlaubte. Und vor allem hatte er es sich zur Regel gemacht, sich niemals mit Kriegern oder Mördern einzulassen. Zugegeben, hin und wieder setzte er Gerüchte in Umlauf, um ein Gespräch zu beleben, aber niemals über Angelegenheiten, die ihm den Kopf hätten kosten können.

Bis jetzt jedenfalls.

Bereitwillig hatte er die Botschaft von Springender Dachs ins Erdendonnerdorf gebracht. Hatte Aschenmond davon überzeugt, dass sie das Falschgesicht-Kind retten könnte, wenn sie sich ins Wandererdorf begebe. Tötete Springender Dachs die beiden aber tatsächlich und verkaufte er das Kind an den Goldspechtklan für deren bizarre Rituale, wäre das im Hinblick auf die Lebensspanne von Maishülse ein schlechtes Omen. Aschenmonds Tocher, Narzisse, hatte die ganze Geschichte mit angehört und würde mit Sicherheit eine Mördertruppe losschicken, um ihn zu jagen. Selbstverständlich würde er fliehen, aber irgendwann erreichte die Geschichte mit Sicherheit das Ohr irgendeines Fremden, der Sperling und Aschenmond geliebt hatte, und dann würde man ihm eines Nachts die Kehle durchschneiden.

Das Problem ließ Maishülse nicht ruhen. Immer wieder drehte er es in Gedanken hin und her und versuchte die Sache von verschiedenen Blickwinkeln aus zu betrachten. Aber er konnte sich nicht entscheiden, ob er das Risiko eingehen sollte, von Aschenmonds Verwandten umgebracht zu werden, oder darauf zu hoffen, dass Springender Dachs als Krieger, der er ja war, ums Leben kam, ehe er Gelegenheit hatte, seine Drohung wahr zu machen.

Eine Möglichkeit blieb ihm noch. Er könnte sich so schnell ihn seine ans Laufen gewöhnten Beine trugen in den Westen absetzen und so mit etwas Glück allen unerfreulichen Konsequenzen seines törichten Handelns aus dem Weg gehen.

Aber diese Art von Flucht sagte ihm nicht sonderlich zu. In diesem Land Handel zu treiben, hatte sich nicht nur als sehr kurzweilig, sondern auch als sehr lukrativ erwiesen. Er würde die Gegend nur ungern verlassen. Schließlich besaß er hier ein nicht unerhebliches Warenlager, das...

Das Wispern von Mokassins schreckte Maishülse aus seinen Gedanken auf. Er drehte sich in seinem warmen Kokon aus Felldecken auf die Seite und stützte sich auf den Ellbogen, um besser hören zu können. Das lange Haar fiel ihm über den nackten Rücken. Zwei Personen näherten sich dem Langhaus, die ihre Schritte mit größter Achtsamkeit setzten, doch der Schnee knirschte trotzdem leise unter den Sohlen ihrer Mokassins. Merkwürdig, dass die Hunde nicht anschlugen, dachte er.

Maishülse drehte sich um und blickte durch das hundert Hand in der Länge messende Langhaus. Fahles Licht sickerte durch die vier Abzugslöcher im Dach und hob die in Decken gewickelten Körper der Bewohner aus den Schatten. Der alte Hirschhuf schnarchte noch immer wie ein wild gewordener Puma, und Kleine Ranke, seine vier Winter alte Enkeltochter zappelte im Schlaf. Sie lag links von Springender Dachs' Lager, hatte einen Arm über die Augen gelegt und öffnete und schloss die kleinen Finger, als versuchte sie nach etwas zu greifen. Vorhin hatte sie leise im Schlaf gewimmert.

Die Schritte kamen näher. Die Unbekannten begannen leise miteinander zu flüstern.

Maishülse hielt gespannt den Atem an, als er Springender Dachs nach seinem Bogen und dem Köcher mit den Pfeilen greifen sah. Dann schälte sich der Kriegsführer aus seinen Felldecken und schlich sich lautlos in die Ecke, in der der stinkende Kopf stand.

Maishülse sah zur Tür hinüber. Der lederne Vorhang bewegte sich und gab den Blick auf schwarze Bäume und dichtes Schneetreiben frei.

Zur Vorsicht griff der Händler nach seinem eigenen Bogen und holte einen Pfeil aus dem Köcher. Der Bogen aus glatt geschliffenem Weidenholz fühlte sich eiskalt an in seiner Hand.

Springender Dachs starrte wütend in Lahmer Hirschs verwesendes Gesicht und flüsterte: »Gehören die beiden etwa zu der Geister-Streitmacht, die Silberner Sperling ausgeschickt hat, um mich für das zu bestrafen, was ich Wilde Rose angetan habe? Na los, antworte mir! Aber die können mir nichts anhaben.

Nicht, solange ich mich nach Einbruch der Dunkelheit in der Nähe eines Feuers aufhalte. Das hast du selbst gesagt. Ich …«

Das leise Schlurfen der Mokassins endete vor dem Eingang zum Langhaus, und die Stimmen wurden lauter.

»Jetzt erzähl mir nochmal genau, wie du davon Kenntnis erhalten hast«, ertönte die Stimme von Anführerin Siebenstern.

»Also, es war mir nicht möglich, einzuschlafen. Deshalb bin ich zum Lost Hill gelaufen, um nachzusehen, ob der Mörder meines geliebten Mannes endlich tot ist… und konnte Blauer Rabe nicht finden.«

»Bist du sicher, dass er vorher noch dort war?«

»Ja«, antwortete die andere Frau. »Ich war unten am See und habe gefischt, als Zaunkönig ihrem Onkel das Abendessen brachte. Ich sah sie das Essen vor ihn hinstellen und dann im Wald verschwinden, um Feuerholz zu sammeln. Ich wartete, dass sie zurückkehrte, denn ich wollte mit ihr über das Falschgesicht-Kind sprechen. Aber sie tauchte nicht mehr auf.«

»Dann lass uns herausfinden, ob ihre Familie weiß, wo sie abgeblieben ist.«

Der Türvorhang schwang zur Seite und enthüllte die beiden Silhouetten von Siebenstern und Eistaucher, die im silbernen Rahmen des zum Eingang hereinscheinenden Mondlichts standen. Siebensterns weißes Haar säumte den Rand ihrer Kapuze, doch ihr Gesicht lag im Schatten. Eistaucher hatte sich das Haar als Zeichen ihrer Trauer abgeschnitten, und nur ihre Muschelohrringe blitzen auf, als sie sich durch den Eingang duckte.

Als Siebenstern den Kriegsführer in der Ecke entdeckte, strafften sich unwillkürlich ihre Schultern, und ihr Blick sprühte Zornesfunken.

»Warum versteckst du dich, Springender Dachs?« herrschte sie ihn an und zeigte mit der Spitze ihres langen Gehstocks auf seine Brust. »Komm raus aus dem Schatten, damit ich dich sehen kann! Es hat sich etwas ereignet, dem wir nachgehen müssen.«

Springender Dachs trat zögernd vor sie hin. Die alte Frau reichte ihm gerade einmal bis zur Brust. »Was ist geschehen, ehrenwerte Anführerin?«

»Eistaucher hat mich aus meinen süßen Träumen geweckt, um mir mitzuteilen, dass dein Vetter, Blauer Rabe, verschwunden ist.«

»Verschwunden? Wohin? Warum?«

»Um das herauszufinden, bin ich gekommen. Ich muss sofort mit Frost-auf-den-Weiden sprechen.«

»Frost-auf-den-Wei…den!«, rief Springender Dachs. »Anführerin Siebenstern möchte mir dir sprechen!«

Am entgegengesetzten Ende des Langhauses hob sich ein Deckenberg und eine verschlafene Stimme rief zurück: »Siebenstern? Was gibt es so Wichtiges mitten in der Nacht?«

Nach und nach wurde das gesamte Langhaus munter; im diffusen Licht sah man Leute unter ihren Decken hervorkriechen, sich aufsetzen oder zumindest den Kopf heben, um zu sehen, was da vor sich ging.

Siebenstern schob ihre Kapuze in den Nacken und durchquerte leise das Langhaus. Springender Dachs folgte ihr, den Bogen in der rechten Hand. Vor Frost-auf-den-Weidens Nachtlager blieb sie stehen. »Wo ist dein Sohn?«, verlangte sie ohne Umschweife zu wissen.

»Du weißt so gut wie ich, wo er ist. Auf dem Lost Hill, wo sonst?«

»Nein, da ist er eben nicht. Und wo ist deine Enkeltochter?«

»Zaunkönig? Das weiß ich nicht. Eigentlich sollte sie zurückkommen, nachdem sie ihrem Onkel das Essen gebracht hat, aber sie ist noch nicht wieder da.«

»Und du hast niemanden ausgeschickt, um sie zu suchen?«

»Warum sollte ich? Zaunkönig streift oft allein durch die Gegend. Das weißt du doch, Siebenstern. Und sie kommt immer zurück, allerdings lässt sie sich mitunter reichlich Zeit« Frost-auf-den-Weiden zog sich die Decke bis unters Kinn. »Sprich in deutlichen Worten, Siebenstern. Beschuldigst du meinen Sohn eines Vergehens?«

»Blauer Rabe und Zaunkönig sind verschwunden, und das Falschgesicht-Kind ebenfalls.«

Springender Dachs stieß einen erstickten Laut aus und machte einen Schritt auf Siebenstern zu. »Der Junge ist weg?«

»Ja, er ist weg.«

Frost-auf-den-Weiden machte eine beschwichtigende Handbewegung. »Ach, vielleicht ist der Junge endlich gestorben, und Blauer Rabe und Zaunkönig haben seine Leiche zum See getragen, um sie zu waschen, bevor sie sie zurück ins Dorf bringen. So verlangt es die Sitte. Habt ihr schon unten am Seeunfer nachgesehen?«

»Noch nicht. Aber das werden wir«, antwortete Siebenstern. »Ich wollte zuerst mit dir sprechen. Ist das die einzige Erklärung für ihr Verschwinden, die dir einfällt?«

»Ja, gewiss doch! Ich habe Blauer Rabe seit sechs Tagen nicht gesehen, und Zaunkönig ist so unberechenbar wie die liebe Windmutter. Aber wenn beide verschwunden sind, so sind sie sicherlich zusammen.«

Bogen schepperten gegen Köcher, als die Krieger nach ihren Waffen griffen und sich zum Aufbruch vorbereiteten. Die plötzliche Betriebsamkeit weckte die Säuglinge auf, die alle gleichzeitig zu weinen begannen.

Siebenstern stützte sich auf ihren Gehstock. Im rötlichen Schein des Feuers ragte ihre Hakennase wie ein Adlerschnabel aus dem runzligen Gesicht, und ihr graues Haar erinnerte an staubige Spinnweben. »Mein erster Gedanke war der, dass dein Sohn und deine Enkeltochter das Falschgesicht-Kind losgebunden haben und mit ihm geflohen sind.«

Springender Dachs kam noch näher heran und starrte Frost-auf-den-Weiden aus ungläubigen Augen an. »Ist das möglich?«

»Das ist absolut lächerlich!«, verwahrte sich Frost-auf-den-Weiden. »Blauer Rabe ist schließlich Klanoberhaupt. Er kennt die Strafe für eine derartige Tat. Weshalb sollte er wohl sein Leben und Zaunkönigs Zukunft für dieses Falschgesicht-Kind wegwerfen?«

»Weil er ein Verräter ist!«, zischte Springender Dachs. »Das hat Lahmer Hirsch mir gesagt. Ich wollte ihm nicht glauben, aber jetzt...« Er wirbelte herum und deutete auf den schauerlichen Kopf in der Ecke – jedes Augenpaar im Langhaus folgte seinem Finger. »Es muss wahr sein. Mein Vetter ist mit den Geistermächten im Bunde. Er hat die Prophezeiung gehört, dass das Falschgesicht-Kind dem Wandererklan den Tod bringen würde, und deshalb den Jungen freigelassen. Anführerin, wir müssen mit dem ersten Tageslicht aufbrechen! Wir müssen den Jungen finden, ehe es zu spät ist!«

Frost-auf-den-Weiden warf wutschnaubend ihre Decken zur Seite und tastete nach ihren Mokassins. »Blauer Rabe hat alles in seiner Macht stehende getan, um den Wandererklan zu beschützen, Springender Dachs. *Du* hast die Anführerinnen dazu überredet, den Jungen zu rauben. Wenn wir jemandes Loyalität in Frage stellen sollten, dann die deine.«

Maishülse sah etliche Köpfe zustimmend nicken.

»Aber ich bin noch hier, alte Frau«, gab Springender Dachs zu bedenken. »Dein Sohn hingegen ist verschwunden.«

»Das steht noch nicht fest«, beschied ihn Siebenstern und hob die Hand, um jeden Widerspruch zu ersticken. »Stell einen Suchtrupp zusammen, Kriegsführer. Ich will, dass die drei bis zum Anbruch der Dämmerung gefunden sind. Falls nötig, kannst du den Jungen töten, aber die anderen beiden will ich lebend haben.« Damit wandte sie sich wieder an Frost-auf-den-Weiden. »Das wird eine lange Nacht werden. Wir haben einiges zu besprechen.«

Frost-auf-den-Weiden zog ihren Umhang über und stand auf. »Ich werde mein Feuer entfachen und uns einen Topf Tee kochen.«

Springender Dachs stand da wie aus Stein gehauen.

Siebenstern musterte ihn aus zusammengekniffenen Augen. »Was ist los mit dir, Kriegsführer? Ich habe dir einen Befehl erteilt!«

Er befeuchtete sich nervös die Lippen. »Den habe ich vernommen, Anführerin, aber ich… du hast doch nicht wirklich verlangt, dass ich jetzt einen Suchtrupp aufstellen soll, oder? Mitten in der Nacht?«

»So jedenfalls hat mein Befehl gelautet! Fangt unten am Pipe Stem Lake mit der Suche an, aber seid darauf vorbereitet, den Spuren zu folgen, wo immer sie euch auch hinführen mögen.«

Springender Dachs rührte sich nicht.

Maishülse hätte Stein und Bein geschworen, dass die Knie des Kriegsführers zitterten.

»Spuren?«, wiederholte Springender Dachs. Seine Stimme klang ungewöhnlich schrill. »In der Dunkelheit? Wie sollen wir da irgendetwas finden? Es wäre besser, wir warteten bis zum Morgen, dann könnten wir wenigstens etwas sehen.«

Siebenstern machte einen Schritt auf ihn zu und warf den Kopf in den Nacken. »Ich sagte *jetzt*, Kriegsführer. Und ich sage es nicht noch einmal. Bis zum Morgen sind ihre Fährten zugeschneit. Heute Nacht könnt ihr sie noch finden. Nehmt Fakeln mit. Deine Männer sollen sie bei der Suche tragen.«

»Fackeln«, murmelte Springender Dachs und atmete erleichtert aus. »Selbstverständlich. Anführerin. Ich werde sofort von Haus zu Haus gehen und die anderen Krieger wecken.«

»Nimm die besten, Kriegsführer, aber nicht mehr als zwanzig. Und lass das Haus von Kürbisblüte unbehelligt. Ich werde Quellwasser morgen Früh wissen lassen, dass er während deiner Abwesenheit Kriegsführer ist und damit für den Schutz unseres Dorfes verantwortlich. Aber aus den anderen Häusern kannst du nach deinem Gutdünken Krieger aussuchen.«

Springender Dachs kniete sich vor sein Nachtlager und begann eilig seine Sachen in seinen Lederbeutel zu stopfen. Als er fertig gepackt hatte, zog er seinen dicken Bibermantel an, hängte sich Bogen und Köcher über die linke Schulter und griff nach Lahmer Hirsch' Schädel. Während er ihn hoch in die rauchgeschwängerte Luft hielt, brüllte er: »Ich wünsche, dass binnen einem Finger Zeit alle sieben Krieger dieses Hauses abmarschbereit auf dem Dorfplatz versammelt sind!«

Missmutiges Stöhnen wurde laut, als die Männer ihre Decken zurückschlugen und nach ihren Waffen griffen.

Springender Dachs vermied es, in Maishülses Richtung zu schauen, als er den Türvorhang beiseite schob und aus dem Haus stolzierte.

Maishülse ließ sich auf sein Lager zurücksinken und wartete ab.

Frost-auf-den-Weiden und Siebenstern legten Holz in der Feuerstelle am anderen Ende des Langhauses nach und setzten sich davor, um sich zu unterhalten. Maishülse konnte ihre leisen Stimmen hören, aber kein Wort davon verstehen. Eistaucher stand hinter Siebenstern, die Arme vor der Brust gekreuzt, ihr kurzes Haar glänzte im Licht der Flammen.

Die sieben Krieger stapften an ihm vorüber und folgten ihrem Anführer nach draußen.

Die übrigen Bewohner des Langhauses wickelten sich wieder in ihre Decken, und nach einer Weile waren auch die letzten Gespräche verstummt.

Ohne ein Geräusch zu verursachen, rollte Maishülse seine Decken zusammen, schnürte sie an sein Bündel und schlüpfte hinaus ins dichte Schneetreiben.

15. Kapitel

Goldene Sonnenstrahlen schossen über den wolkenverhangenen Himmel, und das plötzliche Glitzern des Schnees blendete Blauer Rabe derart in den Augen, dass er einen Moment stehen bleiben musste.

Zaunkönigs Spur führte vor ihm die Anhöhe hinauf, undeutlich und vom Wind verweht. Das Mädchen war so leicht, dass es über die Schneewehen gehen konnte, Polterer hinter sich herziehend. Ihre Mokassins hatten sich kaum in den Schnee gedrückt, aber er wusste, dass sie vor ihm in dieser Richtung gegangen war. Die Abdrücke, die Blauer Rabe im Schnee hinterließ, hätten im Vergleich zu ihren von einem kapitalen Elch stammen können. Bei jedem Schritt sank er bis zu den Waden in den Verwehungen ein und musste sich mühsam wieder herauskämpfen.

Zu seiner Linken erstreckte sich der Dancing Man River.

Blauer Rabe stützte die Hände in die Hüften und gönnte sich

eine kleine Verschnaufpause. Über den dahinrasenden Fluten hing eine leuchtende Dunstglocke, die in allen Regenbogenfarben schillerte.

Blauer Rabe kniff die Augen gegen die Sonne zusammen und verfolgte Zaunkönigs Spur. Ihr Ziel schien die Kanuanlegestelle der Händler oberhalb der Wasserfälle zu sein.

Dann lief er wieder weiter. Nach weniger als zweihundert Schritten führte die Spur auf eine freie Fläche. Vor ihm rauschte breit und blau der Dancing Man River vorbei.

Heftig schnaufend kämpfte er sich voran, stapfte so lange er sie erkennen konnte parallel zu Zaunkönigs Spur durch die Schneewehen. Als die Spuren sich verwischten, blieb er kurz stehen um zu überlegen, welchen Weg sie eingeschlagen haben könnte... *quer über die Wiese hin zu den hohen Bäumen und weiter zu dem ausgetreten Pfad entlang des Ufers. Jeder hier nahm den Dancing Man Pfad. Er war die Hauptverbindung zwischen den Dörfern.*

Blauer Rabe musste sich seinen Weg durch dorniges Sumachgestrüpp und Brombeersträucher bahnen, um zu dem Pfad zu gelangen. Zaunkönig hatte die freie Fläche offensichtlich nicht an dieser Stelle überquert, aber er würde weiter oben sicherlich wieder auf ihre Spuren stoßen. Hirsche und Rehe hatten den Schnee auf dem Weg niedergetrampelt. An manchen Stellen war der Pfad zwar überweht, aber ab hier war das Vorankommen viel leichter.

Blauer Rabe schlug die Richtung nach Norden ein.

Die Sonnenstrahlen schoben sich durch die schwarzen Bäume und zeichneten ein goldenes Flickenmuster auf den Schnee. Hier, neben dem Fluss, roch es intensiv nach feuchter Erde.

Zaunkönig war sicher zum Äußersten entschlossen gewesen, als sie Polterer losgeschnitten hatte, doch inzwischen musste sie völlig erschöpft sein. Erschöpft und sich genau bewusst, was sie getan, welche verhängnisvolle Entscheidung sie getroffen hatte. Inzwischen hatte sie wahrscheinlich das Schicksal jedes einzelnen Mädchens aus dem Wandererdorf vor Augen, das gegen die Regeln des Klans verstoßen hatte. Manche von ihnen waren verstoßen worden – einige hatte man getötet. Die Erinnerung an ihre Namen und Gesichter wurde jetzt auch in Blauer Rabes Seelen wach: Springendes Kaninchen, Wiesenblatt, die arme

Felsbogen. Zaunkönig musste sich so einsam und verzweifelt fühlen wie noch nie zuvor in ihrem Leben.

Während Blauer Rabe sich durch eine mannshohe Schneewehe kämpfte, betete er im Stillen, dass Zaunkönig doch so schlau sein möge umzukehren… da – hörte er eine Stimme.

Abrupt blieb er stehen und spähte mit angehaltenem Atem durch den schattigen Wald. Die Stimme war aus weiter Entfernung gekommen, aber ganz klar zu hören gewesen. Helles, fröhliches Lachen. So als ob sich ein Kind im Wald verstecken und kichernd seinen Kampf gegen den Schnee verfolgen würde. Blauer Rabe lief weiter und spähte dabei so angestrengt in die Büsche und zwischen den Bäumen umher, dass er beinahe am Anlegeplatz der Händler vorbeigelaufen wäre. »Oh, Zaunkönig… Das kann nicht wahr sein!«

Er rannte zu der Stelle, wo die Händler ihre Kanus aufs Ufer zu ziehen pflegten.

Da entdeckte er. Zaunkönigs Spur; sie kam aus dem Wald heraus und führte geradewegs zur Anlegestelle.

»Um unserer ehrwürdigen Ahnen willen, *Zaunkönig*!« schrie er und wirbelte herum. »Zaunkönig!«

Auf dem Ufer lagen vier Kanus!

Aber am Morgen waren es noch fünf gewesen. Er konnte deutlich die Abdrücke ihrer Mokassins sehen und die Schleifspur im Schnee, wo sie das Kanu ins Wasser geschoben hatte.

Blauer Rabe schloss die Augen. Er musste nachdenken. Er konnte Zaunkönig weiter verfolgen oder ins Dorf zurückkehren und die Anführerinnen bitten, einen Suchtrupp aufstellen zu lassen. Zwanzig Krieger würden Zaunkönig gewiss schneller ausfindig machen als er. Aber er kannte seine Nichte. Sie würde sich vor ihnen verstecken und alle Tricks und Schliche anwenden, die er ihr beigebracht hatte. Was bedeutete, dass die Dinge für sie nur noch schlimmer stünden, wenn die Krieger sie schließlich fänden und ins Dorf zurückschleppten.

Wenn er sie aber zuerst fände, könnte er sie vielleicht dazu überreden, aus freien Stücken zurückzukehren. So eine einsichtige Entscheidung könnte die Herzen der Anführerinnen unter Umständen milde stimmen.

Er betete.

Das erste Kanu, das rechts neben ihm stand, war rot bemalt.

Darin lag ein Paddel. Blauer Rabe überlegte nicht lange und schob es ins Wasser.

Sperling, der vorausging, watete durch den tiefen Schnee und trat ihn mit seinen Mokassins nieder. Die Beine zitterten ihm schon seit Mittag, als sie ihr Kanu an Land gezogen und in einem Busch versteckt hatten.

»Es ist nicht mehr weit, Aschenmond.«

»Das hast du... mir«, murrte sie heftig schnaufend, »... schon vor einer... Hand Zeit erzählt.«

»Ja, aber nur, um dich zum Weitergehen zu ermuntern. Diesmal ist es die Wahrheit.«

Der Schnee knirschte unter ihren Sohlen. Sperling zwang seine Beine, ihn weiter hügelan zu tragen.

Wie in Trauer senkten die Fichten entlang des Weges die Wipfel unter dem Gewicht der weißen Last; etliche Äste waren abgebrochen und versperrten ihnen den Weg, andere hingen bis auf den Boden herab. Bei jedem Windstoß knirschte und ächzte das gefrorene Holz.

Als Sperling die zugige Hügelkuppe erreichte, stellte er sich breitbeinig hin, damit ihm die Knie nicht einsackten. Unter ihm ergossen sich die blauen Wasser des Dancing Man River in die grünen Weiten des Pipe Stem Lake. Das Wandererdorf lag am gegenüberliegenden Ufer, von hohen Palisaden umgeben, die die sechs Langhäuser einschlossen. In der Mitte des Dorfplatzes loderte ein großes Feuer. Sperling sog geräuschvoll die Luft ein und trat hinter den Stamm einer alten Eiche. Aus dieser Entfernung konnten nur die allerschärfsten Augen sie zwischen den Bäumen und den herabhängenden Ästen erkennen, doch Sperling wollte kein Risiko eingehen. Um das große Feuer hatten sich sechzig oder siebzig Menschen versammelt. Vielleicht sogar mehr.

Jetzt hatte auch Aschenmond die Hügelkuppe erreicht. Sie blieb keuchend neben Sperling stehen und spähte vorsichtig an dem Baumstamm vorbei hinüber zum Dorf. Windmutter fing sich in dem Fellbesatz ihrer Kapuze. »Ein erstaunlich großes Feuer für diese Tageszeit«, stellte sie fest.

»Ja, da hast du Recht.«

Aschenmond warf Sperling einen raschen Blick zu. »Wenn

das mein Dorf wäre, würde ich sagen, die Leute sehen beunruhigt aus.«

Sperling konnte die Gesichter der Menschen nicht erkennen, sah aber einige von ihnen mit den Armen herumfuchteln. Andere liefen sichtlich aufgeregt hin und her. An der Nordseite der Feuergrube saß eine Gruppe von vier alten, weißhaarigen Frauen. »Das sieht mir aus wie eine Ratsversammlung.«

Aschenmond leckte sich die aufgesprungenen Lippen. »Was, glaubst du, ist der Grund für diese Versammlung? Meinst du, sie haben den niederträchtigen Verrat von Springender Dachs entdeckt? Oder stellen sie einen Kriegertrupp zusammen, um uns zu jagen?«

Sperling zuckte die Schultern. Den ganzen Tag über hatte Aschenmond, während sie durch den Schnee gestapft waren, ausschließlich von Polterer gesprochen, ihm erklärt, dass sie genau wisse, dass der Junge noch lebe, weil sie ihn in ihrem Herzen spüre.«

»Wahrscheinlicher ist«, erwiderte er behutsam, »dass Polterer gestorben ist dass und sie das Totenfest vorbereiten.«

Aschenmond schüttelte energisch den Kopf. »Er lebt, Sperling. Ich... ich kann ihn hier drin spüren.«

Sperling streckte die Hand aus, um ihr tröstend über die Wange zu streichen, hielt dann aber inne. Seine Hand schwebte einen langen Moment über ihrer Schulter, ehe er sie zur Faust schloss und in die Tasche seiner Elchjacke schob. »Tja, es gibt nur eine Möglichkeit, das herauszufinden«, sagte er und nickte in Richtung Pfad. »Sollen wir?«

Aschenmond watete voraus durch den Schnee. Ihre Beine zitterten so sehr, dass sie größte Mühe hatte das Gleichgewicht zu halten, als sie den Weg spurte. Nach zehn Schritten blieb sie stehen. Sie schaute über die Schulter zu Sperling zurück, der die endlose Erschöpfung in ihren Augen erkannte. »Es tut mir Leid, Sperling. Ich ...«

»Nein, das braucht es nicht.« Er legte ihr die Hand auf die Schulter und ging an ihr vorbei. »Ich sollte vorausgehen.«

»Du trittst schon den ganzen Tag unsere Spur«, wehrte sie ab. Ihre Stimme klang schleppend. »Ich weiß, dass du genauso müde bist wie ich.«

»Eine Weile halte ich noch durch. Außerdem haben wir es

beinahe geschafft.« Er deutete mit dem Finger nach vorn. »Siehst du dort im Norden des Wandererdorfes den höchsten Hügel? Den, der oben bewaldet ist?«

Ihr Kopf schwankte, als sie nickte. »Ja.«

»Das ist Lost Hill. Und am Fuße dieses Hügels, am Ufer des Pipe Stem Lake, dort sollen wir Maishülse treffen.« Er schirmte mit einer Hand die Augen ab, als er die Position von Großvater Tagbringer studierte. Die Sonne stand knapp über den Bäumen hinter ihm. »Ich schätze, dass noch zwei Hand Zeit vergehen werden, ehe die Dämmerung heranbricht, und eine weitere, bis es dunkel genug ist, dass wir es wagen können, uns Lost Hill zu nähern.« Er ließ die Hand sinken. »Ich sage das nicht, weil ich erschöpft bin. Nein, ich denke, wir sollten wirklich ein wenig rasten.«

Als Aschenmond den Mund zu einem Widerspruch öffnete, fügte er rasch hinzu: »Wir wollen doch nicht, dass uns jemand sieht, Aschenmond. Wenn wir uns niedersetzen und etwas trinken und die Beine ein wenig ausruhen, wird die Sonne inzwischen so weit sinken, dass die Schatten der Bäume uns Deckung geben. Dann schleichen wir uns zum Kanuanlegeplatz. Maishülse hat gesagt, er würde dort für uns ein Boot zurücklassen. Aber bevor es nicht ganz dunkel ist, brauchen wir gar nicht daran zu denken, uns dorthin auf den Weg zu machen.«

Aschenmond sah ihm in die Augen, als wollte sie sich vergewissern, dass er die Wahrheit gesagt hatte und dass sie wirklich genügend Zeit für eine Rast hatten, dann nickte sie. »Also schön, Sperling. Aber nicht länger als einen Finger Zeit, ja?«

»Einverstanden.«

Sperling inspizierte den Wald, der den Pfad zu seiner Rechten säumte, die Büsche mit den dicken Schneekappen, die Findlinge, das Gestrüpp und die abgebrochenen Äste, die kreuz und quer auf dem Boden lagen. »Dort drüben liegt ein umgestürzter Baum. Warte hier, bis ich einen Weg dorthin getreten habe.«

»Sehr gern.«

Sperling arbeitete sich durch den knietiefen Schnee, stieß umherliegende Äste beiseite, wischte den Schnee von dem Baumstamm, als er ihn erreicht hatte, und winkte Aschenmond zu. »Komm, von hier aus hat man eine wunderschöne Aussicht über den See.«

Aschenmond folgte dem frei getretenen Pfad, während Sperling seinen Beutel, den Bogen und den Köcher ablegte und sich seufzend auf dem Baumstamm niederließ. In seinen schmerzenden Beinen pochte das Blut. »Heilige Mächte«, stöhnte er. »Das tut gut.«

»Ich kann es kaum erwarten, es dir gleich zu tun!«, rief Aschenmond.

Mattes Sonnenlicht fiel durch die Zweige und besprenkelte Aschenmonds Umhang mit goldenen Tupfen. Ihr Gesicht war vor Anstrengung gerötet, ihre Augen hatten diesen stumpfen Ausdruck, als habe sie gerade noch genügend Kraft für einen letzten Schritt. Den tat sie, packte einen herabhängenden Ast und ließ sich neben Sperling auf den Baumstamm sinken.

»Bist du in Ordnung?«, fragte er sie.

Sie dehnte ihre Rückenmuskeln und ächzte. »Ja, nur völlig ausgelaugt.«

»Ich auch.«

Sperling schnallte den Wasserbeutel von seinem Gürtel und reichte ihn ihr. »Hier, trink erst mal einen Schluck.«

Dankbar knotete Aschenmond die Öffnung auf, hielt den Beutel schräg in die Höhe und versuchte ihn beim Trinken ruhig zu halten, doch das Wasser lief ihr übers Kinn und über ihren Umhang. Sie nahm fünf große Schlucke, dann gab sie ihm den Beutel zurück und meinte: »Ich denke, wir sollten auch ein Stück Maiskuchen essen. Damit wir wieder ein wenig zu Kräften kommen.«

»Wirst du mir freundlicherweise einen Kuchen überlassen?«

»Ja, aber nur einen.«

Er lächelte.

Während Aschenmond in ihrem Bündel nach dem Päckchen mit den Maiskuchen kramte, genoss Sperling das herrlich erfrischende Gefühl, mit dem das kühle, klare Wasser durch seine Kehle rann.

Kleine, fedrige Fetzen der Wolkenriesen segelten über den Himmel; ihre Bäuche schimmerten in einem satten Gelb. Vor dem tiefblauen Himmel sahen sie aus wie züngelnde Flammen. Sperling verknotete die Lederbänder seines Wasserbeutels wieder und legte ihn zwischen sie auf den Baumstamm. Als er ausatmete, gefror sein Atem zu einer Dunstwolke. Der Sturm schien abzuflauen, doch mit Einbruch der Dämmerung wurde es wieder eisig kalt. Später, wenn sie mit Springender Dachs zusammenträfen, würde sich die Welt bereits in ein Eisungeheuer verwandelt haben.

Sein Blick schweifte über das Wanderer-Dorf. »Es ist schon seltsam«, sinnierte er. »Früher einmal, vor vielen Wintern, bildeten das Bären- und das Schildkröten-Volk eine Gemeinschaft. Und jetzt sprechen wir kaum noch miteinander.«

»Ja, aber das ist deren Schuld«, erklärte Aschenmond und reichte Sperling zwei Maiskuchen. Sie waren auf beiden Seiten gebacken und enthielten reichlich geröstete Hickorynüsse.

Schon bei ihrem Anblick lief Sperling das Wasser im Mund zusammen. »Sie greifen uns ständig an. Was erwarten sie also?«

Er biss in seinen Kuchen und kaute langsam, um jeden Bissen dieser süßen Köstlichkeit zu genießen. »Aber es sind nicht nur die Feindseligkeiten, Aschenmond. Unsere Völker haben sich in verschiedene Richtungen entwickelt. Sie bestatten ihre Toten inzwischen ganz anders als wir.«

»Ja, das habe ich gehört«, nuschelte Aschenmond mit vollem Mund. »Sie sind Wilde, wenn du mich fragst.«

»Meinst du? Wir begraben unsere Toten in Einzelgräbern und geben ihnen wertvolle Utensilien mit, die sie nach ihrem irdischen Leben brauchen werden. Die Bärenleute schaben das Fleisch von den Knochen ihrer Verstorbenen, vermischen die Knochen mit denen ihrer Ahnen, dann begraben sie sie und ihren Besitz in einem Gemeinschaftsgrab. Sie glauben, dass durch das Vermischen der Knochen sichergestellt ist, dass die Familien in ihrem Leben danach zusammenbleiben.« Er nahm noch einen Bissen, kaute und schluckte. Windmutter blies den Schnee in dichten Wolken über die Hügel. »Ich möchte nicht behaupten, dass ihre Gepflogenheiten schlechter sind als die unseren. Wir versuchen doch beide nur zu gewährleisten, dass unsere Völker glücklich sind.«

Aschenmond hatte ihren ersten Kuchen aufgegessen, rieb sich die Krümel von den Händen und biss in den zweiten. »Naja, vielleicht hast du Recht, aber ich glaube trotzdem ...«

Im Wald knackte ein Zweig.

Keiner von beiden bewegte sich.

Dann drehte sich Aschenmond halb herum. »Hinter dir, Sperling«, flüsterte sie. »Siehst du ihn?«

Er folgte ihrem Blick und sah sofort den Mann durchs Unterholz kriechen. Ohne einen Laut zu verursachen, hob Sperling seinen Bogen auf, zog einen Pfeil aus dem Köcher und legte ihn auf die Sehne. »Wer ist das? Kannst du ihn erkennen?«

»Nein, ich…« Sie kniff die Augen zusammen. »Warte. Das könnte Maishülse sein.«

Die kahlen Stellen auf dem Büffelmantel des Händlers hoben sich dunkel von dem glänzenden Fell ab. Sperling legte eine gewölbte Hand an den Mund und rief: »Maishülse?«

Der Mann hastete vorwärts, stolperte, schlitterte durch den Schnee. Feuchte Haarsträhnen umrahmten seine gebrochene Nase und die fauligen Zähne. »Ja! Ich bin's. Nicht schießen!«

»Was machst du hier?«, verlangte Aschenmond zu wissen. »Ich dachte, es wäre abgemacht, dass wir uns am Fuße von Lost Hill treffen?«

»Das ist richtig, Anführerin, so war es abgemacht«, antwortete Maishülse eilfertig. Er blieb keuchend stehen und beugte sich vor, um wieder zu Atem zu kommen. »Aber Springender Dachs hat vor, euch dort aufzulauern und zu töten.«

Aschenmonds Gesicht verwandelte sich in eine steinerne Maske.

»Ich schwöre, ich habe davon nichts gewusst!«, stieß Maishülse aufgeregt hervor.

»Was ist geschehen?«, erkundigte sich Aschenmond. »Erzähl es uns, schnell!«

Maishülse kam ein paar Schritte näher, so ängstlich und zögernd, als wate er durch giftige Schlingpflanzen. Seine kleinen Augen hüpften furchtsam zwischen Aschenmond und Sperling hin und her. »Das Falschgesicht-Kind ist verschwunden. Es …«

»*Verschwunden*?« Aschenmond schossen die Tränen in die Augen. »Du meinst, der Junge ist …«

»Nein, nein, er ist nicht tot! Das heißt, ich glaube nicht, dass er tot ist. Möglich wäre es allerdings, aber …«

»Bei meinen Seelen, komm endlich zur Sache, Händler!«

»Ja, gewiss.« Maishülse hob entschuldigend die Hände und nickte. »Also, folgendes hat sich zugetragen. Mitten in der Nacht kamen Anführerin Siebenstern und eine Frau, die sich Eistaucher nennt, in das Langhaus, in dem ich schlief. Sie behaupteten, dass Blauer Rabe, der auf Lost Hill die Wache hielt …«

»Das Oberhaupt der Wanderer wurde als Wächter ausersehen?«, warf Sperling erstaunt ein.

»Ja. Aber er und das Falschgesicht-Kind sind verschwunden. Siebenstern verdächtigt Blauer Rabe des Verrats, sie glaubt, dass er den Jungen losgeschnitten und ihn weggebracht hat. Das ganze Dorf ist in heller Aufregung. Ihr glaubt ja nicht, was da alles geredet wird!«

»Was sagen die Leute?«, wollte Aschenmond wissen.

Der Händler ließ so langsam die Hände sinken, als fürchtete er immer noch, Sperling würde auf ihn schießen. »Die Anführerinnen beraten im Augenblick, wie man Blauer Rabe töten soll, sobald man seiner habhaft geworden ist. Ob man ihn lebendig verbrennen, ihn draußen im Schnee anpflocken oder ihn zerstückeln und an die Hunde verfüttern soll. Dabei sind sie gar nicht sicher, ob er tatsächlich den Jungen frei gelassen hat! Sie überstürzen die Dinge, wenn ihr mich fragt. Und das arme kleine Mädchen, ich kann mir nicht vorstellen …«

»Welches Mädchen?«

»Oh… hm – Blauer Rabes Nichte. Ihr Name ist Kleiner Zaunkönig. Sie hatte die Pflicht, ihrem Onkel zweimal am Tag etwas zu essen und zu trinken zu bringen, während er auf dem Lost Hill Wache hielt. Sie ist ebenfalls verschwunden, und die Anführerinnen haben beschlossen, dass sie, falls sie mit der Sache etwas zu tun hat, auch mit ihrem Leben bezahlen soll. Ehrwürdige Ahnen, das Mädchen hat gerade mal zwölf Winter gesehen!«

»Sie würden ein kleines Mädchen töten?« Aschenmond schüttelte angewidert den Kopf. »Aber warum denn?«

»Wegen dem Fluch, Älteste«, erklärte Maishülse und kam einen Schritt näher. »Erinnerst du dich? Lahmer Hirsch hat doch prophezeit, dass das Falschgesicht-Kind dem Wanderer-Klan den Tod bringen wird. Wie die Anführerinnen es sehen, haben Blauer Rabe und Zaunkönig dadurch, dass sie den Jungen freiließen, den gesamten Klan dem Tod geweiht.«

Aschenmond ließ den Kopf sinken und schüttelte ihn fassungslos. »Habe ich's dir nicht gesagt, Sperling? Das sind Wilde!«

Maishülse sah Sperling an. »Ihr müsst verschwinden. Jetzt sofort. Das Kind ist weg. Für euch gibt es hier nichts mehr zu tun.«

Aschenmond fingerte nervös am Saum ihrer Kapuze, und Sperling vermeinte die Gedanken zu lesen, die hinter ihren Augen wirbelten. »Aber weshalb sollte Blauer Rabe den Jungen befreien?«

Maishülse wedelte mit den Armen wie eine flügellahme Gans. »Das weiß ich nicht! Das ergibt doch alles keinen Sinn!«

»Wohin könnte er ihn denn gebracht haben?«

»Naja, ich denke, wenn er sich schon die Mühe gemacht hat, das Kind zu retten, wird er es auch dorthin bringen, wo es hin will!«

Aschenmond nickte bedächtig. »Ja, das nehme ich auch an.«

Maishülse warf einen gehetzten Blick über die Schulter.

»Bitte, ihr müsst jetzt gehen. Ich will nicht dafür verantwortlich sein, wenn man euch abschlachtet. Springender Dachs ...«

»Wo ist Springender Dachs jetzt?«, fragte Sperling unvermittelt, während sein Blick den dichten Schneefall zu durchdringen versuchte.

»Er ist fort. Anführerin Siebenstern hat ihm befohlen, Blauer Rabe zu suchen. Er hat in aller Eile einen Suchtrupp zusammengetrommelt und ist noch in der Nacht aufgebrochen. Bisher ist er nicht zurückgekehrt«, setzte Maishülse hinzu und verlagerte sein Gewicht auf den anderen Fuß. »Ehrlich gesagt hoffe ich, dass er überhaupt nicht mehr zurückkommt. Jede Nacht redet er auf diesen stinkenden Kopf ein. Plappert verrücktes Zeug von mordenden Geisterbanden, und dass du, Sperling, mit ihnen im Bunde stündest und versuchtest, ihn zu töten.«

Sperling steckte den Pfeil in den Köcher zurück und hängte sich den Bogen wieder über die Schulter. »Erzähl mir *genau*, was Springender Dachs da redet.«

»Ach, viel Unsinn. Zum Beispiel hat er dem Kopf von Lahmer Hirsch erzählt, dass er alles mit angehört habe, was der zu dem Jungen gesagt hatte, und dass die Worte in seinem Kopf widerhallten.« Maishülse zog eine angewiderte Grimasse. »Dann sagte er noch etwas wie ›Ich weiß genau, was du vorhast. Du und dieser verfluchte Silberne Sperling.‹ Er hat auch behauptet, dass er, solange er sich nach Einbruch der Dunkelheit in der Nähe eines Feuers aufhalte, unverwundbar sei. Ich sage euch, der Mann hat den Verstand verloren. Seine Seelen flattern herum wie Fledermäuse.«

»Wie viele Krieger hat er mitgenommen?«, erkundigte sich Sperling.

»Zwanzig. Und den grausigen Kopf von Lahmer Hirsch hat er auch dabei.«

»Wie sonderbar«, murmelte Aschenmond.

»Oh, nein. Das mit dem Kopf, das ergibt einen Sinn. Glaube mir. Niemand sonst wird mit Springender Dachs sprechen.« Maishülse machte einen Schritt zurück. »So, ich muss jetzt aufbrechen, ehe Springender Dachs wieder zurückkehrt. Ich bitte euch, erzählt niemandem, dass ihr mich gesehen habt. Habt ihr verstanden? Niemandem!«

Aschenmond erhob sich und sah Maishülse direkt ins Gesicht. »Wir werden tun, worum du uns gebeten hast, Händler. Aber ich muss zugeben, dass ich nicht verstehe, weshalb du das Risiko eingegangen bist, uns zu warnen. Das bringt dir doch keinen Gewinn ein. Also, weshalb hast du es dann getan?«

Maishülse grinste und zeigte seine verfaulten Zähne. »Ich habe euch da hineingezogen, und deshalb muss ich euch da auch heil wieder rausbringen.«

»Nun ja, das ist sehr freundlich von dir, aber …«

»Nein, verehrte Älteste, nicht freundlich. Umsichtig.« Sein Blick wanderte zu Sperling. »Dein früherer Ehemann genießt einen besonderen Ruf. Wenn er stirbt und jemand käme auf den Gedanken, das könnte mein Verschulden gewesen sein, hätte ich nicht mehr lange zu leben.«

Sperlings Lippen verzogen sich zu einem Lächeln. »Besonders dann nicht, wenn ich dich noch vor meinem Ableben verfluchen würde.«

Maishülse verging das Grinsen. »Äh – das war auch ein Grund dafür.«

»Wie dem auch sein mag«, mischte sich Aschenmond ein. »Jedenfalls danken wir dir.«

»Es freut mich, euch einen Dienst erwiesen zu haben, Älteste.« Damit wieselte Maishülse in derselben Spur den Hügel hinunter, die er vorher getreten hatte, und rief im Laufen über die Schulter zurück: »Vergiss nicht, Silberner Sperling! Sobald

Springender Dachs Blauer Rabe gefunden hat, wird er sich auf die Suche nach dir machen! Er ist nach wie vor davon überzeugt, dass du ihn verflucht hast!«

Sperling legte eine Hand an den Mund und rief zurück: »Wenn du ihn siehst, dann richte ihm aus, dass Silberner Sperling auf ihn wartet. *Mit* seiner Geisterbande!«

Maishülse stolperte und wäre beinahe gegen einen Baum gerannt. Er blieb taumelnd stehen, grinste verlegen, hob eine Hand zum Gruß und verschwand in den Schatten.

Aschenmond zwinkerte Sperling zu. Der Schnee auf ihren langen grauen Zöpfen war zu glitzernden Wassertropfen geschmolzen. »Warum hast du das gesagt?«

Sperling griff nach seinem Wasserbeutel, befestigte ihn wieder an seinem Gürtel und erwiderte dabei: »Wie, glaubst du wohl, bin ich zu meinem Ruf gelangt? Indem ich mich in einen Vogel verwandle? Oder in den Körpern riesiger Katzen umherschleiche?«

Sie starrte ihn verdutzt an.

Sperling warf sich seinen Beutel über die linke Schulter. »Komm, pack deine Sachen, Aschenmond. Ich weiß, wohin Polterer gegangen ist. Wir könnten …«

»Woher weißt du das?«

Sperling nahm das Päckchen mit den Maiskuchen und warf es Aschenmond zu. »Ich bin ein alter Mann, Aschenmond. Hoffnung ist alles, was mir noch bleibt.«

Polterer lag vorn in dem hochgezogenen Bug des Kanus, warm eingemummt in Zaunkönigs weißen Fuchsumhang. Windmutter schien der Umhang zu gefallen, denn sie streichelte unentwegt über das seidige Fell und ließ es schimmern wie Reif in der Morgensonne. Polterer berührte es mit seinen geschwollenen Fingern. Er wusste nicht, warum Zaunkönig ihm den Umhang gegeben hatte, der viel wärmer war als der aus Hirschleder, den sie trug. Oder weshalb sie ihn vom Lost Hill fortgebracht hatte. Ihr Volk hatte gewollt, dass er dort starb. Würde man sie jetzt ebenfalls mit dem Tod bestrafen?

Polterer besah sich stirnrunzelnd seine rechte Hand. Der Daumen und der Zeigefinger sahen aus wie immer, doch die zwei nächsten Finger waren geschwollen und dunkelviolett angelaufen. Zwei Glieder seines kleinen Fingers waren bereits pechschwarz. Und die Fingerspitzen seiner linken Hand waren ebenfalls alle geschwollen.

Zaunkönig hockte auf den Knien im hinteren Teil des Kanus und paddelte aus Leibeskräften. Schweißperlen standen ihr auf der Stirn. Seit vier Tagen schon trieb sie das Kanu vorwärts, das wie ein Pfeil an den Ufern des Flusses entlangschoss und einen silbernen Wasserkeil hinter sich her zog. In gleichmäßigem Rhythmus tauchte sie das Paddel auf der rechten Seite ein, dann auf der linken. Ihr Zopf baumelte über ihrer linken Schulter. Ihr Gesicht sah aus wie das einer Holzskulptur. Braun und scharf geschnitten, mit großen, dunklen Augen, wie die eines Flughörnchens.

Aber ihre Seele war die eines Wolfs.

Manchmal sah ihn die Wölfin aus ihren Augen an, und dann roch die Luft plötzlich so, als renne er mit offenem Mund einen Hügel herab, den Geschmack der Freiheit auf der Zunge. Wenn das geschah, schmeckte die ganze Welt wie poliertes Kupfer, metallisch und sauer.

Er hatte noch nie jemanden mit einer Wolfsseele getroffen.

Polterer atmetete tief aus, drehte den Kopf nach rechts und beobachtete das bewaldete Ufer, das so schnell an ihnen vorbeihuschte. Hohe Buchen und Ahornbäume streckten Großvater Tagbringer ihre Arme entgegen, als entböten sie ihm ihre Morgengabe. Seit Sonnenaufgang hatte er vier Hirsche am Ufer des Sees Wasser trinken sehen.

Windmutter zauste Polterers Haar, sang ihm mit ihrer leisen, sanften Stimme etwas vor, lullte ihn in den Schlaf.

Er gähnte und blinzelte Zaunkönig an.

Sie hob gerade das Paddel auf die andere Seite und lächelte ihm zu.

Sein Herz, von Blut durchströmt, schwoll an und schmerzte. Seine Kehle zog sich zusammen.

Er schluckte und lächelte zurück.

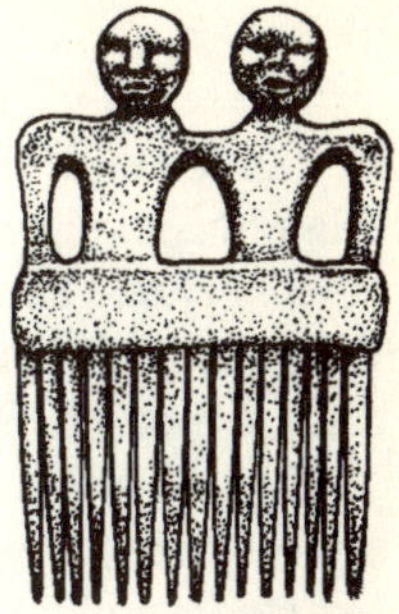

16. Kapitel

Zaunkönigs Schatten huschte über die Wand des Unterstands, als sie geduckt zur Feuerstelle schlich und nach der Suppe sah, die in einem Kessel über den kleinen Flammen dampfte. Der Duft nach gebratenem Truthahnfleisch und Zwiebeln stieg ihr angenehm in die Nase.

»Die Suppe kocht noch nicht, Polterer, aber es dauert nicht mehr lang.«

Polterer saß, eingehüllt in ihren Fuchsumhang, an den dicken Stamm einer Eiche gelehnt. Sein kinnlanges Haar klebte ihm an den Backen und umrahmte sein hübsches rundes Gesicht. Der Blick seiner schwarzen Augen haftete unentwegt auf ihr. Seit sie ihn in ihren Umhang gewickelt und vom Lost Hill gezerrt hatte, sah er sie schon auf diese Weise an. Da er nicht in der Lage gewesen war, sich auf den Beinen zu halten, geschweigedenn zu laufen, war ihr keine andere Wahl geblieben. Außerdem war ihr bisher immer warm gewesen. Sie hatte vorsorglich ihren Hirschlederumhang eingepackt, weil sie dachte, dass Polterer ihn brauchen würde. Stattdessen trug jetzt sie ihn.

Polterer zitterte noch immer wie Espenlaub, und das bereitete Zaunkönig große Sorgen. Sie hatte Leute sterben sehen, die zu lange der Kälte ausgesetzt waren. Obwohl man sie gefunden und so schnell wie möglich ins Langhaus gebracht hatte, waren sie eingeschlafen und nie wieder aufgewacht. Doch Polterer schien allmählich zu Kräften zu kommen. Er war immerhin fähig, seine Teeschale selbständig hochheben. Zwar konnte er sie nicht lange halten und musste sie nach einem Schluck wieder absetzen, aber als sie ihm das erste Mal die Schale gereicht hatte, war er nicht in der Lage gewesen, seine Finger zu bewegen. Die hölzerne Schale stand jetzt neben ihm auf dem Boden.

»Möchtest du noch mehr Tee?«, fragte Zaunkönig.

»Nein, ich...« Er warf einen Blick in die Schale. »Ich habe noch welchen.«

Zaunkönig hatte ihren Beutel neben dem Stapel Feuerholz abgelegt. Sie zog ihn heran, kramte ihren Holzlöffel heraus und rührte damit die Suppe um. Vorsorglich hatte sie genug Essen für fünf oder sechs Nächte eingepackt. Danach würden sie jagen müssen.

Sie hatte keine Ahnung, was sie tun oder wohin sie gehen sollten. Sie wusste nur, dass es unmöglich war, in ihr Dorf zurückzukehren.

Einst, vor vielen Wintern, hatte ein Mädchen, Felsbogen nannte man sie, eine der Heiligen Masken aus dem Versammlungshaus gestohlen und war damit davongelaufen. Zaunkönig war damals erst sechs Winter alt gewesen, aber sie hatte gehört, dass Felsbogen die Maske an eine heilige Frau in einem Bären-Schildkröten-Dorf verkaufen wollte. Der damalige Kriegsführer hatte ihre Spuren verfolgt und das schreiende Mädchen ins Wandererdorf zurückgebracht. Und anschließend hatte Anführerin Siebenstern befohlen, Felsbogen zur Strafe für ihr Vergehen bei lebendigem Leib zu verbrennen.

Ein Falschgesicht-Kind zu stehlen war viel schlimmer als eine heilige Maske zu entwenden.

Abwesend rührte Zaunkönig in der Suppe, die leise vor sich hin blubberte.

Als sie richtig sprudelte, legte sie den Löffel beiseite, um das Päckchen mit Maismehl aus ihrem Beutel zu holen. Nachdem sie eine Hand voll Mehl in die Suppe gerührt hatte, um sie anzudicken, wickelte sie das Päckchen sorgfältig wieder ein. Sie konnten es sich nicht leisten, auch nur ein Körnchen Mais zu verschwenden.

»Gleich ist die Suppe fertig, Polterer«, sagte sie und ließ sich im Schneidersitz vor dem Feuer nieder.

In ihrem kleinen Unterschlupf wurde es allmählich wärmer, und Zaunkönig hoffte, dass der Schnee, der auf dem provisorischen Dach aus Reisig lag, nicht schmolz und ihr Versteck verriet. Sie hatte absichtlich nur ein kleines Feuer entfacht – eigentlich hatte sie ganz darauf verzichten wollen, aber Polterer brauchte dringend Wärme.

Es schien, als habe Großmutter Erde den Unterschlupf eigens für sie gebaut. Im Lauf des langen Lebens dieser Eiche waren immer wieder Äste abgestorben, heruntergefallen und hatten sich um den Stamm herum aufgetürmt. Windengewächse waren daran emporgeklettert, hatten sich um die Äste und Zweige geschlungen und so eine Art Höhle geschaffen, die beinahe zwei Körperlängen im Durchmesser maß. Die Tiere hatten sie zuerst entdeckt. Zaunkönig war auf der Suche nach einem windgeschützten Platz gewesen, als sie ein Reh erspähte, das es sich in diesem Unterschlupf bequem gemacht hatte. Sie musste nur noch ein paar Äste suchen, um den Eingang zu verschließen, und ein Loch ins Dach brechen, damit der Rauch abziehen konnte. Das Innere hatten die Waldtiere bereits wohnlich gemacht. Die spitzen Äste waren abgebrochen, der Boden fest getrampelt.

Zaunkönig nahm zwei Holzschüsseln aus ihrem Beutel und den zweiten Löffel und stellte sie vor sich auf den Boden.

Nachdem sie Suppe in beide Schüsseln gefüllt hatte, lehnte sie sich neben Polterer an den Eichenstamm. Die Rinde fühlte sich selbst durch ihren Umhang noch kalt an. Ihre eigene Schüssel stellte sie vor sich hin und reichte dem Jungen die seine.

»Meinst du, du kannst sie selbst halten?«

Er griff danach, hakte den Daumen um den Rand und stützte sie von unten mit seinen geschwollenen Fingern. Die Schüssel wackelte, der Holzlöffel schlug klappernd gegen den Schüsselrand. Vorsichtig ließ er die Schüssel in den Schoß sinken.

Zaunkönig betrachtete die Schüssel und seinen gesenkten Kopf. »Brauchst du Hilfe, Polterer?«

Als er nicht antwortete, kniete sich Zaunkönig vor ihn hin, nahm ihm die Schüssel ab, schöpfte einen Löffel Suppe, blies darüber und hielt ihm dann den Löffel an die Lippen. »Sei vorsichtig, sie ist heiß.«

Polterer schlürfte den Löffel leer, und Zaunkönig füllte ihn erneut.

Mit vollen Backen murmelte er: »Hm, die Suppe ist gut.«

Er aß zwei weitere Löffel.

Zaunkönig lächelte. »Meine Mutter hat mir gezeigt, wie man sie kocht. Im Herbst gibt sie immer Sonnenblumenkerne, Walnüsse, Stachelbeeren und Rosinen dazu. Sie hat mir eine Menge nützliche Dinge beigebracht.«

Polterers glänzende schwarze Augen beobachteten sie unablässig. Manchmal, wie jetzt zum Beispiel, hatte sie das Gefühl, als könnte er durch ihre Haut und Muskeln direkt in ihre Seelen schauen. Das verursachte ihr eine Gänsehaut.

»Meine Mutter hat mir auch vieles beigebracht«, bemerkte er leise.

»Sie war eine Heilerin, nicht wahr? Das hat mir jemand erzählt.«

Polterer nickte und aß noch einen Löffel Suppe. »Sie ist eine große Heilerin. Hast du gewusst, dass Weidenwurzeln gegen Husten helfen? Man muss nur die dicke Rinde der gefrorenen Wurzel zerstampfen und dann lange kochen.«

Zaunkönig legte die Stirn in Falten. »Nein, das kenne ich nicht. Wir trinken einen Tee aus Zedernbeeren gegen Husten.«

»Der Saft von Sumpfweiden, in die Nasenlöcher geträufelt, vertreibt Kopfschmerzen«, fuhr er fort, »und wenn du Schierlingsamen mit Ahornsirup in kaltes Wasser gibst und eine Woche stehen lässt, wird daraus ein köstliches Bier. Man kann es auch dazu verwenden, Wunden auszuwaschen. Dann verheilen sie schneller.«

»Und was ist mit Verbrennungen?« Sie fütterte ihm noch einen Löffel Suppe. »Mein Volk hat bisher noch nicht die richtige Pflanze dafür gefunden.«

»Wir kochen junge Pappelsprossen mit Bärenfett. Die Salbe hilft gegen Verbrennungen, Schnittwunden und andere Verletzungen«, erklärte Polterer und holte tief Luft. »Ich glaube, mehr kann ich nicht essen. Danke, Zaunkönig, ich... ich fühle mich nicht sehr gut.«

Zaunkönig stellte die halb leere Schüssel ab und musterte sein rundes Gesicht. »Vielleicht solltest du dich schlafen legen, Polterer. Du hast gegessen, es ist leidlich warm, und morgen Früh geht es dir bestimmt wieder besser.«

Gehorsam legte er sich hin. Zaunkönig überprüft, ob sein kleiner Körper gut in den dicken Fuchsumhang gewickelt war und steckte ihn unter seinen kurzen Beinen fest. Dann lehnte sie sich wieder an die Eiche und nahm ihre Suppenschale hoch. Polterer sah ihr beim Essen zu, und seine Lider wurden immer schwerer.

Die herzhafte Suppe schmeckte köstlich und tröstete Zaunkönig. Sie erinnerte sie an fröhliche Nächte, die sie mit ihren Eltern, ihrem Bruder und Gauner an einem flackernden Feuer verbracht hatte. Ganz unbewusst senkte sie den Blick auf die Stelle unter ihrem Umhang, wo Gauners Lederfetzen an ihrem Gürtel hing. Obwohl sie ihn weder gesehen noch bellen gehört hatte, war sie davon überzeugt, dass Gauners Geist über sie wachte. Sie hatte Schritte hinter sich gehört, die im Schnee knirschten, als sie Polterer den Hügel hinauf zum Dancing Man River gezogen hatte.

»Ich hatte auch mal einen Hund«, murmelte Polterer unvermittelt. »Er hieß Steinmantel.«

Verwundert ließ Zaunkönig den Löffel sinken. »Woher weißt du, dass ich gerade an Gauner gedacht habe?«

»Mein Hund folgte uns, als die Krieger mich entführt hatten. Und er kämpfte um mich. Er hat den großen Mann angesprungen. Aber die Krieger haben ihn umgebracht und dann gegessen.«

Zaunkönig starrte wie betäubt in ihre Suppenschüssel, sah kaum die Truthahn- und Zwiebelstückchen, die darin schwammen. Ihre Leute aßen häufig Hundefleisch; wenn die Hunde gut gefüttert waren, hatte ihr Fleisch einen süßlichen Geschmack. Aber wenn jemand Gauner getötet und vor ihren Augen verspeist hätte, wäre ihr das Herz gebrochen.

Sie stellte die Schüssel auf den Boden. »Das tut mir Leid, Polterer. Alles, was dir widerfahren ist, tut mir Leid.« Sie schüttelte den Kopf. »Und das mit deinen Händen auch.«

Polterer betrachtete müde blinzelnd seine Finger. Die letzten Glieder seiner mittleren drei Finger waren geschwollen. Seine beiden kleinen Finger sahen aus wie schwarze Nacktschnecken. Er versuchte sie zu bewegen und stöhnte auf.

»Zaunkönig?«, flüsterte er leise.

»Ja, was ist denn, Polterer?«

Seine schwarzen Augen verschlangen ihre Seelen. »Warum hast du mir geholfen?«

Sie zuckte mit den Schultern und studierte das Muster der kreuz und quer übereinanderliegenden Äste, die das Dach bildeten. Schlingpflanzen, so dick wie ihr Arm, schlangen sich durch das Geäst. Größere Tiere wie Hirsche und Rehe mussten sich daran gerieben haben, denn das Holz war ganz blank gescheuert und reflektierte den tanzenden Schein der Flammen. »Du brauchtest meine Hilfe, Polterer«, antwortete sie.

»Aber deine Leute werden dich dafür töten, oder etwa nicht?«

»Das weiß ich nicht. Aber ich konnte dich nicht dort draußen erfrieren lassen. Ich musste dich einfach retten, sonst – sonst wäre ich selbst gestorben.«

Sie wischte sich mit dem Handrücken die Tränen ab, die ihr in den Augen schwammen. »Mein Cousin, Springender Dachs, der hätte dich niemals rauben dürfen. Das war falsch.«

Polterer ließ den Kopf sinken, und sein Blick wurde leer. »Nachdem die Krieger mich in den Wald geschleppt hatten, tat er grauenvolle Dinge.«

»Was denn?«

»Er befahl seinen Leuten, die Frauen und die kleinen Mädchen zu schänden und den schwangeren Frauen den Bauch aufzuschlitzen. Mit bloßen Händen haben sie ihnen die Kinder aus dem Leib gerissen. Eines davon, es… er…« Polterer schluckte mehrmals hart, als kämpfe er gegen eine aufsteigende Übelkeit an.

»Erzähl weiter, Polterer.«

»Es – es war ein Junge. Er brüllte, als sie ihn aus dem Bauch seiner Mutter zerrten. Dann packte ihn einer von ihnen und – und schlug ihn solange mit dem Kopf an einen Felsen, bis das Gehirn herausdrang.«

Polterer atmete so heftig, als erlebte er das alles noch einmal.

Zaunkönig legte zweifelnd die Stirn in Falten. »Aber ich dachte… Hast du nicht gesagt, dass die Krieger dich gleich zu Beginn der Kämpfe aus dem Dorf geschleppt haben?«

»Ja.«

»Woher weißt du dann, was anschließend geschehen ist?«

Polterer zog den Kopf ein. »Ich habe es gesehen.«

»Haben sie dich auf den Hügel gebracht, wo du aufs Dorf hinunterschauen konntest?«

»Meine Augen... die fliegen manchmal. Dann kann ich Dinge sehen, die sich an weit entfernten Orten abspielen.«

Zaunkönig biss sich auf die Unterlippe. Zwerge besaßen seltsame Kräfte. Von klein auf hatte man ihr Geschichten über sie erzählt. Aber von einem Zwerg mit geflügelten Augen hatte sie noch nie gehört. Plötzlich kam ihr ein Gedanke.

»Kannst du meinen Onkel sehen?«

»Machst du dir Sorgen um ihn?«

»Er könnte in Schwierigkeiten geraten.«

»Weil du mir geholfen hast?«

»Ja.«

Polterer schloss die Augen und legte den Kopf zurück. Die blauen Adern an seinen Schläfen pulsierten.

Leise sammelte Zaunkönig die Teeschalen und Suppenschüsseln ein, kroch zum Feuer und kippte die Reste in die jeweiligen Töpfe zurück. Dann starrte sie einen Moment finster auf das schmutzige Geschirr. Sie hasste die Vorstellung, jetzt in den Schnee hinauszugehen und alles reinigen zu müssen. *Das mache ich morgen Früh. Dann reibe ich sie mit Schnee aus. Das muss reichen,* beschloss sie. Sie stapelte die Schalen neben der Feuerstelle und packte ihre Decken aus.

Bevor sie sie auf den Boden legte, warf sie einen Blick auf Polterer. Er hatte sich nicht bewegt. Dann rollte sie ihre Decken gleich neben dem Stapel mit Feuerholz aus. Ehe sie sich niederlegte nahm sie einen Holzprügel vom Stapel und legte ihn auf die Glut. Gierig leckten die Flammen daran und sprühten dann Funken.

»Polterer?«, wisperte sie. »Geht es dir gut?«

Kaum hörbar flüsterte er zurück: »Oh ja, Zaunkönig. Es wird alles gut werden.«

Aschenmond fuhr beinahe aus ihrer Haut, als sie den Wind hörte. »Was zum...«

Sie setzte sich unter ihren Decken auf. Es hatte die ganze Nacht über immer wieder heftig geschneit, aber jetzt wölbte sich ein tiefblauer Himmel über ihnen, übersät mit den glitzernden Behausungen der Nachtwanderer. Aschenmond rieb sich die Augen und versuchte wieder ruhig zu atmen. Der tosende Lärm hatte sie aus schrecklichen Albträumen von Wolken und

Schatten und Polterers Gesicht gerissen, das sie nicht nur einmal aus einer dieser Wolken angestarrt hatte.

Das tiefe, kehlige Grollen wurde lauter.

»Sperling, hörst du das?«

Sie lagerten auf einer Wiese am südlichen Ufer des Leafing Lake, von der der Wind den Schnee gefegt hatte. Hohe, vom Wind gemeißelte Schneewehen türmten sich am Rand der Wiese und schlossen den kleinen Fichtenhain auf dem Hügel hinter ihnen ein.

Sperling rollte sich unter seinen Decken zu ihr herum. Als er den Kopf hob, glänzte seine gebogene Nase wie Silber.

»Was denn, Aschenmond?«

»Bist du taub? Hörst du das etwa nicht?«

Sperling schob sich das weiße Haar hinter die Ohren und lauschte erst in die eine, dann in die andere Richtung. Sein Atem verwandelte sich in der eiskalten, sternklaren Nacht in weiße Dampfwölkchen. »Was soll ich denn hören?«

Aschenmond klappte vor Erstaunen der Mund auf. »Dieses schaurige Heulen, als würde Großmutter Erde von einem Rudel Wölfe in Stücke gerissen! Sag bloß, du hörst das wirklich nicht! Ich spüre das Grollen in meinen Seelen!«

Sperling drehte langsam den Kopf und musterte sie verwundert. Seine Brauen bildeten eine gerade Linie. »In deinen Seelen?«

»Ja doch! Es hört sich an wie ein nahendes Erdbeben. Du weißt doch, dass man ein Beben vernehmen kann, bevor es richtig beginnt?«

»Ja, das weiß ich.« Er schob die Decken von sich, setzte sich auf und lauschte abermals. »Also, mir scheint, du bist die einzige, die dieses angebliche Grollen hört«, meinte er kopfschüttelnd.

»Was redest du da?«

Sperling ließ den Blick über die Fichten schweifen und die Schneehauben, die die Bäume bedeckten, und weiter zum See. Er lag da wie ein endloses schimmerndes Meer. Silberne Wellenkämme rollten lautlos ans Ufer. »Seelen besitzen eine eigene Sprache, Aschenmond. Vielleicht wollten dir deine gerade etwas erzählen.«

»Da bin ich ganz sicher. Sie versuchen mir klar zu machen,

dass dich das Greisenalter gepackt hat und du stocktaub geworden bist. Du *musst* das doch hören!«

»Nein, ich höre nichts, und ich wünschte… du auch nicht«, erwiderte er und blinzelte plötzlich, als traute er seinen Augen nicht. »Was im Namen unserer ehrwürdigen Ahnen ist das denn?«, rief er aus und deutete auf den nordöstlichen Horizont.

Aschenmond drehte sich um.

Weit draußen auf dem See erhob sich eine riesige schwarze Wolkenwand aus den Wassern, die langsam auf sie zu kam und die Sterne am Himmel verschluckte.

»Steh auf, Aschenmond. Schnell! Lauf zu den Bäumen.«

Sperling raffte seine Decken zusammen, schnappte sich seinen Beutel und rannte über die rutschige Fläche auf den Fichtenhain zu.

Aschenmond bückte sich, um ihre Decken einzusammeln, den Blick wie hypnotisiert auf den nahenden Wolkenberg geheftet. »Was ist das?«

»Ein Schneesturm!«, schrie er und winkte ihr hektisch zu. »Komm, schnell!«

Wolkenriesen segelten aus allen Himmelsecken herbei. Dicke weiße Wolken und kleine Wolkenfetzen, sie alle sammelten sich, um mit dem Sturm mitzuziehen. Als ihre Körper sich mit der schwarzen Wand vereinigten, wuchs sie noch höher in den Nachthimmel hinauf.

»Gesegnet sei Großvater Tagbringer«, wisperte sie, wie erstarrt vor Angst. »Die Wolken leben.«

Als sie endlich ihre Decken unter den Arm geklemmt und sich den Beutel umgehängt hatte, war die Wand bereits über den halben Himmel gezogen.

»Lauf, Aschenmond!«, brüllte Sperling, der den Hügel schon erreicht hatte. »Der Sturm kommt mit Riesenschritten auf uns zu!«

Aschenmond rannte im Laufschritt über die vereiste Fläche auf die Schneewehen zu, die den Fichtenhain umschlossen, doch noch ehe sie sie erreichte, traf der Wind sie wie ein göttlicher Faustschlag, schleuderte sie zur Seite, zerrte ihr die Beine weg und riss ihr die Decken aus dem Arm. Sie versuchte sie noch zu fassen, doch sie entwischten ihr, flatterten davon, als wären ihnen Flügel gewachsen.

»*Aschenmond*!«

Sperling stürzte auf sie zu, packte sie fest und zog sie auf die Beine.

»Halt dich an mir fest!«, brüllte er gegen den Sturm an. »Lass bloß nicht los!«

Sperling zerrte Aschenmond hinter einen wuchtigen Granitfelsen und drückte sie nieder; beide kauerten sie sich auf den Boden. Der Felsen bot ihnen zwar ein wenig Schutz vor dem schneidenden Wind, doch der Sturm fegte die Fichtenzapfen und Nadeln von den Bäumen und ließ sie unerbittlich auf sie niederprasseln.

Aschenmond stieß einen scharfen Zischlaut aus, als sie sich die Wange an einer spitzen Kante des Felsens aufriss.

»Leg dich hin!« Sperling drückte sie flach auf den Boden und warf sich mit seinem Körper schützend über sie.

Das weiße Haar fiel ihm in langen Strähnen über die Schultern und flatterte im Wind wie die Arme eines Traumtänzers. Durch den schimmernden Vorhang beobachtete Aschenmond, dass der Sturm die Zweige der Fichten ineinander verschlang und die dicken Flocken durch die Luft jagte.

Springender Dachs stolzierte mit tänzelnden Schritten um Lahmer Hirschs Kopf herum. Der Bogen, der um seine Schulter hing, klopfte im Rhythmus seiner Bewegungen gegen seinen langen Bibermantel. Er hatte den Holzpfahl, auf dem der Kopf thronte, in die Mitte der Spuren von Blauer Rabe gesteckt. Augenscheinlich hatte der Verräter in der Nacht zuvor sein Kanu ans Ufer gezogen und an dieser Stelle kampiert. Der Kopf stand dort als Beweis für jeden, der daran zweifelte, dass es Springender Dachs gelungen war, die Spur seines Vetters ausfindig zu machen. Nicht dass das sonderlich schwierig gewesen wäre. Blauer Rabe hatte keinen Versuch unternommen, die tiefen Schneisen, die er in den Schnee getreten hatte, zu verwischen, was Springender Dachs sehr verwunderte. Vor vielen Wintern war Blauer Rabe ein geachteter Krieger gewesen. Wenn er den Jungen entführt hatte und mit ihm fliehen wollte, warum hatte er dann eine so gut sichtbare Spur hinterlassen?, fragte er sich.

»He«, wisperte er und kickte mit der Fußspitze Schnee in das halb verfaulte Gesicht. »Du hättest deine Spuren verwischt, oder? Warum hat er es dann nicht getan?«

Springender Dachs spürte ein Prickeln, eine Handbreit unter seinem Herzen. Er hatte gelernt, das geisterhafte Lachen von Lahmer Hirsch wahrzunehmen. Seine Ohren konnten es nicht hören, wohl aber sein Körper. Es fühlte sich an, als würde er von einer Bärenkralle gekitzelt, scharf und unangenehm.

Noch einmal stapfte er um den Kopf herum. Während der letzten Hand Zeit hatte er einen kreisrunden Pfad in den Schnee getreten.

Dunkle Schatten tanzten über die Schneewehen, als seine Krieger neugierig die Köpfe reckten, um ihn zu beobachten. Sie hockten eingemummt in ihre Decken ein paar Schritte hinter ihm um das nächtliche Feuer. Die Männer rutschten unbehaglich hin und her, sie zuckten mit den Schultern, spielten mit einem Stück Holz und schüttelten die Köpfe. Viele flüsterten miteinander, doch Springender Dachs konnte nicht verstehen, was sie sagten.

Hinter ihnen, am Rande des Feuerscheins, schwebte eine dunkle Gestalt durch die Bäume. Verbrannt. Schwärzer als die Dunkelheit, der Körper von den Flammen verzehrt. Aber nicht die Augen.

Sie lebten. Sie leuchteten.

Diese Augen lugten hinter einem Baumstamm hervor und starrten ihn an.

»Verschwinde!«, brüllte Springender Dachs. »Du kannst mir nichts anhaben! Ich bin mächtiger als du! Wenn du mich nicht in Ruhe lässt, werde ich deinen Sohn in kleine Stücke reißen, sobald ich ihn gefunden habe!«

Die Augen erloschen. Stille senkte sich über den Wald.

Springender Dachs musterte Lahmer Hirsch nachdenklich. Das Gesicht des toten Kriegsführers hatte sich verändert. Die meisten Haare waren ihm ausgefallen und hatten große, kahle Stellen auf seinem Schädel hinterlassen. Die wenigen verbliebenen grau melierten Locken hingen ihm in verfilzten Strähnen über das rechte Auge. Das linke Auge war in die Augenhöhle gesunken und zu einer harten gelben Kruste vertrocknet, doch Springender Dachs *spürte*, dass es ihn anstarrte – wie ein Hirsch, der ihn aus dem Dickicht heraus beobachtete.

»Du bist so merkwürdig still heute Abend«, stellte Springender Dachs fest. »Hast du es aufgegeben, mich mit diesen Lauten zum Wahnsinn zu treiben?«

Als Lahmer Hirsch nicht antwortete, beugte sich Springender Dachs vor und brüllte ihm ins Gesicht: »*Rede mit mir*!«

Furchtsames Gemurmel erhob sich in der Runde der Krieger.

Springender Dachs fuhr herum. »Haltet den Mund! Ich kann nichts hören bei eurem Lärm!«

Da erhob sich Elchgeweih. Sie sagte etwas zu Eichel, dann löste sie sich aus der Gruppe und ging auf Springender Dachs zu. Elchgeweih war eine große, kräftige Frau mit schulterlangem, schwarzem Haar und ausdrucksvollen braunen Augen: Wenn sie einen Mann ansah, fühlte er sich wie von einer Kriegskeule getroffen. Sie trug einen schweren Büffelmantel, das lockige Fell nach innen gekehrt. Grüne Falken und Habichte zierten den unteren Teil ihres Mantels. Mit ihren achtunddreißig Wintern war sie die älteste Kriegerin des Wanderer-Dorfes. In ihrem siebzehnten Winter bereits hatte sie sich den Ruf einer unerschrockenen Kriegerin erworben, als sie den Kriegsführer eines verfeindeten Dorfes mitten auf seinem eigenen Dorfplatz tötete. Springender Dachs erinnerte sich noch gut an ihre triumphale Heimkehr. Die Krieger, die an ihrer Seite gekämpft hatten, trugen sie auf den Schultern ins Dorf zurück. Sie hatte nie geheiratet; ihr hagerer Leib war wohl am besten für das Kriegshandwerk geeignet.

Springender Dachs lächelte grimmig, als sie näher kam. Er war aufgewachsen mit den Geschichten über ihre unsterbliche Liebe zu Blauer Rabe und wie diese sie dazu getrieben hatte, Kriegerin zu werden, damit sie an der Seite ihres Liebsten kämpfen konnte. Doch ihre Hingabe war umsonst gewesen. Blauer Rabe hatte sie zurückgewiesen. Über die Gründe herrschten unterschiedliche Ansichten.

»Ich wünsche dir einen guten Abend, Kriegsführer«, sagte Elchgeweih und warf einen angewiderten Blick auf den verwesenden Kopf.

»Was willst du?«

»Ich möchte mit dir reden.«

»So rede.«

»Die anderen Krieger haben mich gebeten …«

»Sie verschwören sich gegen mich! Diese Bande von Verrätern!«, bellte er und bemerkte zufrieden die Reaktionen an der Feuerstelle. Schultern strafften sich. Gemurmel wurde laut.

»Das habe ich nicht gesagt, Springender Dachs.« Elchgeweih sah ihm direkt ins Gesicht, und Springender Dachs hatte alle Mühe, ihrem durchdringenden Blick standzuhalten.

»Dann sage, was du zu sagen hast. Ich habe heute Abend Wichtigeres zu tun, als mich mit dir abzugeben.«

In seiner Brust begann es wieder zu prickeln, und Zorn entflammte sein Blut. Er schwang zu Lahmer Hirsch herum. »Lach mich nicht aus! Worüber lachst du überhaupt?

»Über dich, du Narr.«

Seine Seelen erstarrten zu Eis. Eine Windbö schüttelte den Pfahl, und der verwesende Mund öffnete sich ein wenig.

Die Angst schlug ihm ihre eiskalten Krallen in den Nacken. Als Elchgeweih ihm eine Hand auf die Schulter legte, zuckte er zusammen. Mit sanfter Gewalt zwang sie ihn, sich zu ihr umzudrehen. »Fühlst du dich wohl, geehrter Kriegsführer?«

»So sprich endlich, alte Frau!«

»Deine Krieger wundern sich, warum wir weiterhin die Spur von Blauer Rabe verfolgen, wo doch offensichtlich ist, dass weder das Falschgesicht-Kind noch Kleiner Zaunkönig ihn begleiten.«

Springender Dachs richtete sich zu voller Größe auf. »Ich habe keine Ahnung, wo dieses kleine Luder steckt. Wahrscheinlich ist sie weggelaufen und inzwischen von einem Puma gefressen worden. Wen kümmert's? Aber wie kommt ihr auf den Gedanken, dass das Falschgesicht-Kind in der Lage sein könnte, auf seinen krummen Beinen zu laufen? Sind meine Krieger so schwachsinnig? Ist euch denn nicht in den Sinn gekommen, dass der Junge, nachdem er nächtelang im Schnee angepflockt war, seine Beine nicht mehr gebrauchen kann? Blauer Rabe trägt ihn selbstverständlich!«

Elchgeweih schob die Fäuste in die Manteltaschen. Glutrote Schatten tanzten über ihr pechschwarzes Haar. »Darf ich dir einen anderen Gedanken nahe bringen?«

»Nein, ich will nichts ...«

»Hör ihn dir einfach nur an. Als wir zum Lost Hill kamen, war Blauer Rabes Feuerstelle kalt. Sein Essgeschirr und seine

Decken lagen dort, wo er gesessen hatte. Dinge, die ein Mann nicht zurücklässt, wenn er eine Flucht plant.«

»Wenn du etwas zu sagen hast, so sprich es aus!«

Ihre braunen Augen wurden zu Stein. »Spätestens morgen Nachmittag werden wir Blauer Rabe eingeholt haben. Keiner von uns glaubt, dass er den Jungen geraubt hat. Es scheint eindeutigauf der Hand zu liegen, dass Kleiner Zaunkönig die Schuldige ist. Sie muss den Jungen befreit haben, während Blauer Rabe schlief, und schon lange unterwegs gewesen sein, als er erwachte. Deshalb haben wir auch nur seine Fußspuren gefunden. Er entdeckte das Verbrechen und beschloss, sie aufzuspüren, bevor irgendjemand merkte, was die Kleine angestellt hatte.«

»Das ist doch lächerlich! Warum sollte er …«

»Er liebt das kleine Mädchen. Ich kenne ihn, Springender Dachs. Blauer Rabe gehen die Ehre und die Pflichten gegenüber seiner Familie über alles. Er sucht sie solange, bis er sie findet und wird dann versuchen, die Anführerinnen um Milde anzuflehen. Das ist seine Art. Und deshalb schert er sich auch nicht darum, seine Spuren zu verwischen. Er hat nichts zu verbergen.«

»A-aber …«, stotterte Springender Dachs.

»Du Narr. Du bist der falschen Spur gefolgt. Du wirst das Falschgesicht-Kind niemals finden, und früher oder später wird es dich töten, genau wie ich gesagt habe. Ach, was bin ich froh, dass du mich mitgeschleppt hast. So kann ich aus nächster Nähe zusehen, wie du dein Leben aushauchst!«

Wie ein Verrückter kreischend stürzte sich Springender Dachs auf den Kopf. Er zerrte den Pfahl aus der Erde, schwang ihn ein paar Mal durch die Luft und schleuderte ihn und den Kopf in hohem Bogen in den dunklen Wald.

Seine Krieger sprangen auf und griffen nach ihren Waffen. Eichel preschte vor. Knapp hinter Elchgeweih blieb er stehen, heftig atmend, das grobflächige Gesicht schweißbedeckt.

»Was ist los?«, fragte er aufgeregt. »Was ist passiert?«

Elchgeweih deutete mit dem Kinn auf die dunkle Stelle im Schnee, zehn Schritte von ihnen entfernt, wo der Kopf gelandet war.

Eichel starrte ihn an, schluckte hart und nickte in nachdenklichem Begreifen. »Nun ja. Wenn du mich brauchst...dann... ruf mich.«

»Ja, das werde ich«, erwiderte Elchgeweih ruhig. »Geh zurück zu deinem Tee. Es ist alles in Ordnung.«

Eichel entbot seinem Kriegsherrn ein schwaches Lächeln. »Guten Abend, ehrwürdiger Kriegsführer.«

»Geh mir aus den Augen!«

Eichel wich einen Schritt zurück, dann drehte er sich um und machte sich rasch davon. An ihrem Lagerplatz angekommen, überschütteten ihn seine Kameraden mit geflüsterten Fragen. Er kniete sich vors Feuer und beruhigte sie.

Elchgeweih stand hoch aufgerichtet und mit gelassener Miene vor Springender Dachs. Sie wartete.

Springender Dachs warf die Hände in die Luft. »Ich begreife nicht, warum er mir das antut!«, rief er. »Ich glaube, er versucht, mich um den Verstand zu bringen.«

»Wer? Eichel?«

»Nein, Lahmer Hirsch!«, brüllte er zurück. »Du kannst dir ja nicht vorstellen, wie es ist, wenn ein Geist ohne Unterlass in deinem Kopf redet, während ein anderer durch die Nacht streift und darauf wartet, dass er dir die Hände um die Gurgel legen kann. Zum Glück schweigen heute wenigstens die Echos. Am schlimmsten sind sie in der Nacht, wenn ich unter meine Decken krieche. Wie hundert Herzen pochen sie gleichzeitig und ...«

»Springender Dachs?« Elchgeweihs Stimme klang jetzt leise und besorgt. »In zwei Monden findet der Tanz zur Wintersonnenwende statt. Vielleicht solltest du die Erlaubnis erbitten, an der Zeremonie teil zu nehmen. Wenn du Himmelshalter um seinen Segen bittest, wird er dich möglicherweise von deinem Fluch ...«

»Du glaubst also, ich bin verflucht, ja?« Er wusste, dass schon der Gedanke allein seine Krieger in Angst und Schrecken versetzen würde. »Begreifst du denn nicht, was sich hier abspielt? Ich bin nicht verflucht!« Er gestikulierte in die Richtung, wo der Kopf im Schnee lag. »Eine von Lahmer Hirschs Seelen wohnt noch immer in seinem Kopf! Und ich habe ein großartiges Geschenk erhalten, Elchgeweih. Die Götter haben mir die Gabe geschenkt, mit dieser Seele zu sprechen, von ihr zu lernen.«

Ihr Blick durchbohrte ihn. »Ich glaube, du solltest einen Heiler aufsuchen, Springender Dachs. Das tun die Leute öfter. Und es ist nichts dessen man sich zu schämen bräuchte. Alle Lebewesen werden einmal krank. Ein Heiler wird Asche über deinen Körper blasen und dich von der bösen Macht befreien, die sich in deinen Seelen eingenistet hat.«

»In meinen Seelen wohnt keine böse Macht, Elchgeweih. Meine Kräfte wachsen mit jedem Tag. Du bist nur zu blind, um es zu sehen.« Er funkelte sie zornig an, dann legte er eine Hand an den Mund und schrie seinen Kriegern zu: »Und ihr auch! Ihr seid alle blind wie die Maulwürfe!«

Seine Macht hatte ihn verlassen, und er wusste es, aber er durfte es seine Krieger unter keinen Umständen merken lassen. Es machte ihn rasend zu wissen, dass Silberner Sperling, dieser verrückte Alte, in diesem Moment wahrscheinlich außerhalb des Wandererdorfes auf ihn wartete und dass er keine Möglichkeit hatte, ihn dort zu erreichen und ihn dazu zu zwingen, ihn von seinem Fluch zu befreien. Wenn er doch nur...«

»*Die Prophezeiung wird sich erfüllen*«, ertönte Lahmer Hirschs Totenstimme aus den Schatten. »*Bald wird man dich schlechter behandeln als einen räudigen Köter. Ich habe gesehen, wie deine eigenen Verwandten dich treten und dich anspucken.* Lautes Gelächter. »*Es war ein herrlicher Anblick.*«

Springender Dachs kämpfte sich torkelnd durch den tiefen Schnee. »Du weißt überhaupt nichts!«, brüllte er. »Woher auch? Das wird niemals passieren!«

Seine Krieger fuhren hoch und scharten sich unruhig um das Feuer herum.

Ihr Kriegsführer hob den Kopf auf und hielt ihn sich so dicht vors Gesicht, dass seine Nase beinahe das faulende Fleisch berührte. »Ich werde jeden auf der Stelle töten, der mich so behandelt. Hast du verstanden? Jeden!« Und mit leiser, drohender Stimme setzte er hinzu: »Selbst dich, Lahmer Hirsch. Vergiss nicht, ich halte deine Seele in meinen Händen. Wenn du nicht tust, was ich dir sage, wirst du niemals Ruhe finden. Ich werde dich...«

Als er die erregten Stimmen seiner Krieger hörte, fuhr er herum.

Das krachende Geräusch brechender Äste kam aus dem

Wald. Die Stimmen am Feuer verstummten. Einige Krieger lösten sich aus der Gruppe und schlichen zum nördlichen Ende des Lagers, um dem Eindringling zu begegnen.

Es begann wieder zu schneien. Eine indigoblaue Wolkenwand schob sich über den Himmel und verdunkelte die Behausungen der Nachtwanderer. Springender Dachs hielt erschrocken die Luft an.

»Oh, nein, hoffentlich kein Sturm«, stöhnte Elchgeweih. »Ich hasse …«

»Das ist kein Sturm«, wisperte Springender Dachs mit vor Angst geweiteten Augen. Die schwarze Gestalt im Wald war angewachsen. Zweihundert Hand hoch beugte sie sich über die Baumwipfel. Ihr verkohltes Haar wehte über den tiefblauen Himmel. »Sie *kommt*! Sie ist hinter mir her!«

Ein schrilles Wehklagen erhob sich, wütend und verzweifelt, als würden die Waldgeister zum Leben erwachen.

Springender Dachs rappelte sich hoch. »*Lauft!*«, schrie er. »*In Deckung! Alle*!«

Die Vorläufer der Sturmwand wüteten um ihn herum, wirbelten Deckenbündel und Lederbeutel durch die Luft, brüllten wie ein tosender Wasserfall. Schreiend stoben die Krieger in alle Richtungen davon. Der Sturm riss Springender Dachs den Kopf aus dem Arm und rollte ihn über den Schnee.

Der Kriegsführer hechtete auf einen Baum zu, schlang die Arme um den Stamm und brüllte wie am Spieß.

Dennoch hörte er, wie Elchgeweih die Männer anwies: »*Vergesst eure Bündel! Sucht irgendwo Deckung. Kriecht unter den nächsten umgestürzten Baum!*«

Der Orkan wütete keine hundert Herzschläge lang, doch als er verebbte und Springender Dachs sich aus dem Schnee gewühlt hatte, konnte er nicht glauben, dass er noch am Leben war. »Zündet ein Feuer an!«, schrie er. »Schnell, irgendjemand soll Feuer machen! Pfauenauge, ich befehle dir, sofort ein Feuer zu entfachen!«

Die glitzernden Hütten der Nachtwanderer warfen ihr silbernes Licht über die Lichtung, wo eben noch ein Feuer gelodert hatte. Pfauenauge, ein massiger Hüne, rannte zurück zu ihrem Lagerplatz und schaufelte eilig mit den Händen den Schnee beiseite, um die Feuerstelle wieder zu finden.

Jede Spur zu ihrem Lagerplatz, jeder Hinweis, dass sich dort gerade noch Menschen aufgehalten hatten, war weggefegt worden.

Nach und nach tauchten die Krieger aus ihren Unterschlupfen im Wald auf, schüttelten sich den Schnee aus den Haaren und machten sich fluchend daran, mit bloßen Händen nach ihrer Habe zu graben.

»Ich habe heiße Glutstücke gefunden, Kriegsführer!«, verkündete Pfauenauge lauthals. »Einen Moment noch, dann habe ich ein Feuer in Gang gebracht!«

»Beeil dich!«, brüllte Springender Dachs, sichtlich in Panik. »*Schnell*!«

Er zitterte am ganzen Körper, während er Pfauenauge dabei zusah, wie dieser zu einem Baum rannte, um abgestorbene Zweige abzubrechen, und wieder zurück zur Feuerstelle, wo er die Zweige auf die glühenden Augen der Kohlestückchen warf. Dann kniete er sich davor und blies die Glut an. Rauch stieg auf, gefolgt von ein paar armseligen Flammen.

In den Schatten, die das Feuer hervorbrachte, sah Springender Dachs sie wieder. Groß und schwarz stand sie da, schwang die Arme vor und zurück, beschimpfte ihn lautlos, verfluchte ihn.

Als Pfauenauge mehr Holz ins Feuer warf, zog sie sich in die Dunkelheit zurück, wo sie auf ihn wartete.

Springender Dachs sog tief die Luft ein und versuchte seine zitternden Glieder in die Gewalt zu bekommen.

Keine fünf Hand von ihm entfernt sah er den Holzpfahl aus dem Schnee ragen. Mit einem Seufzer der Erleichterung kämpfte er sich zu der Stelle vor und grub den Kopf von Lahmer Hirsch aus.

Der verfaulende Mund hatte sich zu einem breiten Lächeln verzogen.

»Hast du geglaubt, dass mich dieser kleine Windhauch in Angst und Schrecken versetzt? Du alter Narr, ich …«

»Das sollte er aber«, bemerkte Elchgeweih, die mit ihren Habseligkeiten im Arm hinter einem Busch hervortrat und Springender Dachs mit einem harten Blick musterte. »Wir haben alles verloren, die Decken, unsere Beutel und unsere Vorräte. Wenn wir nicht wenigstens einen Teil davon wieder finden, können wir nicht weiterziehen.«

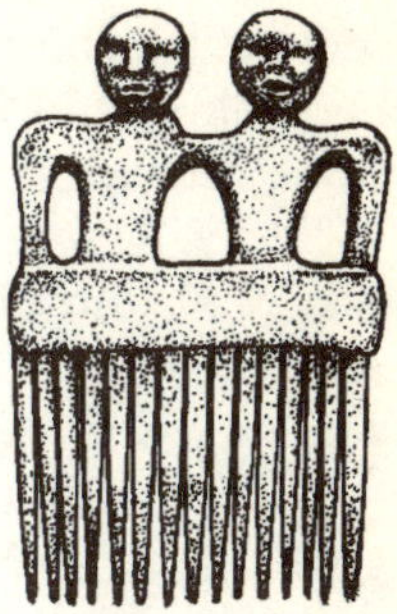

17. Kapitel

Lange vor Tagesanbruch erwachte Zaunkönig und warf gähnend ein Stück Holz auf die Glut. Die ganze Nacht hindurch hatte sie das kleine Feuer in Gang gehalten, damit Polterer warm lag, und er schien gut geschlafen zu haben. Zusammengekauert ruhte er in ihrem Fuchsumhang, das runde Gesicht vom Schein des Feuers gefleckt. Seine Brust hob und senkte sich im gleichmäßigen Rhythmus eines tiefen Schlafs.

Zaunkönig stand auf, stellte den Topf mit der restlichen Suppe in die Glut, um sie zu wärmen, hängte den Teekessel an das Dreibein und suchte ihr Essgeschirr zusammen. Als sie die schmutzigen Schüsseln sah, fluchte sie leise. Hatte ihre Mutter sie nicht immer ermahnt, unangenehme Dinge nicht bis zum nächsten Morgen aufzuschieben, weil sie im Licht des neuen Tages noch unangenehmer wurden? Zaunkönig graute davor, in die Kälte hinauszukriechen und das Geschirr mit Schnee sauber zu reiben, aber ihr blieb ohnehin keine andere Wahl. Ihre Blase war zum Platzen gefüllt.

Jeden unnötigen Lärm vermeidend, stapelte sie die Schüsseln ineinander und kroch gebückt zum Eingang, den eine hohe Schneewehe verschlossen hatte. Sie benutzte die Holzschalen, um sich durch den Schneeberg zu graben, bis ihr Blick auf einen herrlich klaren Nachthimmel fiel.

Mit den Schalen in ihrer Tasche kroch sie auf Händen und Knien durch die freigeschaufelte Öffnung nach draußen. Sternenlicht glitzerte durch die Bäume und spiegelte sich auf den schneebedeckten Ästen und Zweigen. Aus dem Geäst eines hohen Ahornbaumes blinzelten sie die silbrigen Augen einer Nachteule an.

Die Stille vor der Morgendämmerung war beinahe unheimlich. Nicht ein Windhauch zupfte an den Zweigen. Die sanft geschwungenen Umrisse der Schneewehen sahen aus, als wären sie von den zarten Händen der Erdgeister modelliert worden.

Zaunkönig entfernte sich einige Schritte von ihrem Unterschlupf, um ihre Blase zu erleichtern. Unbarmherzig krallte sich die eisige Kälte in ihre nackte Haut, deshlab zog sie sich rasch die Hose wieder hoch und vergrub die Hände eine Weile in den Taschen ihres Umhangs. Dann folgte sie ihren Fußstapfen zurück zu ihrem Unterschlupf und rieb auf dem Weg das Geschirr mit Schnee sauber. Irgendwo im Süden bellte ein Fuchs und stimmte eine jaulende Serenade an, deren Echo leise über die Hügelketten rollte.

Zaunkönig holte tief Luft und hoffte, dass Gesang des Fuchses ihre Ängste linderte.

Sie versuchte hartnäckig nicht an das zu denken, was sie getan hatte, doch die schreckliche Wahrheit hallte ihr unaufhörlich in den Ohren.

Seufzend wandte sie den Blick nach Osten. Einige der Alten würden um diese Zeit bereits aus ihren Decken kriechen, wenig später würde dann das gesamte Dorf zum Leben erwachen. Für Zaunkönig war dies die schönste Tageszeit. Wenn sie jetzt in ihrem Langhaus wäre, würde sie sich in ihre Decken kuscheln, den flüsternden Stimmen der anderen Bewohner lauschen und erwartungsvoll die köstlichen Düfte des Maisbreis einatmen, der bereits über den Feuern köchelte.

»Das werde ich nie wieder erleben«, murmelte sie.

Als sie Polterer losgeschnitten hatte, war es ihr nicht in den Sinn gekommen, dass sie alles, was ihr jemals so lieb gewesen war, würde aufgeben müssen. Das war der Preis dafür, dass sie ihn gerettet hatte.

Die Leere in ihrer Brust wog schwer. Sie würde es wieder tun. Das wusste sie, aber…

Nachdenklich steckte sie die sauberen Schalen zurück in ihre Tasche.

Vielleicht könnte sie, in einigen Wintern, einen Boten zu Onkel Blauer Rabe schicken und seinen Rat erbitten. Die Ältesten würden sie niemals in ihr Dorf zurückkehren lassen, das war ihr klar, aber sie wollte wenigstens ihren Onkel wieder sehen. Das würden sie ihr gewiss erlauben. Und falls nicht, könnte er sich bestimmt wegschleichen, um sich mit ihr einmal irgendwo zu treffen.

Mit tränenverschleiertem Blick starrte sie auf den glitzernden Schnee. Ihre Fußstapfen bildeten dunkle Flecken... wie sie auch ihr Herz überzogen. Wohin sollte sie jetzt gehen? Was tun? Und was würde mit Polterer geschehen? Sie hatte ihn gerettet und war somit für ihn verantwortlich. Deshalb musste sie zuerst einmal dafür sorgen, dass er wieder gesund wurde, ehe sie auch nur einen Gedanken an ihre eigene Zukunft verschwenden durfte. Aber sein Dorf war zerstört, sein Klan ausgelöscht. Sie hatten beide keine Verwandten mehr, zu denen sie gehen konnten. Nein, das stimmte nicht ganz. *Sie* hatte niemanden mehr. Polterer vielleicht doch.

Als sie zurück in den Unterstand schlüpfte, sah sie, dass Polterer aufgewacht war. Er hockte auf dem Fuchsumhang vor der Feuerstelle, über der ein Topf mit Tee brodelte. Seine Wangen hatten einen rosigen Schimmer, seine Augen blickten nicht mehr ganz so stumpf.

»Geht es dir besser, Polterer?«

»Ja. Ich habe den Tee aus deinem Beutel genommen. Ich hoffe, das war recht so.«

»Ja, natürlich. Fein, dass du ihn schon aufgebrüht hast.« Sie kramte die Holzschalen aus ihrer Tasche und stellte sie vors Feuer, dann setzte sie sich im Schneidersitz Polterer gegenüber und füllte die Schalen. Der würzige Duft der Fichtennadeln wehte ihr um die Nase. »Hmm, das riecht gut.«

Polterer nippte an seinem Tee und lächelte. Seit beinahe einem Mond trug er jetzt schon dasselbe schwarze Hemd mit den Muschelornamenten, das inzwischen völlig schmutzig und zerknittert war und einen erbärmlichen Anblick bot.

»Ich habe eines meiner Hemden für dich eingepackt«, log sie – sie hatte es für sich selbst mitgenommen. »Ich hoffe, dass es dir passt.«

Zaunkönig stellte ihre Teeschale beiseite und zog ihren Beutel an den Riemen zu sich heran. Als sie kurz darauf ein hellblaues Hemd zum Vorschein brachte, das mit Wellhornschnekenhäusern und Perlen bestickt war, blieb Polterer der Mund offen stehen.

»Für mich? Du hast das Hemd für mich mitgebracht?«

Zaunkönig reichte es ihm und lächelte. »Du brauchst es.«

Vorsichtig stellte Polterer seine Teeschale auf einem der Randsteine der Feuerstelle ab und nahm ihr das Hemd ab. Als er mit seinen erfrorenen Fingerspitzen über den feinen Stoff strich, der aus den zarten inneren Fasern der Linde gewebt war, verzog sich sein hübsches Gesicht zu einer bekümmerten Miene. »So ein wunderschönes Hemd habe ich nie besessen«, flüsterte er. »Ich danke dir, Zaunkönig.«

»Zieh es doch mal über. Es hat die ganze Nacht in meinem Beutel neben dem Feuer gelegen und ist bestimmt schön angewärmt. Morgen waschen wir das schwarze, dann hast du ein Hemd zum Wechseln.«

Umständlich zog sich Polterer das schmutzige Hemd über den Kopf. Zaunkönig sah ihm dabei zu. Seine kurzen Arme reichten ihm nur bis zu den Hüften, und die Oberarme standen in einem merkwürdigen Bogen vom Körper ab. Dagegen schien sein Hals länger zu sein als bei normalen Menschen. Er reckte die Arme und zog das neue Hemd über. Die Schneckenhäuser schillerten in allen Farben. Nachdem er es mit den Händen am Körper glatt gestrichen hatte, schnüffelte er am Ärmel. »Der Stoff riecht nach Blumen«, sagte er verwundert.

»Meine Großmutter lässt mich meine Sachen immer in Rosenblättern waschen«, erklärte sie. »Das hält die Wanzen ab, sagt sie.«

Als Zaunkönig sah, dass ihm die Ärmel beinahe bis zu den Knien hingen, beugte sie sich vor und krempelte sie hoch.

Polterer lächelte, dann verdüsterte sich plötzlich seine Miene. Er ließ die Arme fallen. »Du wirst sie nie wieder sehen, nicht wahr? Oder irgendjemand sonst von deiner Familie.«

»Falls Springender Dachs uns erwischt, werde ich sie noch einmal sehen, aber nicht für lange. Ich nehme an, dass sie uns sehr schnell töten.«

Polterer berührte vorsichtig die schimmernden Schneckenhäuser auf dem Hemd, während er deren Form und das perlmuttartige Material zu studieren schien. »Du hast alles aufgegeben, um meinetwillen. So ist es doch, Zaunkönig, nicht wahr?«

»Ich habe immer noch mein Leben, Polterer. Und du das deine.« Sie nippte an ihrem Tee und konzentrierte sich auf den harzigen Geschmack. Sie wollte nicht, dass er sie weinen sah. Dann würde er sich nur schuldig fühlen, und er hatte schon genug unter ihrem Klan gelitten. »Meinst du, die Suppe ist schon heiß? Ich habe einen Bärenhunger.«

Polterer beobachtete sie, als sie sich über den Suppenkessel beugte. Der Blick seiner Augen war nicht der eines Kindes, sondern der eines alten Mannes, der schon zu viel vom Leben gesehen hat. Ganz leise und mit sanfter Stimme sagte er: »Es tut mir Leid, Zaunkönig.«

»Du hast nichts Unrechtes getan, Polterer. Also brauchst du dich auch für nichts zu entschuldigen.«

Sie nahm den Hornlöffel und rührte damit die Suppe um. Sie war über Nacht eingedickt. »Das ist jetzt eher ein Brei geworden als eine Suppe, aber wenigstens ist er heiß.«

»Ich mag Brei«, sagte Polterer und legte die Hände auf die Knie. »Meine Mutter und ich haben meistens Samen und Wurzeln gegessen.«

»Habt ihr denn kein Fleisch gehabt in eurem Dorf?«

»Doch, es gab Fleisch.«

Zaunkönig musterte ihn skeptisch. »Und warum hattet ihr dann kein Fleisch zu essen?«

Polterer lächelte wehmütig. »Das habe ich meine Mutter auch einnmal gefragt. Wir aßen Maisschleimsuppe, und zufällig sah ich, dass meine Kusinen in der Nachbarhütte Rehstücke und Wildenten über ihrem Feuer brieten. Und da fiel mir ein, dass genau an diesem Morgen ein Mann meine Mutter mit einer Wildente und Wildstücken für ihre Hilfe bezahlt hatte. Mich überkam ein solches Gelüste auf dieses Fleisch, dass ich richtig wütend wurde. Deshalb sagte ich zu meiner Mutter: ›Die Leute bringen uns immer Fleisch als Bezahlung für deine Heilkünste. Warum können wir nie davon essen?‹« Er legte den Kopf schief, in liebevoller, aber auch schmerzlicher Erinnerung.

»Und, was hat sie darauf geantwortet?«

»Sie sagte: ›Willst du deiner Familie das Fleisch versagen, damit du es essen kannst?‹ Und ich erwiderte: ›Ich esse gern Fleisch, Mutter. Kann ich nicht hin und wieder ein Stück haben?‹ Ohne ein weiteres Wort stand meine Mutter auf, nahm meine Schale mit dem Maisschleim und ging damit in die Hütte meiner Verwandten. Sie gab die Schale meiner jüngsten Kusine, Luchs, die damals drei Winter alt war. Dafür nahm sie ihr ihre Schale aus der Hand, in der gebratene Entenstücke dampften. Die Augen meiner Kusine füllten sich mit Tränen, aber sie sagte kein Wort. Sie tauchte einfach ihren Löffel in meinen Maisbrei. Meine Mutter kam zurück und händigte mir Luchs' Schale mit dem saftigen Entenfleisch aus, dann setzte sie sich wieder ans Feuer und begann ihre Maissuppe zu löffeln.

Ich starrte die Ente an, dann meine kleine Kusine, ging hinüber zu ihr und gab ihr ihre Schüssel zurück. Luchs lächelte mich so glücklich an, dass ich weinen musste. Als ich ans Feuer meiner Mutter zurückkehrte, fragte sie mich: »Nun, was hat dich glücklicher gemacht? Eine Schüssel Entenfleisch zu essen? Oder sie einem anderen zu geben?‹«

Polterers Augen leuchteten. »Ich mag Brei.«

Zaunkönig dachte über die Geschichte nach, während sie Polterers Schüssel mit der dicken Suppe füllte. »Wenn du wieder bei Kräften bist, würde ich gern mehr Geschichten von deiner Mutter hören. Ich glaube, ich hätte sie gern gehabt.« Damit reichte sie Polterer die dampfende Schüssel.

»Du wirst sie mögen«, sagte er und wartete, bis Zaunkönig ihre Schüssel ebenfalls gefüllt hatte. Als es soweit war, stürzte er sich auf seine Suppe wie ein Junge, der fürchtet, nie wieder im Leben etwas zu essen zu bekommen. Mit einer Geschwindigkeit, die sie ihm nicht zugetraut hätte, schaufelte er sich die dicke Suppe in den Mund.

Zaunkönig dagegen aß langsam und genoss jeden Löffel. Das Maismehl hatte das Aroma der Zwiebeln angenommen und schmeckte jetzt herrlich würzig. Aber das war nicht der einzige Grund. Während des Mondes der Gefrorenen Blätter stoben die Truthähne beim ersten Anblick eines Jägers davon, und das bedeutete, dass sie erst wieder im Frühling zu einem so opulenten Mahl kommen würden.

Ein Zweig in der Feuerstelle brannte hell auf und zerbrach knackend. Flammen züngelten empor, und der flackernde

Schein ließ Polterers Schatten wie einen tanzenden Geist über die Wand hinter ihm huschen. Zaunkönig versuchte nicht hinzusehen. Das Bild erinnerte sie zu sehr an das erste Mal, als sie ihn gesehen hatte, oben im Dachgebälk hängend wie eine tödliche schwarze Spinne mit leuchtenden Augen. Jetzt wirkte er ganz anders. Unschuldig und verwundbar. Wie konnte ein Junge sich in so kurzer Zeit derart verändern?

»Möchtest du noch Suppe, Polterer? Du hast gestern Abend nicht sehr viel gegessen und wirst deine Kraft brauchen.«

Er reichte ihr seine Schale. »Teil den Rest zwischen uns auf. Du brauchst auch Kraft, und vor dem Abend werden wir nichts mehr zu essen bekommen.«

Sie schöpfte die Hälfte der Suppe in seine Schale, den Rest in die ihre. »Mir fällt gerade ein«, sagte sie, als sie ihm die Suppe reichte, »dass ich noch etwas getrocknetes Elchfleisch eingepackt habe. Wenn wir unterwegs Hunger bekommen, können wir ein Stück davon essen.«

Polterer lächelte. »Du bist so umsichtig, Zaunkönig.«

Um ihre Verlegenheit zu verbergen, schob sie sich einen Löffel Suppe in den Mund und zuckte die Schultern. »Onkel Blauer Rabe hat mich gelehrt, was man für eine lange Wanderung einpacken muss. Er war früher einmal ein großer Krieger. Mein Volk erzählt sich noch heute viele Geschichten über seine Kühnheit.« Das Herz wurde ihr schwer. »Während eines Kampfes, das ist jetzt zwanzig Winter her, sah er, dass ein junger Krieger Gefahr lief, von einem feindlichen Pfeil getroffen zu werden, und warf sich vor den Jüngling, um ihn zu schützen. Der Pfeil traf meinen Onkel in die Schulter, aber es gelangihm trotzdem, den feindlichen Krieger zu töten. In kalten Nächten macht ihm die alte Wunde auch heute noch zu schaffen.« Zaunkönig aß rasch einen Löffel Suppe, um die plötzlich aufsteigenden Tränen hinunterzuschlucken.

Polterers Schüssel zitterte in seiner Hand. Er stellte sie auf den Knien ab. »Er ist ein tapferer Mann. Ich hatte ihn gern.«

Zaunkönig schluckte. Nach dreißig Herzschlägen gelang ihr ein Lächeln. »Ich werde ihn vermissen.«

Sie beendeten ihr Mahl schweigend und ohne sich dabei anzuschauen.

Als das Feuer niedriger brannte, zogen sich die tanzenden

Schatten in die dunklen Ecken zurück, und ein weiches, dunkelrotes Licht erfüllte den Unterschlupf.

»Hast du Gauner Lebewohl gesagt?«, fragte Polterer unvermittelt in die Stille hinein.

Ehe Zaunkönig begriff, was mit ihr geschah, erschütterten heftige Schluchzer ihre Brust. »Ich habe ihm gesagt…«, stieß sie hervor, »dass ich etwas tun würde, das mir großen Ärger einbringen wird.«

In dem Blick, mit dem Polterer sie daraufhin ansah, öffnete sich ihr sein ganzes Herz. »Hat er geantwortet?«

Zaunkönig schniefte und wischte sich die tropfende Nase ab, während sie versuchte, sich an den Moment zu erinnern. Sie hatte Gauner nicht bellen hören oder winseln, aber… »Nein«, sagte sie, »aber ich glaube, er hat mit dem Schwanz gewedelt.«

Polterer lächelte.

Zaunkönig fühlte sich wieder besser. Über Gauner zu sprechen gab ihr Kraft. »Polterer? Ich überlege schon die ganze Zeit, wohin wir gehen sollen. Sag mal, hast du nicht irgendwelche Verwandten in einem der umliegen Schildkröten-Dörfer?«

»Doch, aber .. zuerst muss ich nach Hause, Zaunkönig.«

»Nach Hause?«, wiederholte sie verwirrt. »Du meinst ins Buntfelsen-Dorf? Aber Polterer, ich habe Springender Dachs mit eigenen Ohren sagen hören, dass er das Dorf niedergebrannt hat. Nichts ist mehr davon übrig. Es ist völlig …«

»Da gibt es etwas… jemanden… den ich suchen muss.«

Sie wusste, wen er damit meinte. »Ich – ich helfe dir suchen, Polterer.«

Der Junge senkte nachdenklich den Kopf und betrachtete seine Hände. Er würde die Kuppen der ersten drei Finger an beiden Händen verlieren und die zwei Glieder seiner kleinen Finger. »Zaunkönig, du musst mir helfen, diese Finger abzuhaken. Ich spüre bereits, wie die Schattengeister in meine Hände kriechen.«

»Natürlich, Polterer. Sag mir nur, wann du es tun willst.«

Tränen schimmerten in seinen Augen, gegen die er mit heftigem Blinzeln ankämpfte. »Und noch etwas – hilfst du mir auch, einen Vogel zu fangen?«

Die Verzweiflung in seiner Stimme fuhr Zaunkönig wie ein

Dolch ins Herz. Sie langte hinauf zu den ineinander verkeilten Ästen, die das Dach bildeten, und begann möglichst lange Streifen Rinde davon abzuziehen. »Daraus werde ich jetzt gleich ein Netz flechten. Die Vögel werden zwar erst auffliegen, wenn Großvater Tagbringer erwacht ist, aber wir können ja inzwischen einen geeigneten Platz suchen, um die Falle auszulegen.«

Der blasse, violette Schein der Morgendämmerung färbte bereits die Wipfel der höchsten Bäume, doch über dem Uferstreifen lag noch der schieferfarbene Mantel der nächtlichen Schatten. Oben am Himmel funkelten nur noch die hellsten Höfe der Nachtwanderer. Die anderen hatten sich vor dem erwachenden Tag zurückgezogen.

Blauer Rabe erfasste mit aufmerksamen Blicken den Uferstreifen, an dem er entlangpaddelte. Gestern, gegen Mittag, hatte er eine Spur entdeckt, die sich vom Ufer hinauf zu den Bäumen zog, aber sie war sehr unscheinbar gewesen und hätte von allem möglichen stammen können, von Rehen, Wölfen oder auch von Menschen. Er war weiter gepaddelt… doch das Bild war ihm im Gedächtnis geblieben und hatte ihn bis in den Schlaf verfolgt. Gegen Mitternacht war er aufgestanden, hatte sein Kanu ins Wasser geschoben und sich daran gemacht, den ganzen Weg bis zu dieser Stelle zurück zu paddeln, um die Spur doch näher in Augenschein zu nehmen.

Nach sechs Tagen im Kanu, in denen er sich nur von dem wenigen ernährt hatte, was er bei seiner nächtlichen Rast im Wald finden konnte, paddelte Blauer Rabe wie ein schwächlicher Greis. Seine Schultermuskeln fühlten sich an, als sei das Paddel nicht aus Holz, sondern aus Granit gehauen.

Von etwaigen Verfolgern hatte er bisher nichts bemerkt. Aber sie waren ihm auf der Spur. Das wusste er ganz genau. Er kannte die Seelen der Anführerinnen des Wanderer-Klans nur zu gut.

Bisher hatte er nur eines von Zaunkönigs Lagern entdeckt, jenes, wo sie die erste Nacht nach ihrer Flucht verbracht hatte. In dieser Nacht hatte es heftig geschneit. Als sie am nächsten Morgen das Kanu gepackt und ins Wasser geschoben hatte, war es ihr nicht eingefallen, ihre Spuren zu verwischen. Vielleicht aus

Furcht, oder weil sie es eilig gehabt hatte. Vielleicht dachte sie auch, der Schnee würde die Abdrücke ihrer Mokassins wieder zudecken. Welche Gründe sie für ihre Unachtsamkeit auch gehabt haben mochte, von da ab hatte sie ihre Spuren jedenfalls so gründlich verwischt wie ein verwundeter Krieger der weiß, dass er verfolgt wird.

Blauer Rabe kniff die Brauen zusammen. Weiter vorn hatte er einen Streifen ausgemacht, der sich etwas dunkler aus dem Schnee abhob und vom Wasser aus direkt zum felsigen Ufer führte. Er tauchte das Paddel in das ruhige, grüne Wasser und verlangsamte die Fahrt. Aus dieser Entfernung konnte er nicht ganz sicher sein, aber der dunkle Streifen sah tatsächlich nach einer Spur aus... Aber es war nicht die, die er gestern bemerkt hatte. Diese hier war viel deutlicher. Und offenbar noch recht frisch.

Als er das Kanu näher an Ufer steuerte, sah er in den Büschen an der Wasserkante etwas Weißes schimmern. Er fuhr noch näher heran und erkannte jetzt den bemalten Bug eines Kanus, der kaum sichtbar aus dem Gestrüpp hervorlugte. Die Spur führte darauf zu und verschwand dann im Wald.

Blauer Rabe schlug das Herz bis zum Hals. Mit zwei Paddelschlägen hatte er das Ufer erreicht und sprang mit einem Satz ins knietiefe Wasser. Er zog das Kanu aufs Ufer und machte sich dann daran, die Spuren eingehend zu untersuchen.

Es waren tatsächlich die Abdrücke von Mokassins.

Von zwei Paar Mokassins.

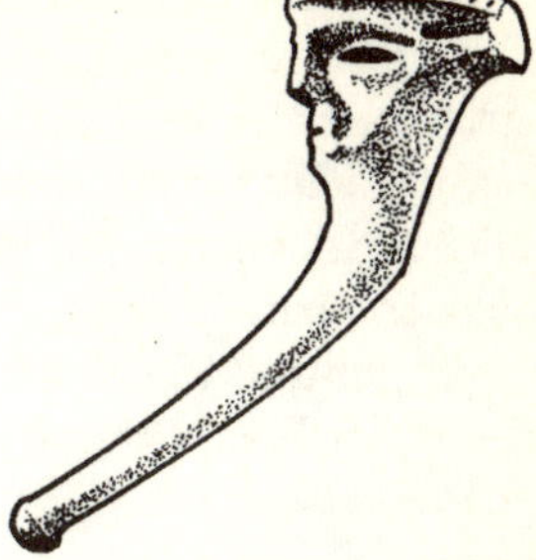

18. Kapitel

Ein ziehender Schmerz im Arm weckte Sperling aus einem unruhigen Schlaf. Er schlug die Augen auf und sah, dass Aschenmond neben ihm lag, dicht an ihn gekuschelt, den Kopf auf seinen abgewinkelten Arm gebettet. Trotz der Schmerzen rührte er sich nicht. Er wäre bereit gewesen noch viel mehr zu ertragen, wenn er sie dafür jeden Morgen in seinen Armen hätte halten können. Tief sog er den feinen Duft ein, den ihr Haar verströmte, und ließ die Luft langsam wieder entweichen. Sein Atem schwebte als weiße Wolke davon.

Da der Sturm Aschenmonds Decken weggeweht hatte, war sie notgedrungen dazu gezwungen gewesen mit Sperling seine Elchdecke zu teilen, wenn sie nicht erfrieren wollte. Zu seiner Verärgerung hatte es mindestens zweihundert Herzschläge gedauert – während dessen sie nachdenklich, vor sich hin brütend, auf und ab marschierte – bis sie zu einer Entscheidung gelangt war. Als sie dann schließlich unter seine Decke gekrochen war, hatte sie ihm befohlen, sie nicht anzurühren und erklärt, dass sie ihn ebenfalls nicht anrühren werde.

Sperling lächelte. Der beginnende Tag warf seinen perlmuttfarbenen Schein durch die Bäume und betupfte Aschenmonds Gesicht mit violettem Licht. Irgendwann während der Nacht hatte ihr Körper den Kampf gegen ihren Stolz gewonnen, und sie hatte sich ganz dicht an ihn geschmiegt.

Vorsichtig streckte er die Hand aus und berührte das lange silberne Haar, das sich über seinen Arm ausbreitete. Die seidige Weichheit tröstete ihn.

»Lass das«, murmelte Aschenmond schlaftrunken.

Daraufhin zog Sperling mit einem so unerwarteten Ruck den Arm unter ihrem Kopf weg, dass er dumpf auf dem Boden aufschlug. »Du warst diejenige, die entschieden hat, dass wir wieder Freunde sind. Ich bin aufgewacht, und du klebst an mir wie Fichtenharz.«

Aschenmond öffnete blinzelnd die Augen. »Ja, aber nur weil du in der Nacht deine Arme um mich gelegt und mich an dich gezogen hast. Ich war bloß zu müde, um mich dagegen zu wehren.«

Sperling war momentan so verblüfft, dass er keine Worte fand. Mindestens tausendmal in den vergangenen zwei Wintern hatte er davon geträumt, sie in den Armen zu halten. Deshalb... hatte er wahrscheinlich genau das getan.

»Ja, dann verzeih mir«, brummte er, während er unter den Decken hervorschlüpfte und aufstand. »Meine Arme wussten es wohl nicht besser. Nach fünfunddreißig Wintern haben sie wahrscheinlich gedacht, dass es ihre Bestimmung sei, dich festzuhalten.«

Der tiefe Schnee knirschte unter seinen Mokassins, als er in das nahe gelegene Ahornwäldchen stapfte. Er entleerte seine Blase und sah, dass Aschenmond sich aufgesetzt hatte. Das Haar umfloss sie wie ein Mantel aus Mondlicht.

Sperling konnte den Blick nicht von ihr abwenden. Sie rollte die Decken zusammen und stand dann auf, reckte wie eine Katze, die sich in der Sonne streckt, die Arme über den Kopf und bog den Rücken durch. Mit ihren schlichten kniehohen Mokassins, dem Ziegenlederkleid und dem Umhang aus Hirschfell sah sie nicht aus wie eine mächtige Klan-Vorsteherin. Sie wirkte zierlich und jung und erinnerte ihn an das schlaksige Mädchen, in das er sich in seinem vierzehnten Winter verliebt hatte. Zwanzig Monde hatte er warten müssen, bis er ihren Vater um die Erlaubnis fragen konnte, ihr den Hof machen zu dürfen. Zwar hatte er sich darauf beschränken müssen, ihre Schönheit aus der Ferne zu bewundern, wie jetzt auch, aber das bewirkte etwas in den Seelen eines Mannes, verwandelte gewöhnliches Verlangen in ein großes Feuerwerk der Gefühle.

Selbst jetzt noch, nach all den Kindern, die sie ihm geboren hatte, brauchte er sie nur anzusehen, um von einem Gefühl der Ehrfurcht erfüllt zu werden.

Aschenmond kramte in ihrem Lederbeutel, holte Kochtöpfe, Schüsseln und Hornlöffel heraus und verschwand dann hinter einem Felsen.

Sperling begann die unteren abgestorbenen Zweige an den Bäumen abzubrechen. Er ging von einem Ahorn zum nächsten, bis sein Arm so voll war, dass er nichts mehr tragen konnte. Dann kehrte er zu ihrem Lagerplatz zurück, warf das Holz neben die gerollten Felldecken, nahm sich seine Holzschüssel und grub damit ein Loch in den Schnee. Gerade als er damit fertig war, erschien Großvater Tagbringer am östlichen Horizont.

Kristallenen Pfeilspitzen gleich schossen die Strahlen über den Himmel, bohrten sich durch die träge dahingleitenden Wolkenriesen, überzogen die Hügelketten mit einem goldenen Glanz und brachten den Schnee zum Glitzern.

Sperling blieb stehen, um den Augenblick zu genießen.

Irgendwo in der Ferne krächzten Krähen, ihre Stimmen so fröhlich, als wollten sie Großvater Tagbringer ihren Gruß entbieten.

»Du glaubst, er ist auf dem Weg ins Buntfelsendorf, nicht wahr?«, fragte Aschenmond, die gerade hinter dem Felsen hervortrat.

»Ja«, nickte er und begann die Zweige klein zu brechen und in das Loch zu werfen.

»Aber wozu? Er wird dort nichts mehr vorfinden.«

»Würdest du in seiner Situation nicht auch nach Hause gehen, Aschenmond?« Er griff nach seinem Beutel, um das Feuerbrett, den Holzstab und die kleine Schachtel mit verkohlten Rindenfasern hervorzuholen. Sorgfältig breitete er die schwarzen Fasern über den Zweigen aus und brachte das flache Brett in die richtige Position. »Selbst wenn man dir gesagt hätte, dass dein Dorf niedergebrannt und keiner deiner Lieben mehr am Leben wäre, würde dich dann nicht die Hoffnung zurücktreiben?«

Aschenmond saß auf den zusammengerollten Felldecken. »Vielleicht«, räumte sie ein und beugte sich vor. »Aber ich kenne die Schrecken des Lebens. Ich habe fünfzig Winter damit verbracht, sie zu beachten, ohne sie zur Kenntnis zu nehmen. Der

Junge zählt erst neun Winter. Seine Augen haben bisher nur sehen gelernt.«

Sperling hantierte mit seinem Feuerbrett und dem Holzstab. »Das fürchte ich auch.«

Aschenmond versenkte die Hände in ihren Taschen und seufzte. »Sein ganzes Leben lang wurde er beschützt. Seine Leute behandelten ihn wie einen wertvollen irdenen Topf. Während der Schlacht im Buntfelsendorf ließen sie ihn fallen. Ich fürchte, er wird zerbrechen, wenn er vor den schrecklich zugerichteten Leichen seiner Familie steht.«

»Aschenmond...«, murmelte Sperling und legte das Holzbrett auf den Boden. »Vielleicht ist er schon zerbrochen. Er hat Schreckliches mitgemacht.«

»Trotzdem, wir müssen versuchen, ihn so schnell wie möglich zu finden. Wenn seine Seelen... verletzt sind, kann ich ihm vielleicht helfen.«

»Wir werden ihn finden.«

Sperling kniete sich nieder und stellte den linken Fuß auf das Holzbrett, um es festzuhalten. Dann platzierte er die Spitze des Holzstabes – eines Rundholzes, so lang wie sein Arm – in der vorbereiteten Vertiefung in der Mitte des flachen Bretts. Für gewöhnlich brauchte es zehn Herzschläge, bis der erste Funke aufglomm, aber an besonders kalten Tagen schien es immer viel länger zu dauern. Mit schnellen, gleichmäßigen Bewegungen begann er das Rundholz zwischen seinen Handflächen hin und her zu reiben. Nach etwa dreißig Herzschlägen stiegen durch die Hitze, die bei der Reibung des Hartholzstabes auf dem weicheren Holzbrett entstand, feine Rauchfahnen auf. Sperling drückte den Stab fester in die Vertiefung und trieb ihn zwischen den Handflächen noch schneller an. Schließlich leuchteten rote Funken auf. Rasch legte er den Stab beiseite und ließ die Funken vorsichtig auf die angekohlten Fasern gleiten. Dann blies er sie behutsam an, bis sie Feuer fingen, auf das Bett aus dürren Zweigen fielen und die Rinde entzündeten. Eine winzige Flamme züngelte empor, und bald entzündeten sich die ersten Zweige und lieferten den tanzenden Flammen Nahrung. Jetzt zog Sperling dickere Äste aus dem Holzhaufen und legte sie nach und nach über die Zweige, bis er ein ansehnliches Feuer zustande gebracht hatte.

Aschenmond rieb sich über den Flammen die Hände. »Sag mal, Sperling, glaubst du… ich meine… Polterer hofft doch bestimmt, dass Wilde Rose noch am Leben ist?«

»Ja, da bin ich ganz sicher.«

»Wenn das, was wir gehört haben, wahr ist, dann wird er nach Hause kommen und ihre Leiche finden… und du weißt doch, was der Händler erzählt hat… dass sie erschlagen wurde. Die Wölfe und Adler haben sich bestimmt schon über sie hergemacht…« Sie schüttelte den Kopf, unfähig, ihre Gedanken zu beenden. »Ich habe Angst, dass Polterer etwas Unüberlegtes tun könnte, Sperling.«

»Ich weiß, was ich an seiner Stelle täte.« Die Äste waren zu Glutbrocken heruntergebrannt. Sperling nahm einen Stock, schob einige davon zur Seite, füllte den Teekessel mit Schnee und stellte ihn auf die glühenden Kohlen. »Wenn ich nach Hause käme und deine Leiche zwischen den verbrannten Überresten unserer Hütte fände, würde ich verrückt werden, Aschenmond. Total verrückt. Ich würde jedes Quäntchen Macht, das ich aus der Erde oder dem Himmel beziehen könnte, dazu benutzen, diejenigen zu bestrafen, die dir das angetan haben.«

Der Hass in seiner Stimme veranlasste Aschenmond, unbewusst die Hände zu Fäusten zu ballen. »Mir würde es genauso gehen, wenn ich Narzisse oder… oder meine Enkelkinder ermordet auffinden würde.«

Sperling lächelte ein wenig traurig über die Aufzählung, sagte aber mit fester Stimme: »Ja, davon bin ich überzeugt.«

»Polterer besitzt eine große Macht. Was ist, wenn er etwas Dummes tut?«

»Zum Beispiel die Welt-über-dem-Himmel anrufen, dass sie riesige Felsbrocken auf die Erde niederregnen lässt? Nun, dann würde der Wanderer-Klan als blutiger Brei enden. Aber ich bezweifle, dass das passieren wird. Die Macht wohnt in Polterers Körper, das ist wahr, aber er kann sie noch nicht kontrollieren. Zumindest glaube ich das.«

»Ja, wollen wir hoffen, dass du Recht hast.« Ihre dunklen Augen wurden schmal. »Wenn dem Wanderer-Klan ein solches Schicksal beschieden ist, wird es einen langen Krieg mit dem Bärenvolk geben.«

Windmutter fegte fauchend durch den Wald, schüttelte die

Bäume und jagte über die Schneewehen. Ein glitzernder weißer Schneeschleier wirbelte über ihr Lager hinweg. Sperling zog die Schultern hoch und wandte das Gesicht ab, Aschenmond setzte sich rasch die Kapuze auf. Der Wald stöhnte und ächzte, dann wurde es mit einemmal ganz still.

Als Sperling den Kopf hob, den Mund zu einer Bemerkung geöffnet, blieb ihm schier das Herz stehen.

Neben dem Felsbrocken, hinter Aschenmond, stand ein Mann. Groß, mit langem, ergrauendem Haar, das ein ovales Gesicht umrahmte, ein Elchfell um die Schultern geworfen.

Sperling erstarrte.

Aschenmond griff unter ihrem Umhang nach dem Messer, das in ihrem Gürtel steckte.

Der Mann, der hinter ihr stand, bemerkte die Bewegung nicht. Vorsichtig kam er näher.

Sperling sah Aschenmond nicht an, als er aufstand, wusste aber, dass sie ihn genau beobachtete, seinen Atem, seine Haltung, um die Gefahr abzuschätzen.

»Es ist lange her, Blauer Rabe!«, rief Sperling aus.

Aschenmonds Atem beschleunigte sich, als sie das Messer in ihren Schoß legte und sich langsam zu dem Oberhaupt des Wanderer-Dorfes umdrehte.

Blauer Rabe studierte die beiden Gesichter, die ihn misstrauisch anstarrten, dann breitete er die Arme aus. »Ich habe meinen Bogen hinter dem Felsen abgelegt und komme unbewaffnet. Ich möchte mit euch sprechen. Bitte.« Er sah Aschenmond an. »Du bist Aschenmond, nicht wahr? Die Anführerin des Erdendonner-Klans.«

Aschenmond nickte schweigend.

Blauer Rabe kam noch einen Schritt näher.

»Ich habe viele Leute von deinem Mut und deiner Güte sprechen hören«, fuhr Blauer Rabe fort und senkte den Kopf, um ihr den gebührenden Respekt zu zollen. »Ich hoffe, dass auch ich heute deiner Güte teilhaftig werde. Ich gebe dir mein Ehrenwort, dass ich in friedlicher Absicht gekommen bin.«

»Was willst du hier?« verlangte Sperling zu wissen.

»Ich habe euer Gespräch mit angehört ...«

»Du meinst, du hast uns belauscht!«, berichtigte Aschenmond.

»Nun, Anführerin« – Blauer Rabe lächelte matt – »ein vernünftiger Mann spaziert nicht so einfach in das Lager von Silberner Sperling. Vielleicht in den alten Tagen, als er ein berühmter Händler war, aber jetzt nicht mehr. So weit einen die Füße in drei Monden tragen, erzittern die Menschen bei der bloßen Erwähnung des Namens deines Ehemannes ...«

»Meines *früheren* Ehemannes.«

Blauer Rabe schien etwas verunsichert. Er warf Sperling einen kurzen Blick zu und fuhr fort: »Die Leute flüstern hinter vorgehaltener Hand, dass Silberner Sperling kein menschliches Wesen mehr ist, sondern nachts im Körper einer Eule oder einer Fledermaus durch die Wälder fliegt. Daher hielt ich es für klug, euch erst eine Weile zu beobachten, bevor ich mein Versteck verließ.«

»Was willst du?«, wiederholte Sperling.

Die Stimme von Blauer Rabe klang vorsichtig. »Ihr beide seid auf der Suche nach den Kindern, und ich ebenfalls.« Die Falten auf seiner Stirn wurden tiefer. »Gemeinsam haben wir größere Chancen, sie zu finden, und wir müssen sie bald finden, sonst fürchte ich ...«

»Du meinst...« Aschenmond sprang auf. »Polterer ist nicht bei dir?«

Blauer Rabe schüttelte den Kopf. »Bei mir? Nein, natürlich nicht.«

»Du hast ihn nicht losgeschnitten?«

»*Ich*?«, rief Blauer Rabe entrüstet. »Ich hatte damit nichts zu tun! Meine Nichte, ein Mädchen von zwölf Wintern, die war dafür verantwortlich. Wahrscheinlich hat sie Mitleid mit ihm gehabt. Während ich schlief, hat sie ...«

»Aha.« Sperling nickte. Plötzlich passten die Teile der Geschichte zusammen und ergaben ein ganzes Bild. »Nun, Blauer Rabe, es sind viele Dinge geschehen, von denen du wahrscheinlich nichts weißt. Bitte, setz dich und teile das Feuer mit uns.« Er deutete auf die knisternden Flammen.

»Ich möchte mich nicht setzen. Ich ...«

»Du kannst natürlich stehen bleiben, wenn du wünschst, aber die Wahrheit ist nicht leicht zu erzählen, und auch nicht angenehm zu hören, kann ich mir vorstellen.« Er atmete eine weiße Dunstwolke aus.

Der Blick von Blauer Rabe wanderte zwischen Aschenmond und Sperling hin und her. Angst verdunkelte seine braunen Augen. »Dann lass sie mich bitte schnell hören.«

Sperling beugte sich vor und häufte mehr Glut um den Teekessel auf. »Springender Dachs und zwanzig seiner Krieger sind dir auf der Spur. Siebenstern hat ihnen befohlen, dich zu jagen, weil sie glaubt, dass du Polterer befreit hast.«

»Aber das ist doch närrisch! Warum sollte ich ...«

»Über das Warum wissen wir nichts. Aber sie sind davon überzeugt, dass du sie hintergangen hast.« Sperling wiederholte die Geschichte, die Maishülse ihnen erzählt hatte. »Lahmer Hirsch hat angeblich berichtet, dass ich prophezeit hätte, das Falschgesicht-Kind würde dem Wanderer-Klan den Tod bringen. Stimmt das?«

Blauer Rabe nickte. »Ja. Hast du ...?«

»Nein, habe ich nicht. Aber das ist eine andere Geschichte. Deine Leute glauben, dass du sie dem Untergang geweiht hast, indem du den Jungen losbandest. Sie haben dich als Verräter abgestempelt.«

»Und deine Nichte, Kleiner Zaunkönig, ebenfalls«, warf Aschenmond ein. »Sie haben sie zum Tode verurteilt.«

Dem Gesichtsausdruck von Blauer Rabe nach zu schließen, hatten sie gerade seine schlimmsten Befürchtungen bestätigt. »Du meine Güte. Das ist ja noch schlimmer, als ich mir hätte...« Er schüttelte den Kopf. »Ja, viel schlimmer. Ich ... ich muss darüber erst einmal nachdenken. Gibt es denn keinen Pfad, der aus diesem Irrsinn wieder herausführt? Einen Weg, den Schaden wieder zu beheben? Ich muss ihn nur... nur finden.«

Sperling stierte mit finsterer Miene ins Feuer. »Nun ja, wir haben alle unsere Probleme, Blauer Rabe. Unseres ist, Polterer zu finden, bevor er Springender Dachs in die Hände fällt. Ich nehme an, du weißt auch nicht, wo er und seine Krieger jetzt sind, oder? Damit wir ihnen aus dem Weg gehen können.«

»Nein, das weiß ich nicht«, erwiderte Blauer Rabe. »Da ich keinen Versuch unternommen habe, meine Spuren zu verwischen, müsste ich eigentlich schon längst tot sein. Der Sturm mag Springender Dachs vielleicht aufgehalten, aber nicht von seinem Ziel abgehalten haben. Nicht wenn es wahr ist, was du gesagt hast. Dann ist er es schon allein seiner Ehre schuldig, mich zu finden.«

»Und deine Nichte, vergiss das nicht«, fügte Aschenmond eisig hinzu. »Unter den Schildkröten-Völkern ist es nicht üblich, ein Kind zum Tode zu verurteilen. Ihr Leute vom Bärenvolk müsst wahrlich Ungeheuer sein …«

»Anführerin.« Blauer Rabe blickte Aschenmond direkt in die Augen und und ließ die Arme sinken. »Ich habe diese Entscheidung nicht getroffen, und ich habe bei einer Ratsversammlung niemals dafür gestimmt, ein Kind mit dem Tod zu bestrafen. Ich liebe meine Nichte sehr. Ganz gleich, was ich tun muss, um ihr zu helfen, ich werde es tun.«

Aschenmond maß ihn mit einem eindringlichen Blick. »Selbst wenn du gegen die Befehle deiner Klan-Anführerinnen verstoßen müsstest?«

Blauer Rabe zögerte. Als Häuptling durfte er sich zu so etwas niemals bekennen. »Ich glaube, die Wanderer-Anführerinnen sind… verwirrt. Falsch unterrichtet. Sobald sie über die wahren Hintergründe Bescheid wissen, werden sie ihre Meinung ändern.« Sein Atem zitterte jedoch, und er drückte eine Hand auf den Magen, als ob er Krämpfe habe.

»Trotz der Zuversicht in deinen Worten, Blauer Rabe«, gab Aschenmond zu bedenken, »machst du einen unsicheren Eindruck. Obgleich ich bete, dass du Recht behältst.«

Blauer Rabe lächelte. »Ich schätze deine Gebete hoch ein, Anführerin. Bitte, bete weiter für uns.«

Sperling deutete mit dem Finger auf den Lederbeutel neben Aschenmond. »Aschenmond, ich bin hungrig, könntest du mir bitte …«

»Die Proviantpäckchen reichen«, beendete sie seinen Satz und griff nach ihrem Bündel. »Ich glaube, Blauer Rabe hätte auch nichts gegen etwas Nahrung einzuwenden.«

19. Kapitel

Blauer Rabe saß mit übergeschlagenen Beinen im Schnee, zwischen Silberner Sperling und dessen früherer Frau. Während Sperling damit beschäftigt war, eine Maisschleimsuppe für die Morgenmahlzeit zuzubereiten, gab sich Anführerin Aschenmond betont ungezwungen. Sie flocht ihr silbernes Haar zu einem dicken Zopf, ohne Blauer Rabe jedoch einen Herzschlag lang aus den Augen zu lassen, und er spürte ihren Blick wie einen eisigen Dolch in der Brust.

Die rötlichen Boten des Sonnenaufgangs tanzten durch die Wolkenriesen und verliehen Teilen des morgendlichen Himmels einen regenbogenfarbenen Anstrich.

Blauer Rabe schlürfte den heißen Tee, den Aschenmond ihm angeboten hatte, und sagte: »Der schmeckt hervorragend.«

»Ich danke dir«, erwiderte Aschenmond. »Es ist meine eigene Mischung.«

»Trocknest du die Rosenblüten in der Sonne, oder lässt du sie an der Pflanze vertrocknen?«

»Ich pflücke die frischen Blütenblätter und lasse sie langsam am Feuer trocknen. So hält das Aroma länger.«

Silberner Sperling warf gedörrte Blaubeeren in den blubbernden Maisschleim und rührte ihn mit dem Hornlöffel um. »Zum erstenmal hat sie diese Teemischnung vor dreiunddreißig Wintern ausprobiert. Es war Herbst, im Mond der Wirbelnden Blätter, und Aschenmond war mit unserem ältesten Sohn etwas weiter nördlich von hier am Cranberry Bog, einem Jägerlager, zum Beerenpflücken. Dabei hat sie ein bisschen von diesem und ein bisschen von jenem gesammelt, und als sie am Abend einen Tee daraus kochte, fanden wir ihn alle köstlich. Seither ist sie bei dieser Mischnung geblieben.« Sperling lächelte stolz, doch dieses Lächeln galt nicht Aschenmond, sondern dem Suppentopf.

Kurz verschleierte ein Anflug von Schmerz ihren Blick, der jedoch gleich wieder verschwand. Silberner Sperling schaute zu ihr hoch und presste die Kiefer aufeinander.

Blauer Rabe verstand nicht sehr viel von Frauen, doch mit Männern kannte er sich ein wenig aus. Ihm war klar, dass Silberner Sperling Aschenmond noch immer liebte.

Sperling erhob sich aus der Hocke. »Aschenmond, solange der Brei kocht, werde ich mal sehen, ob ich ein paar von unseren Sachen wieder finde, die der Sturm letzte Nacht weggeblasen hat.« Und zu Blauer Rabe gewandt sagte er, indem er die Augen zusammenkniff, um seine Worte zu unterstreichen: »Nur als Vorsichtsmaßnahme möchte ich dir mitteilen, dass Aschenmond einen Dolch und ein Messer am Gürtel trägt und beides zu benutzen weiß. Ich habe es ihr selbst beigebracht. Außerdem werde ich immer in Sichtweite bleiben. Mein Blick wird dich nur selten verlassen, Blauer Rabe. Hast du verstanden?«

»Jawohl, das habe ich.«

Sperling nickte und stapfte auf die Baumgruppe zu, die sich links von Blauer Rabe erhob.

Der wartete, bis Sperling ausser Hörweite war, bevor er bemerkte: »Er behandelt dich wie eine Ehefrau, ehrenwerte Anführerin des Erdendonner-Klans, nicht wie eine frühere Ehefrau.«

Aschenmond flocht unbeirrt weiter an ihrem Zopf. »Nun ja, das hat er fast sein ganzes Leben lang getan. Er kann es wahrscheinlich nicht abstellen.«

»Wie lange wart ihr ein Paar?«

»Fünfunddreißig Winter.«

Blauer Rabe stützte die Ellbogen auf die angewinkelten Knie. Aschenmonds Blick ruhte abwartend auf ihm, während sich die Falten auf ihrer Stirn vertieften. Der Felsen hinter ihr begann mit dem Höhersteigen der Sonne zu glitzern. »Nach einer so langen Zeit fällt die Trennung gewiss nicht leicht, kann ich mir denken. Ich selbst war zwar nie verheiratet, aber ich habe von Leuten, die sich getrennt haben, gehört, dass sie sich danach fühlten, als hätten sie einen Teil von sich verloren.«

Ihr Blick wurde eine Spur weicher. Sie zog ein Lederband aus ihrem Reisebündel und knotete es um das Ende ihres Zopfes. »Warum hast du nie geheiratet?«

Blauer Rabe fühlte sich wie hypnotisiert von Aschenmonds dunklen, selbstsicheren Augen. Trotz ihres Alters war sie noch immer eine sehr schöne Frau. Der dicke silberne Zopf lag anmutig über ihrer linken Schulter, und die überwiegende Zahl ihrer Falten kündete von einem Leben voller Lachen und Fröhlichkeit.

»Die Frau, die ich begehrte, wollte mich nicht, und ich wollte die Frau nicht, die mich begehrte. So einfach ist das. Ich habe schlichtweg …«

»Warum wolltest du sie nicht?«

»Nun ja« – er hob die Schultern – »sie war eine Kriegerin. Eine sehr tapfere Kriegerin, und ich …«

»Du hast unter der Rivalität gelitten?«

»Nein, nein«, wehrte er ein wenig zu schnell ab und hielt, verwundert über seine Reaktion, inne. Die Wahrheit war, dass Elchgeweih in der Kriegskunst erfolgreicher gewesen war als er, und das hatte ihm früher einmal sehr wohl etwas ausgemacht. Im Faustkampf war er ihr vielleicht an Stärke überlegen, doch mit dem Bogen und dem Messer war sie sehr viel…

»Ich sehe, dass du über deine Antwort nachdenken musstest«, warf Aschenmond ein und hob eine wohlgeformte silberne Braue. »Das ist gut.«

Blauer Rabe hatte plötzlich das Gefühl, ihr in die Falle gegangen zu sein und wusste nicht, wie er da hineingeraten war. Das passierte ihm nicht oft. Gewöhnlich war er es, der in einer Unterhaltung durch seine Redegewandtheit den Ton angab. »Tja, um die Wahrheit zu sagen: Frauen sind für mich wie Wolkenriesen. Unfassbar. Geheimnisvoll.«

Ein Windstoß bauschte Aschenmonds Kapuze und sie hielt sie rasch unter dem Kinn zusammen, damit sie ihr nicht vom Kopf wehte. »Ja, das glaube ich dir aufs Wort. Wenn du ein bisschen Erfahrung mit Frauen hättest, wärst du nämlich nicht hier.«

»Was? Wie bitte?« Er schüttelte verwirrt den Kopf. »Ich verstehe nicht.«

Aschenmond warf einen Zweig ins Feuer und hob ihre Teeschale. Nachdem sie einen großen Schluck getrunken hatte, fuhr sie fort: »Warum bist du bis jetzt nicht auf den Gedanken gekommen, dass deine Nichte den Jungen hatte retten wollen? Die Vermutung liegt doch nahe. Hat sie nicht irgendwelche Andeutungen gemacht?«

Blauer Rabe richtete sich erstaunt auf. »Andeutungen?«

»Ja, natürlich. Kinder glauben immer, besonders klug zu sein, aber tatsächlich sind sie ziemlich unbedarft. Wenn sie sich ärgern oder verzweifelt sind, stellen sie oft zu viele Fragen über die falschen Dinge, oder fangen Streit an, um unsere Aufmerksamkeit auf sich zu ziehen. Und wenn sie das geschafft haben, dann setzen sie alles daran, uns ihren Kummer in irgendeiner Form mitzuteilen. Leider hören wir Erwachsenen ihnen nur selten aufmerksam zu. Meist sind wir viel zu beschäftigt mit unseren eigenen, ach so wichtigen Belangen, und haben keine Zeit, uns den Sorgen der Kinder zu widmen.«

Blauer Rabe starrte Aschenmond unverwandt an, während die Erinnerung an Zaunkönigs gequälten Gesichtsausdruck an diesem letzten Abend auf Lost Hill Gestalt annahm. »Ich weiß, dass ihr die Wache sehr ans Herz gegangen ist, nach dem Tod ihrer Eltern und ihres kleinen Bruders. Sie …«

»Wie lange sind sie schon tot?«

»Acht Monde ist es jetzt her.«

Aus Aschenmonds Miene sprach deutlich Mitleid, als sie sagte: »Sprich weiter. Was geschah nach dem Tod ihrer Familie?«

»Na ja« – er machte eine unbestimmte Handbewegung – »irgendwie schien sie plötzlich von dem Gedanken besessen zu sein, Lebewesen zu retten. Jedes Vogeljunge, das aus dem Nest gefallen war, fand Aufnahme in unserem Langhaus, wo Zaunkönig es mit Würmern fütterte, die sie selbst züchtete. Und im Sommer suchte sie jeden Morgen das Ufer des Leafing Lake nach gestrandeten Fischen oder Muscheln ab, um sie wieder zurück ins Wasser zu werfen. Ja, sie …«

»Das waren nicht nur Fingerzeige für dich, Blauer Rabe. Sie hat dir ganz deutlich zu verstehen gegeben, dass sie es nicht erträgt, noch irgendein Lebewesen sterben zu sehen.« Aschenmond schüttelte sichtlich empört über seine Blindheit den Kopf. »Das arme Mädchen. Die Eltern und den Bruder zu verlieren muss ihre Seelen mehr verwundet haben, als du angenommen hast.«

»Ich wusste wohl, dass sie sehr verletzt war, Anführerin, aber wahrscheinlich hast du Recht.« Nachdenklich stellte Blauer Rabe seine Teeschale in den Schnee. Als der Erdendonnerklan diese Frau zu seiner Anführerin erwählte, hatte er große Klugheit bewiesen. Sie war genauso tief blickend wie skrupellos. »Ich fürchte, ich verstehe von Kindern noch weniger als von Frauen. Ich ...«

»Aber wie ist das möglich?«, unterbrach sie ihn und machte ein ungläubiges Gesicht. »Du bist zwar nie eine Frau gewesen, aber ein Kind doch ganz bestimmt, oder? Kannst du dich nicht mehr daran erinnern, wie du dich in deinem zwölften Winter gefühlt hast? Weißt du nicht mehr, was du alles angestellt hast, um Aufmerksamkeit zu erringen?«

Um seine Verlegenheit zu kaschieren, schob Blauer Rabe seine Teeschale mit der Spitze seines Mokassin durch den Schnee. Natürlich erinnerte er sich. Er war ein wilder Junge gewesen, der so lange mit lautem Kriegsgeheul und seinen Kinderbogen schwingend durch die Langhäuser getobt war, bis seine Mutter des Treibens überdrüssig wurde und seinen Bogen zerbrach und ins Feuer warf. Nach einer Weile sagte er: »Mein Vater war die meiste Zeit auf dem Kriegspfad, und meine Mutter, ja, ich bin sicher, dass sie sich um mich kümmerte, aber ...«

»Aber nicht genug.« Sie nickte. Der Wind spielte mit einigen ihrer losen Haarsträhnen und wehte sie ihr über die Augen. »Kein Wunder, dass du Klanoberhaupt geworden bist, anstatt zu heiraten. Menschen anzuführen ist viel einfacher, als sie alle gleich zu behandeln, nicht wahr? Herabblicken viel angenehmer als jemandem gerade in die Augen zu sehen. Denn das zwingt einen, sich des anderen wirklich anzunehmen, und du weißt nicht, wie man das macht, habe ich Recht?«

Mit einer abwehrenden Geste erwiderte er: »Du bist selbst Anführerin. Du solltest es wissen.«

»Genau deshalb habe ich ja auch gefragt.«

»Sag mir, Anführerin«, fuhr Blauer Rabe mit gepresster Stimme fort, »stellst du immer so... bohrende Fragen? Deine Worte gleichen Messerstichen.«

Irgendwo hinter sich hörte Blauer Rabe, dass Sperling lachte. Es war ein gedämpfter, beinahe erstickter Laut, so als habe er versucht, das Lachen zu unterdrücken. Aschenmond hob den Kopf und bedachte den alten Träumer, der sich ihrem Lagerplatz näherte, mit einem finsteren Blick. Sein mit kleinen roten Spiralen und grünen Bäumen bemalter Elchfellmantel war mit Schnee, der von den Bäumen herunterwehte, bestäubt.

»Worüber lachst du?«, verlangte Aschenmond zu wissen.

Silberner Sperling hockte sich vor den Kochtopf ans Feuer. »Über den Unterton in Blauer Rabes Stimme. Ich habe ihn so oft in meiner eigenen Stimme gehört, dass er für mich wie ein Echo klang. Wer ist hungrig?«

Blauer Rabe war sich nicht sicher, ob er ein Lächeln wagen durfte. Sperling nahm einen Löffel und rührte gelassen den Brei um, während Aschenmond ihn weiterhin anstarrte, als würde sie ihm am liebsten Hände und Füße fesseln lassen und eigenhändig Holz um ihn herum aufschichten.

Seit sechs Tagen, seit er Lost Hill verlassen hatte, war Blauer Rabe fast ohne Nahrung ausgekommen. Seine Sorge um Zaunkönig hatte ihn so beschäftigt, dass ihm das Knurren in seinem Magen nicht wichtig gewesen war. Aber jetzt, angesichts des brodelnden Maisbreis, wurde er schier vom Hunger übermannt. »Ich habe selbst nichts zu essen mitgebracht, aber …«

»Wo sind meine Decken«, erkundigte sich Aschenmond mit scharfer Stimme, die leeren Hände von Blauer Rabe musternd. »Hast du nicht danach gesucht?«

Silberner Sperling rührte gelassen weiter. »Gesucht habe ich sie schon. Aber nicht gefunden.«

»Nicht einmal eine?«

»Nicht einmal den kleinsten Fetzen einer Decke, Aschenmond. Nach dem Sturm gestern treiben sie wahrscheinlich schon längst im Green Spider Lake.« Sperling kostete den Maisbrei, nickte zufrieden und streckte Aschenmond auffordernd die freie Hand hin. »Würdest du mir die Schüsseln reichen, Aschenmond? Der Brei ist fertig.«

Aschenmond nahm die Schüsseln und knallte sie Sperling mit solcher Wucht in die offene Handfläche, dass sein Handrücken den Flammen zu nahe kam.

Der Träumer gab sich alle Mühe, keine Miene zu verziehen, doch der Geruch nach verbrannten Haaren war deutlich zu riechen. »Danke, sehr freundlich von dir, Aschenmond«, sagte er und wandte sich an Blauer Rabe. »Hast du eine eigene Schüssel in deinem Bündel? Wir haben nämlich nur zwei dabei.«

»Es tut mir Leid, ich besitze nicht mal ein Bündel«, erwiderte er. »Ich bin sehr überstürzt aufgebrochen. Kann ich diese Teeschale benutzen?«

»Aber sicher.«

Sperling füllte Maisbrei, der appetitlich nach gekochten Blaubeeren duftete, in die Schüsseln, und reichte sie herum. Anstelle eines Löffels benutzte Blauer Rabe die Finger zum Essen. Die fruchtige Süße der heißen Mahlzeit tat ihm mindestens so gut wie die liebevolle Berührung einer Frau. Je mehr er aß, desto ruhiger und zufriedener fühlte er sich.

Als er die letzten Reste aus der Schale gekratzt und sich die Finger abgeleckt hatte, drückte er die Schale in den Schnee, um sie zu säubern. »Ich habe vorhin zufällig mit angehört, dass ihr glaubt, der Junge sei auf dem Weg ins Buntfelsendorf. Es ist schon viele Winter her, seit ich das letzte Mal diese Strecke gegangen bin. Wie lange, meint ihr, werden wir bei dem Schnee bis dorthin brauchen?«

»*Wir*?«, wiederholte Aschenmond erstaunt. »Wir werden keinen Schritt mit dir zusammen gehen!«

»Ehrenwerte Anführerin, bitte bedenke doch, dass es für jeden von uns nur von Vorteil sein kann, wenn wir unser Vorhaben gemeinsam ausführen.«

»Nenn mir einen vernünftigen Grund, warum wir dich nicht hier an Ort und Stelle umbringen und deinen Leichnam verrotten lassen sollten?«

Blauer Rabe legte die Fingerspitzen aneinander und erwiderte nachdenklich: »Weil ich der einzige bin, verehrte Anführerin, der die Wanderer-Ältesten möglicherweise dazu überreden kann, Kleiner Zaunkönig das Leben zu schenken. Erst vorhin hast du Mitleid mit meiner Nichte geäußert. Du sagtest, dass jeder, der ein Kind zum Tode verurteilt, ein seelenloses Ungeheuer sein müsse. Wenn du mich tötest, tötest du damit gleichzeitig auch meine Nichte. Und du willst sie doch vor dem Tod bewahren, oder nicht?«

Blauer Rabe sah deutlich, wie Aschenmond unter ihrer Kapuze die Zähne aufeinander presste. »Doch. Doch, das will ich.«

Silberner Sperling legte seinen Löffel in der leeren Holzschale ab. »Wenn wir uns ranhalten und von einem neuen Schneesturm verschont bleiben, dann könnten wir übermorgen das Buntfelsendorf erreichen.«

Aschenmond warf Sperling einen skeptischen Blick zu. »Die Kinder sind schon einen Tag länger unterwegs als wir. Glaubst du wirklich, dass wir eine Chance haben, sie noch rechtzeitig einzuholen?«

»Möglich wäre es, Aschenmond, aber …«

»Polterer war schon sehr schwach«, warf Blauer Rabe ein. »Ich kann mir nicht vorstellen, dass die Kinder schnell vorankommen. Als sie von Lost Hill aufbrachen, hat Zaunkönig das Falschgesicht-Kind auf einer Decke oder einem Fell hinter sich her gezerrt. Sie hat ihn die ganze Strecke bis zu dem Kanu, das sie anschließend stahlen, gezogen.«

Mitleid zeigte sich in Aschenmonds Blick.

Blauer Rabe reichte Sperling die saubere Schale zurück und stand auf.

»Wenn ihr gestattet – ich habe meinen Bogen und den Köcher hinter dem Felsen zurückgelassen und würde …«

»Augenblick«, sagte Sperling und hob die Hand. »Bevor irgendeiner von uns eine Waffe in die Hand nimmt, sollten wir uns über die Bedingungen unserer neuen Allianz einigen. Erstens: Falls Springender Dachs und seine Krieger unseren Weg kreuzen, erwarte ich von dir, Blauer Rabe, dass du deine Pfeile gegen sie richtest, und nicht gegen uns. Wenn ich nur den geringsten Zweifel daran haben sollte«, betonte Sperling und deutete mit dem ausgestreckten Zeigefinger auf Blauer Rabe, »werde ich dich töten.«

»Ich bin mir nicht sicher, ob ich auf meine eigenen Verwandten schießen kann, Silberner Sperling«, antwortete Blauer Rabe. »Selbst wenn sie mich angreifen sollten. Aber ich gebe dir hiermit mein Ehrenwort, dass ich meinen Bogen weder gegen dich noch gegen deine… gegen Anführerin Aschenmond erheben werde.«

»Oder gegen Polterer, falls wir ihn finden«, fügte Aschenmond hinzu. Das Sonnenlicht spiegelte sich in ihren misstrauischen Augen.

»Oder gegen Polterer«, nickte Blauer Rabe. »Mein einziges Sinnen und Trachten beschränkt sich im Augenblick nur darauf, meine Nichte zu finden, bevor sie ein anderer unseres Klans erwischt. Ich weiß noch nicht, was wir anschließend unternehmen können, aber gemeinsam werden Zaunkönig und ich schon zu einem Entschluss gelangen.«

Sperling nickte. »Gut, dann geh jetzt deinen Bogen holen.«

Blauer Rabe verschwand hinter dem Felsen, und Sperling nahm seinen eigenen Bogen an sich.

Die Sonnenstrahlen brachen sich glitzernd über dem schneebedeckten Wald. Der laute, melodische Ruf eines Kardinals schallte durch die Bäume. *Tschirr, tschirr, tschirr* pfiff er, gefolgt von einem raschen *wiüt, wiüt, wiüt.*

Das Netz in der Hand und die Schnur ums Handgelenk gewickelt, stapfte Zaunkönig den verschneiten Pfad entlang. Der Sturm der vergangenen Nacht hatte trockene Äste und Zweige von den Bäumen gerissen, die jetzt kreuz und quer im Schnee steckten und ihnen den Weg versperrten. Polterer trottete hinter Zaunkönig einher und versuchte mit ihr Schritt zu halten, während er den Hindernissen auswich.

»Hier ist es!«, rief Zaunkönig und zeigte auf eine kleine Lichtung vor ihnen. Scharen von Zeisigen trippelten über den Schnee und pickten die Samen des dicken Wintergrases auf, die der Sturm verweht hatte. »Das ist der perfekte Platz.«

Sie hatte Polterer am Abend zuvor über diese Lichtung die Anhöhe hinauf gezogen und bereits da die Vögel bemerkt. Die südliche Seite der Lichtung, auf die sie jetzt zusteuerten, wurde von wilden Rosenbüschen gesäumt.

Der weiße Fuchsumhang schleifte im Schnee, als Polterer auf seinen kurzen Beinen hinter ihr her stolperte. Sein Anblick versetzte Zaunkönig einen Stich ins Herz. Er sah so klein und so schwächlich aus. Dabei wurden sie ganz bestimmt von einem Suchtrupp verfolgt. Wie sollten sie dem jemals entkommen? Und schlimmer noch, sie vergeudeten kostbares Tageslicht. Um diese Zeit hätten sie alles daransetzen müssen, um ihren Vorsprung zu halten – anstatt Vögel zu fangen.

Polterer blieb keuchend neben ihr stehen und spähte über die Lichtung. »Wo willst du das Netz auslegen?«

»Dort drüben vor den Rosenbüschen. Dahinter können wir uns gut verstecken. Los, komm.«

Als Zaunkönig und Polterer sich wieder in Bewegung setzten, flogen die Zeisige auf. Ihre gelben Bäuche leuchteten, als sie hektisch umherflatterten und sich schließlich in den unteren Zweigen der Bäume ganz in der Nähe niederließen.

Zaunkönig kniete sich in den Schnee und Polterer ging neben ihr in die Hocke. Sorgfältig legte sie das Netz und die dazu gehörende Schnur zu einem Kreis aus, der etwa sechs Hand im Durchmesser maß. Das Netz war mit den verschieden großen Löchern und verschieden dicken Rindenfasern bestimmt kein Kunstwerk, aber es würde seinen Zweck erfüllen. Zaunkönig hörte deutlich die Stimme ihrer Mutter: *Das, meine liebe Tochter, ist eine Schande. Selbst ein Wolf könnte durch diese Maschen schlüpfen.* Ein flüchtiges Lächeln zupfte an ihren Lippen. Sie suchte sich zwei Stöcke, ungefähr so lang wie ihr Arm, und steckte sie in den Schnee. Dann hängte sie das Netz oben an den Ästen ein, breitete es aus und häufte Schnee auf den unteren Rand, um es zu fixieren. Als sie fertig war, sah die Falle aus wie ein Segel.

»Hier«, sagte Polterer, der ein paar Krumen Maisbrot in der Tasche des Umhangs gefunden hatte und sie Zaunkönig reichte. Seine schwarz werdenden Finger zitterten dabei.

Zaunkönig nahm sie ihm vorsichtig ab und streute die Krumen unter das Netz auf den Schnee. »Polterer, verkriech dich schon mal hinter den Büschen. Ich komme gleich nach.«

»Ja, ist gut, Zaunkönig.«

Seine Beine schwankten unter ihm, als er sich hochrappelte. Streifen milchigen Sonnenlichts fielen auf sein hübsches Gesicht. Als er an Zaunkönig vorbeistapfte, streckte er eine kleine Hand aus und berührte kurz ihren Arm.

Zaunkönig befestigte noch rasch die beiden Enden der Schnur an den Stöcken, die das Netz hielten, griff dann in die Mitte des Schnurknäuels und rollte es auf dem Weg zu den Rosenbüschen hinter sich ab.

»Sind wir soweit?«, wisperte Polterer.

»Gleich.« Zaunkönig spannte die Schnur und hockte sich hin. »So, jetzt kann's losgehen. Leise.«

Polterer nickte und legte sich auf den Bauch. Seine Augen waren so schwarz wie die dunkelsten Schatten des Waldes.

Es duftete nach frischem Grün. Die Waldtiere hatten außen an den Büschen die Rosentriebe abgefressen, doch die von den Dornen geschützten Hagebutten waren unberührt geblieben. Zaunkönig sah die roten Früchte in dem dichten Buschwerk leuchten und hätte am liebsten ihre Handschuhe angezogen und welche gepflückt, doch sie verhielt sich mucksmäuschenstill.

Die Zeisige hüpften in den Bäumen über ihnen fröhlich zwitschernd und tschirpend von Ast zu Ast. Einige legten ihr Köpfchen schief und beäugten neugierig die Falle.

»Zaunkönig?« wisperte Polterer. »Was tut sich? Sind …«

»*Schhh*!«

Er biss sich auf die Lippen.

Zwei der Vögel flatterten herunter, in die Nähe der Falle, und begannen im Schnee zu picken.

Zaunkönig fasste die Schlaufe fester.

Jetzt erhob sich auch der Rest der Schar aus den Bäumen und landete flügelschlagend auf der Lichtung.

Polterer verdrehte den Kopf so merkwürdig, dass Zaunkönig sich erst wunderte, dann aber sah, dass er ein Loch im Busch entdeckt hatte, durch das er die Falle beobachten konnte.

Einer der Zeisige kam neugierig näher herangehüpft. Er pickte um den Stecken herum und inspizierte das Netz, das Köpfchen einmal nach rechts und dann nach links neigend. Irgendetwas schien ihm verdächtig vorzukommen, doch er wusste anscheinend nicht, was. Er pickte noch eine Weile sie Grassamen auf, wobei er nach den Brotkrumen schielte, dann verharrte er und betrachtete noch einmal das merkwürdige Gebilde. Schließlich hüpfte er darunter und schnappte sich eine Krume, die ihm zu schmecken schien, denn er pickte hastig weiter.

Inzwischen waren auch die anderen aufmerksam geworden. Mit lautem Gezwitscher gesellten sich noch fünf weitere Zeisige unter das Netz.

Zaunkönig konnte Polterers flachen Atem hören. Er drehte den Kopf und sah sie gespannt an.

Mit einer einzigen, blitzschnellen Bewegung zog Zaunkönig an der Schnur, riss dadurch die Stöcke um, und das Netz begrub drei der kleinen Vögel unter sich. Die anderen konnten noch rechtzeitig unter den losen Seiten entwischen und flogen auf und davon, gefolgt von dem übrigen Schwarm.

»Komm, schnell!«, rief Zaunkönig. Sie sprang hoch und stürzte auf das Netz zu.

Die gefangenen Vögel zappelten laut piepsend unter dem groben Gewebe, pickten an den Rindenstreifen und hackten vor Schreckgegenseitig auf sich ein. Zaunkönig schob mit beiden Händen das Netz unter den Vögeln zusammen, hob es hoch und hielt es wie einen Beutel zusammen. Die Vögel piepsten in den höchsten Tönen, als sie das Netz oben zuband. »Sieh nur, Polterer! Wir haben es geschafft. Die Vögel, die du nicht brauchst, werden wir uns heute Abend kochen.«

»Wir dürfen sie nicht essen, Zaunkönig.«

Polterer setzte sich neben sie in den Schnee und streckte seine wunden Hände nach dem Netz aus.

Sie reichte es ihm, fragte aber verwundert: »Auch nicht einen? Warum denn nicht? Es ist zwar nicht viel dran an so einem Zeisig, aber er ergibt zumindest eine wohlschmeckende Brühe.«

Polterer schüttelte den Kopf. »Ich muss einen von ihnen um Hilfe bitten, Zaunkönig. Da darf ich doch seine Verwandten nicht essen.«

Als er das Netz aufknotete und seine Hand hineinschob, piepste einer der Zeisige schrill. Polterers Finger schlossen sich um den kleinen Körper des Vogels, und er nahm ihn heraus. Die anderen beiden ließ er fliegen. Wie Pfeile schossen sie davon.

Zaunkönig setzte sich neben ihn in den Schnee und schaute ihn erwartungsvoll an. »Und jetzt?«

Polterer drückte den Vogel behutsam an seine Brust und seufzte erleichtert. »Ich bin derjenige, der das tun muss, Zaunkönig.«

»Was tun?«

Der Junge strich behutsam mit dem Daumen über den kleinen Kopf des Vogels und murmelte: »Keine Angst. Dir wird nichts geschehen. Schh… Schh…«

Zaunkönig verfolgte sein Tun mit gerunzelter Stirn.

Polterer berührte mit dem Vogel jetzt sanft seine Stirn und schloss die Augen. Seine Lippen formten lautlose Worte, als spräche er zu dem kleinen Geschöpf, das ängstlich in seiner

Hand tschirpte und zappelte. Plötzlich öffnete Polterer die Hand und ließ ihn frei. Der Zeisig flatterte noch einmal rund um die Lichtung, ehe er sich hoch in die Lüfte erhob.

Zaunkönig schirmte die Augen mit einer Hand gegen die Sonne an und schaute ihm hinterher. Der schwarze Punkt wurde kleiner und kleiner, bis der Zeisig in den golden glühenden Bäuchen der Wolkenriesen verschwunden war, die sich am blauen Himmel bauschten.

Dann ließ sie die Hand sinken und sah Polterer an. Tränen standen ihm in den Augen.

»Was hast du zu dem Vogel gesagt?«

Polterer sprach ganz leise. »Ich habe den Zeisig gefragt, ob er hinauf in die Welt-über-dem-Himmel fliegen und meine Mutter suchen würde. Wenn sie dort ist, dann... dann brauche ich nicht...«

Zaunkönig legte ihm den Arm um seine mageren Schultern und zog sein Gesicht sanft an ihren Fellumhang. »Dann brauchst du nicht nach Hause zu gehen.«

Er nickte stumm.

Und ersparst dir auch den Anblick ihres Leichnams. Dann kannst du sie so in Erinnerung behalten, wie sie ausgesehen hat, ehe mein Klan sie tötete.

»Weißt du, Polterer, ich habe mir überlegt, dass es besser wäre, wir ließen das Kanu in dem Versteck und gingen den Rest des Weges zu Fuß.«

»Für den Fall, dass sie uns verfolgen?«

Sie nickte und zog ihn an sich. »Ja. Keine Sorge, der Zeisig wird uns unterwegs finden, falls er eine Botschaft von deiner Mutter für dich hat.«

Polterer wischte sich mit dem Handrücken die Nase ab. »Ja, du hast Recht. Außerdem müssen wir weiter. Ich weiß, dass wir in großer Gefahr sind.«

Zaunkönig half ihm beim Aufstehen und stapfte zielstrebig auf den Pfad zu. Als sie das Knirschen seiner Mokassins im Schnee nicht hörte, blieb sie stehen und schaute sich nach ihm um.

Polterer stand am Rand der Lichtung, den Kopf in den Nacken gelegt, und blickte hinauf in den Himmel. In seinen Augen schimmerte alle Hoffnung dieser Welt.

Zaunkönig wartete geduldig.

Dann sagte sie mit weicher Stimme: »Es ist ein weiter Weg bis hinauf in die Welt-über-dem-Himmel, Polterer. Dafür wird der Zeisig eine Weile brauchen. Gib ihm die Zeit.«

Der Junge wandte den Blick vom Himmel ab, ließ den Kopf hängen und starrte in den Schnee. Heiße Tränen tropften auf seine Mokassins. Etliche Herzschläge später nickte er und folgte ihrer Spur.

Die ersten Strahlen der Morgensonne glitzerten auf der spiegelglatten Oberfläche des Leafing Lake und brachen sich auf den Paddeln der Wanderer-Krieger.

Elchgeweih kauerte im Heck des Kanus und passte ihre Schläge dem Rhythmus von Eichel an, der vor ihr im Bug kniete. Kräftige Muskelstränge wölbten sich unter den Schultern seines Lederhemds, wenn er sein Paddel eintauchte und durchs Wasser zog. Sein Hemd war nassgeschwitzt, und auch auf dem Haarkamm und den rasierten Seiten seines Schädels schimmerten Schweißperlen.

Sie hatten ein hartes Tempo eingehalten, erst lange nach Einbruch der Dunkelheit Rast gemacht und waren bereits vor dem ersten Tageslicht wieder aufgebrochen, um den Spuren von Blauer Rabe entlang des Ufers zu folgen.

Sich an seine Fersen zu heften war, als liefe man einem drei Winter alten Kleinkind hinterher. Elchgeweih ärgerte sich jedes Mal, wenn sie einen seiner Lagerplätze entdeckten.

Während sie die südliche Spitze des Leafing Lake ansteuerten, schlossen die anderen neun Kriegskanus auf und schnitten dabei glitzernde Bugwellen, die Elchgeweihs Kanu zum Schaukeln brachten, in das glasklare Wasser. Das Kanu von Springender Dachs bildete die Nachhut. Er saß im Bug, den stinkenden Kopf von Lahmer Hirsch vor sich aufgespießt, und überließ Der auf dem Bären reitet allein das kräftezehrende Paddeln. Ein unheimliches Schweigen hielt den Kriegsführer umfangen. Seit drei Nächten hatte er zu keinem seiner Krieger auch nur ein Wort gesagt – hingegen flüsterte er unaufhörlich mit dem verwesenden Kopf von Lahmer Hirsch.

Elchgeweih hatte schon öfter von solchen Zustanden gehört, sie wusste,dass Männer ihre Seelen verlieren konnten, aber sie hatte noch nie …«

»*Seht nur!*«, rief Pfauenauge, der sie gerade überholt hatte. Vor ihnen am Ufer lag ein Kanu.

»Komm, Eichel. Mal sehen, wer zuerst dort ist«, feuerte sie ihn an.

Eichel nickte und beugte sich nach vorn, um seinen kraftvollen Paddelschlag zu verstärken. Wie ein Pfeil schoss das Kanu durchs Wasser.

Maishülse winkte den Kindern zu, die hinter den Ältesten am äußersten Rand der Feuerstelle saßen, wo sie der Lichtschein gerade noch erreichte. Helle Aufregung erfüllte das Langhaus, alle Augen waren gespannt auf den Händler gerichtet. »Kommt näher heran, ihr Kleinen. Diese Geschichte ist auch was für euch.«

Drei kleine Mädchen drängelten sich neugierig nach vorn und kuschelten sich in den Schoß ihrer Eltern oder Großeltern. Das Mädchen zu Maishülses Linken, mit Zöpfen, die bis auf den Boden reichten, schob einen Finger in den Mund und lehnte sich mit dem Rücken gegen die Brust ihrer Großmutter. Die Großmutter, eine der Anführerinnen, die den Namen Goldamsel trug, stützte das Kinn auf den Scheitel ihrer Enkeltochter. Kurzes, graues Haar umrahmte ihr steinaltes Gesicht.

Bedächtig ließ Maishülse den Blick über seine Zuhörerschaft schweifen. Vor drei Hand Zeit war er im Karpendorf eingetroffen und hatte ein paar Tauschgeschäfte abgewickelt; anschließend hatte Anführerin Goldamsel ihn in ihr Langhaus eingeladen. Wenn alles nach seinen Vorstellungen lief, würde er noch die ganze Nacht hindurch Handel treiben. Hatten die Leute hier erst einmal seine aufregenden Geschichten gehört, würden sie ihre wertvollsten Güter anschleppen und beinahe nichts als Gegengabe verlangen.

»Nun, Händler«, begann Goldamsel. »Du hast versprochen, uns Neuigkeiten vom Wandererdorf zu berichten. Wir haben schon etliche Gerüchte gehört, aber ich bezweifle, dass sie wahr sind. Bitte, lass uns an deinen Erfahrungen teilhaben.«

Maishülse kniff die ohnehin schmalen Augen zusammen und flüsterte theatralisch: »Spitzt die Ohren, Leute. Ich habe euch eine Geschichte von großem Kummer und Leid zu berichten.«

Blaue, rote und gelbe Hemden leuchteten im Feuerschein auf, als die Leute sich vorbeugten, um besser hören zu können. Bunte Perlen schimmerten. Muschelohrringe klimperten.

Dann senkte sich gespanntes Schweigen über das Langhaus. Genau wie Maishülse es beabsichtigt hatte.

Ganz bewusst sah er den Leuten in der ersten Reihe tief in die Augen, als er zu sprechen anhob: »Ich war selbst dort und habe das Dorf erst verlassen, nachdem es ein tödlicher Schneesturm dem Erdboden gleichgemacht hatte. Was ich euch erzähle, ist kein Gerücht. Es ist die Wahrheit. Die schreckliche Wahrheit. Die wahre Geschichte des Verrats und der Feigheit eines Häuptlings. Die wahre Geschichte des unheilvollen Hasses eines kleinen Mädchens gegen ihren eigenen Klan. Ich sage euch, noch in tausend Wintern wird man die Mächte, die das Wandererdorf im Winter der Weinenden Felsen heimgesucht haben, in schaurigen Legenden besingen. Mit bangen Stimmen wird man von dem verruchten Falschgesicht-Kind berichten und von Springender Dachs, dem tapferen Kriegsführer, der es gefangen nahm. Man wird die grausamen Tode derjenigen besingen, die es wagten, den Jungen zu berühren. *Ich war dort*. Ich habe mit eigenen Augen gesehen, wie sich Moosschnabel und Schädelkappe schreiend und winselnd im Todeskampf wanden.«

Er machte eine Pause und studierte die Gesichter, die ihn mit großen Augen anstarrten. Niemand der Anwesenden schien zu atmen. Selbst das kleine Mädchen mit den langen Zöpfen hockte da wie aus Holz geschnitzt.

Ja, das versprach in der Tat ein lukrativer Abend zu werden.

»Ich sah den Körper der ehrwürdigen alten Weißer Reiher blutend daliegen. Der …«

»Weißer Reiher ist tot?«, krächzte Goldamsel dazwischen. Ihre Gesichtsfalten kerbten sich tiefer ein. »Ist das wahr? Ich habe davon gehört, es aber nicht geglaubt. Bist du ganz sicher?«

Maishülse nickte bedeutungsschwer. »Das Falschgesicht-Kind hat sie mit ihrem eigenen Messer erstochen, verehrte Anführerin, und dann« – er hob einen Arm zur vom Feuer rot bestrahlten Decke des Langhauses empor, und alle Augen folgten ihm – »flog der Junge wie ein Vogel hinauf zu den geschwärzten Dachbalken des Versammlungshauses der Wanderer. Das habe ich aus Anführerin Siebensterns eigenem Munde gehört.«

Goldamsel kniff schmerzgebeugt die runzligen Lippen zusammen. »Ich werde Weißer Reiher vermissen. Sie war eine gute und freudliche Frau. Eine aufrechte Anführerin. Fahre fort, Händler. Berichte uns mehr von dem ruchlosen Mädchen und dem Falschgesicht-Kind.«

Maishülse senkte abermals die Stimme und zwang so die Leute, sich ihm entgegenzubeugen. »Nachdem er Weißer Reiher erstochen hatte, flatterte der Teufelsjunge kreischend wie ein wütender Adler durchs Gebälk. Dann stürzte er sich auf Siebenstern herab und versuchte ihr die alten Augen auszuhacken, damit sie ihm nicht mehr ins Gesicht starren konnte...«

Unter den Zuhörern wurde erregtes Gemurmel laut, und Maishülse hob eine Hand, um den Leuten Schweigen zu gebieten. Als er nach einer kurzen Pause fortfuhr, drang seine Stimme bis in den hintersten Winkel des Langhauses. »Ihr kennt doch alle die Geschichte! Der Vater des Jungen ist ein niederträchtiger Waldgeist, der aus der Welt-über-dem-Himmel verbannt und dazu verurteilt wurde, bis in alle Zeiten auf Erden umherzuirren! Es ist die Wahrheit, wenn ich euch sage, dass der Junge noch viel mächtiger ist als sein Vater. Die Tiere kommen auf einen Ruf von ihm herbei, und mit einer Hand kann er die Wolkenriesen vom Himmel holen!«

Die Leute rutschten nervös auf ihren Plätzen herum und flüsterten aufgeregt. Ihre Stimmen wurden immer lauter.

»Das sind keine Gerüchte, versichere ich euch. Es ist die reine, ungeschminkte Wahrheit. Hört mir zu, Leute. Hört, was ich zu sagen habe...!«

20. Kapitel

Zaunkönig bog einen tief herabhängenden Fichtenzweig zur Seite und stand plötzlich in der grellen Nachmittagssonne. Ihr langer Zopf schimmerte wie Steinkohle. Den ganzen Tag über waren sie schweigend hintereinander her marschiert, hatten sich im Gehen eine Hand voll Schnee in den Mund gestopft, wenn sie durstig waren, und ein Stück von dem gedörrten Elchfleisch gekaut, um ihre knurrenden Mägen zu besänftigen. Zaunkönig machte bewusst kleine Schritte, damit Polterer mithalten konnte, doch jetzt, gegen Nachmittag, fiel er immer weiter zurück. Seit der Mittagsstunde zitterte er am ganzen Leib, weigerte sich aber hartnäckig, eine Rast einzulegen. Während Zaunkönig auf ihn wartete, genoss sie das warme Sonnenlicht und studierte den vor ihnen liegenden Pfad.

Der Weg wand sich schlangenförmig um Felsbrocken herum, die Zaunkönig um vieles überragten. Rehwild und Elche schienen ihn als Wildwechsel zu benutzen, denn der Schnee lag wie eine löchrige, schmutzige Decke über hunderten von wassergefüllten Hufabdrücken. Von nun an würden sie noch langsamer vorwärtskommen. Schon jetzt klebten ihr die ledernen Leggins schwer an den Beinen. Sie legte eine Hand über die Augen und blinzelte hinauf zu Großvater Tagbringer. Drei Hand Zeit blieben ihnen noch bis zum Einbruch der Dunkelheit.

Ein Ast knackte. Zaunkönig fuhr herum und sah Polterer über eine Wurzel stolpern. Ein weißes Fellbüschel, das er sich aus dem Fuchsumhang gerissen hatte, saß wie eine kleine Kappe auf dem abgebrochenen Ast.

»Polterer? Hast du dir weh getan?«

Er steckte die Hände unter die Achseln und ließ sich mitten auf dem matschigen Pfad auf die Knie sinken. Sich vor- und zurückwiegend flüsterte er mit klappernden Zähnen: »Mir ist so k-kalt.«

Zaunkönig rannte zu ihm hin; ihre völlig durchnässten Mokassins sanken knöcheltief in den morastigen Boden ein. Sein hübsches rundes Gesicht war so weiß wie der Bauch einer Elster und seine schwarzen Augen glitzerten wie bei einem Fiebernden.

»Polterer?« Sie zog ihre Handschuhe aus und befühlte seine Stirn. »Polterer, du hast ja Fieber! Wann hat das angefangen? Ich habe gar nicht bemerkt …«

»Es-es sind m-meine Hände«, stammelte er und wimmerte leise, als er sie unter seinen Achseln hervorzog.

Zaunkönig kniete sich vor ihn in den Schnee, nahm seine rechte Hand in die ihre und untersuchte sie ganz vorsichtig, um ihm nicht unnötig weh zu tun. Der Daumen und der Zeigefinger sahen ganz gut aus, doch die schwarzen Spitzen der nächsten beiden Finger waren auf die dreifache Größe angeschwollen und mussten dringend abgenommen werden. Und vom kleinen Finger würde man sogar zwei Glieder abhacken müssen. Seine linke Hand sah noch schlimmer aus. Dort würde er alle Fingerkuppen verlieren und zwei Glieder des kleinen Fingers.

»Ich kann sie nicht mehr ababbiegen«, stöhnte er. Heute morgen, als ich aufwachte, brannten sie wie Feuer. Und es wird immer ärger.«

»Das kommt, weil sie allmählich wieder auftauen«, erklärte sie ihm und legte seine Hand behutsam in seinen Schoß zurück. Angst fraß sich in ihre Seelen. Sie hatte alle Werkzeuge dabei, die sie brauchen würde, doch die Vorstellung, Polterer die Fingerknöchel abzuhacken, versetzte sie in Panik. Schön, sie hatte viele Tiere zerlegt, Enten, Rehe, Bären und zahlreiche andere kleinere Tiere wie Kaninchen und Eichhörnchen, aber die waren tot gewesen. Was würde geschehen, wenn sie es nicht über sich brächte, an einem lebenden Menschen zu hantieren? Oder aber wenn die Blutung sich nicht stillen ließe – falls sie tatsächlich den Mut aufbrächte, die notwendige Amputation vorzunehmen?

»Polterer, meinst du, ich sollte … ich glaube, es ist wahrscheinlich höchste Zeit.«

»Ja, bitte. Tu es schnell, Kleiner Zaunkönig«, sagte er und schob entschlossen das Kinn vor.

Zaunkönig sah sich nach einem Lagerplatz um und entdeckte ganz in der Nähe vier Sassafras-Bäume, in deren Mitte sich eine kleine, sonnige Lichtung auftat. Die getrockneten Früchte an den Zweigen schimmerten purpurn. »Dieser Platz da drüben sieht mir recht trocken aus«, meinte sie. »Komm, wir lassen uns dort unter den Bäumen nieder.«

Polterer versuchte aufzustehen, doch seine zitternden Beine trugen ihn nicht mehr. Zaunkönig nahm seinen linken Arm, half ihm hoch und führte ihn zu der sonnendurchfluteten Lichtung. Die Wurzeln der Sassafras-Bäume waren unter der Erde zusammengewachsen, hatten den Boden gehoben und einen kleinen Wall gebildet, der etwas höher lag als der übrige Waldboden, so dass dort der Schnee bereits geschmolzen und der Boden trocken war. Unter dem größten Baum setzte Zaunkönig Polterer ab; er lehnte sich seufzend zurück und schloss die Augen.

Während sie ihr Bündel von den Schultern gleiten ließ und es neben Polterer auf den Boden legte, sagte sie zu ihm: »Ich gehe schnell etwas Holz sammeln. Bin gleich wieder zurück.«

»D-danke… Zaunkönig.«

Sie ging nur bis zum nächsten Sassafras-Baum, brach alle abgestorbenen Äste ab, an die sie heranreichte, und häufte sie neben ihrem Bündel auf. Polterer hatte immer noch die Augen geschlossen und die Unterlippe zwischen die Zähne geklemmt.

»Ich beeile mich«, sagte Zaunkönig, Zuversicht in ihre Stimme zwingend. Sie schnürte ihr Bündel auf und nahm ihr Feuerbrett und den Hartholzstab heraus. »Wenn meine Mutter erfrorene Fingerglieder abnimmt, stillt sie anschließend die Blutung mit glühender Kohle.«

Polterer begann im Takt seines Herzschlages vor und zurück zu schaukeln. Vor und zurück. Schweißperlen schimmerten auf seinem Nasenrücken. »Mach bitte schnell!«

Als die dürren Sassafras-Zweige knisternd und Funken sprühend Feuer gefangen hatten, entnahm sie ihrem Bündel eine

Schnur aus Lindenholzfasern, eine gut geschäfte Klinge aus Quarzgestein, so lang wie ihr Handteller, und zwei Finger breit, und eine feuergehärtete Holzschale.

»Könntest du bitte ein bisschen Schnee schmelzen, Zaunkönig? Ich bin so furchtbar durstig.«

»Natürlich.«

Sie holte den russgeschwärzten Teekessel und das Dreibein aus ihrem Reisebündel und stellte es am Rand des kleinen Feuers auf. Schließlich nahm sie den Teekessel, rannte zum nächsten Schneehaufen, füllte den Kessel und hängte ihn an das Dreibein. Dann setzte sie sich und konzentrierte sich auf die vor ihr liegende Aufgabe. Dabei hatte sie vor allem die Unmengen Blut vor Augen, die flossen, wenn ihre Mutter Fingerglieder abnahm.

Sie warf einen Blick in den Kessel; der schmelzende Schnee zischte bereits an seinen Rändern. »Polterer, möchtest du einfach nur Wasser, oder soll ich dir einen Tee kochen?«

»Ich … ich brauche nur Wasser.« Er setzte sich auf und bemühte sich mit seinen geschwollenen Fingern das schwere Kupferamulett abzulegen, das er um den Hals trug. Das darauf eingravierte Emblem eines entwurzelten Baumes schimmerte im Sonnenlicht. An dem Halsschmuck war zusätzlich ein ledernes Säckchen befestigt. Polterers Hand zitterte, als er es Zaunkönig reichte. »Bitte, sei so lieb und schnüre meinen Medizinbeutel auf.«

Zaunkönig nahm ihm das wunderschön gearbeitete Halsband ab, schob das Amulett zur Seite und knotete die Lederbänder des Säckchens auf. Darin fand sie drei weitere bemalte Beutelchen, einen roten, einen grünen und einen blauen. Auf dem grünen Säckchen entdeckte sie wieder das mit weißer Farbe aufgemalte Symbol des entwurzelten Baums.

»Was sind das für Säckchen, Polterer?«

Der Junge atmete zitternd ein und sagte, während er die Luft wieder entweichen ließ: »Nimm das r-rote heraus, bitte.«

Zaunkönig folgte seiner Bitte. »Und jetzt?«

»Streue eine Prise der Mischung in eine Schale mit Wasser und rühre… gut um.«

Zaunkönig holte eine Trinkschale aus ihrem Bündel, füllte sie mit geschmolzenem Schneewasser und stellte sie neben sich auf den Boden. Als sie das rote Beutelchen aufschnürte, fuhr ihr ein durchdringender Geruch in die Nase, bittersüß wie verfaulte Früchte. Verblüfft spähte sie in den Beutel, der ein fein gemahlenes Pulver enthielt. »Was ist das, Polterer?«

»Zerstoßene Papayasamen.« Er deutete auf die Schale. »Die muss ich trinken. Bevor wir anfangen.«

Zaunkönig nahm eine Prise von dem Pulver zwischen zwei Finger und streute sie in die Schale. »Ist das genug, Polterer?«

Er nickte. »Und je-jetzt rühr gut um.«

Zaunkönig brach einen kleinen Zweig ab und verrührte das Pulver mit dem Wasser, bis es eine fahle, grünbraune Farbe angenommen hatte; dann reichte sie Polterer die Schale. Er wollte sie ihr abnehmen, doch seine zitternden Finger vermochten sie nicht zu halten. Rasch griff Zaunkönig danach, bevor er den Inhalt verschüttete, und kniete sich vor ihn hin. Als sie ihm die Schale an die Lippen hob, meinte sie mit gerümpfter Nase. »Das Zeug stinkt ja grässlich. Schmeckt es auch so?«

Er leerte die Schale mit fünf Schlucken und verzog dabei das Gesicht. »Ja, aber die Samen lähmen den K-körper und befreien die Seelen.« Er ließ sich wieder an den Baumstamm sinken und starrte auf seine Hände hinab. »Es wird eine… Weile dauern, Zaunkönig, bis ich… bereit bin.«

»Das macht nichts. Ich habe ohnehin noch einige Vorbereitungen zu treffen.«

Zaunkönig zog einen Ast aus dem Haufen mit Feuerholz und stocherte die Glut auf, damit das Feuer mehr Luft bekam. Girlanden von roten Funken vermengten sich mit den glitzernden Sonnenstrahlen. Sie brauchte noch mehr glühende Kohle, die sie dann zu einem Haufen am Rande des Feuers zusammenschieben würde. In der Zwischenzeit konnte sie nach einem flachen Stein suchen.

Zaunkönig ging auf der Lichtung umher. Überall ragten Steine aus dem Boden, doch die meisten waren darin fest gefroren. Sie fand einen mit der richtigen Größe, trat mit dem Fuß dagegen, doch als der Stein sich nicht bewegen ließ, wanderte sie weiter den Pfad zurück. Waldtiere hatten den Weg mit ihren Hufen zertrampelt, und sie hoffte, dort einen lockeren Stein zu finden.

Großvater Tagbringer sank langsam am Horizont, und die

Schatten zeigten wie lange, spitze Lanzen nach Osten. Hoch oben am Himmel zog ein Habicht seine Kreise. Seine von unten beschie-nenen Flügel sahen aus, als ob sie glühten.

Zaunkönig versuchte auf dem Schneewall zu balancieren, der den aufgeweichten Pfad säumte, doch sie rutschte immer wieder ab und ihre Mokassins saugten sich bei jedem Schritt im Matsch fest. Als sie den ersten Felsbrocken erreicht hatte, spürte sie ein heftiges Ziehen in den Wadenmuskeln. Sie stützte sich an dem hohen Findling ab und verschnaufte einen Moment. Orangerote Flechten überzogen das Gestein und bildeten ein interessantes Muster, das Zaunkönig mit ihrem Finger nachzog. Zwischendurch warf sie einen Blick über die Schulter, um zu sehen, was Polterer machte. Der Blick seiner weit aufgerissenen Augen verlor sich zwischen den Bäumen… aber er schien soweit Ordnung zu sein.

Am Fuße des Felsens lagen etliche kleinere Steinbrocken herum, die durch den starken Frost abgesplittert waren. Mit der Spitze ihres Mokassin stocherte sie in dem matschigen Schnee, fand aber keine flachen Steine. Als sie um den Felsen herumging und sich mit der Hand daran abstütze, zerbröckelte der Stein unter ihrer Handfläche. Vorsichtig löste sie eine größere Platte ab und besah sie genau. Sie hatte die Fläche von ungefähr vier Händen und schien für ihre Zwecke recht brauchbar. Mit dieser Steinplatte machte sich Zaunkönig wieder auf den Weg zurück zu ihrem Lagerplatz.

Als sie die Lichtung erreicht hatte, rief sie: »Polterer? Wie geht es dir?«

»Gut. Ich… ich bin bereit, Zaunkönig.«

Er drehte sich zu ihr um, die schwarzen Pupillen so geweitet, dass sie die ganzen Augäpfel auszufüllen schienen. Der Anblick ließ Zaunkönig abrupt innehalten. Genauso hatten seine Augen vor vierzehn Tagen im Versammlungshaus ausgesehen. Zaunkönig schluckte hart gegen ihr Entsetzen an. Hatte er damals auch Papayasamen gegessen, um die Schmerzen der Fesseln zu lindern?

Ihren ganzen Mut zusammennehmend, setzte sie sich wieder in Bewegung und ließ sich im Schneidersitz neben dem Feuer nieder. Die Steinplatte legte sie zwischen Polterer und sich auf den Boden.

Polterer beugte sich nach vorn, um die Hand auf den flachen Stein zu legen. Die schwarzen Fingerspitzen sahen grotesk aus vor dem grau und weiß gesprenkelten Hintergrund des Gesteins. »Ich bin bereit«, wiederholte er.

Zaunkönig nahm ihre weiße Steinklinge und die feuergehärtete Schale zur Hand. »Wie lange wird die Betäubung anhalten, Polterer?«

»Ungefähr die Spanne von zwei Hand Zeit.«

Zaunkönig holte tief Luft. Bevor sie sich ans Werk machte, griff sie noch rasch mit einer Hand unter ihren Umhang und berührte den zerkauten Lederfetzen, der an ihrem Gürtel hing. *Hilf mir, Gauner, dass ich alles richtig mache. Ich habe Angst.*

Ihre Hand bebte, als sie die rechte Hand um die scharfe Klinge schloss.

»Hab keine Angst, Zaunkönig«, sagte Polterer und spreizte die Finger, so weit er konnte. »Du kannst es.«

Sie hatte ihre Linke auf Polterers Handrücken gedrückt, um sie festzuhalten, und senkte gerade die Klinge, als der Habicht, der die ganze Zeit am Himmel über ihnen seine Kreise gezogen hatte, plötzlich herabsegelte und sich sanft auf einem Ast genau über Polterers Kopf niederließ. Zaunkönig betrachtete ihn mit gebanntem Blick.

Dann bemerkte sie ein paar Schritte zu ihrer Rechten ein weißes Wiesel, das sich auf die Hinterläufe gestellt hatte und sie mit seinen schwarzglänzenden Knopfaugen beobachtete.

Gleichzeitig flatterte ein Schwarm von über hundert Finken herbei, die sich in den Zweigen der vier Sassafras-Bäume niederließen und zwitschernd ein Lied anstimmten, dessen fröhliche Melodie bald den ganzen Wald erfüllte.

Polterer beugte den Kopf zurück und schaute zu den Vögeln hoch.

»Die sind heute aber neugierig«, wisperte Zaunkönig und merkte, dass die wunderschönen Weisen ihre Angst ein wenig besänftigten.

Polterer lächelte. »Die hat mein Vater geschickt.«

»Damit sie dafür sorgen, dass ich dir nicht weh tue?«

»Nein«, erwiderte er. »Um dir ihre Macht zu verleihen.

Spürst du es denn nicht? Ich habe das Gefühl, als fließe süßer Ahornsaft durch meine Adern.«

Zaunkönig spürte schon etwas, war sich aber nicht sicher, ob es Macht war. Es fühlte sich eher an wie Panik, denn es kribbelte sie plötzlich am ganzen Körper. »Ich fange jetzt an, Polterer. Bist du bereit?«

»Ja.«

Zaunkönig biss die Zähne aufeinander, damit sie nicht klapperten, und kniete sich hin. Sie senkte die Klinge über das zweite Gelenk seines kleinen Fingers und begann schnell und mit festem Druck hin und her zu sägen, ohne Rücksicht auf das Blut, das dabei über den Granitstein floss. Als der Knochen unter der Klinge brach, schnitt sie außen herum, durchtrennte die Sehnen und Bänder und drückte die Klinge dann mit festem Druck durch das Gelenk. Das Glied löste sich vom Finger und rollte über die Granitplatte. Mit zitternden Fingern legte Zaunkönig es auf den Boden und machte sich rasch an den nächsten Finger. Als sie mit der linken Hand fertig war, ließ sie die Steinklinge fallen und griff nach einem Stock. Damit schob sie einige Glutstücke in die bereitstehende Holzschale, stellte sie auf die Granitplatte und hob Polterers linke Hand hoch, um anschließend die blutenden Stümpfe auf die Glut zu drücken. Doch sie zögerte einen Augenblick. Tränen schossen ihr in die Augen. *Oh, Gauner, bitte…*

»Polterer, ich… ich kann nicht…«

Da entzog Polterer ihr seine Hand und senkte die Fingerkuppen sanft wie ein Schmetterling, der auf einer Blüte landet, auf die glühenden Kohlen.

»Das reicht schon!«, rief Zaunkönig, als ihr der Geruch verbrannten Fleisches in die Nase stieg, und riss seine linke Hand aus der Schale.

Ohne mit der Wimper zu zucken legte Polterer die andere Hand auf den Stein und spreizte die Finger.

Zaunkönig machte sich wieder an ihr grausames Werk, säbelte, schnitt und hackte, so rasch sie konnte. Als das letzte Fingerglied abgenommen war, drückte sie die einzelnden Wundstümpfe auf die Kohlen, gerade so lange, bis die Blutung gestillt war. Dann ließ sie seine Hand los und sackte in sich zusammen.

Beißender Rauch qualmte aus der Schale, doch Zaunkönig hatte nicht die Kraft, die Glut wieder ins Feuer zu schütten. Sie lag so, wie sie umgesunken war, im matschigen Schnee, rang nach Luft und lauschte dem trällernden Gesang der Vögel. Nach und nach hüpften die Finken auf tiefere Äste herab, als wollten sie Polterer aus nächster Nähe betrachten, und drehten dabei neugierig die kleinen Köpfchen hin und her. Blut war auf den weißen Fuchsumhang gespritzt, und auch sein rundes Gesicht war rot gesprenkelt.

Vorsichtig bewegte Polterer die verbliebenen Glieder seiner Finger, ehe er sich vorbeugte und mit sichtlich erstaunter Miene die abgetrennten schwarzen Stummel betrachtete, die auf und neben dem Granitstein lagen.

Dann fuhr sein Kopf in die Höhe. Sein Blick starrte ins Nichts.

Zaunkönig setzte sich alarmiert auf. »Was ist denn, Polterer? Was ...«

»Meine Augen... sie... sie fliegen, Zaunkönig. Sie fliegen... ganz weit weg.«

Zaunkönig verschränkte die Arme unter ihrem Umhang und beugte sich vor, um dem Zittern Einhalt zu gebieten, das ihren ganzen Körper schüttelte. »Wo sind sie? Was sehen sie?«

Sein Mund öffnete sich, aber er antwortete zunächst nicht. Die schwarzen Augen weiteten sich, bis sie sein halbes Gesicht auszufüllen schienen. Dann murmelte er leise: »Wir dürfen nicht länger den angestammten Pfaden folgen, Zaunkönig. Dort werden sie als erstes nach uns suchen. Es gibt... es gibt einen anderen Weg. Die Tiere werden ihn uns weisen.«

»Müssen wir...«

Plötzlich fielen Polterer die Augen zu, und er kippte langsam zur Seite.

Zaunkönig schnappte nach Luft und stürzte von Panik ergriffen zu ihm hin, doch dann sah sie, dass seine Brust sich in gleichmäßigem Rhythmus hob und senkte. »Ehrwürdige Ahnen«, wisperte sie. »Polterer, ich dachte schon, du wärst tot.«

Zärtlich berührte sie sein verschwitztes Haar. Im Lauf des letzten halben Mondes hatte sie ihn sehr lieb gewonnen – beinahe so wie einen Bruder.

Auf einmal erhoben sich die Finken flatternd aus den Bäumen, stiegen auf und segelten gen Osten davon.

Neugierig geworden hielt sie nach dem Wiesel und dem Habicht Ausschau. Den Habicht konnte sie nirgendwo entdecken, doch winzige Trippelspuren im Schnee markierten den Weg, auf dem sich das Wiesel davongemacht hatte.

Nachdenklich studierte Zaunkönig die kleinen Pfotenabdrücke. Hatte Polterers Vater, der böse Waldgeist, wirklich die Tiere geschickt, oder waren sie einfach nur von ihrem Geruch angelockt worden? Finken und Eichelhäher suchten oft die Nähe von Menschen, weil sie auf Brotkrumen oder andere Leckerbissen hofften. Das Wiesel und der Habicht... nun, das waren Tiere, die auf lebende Beute aus waren. Vielleicht hatte der Geruch von Polterers faulenden Fingerkuppen oder der Duft ihrer Wegzehrung sie hergetrieben.

Zaunkönig hob die Holzschüssel hoch und stellte fest, dass eines der Glutstücke ein Loch in den Boden gebrannt hatte. Sie schnitt eine resignierte Grimasse und warf die Schüssel ins Feuer. Sie hatte ja noch ihre Teeschale. Aus der konnte sie trinken und auch essen.

Flammen züngelten um den Rand der Schüssel, schossen durch das Loch in die Höhe, und gleich darauf brannte das ganze Ding lichterloh.

Zaunkönig warf wieder einen Blick zu Polterer hinüber und auf seine verstümmelten Hände. Aus der Wunde am Mittelfinger seiner rechten Hand sickerte noch ein wenig Blut. Aber das würde bald von selbst aufhören. An der linken Hand hatte er am kleinen Finger zwei Glieder verloren, an den übrigen jeweils eines. An der rechten Hand fehlten an allen Fingern mit Ausnahme des Zeigefingers die letzten Glieder. Den Zeigefinger hatte er bei der Prozedur wahrscheinlich unter dem Daumen verborgen, um ihn zu schützen.

Zaunkönig schüttelte den Kopf, überrascht, dass sie tatsächlich fähig gewesen war, diese brutale, aber notwendige Handlung vorzunehmen.

Als sie sich herabbeugte und die einzelnen Fingerglieder aufsammelte, durchfuhr sie ein plötzlicher Schauder. Die abgeschnittenen Glieder fühlten sich merkwürdig unmenschlich an, kalt und aufgebläht. Aber sie hielt sie fest in der Hand. Blut abzugeben war eine heilige Handlung. Es nährte Großmutter Erde und die Kreaturen, die sie liebte. In erster Linie waren die Frauen für das Spenden von Blut verantwortlich. Jeden Monat sammelten sie ihre blutigen Binden, wrangen sie aus und trugen das Blut in einer Schale auf die Äcker, wo sie es über dem Erdreich verteilten. Die Heiligen Schwestern, Mais, Bohne und Kürbis, brauchten dieses Blut, um ihre Kinder zu ernähren und anschließend die Menschen mit einer reichen Ernte zu belohnen. Zaunkönig hatte von ihrer Mutter gelernt, dass im Himmel und auf der Erde alles in genau festgesetzten Zirkeln verlief. *»Das ist das Geheimnis des Lebens, meine Tochter.«*

Schweigend trug Zaunkönig die abgetrennten Fingerglieder an den Rand der Lichtung und grub unter einem der Sassafras-Bäume ein Loch. Als sie die Opfergaben dort hineinlegte, dachte sie an ihre Mutter. Sie wäre heute bestimmt stolz auf ihre Tochter gewesen.

Der Gedanke zauberte ein Lächeln auf ihr Gesicht.

Zaunkönig füllte das Loch wieder mit Erde auf und blieb noch einen Moment davor sitzen. Sonnenlicht sprenkelte den Waldboden, überzog das Laub und die trockenen Zweige mit seinem goldenen Glanz. Traurig dachte sie an ihre Familie, die sie verloren hatte. An ihren Klan und an Onkel Blauer Rabe. Er musste außer sich sein vor Sorge um sie; wegen ihres Verschwindens und der Möglichkeit, dass Springender Dachs sie finden und zurück ins Wandererdorf schleppen könnte.

Zaunkönig hob den Kopf, und während sie ihren Blick durch den unbekannten Wald und über die Hügelkette in der Ferne schweifen ließ, überfiel sie ein solches Heimweh, dass sie glaubte, daran sterben zu müssen.

Erschöpft legte sie sich hin und bettete ihre Wange auf den sanft duftenden Waldboden. Erinnerungen stiegen in ihr hoch, nagten und pickten an ihren Seelen. Sie konnte sich nicht dagegen wehren. Seit Tagen hatte sie sie unterdrückt, doch jetzt waren sie zu übermächtig geworden.

Ganz still lag sie da, mit dem Gesicht auf der Erde. Die Sonne goss ihre wärmenden Strahlen über sie aus, während sie an Menschen dachte, die gestorben waren, und an warme Langhäuser, die sie nie wieder sehen würde – Gedanken, die ihr schier das Herz zerrissen.

Es verging einige Zeit, bis sie sich wieder aufsetzte und feststellte, dass Polterer sie anstarrte.

Er lag auf der Seite, und seine schwarzen Augen glitzerten im Schein des Feuers.

»Ich werde deine Familie sein, Zaunkönig«, sagte er leise. »Das verspreche ich dir.«

Himmelbogens Gesicht erschien auf ihren Seelen, und ein Gefühl endloser Verzweiflung ergriff sie; wie die Wellen, die entstehen, wenn man einen Stein in einen Teich wirft, durchflutete sie ihren Körper, lief an ihren Knochen entlang, drang ihr bis in die Fingerspitzen und die Zehen und sammelte sich schließlich in ihrem Kopf.

»Ich habe Angst, Polterer«, flüsterte sie und wischte sich die Erde von der Wange.

»Ich werde nicht zulassen, dass dir irgendjemand weh tut, Zaunkönig, solange ich lebe.«

Sie dankte ihm mit einem schwachen Lächeln und stand auf. »Wie fühlst du dich? Fliegen deine Augen noch umher?«

Polterer schüttelte den Kopf. »Nein, sie sind wieder zurück. Komm, ich zeige dir lieber gleich den Weg, den sie gesehen haben. Manchmal vergesse ich nämlich Dinge, nachdem die Macht der Papyasamen meinen Körper verlassen hat.«

Zaunkönig hockte sich neben ihn auf den Boden.

Mit seinem einzigen gesunden Finger fing er an, Linien auf der weichen Erde zu ziehen. »Der Weg beginnt gleich hinter einer vom Blitz beschädigten Rottanne. Dort gibt es eine Kuhle, die sich ein Wolf als Schlafplatz gegraben hat…«

Springender Dachs lag in seine Decken gewickelt am Feuer, eine Armlänge von dem Haufen mit Feuerholz entfernt. In regelmäßigen Abständen legte er Äste und Zweige nach, um die Flammen in Gang zu halten. Das bedeutete natürlich, dass er es sich nicht erlauben konnte, in einen tiefen Schlaf zu fallen, und dieser Umstand zeigte bereits seine Wirkung. Die dunklen Ringe unter seinen Augen hatten sich zu schwarzen Flecken ausgewachsen, und seine Hände zitterten ohne Unterlass.

Den Holzpfahl mit dem Schädel von Lahmer Hirsch hatte er drei Schritte von seinem Lager entfernt in eine Schneewehe gesteckt. Der Schein des Feuers flackerte über die eingesunkenen Augenhöhlen und das herabhängende Fleisch. An dem Schädel war kaum noch ein Haar, und selbst die nächsten Angehörigen hätten Lahmer Hirsch nicht mehr erkannt.

Bald wirst du dich auch nicht mehr wieder erkennen, flüsterte die grässliche Stimme. *Du hörst die da draußen, nicht wahr? Bald. Bald werden sie über dich herfallen wie mit Klauen bewehrte Ungeheuer.*

Springender Dachs zog sich die Decken bis ans Kinn hoch. Die Dunkelheit hinter dem Feuerschein wisperte und kicherte, die Geister in den Schatten ließen ihn keinen Moment aus den Augen. Seit Tagen strömten sie herbei, einer nach dem anderen, gesellten sich zu Wilde Rose und warteten auf Silberner Sperlings Befehl zum Angriff.

Ja, du siehst sie, nicht wahr?

»Halt den Mund, du Narr«, herrschte Springender Dachs den Kopf an. »Schläfst du eigentlich nie?«

Er wünschte, er wüsste von einem frischen Grab in der Nähe. Dann könnte er die Geister aufhalten. Ein alter Zauberer, mit Namen Tänzelnder Baum, hatte ihm gezeigt, wie man das machte. Zum ersten Mal war Springender Dachs ihm in seinem achten Winter gefolgt. Heimlich. Eines Abends hatte der dürre, grauhaarige Greis das Wandererdorf verlassen und sich in die Nacht hinausgeschlichen. Und Springender Dachs hatte sich im Schein des Mondes an seine Fersen geheftet. Anfangs hatte sich der Alte wie eine Katze fortbewegt, weiche Pfoten ohne Krallen. Dann war er wie ein Hund getrottet; die Krallenabdrücke hatten sich tief in die feuchte Erde gegraben. Drei Hand Zeit später hatte er den alten Mann auf einem Bestattungsplatz angetroffen, wo er allein vor einem kochenden Topf hockte. Ein unheimliches Grinsen verzerrte dabei sein zahnloses Gesicht. Nachdem Springender Dachs sich näher herangeschlichen hatte sah er die Knochen, die um den Topf herumlagen, und die Löcher in der Erde. In dem Topf kochte das Fleisch der Kinder, die der Alte aus ihren Gräbern ausgegraben hatte.

Als Springender Dachs das hämische Lachen vernahm, brüllte er Lahmer Hirsch an: »Ich wünschte, wir wären im Buntfelsendorf! Dort gibt es jede Menge Kinderleichen. Vor deinen Augen würde ich ihre Herzen essen und Dolche aus ihre Knochen schnitzen, mit denen ich dich anschließend töten könnte!«

Etliche der in ihre Felldecken gewickelten Krieger warfen sich murrend auf ihrem Lager herum oder hielten sich die Ohren zu. Springender Dachs schaute sich nach Elchgeweih um und fand sie, wie jede Nacht, auf der anderen Seite der Feuerstelle sitzend und ihn beobachtend. Ihre dunklen Augen funkelten.

»Schläfst du auch nie, alte Frau? Hör auf, mich anzustarren!« Seine Stimme war immer lauter geworden, bis das letzte Wort wie ein Schrei aus seinem Munde gellte.

Eichel wühlte sich aus seinen Decken und stapfte schlaftrunken in den Wald, entfernte sich so weit wie möglich, ohne den sicheren Umkreis des Lagers zu verlassen. Anscheinend war er auf einen Kameraden getroffen, denn der eisige Nachtwind trug sein Flüstern herüber. »Ich weiß nicht… verrückt…«, sagte er.

Der andere Krieger antwortete etwas, das Springender Dachs jedoch nicht verstehen konnte.

Seufzend rollte er sich auf den Rücken und stierte hinauf zu den Höfen der Nachtwanderer. So nahe am Feuer konnte er nur die hellsten ihrer Behausungen erkennen. Sie schimmerten wie Entendaunen im Sonnenlicht.

Seltsamerweise – aber das geschah in Nächten wie diesen häufig – dachte er an seine frühere Ehefrau und berührte instinktiv die Narbe, die sich über seine Kehle zog. Hohler Hügel war die erste gewesen, die herausgefunden hatte, dass er mit Geistern sprechen konnte. Alles, was er brauchte, war ein Haarbüschel oder ein Zahn eines lebenden Menschen, um diesen zu beherrschen. Das Haar wirkte wie eine Tür zu den Seelen dieser Person. Er vermochte diese Tür zu öffnen und den Raum dahinter zu betreten, wo sie Seelen lagen, nackt und verwundbar, und dann mit ihnen tun, wonach ihm verlangte. Zum Kriegsführer war er auch nur deshalb aufgestiegen, weil er die Seelen seiner Kontrahenten verwundet hatte, die mit ihm um diese Stellung wetteiferten. Nachdem er sich der Seelen dieser Männer bemächtigt hatte, wurde ihr Blut so schwach wie das eines alten Weibes. Einer war angesichts einer bevorstehenden Schlacht davongerannt und hatte sich damit seine Chance ruiniert. Ein anderer hatte versehentlich einen Krieger aus den eigenen Reihen getötet; auch dem traute anschließend niemand mehr den verantwortungsvollen Posten zu.

Hohler Hügel hatte die Wahrheit herausgefunden. Sie war schon immer unheimlich neugierig gewesen, deshalb hatte er sie auch so oft schlagen müssen. Pausenlos hatte sie ihm Löcher in den Bauch gefragt und dann geschmollt, wenn er ihr keine Antwort gab. Eines Abends, kurz nachdem man Tänzelnden Baum wegen seiner Zaubereien verbrannt hatte, war Springender Dachs hinunter zum Fluss gegangen, um sich zu baden. Sein Halsband mit dem Medizinbeutel hatte er neben ihrem gemeinsam Nachtlager abgelegt. Gegen die heiligen Regeln ihres Klans hatte Hohler Hügel darin herumgeschnüffelt, die abgeschnittenen Fingernägel gefunden, verschiedene Haarsträhnen, einzelne Zähne und getrocknete Fleischstreifen. Als er vom Baden zurückkehrte, hatte sie ihn zur Rede gestellt und zu wissen verlangt, was er mit diesen abscheulichen Dingen treibe.

Sie hat dich einen Hexer genannt.

»Ich hätte mich in jener Nacht nicht schlafen legen dürfen. Ich …«

Besonders nicht nachdem du ihr die Lippen mit deinen Fäusten gespalten und ihr zwei blaue Augen geschlagen hast.

»Das hat sie auch verdient. Stell dir vor, die Frau hat es doch tatsächlich gewagt, den Medizinbeutel eines Mannes anzufassen. Ich hätte sie auf der Stelle töten sollen.«

Du bist ein Hexer.

»Ich hole mir die Macht, wo ich sie finde. Das ist alles.«

Irgendwo zwischen den Bäumen zu seiner Rechten wurde ein schlurfendes Geräusch laut. Zweige knackten. Springender Dachs fuhr herum. Das Geräusch näherte sich dem Rand der Feuerstelle und verstummte dann, doch ging von der unsichtbaren Gestalt eine eisige Kälte aus, die sich rasch im gesamten Lager ausbreitete. Springender Dachs warf noch einen Ast ins Feuer und zog sich die Decken bis an die Ohren hoch. Er fror auf einmal entsetzlich.

Was ist das? Kannst du es sehen?

»Ich sehe sie nie deutlich«, wisperte er. »Ich erkenne immer nur Schatten, die im äußersten Schein des Feuers tanzen, oder glühende Augen. Aber ich höre und ich rieche sie. Der Geist letzte Nacht, der hat gestunken wie ein Misthaufen.«

»Bald wirst du mir neue Augen geben müssen. Wie, glaubst du wohl, soll ich in die Zukunft blicken, wenn ich nicht einmal dich richtig sehen kann?«

»Und wie soll ich das anstellen? Soll ich etwa einem lebenden Menschen die Augen aus dem Schädel schneiden und sie in deine leeren Augenhöhlen stecken?

Immer mehr Krieger erhoben sich von ihren Nachtlagern und verschwanden im Wald. Springender Dachs schnitt eine grimmige Fratze und wandte seine Aufmerksamkeit wieder Lahmer Hirsch zu.

»Wessen Augen hättest du denn gern? Hm? Die von Elchgeweih vielleicht? Auf diese neugierige Alte könnte ich gut verzichten. Sie ist beinahe so frech wie Hohler Hügel.«

Er warf sich auf die andere Seite und fixierte die Kriegerinmit einem hasserfüllten Blick.

Sie lag ganz still da, die Augen halb geschlossen, Schweißperlen schimmerten auf ihrer breiten, flachen Nase. Das lange schwarze Haar hatte sie sich hinter die Ohren gesteckt.

»Ha!« lachte Springender Dachs. »Hast wohl Angst vor mir, altes Weib, wie? Ja, das solltest du auch.«

Springender Dachs langte an seine Brust und umfasste den Medizinbeutel, in dem er von jedem einzelnen seiner Kriegeretwas aufbewahrte. Zumeist handelte es sich dabei um einzelne Haarsträhnen, doch von Elchgeweih besaß er kleine, mit ihrem Menstruationsblut getränkte Stofffetzen. Er hatte sie schon vor vielen Wintern an sich genommen, als er zum ersten Mal den Verdacht hegte, dass sie eine Bedrohung für seine wachsende Autorität darstellen könnte.

»Sieh dich vor, alte Frau«, zischte Springender Dachs grinsend und strich liebevoll über den kleinen ledernen Beutel. »Du willst doch nicht meinen Zorn auf dich ziehen, oder?«

»Es ist nicht dein Zorn, der mir Angst macht, Springender Dachs«, erwiderte sie leise.

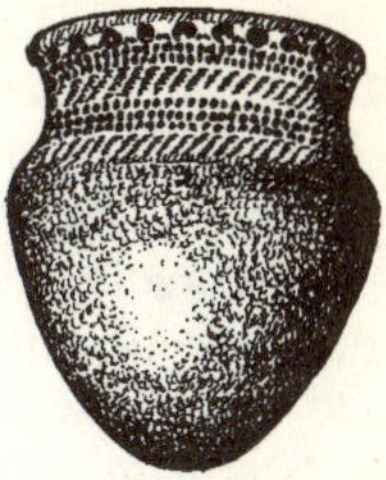

21. Kapitel

Zuckerahornbäume säumten ihren Weg; ihre dunklen Stämme verschmolzen mit den immer länger werdenden Schatten. Hoch über ihren Köpfen woben die Äste ein schwarzes Gespinst vor dem düsteren Himmel.

Die dichten weißen Haare, die Sperling weit über den Rücken herabfielen, hatten einen seltsam bläulichen Farbton angenommen. Aschenmond hatte diesen Anblick ständig vor Augen. Sperling hatte darauf bestanden, dass sie hintereinander gingen, Blauer Rabe als erster, dann Sperling und Aschenmond als letzte. Diese Reihenfolge entspang zwar guten Absichten, doch es bedeutete auch, dass Aschenmond gezwungen war, den ganzen Tag um die tiefen Schlammlöcher herumzubalancieren, die die Mokassins der Männer in den weichen Boden getreten hatten. Ihre Beine schmerzten, doch gegenüber dem Oberhaupt des Wanderer-Klans hätte sie niemals eine Schwäche eingestanden. Und sie wusste auch, dass sie ihr Tempo beibehalten mussten, sonst würden die Kinder vor ihnen in dem zerstörten Buntfelsendorf anlangen.

Aschenmond tat einen unachtsamen Schritt, rutschte aus und wedelte wild mit den Armen, um das Gleichgewicht zu halten und nicht der Länge nach in den Dreck zu fallen. Sie blieb kurz stehen und holte tief Luft. Ihre Füße steckten knöcheltief im Matsch. Das warme Sonnenlicht hatte den Schnee zum größten Teil geschmolzen, nur im Schatten der Bäume leuchteten noch vereinzelte weiße Flecken.

Ihr Blick war meistens auf Blauer Rabe gerichtet. Er war nur ein wenig größer als Sperling; sein graues Haar umrahmte ein ovales Gesicht mit sanften braunen Augen. Der Elchlederumhang schwang ihm beim Gehen um die Hüften und enthüllte das Messer, das er am Gürtel trug. Über seiner linken Schulter hingen ein Bogen und ein Köcher mit Pfeilen.

Aschenmond setzte ihren Weg fort, mit ausgestreckten Armen das Gleichgewicht haltend und sorgfältig darauf achtend, wo sie hintrat.

Schon seit geraumer Zeit sinnierte sie über das nach, was Blauer Rabe ihnen über Polterer und Zaunkönig erzählt hatte. Sein dringendes Bestreben, seine Nichte vor Springender Dachs zu finden, leuchtete ihr ein, doch seine übrigen Pläne waren ihr bis jetzt noch unklar. Er hatte zwar gesagt, dass er und Zaunkönig sich »etwas überlegen« würden, aber das ergab keinen vernünftigen Sinn. Für ein Mädchen des Bärenvolkes gab es kein Leben außerhalb ihres Klans. Andererseits hatten die Wanderer-Anführerinnen das Mädchen zum Tod verurteilt. Brächte Blauer Rabe seine Nichte nach Hause, würde sie sterben müssen. Keine Klananführerin konnte es sich leisten, einen derartigen Urteilsspruch zurückzunehmen. Damit würde sie ihre Autorität untergraben. Außer… berechtigte Gründe tauchten auf, dieses Urteil zu revidieren. Blauer Rabe musste ihnen etwas im Austausch für Zaunkönigs Leben anbieten. Etwas, das die Anführerinnen besänftigte und die Schwere von Zaunkönigs Verbrechen milderte.

Und dieses »Etwas« stand Aschenmond auf einmal ganz klar vor Augen.

Er muss Polterer zurückbringen.

Wenn sie in Blauer Rabes Mokassins stünde, würde sie genauso handeln: die Kinder suchen, sie ins Dorf zurückbringen und beide den Anführerinnen übergeben – und gleichzeitig um Zaunkönigs Leben bitten. Sie würde den Anführerinnen vielleicht vorschlagen, Zaunkönig dazu zu verurteilen, Wache zu sitzen, während der Junge starb, oder ihnen sogar den Vorschlag machen, dem Mädchen zu befehlen, den Jungen eigenhändig zu töten. Das war die einzige Lösung, die diesem Fall angemessen wäre. Zaunkönig hatte den Jungen gerettet und dadurch ihren Klan in Gefahr gebracht. Wenn sie ihn jetzt tötete und ihren Klan rettete, würden die Anführerinnen unter Umständen Milde walten lassen.

Plötzlich fiel der Pfad, der sie in ein enges Tal führte, steil ab. Zu ihrer Rechten erhob sich eine etwa fünfzig Hand hohe ockerfarbene Felswand, die eine Wiese im Süden begrenzte und immer flacher wurde, bis sie in verwelktem, goldenem Gras auslief. Im Norden mischten sich grüne Fichten mit kahlen Ahornbäumen. In ihrem Schatten, kaum zu erkennen, graste eine Herde Wapitihirsche.

Aschenmond betrachtete Blauer Rabe unter hochgezogenen Brauen. Dass er in ihr Lager spaziert war, hatte ihm die Sache nicht leichter gemacht. Es war offensichtlich, dass Aschenmond und Sperling ihm nicht erlauben würden, Polterer mitzunehmen. Glaubte der Mann etwa, er könnte sie beide töten, das Kind schnappen und damit abhauen?

Aschenmond seufzte erleichtert auf, als sie von dem schlüpfrigen Weg endlich wieder auf Gras trat.

Blauer Rabe blieb stehen und stützte die Hände auf die Hüften. Während er den Blick über das Tal schweifen ließ, sagte er: »Ich hatte ganz vergessen, wie schön dieses Land ist.«

»Du warst schon einmal in dieser Gegend?«, meinte Sperling verwundert und sog tief den würzigen Duft von nassem Gras und feuchtem Moos ein.

»Ja, vor vielen Wintern. Auf einem Kriegszug.«

Aschenmond trat nach einem Stein und bemerkte spitz: »Und wie viele meiner Leute hast du dabei getötet?«

Blauer Rabe sah sie über die Schulter hinweg an. Seine sanften braunen Augen verengten sich. »Ich habe welche getötet, Anführerin.«

»Und du weißt nicht mehr, wie viele es waren?«

»Zwei«, antwortete er leise, aber deutlich.

»Na ja, wenigstens habe ich keinen Stolz in deiner Stimme gehört«, sagte Aschenmond. »Aber auch kein Bedauern.«

Vor dem Hintergrund des stahlblauen Abendhimmels wirkte sein ovales Gesicht noch weicher als sonst, beinahe weiblich. »Es steht mir nicht zu, die Befehle meiner Klan-Ältesten zu bedauern, geehrte Anführerin. Ich habe meine Pflicht gegenüber meinem Volk erfüllt. Würdest du es gut heißen, wenn deine Krieger sich dafür schämten, ihr Volk zu verteidigen?«

»Was hast du gefühlt, als deine Anführerinnen dich dazu

auserwählten, bei Polterer Wache zu sitzen?«, fragte Aschenmond. »Hast du dabei auch dein Volk verteidigt?«

Blauer Rabe blickte zu Boden. Eine Windbö wirbelte ihm das graue Haar ums Gesicht. »Sie haben mich nicht ausgewählt, Anführerin. Ich habe um diese Aufgabe gebeten.«

»Du hast darum *gebeten*, ein Kind sterben zu sehen?«

»Ja, das habe ich. Der Junge hatte schreckliche Angst. Und ich versprach ihm, ihn nicht allein zu lassen.«

Seine sanften, verletzlichen Augen waren von einer Traurigkeit erfüllt, die das Vertrauen seines Gegenübers gleichsam erzwang. *Ehrwürdige Ahnen, dieser Mann ist wahrscheinlich noch gefährlicher als alle Krieger, die ich kenne.*

Sperling nahm sein Bündel ab. »Ich glaube, es ist Zeit, unser Lager aufzuschlagen. Es wird gleich dunkel, und wir sind alle müde.«

Blauer Rabe wandte seinen Blick von Aschenmonds versteinerter Miene ab und meinte: »Ich bin auch dafür. Wenn ihr genug Vertrauen in mich besitzt, mich für einen kurzen Moment aus den Augen zu lassen, bin ich gern bereit, Holz für unser Abendfeuer zu sammeln.«

»Mein Vertrauen in dich geht zwar nicht so weit, dass ich dich aus den Augen ließe, doch wäre es uns eine Hilfe, wenn du hier in unserem Sichtkreis Holz sammeln würdest. Bleib am Rand der Wiese.«

»Wie du wünschst«, sagte Blauer Rabe und ging auf die Baumgruppe am nördlichen Ende der Wiese zu.

Aschenmond sah dem Mann mit einem komischen Gefühl im Bauch hinterher. *Als ob man hinter einer Schlange steht. Man weiß nie, wann sie herumfährt und zubeißt.*

»Ein beeindruckender Mann, nicht wahr?«, bemerkte Sperling, der sich hingehockt hatte und sein Bündel aufzuschnüren begann. Er holte seine Feuergerätschaften heraus und warf Aschenmond ein unsicheres Lächeln zu. »Es fällt einem schwer, ihn nicht zu respektieren.«

Als Aschenmond nicht auf seine Bemerkung reagierte, zog er seine buschigen Augenbrauen über der gebogenen Nase zusammen, machte sich angelegentlich an seinem Reisebündel zu schaffen und kramte Töpfe, Schüsseln und Löffeln heraus. »Was ist denn, Aschenmond?«

Sie tat seine Frage mit einem Kopfschütteln ab.

»So verschwiegen kenne ich dich gar nicht, Aschenmond. Schon gar nicht mir gegenüber. Nun sag schon, was bedrückt dich? Habe ich irgendetwas Falsches gesagt oder getan?«

Ihr Blick war drohend wie eine Gewitterwolke. »Du glaubst immer, dass alles deine Schuld ist, Sperling. Warum denn? Plagt dich ein schlechtes Gewissen? Was hast du getan, wovon ich nichts weiß?«

Er zögerte kurz. »Hoffentlich eine ganze Menge. Es wäre eine grauenvolle Vorstellung, wenn du mich so gut kennen würdest wie ich mich selbst.« Dann fügte er hinzu. »Der Proviant ist in deinem Gepäck.«

»Ich nehme an, ich soll ihn dir geben.« Sie nahm ihren Umhängebeutel ab und reichte ihn ihm. Sperling löste die Lederriemen und suchte das Päckchen mit dem Maismehl heraus. »Morgen müssen wir jagen gehen.«

»Ja, gegen einen saftigen Truthahn oder eine fette Ente hätte ich nichts einzuwenden.«

»Dann fang schon mal an zu beten. Um diese Jahreszeit ist die Große Truthahnhmutter sehr knausrig mit ihrer Brut.«

Als Sperling aufstand, fing der goldene Fellkragen seiner Elchjacke das diffuse Zwielicht der Dämmerung ein und schimmerte wie ein Netz aus Sternschnuppen. Sperling schob die Hände in die Jackentaschen und deutete mit dem Kinn in Blauer Rabes Richtung. »Er hat sich seit unserem letzten Zusammentreffen ziemlich verändert.«

»Ach, inwiefern?«

»Er wirkt ruhiger, selbstbewusster. Nachdenklicher.«

»Hmmm«, machte Aschenmond, während sie sich bückte, um trokenes Gras als Anzündmaterial zu sammeln. Die Halme quietschten leise, als sie sie abriss. »Er war früher also ängstlich, unsicher und gedankenlos?«

»Er war damals noch jung«, entgegnete Sperling schlicht.

»Du aber auch. Wie kannst du ihn also beurteilen.«

»Ich bin nie so jung gewesen wie Blauer Rabe, Aschenmond. Eine Ehefrau und Kinder verändern die Situation eines Mannes, machen ihn ...«

»Alt, meinst du?«

»Nun... ja. Kann man so einem Mann vertrauen?«

Aschenmond riss ein letztes Grasbüschel ab, legte es zu den anderen und rieb sich die Hände an ihrem Umhang trocken. Die Arme voll Feuerholz kam Blauer Rabe über die Wiese auf sie zu. Die Höfe der Nachtwanderer erhellten den Himmel über ihm.

»Über diese Frage denke ich schon den ganzen Tag nach«, sagte Aschenmond.

Glitzerndes Sternenlicht vergoldete den gebogenen Rücken seiner Nase, als Sperling den Kopf hob. »Ach, wirklich?«

»Ja. Wenn ich seine Mokassins trüge, befände ich mich in einem argen Gewissenskonflikt. Er muss Polterer zurück ins Wandererdorf bringen. Als Gegengabe, um das Leben seiner Nichte zu retten.«

Sperling stieg die Röte in die Wangen. Mit Hereinbrechen der Nacht nahm sein weißes Haar die Farbe der Flügel einer Trauertaube an. »Ach, liebe Ahnen in den Himmeln über der Welt. Wie konnte ich nur so blind sein! Natürlich muss er Polterer zurück in sein Dorf bringen. Den Mächten sei Dank, dass du hier bist, Aschenmond«, seufzte Sperling und griff spontan nach ihrer Hand.

Keiner der beiden sprach ein Wort. Für die Dauer einiger weniger Herzschläge ließen sie ihre Hände verschränkt ineinander liegen, dann schien Sperling plötzlich bewusst zu werden, was er da tat, und er ließ Aschenmonds Hand los.

Ihre Fingerspitzen prickelten. Zum erstenmal seit zwei Wintern hatten sie sich ganz arglos berührt, ohne Angst, ohne Vorbehalte oder Forderungen; hatten sich einfach berührt wie alte, vertraute Freunde.

»Sperling, ich ...«

»Nein, Aschenmond«, murmelte Sperling, eine Hand erhoben. »Um unserer ehrwürdigen Ahnen willen, sag jetzt bitte nichts. Stoß mir keinen Speer in die Brust.«

»Ich hatte nicht vor, dir ...«

»Oh, doch. Du wolltest sagen: ›Siehst du, Sperling, wir können Freunde sein, aber kein Liebespaar‹, und ich möchte diese Worte nicht noch einmal hören.«

Verletzter Stolz veränderte ihre Stimme, als sie erwiderte: »Ich wünschte, du würdest nicht vorgeben, meine Gedanken lesen zu können.«

»Heißt das, dass du etwas ganz anderes sagen wolltest?«

»Ja, das heißt es«, log sie. Doch die Wahrheit war, dass sie nichts so sehr vermisste wie seine Freundschaft, die Nächte, in denen sie flüsternd Geheimnisse ausgetauscht, zusammen gelacht und eng aneinander geschmiegt die tanzenden Schatten des Feuers beobachtet hatten. Aber sie konnte das Risiko nicht eingehen, noch einmal ihr Herz zu verlieren. Auch wenn sie es sich noch so sehr wünschte. Wenn sie ihm noch einmal rückhaltloses Vertrauen schenkte, ihr Herz und ihren Körper mit ihm teilte und er dieses Vertrauen dann zerstören würde, indem er dem Ruf seines Geisterhelfers folgte...«

»Also«, drängte Sperling sanft. »Ich höre.«

Windmutter spielte schon seit dem Nachmittag mit Aschenmonds silbernen Zöpfen und hatte einzelne Strähnen herausgezupft, die sie sich immer wieder hinter die Ohren schieben musste. »Ich habe mir nur überlegt, wie er uns umzubringen gedenkt.«

Schnaubend stemmte Sperling die Hände in die Hüften. »Du hast wirklich eine seltene Gabe, einem das Abendessen zu vermiesen.«

»Im Augenblick scheint er uns zu brauchen, obwohl ich mir nicht vorstellen kann, wozu.«

Blauer Rabe war nur noch zehn Schritte von ihnen entfernt, deshalb senkte Sperling seine Stimme. »Weil er Polterers Macht fürchtet. In unserer Gesellschaft fühlt er sich offenbar sicherer.«

»Vielleicht wartet er auch auf die Hilfe seines Vetters. Ich kann mir vorstellen, dass Springender Dachs mit Freude den Kopf des Jungen gegen den deinen eintauschen würde.«

Sperlings struppige Brauen senkten sich über seine Adlernase. »Davon bin ich...«

Blauer Rabe war herangekommen, blieb vor ihnen stehen und warf das Feuerholz auf den Boden. Dann schlug er seinen Elchlederumhang auseinander. An seinem Gürtel baumelte ein totes Wildkaninchen. Es blutete aus einer Wunde am Schädel. »Ihr habt eure letzten Vorräte mit mir geteilt«, begann er, während er das Tier von seinem Gürtel losband. »Und dafür möchte ich mich bedanken. Dieses Kaninchen kam hinter einem Baum hervorgehüpft und blieb keine zehn Schritte vor mir sitzen. Ich habe es mit einem einzigen Pfeilschuss erlegt.«

Sperling schenkte ihm ein sehr viel freundlicheres Lächeln,

als Aschenmond für möglich gehalten hätte. »Du hast wohl meinen Magen knurren hören, wie? Seit Tagen schon schreit er nach einem Stück Fleisch.«

Aschenmond streckte Blauer Rabe die Hand entgegen. »Gib mir das Kaninchen, ich werde es säubern und zerlegen. Inzwischen kannst du die Äste klein brechen.«

Für die Dauer eines Herzschlags berührten sich ihre Hände. Aschenmond zog die ihre so blitzschnell zurück, als habe sie eine Schlange gebissen. Blauer Rabe war ihre Reaktion nicht entgangen, aber er schien nicht beleidigt zu sein. Er trat einfach einen Schritt beiseite und lächelte, als wollte er sich für die Berührung entschuldigen.

»Ich – ich mache mich jetzt an das Holz.«

»Und ich kümmere mich um das Feuer«, fügte Sperling hinzu. Nachdem er erst Blauer Rabe, dann Aschenmond mit einem prüfenden Blick gemessen und zu der Ansicht gelangt war, dass sie nicht in Gefahr schwebte, hob er einen flachen Stein vom Boden auf und begann damit eine Vertiefung in die Erde zu graben. Das feuchte Erdreich häufte er zu einem kreisförmigen Wall auf, um das Feuer vor dem Wind zu schützen und das trockene Gras vor dem Feuer.

Blauer Rabe zerbrach einen dicken Ast über dem Knie. Das scharfe Krachen des berstenden Holzes hallte durch die abendliche Stille. »Wie weit wird es noch sein bis zum Buntfelsen-Dorf? Wenn ich mich nicht täusche, sollten wir es morgen erreichen, oder?«

Sperling verteilte das trockene Gras, das Aschenmond gesammelt hatte, in der Grube und platzierte sein Feuerbrett. »Ja, kurz vor Einbruch der Dämmerung, würde ich schätzen. Wenn es morgen auch so warm wird wie heute, werden wir knietief durch den Matsch waten müssen. Ein Spaziergang wird das also nicht werden.«

Blauer Rabe zerbrach einen weiteren Ast und warf die Stücke auf einen zweiten Haufen. »Ja, ein Pech, dass es keinen anderen Weg gibt als diesen zertrampelten Wildpfad. Morgen Früh wird er sich in das reinste Sumpfland verwandelt haben.«

»Das sind ja herrliche Aussichten«, brummelte Aschenmond und machte ein finsteres Gesicht.

Sperling, der sich ein Grinsen nicht verkneifen konnte, versuchte durch schnelles Drehen den Hartholzstab zum Glühen zu bringen. »Dieser Marsch hat ja bald ein Ende, Aschenmond.«

»Das weiß ich, Sperling, aber er kommt mir trotzdem wie eine Ewigkeit vor.«

Die Felswand hatte ihren Ockerton verloren und erstrahlte nun in einem silbrigen Blau. Aschenmond gab sich für einen Moment diesem abendlichen Naturschauspiel hin, bevor sie sich vorsichtig ins Gras kniete und das Kaninchen vor sich hinlegte. Jeder Knochen im Leib tat ihr weh. Sie ließ ihre rechte Schulter kreisen und stöhnte dabei leise.

»Das war ein langer Tag«, bemerkte Sperling mit einem mitfühlenden Blick auf Aschenmond.

Das knirschende Geräusch des Hartholzstabs auf dem Feuerbrett, das Krachen der Äste und die heiseren Rufe der Eulen verbanden sich zu einer heimeligen Abendserenade.

»Wenn ich erst mal etwas gegessen habe, wird es mir wieder besser gehen.«

Sie zog ihr Messer aus dem Gürtel und schnitt damit den Kopf des Kaninchens ab. Der kleine Körper war inzwischen so ausgekühlt, dass die Flöhe, die ihn sich zur Wohnstatt auserkoren hatten, um ihr Leben rannten. Zu Dutzenden kamen sie aus dem Fell gekrochen und hüpften Aschenmond über das Kleid und die Hände. Jetzt nahm sie das Tier in die linke Hand, hob es hoch und zog ihm mit der anderen das Fell über den Hals und die Schultern bis zu den Vorderläufen herab. Nachdem sie die Beine einzeln aus dem Fell geschält hatte, zog sie das Fell vorsichtig über Bauch und Rücken und anschließend die Hinterläufe herunter. Dann legte sie den abgehäuteten, rosig schimmernden Körper ins Gras und strich das nach innen gekehrte Fell glatt. Später würde sie die Haut sauber abschaben und zum Trocknen und Räuchern übers Feuer hängen. Daraus ließe sich ein Paar schöne, warme Handschuhe für Polterer machen.

Sein rundes Gesicht erschien vor ihren Seelen und lächelte sie an. Dabei konnte sie sich genau ausmalen, welche Ängste der Junge im Augenblick ausstehen musste, während er mit einer Fremden aus einem feindlichen Klan um sein Leben rannte. Woran dachte er wohl an diesem Abend? Ach, sie konnte es kaum erwarten, ihn wieder zu sehen.

Aschenmond legte das Fell beiseite und nahm wieder ihr

Messer zur Hand. Damit bohrte sie ein Loch zwischen die Rippen des Kaninchens und machte einen Schnitt bis zur Bauchmitte, um die Eingeweide herauszunehmen. Der Geruch des warmen Blutes mischte sich mit der kühlen Abendluft. Ihr Magen knurrte vernehmlich.

Sperling sah von seinem Feuerbrett auf. »Hmm, riecht das gut.«

Aschenmond löste die ineinander verschlungenen Eingeweide, zupfte die Nieren und die Leber ab und legte den Rest auf die abgezogene Haut. »Ja, viel besser als Maisschleim mit Trockenfleisch«, meinte sie und schob die Hand in den schmalen Brustraum auf der Suche nach Herz und Lunge.

Die ersten Flammen knisterten in der Feuerstelle und warfen ihr orangerotes Licht über den Lagerplatz.

»Blauer Rabe?«, rief Sperling und sah hoch. Das Klanoberhaupt stand breitbeinig und mit vor der Brust verschränkten Armen neben dem Haufen mit Feuerholz. »Wirf mir ein paar von den Ästen herüber.«

Blauer Rabe nahm einen Arm voll Holz und lud es neben Sperling ab. »Ich habe sie in kleine Stücke gebrochen, damit sie in die Grube passen«, sagte er.

Sperling suchte ein paar kurze Stücke heraus und schichtete sie kreuzweise über das trockene Gras. »Gut gemacht. Danke.«

Aschenmond trug das Kaninchen und die Eingeweide ins Licht.

Zuerst untersuchte sie die Lungen. Am Zustand der Lungen ließen sich eine Vielzahl von Krankheiten ablesen, die sich als weiße oder schwarze Flecken zeigten, doch die Lunge dieses Tieres war makellos. Als nächstes nahm sie sich die Leber vor. Die war häufig von Würmern befallen, die hässliche gelbe Löcher in das Gewebe fraßen und das Fleisch ungenießbar machten, doch auch die Leber war unversehrt. Die Lunge warf sie weg, Leber, Herz und Nieren gab sie in den Kochtopf.

»Wie sollen wir das Kaninchen zubereiten?«, fragte sie die Männer. »Über dem Feuer rösten oder einen Eintopf daraus kochen?«

Blauer Rabe zuckte mit einer unentschlossenen Geste die Schultern. Die grauen Strähnen in seinem Haar glänzten im

Feuerschein. »Das überlasse ich dir, Anführerin. Mir wird es so oder so schmecken.«

»Ich für meinen Teil hätte nichts gegen einen fetten, über dem Feuer gerösteten Kaninchenschenkel einzuwenden«, warf Sperling ein.

»Ja, das dachte ich mir schon, aber wir haben mehr von dem Kaninchen, wenn wir es einem Eintopf beigeben. Was heute Abend übrig bleibt, könnten wir dann morgen zum Frühstück essen.«

Sperling schnitt eine beleidigte Grimasse. »Weshalb fragst du, wenn du ohnehin schon entschieden hast, was mit dem Vieh passiert?«

»Weil ich ein höflicher Mensch bin.«

Sperling legte sein Feuerbrett und den Holzstab beiseite und beugte sich zu ihr hin. »Ach, seit wann denn das?«

Blauer Rabe lachte, doch schon im nächsten Moment verstummte er, offenbar verlegen, und versuchte seinem Heiterkeitsausbruch Einhalt zu gebieten, was das Ganze noch schlimmer machte.

Sperling grinste verschmitzt.

Und auch Aschenmond lächelte, als sie sagte: »Ach, wenn das so ist, kann ich das Kaninchen auch ganz allein vertilgen.«

»Bitte, verzeih mir, verehrte Anführerin«, lenkte Blauer Rabe ein.

Aschenmond warf das Kaninchen in den Topf und reichte diesen Blauer Rabe. »Hier. Du kannst es schon mal zerlegen. Ich kümmere mich um die restlichen Zutaten.« Nachdem sie sich die blutverschmierten Hände mit trockenem Gras sauber gerieben hatte, meinte sie zu Sperling: »Ich hab dir vorhin meine Vorräte gegeben. Gib sie zurück.«

»Oh, ja, natürlich. Hier. Fang.« Er warf ihr das Päckchen mit dem Maismehl zu, dann die Zwiebeln, die getrockneten Kürbisstreifen und einen Beutel mit Sonnenblumenkernen. »Brauchst du sonst noch was?«

»Ja. Mein Bündel. Das vertraue ich dir nur ungern an.«

Sperling reichte ihr den Lederbeutel am Feuer vorbei und feixte: »Nachdem es keine Maiskuchen mehr gibt, stelle ich keinerlei Bedrohung dar.«

Blauer Rabe hob den Kopf. »Ich hoffe, ihr nehmt es mir nicht übel. Ich habe auf unserem Marsch heute zwei davon gegessen.«

»Nein, nein«, sagte Aschenmond mit einem Kopfschütteln. Ihre Stimme änderte sich, wurde eine Spur schärfer. »Die Dinge, die wir dir übel nehmen, Oberhaupt der Wanderer, sind sehr viel schwerwiegender.«

Beim Anblick ihres Gesichtsausdrucks verflüchtigte sich Blauer Rabes Lächeln schnell. Er senkte den Blick, säbelte den rechten Hinterlauf des Kaninchens ab und löste dann das Muskelfleisch von den Knochen. »Von welchen Dingen sprichst du, Anführerin?« fragte er und ließ die abgeschabten Fleischstücke in den Kochtopf fallen. »Ich meine, wenn wir offen über deinen Vorwurf sprechen würden, könnten wir vielleicht zu einer Einigung ...«

»Das bezweifle ich. Du und dein Volk, ihr entzieht euch meinem Verständnis«, beschied sie ihn. Dann warf sie sich mit einer energischen Handbewegung den langen Zopf über die Schulter, zog die Knie an die Brust und schlang die Arme darum. Mit Einbruch der Dunkelheit war die Temperatur empfindlich abgesunken. Aschenmond konnte bereits die weißen Dampfwolken ihres Atems sehen.

Blauer Rabe schabte das letzte Bein ab, warf das Fleisch in den Topf und legte die Knochen ordentlich auf einen Haufen.

»Gib mir den Topf.«

Blauer Rabe tat, wie ihm geheißen, und sagte: »Mir ist sehr wohl bewusst, dass unsere Völker vom Wesen her sehr unterschiedlich sind, Anführerin, doch alle sind wir die Kinder von Fallender Frau. Darüber sind wir uns einig. Und dort sollten wir auch mit unserer Diskussion beginnen.«

Aschenmond hob eine Braue. *Ein Friedensstifter. Sieh dich vor, alte Frau.*

Sie warf die restlichen Zwiebeln und Kürbisstreifen in den Topf, fügte die Hälfte der Sonnenblumenkerne hinzu und knallte den Topf vor Sperling auf den Boden. »Hier, mach dich nützlich. Gib Wasser in den Topf, füll den Teekessel auf und häng dann beide Töpfe übers Feuer.«

Sperling ballte die Hände zu Fäusten, schüttelte sie wortlos und schnappte sich dann den Topf, bevor Aschenmond noch irgendetwas Gefährliches damit anstellen konnte. Anschließend knüpfte er den Wasserbeutel von seinem Gürtel los und begann den Topf zu füllen, wobei es ihm nicht gelang, sich eines Grinsens zu erwehren.

Aschenmond warf ihm einen giftigen Blick zu, ehe sie sich Blauer Rabe zuwandte. »Also schön. Lass uns dort mit unserer Diskussion beginnen, ehrenwertes Oberhaupt der Wanderer. Wie konntet ihr einen von Fallender Frau erwählten Menschen rauben, ein Falschgesicht-Kind – zudem einen Verwandten von euch, nachdem wir ja alle von Fallender Frau abstammen –, und dann auch noch beschließen, das Kind zu töten?«

Blauer Rabe zog sich den Umhang enger um die Schultern. Zwei Eulen brachten sich über das Tal hinweg ein Abendständchen, dessen dumpfe Weisen vom kühlen Abendwind hin und her getragen wurden. Seine Stimme klang sehr ernst, als er erwiderte: »Anführerin, du musst wissen, dass nach der Ankunft des Falschgesicht-Kindes drei Menschen in meinem Dorf den Tod gefunden haben.«

Aschenmond schwieg zunächst, den Blick auf die markante Linie seines Kinns gerichtet. »Was ist ihnen zugestoßen?«, fragte sie nach einer Weile.

»Ehrlich gesagt, ich weiß es nicht.« Blauer Rabe zog einen Ast aus dem Holzhaufen und pochte damit auf den Boden. »Polterer behauptet, sie getötet zu haben, aber ich …«

»Wie?«

»Lass den Mann ausreden, Aschenmond«, wies Sperling sie zurecht und stützte sich rückwärts auf die Ellbogen, wobei sein weißes Haar wie ein schimmernder Umhang über seine Schultern fiel.

»*Wie?*«, beharrte Aschenmond.

»Ich glaube nicht, dass der Junge die Schuld an ihrem Tod trägt«, begann Blauer Rabe. »Anführerin Weißer Reiher, das erste Opfer, hatte beinahe siebzig Winter gesehen. Die anderen zwei, beides Krieger, waren gerade von einem Kriegszug zurückgekehrt.«

»Dann ist Weißer Reiher deiner Meinung nach an Altersschwäche gestorben«, folgerte Aschenmond, »und die beiden Krieger an den Folgen der Verletzungen, die sie sich beim Abschlachten von Polterers Familie zugezogen haben?«

Blauer Rabe legte den Ast quer über seine Knie und machte

ein nachdenkliches Gesicht. »Ich halte es für möglich. Unglücklicherweise teilt nur ein einziges Mitglied unserer Dorfgemeinschaft meine Meinung.«

Aschenmond gab es einen Stich ins Herz. »Kleiner Zaunkönig?«

Er nickte. »Bei der großen Dorfversammlung haben alle lauthals das Todesurteil über Polterer gesprochen, nur sie hat für sein Leben gestimmt.«

»Selbstverständlich«, ergänzte Aschenmond leise.

Ein eiskalter Windstoß fegte durch das kleine Lager. Blauer Rabe zog sich den Umhang über den Kopf und hielt ihn unter dem Kinn fest zusammen. Der Schein des Feuers tanzte durch die braunen und goldenen Haarsträhnen, die sein Gesicht umwehten. »Ich habe unsere Anführerinnen um Milde angefleht, doch ihre Seelen waren bereits derartig von Angst und Schrecken gelähmt, dass meine Worte ungehört verhallten.«

»Deine Nichte ist ein sehr mutiges Mädchen, Blauer Rabe«, bemerkte Sperling und rührte den Eintopf um. Der Duft nach Kaninchenfleisch und gekochtem Kürbis ließ den dreien das Wasser im Munde zusammenlaufen. »Ich bete zu unseren Ahnen, dass dein Volk sie dafür nicht töten wird.«

Blauer Rabe ergriff mit einer Geste der Entschlossenheit den Ast und hielt ihn hoch. »Da müssten sie zuerst mich töten, Silberner Sperling.«

»Mir scheint, Oberhaupt der Wanderer«, erklärte Aschenmond, während ein Lächeln ihre Lippen kräuselte, »dass deine Leute genau dieses im Sinn haben.«

Einen dünnen Eichenzweig zwischen den Fingern zwirbelnd beobachtete Elchgeweih, wie Eichel auf sie zugestapft kam. Die Sonne warf tanzende Lichtflecken auf sein erschöpftes Gesicht. Sie hatten ihre Kriegskanus an der Stelle ans Ufer gezogen, wo die Fußspuren von Blauer Rabe sich mit denen der beiden Fremden vereinigten. Das war vor zwei Tagen gewesen. Seither saßen sie hier und warteten.

Eichel ließ sich neben ihr in der Hocke nieder, die massiven Schultern unter dem Bärenfellumhang hochgezogen. Er hatte gerade ein Bad im See genommen, und der struppige Haarkamm, der längs über seinen Schädel lief, war noch ganz feucht. »Was treibt er denn?«, erkundigte er sich im Flüsterton.

»Keine Ahnung, aber er hockt schon seit dem Morgengrauen dort oben.«

Keine zwanzig Schritte von ihnen entfernt saß Springender Dachs auf einem der höchsten Äste einer alten Eiche. Kleine Holzschnitzel flatterten seit zwei Tagen aus dem Geäst und hatten schon einen ansehnlichen Haufen um den Stamm der Eiche gebildet.

Eichel spähte nervös ringsumher. »Wo ist der Kopf?«

»In seinem Schoß.«

»Hat er wieder mit ihm gesprochen?«

»Ja, vor kurzem hat er ihn wütend angebrüllt. Hast du das nicht gehört?« Als Eichel den Kopf schüttelte, meinte Elchgeweih verwundert: »Das überrascht mich. Ich war überzeugt, dass selbst unsere Familien zu Hause im Wandererdorf sein Geschrei vernommen haben.«

Windmutter fuhr fauchend durchs Gehölz und wehte Elchgeweih die schulterlangen Haare um die braunen Augen. Gegen den Wind anblinzelnd, zog sie ihren Büffelledermantel am Kragen enger zusammen. Die grünen Falken und Hühnerhabichte, die den Saum ihres Mantels zierten, flatterten, als wollten sie davonfliegen.

Als sie Eichels besorgte Miene bemerkte, fragte sie: »Was ist denn mit dir?«

Er stützte die Ellbogen auf die Knie. »Als ich vorhin unten am See beim Baden war, kamen ein paar unserer Krieger auf mich zu und wollten wissen, was wir hier treiben. Sie meinten, einer von uns sollte dem Kriegsführer nahe legen, weiterzuziehen. Wir sind den ganzen gestrigen Tag hier herumgesessen, während er auf diesem verdammten Baum hockte. Wenn wir Blauer Rabe nicht bald einholen, werden wir ihn nie finden.«

Elchgeweih kratzte sich den breiten Nasenrücken. Großvater Tagbringer kletterte den strahlend blauen Himmel empor und warf seine glühenden Lanzen durch das Geäst; sie kitzelten Eichel im Gesicht, und er kniff die Augen zusammen.

»Wenn das so ist, denke ich, dass du dieser eine von uns sein solltest. Ich habe bereits vorgestern Abend versucht, mit Springender Dachs zu reden. Er mag mich nicht.«

»Aber du bist doch so viel tapferer als ich. Das sagt jeder.«

»Ach, tatsächlich?«

»Oh ja. Das weiß der ganze Klan.« Eichel nickte unterwürfig, pflückte einen Grashalm ab und schob ihn in den Mund. Eine Weile kaute er schweigend darauf herum und vermied dabei tunlichst jeden Blickkontakt mit der Kriegerin.

»Dann kannst du dich ja glücklich schätzen«, meinte Elchgeweih freundlich, »dass sich dir jetzt die Gelegenheit bietet, dir ebenfalls den Ruf eines unerschrockenen Kriegers zu verdienen. Unser Volk wird deinen Mut in seinen Liedern viele Winter lang besingen.«

Der Grashalm blieb regungslos zwischen seinen Lippen stecken. Ganz langsam zog Eichel ihn heraus und sah Elchgeweih mit festem Blick an. »Ehrlich gesagt grämt es mich nicht allzu sehr, als Feigling zu gelten. Das hat seine Vorteile. Man bleibt länger am Leben, zum Beispiel.«

»Springender Dachs wird dich nicht gleich umbringen.«

»Unser Kriegsführer ist so verrückt wie ein Huhn bei Vollmond!«, rief Eichel erregt und mit dem Grashalm wedelnd. »Außerdem, woher willst du das so genau wissen?«

Elchgeweih legte den Kopf zurück und sah zu der Eiche hinauf. Springender Dachs hob das Stück Holz hoch, an dem er geschnitzt hatte, hielt es sich vors Gesicht und starrte Elchgeweih durch die Augenlöcher hindurch an.

»Ehrwürdige Ahnen«, flüsterte sie erschrocken. »Das ist ja eine Maske. Er hat eine *Maske* geschnitzt.«

Eichel riss so schnell den Kopf herum, dass er beinahe das Gleichgewicht verloren hätte. »Das darf er doch gar nicht! Er ist nie gereinigt worden!«

Elchgeweih war aufgestanden. »Trotzdem, er hat es getan.«

Eichel erhob sich ebenfalls. Sein Mund stand sperrangelweit offen.

Nur ganz wenige Krieger hatten bisher eine Maske geschnitzt. Der Läuterungsprozess, das Wasserreinigungs-Ritual, wie es genannt wurde, beinhaltete, dass ein Krieger fortan aufs Töten verzichtete und alle seine Waffen in einen Fluss warf. Anschließend musste dieser Krieger drei Tage und drei Nächte in diesem Fluss sitzen bleiben, damit das fließende Wasser die im Kampf erworbenen Schatten des Todes abspülen konnte, die seinem Körper anhafteten. Schnitzte ein nicht geläuterter Krieger eine Maske, würden die Schatten des Todes in die Maske eindringen und Krankheit und Tod über das Volk dieses Kriegers bringen.

Feindselige Stimmen wurden im Lager laut, nachdem die Krieger mit eigenen Augen gesehen hatten, was ihr Anführer getan hatte. Wütend scharten sie sich um das große Feuer.

Als Elchgeweih sich von ihrem Platz erhob und entschlossenen Schrittes auf die Eiche zusteuerte, stürzte Eichel hinter ihr her und rief: »Behalte die Ruhe! Warte!«

Springender Dachs kletterte bereits den Baum herab, die Maske unter einen Arm geklemmt, als sie am Fuße der Eiche anlangte. Er schnaubte verächtlich in Richtung seiner aufgeregten Krieger bevor er sich umdrehte und Elchgeweih ins Gesicht lachte. »Ich habe Lahmer Hirsch mit neuen Augen ausgestattet! Er hat sich nämlich beklagt, dass ihn die gelbe Kruste in seinen Augenhöhlen am Sehen hindere. Jetzt sieht er wieder wie ein Luchs, alte Frau.«

Springender Dachs rammte den Holzpfahl in den Boden, dann befestigte er die Maske über dem verfaulten Gesicht. Es war ein abscheuliches Gebilde mit einem langen Schnabel, das offenbar den Kopf eines Raben darstellen sollte. Durch die beiden Löcher sah sie Lahmer Hirschs verweste Augen schimmern. »Lahmer Hirsch hat die Spur von Blauer Rabe entdeckt. Komm. Wir müssen sofort aufbrechen.« Er wandte sich zum Gehen, doch Elchgeweih hielt ihn am Arm fest.

»Mit dieser Maske hast du das Leben unseres Volkes aufs Spiel gesetzt. Wie konntest du …«

»Lass mich in Ruhe, altes Weib!«, knurrte er und schüttelte grob ihre Hand ab. Sein markantes junges Gesicht verzog sich zu einer Fratze. »Ich versuche, unser Volk zu retten! Denn das ist unsere Aufgabe, und genau die habe ich erfüllt …«

»Und weshalb hast du dann diese Maske geschnitzt, von der du genau weißt, dass sie uns den Tod bringen wird?«

Der Kriegsführer beugte sich zu Elchgeweih vor und durchbohrte sie schier mit seinem zornigen Blick. »Geh mir aus dem Weg! Ich muss diesen unseligen Jungen finden und töten, ehe er uns tötet.«

»Und Blauer Rabe und Kleiner Zaunkönig?«

Springender Dachs riss den Pfahl hoch und stieß ihn mit einer wütenden Bewegung wieder in den Boden. »Die beiden sind Verräter, Elchgeweih, aber töten werde ich sie nicht. Die Anführerinnen haben mir befohlen, die beiden zurück ins Wandererdorf zu bringen, um dort das Urteil über sie zu sprechen. Und das werde ich auch tun.«

Damit stapfte Springender Dachs auf die Gruppe zu, die sich um das Feuer geschart hatte. Angstvoll wichen die Krieger zurück. Eichel hatte die Hände zu Fäusten geballt, presste sie an die Schenkel und stand aufrecht da wie ein Baum, doch Elchgeweih bemerkte, dass er heftig schluckte.

Die geflüsterte Unterhaltung erstarb.

»Sei gegrüßt, ehrenwerter Kriegsführer!«, rief ihm Eichel entgegen. »Wir freuen uns, dich zu – zu sehen. Wir haben uns schon Sorgen um dich …«

»Macht euch fertig«, fiel ihm Springender Dachs ins Wort. »Wir brechen sofort auf. Ich weiß, welchen Weg mein Cousin eingeschlagen hat!«

Er wirbelte herum, stieß, noch ehe einer seiner Krieger etwas einwenden konnte, einen gellenden Schlachtruf aus und stürmte Richtung Norden davon. »Folgt mir!«

»So warte doch! Nehmen wir die Kanus nicht mit?«, rief ihm Eichel hinterher.

»Sie sind zu Fuß unterwegs!«, brüllte Springender Dachs zurück. »Ich hab's gesehen!«

Widerstrebend und ratlose Blicke tauschend rafften die Krieger ihre Decken und Bündel zusammen, um sich ihrem Kriegsführer anzuschließen.

Eichel trat vor Elchgeweih hin.«Was hältst du davon?«

»Ich weiß es nicht.«

Eichel fuhr sich über seinen borstigen Haarkamm, als wollte er die Spannung wegwischen. »Vielleicht sollten wir einfach versuchen, nicht darüber nachzudenken. Unsere Aufgabe ist es, den Befehlen unserer Anführerinnen zu gehorchen und Blauer Rabe, Zaunkönig und das Falschgesicht-Kind zu finden.«

Elchgeweih dachte eine Weile nach, bevor sie erwiderte: »Ja, obgleich es nicht einfach ist, einen Befehl auszuführen, wenn das bedeutet, einem Mann zu folgen, der schon seit über einem Mond nicht mehr bei Sinnen ist.«

Eichels Mundwinkel hoben sich ein wenig, doch das Lächeln, das er versuchte, geriet mehr als gequält. »Was glaubst *du*, wohin Blauer Rabe unterwegs ist?«

»Ich denke, dass er sich an Zaunkönigs Fersen geheftet hat. Deshalb muss die Frage eher lauten, wohin das Mädchen unterwegs ist.«

Ein Windstoß fegte über das vertrocknete Gras und ließ die Bäume aufstöhnen. »Ja, wohin? Zaunkönig ist noch nie über das Dorf des Schleichenden Wolfs hinausgekommen. Sie kennt diese Gegend hier überhaupt nicht. Und deshalb vermute ich, dass sie den Weg einschlägt, den das Falschgesicht-Kind ihr vorgibt.«

»Wenn dem so ist, steht uns einiges bevor. Ein Junge des Schildkrötenvolkes kennt sehr viel mehr Pfade als wir.«

»Richtig. Während der Frühlings- und Sommermonde ziehen diese Klans ständig umher.«

»Möglicherweise weiß der Junge sogar von Schleichwegen, die außer ihm keiner kennt«, gab Elchgeweih weiter zu bedenken. »Als ich neun Winter alt war, bin ich an senkrechten Felswänden hochgeklettert, wenn es keinen anderen Weg gab.«

»Und hast jeden Berglöwen niedergerungen, der dich aufzuhalten versuchte, schätze ich mal.«

»Warum hätte ich wohl mit ihm ringen sollen, wenn ich meinen Bogen dabei hatte, du Holzkopf?«

Eichel grinste. »Ich hätte wissen müssen, dass du schon als kleines Mädchen eine erfahrene Bogenschützin warst.«

»Nicht sonderlich erfahren, dafür aber umso vermessener. Ich war felsenfest davon überzeugt, dass ich ...« Sie brach abrupt ab.

»Was ist denn?«

»Vielleicht ist das die Antwort.«

»Was? Kindliche Vermessenheit?«

»Vermessenheit und ein fester Glaube.« Elchgweih ging um die Feuerstelle herum, wo ihr Bündel lag. Als sie den Arm durch den Lederriemen schob, sagte sie: »Es gibt nur eine Möglichkeit, sie zu finden, Eichel. Wir müssen wieder lernen, wie Kinder zu denken.«

Elchgeweih setzte sich energisch ausschreitend in Bewegung, um der Kriegertruppe zu folgen. Eichels Mokassins tappten stampfend hinter ihr her.

22. Kapitel

Maishülse biss herzhaft in ein saftiges Stück Wapitifleisch, kaute es schmatzend und schien sich nicht darum zu scheren, dass ihm das Fett vom Kinn auf den Mantel tropfte. Er rieb es einfach in das räudige Fell, packte den Leckerbissen dann mit beiden Händen und grinste seine Gastgeber zufrieden an. Sie hatten ihn auf einen Stapel Büffel- und Elchfelle gesetzt, randvolle Schüsseln mit Maisbrei, Bohnen und Walnussbrot vor ihn hingestellt und füllten seine Trinkschale ständig mit vergorenem Maisbier nach. Das Gebräu schmeckte mehr als scheußlich, enthielt jedoch eine starke Macht. Nach nur zwei Schalen machte er sogar *alten* Frauen schöne Augen!

»Ich habe immer höchste Wertschätzung für die Bewohner des Dorfes der Schweigenden Krähe empfunden. Eure Gastfreundschaft ist unübertroffen«, nuschelte er an einem dicken Fleischbrocken vorbei. Den spülte er mit einem großen Schluck Maisbier hinunter und wischte sich mit dem Ärmel den Mund ab. »Wie bereitet ihr dieses Getränk zu? Es ist köstlich.«

Gefleckter Frosch, das Oberhaupt des Klans, rülpste geräuschvoll und setzte ein geschmeicheltes Grinsen auf. Er war ein Mann von enormer Leibesfülle, dessen kunstvoll geflochtene Zöpfe ein dickes Gesicht umrahmten, in dem nur noch zwei Zähne blitzten – die beiden unteren, mittleren Schneidezähne. Der Schein des Feuers flackerte über das abschüssige Dach des spitzkegeligen Hauses und spiegelte sich auf den dicken, fettglänzenden Pausbacken des Oberhaupts. Auf seiner Brust prangte ein kostbares silbernes Medallion, das einen Wolf darstellte. Acht Klanmitglieder drängten sich in dem engen Haus um sie, schweigend das Ende der Formalitäten abwartend. Vor dem Eingang hatten sich noch mehr Leute eingefunden, die plaudernd draußen über dem gemeinschaftlichen Feuer ihr Abendessen kochten. Die Ankunft des Händlers lockte stets das ganze Dorf an.

»Es ist eine geheime Rezeptur«, erklärte Gefleckter Frosch, »die sonst in keinem anderen Klan bekannt ist. Wir nehmen ein Bündel mit Maiskolben und versenken es mit Steinen beschwert im Bayberry Pond. Die Wassergeister dort sind außergewöhnlich mächtig. Sie dringen in die Körner ein und essen das Fruchtfleisch. Wenn sich die Körner mit ihrem Speichel vermischt haben, holen wir sie aus dem Wasser, schaben die Kolben ab und geben die aufgeweichten Körner mit Ahornsaft und Wasser in ein hohes Gefäß, das wir zum Wärmen ans Feuer stellen. Nach fünf bis sechs Tagen ist das Bier fertig.« Gefleckter Frosch hob seine Schale an die Lippen und trank schlürfend einen großen Schluck. »Ja. Sehr gut, in der Tat. Ich freue mich, dass es dir mundet.«

Maishülse besah sich die dunkle Flüssigkeit in seiner Schale, in der sich seine schmalen Augen spiegelten. Soweit er erkennen konnte, klebte am Rand der Schale kein Speichel.

»Ich... ich fühle mich sehr geehrt«, erwiderte er höflich, »dass du mir eure geheimste Rezeptur anvertraut hast, Gefleckter Frosch. Und du hast mein Ehrenwort, dass ich zu niemandem ein Wort darüber verlieren werde.«

Nach dieser Versicherung wandte Maishülse sich wieder dem knusprigen Wildschenkel zu, während eine junge Frau neben ihm niederkniete, um erneut seine Trinkschale zu füllen. Kräftig biss er in das nach Rauch riechende Fleisch. *Denk an Rauch, nicht an Speichel. Rauch. Rauch.*

Gefleckter Frosch warf seinen abgenagten Knochen ins Feuer und griff nach dem Beutel, der seine Pfeife enthielt. Die rot, gelb und weiß gefärbten Stachelschweinborsten, mit denen der Lederbeutel kunstvoll verziert war, leuchteten im rötlichen Schein der Flammen. Auf die Fransen gefädelte Gehäuse von Wellhornschnecken klimperten lustig, als er den Beutel aufschnürte und ihm eine Tonpfeife und einen mit Perlen bestickten Tabaksbeutel entnahm. Während er Tabak in den Pfeifenkopf stopfte, meinte er beiläufig: »Uns sind seltsame Gerüchte über das Wandererdorf zu Ohren gekommen. Bist du kürzlich dort gewesen?«

Maishülse nahm einen letzten Bissen Fleisch und legte den Knochen in seiner Schale ab. »Ja, das bin ich. Vor genau acht Tagen.«

»Stehen die Dinge dort so schlecht, wie die Gerüchte behaupten?«

»Ja, es ist schrecklich. Was genau hast du gehört?«

Gefleckter Frosch hielt einen kleinen Holzstecken ins Feuer und zündete sich mit der glühenden Spitze seine Pfeife an. Er zog kräftig daran und stieß blaue Rauchkringel aus, die träge zur rußgeschwärzten Decke empor schwebten. »Ein Kundschafter aus dem Nebelschleierdorf hat uns berichtet, dass Springender Dachs ihr Dorf angegriffen und die Hälfte der Bewohner getötet habe; dann soll er weiter nach Süden gezogen sein und das gesamte Buntfelsendorf vernichtet haben. Und dabei soll ihm auch das Falschgesicht-Kind in die Hände gefallen sein. Ist das wahr?«

Der Händler wischte sich die Hände an seinem Büffelmantel ab und nickte. »Ja. Das ist wahr. Alles ist wahr.«

Gefleckter Frosch nahm noch einen Zug von seiner Pfeife, ehe er sie an seinen Gast weiterreichte. »Stimmt es auch, wenn man sich erzählt, dass die Leute vom Wandererdorf tot umgefallen sind wie Fliegen nach dem Nachtfrost, nachdem das Falschgesicht-Kind ihr Dorf betreten hat?«

»Nun ja«, meinte Maishülse gedehnt und schüttelte den Kopf. »Das halte ich für übertrieben. Bisher sind drei Menschen gestorben. Aber nicht wie Fliegen nach einem Frost.«

Rechts von Maishülse hockten zwei alte Frauen, die sich gegenseitig die Ellbogen in die Seiten stießen und dabei grinsten, als wollten sie rufen: Siehst du, hab ich's dir nicht gesagt?

»Der Kundschafter vom Nebelschleierdorf hat weiter berichtet, dass dieses Falschgesicht-Kind eine der Anführerinnen erstochen habe und dass sich die beiden Krieger, die den Burschen ins Dorf geschleppt hatten, erst die Gedärme aus dem Leib gekotzt haben und kurz darauf gestorben seien, jaulend wie geprügelte Hunde.«

Maishülse nahm einen Zug von der Pfeife und behielt den

Rauch eine Weile in den Lungen, ehe er ihn langsam ausblies. »Auch das entspricht der Wahrheit. Ich war nämlich dort, Gefleckter Frosch. Ich habe es mit *eigenen Augen* gesehen. Es begann damit, dass den Kriegern weißer Schaum aus dem Mund quoll, wobei sie zuckten und zappelten wie Fische auf dem Trockenen und entsetzlich schrien und wimmerten.« Er machte eine Pause und hob mit einer ergriffenen Geste die Schultern. »Dann würgten sie ihre Gedärme heraus und starben.«

Entsetztes Gemurmel breitete sich unter den Zuhörern aus, das sich rasch zu einem erregten Disput auswuchs. Mit erhobener Faust gebot Gefleckter Frosch seinen Leuten Schweigen, worauf augenblicklich Ruhe eintrat.

Das gewichtige Oberhaupt des Klans rieb sich das dreifache Kinn. »Dann ist es also noch schlimmer, als man uns erzählt hat.«

Während er die Pfeife zurückreichte, machte sich Maishülse innerlich bereit, die Rede zu halten, die er gut eingeübt hatte – und die von ihm erwartet wurde. Hauptsächlich deswegen hatte sich nämlich das gesamte Dorf um das Haus des Oberhauptes versammelt. Nachdem er im Haseldorf seine Ansprache gehalten hatte, war er mit Schätzen nur so überhäuft worden. Da jedoch die Bewohner vom Dorf der Schweigenden Krähe zum Schildkröten-Volk gehörten, würde er seine Geschichte etwas abändern müssen; die Rollen der Helden und Schurken mussten vertauscht und ein paar Schildkröten-Legenden eingebaut werden, aber er hatte keine Zweifel, dass diese Leute sich ebenso großzügig erweisen würden wie ihre Vorgänger.

Er beugte sich gewichtig vor und senkte seine Stimme zu einem Flüstern: »Ich versichere dir, Gefleckter Frosch, dass noch in tausend Wintern die Mächte besungen werden, die im Winter der Weinenden Felsen das Wandererdorf heimgesucht haben. Die Legenden werden erzählen, wie die Klananführerinnen das Falschgesicht-Kind zum Tode verurteilten und wie ein tollkühnes kleines Mädchen, das Kleiner Zaunkönig genannt wird, und Blauer Rabe, der mutige Häuptling des Klans, den Jungen losgeschnitten haben und mit ihm geflüchtet sind. Wie sie den wahnsinnig gewordenen Kriegsführer, Springender Dachs …«

»Was, der Junge ist frei? Und er l-lebt?«, warf Gefleckter Frosch stotternd ein. »Wir hörten, dass er tot ist!«

Maishülse schüttelte bedächtig den Kopf. »Nein, er befindet sich in der Gesellschaft von Blauer Rabe und Kleiner Zaunkönig und flieht um sein Leben, verfolgt von einer Kriegertruppe von über zweihundert Mann.«

»Zweihundert! Ich wusste gar nicht, dass das Wandererdorf über so viele Krieger verfügt.«

»Oh, doch«, erklärte Maishülse und wedelte gleichgültig mit der Hand. »Vielleicht sind es auch dreihundert. Aber die Anführerinnen haben Springender Dachs sicherlich nicht gestattet, alle verfügbaren Krieger auf die Verfolgungsjagd mitzunehmen. Sonst wäre der Schutz ihres Dorfes ja nicht mehr gewährleistet.«

Die Stimme von Gefleckter Frosch bebte vor Mitgefühl, als er flüsterte: »Geheiligte Ahnen, wie können Blauer Rabe und diese Kinder nur hoffen, mit heiler Haut davonzukommen?«

»Sie werden nicht davonkommen«, prophezeite Maishülse mit ernster Miene. »Zumindest erscheint mir das sehr unwahrscheinlich, da Springender Dachs von Lahmer Hirschs Geist persönlich geleitet wird.«

Die Lauschenden schnappten hörbar nach Luft, ehe sie ihrer Überraschung lauthals Ausdruck verliehen.

»Ehrwürdige Ahnen, warum...? Lahmer Hirsch war einer von uns! Nie würde er... Oh, das kann nicht wahr sein! Das glaube ich einfach nicht...«

Die Stimme von Gefleckter Frosch übertönte mühelos das aufgebrachte Geschrei. »Lahmer Hirsch war der Sohn meines Vetters und hätte niemals ein Falschgesicht-Kind verraten!«

»Nicht, solange er am Leben war!«, brüllte Maishülse zurück und wartete ab, bis sich die Menge wieder beruhigt hatte. »Aber Springender Dachs ist ein sehr mächtiger Mann! Er hat Lahmer Hirsch nach dessen Tod enthauptet und steht mit den verruchtesten, bösartigsten Waldgeistern in Verbindung, die unser Land beherrschen. Niemand weiß, wie er es gemacht hat, aber irgendwie ist es Springender Dachs gelungen, die Seele, die dem verwesenden Schädel von Lahmer Hirsch innewohnt, dazu zu bringen, sich seinem Willen zu beugen. Sie sprechen unaufhörlich miteinander.«

Gefleckter Frosch war aschfahl geworden. Er legte seine Pfeife auf einem der Randsteine der Feuerstelle ab und beugte sich näher zu Maishülse. »Willst du damit sagen, dass Lahmer Hirsch sich mit Springender Dachs unterhält? Dass der Kriegsführer tatsächlich die Stimme meines toten Vetters hört?«

»Unterhält? Lahmer Hirsch brüllt ihn an! Ich hatte die Ehre, einige Nächte im Langhaus der alten Frost-auf-den-Weiden verbringen zu dürfen, und was ich da hörte, hat meine Seelen zum Erbeben gebracht. Springender Dachs hat in diesen Nächten kein Auge zugemacht. Unaufhörlich hörte man es aus der Ecke, wo er sein Nachtlager hatte, stöhnen und wispern. Manchmal sprang er mitten in der Nacht auf, packte den Pfahl, auf den er den Kopf von Lahmer Hirsch gespießt hatte, und schüttelte ihn mit aller Kraft. Schüttelte ihn so heftig, dass ich schon fürchtete, der Schädel würde auseinander brechen. Aber er brach nicht. Nur der Unterkiefer klappte herunter, und dabei öffnete sich der Mund zu einem gespenstischen Lachen. Ich schwöre bei allem, was mir heilig ist. Das habe ich gesehen und gehört!«

Gefleckter Frosch verknotete nervös seine fleischigen Finger. Der Schein des Feuers tanzte über die dicken Hautwülste unter seinem Kinn. »Und was passierte dann?«

Wäre in diesem Augenblick ein Strohhalm auf den Boden gefallen, hätte man es im ganzen Langhaus gehört. Die Zuhörer schienen den Atem anzuhalten und starrten den Händler mit weit aufgerissenen Augen an.

»Springender Dachs schnappte nun vollends über. Er schrie dem toten Kriegsführer die schlimmsten Drohungen ins Gesicht. Er ...«

»Aber... welche Drohung könnten einen toten Mann wohl beeindrucken?«

Maishülse nahm noch einen Schluck von dem Maisgebräu und stellte die Schale dann auf seinem Knie ab. »›Vergiss nicht, Lahmer Hirsch‹, hat Springender Dachs zu ihm gesagt, ›ich halte deine Seele in meiner Hand. Wenn du nicht tust, was ich dir sage, wirst du niemals Ruhe finden.‹«

Unterdrückte Laute des Entsetzens erfüllten den Raum. Draußen vor der Hütte hörte man die Mokkasins der übrigen Dorfbewohner in der Erde scharren. Der Händler lächelte in sich hinein. Eine schlimmere Drohung kannten diese Leute nicht. Wurde die Leiche eines Kriegers des Schildkröten-Volkes nicht den Ritualen entsprechend versorgt, das heißt gewaschen und mit Öl eingerieben und anschließend in seinem eigenen Grab beigesetzt, würde die Seele dieses Kriegers bis in alle Ewigkeit auf der Erde umherirren, einsam und wutentbrannt. Und sie würde sich an den Mitgliedern seines Klans rächen, indem sie seine Familien mit Krankheiten, Unfällen und Hungersnöten geißelte.

Junge Hündin, die Ehefrau von Gefleckter Frosch, kniete an seiner Seite. Sie war beinahe genau so fett wie ihr Gatte, hatte kurze graue Haare und schwarze Glupschaugen, die ihr so weit aus dem aufgedunsenden Gesicht ragten wie ihre eindrucksvollen Hasenzähne. Jetzt legte sie Gefleckter Frosch eine Hand ans Ohr, und als sie anfing, ihm etwas zuzuflüstern, senkte Maishülse den Blick – weniger aus Höflichkeit, denn aus Angst. Junge Hündin war bekannt dafür, dass sie mit Zaubermächten in Verbindung stand, die auf ihre Bitte hin die Feinde ihres Ehemannes vergifteten oder sich in deren Träume einschlichen und die Seelen entführten. Wer klug war vermied es daher tunlichst, sich mit dieser Frau anzulegen.

Maishülse ließ bedächtig die Flüssigkeit in seiner Trinkschale kreisen. Merkwürdig. Je mehr er von diesem schleimigen Gebräu trank, desto besser schmeckte es ihm. Und desto besser fühlte er sich. Er verspürte eine geradezu leichtsinnige Arglosigkeit und würde aufpassen müssen, was er sagte. Keinesfalls durfte er die Helden und die Schurken seiner Geschichte durcheinander werfen. Ein Versprecher wie der, den er sich gestern Abend im Dorf des Bärenvolkes geleistet hatte, als er sagte: »Springender Dachs, der ruhmreiche Kriegsführer, nahm mit seinen unerschrockenen Kriegern die Verfolgung der Verräter und des Falschgesicht-Kindes auf«, könnte ihm hier Kopf und Kragen kosten.

Abermals setzte er die Trinkschale an.

Junge Hündin erhob sich, und Gefleckter Frosch verschaffte sich Gehör, indem er achtungsgebietend beide Hände hob.

»Junge Hündin hat mir soeben einen weisen Rat erteilt!«, rief er in die Menge. »Sie wollte wissen, wie wir alle hier herumsitzen und uns die vollen Bäuche am Feuer wärmen können, während dort draußen zwei furchtlose Kinder und ein verzweifelter Mann durch die Wälder irren, auf der Flucht vor hunderten von brutalen Kriegern. Wir müssen ihnen zu Hilfe eilen!«

Ein heftiger Tumult entstand, als plötzlich alle gleichzeitig zu reden begannen.

»Unsere Ahnen würden nichts Geringeres von uns erwarten«, heizte Junge Hündin die Stimmung noch an.

Maishülse sah mindestens ein Dutzend Köpfe begeistert nicken und musste feststellen, dass der Abend ganz anders zu verlaufen drohte, als er es geplant hatte.

»Bitte, so wartet doch!«, rief Maishülse laut, um sich Gehör zu verschaffen. »Glaubt ihr im Ernst, euer kleines Dorf könnte es mit Springender Dachs und seiner blutrünstigen Horde aufnehmen? Wie viele Krieger zählt denn der Klan der Schweigenden Krähe? Fünfzehn?«

»Zwanzig – vielleicht«, meinte Gefleckter Frosch und sah zu Junge Hündin auf. »Ist Großer Roter Fuß wieder auf dem Damm? Er hatte eine hässliche …«

»Bitte, Gefleckter Frosch! Hör mir doch mal zu! Ihr verfügt über zwanzig Krieger, aber nur, wenn ihr auch die Schwerkranken von ihren Lagern aufscheucht. Dein Klan hat keine Chance gegen eine Kriegerabordnung der Wanderer!«

»Allein nicht, da magst du Recht haben«, pflichtete Junge Hündin ihm bei. Sie straffte die Schulter. »Aber wenn wir Läufer aussenden, um Hilfe zu erbitten …«

»Von wem denn?«, rief Maishülse, dem die Angst inzwischen die Kehle zuschnürte, mit überschlagender Stimme. Wenn dieses armselige Dorf niedergemetzelt würde, könnte man ihn dafür verantwortlich machen, und es gab inzwischen schon genug Leute, die ihm lieber heute als morgen den Tod wünschten. »Welcher Klan, glaubst du, verehrte Junge Hündin, wäre wohl tollkühn genug, euch seine Krieger anzubieten, wenn sich Springender Dachs dann auf ihn stürzen würde? Denk doch mal darüber nach. Das Buntfelsen-Dorf gibt es nicht mehr. Von dort könnt ihr keine Hilfe erwarten. Die Bewohner des Nebelschleierdorfes haben die Hälfte ihrer Krieger verloren. Die scheiden auch aus. Die Erdendonner …«

»Das ist es!«, schrie Gefleckter Frosch aufgeregt dazwischen und wedelte mit seinen fetten Händen durch die Luft. »Wir schicken einen Boten zu Silberner Sperling! Zwar wissen wir, dass er ein alter, vertrottelter Narr ist, aber die Leute des Bärenvolkes fürchten ihn wie eine Hungersnot. Wir bringen ihn dazu, dass er Springender Dachs mit einem Fluch belegt, oder am besten gleich das ganze Wandererdorf! Das sollte ihnen das Fürchten …«

»Oh, bitte!«, stöhnte Maishülse und barg in einer theatralischen Geste das Gesicht in den Händen. »Eine solche Rede nenne ich den Mond anheulen. Spar dir deine Kraft lieber für dein eigenes Volk auf, Gefleckter Frosch. Niemand weiß, wen Springender Dachs seine Wut spüren lassen wird, nachdem er Blauer Rabe und die Kinder gefasst hat. Vielleicht seid ihr ja die nächsten?«

Junge Hündin starrte ihn derart bitterböse aus ihren zusammengekniffenen Augen an, dass es Maishülse eiskalt über den Rücken lief.

»Äh … verehrte Anführerin, verzeih mir meine kühnen Worte«, stotterte Maishülse verlegen. »Ich wollte nicht den Eindruck erwecken, als erhöbe ich meine Stimme gegen deinen weisen Rat. Dazu habe ich kein Recht, das weiß ich sehr wohl. Ich wollte dir nur nahe legen, noch einmal sorgfältig über die Geschichte nachzudenken. Ich komme sehr gern in das Dorf der Schweigenden Krähe und möchte bei meinem nächsten Besuch keine niedergebrannten Hütten und verwesenden Leichen vorfinden. Du weißt so gut wie ich, dass Springender Dachs, sollte ihm irgendwie zu Ohren kommen, was du heute Abend gesagt hast, schneller in dieses Dorf geflogen käme als eine Sternschnuppe und« – er warf dramatisch die Hände hoch – »dein Volk auslöschen würde!«

»Die Tapferen fürchten den Tod nicht«, erklärte Gefleckter Frosch, ergriff die Hand von Junger Hündin und führte sie an seine erhitzte Wange. »Wir werden mit Freude unser Leben riskieren, um diese Helden zu retten. Wenn *wir* es nicht tun, wer dann?«

Maishülse sackte über seiner Trinkschale zusammen. Der heiße Dampf des vergorenen Maisbiers trieb ihm das Wasser in die Augen. Gegen die Tränen anblinzelnd, erwiderte er: »Also schön, wenn ihr schon entschlossen seid, euch für diese Menschen zu opfern, so lasst mich wenigstens meine Geschichte zuende vortragen.«

»Sie geht noch weiter?«

Der Händler nickte niedergeschlagen. »Ja. Sehr viel weiter.

Ihr sollt wissen, dass ich derjenige war, der Silberner Sperling und Aschenmond das Leben rettete.« Kaum hatten die Worte seine Lippen verlassen, durchfuhr ihn ein Anflug wilder Panik. Wie um alles in der Welt hatte er das sagen können!

Unwillkürlich schloss Gefleckter Frosch seine Finger fester um die Hand von Junger Hündin. »Sprich weiter. Wie hat sich das zugetragen?«

Maishülse drehte verdrossen seine Trinkschale um und ließ sie leertropfen. Er hatte hier einen Klan des Schildkrötenvolkes vor sich und konnte darauf hoffen, dass seine Wort nicht bis in ein Bärendorf dringen würden. »Sie kamen ins Wandererdorf, um das Falschgesicht-Kind zu retten, doch Blauer Rabe und Kleiner Zaunkönig waren bereits mit dem Jungen geflohen, und Springender Dachs hatte sich auf die Suche nach ihnen gemacht. Unter größtem Risiko für mein eigenes Leben stahl ich mich aus dem Dorf und eilte Silberner Sperling und Aschenmond entgegen, um sie zu warnen, sodass sie noch rechtzeitig fliehen konnten, ehe man sie entdeckt und mit Sicherheit umgebracht hätte. Silberner Sperling kochte vor Wut!« Maishülse schwang die Fäuste in der Luft, um Sperlings Gefühlsausbruch zu demonstrieren. »Ich rannte wieder zurück ins Wandererdorf, doch kurz darauf brach dieser furchtbare Sturm über das Dorf und seine Umgebung herein. Bäume wurden aus der Erde gerissen und flogen wie Strohhalme durch die Luft. Die Langhäuser platzten auf wie Eierschalen, von den Rindenwänden blieben nur Fetzen übrig. Die dicken Dachbalken schlugen Purzelbäume auf dem Versammlungsplatz.«

»Blieb jemand am Leben?«, flüsterte Gefleckter Frosch mit bebender Stimme. »Oder sind alle umgekommen?«

»Nicht ein Langhaus blieb stehen«, berichtete Maishülse. »Die meisten der Alten haben das Unwetter nicht überlebt. Kinder irrten in den Ruinen umher, riefen verzweifelt nach ihren Eltern, Tanten und Onkeln. Ich habe noch nie etwas so Schreckliches gesehen, Gefleckter Frosch. Anführerin Siebenstern wurde von umherfliegenden Holzbalken zweigeteilt. Sumpfbohne und Perlenfarn starben unter den Trümmern ihres einstürzenden Hauses. Ich weiß, dass das Schildkrötenvolk nicht an die Macht von Silberner Sperling glaubt, aber was sonst hätte eine derartige Verwüstung verursachen können?« Er schüttelte den

Kopf. »Du hättest nicht mehr daran gezweifelt, wenn du dort gewesen wärst; wenn du gesehen hättest, was ich gesehen habe. Dann wärest auch du davon überzeugt, dass Silberner Sperling fähig ist, die ganze Welt zu zerstören!«

»Zaunkönig?«, rief Polterer. »Der Pfad hört hier auf. Sei vorsichtig!«

»Ja, bin ich!«, rief sie zurück, während sie sich mit dem Rücken dicht an den beinahe senkrecht aufragenden Granitfelsen drückte und sich Schritt für Schritt daran vorbeischob. Der Pfad, der jetzt nur noch knapp zwei Hand breit war, schlängelte sich zwischen dem Fuß der Felswand und einem steil abfallenden Geröllabhang entlang, an dessen unterem Ende ein kleiner Teich lag, über dem sich graue Nebelschwaden ringelten. Großvater Tagbringer hielt sich noch versteckt, doch seine ersten rubinroten Strahlen waren schon über den Horizont geklettert und überzogen den Himmel mit einem rosaroten Hauch.

Konzentriert setzte Zaunkönig einen Fuß vor den anderen. Die Fährte eines Pumas markierte den sandigen Pfad, eines großen Pumas, wie sie an den Abdrücken der Pfoten feststellte, die doppelt so groß wie ihre Handteller waren. Polterers Vision folgend, bewegten sie sich auf Wildpfaden voran, doch wie sich herausstellte, waren diese Pfade weitaus schwieriger zu bewältigen, als sie erwartet hatten. Oft versperrten ihnen große Felsbrocken den Weg, die sie zwangen, durch schmale Spalten zu kriechen oder über unwegsame Geröllhänge auszuweichen. Zaunkönig hatte sich die Knie ihrer Lederleggins durchgescheuert, als sie zuletzt auf allen Vieren über einen dieser abschüssigen Hänge gerutscht war. Das blaue Leder war von den Knien bis zum Saum mit dunklen Blutflecken gesprenkelt.

Als sie sich näher an die Felskante heranschob, wo der der Hang jäh abfiel, entdeckte sie Polterer, der etwa fünfzig Hand unterhalb der Kante auf einem Felsvorsprung hockte und in die Tiefe spähte. Ohnehin nur halb so groß wie sie, wirkte er jetzt von ihrem erhöhten Standort aus noch winziger, mit den kurzen Armen und Beinen, die wie Stummel von seinem Körper abstanden. Das kinnlange Haar wehte ihm ins Gesicht. Sie hatte von seinem alten schwarzen Hemd den Saum abgerissen, die Stoffstreifen in einem Aufguss aus Fichtennadeln ausgewaschen und damit seine Hände verbunden. Anschließend hatte sie ihm ihre Handschuhe, die bei ihm bis über die Ellbogen reichten, über die Bandagen gezogen, um die Wunden vor der Kälte zu schützen.

»Zaunkönig? Ich dachte, das sei der richtige Weg, aber...« Der Wind verschluckte seine Stimme, und Zaunkönig kroch näher heran. »Jetzt bin ich mir... nicht mehr...«

»Wir sind aber genau dem Weg gefolgt, den du in deinem Traum gesehen hast!«, rief Zaunkönig zu ihm hinunter. »Du hast gesagt, dass wir zuerst an eine Stelle kommen, wo ein Wolf geschlafen hat, dessen Fährte uns zu einem Elch führen wird, dass wir anschließend eine Hirschkuh aufschrecken werden und wenn wir ihren Hufabdrücken folgen auf den Pfad treffen, den kurz vorher ein Puma genommen hat. Und da sind wir jetzt.«

»Aber der Puma-Pfad endet hier... Zaunkönig. Hier an diesem Felsvorsprung.« Er deutete auf die Abdrücke, die die Pfoten des Pumas vor ihm im Sand hinterlassen hatten. »In meinem Traum hat uns dieser Puma nach Hause geleitet.«

Scharfkantige Felsbrocken bedeckten den Abhang, der zwischen Polterer und Zaunkönig lag. Die Fingerspitzen in die schmalen Felsspalten hakend, kletterte sie vorsichtig an der steilen Wand herab, wobei sie mit den Zehen immer wieder nach einem winzigen Vorsprung tastete, der ihr Halt bot.

Als sie die schmale Felsbank erreichte, auf der Polterer kauerte, warf dieser hilflos die kurzen Arme in die Luft. »Es tut mir so Leid, Zaunkönig, aber ich glaube, ich habe uns in die Irre geführt.«

Vereinzelt wuchsen Rottannen und verkrüppelte Eichen auf dem Geröllhang. Zaunkönig war enttäuscht, dass Polterer sich möglicherweise in seinem Traum geirrt hatte. Ihr war zu Ohren gekommen, dass Träumern so etwas gelegentlich passierte, wenn ihre Geisterhelfer sie täuschten oder den Traum absichtlich so kompliziert gestalteten, dass der Träumer ihn nicht deuten konnte. Aber Polterer? Nach allem, was Springender Dachs über ihn erzählt hatte, war Polterer bisher noch nie einer solchen Täuschung erlegen.

Nachdenklich meinte sie: »Hinter der letzten Gabelung haben wir auf beiden Wegen die Spuren des Pumas gesehen, erinnerst du dich? Vielleicht hätten wir den linken Pfad einschlagen sollen und nicht den rechten.«

»Vielleicht, aber... ich war mir sicher, dass dies hier der richtige ist.«

»Sollen wir zurückgehen? So weit ist es ja nicht.«

Er steckte die Handschuhe behutsam unter die Arme. Zaunkönig hatte am Morgen seine Finger untersucht, die abzuheilen begannen, doch musste immer er noch starke Schmerzen erdulden.

Nachdenklich betrachtete Polterer die Felsbank. Darunter fiel der Hang über eine Länge von siebzig Handbreiten sehr steil ab. Das Pumaweibchen musste vor Enttäuschung gefaucht haben, als es dort angelangt war. Und dann? Was tat es dann? Umgekehrt war es jedenfalls nicht, denn seine Spuren führten nicht zurück.

Zaunkönig kniff die Augen zu und versuchte, sich in die Seelen des Pumaweibchens zu versetzen, sich vorzustellen, was es an seiner Stelle getan hätte, wohin es gesprungen wäre oder ...

»Zaunkönig? Mir fällt gerade ein, dass der Zeisig nicht zurückgekehrt ist. Kannst du dir denken, warum nicht?«

Ihre Augen weiteten sich. Polterer stand mit dem Rücken zu ihr an der Kante der Felsbank, mit hängenden Schultern, den Blick nach Osten gerichtet.

»*Noch nicht*, Polterer. Der Zeisig ist *noch nicht* zurückgekommen. Zeisige sind kleine Vögelchen, und der Weg ist sehr weit. Gib ihm noch etwas Zeit.«

Trotz der Zuversicht, die sie in ihre Stimme zwang, machte sie sich ebenfalls Sorgen um den Vogel. Wenn der Zeisig in die Welt-über-dem-Himmel geflogen war und Polterers Mutter nicht gefunden hatte, so gab es dafür nur zwei Erklärungen: Entweder war Wilde Rose noch am Leben – oder ihrer Seele war es nicht gelungen, den Weg in die Nachwelt zu finden. Und der Gedanke an diese zweite Möglichkeit verzehrte den armen Jungen wahrscheinlich bei lebendigem Leibe. Wusste man doch, dass heimatlose Geister, verzweifelt nach ihren Angehörigen rufend, durch die Wälder irrten und ihren Hunger stillten, indem sie die Kochtöpfe fremder Dörfer auskratzten. Zaunkönig hatte vor zwei Wintern die alte Siebenstern zufällig davon erzählen hören. Sie hatte behauptet, dass diese Geister nur selten wüssten, dasssie eigentlich tot waren. Sie wussten nur, dass sie ihre Familie finden mussten. Einige dieser Geister – vorwiegend jene, die der Tod weit von ihrer Heimat entfernt ereilt hatte – fanden ihre Familien nie und waren dazu verdammt, auf immer und ewig umherzuirren und die Namen derer zu rufen, die inwischen schon längst in der Welt-über-dem-Himmel weilten. Andere Geister fänden zwar ihre Familien, doch wenn die ihre Rufe nicht hören konnten, trieb das diese armen Geister oftmals in den Wahnsinn. Nachdem sie viele Monde lang die Namen ihrer Ehemänner oder Mütter gerufen hatten, ohne erhört zu werden, begannen sie in ihrer Verzweiflung häufig Unheil zu stiften oder Katastrophen auszulösen, um auf sich aufmerksam zu machen, und stürzten dadurch nicht selten genau jene Menschen ins Unglück, die sie am meisten liebten.

»Polterer, hast du Angst?«, fragte Zaunkönig, während sie mit der Spitze ihres Mokassins in einem Pfotenabdruck des Pumas scharrte.

Der Junge starrte auf seine Handschuhe. »Ich möchte nach Hause, Zaunkönig. Nach Hause in mein Dorf, und dort unter meine Decken kriechen und schlafen, bis meine Mutter mich zum Abendessen weckt.«

Zaunkönig nickte stumm.

Manchmal träumte sie, dass sie gerade aufgewacht war und ihre Mutter im Langhaus herumwirtschaften und mit ihrem Vater und ihrem Bruder flüstern hörte. Der süße Duft des Morgenbreis wehte ihr um die Nase. Gauner lag auf ihren Füßen und wärmte ihre Zehen … und dann hielt sie den Atem an und blieb ganz still liegen, um den schönen Traum nicht zu verscheuchen.

Sie legte Polterer eine Hand auf die Schulter. »Hör auf, dir den Kopf zu zermartern, Polterer, das bringt nichts ein. Sag mal, bist du auch so durstig wie ich?«

»Ja.«

Zaunkönig setzte sich hin und schwang die Beine über eine Felskante. »Komm, setz dich neben mich, Polterer.«

Der Junge ließ sich ebenfalls nieder, doch sein Blick blieb am Rand des Horizonts haften. »Es tut mir leid, Zaunkönig. Ich – ich weiß nicht, wie das passieren konnte.«

Der Morgen graute, und der Himmel glänzte wie ein polierter Amethyst.

Zaunkönig knotete den Wasserbeutel von ihrem Gürtel, schnürte ihn auf und nahm einen langen Schluck, ehe sie ihn an Polterer weiterreichte. Der balancierten den Ledersack zwischen den dicken Fellhandschuhen und trank gierig.

»Glaubst du, dass dein Geisterhelfer dich absichtlich täuscht? Um dir eine Lehre zu erteilen? Ich habe gehört, dass einem Träumer so etwas manchmal passiert.«

Polterer legte den Wasserbeutel auf seinen Schoß und betrachtete die kunstvoll geflochteten Lederriemen. »Meine Mutter pflegte immer zu sagen, dass ›ein Mensch, der einen Geisterhelfer findet, niemals in Frieden leben, und ein Mensch, der seinen Geisterhelfer verliert, niemals ein Ziel haben wird'. Den zweiten Teil verstehe ich nicht richtig, den ersten aber umso besser. Meine Seelen sind heute so in sich verknotet wie ein Knäuel aus Waldreben, mit dem die Kinder Ball spielen. Ich glaube nicht, dass mein Helfer mich täuscht, aber... es könnte trotzdem so sein.«

»Deine Träume müssen sich nicht immer bewahrheiten, Polterer. So denke ich jedenfalls.«

Sein Blick haftete starr an den grauen Felsbrocken, die sich weit unter ihnen in der Schlucht türmten.

»Was ist denn, Polterer?«

»Ich habe mich schon einmal getäuscht«, flüsterte er und verzog das Gesicht, als kämpfe er gegen Tränen an.

»Wann denn?«

»An dem Tag der Schlacht. Da hatte ich eine Vision.« Er schluckte angestrengt. »Ich – ich habe den Dorfältesten erklärt, dass man uns nicht angreifen wird. Dass dem Buntfelsendorf keinerlei Gefahr drohe.«

Zaunkönig griff nach dem Wasserbeutel und nahm noch zwei Schlucke. »Hast du deshalb Springender Dachs nicht verflucht, als du ihn zum ersten Mal sahst?«

»Nein, ich... etwas geschieht mit mir, wenn ich richtigAngst habe. Dann...dann kann ich nicht denken oder mich bewegen. Ich kann nicht einmal schreien. Mein Körper fühlt sich dann an wie ein Holzklotz.«

Seine Wangen hatten sich vor Scham gerötet, er konnte die Hände nicht still halten, klopfte Staub von seinem Umhang und wischte den Sand über die Felskante.

»Du trägst daran keine Schuld, Polterer. Dein Geisterhelfer hat dir gesagt, dass dem Buntfelsendorf keine Gefahr drohe. Wie hättest du es besser wissen sollen?«

Polterer wischte sich mit den Handschuhen die Nase ab. »Er war nicht mein Geisterhelfer, Zaunkönig, aber ein sehr mächtiger Geist.«

Manchen bösen Geistern wurde nachgesagt, dass sie Schamanen mitunter absichtlich täuschten, aber diese Geister traten immer in bekannten Gestalten auf. »Ist dir dieser Geist als alte Frau erschienen, mit einem langen, gebogenen Wanderstecken?«

»Nein. Es war nicht Fallende Frau.«

»Ein Wolf mit den Armen und Beinen eines Menschen?«

»Nein, Himmelshalter würde ich sofort erkennen, Zaunkönig. Dieser Geist kam in der Gestalt eines Jungen zu mir. Ein kleiner Junge mit leuchtenden gelben Augen.«

»Ein…Junge, sagst du?« Zaunkönig schloss die Finger fester um den Wasserbeutel. »Hatte er überall Schnittwunden? Aus denen er blutete?«

Polterer fuhr abrupt herum und starrte sie an. »Du kennst ihn? War das etwa dein Geisterhelfer, Zaunkönig?«

Nur zu deutlich sah sie die Gedanken, die hinter seinen schwarzen Augen aufstiegen, bedrohlich wie die verheerenden Gewitterwolken am nördlichen Himmel. Wenn der Blutende Junge tatsächlich ihr Geisterhelfer war und Polterer absichtlich irregeführt hatte, so dass Springender Dachs das Buntfelsendorf überfallen und niedermetzeln konnte, dann bedeutete das für ihn, dass er ihr eigentlich nicht mehr trauen durfte.

»Ich habe keinen Geisterhelfer, Polterer«, erwiderte sie. »Ich habe auch noch nie eine Vision gesucht. Meine Großmutter meint, dazu sei ich noch zu jung.«

Polterer neigte den Kopf ein wenig zur Seite und musterte sie mit einem Auge. »Woher kennst du dann diesen Jungen?«

»Ich werde es dir erzählen«, sagte sie und zuckte mit den Schultern. »Ich begegnete ihm am Abend vor der Ratsversammlung, als das Urteil über dich gesprochen wurde. Ich war unten am Pipe Stem Lake, um die Wasserbeutel aufzufüllen, und da hörte ich plötzlich jemanden lachen. Als ich mich umdrehte, da stand der Junge vor mir.« Die Erinnerung daran jagte ihr auch jetzt noch eisige Schauer über den Rücken.

»Hat er etwas zu dir gesagt?«

»Ja, das hat er«, antwortete sie, aufgeregt nickend. »Aber ich habe nicht begriffen, was er damit meinte. Er hat mich gefragt, ob ich wüsste, warum Geister Häuser bauen.«

»Geister leben doch nicht in Häusern, Zaunkönig. Zumindest nicht auf der Erde. Sie wohnen in den glitzernden Hütten in der Welt-über-dem-Himmel, aber ...«

»Das habe ich ihm auch erklärt, aber der Blutende Junge bestand darauf, dass sie Häuser bauen, weil sie sich vor uns fürchten. Und dass sie wüssten, dass sie nicht genügend blitzende Pfeile besitzen. Dann sagte er noch, dass unsere Welt zu Ende gehen würde und dass ich diese Häuser mit eigenen Augen sehen müsste ...«

»Hat er dir auch verraten, wo diese Häuser stehen?«, warf Polterer ein und malte mit den Handschuhe eine Spirale in den Sand.

Sie schüttelte den Kopf. »Nein, aber er hat mich aufgefordert, mit ihm zu kommen und mir erklärt, dass er es nicht allein tun könne.«

»Was denn?«

»Die Menschen warnen.« Sie schnürte den Wasserbeutel zu und befestigte ihn wieder an ihrem Gürtel. »Ich habe ihm daraufhin klipp und klar gesagt, dass ich mit ihm nirgendwohin ginge, sondern schnurstracks nach Hause. Und dann hat er mir erst richtig Angst eingejagt, Polterer. Er sagte, es täte ihm sehr Leid, aber es gäbe jetzt kein Zurück mehr. Seine Worte waren: ›Du wirst mit mir kommen. Die Macht hat es so entschieden.‹«

Polterers Blick irrte ziellos umher, blieb an Felsen haften, an Bäumen, studierte die Spuren, die der Puma hinterlassen hatte. Nach einer kurzen Pause meinte er nur: »Die Wege der Geister sind mitunter sehr sonderbar.«

»Dann verstehst du das Ganze auch nicht, wie?«

»So ist es.«

Zaunkönig verhakte die Beine an den Knöcheln und ließ sie über dem Abgrund hin und her schwingen, während sie über die Geister nachdachte und sich fragte, ob sie sich vielleicht schon auf der Reise befand, auf die der Junge sie hatte mitnehmen wollen, dies aber nur nicht wusste. Eine Vorstellung, die ihr überhaupt nicht behagte.

»Polterer, ich habe mir gerade überlegt, was wir tun könnten, wenn das hier vorbei ist. Könntest du dir vorstellen, Händler zu werden? Wir beide? Dann könnten wir fremde Länder kennen lernen. Ich habe einmal einen Händler erzählen hören, dass es im Westen Völker gibt, die Hügel errichten und darauf ihre Häuser bauen. Und noch weiter westlich von hier bauen die Menschen angeblich Häuser aus Stein, eines über dem anderen, riesige Steinpaläste, die bis in den Himmel reichen.« Zaunkönig drehte den Kopf und sah, dass Polterer sie mit so viel Hoffnung und Liebe im Blick anstarrte, dass ihr der Anblick fast weh tat. »Was meinst du, Polterer, wäre das nicht lustig? Wir beide als Händler?«

Er lächelte sie an. »Ja, das würde mir gefallen.«

Zaunkönig legte den Arm um seine schmalen Schultern. »Händler müssen aber mächtige Geisterhelfer besitzen. Du hast ja schon einen, aber ich werde auch einen brauchen. Mein Onkel Blauer Rabe hat mir ganz fest versprochen, mich auf eine Visions-Suche mitzunehmen. Aber bisher hat er noch nie Zeit gehabt.«

»Ich – ich könnte dich mitnehmen, Zaunkönig! Ich bin schon viele Male auf so einer Suche gewesen.« Polterer rückte näher an sie heran und legte seine behandschuhte Hand auf die ihre. »Es ist ein sehr beschwerlicher Weg, aber ich werde dir dabei helfen.«

»Danke, Polterer«, sagte sie lächelnd. »Erzähl mir, wie ist es denn, einen Geisterhelfer zu haben? Du hast deinen schon seit deinem vierten oder fünften Winter, stimmt's?«

Polterer legte den Kopf in den Nacken und schaute hinauf zu den Wolkenriesen, die sich über ihnen am Himmel bauschten und tanzend und umherwirbelnd nach Westen zogen. Er verfolgte sie so lange mit seinem Blick, dass Zaunkönig sich schon fragte, ob er sich gerade mit seinem Geisterhelfer unterhielt. Blinzelnd betrachtete sie die große, golden schimmernde Wolke, die genau über ihnen stand. Je länger Polterer sie anstarrte, desto heller schien sie zu leuchten.

»Manchmal tut es weh, einen Geisterhelfer zu haben«, sagte Polterer unvermittelt in die Stille hinein. »Es ist ein Gefühl, als stäche dir jemand ein Messer ins Herz. Aber es gibt auch Zeiten, da fühlst du dich großartig.«

Ihr Schmunzeln verblasste. »Vielleicht brauche ich doch keinen.«

Polterer biss sich verlegen auf die Unterlippe. »Manche Menschen haben freundliche Geisterhelfer, Zaunkönig. Die zeigen ihnen, wo man die besten Wurzeln oder Nüsse findet oder einen guten Platz zum Fischen. Vielleicht erwischst du ja so einen.«

»Ist deiner so böse weil er so mächtig ist? Weil du der Sohn eines Waldgeistes bist?«

Polterer schwang jetzt im Takt mit Zaunkönig seine Beine über dem Abgrund. »Das kann gut sein.«

Zaunkönig wischte sich die sandigen Hände an ihrer zerfetzten Lederhose ab. »Hast du ihn schon einmal gesehen? Deinen Vater, meine ich?«

»Oh, ja«, sagte Polterer und nickte. »Als ich noch klein war, kam er abends immer an mein Lager und hat mich in den Schlaf gesungen. Seine Stimme klang wie der Tod.«

Zaunkönig überlief ein Kribbeln, das bis in ihre Haarwurzeln reichte. »Der *Tod*?«

»Nun ja, ich meine damit, dass seine Stimme so klang wie die Laute, die Großmutter Erde von sich gäbe, wenn alle Bäume, alle Vögel und alle Tiere sterben würden. Wenn Windmutter verstummen und alle Flüsse austrocknen und die Menschen verschwinden würden.«

»Für mich klingt das wie Stille, Polterer.«

Er nickte beifällig. »Ja, wie laute Stille. Wenn mein Vater mir vorsang, habe ich mir immer die Ohren zugehalten, damit es nicht so weh tat.«

Zaunkönig warf einen Blick hinauf zu Großvater Tagbringer. Sein leuchtendes Gesicht hatte sich an den Wolkenriesen vorbeigeschoben, und grelles Sonnenlicht durchflutete jetzt die Wälder. Die Dunstdecke über dem kleinen Teich löste sich in durchscheinende gelbe Schleier auf, die von den warmen Strahlen nach und nach aufgeleckt wurden.

»Weißt du was, Polterer?«

»Was?« Polterer blinzelte sie fragend an.

»Manchmal verstehe ich kein Wort von dem, was du mir erzählst.«

Zärtlich tätschelte er ihr mit seinem dicken Handschuh den Arm. »Du musst mich nur besser kennen lernen. Inzwischen hast Du doch auch nicht mehr so viel Angst vor mir wie zu Anfang, stimmt's?«

»Ja, das stimmt. Hast du versucht, weniger Furcht einflößend zu sein, Polterer?«

»Oh, ja. Ich habe mir alle Mühe gegeben.«

Jetzt lächelte Zaunkönig wieder. »Inzwischen habe ich gar keine Angst mehr vor dir. Obwohl, es gibt Augenblicke, da erschreckst du mich schon noch ein wenig, aber...«

Im rasch wechselnden Licht des beginnenden Tages glaubte Zaunkönig unten an dem Geröllabhang etwas wahrgenommen zu haben – eine Reihe dunkler Schatten, die sich über das poröse Gestein zogen. Sie kniete sich hin und schirmte die Augen gegen die grelle Sonne ab. Kleine Steinhäufchen warfen diese Schatten.

»Polterer!«, rief sie aufgeregt und deutete mit dem Finger nach unten. »Sieh nur, die Pumaspuren! Kannst du sie erkennen? Das Gewicht seiner Pfoten hat die kleinen Steinchen zu Hügeln aufgeworfen. Gleich dort unten, die Fährte führt den ganzen Abhang entlang!«

Polterer stand auf. »Wo denn? Ich sehe nichts.«

»Vielleicht bist du nicht groß genug. Aber ich sehe sie. Dort unten. Ehrenwort!«

Der weiße Fuchsumhang bauschte sich um seine kurzen Beine, als er den tückischen Hang hinabstolperte, um die Spuren selbst in Augenschein zu nehmen. Als er die Fährte gefunden hatte, richtete er sich auf und rief: »Zaunkönig! Schau mal! Siehst du diese riesigen Eichen dort hinten im Norden? Da liegt das Buntfelsendorf!«

Zaunkönig spähte in die Richtung, in die sein Arm, der bis zu den Ellbogen in dem dicken Handschuh steckte, deutete.

Zwanzig und mehr uralte Eichen formten mitten in dem weitläufigen Wald einen Halbmond. Ihre kahlen Äste, die hoch über die übrigen Baumwipfel hinausragten, sahen im gleißenden Morgenlicht aus wie die Arme von menschlichen Skeletten. Hunderte waren es, die sich in den Himmel reckten, als wollten sie nach etwas greifen...

Mit den Armen rudernd, um auf dem Geröll nicht auszurutschen, folgte Polterer den Spuren des Pumas und rief über die Schulter: »Beeil dich, Zaunkönig! Komm!«

23. Kapitel

Schwarzblaue Wolkenriesen ballten sich am Himmel zusammen und zogen wirbelnde Schneeschleier hinter sich her. Von den goldenen Strahlen der Morgensonne beleuchtet, schienen die wabernden Schleier wie auf eigenen Beinen über die Hügelketten zu tanzen.

Elchgeweih blieb stehen, um das Schauspiel am Himmel zu bewundern. Die kühle Morgenbrise duftete nach feuchter Rinde und Fichtennadeln. Die Kriegerin atmete diese erdigen Gerüche tief ein und genoss die kurze Rast. Hinter sich hörte sie das Trampeln von Mokassins, begleitet von schwerem Schnaufen und gebrummten Flüchen, als die Nachhut der Krieger den schlammigen Pfad entlangstapfte.

Eichel blieb neben ihr stehen und wischte sich den Schweiß von der Stirn. Sein Haarkamm mitten auf dem glatt rasierten Schädel glänzte im Sonnenlicht. Er hatte seinen Bärenfellumhang abgelegt, zusammengerollt und ihn oben auf sein Bündel geschnallt. Das rote Hemd, das er darunter trug, war unter den Achseln und vorne an der Brust völlig durchgeschwitzt.

»Warum… bleiben wir stehen?«, fragte er keuchend.

»Ich habe nur gewartet, dass ihr aufholt.«

Eichel maß sie mit einem ungläubigen Blick. Hinter ihnen wurde Gemurmel laut, als auch die anderen Krieger näher gekommen waren und bis zu den Knöcheln im Matsch stehend begannen, Fragen zu stellen.

»Sind das die gleichen Spuren?«, erkundigte sich Eichel und

hockte sich nieder, um die Fußstapfen in Augenschein zu nehmen.

»Ja«, erwiderte sie.

Trotz des Schmelzwassers, das den Pfad immer mehr in einen Sumpf verwandelte, waren die Spuren eindeutig. Diesen Weg hatten am Abend zuvor drei Menschen genommen. Zwei Männer und eine Frau. Einer der beiden Männer war Blauer Rabe. Die Größe und Form seiner Mokassins hatte sich seit den Tagen, als sie gemeinsam auf den Kriegspfad gezogen waren, unauslöschbar in Elchgeweihs Seelen gebrannt. Sie würde seine Abdrücke aus tausend anderen herausfinden. Aber sie hatte keine Ahnung, wer die beiden Begleiter sein könnten. Die Abdrücke der Frauenschuhe stammten keinesfalls von Kleiner Zaunkönig, und ein kleiner Junge war hier auch nicht gegangen.

»Ich frage mich schon die ganze Zeit, wer die beiden anderen sind«, meinte Eichel, als er sich wieder erhob. »Komplizen? Leute vom Schildkrötenvolk?«

Gedankenverloren strich Elchgeweih über das glatte Holz ihres Bogens, der über ihrer rechten Schulter hing. »Glauben möchte ich das eigentlich nicht«, erwiderte sie, »aber möglich wäre es.«

Eichel stemmte die Hände in die Seiten und atmete geräuschvoll aus. »Mit kommt vor, als hätten sich die Dinge geändert, Elchgeweih. Vielleicht hat Blauer Rabe den Jungen doch die ganze Zeit über getragen und war auf dem Weg zu einem geheimen Treffpunkt, wo er ihn seinen Verwandten aus dem Schildkrötenvolk übergeben wollte.«

»Wenn dem so ist, wohin gehen sie dann jetzt?«

Er hob in einer unbestimmten Geste die Hände. »Vielleicht in ein sicheres Dorf. Ins Nebelschleierdorf zum Beispiel. Diese Leute hassen uns und würdem einem Händler der Wanderer sicherlich Unterschlupf bieten.« Eichel trat unbehaglich von einem Bein aufs andere. »Bestimmt hast du dir auch schon überlegt, ob sie ihn nicht sogar dafür bezahlen. Ich weiß zwar nicht, wie sie das bewerkstelligt haben, kann mir aber gut vorstellen, dass Maishülse, dieser hässliche Händler, der Missetäter sein könnte. Doch wie auch immer …«

»Falls sie es tatsächlich getan haben …«

»Ja – falls«, räumte er mit einer wegwerfenden Handbewegung ein. »Ich könnte mir jedenfalls denken, dass sie dem Mann, der verspricht, ihr mächtiges Falschgesicht-Kind in Sicherheit zu bringen, ihre gesamten Reichtümer zu Füßen legen würden.«

Bei dieser Vorstellung schnürte es Elchgeweih die Kehle zu. Wenn Blauer Rabe das tatsächlich getan hatte, dann war er ihr wirklich fremd geworden. Ihr Blick machte sich abermals an den Spuren fest. Blauer Rabe hatte in der Sohle seines rechten Mokassin eine dicke Falte, die sich quer über das ganze Fußbett zog.

»Du musst zugeben«, sagte Eichel leise und nur für ihre Ohren bestimmt, »dass es den Anschein hat, als habe Springender Dachs am Ende doch Recht behalten. Wir haben keine Spuren entdeckt, von denen wir mit Bestimmtheit sagen könnten, dass sie entweder von einem kleinen Jungen oder einem Mädchen stammen.«

»Was bedeutet, dass Blauer Rabe die beiden noch nicht eingeholt hat.«

»Dafür aber zwei andere Leute. Blauer Rabe ist in ihr Lager spaziert und hat sich an ihr Feuer gesetzt. So als ob er sie kennen würde.«

Elchgeweih dachte darüber nach, während sie die Spuren studierte. Die Mokassins, denen sie folgten, hatten den weichen Boden bis hinunter zu der Wiese im Tal aufgewühlt. War das Rauch, der dort am Rand der Wiese aufstieg? Oder Nebel? Sie behielt die Schwaden im Auge, als sie sagte: »Er ist nicht einfach so in ihr Lager spaziert. Du hast die Spuren ja gesehen. Er blieb nämlich eine ganze Weile hinter dem Findling stehen, bevor er sich zeigte.«

»Das stimmt. Dann hat er sie vielleicht doch nicht gekannt und musste sich erst davon überzeugen, dass diese Leute der Beschreibung entsprachen, die man ihm gegeben hatte. Aber das kommt auf das gleiche hinaus. Er traf mit ihnen zusammen und wandert jetzt gemeinsam mit ihnen immer tiefer in das Gebiet der Schildkröten hinein. Wie es scheint, hat er …«

Hinter ihnen erhob sich plötzlich lautes Geschrei. Die beiden fuhren gleichzeitig herum und versuchten an den wild durcheinanderrennenden Kriegern vorbeizuspähen.

»Was ist da los?«, flüsterte Eichel erregt. »Ein Kundschafter?«

»Wo?«

Elchgeweih trat näher zu ihm hin und stellte sich auf die Zehenspitzen, um über die Köpfe der Krieger hinwegzuschauen.

»Sieh nur, dort!«, rief Eichel und deutete mit dem Finger. »Ist das nicht Quellwasser?«

Elchgeweih lief ein eiskalter Schauder über den Rücken. »Ja, ich glaube, du hast Recht. Aber unsere Anführerinnen haben ihn doch als Kriegsführer des Dorfes bestimmt, solange wir unterwegs sind. Was macht er hier?«

»Das weiß ich nicht, aber irgendwie gefällt mir die Sache nicht.«

»Mir auch nicht. Darum lass uns hören, was er zu berichten hat«, erwiderte sie und begann sich mit den Ellbogen einen Weg durch die Kriegerschar zu bahnen. Und Eichel hielt sich dicht hinter ihr.

Und dann sahen sie Quellwasser, der eifrig auf Springender Dachs einredete. Der hochgewachsene junge Krieger hatte den Oberkörper nach vorn gebeugt und die Hände auf die Knie gestützt, um nach dem anstrengenden Lauf wieder zu Atem zu kommen. Dabei haftete sein Blick auf der grob geschnitzten Maske, die jetzt das verweste Gesicht von Lahmer Hirsch bedeckte. Springender Dachs hielt den Pfahl mit stolz geschwellter Brust an seiner Seite, als handle es sich um ein Signum seiner Autorität. Offenbar spürte Quellwasser das Böse, das von dieser Maske ausging, denn jedes Mal, wenn sein Blick darauf fiel, verzog er das rußverschmierte Gesicht. Die Kleider, die er an seinem drahtigen Körper trug, waren völlig verdreckt und zerrissen. Obgleich er erst zwanzig Winter zählte, sah er an diesem Morgen aus wie ein alter Mann. Tiefe Falten zogen sich über seine Stirn und umrahmten seine müden Augen. Das lange schwarze Haar hing ihm in verfilzten Strähnen um die Schultern. Offenbar hatte er sich seit Tagen nicht mehr gekämmt.

Immer noch nach Atem ringend berichtete er: »Frost-auf-den-Weiden… ist zur neuen Klanvorsteherin ernannt worden. Allein der Gnade unserer Ahnen hat sie es zu verdanken, dass sie noch am Leben ist. Das Haus ist über ihr…zusammengestürzt…hat sie aber nicht…erschlagen. Keiner von uns traute seinen Augen, als… sie aus dem Trümmerhaufen herausgekrochen kam.«

Springender Dachs gewahrte Elchgeweih, und sein Blick verfinsterte sich; ein heilloser Zorn funkelte in seinen Augen. »Wiederhole das noch einmal. Damit es alle hören können.«

Der junge Krieger nickte ergeben und holte tief Luft. Dann richtete er sich zu voller Größe auf und rief mit kräftiger Stimme: »Ich bin drei Tage und drei Nächte gerannt, ohne Pause, ohne zu schlafen, ohne einen Bissen zu essen! Ich – ich musste euch finden!«

»Was ist denn passiert?« Elchgeweih trat näher an ihn heran.

»Unser Dorf…« Quellwasser spreizte die zitternden Beine und drückte die Knie durch. »Es wurde dem Erdboden gleich gemacht. Wir …«

»Ein Überfall?«

»Nein.« Er schüttelte den Kopf. »Ein Unwetter. Windmutter hat ohne Vorwarnung zugeschlagen. Der Wald um uns herum wurde fast gänzlich vernichtet. Ganze Bäume stürzten auf unsere Langhäuser. Selbst die starken Holzstämme der Palisaden wurden aus der Erde gerissen und flogen wie Kriegsspeere durch die Luft. Menschen, die schreiend über den Dorfplatz rannten, wurden aufgespießt. Anderen spalteten herabstürzende Trümmer die Schädel oder zerquetschten ihnen Arme und Beine. Als die Langhäuser zusammenbrachen, fielen das Gebälk und die Wände auf die Feuerstellen. Das trockene Holz fing sofort Feuer. Die Schreie der Menschen… es war schrecklich. Ihr könnt euch das nicht vorstellen. Die Todesschreie, die brüllenden Flammen und das grauenvolle Heulen von Mutter Wind! Diejenigen von uns, die unversehrt geblieben waren, stürzten sich furchtlos in das Inferno, um die Eingeschlossenen herauszuholen. Trotzdem ist die Hälfte unserer Angehörigen umgekommen.«

Quellwasser unterbrach sich, um Luft zu holen, und ließ dabei den Blick über seine Verwandten und Freunde schweifen. Niemand rührte sich, aber in den Augen aller stand dieselbe bange Frage.

Daher hob Quellwasser mit einer beruhigenden Geste die Hände. »Ich werde euch allen von euren Familien berichten, aber zuerst muss ich mich hinsetzen und etwas essen. Bitte, ich kann mich kaum noch auf den Beinen halten.«

»Eichel«, forderte Elchgeweih den Krieger auf, »gib Quellwasser eine Decke, dann zünde ein Feuer an und bereite ihm etwas Heißes zu essen und zu trinken. Sobald wir über das Schicksal unserer Lieben Bescheid wissen, werden wir unsere Suche fortsetzen.«

»Jawohl, Elchgeweih«, erwiderte Eichel und beeilte sich, den völlig erschöpften Krieger zu einem umgestürzten Baumstamm zu führen, damit er sich setzen konnte.

Die übrigen Krieger liefen ihnen aufgeregt flüsternd hinterher.

Springender Dachs wandte sich zu Elchgeweih um und maß sie mit einem scharfen Blick. »Nun, was denkst du jetzt, alte Frau? Hm? Habe ich dir nicht prophezeit, dass das Falschgesicht-Kind noch viel hinterhältiger und gemeiner ist, als wir uns überhaupt vorstellen können? Dass der Junge unseren Tod bedeuten wird?« Er hob den Pfahl mit dem maskierten Totenschädel und rammte ihn mit voller Wucht in den Boden. »Vergiss nicht, es war dein ehemaliger Geliebter, der uns alle mit seinem Pesthauch vergiftet hat.« Er beugte sich näher zu ihr hin und setzte mit zorniger Stimme hinzu: »Wenn ich ihn finde, dann wird er dafür mit seinem Leben bezahlen!«

Er wollte sich wieder von ihr abwenden, als Elchgeweih leise entgegnete: »Ich glaube nicht, dass das sehr weise wäre.«

Springender Dachs straffte die Schultern. »Was du denkst, ist mir völlig gleichgültig.«

»Wenn es stimmt, dass die Mutter von Blauer Rabe zur Dorfältesten ernannt wurde, dann wird sie es vielleicht nicht gut heißen, wenn du ihrem einzigen Sohn das Leben nimmst. Oder ist dir dein eigenes Leben so wenig wert?«

Springender Dachs presste die Kiefer aufeinander. Die ersten Strahlen der Morgensonne fielen durch die Baumkronen und streiften sein Gesicht. »Meine Pflicht ...«

»Deine Pflicht, geehrter Kriegsführer, besteht darin, die erhaltenen Befehle auszuführen. Und dass dies geschieht, dafür werde *ich persönlich* Sorge tragen. Zudem« – sie nickte in Quellwassers Richtung – »vermute ich, dass der Bote der Anführerin neue Anweisungen für uns hat. Du solltest ihn danach fragen. Möglicherweise werden wir zurückbeordert. Wenn die Dinge so schlimm stehen, wie Quellwasser berichtet hat, dann ist unser Dorf noch nie so schutzlos gewesen wie im Augenblick. Es würde mich nicht wundern, wenn unsere Feinde bereits ihre Kriegertrupps antreten ließen. Mit Sicherheit wissen sie bereits, dass jetzt die günstigste Zeit für einen Überfall wäre.«

Elchgeweih wandte sich ab, um sich zu dem umgestürzten Baum zu begeben, auf dem Quellwasser hockte, umringt von einer Schar wild durcheinander plappernder Krieger.

Springender Dachs setzte ihr mit großen Schritten nach und riss sie beinahe um, als er sich an ihr vorbeidrängte und in die Runde der Krieger platzte wie ein Rachegott. Vor dem erschöpften Quellwasser blieb er stehen und rammte mit Nachdruck den Pfahl in die Erde.

Quellwasser sah auf. Sein Blick streifte zuerst Springender Dachs, blieb dann aber an der Krähenmaske haften, die Lahmer Hirschs Totenschädel bedeckte. Der nur grob ausgearbeitete Schnabel ragte in einem merkwürdigen Winkel aus dem Krähengesicht hervor. Durch die beiden Löcher starrten ihn gelbe, eingetrocknete Augen an. Der bestialische Gestank des Totenschädels raubte Quellwasser schier den Atem. Am liebsten wäre er aufgestanden und geflüchtete, so aber rutschte er nur so weit es ging auf dem Baumstamm zurück und rümpfte die Nase. »Hast du eine Frage an mich, Kriegsführer?«

»Jawohl. Bevor du mit den Familiengeschichten beginnst«, sagte Springender Dachs mit lauter Stimme und hob eine Hand, um sich die Aufmerksamkeit aller zu sichern. Eichel, der einige Schritte entfernt an der Feuerstelle stand, hob neugierig den Kopf. »Teile uns die Wünsche von Anführerin Frost-auf-den-Weiden mit. Sollen wir die Suche abbrechen und ins Dorf zurückkehren?«

Quellwasser schüttelte den Kopf. »Nein. Oh, nein, Kriegsführer, sie besteht darauf, dass ihr die Suche fortsetzt. Sie wünscht, dass ihr Blauer Rabe, Kleiner Zaunkönig und das Falschgesicht-Kind findet, ganz gleich, welche Anstrengungen es kosten mag. Sie befürchtet nämlich, dass unser Klan völlig ausgelöscht wird, wenn der Junge am Leben bleibt.«

Springender Dachs schlug seinen Biberfellumhang zur Seite und stemmte eine Hand in die Hüfte. »Und hat sie auch gesagt, was wir tun sollen, wenn wir die Verräter gefunden haben?«

Der junge Bote blinzelte unsicher, als habe er einen Unterton in der Stimme des Kriegsführers wahrgenommen, den er nicht recht zu deuten wusste. Er warf Elchgeweih einen raschen Seitenblick zu, die ihm mit einem kurzen Nicken zu verstehen gab, dass er die Frage von Springender Dachs wahrheitsgetreu beantworten solle.

»Ja, unsere Anführerin wünscht, dass der Junge getötet wird, und dass du, Kriegsführer, nach eigenem Ermessen über das Schicksal der beiden anderen befindest.«

Ein stolzes Lächeln zupfte an den Mundwinkeln von Springender Dachs. »Wie ich sehe, fällt unsere neue Anführerin sehr weise Entscheidungen.«

»Sie hat aber dem Wunsch Ausdruck verliehen«, beeilte sich Quellwasser richtig zu stellen, »dass du die beiden anderen ins Dorf zurückbringst, falls das möglich ist, damit sie ihrem Klan Rede und Antwort stehen.«

»Selbstverständlich, falls das möglich ist, aber …«

»Ich bin sicher, dass Frost-auf-den-Weiden etwas durcheinander war«, fiel ihm Elchgeweih ins Wort, »und eigentlich Siebensterns Befehl bekräftigen wollte, dass wir Blauer Rabe und Kleiner Zaunkönig lebend zurückbringen *müssen*. Kummer verwirrt die Menschen manchmal. Anführerin Frost-auf-den-Weiden hat sicherlich nicht beabsichtigt, uns die Erlaubnis zu erteilen, ihren einzigen Sohn und ihre Enkeltochter zu töten. Das ergäbe doch gar keinen Sinn, Quellwasser, oder?«

Der junge Bote runzelte verunsichert die Stirn. »Hm, ich weiß nicht, aber ich habe ihre Worte genau wiedergegeben, so wie es meine Pflicht ist. Was sie damit gemeint haben könnte, kann ich nicht beurteilen.«

»Es ist sehr unklug, alte Frau, Befehle zu hinterfragen«, beschied ihr Springender Dachs. »Ich bin sicher, dass unsere neue Anführerin nach der Zerstörung unseres Dorfes sehr genau erkannt hat, in welcher Gefahr wir uns befinden, und dass sie deshalb ihren Befehl auch wörtlich verstanden haben will.«

Elchgeweih warf Eichel, der an der Feuerstelle stand und mit seinem Feuerbrett hantierte, einen fragenden Blick zu. Die ersten Flammen, die sich knisternd durch den Zunder fraßen, warfen ihr flackerndes Licht über sein Gesicht und die stämmigen Schultern. Eichel schüttelte den Kopf und wandte sich ab.

Elchgeweih senkte den Blick zu Boden.

Ja, du hast Recht, mein Freund. Noch können wir nichts unternehmen. Die anderen Krieger würden uns nicht unterstützen. Aber sehr bald.

»Wie geht es meiner Frau?«, rief der junge Krieger Herabstürzender Falke, der die Ungewissheit nicht mehr aushielt. »Ist sie am Leben? Und meine beiden Kinder?«

Quellwasser nickte und hob eine Hand in die Höhe. »Ja. ja, deine Familie ist am Leben. Sie waren gerade unten am Pipe Stem Lake beim Fischen, als der Sturm losbrach. Sie haben sich hinter einem Felsen ...«

»Und was ist mit meiner Familie ...?«

»Nein, ich als nächster! Wie geht es meinem Vater und meiner Mutter, sind sie ...«

»Ruhe!« rief Springender Dachs. »Einer nach dem anderen! Pappel, fang du an.«

Elchgeweih drehte sich um und ging weg. Sie hatte keinen Ehemann und keine Kinder. Ihre Eltern waren schon vor vielen Wintern gestorben, und die Schicksale ihrer Cousins, Tanten und Onkel konnten warten.

Sie watete vorsichtig den Weg entlang, der hinunter zu der Wiese führte, wo sie zuvor dünne Rauchschwaden zu sehen geglaubt hatte.

Hinter ihr brach ein schriller Schrei los, gefolgt von einem hemmungslosen Schluchzen. Sie drehte sich nicht um. Heute Abend und auch die kommenden Tage und Nächte würde sie geduldig den tragischen Geschichten lauschen und die Trauernden trösten müssen.

Doch im Augenblick war es viel wichtiger, das auszukundschaften, was mehr und mehr nach einem Lagerplatz aussah.

Elchgeweih verließ den Pfad und ging quer über die Wiese auf die noch glimmende Feuerstelle zu.

In dem weißen Aschebett rauchten noch zwei Holzstücke, die bei jedem Windhauch rot aufglühten. Auf den Steinen, die die Feuergrube begrenzten, lagen die abgenagten Knochen eines Wildkaninchens.

Der Mann und die Frau hatten sich ein Lager geteilt, die Abdrücke ihrer Körper waren noch deutlich im Gras zu sehen. Fünf Schritte von ihnen entfernt hatte Blauer Rabe die Nacht an einen Findling gelehnt im Sitzen verbracht, entweder um sich vor dem Wind zu schützen, oder um sich außerhalb des Feuerscheins zu halten für den Fall, dass ihre Verfolger nächtens das Lager stürmten. Vielleicht traute er auch seinen neuen Verbündeten nicht ganz über den Weg.

Elchgeweih hob den Blick und folgte den Spuren, die quer über die Wiese nach Norden verschwanden.

»Quellwasser hat dir soeben einen kleinen Vorsprung verschafft, mein alter Freund«, murmelte sie vor sich hin. »Nutze ihn weise.«

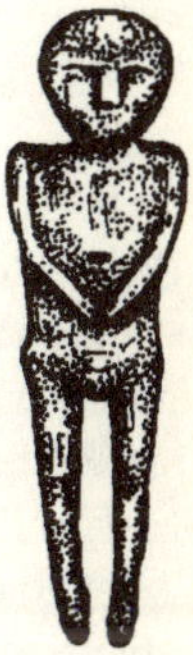

24. Kapitel

Polterer stolperte vor Zaunkönig den aufgeweichten und abschüssigen Pfad hinab; er rannte nach Hause, so schnell ihn seine kurzen Beine trugen. Schon so oft war er ausgerutscht und hingefallen, dass seine Mokassins und der Saum des weißen Fuchsumhangs dick mit Schlamm verkrustet waren. In seinem kurzen schwarzen Haar hatten sich Blätter und kleine Zweige verfangen.

Zaunkönig folgte ihm in etwas gemäßigterem Tempo. In der rechten Hand hielt sie ihren Bogen; den Umhang hatte sie über die Schulter zurückgeschlagen, um ungehindert zu ihrem Köcher greifen zu können. Die kalte Nachmittagsbrise wirbelte ihr das Haar ins Gesicht. Ihre Leggins und das knielange Hemd waren ebenfalls über und über mit Schlamm bespritzt, und die weißen Spiralen, die das blaue Hemd verzierten, hatten nach dem tagelangen Fußmarsch einen schmutzig-braunen Farbton angenommen.

Je näher sie dem Buntfelsendorf kamen, desto durchdringender wurde der beißende Rauch- und Verwesungsgeruch.

Obwohl es keine Anzeichen dafür gab, dass vor ihnen jemand diesen Weg benutzt hatte, spähte Zaunkönig immer wieder aufmerksam in alle Richtungen, um sicher zu gehen, dass sie nicht von irgendwelchen Augenpaaren beobachtet wurden. Ob das nun die Augen von Geistern oder von lebendigen, atmenden Kriegern waren, nach denen sie Ausschau hielt, das wusste sie nicht, aber Polterer und sie hatten bislang so viel Glück gehabt, dass sie fürchtete, es würde nicht mehr lange anhalten.

Ihr Blick suchte den Wald ab. Uralte Platanen säumten den Weg. Hoch über ihren Köpfen hatten sich die Äste ineinander verwoben und ein dichtes Dach gebildet, durch das nur wenige Sonnenstrahlen drangen. Eichhörnchen hüpften laut schnatternd durchs Geäst.

Als Zaunkönig merkte, dass sie Polterer aus den Augen verloren hatte, rannte sie so schnell es der tiefe Schlamm zu- ließ hinter ihm her. Am Fuße des Abhangs angekommen, stieß sie einen erstickten Schrei aus und ruderte wild mit den Armen, um ihre Schritte zu bremsen. Doch ihre Beine liefen einfach weiter, trotz des grauenvollen Anblicks, der sich ihr bot.

»Er ist tot. Er ist t-tot!« Ihre Lippen mussten zweimal diesen Satz formen, ehe ihre Augen es glaubten.

Sie rutschte aus und fiel in den Schlamm, mit weit aufgerissenen Augen den Mann anstarrend, der zusammengesunken an dem Stamm einer Platane kauerte. Ein Kriegspfeil der Wanderer hatte seine Brust durchdrungen und ihn an den Baumstamm genagelt, ein Beil seinen Schädel gespalten. Wilde Tiere hatten dem Leichnam das Fleisch von Armen und Beinen gefressen und ein klaffendes Loch in den Bauch gerissen.

Rechts von ihr hockte Polterer und sagte mit kaum hörbarer Stimme: »Sein Name war Pfeifender Habicht.«

Sie maßen sich mit stummen Blicken. In ihren Augen stand Furcht, in den seinen hilfloser Zorn.

»Er war der Sohn des Onkels meiner Mutter.« Damit wandte er sich ab und ging davon.

Zaunkönig rappelte sich hoch, klopfte sich die größten Erdklumpen von ihrem Gewand und folgte Polterer in die Ruinen des einstigen Buntfelsendorfes. Ein großer Schwarm Krähen erhob sich kreischend in die Lüfte und ließ sich in den umliegenden Baumwipfeln nieder.

Der Anblick des völlig verwüsteten Dorfes ließ Zaunkönig erstarren.

Zu ihrer Linken, am Rand der alten Eichen, markierten acht verkohlte Trümmerhaufen die Orte, an denen früher einmal Hütten gestanden hatten. Dazwischen bis zur Unkenntlichkeit verbrannte Leichen, die Arme und Beine unnatürlich verdreht, die Münder zu einem lautlosen Schrei aufgerissen.

Heilige Masken lagen auf dem Dorfplatz verstreut, als hätten die Bewohner sie aus den brennenden Hütten retten wollen und fallen lassen, als sie tödlich getroffen zu Boden stürzten. Ein paar Schritte entfernt entdeckte sie die Maske von Roter Tau-Adler. Sie steckte schräg in der Erde, das Gesicht ihr zugewandt, der lange Schnabel und die Muschelaugen waren mit Dreck verschmiert. Der Blick dieser Maske löste jetzt auch in ihr eine unbändige Wut aus.

Entsetzt wandte sie sich ab.

Überall Leichen. Und plötzlich klangen ihr die Geschichten wieder in den Ohren, mit denen Springender Dachs und seine Krieger ihren großen Sieg beschrieben hatten. Die Frauen und jungen Mädchen lagen alle auf dem Rücken, mit gespreizten Beinen. Wilde Tiere hatten ihre aufgeblähten Leiber ausgeweidet und das meiste Fleisch von den Knochen gerissen. Zu ihrer Rechten dann die Leichen von Säuglingen, manche auf dem Bauch liegend, andere auf dem Rücken – als hätten Wölfe sie herumgeschleppt und damit gespielt.

Zaunkönigs Herz hämmert dumpf gegen ihre Rippen.

Die Knaben und Männer waren verstümmelt worden, man hatte ihnen die Genitalien abgeschnitten und sie ihnen in die Münder gestopft. Zaunkönig sah die fleischigen Batzen zwischen halb geöffneten Zahnreihen hervorquellen. Die Leichen der Männer waren wohl starr geworden, ehe die Tiere sie fanden; die Wölfe hatten ihnen die Unterkiefer noch nicht abgefressen.

Polterer erwachte als Erster aus der Erstarrung und begann

weiterzugehen, indem er mit quälender Langsamkeit und ohne einen Laut zu verursachen einen Fuß vor den anderen setzte.

Zaunkönig folgte ihm.

»Das ist Rote Pfeife«, wisperte er und deutete auf einen alten Mann, der mit dem Gesicht nach unten im Dreck lag. Ein wunderschöner Büffelfellumhang, der am Kragen mit blauen und gelben Stachelschweinborsten bestickt war, verhüllte seinen Körper. »Er war das Oberhaupt unseres Klans.«

Zögernd ging Polterer ein paar Schritte weiter. Er holte tief Luft, ehe er auf ein kleines Mädchen zeigte. »Meine Cousine Luchs, erinnerst du dich? Ich habe dir von ihr erzählt.« Seine Stimme begann zu zittern. Tränen stiegen ihm in die Augen. »Die Geschichte mit der Ente und dem... Maisbrei...«

»Ja, ich erinnere mich.«

Wolfsspuren bedeckten den Boden um den angefressenen Leichnam des Mädchens.

Zaunkönig hob den Blick und spähte in den Wald hinein. Dunkle Schatten bewegten sich zwischen den Bäumen. Ihre Ankunft hatte die Wölfe anscheinend bei ihrem Festmahl gestört, doch sobald es dämmerte, würde das Rudel zurückkehren – und sie täten gut daran, demnächst wieder zu verschwinden, wenn sie nicht auch gefressen werden wollten. Ein paar Wölfe konnte man verscheuchen, selbst Kinder brachten das fertig, doch gegen ein ganzes Rudel, das eine so leichte Beute vor sich hatte, waren sie machtlos.

»Hier stand die Hütte meiner Mutter.« Polterer hob das Kinn und deutete auf den Haufen verkohlter Holzbalken auf der anderen Seite der großen Feuerstelle. Mit kaum hörbarer Stimme wisperte er: »Siehst du sie dort irgendwo, Zaunkönig?«

Zaunkönig kniff die Augen zusammen und ließ den Blick über die schwarzen Überreste der einstigen Hütte schweifen. »Nein. Auf dem Dorfplatz hast du sie auch nicht gefunden?«

Er schüttelte nur stumm den Kopf.

»Könnte sie vielleicht in einer anderen Hütte gewesen sein?«

Ein winziger Hoffnungsschimmer flackerte in seinen Augen auf, und Zaunkönig sah, wie dieser binnen Augenblicken zu einer frohen Gewissheit heranwuchs. »Als deine Leute uns angriffen, saßen wir beide in unserer Hütte. Dort sah ich sie zum letzten Mal. Wenn sie also nicht dort ist und auch nicht ...«

»Wie war das, als deine Augen umherflogen, Polterer? Nachdem Moosschnabel und Schädelkappe dich aus der Hütte geschleppt hatten? Hast du da deine Mutter nochmal gesehen?«

Er befeuchtete sich mit der Zungenspitze die Lippen. »Nein. Ich habe sie nirgendwo im Dorf gesehen. Sag mal, Zaunkönig, glaubst du, dass sie vielleicht... gar nicht...«

Zaunkönig trat hinter ihn und legte ihm die Hand auf die Schulter. »Vielleicht, aber ich denke, wir sollten uns noch einmal gründlich nach ihr umsehen. Weißt du noch, was sie an dem Tag angehabt hat? Das würde uns bei der Suche helfen.«

Polterer zuckte mit einer hoffnungslosen Geste die Schultern. »Das einzige, woran man sie erkennen könnte – etwas, das wahrscheinlich nicht verbrannt ist oder was die Tiere nicht gefressen haben, ist ihr silberner Anhänger.« Er malte mit dem rechten Handschuh einen Kreis auf die andere Hand, um Zaunkönig eine Vorstellung von der Größe des Anhängers zu geben. »Auf der Silberplatte ist ein umgedrehter Baum eingraviert.«

»Und auf der Stirn trägt sie eine Tätowierung, einen grünen Baum, ist das richtig?«

Er nickte und sagte leise. »Danke, Zaunkönig. Danke für deine Hilfe.«

»Weißt du, das Beste wäre, wenn du dich dort drüben bei den Hütten umsiehst, und ich suche inzwischen die andere Seite des Dorfplatzes ab.«

»Einverstanden.«

Mit gesenktem Kopf ging Polterer auf den Trümmerhaufen zu, der früher einmal sein Zuhause gewesen war. Zaunkönig wollte sich gerade umdrehen, als sie sah, wie er sich zwischen den verkohlten Holzbalken bückte und etwas aufhob. Er drückte es kurz an seine Brust und schob es dann in die Tasche seines Umhangs.

Auf der gegenüberliegenden Seite des Dorfplatzes bot sich Zaunkönig ein ähnlich grauenvolles Bild. Auch hier war der Boden mit Toten übersät – überwiegend Kinder. In ihren Rücken steckten Pfeile. Zwei kleine Buben hielten sich im Tod mit den Armen umschlungen – so als wäre ihnen gerade noch so viel Zeit geblieben, sich gegenseitig festzuhalten. Selbst den Wölfen war es nicht gelungen, die beiden Kleinen auseinander zu reißen.

Übelkeit stieg in ihrer Kehle hoch.

Springender Dachs hatte erzählt… er hatte erzählt, dass sie als Erstes die Hütte von Wilde Rose überfallen und Polterer geraubt hätten. Warum mussten sie dann weiter töten? Warum mit ihren Pfeilen auf kleine Kinder schießen, die in wilder Panik davongelaufen waren? Was hätten sie ihnen schon antun können?

Eine Windbö fegte durch das Tal und zauste den schwarzen Haarschopf eines der toten Säuglinge. Zaunkönig glaubte den feinen Flaum zwischen den Fingern zu fühlen, zart und seidig …

Ihr Magen revoltierte; sie fiel vornüber auf die Knie und erbrach sich. Ihr Bogen blieb zwei Schritte vor ihr liegen. Beißende Tränen schossen ihr in die Augen, als ein zweiter Krampf sie schüttelte. Der Gestank nach verwesten Leichen und verkohltem Holz wurde mit jedem Atemzug unerträglicher. Zaunkönig würgte und erbrach sich immer wieder, bis sie nur noch grüne Galle spuckte und mühsam nach Luft rang.

Dann setzte sie sich auf.

Eine unsägliche Wut stieg in ihr auf, die sich wie ein tödliches Gift in ihrem Körper ausbreitete. Sie brachte ihren Kopf und ihre Brust zum Glühen, ihre Haut begann zu prickeln – und plötzlich waren ihre Gedanken glasklar. Nacheinander erschienen die Gesichter all jener Krieger vor ihrem inneren Auge, die hier ihr Unwesen getrieben hatten, und sie hasste jeden einzelnen von ihnen. Hasste sie mit einer Inbrunst, die sie niemals für möglich gehalten hätte. Wenn diese Männer jetzt vor ihr stünden… sie hätte sie ohne mit der Wimper zu zucken getötet.

Aber das sind doch meine Verwandten. Wie kann ich ihnen den Tod wünschen? Elchgeweih hat mir beigebracht, wie man eine Pfeilspitze herstellt. Wolf mit dem Schwarzen Schwanz hat Himmelsbogen gezeigt, wie man eine Lanze wirft. Denk doch einmal nach, Zaunkönig! Diese Menschen können das nicht getan haben. Elchgeweih hätte niemals ein vier Winter altes Kind von hinten durchbohrt. Wolf mit dem Schwarzen Schwanz würde niemals einer Frau den Bauch aufschlitzen und dem Ungeborenen den Kopf zertrümmern. Das müssen… andere Krieger gewesen sein. Freunde von Springender Dachs. Die haben diese Gräueltaten begangen.

Zaunkönig nickte wie zur Bestätigung ihrer Gedanken und griff nach ihrem Bogen.

Großvater Tagbringer senkte sich über dem westlichen Horizont, und das schwächer werdende Licht erweckte in den Ruinen geisterhafte Schatten zum Leben. Verkohlte Arme, die sich vorher ins Nichts gereckt hatten, griffen plötzlich nach Zaunkönig, Dutzende von ihnen, die immer näher und näher kamen. Krampfhaft hielten ihre Finger den Bogen umfasst. Ob die Seelen, die um diese grotesk verrenkten Körper herumschlichen, wohl wussten, dass sie zum Wanderer-Klan gehörte? Konnten sie es an ihrem Blut riechen?

Ein leiser, herzzerreißender Schrei durchbrach die Stille.

Zaunkönig fuhr herum und rief: »Polterer?«

Er war hinauf in den Wald hinter den in Schutt und Asche liegenden Hütten gegangen und kauerte vor einem Haufen mit verkohlten Überresten.

»Polterer?«

Zaunkönig rannte über den Dorfplatz, vorbei an den angefressenen Leichen seiner Verwandten, und kletterte den Hügel hinauf.

Als sie sich neben ihm auf die Knie fallen ließ, erkannte sie zu ihrem Schrecken, dass es sich bei dem Haufen nicht um verkohltes Holz handelte, sondern um die Leiche einer Frau. Vermutlich war das brennende Dach über ihr zusammengestürzt. Auf ihrer rechten Kopfhälfte klebten versengte Haarsträhnen, die andere Hälfte der Kopfhaut hatten Wölfe abgerissen, so dass die blanken Schädelknochen sichtbar waren. Zaunkönig konnte die Stelle erkennen, wo eine Kriegskeule ihr das Gesicht zerschmettert hatte. Zähne und Knochensplitter ragten aus der klaffenden Wunde.

Mit versteinerter Miene berührte Polterer das Silberamulett am Hals der Toten, zog dann die Hand zurück, schüttelte den dicken Handschuh ab und steckte den einen unversehrt gebliebenen Finger in den Mund.

Zaunkönig ließ sich hinter ihm auf den Boden sinken, zutiefst erschüttert.

Bei meinen Seelen, dachte sie, Wilde Rose war nach dem Überfall noch am Leben gewesen. Am Leben und entschlossen, dem Grauen zu entkommen. Fetzen ihrer verbrannten Kleider markierten den Fluchtweg von ihrer Hütte bis auf den Hügel. Unglaublich, dass sie es bis hierher geschafft, dass sie es in ihrem Zustand fertig gebracht hatte, unter den brennenden Trümmern ihrer Hütte herauszukriechen und sich diesen Abhang hinaufzuschleppen…

»Sie hat mir v-versprochen, mich zu holen«, wisperte Polterer kaum hörbar. »Das waren ihre letzten Worte.«

Zaunkönig legte den Bogen über ihre Knie. »Sie hat es versucht, Polterer. Sie hat es wirklich versucht.«

Nachmittägliche Stille hatte sich über das Tal gesenkt. Das Rascheln der trockenen Blätter im Wind und das Pfeifen eines Eichhörnchens in der Ferne taten ihren Ohren weh.

Polterer wurde heftig von einem stummen Weinkrampf geschüttelt.

Zaunkönig legte ihm eine Hand auf den Arm und drückte ihn sanft. In diesem Augenblick hätte Wilde Rose neben ihm stehen, ihren Sohn anschreien und ihn umarmen können, und er hätte es nicht wahrgenommen.

Eine Weile beobachtete sie die Wölfe, die ganz in der Nähe im Wald umherstreiften. Hie und da erhaschte sie einen Blick auf ein leuchtend gelbes Augenpaar oder eine rosa Zunge. Es waren fünf, wenn sie sich nicht täuschte.

»Eines Tages, Polterer, wenn wir einmal erfolgreiche Händler sind, werden wir den mächtigsten Schamamen der Welt damit beauftragen, ihre Seele zu finden und hinauf in die Welt-über-dem-Himmel zu geleiten. Das verspreche ich dir. Sie wird nicht für immer hier auf Erden umherirren müssen.«

Polterer drehte sich herum, das Gesicht nass von Tränen, und streckte die Hand nach ihr aus. Zaunkönig legte ihren Bogen weg, warf sich neben ihn auf das feuchte Laub und nahm den schluchzenden Jungen in den Arm.

Zaunkönig hatte den Leichnam ihrer Mutter nie gesehen. Und als sie jetzt diesen verbrannten, von wilden Tieren zerfressenen Körper vor sich liegen sah, wusste sie nicht, was leichter zu ertragen war: Sehen und Gewissheit haben, oder nicht sehen und sich weiterhin mit der trügerischen Hoffnung quälen, dass der Mensch, den man liebte, vielleicht doch noch lebte.

Aus den Augenwinklen sah sie am Waldrand etwas Dunkles auftauchen, keine zehn Schritte von ihnen entfernt. Es war ein schwarzer Wolf, der die Schnauze in die Luft reckte und ihre Witterung aufnahm. Er zog die Lefzen hoch, entblößte sein Gebiss und ließ, während er langsam ein paar Schritte den Hang hinab trottete, ein lautes Knurren hören.

»Wir müssen hier weg«, wisperte sie Polterer ins Ohr. »Schnell, komm.«

Als Großmutter Monds leuchtendes Antlitz am Horizont erschien und ihr silbernes Licht durch die Baumkronen warf, verwandelte sich der tiefblaue Himmel in eine opalisierende Muschelschale, unter der der Pfad zu Aschenmonds Füßen wieder deutlicher zu erkennen war. Ein Seufzer der Erleichterung kam über ihre Lippen. Die Fußspuren der Kinder, die klar zu erkennen waren, führten geradewegs zum Buntfelsendorf.

Sie hatten diesen Weg gegen Nachmittag beschritten, noch ehe die aufgeweichte Erde wieder gefroren war, das bewiesen die Rutschspuren im Schlamm.

Leider waren Aschemond und ihre Begleiter zu spät gekommen. Sie hatte so sehr gehofft, noch vor Polterer das Dorf zu erreichen, um seinen Schmerz beim Anblick dieser grauenvollen Verwüstung und der Gesichter seiner toten Verwandten irgendwie lindern zu können. Es war ihnen nicht gelungen, und diese Gewissheit schmerzte sie zutiefst.

Resigniert beschleunigte sie ihren Schritt, um Sperling einzuholen.

»Sie waren schneller als wir«, sagte sie traurig.

Sperling kniff die buschigen Brauen zusammen. »Vergiss nicht, Aschenmond, dass sie einen Tag Vorsprung hatten. Jetzt können wir nur hoffen, dass sie nach ihrer Ankunft nicht gleich wieder weitergezogen sind.«

»Weitergezogen?«, wiederholte sie überrascht. »Aber wohin denn?«

»Ich habe nicht die leiseste Ahnung. Aber wir müssen sie heute Nacht noch finden.«

Aschenmonds Miene verriet ihre Besorgnis. Vor ihnen stapfte Blauer Rabe den Hügel hinab; sein grau meliertes Haar und das Elchfell über seinen breiten Schultern schimmerten im Schein des aufgehenden Mondes.

»Warum?« fragte sie leise. »Hat er etwas gesagt?«

»Nein, das nicht. Aber er muss sich bald entscheiden. Jetzt kann er die Kinder finden, mit oder ohne unsere Hilfe. Wenn sie nicht in der Nähe des Buntfelsendorfes übernachten und weiterwandern, werden sie auf jeden Fall sichtbare Spuren hinterlassen. Sie können uns nur drei bis vier Hand Zeit voraus sein. Vielleicht sogar weniger, denn Polterer ist mit Sicherheit eine Weile zwischen den Ruinen umhergeirrt.«

Aschenmond maß Blauer Rabe mit einem nachdenklichen Blick. Der Nachtwind wehte den unverkennbaren Gestank nach Tod und Verwüstung vor sich her, der immer stärker wurde, je näher sie dem Buntfelsendorf kamen. Blauer Rabe schien förmlich davon angelockt zu werden, denn er rannte jetzt im Laufschritt auf sie zu.

»Was schlägst du vor, was sollen wir zu unserem Schutz unternehmen?«, fragte sie Sperling.

»Ich schlage vor, ein wachsames Auge auf ihn zu haben.«

»Glaubst du, das genügt? Wenn wir uns beim Schlafen abwechseln? Ich eine halbe Nacht, du die andere Hälfte. Aber wir sind total erschöpft. Meinst du nicht, wir sollten ihn zur Sicherheit fesseln?«

Der Pfad zum Buntfelsendorf wurde zu beiden Seiten von riesigen Pappeln gesäumt, deren Äste im Wind knarrten und ächzten. Im Spiel von Licht und Schatten sah es aus, als unterhielten sie sich, neigten sich einander zu, gingen auf Abstand, beschrieben elegante Gesten mit ihren nackten Armen.

»Ich glaube nicht, dass Blauer Rabe das zulassen würde. Immerhin wird er von seinen eigenen Leuten gejagt.«

Aschenmond blieb mit dem Fuß in einem der jetzt hart gefrorenen Löcher hängen, die die Mokassins der Kinder in die aufgeweichte Erde getreten hatten, und stolperte. Sperling griff nach ihrem Arm, bevor sie stürzte, und sie taumelte gegen ihn. Einen Augenblick blieben sie so stehen, blickten sich gegenseitig in die vom Mondlicht versilberten Augen. Aschenmond spürte, wie sich seine Brust unter seinen Atemzügen hob und senkte und roch die Mischung aus Schweiß und Rauch, die seinem Elchlederumhang anhaftete. Diese spürbare Vertrautheit übte eine eigenartige Wirkung auf sie aus: Einerseits besänftigte sie ihre wunden Seelen, und andererseits trieb sie sie zur Flucht an. Je länger sie neben ihm stand, so dicht an ihn gepresst, desto mehr fühlte sie ihre Stärke zurückkehren. Das hatte seine Nähe schon immer bewirkt. Sie hatte sie beruhigt. Getröstet. Die Erinnerung daran schmerzte wie ein Dorn in der Haut.

»Bist du in Ordnung?«, erkundigte er sich freundlich.

»Ja«, sagte Aschenmond und entzog sich seinem stützenden Griff. »Ich brauchte nur eine kleine Verschnaufpause.«

»Das ist auch kein Wunder. Wir haben uns heute wirklich verausgabt. Aber ich muss zugeben, dass mich deine Ausdauer überrascht hat, Aschenmond.«

Um seinem sanften Blick auszuweichen, schaute sie den Pfad entlang. »Ein Hoch auf unsere Wachsamkeit. Blauer Rabe ist verschwunden.«

»Er ist unten im Dorf. Ich habe ihn gerade noch gesehen. Dort, zwischen den beiden Eichen«, fügte er hinzu und deutete mit dem Finger.

»Ich habe keine Stimmen gehört. Glaubst du, das bedeutet, dass ...«

»...die Kinder nicht mehr im Dorf sind? Wahrscheinlich.«

Ihr Herz sackte wie ein Stein nach unten.

Sperling setzte seinen Weg fort, und Aschenmond folgte ihm, sorgsam auf ihre Schritte achtend, um nicht wieder zu stolpern.

Als sie den ehemaligen Dorfplatz betraten, blieb Sperling wie versteinert stehen.

Aschenmond schlug sich entsetzt die Hand vor den Mund.

Vor ihnen tummelte sich ein gutes Dutzend Wölfe und labte sich genüsslich an den Leichen, die auf dem Dorfplatz herumlagen. Mit lautem Knurren und Bellen nahmen sie die Ankunft der drei Störenfriede zur Kenntnis. Einige von ihnen rissen noch schnell einen Kochen aus den geschändeten Leibern, bevor sie sich gemächlich trollten, um am Waldrand stehen zu bleiben und mit gespitzten Ohren abzuwarten, was als nächstes passieren würde.

Blauer Rabe riss seinen Bogen von der Schulter, rannte mitten auf den Dorfplatz und brüllte dabei: »Weg hier! Verschwindet, ihr Bestien!«

Knurrend zogen sich auch die restlichen Wölfe ins Gebüsch zurück, doch ihre Augen funkelten dabei wie glühende Kohlen.

Den Bogen mit beiden Händen umfasst, ging Blauer Rabe an den niedergebrannten Hütten entlang.

»Polterer? Polterer, bist du hier irgendwo?«, rief Aschenmond in die Stille hinein.

»Nein«, antwortete Blauer Rabe. »Aber sie waren hier. Ihre Spuren führen den Hügel hinauf bis zu den Ruinen dieser Hütte dort und noch ein Stück weiter, dann sind sie umgekehrt und Richtung Osten gelaufen, auf das Ufer des Leafing Lake zu.« Er wies mit dem Bogen den Weg, den die Kinder genommen hatten.

Aschenmond rannte an Blauer Rabe und Sperling vorbei den Hügel hinauf, um zu sehen, was die Kinder dort gefunden hatten. Das helle Licht des Mondes hob deutlich die Stelle hervor, wo die beiden auf der weichen Erde gelegen hatten, und warf einen grauen Lichtschleier über – den Leichnam der Mutter, Wilde Rose.

Das Gesicht war bis zur Unkenntlichkeit verbrannt, das Haar versengt und teilweise von dem zertrümmerten Schädel gerissen. Die Kleider…

Aus den Tiefen ihrer Erinnerung zischelte Maishülses heisere Stimme:

Sie flehte ihn an, das Falschgesicht-Kind zu verschonen. Bat ihn auf Knien, den Jungen am Leben zu lassen. Doch Springender Dachs riss ihr den Jungen aus den Armen, warf ihn wie einen Sack Nüsse seinen Kriegern zu und befahl ihnen, mit dem Kind zu verschwinden. Dann zwang er Wilde Rose nieder und verging sich an ihr, während um sie herum das gesamte Buntfelsendorf in Flammen aufging! Könnt ihr das glauben? Springender Dachs hat selbst mich erstaunt! Anschließend hat er sie erschlagen.«

Aschenmond griff nach dem silbernen Amulett und hielt es ins Licht. Es zeigte einen umgedrehten Baum…

Ihr Herz hämmerte wie wild, als Bilder von Wilde Rose vor ihrem inneren Auge aufblitzten… Wilde Rose als kleines Mädchen, wie sie sich lachend in ihren Schoß kuschelte… Wilde Rose mit schmerzverzerrtem Gesicht bei Polterers Geburt… Wilde Rose in ihrem Haus, als sie bei ihnen lebte, als sie gemeinsam gearbeitet, geplaudert und gelacht hatten, als sie Aschenmond um Rat in Erziehungsfragen angegangen war…Wilde Rose, wie sie Aschenmond angefleht hatte, Sperling doch wieder aufzunehmen, ihm zu verzeihen… *Er liebt dich über alles.*

Einen Moment lang war sie zu keiner Bewegung fähig.

Dann, in jähem Begreifen, schloss sich ihre Hand um das Amulett, und ihrer Kehle entrang sich ein erstickter Schluchzer.

Schweigend kniete sich Sperling neben Aschenmond auf die Erde und nahm sie in die Arme.

»Oh, Sperling, es ist so ...«

»Ich weiß«, flüsterte er und strich ihr übers Haar. »Es tut mir so Leid, Aschenmond.«

Sie schmiegte sich in seine tröstliche Umarmung, am ganzen Körper vor Kummer zitternd, und folgte mit tränenverschleiertem Blick dem Weg, den Wilde Rose genommen hatte, nachdem sie aus ihrer einstürzenden Hütte hatte fliehen können. »Sie muss lichterloh gebrannt haben, als sie ...«

»Das spielt jetzt keine Rolle mehr, Aschenmond«, murmelte er an ihr Ohr und hauchte ihr einen Kuss aufs Haar. »Was uns jetzt zu tun bleibt, ist, ihrem Sohn zu helfen. Das hätte sie gewünscht. Polterer ist nicht mehr hier. Aber wir müssen ihn finden.«

Aschenmond hatte die Arme um Sperlings Hüften geschlungen und hielt ihn so lange fest, bis sie den Satz: »Hilfst du mir, sie zu bestatten?«, aussprechen konnte.

»Selbstverständlich.«

Sperling streifte sein Bündel ab und entnahm ihm zwei Holzschalen, von denen er eine Aschenmond reichte.

Es dauerte nicht lange. Das lockere Erdreich auf der Sonnenseite des Hügels reichte sechs Hand tief, bevor die Frostschicht begann. Sperling und Aschenmond hoben ein Grube aus, die groß genug war, um den Leichnam aufzunehmen, dann zogen sie Wilde Rose behutsam in ihr Grab.

Der verkohlte Leichnam lag auf dem Rücken, die leeren Augenhöhlen starrten sie flehentlich an, die bizarr gekrümmten Finger reckten sich ihnen Hilfe suchend entgegen.

»Sperling?«, flüsterte Aschenmond. »Du kennst doch die Heiligen Gesänge, kannst du ...«

»Ja«, antwortete er und berührte zärtlich ihre tränenfeuchte Wange.

Er richtete sich auf und streckte die Arme den Geistern entgegen, die in der Welt-über-dem-Himmel wohnten. Seine tiefe, wohl tönende Stimme trug die Worte weit in den Wald hinein:

Himmelshalter, großer Himmelshalter, komm herbei,
komm herbei.
Führe Wilde Roses Seele in dem Großen Tanz,
blase Asche über ihren Körper
Himmelshalter, Großer Himmelshalter, komm herbei,
komm herbei,
lehre sie zu fliegen Himmelshalter, steig herab aus dem Himmel
und lehre sie, mit dir davonzufliegen.

Sperling ging wieder neben Aschenmond in die Hocke, und gemeinsam schaufelten sie Wilde Roses Grab zu.

Als sie ihre traurige Pflicht beendet hatten, wischte Aschenmond sich mit dem Ärmel die letzten Tränen ab. »Ich danke dir, Sperling. Jetzt – jetzt bin ich bereit, diesen Ort zu verlassen. Wenn wir …«

»Verzeih mir«, unterbrach sie Blauer Rabe, »aber du gedenkst doch nicht etwa, die Suche bei Nacht fortzusetzen?«

»Doch, das tut sie«, erklärte Sperling und half Aschenmond beim Aufstehen. Sein Arm hielt weiterhin ihre Hüfte umfasst, eine Geste des Trostes, aber auch um sie zu stützen. »Bei diesem Stand des Mondes wirft jede noch so kleine Eichel einen Schatten. Wenn wir die Augen offen halten, sollten wir in der Lage sein, ihren Spuren zu folgen.«

Aschenmond löste sich von Sperlings Arm und machte sich entschlossen auf den Weg. Sie lief den Hügel hinunter, auf den Dorfplatz zu, von wo aus die Spur der Kinder nach Osten führte.

»Warte auf uns!«, rief Sperling ihr hinterher und drehte sich zu Blauer Rabe um. »Kommst du mit uns?«

Blauer Rabe holte tief Luft, seufzte und warf die Hände in die Höhe. »Natürlich, was sonst.« Er machte ein paar schwerfällige Schritte und setzte dann hinzu: »Ich bin sicher, es wäre dir lieber, wenn ich vorausginge, damit du mich im Auge behalten kannst. Hab ich Recht?«

»Ja«, sagte Sperling.

Blauer Rabe schritt kräftig aus und holte Aschenmond noch auf dem abschüssigen Pfad ein. Von ihrem erhöhten Standort aus war die Spur der beiden nicht zu übersehen; sie hob sich als dunkle Linie von dem im Mondlicht silbern glänzenden Gras ab.

Sperling griff nach Aschenmonds Arm, zog sie zu sich heran und flüsterte ihr zu: »Behalte deinen Bogen in der Hand.

Jetzt, in der Dunkelheit, ist es ein Leichtes, zu stolpern, taumelnd herumzuwirbeln und jemandem das Messer in den Leib zu rammen. Ich bin auf etwas Derartiges vorbereitet, aber unter Umständen bleibt mir nicht genug Zeit, um darauf zu reagieren. Du musst reagieren. Deshalb möchte ich, dass du mindestens vier Schritte hinter mir gehst.«

Aschenmond zog einen Pfeil aus ihrem Köcher und legte ihn auf die Sehne, senkte aber zur Sicherheit den Bogen. »In Ordnung. Ich werde bereit sein. Aber vergiss nicht, dich zu ducken, wenn ich *duck dich!* rufe.«

Er grinste, und seine schneeweißen Zähne schimmerten wie Perlen im Licht des Mondes. »Ja, ich werde in mich zusammensacken wie ein leerer Wasserbeutel. Keine Sorge ...«

»*Seht, dort!*« rief Blauer Rabe.

Aschenmond und Sperling drehten sich um. Ihre Köpfe folgten der Richtung, die ihnen Blauer Rabe mit seinem ausgestreckten Arm wies.

Vor ihnen, etwa in der Entfernung, die man in einer Hand Zeit zurücklegen konnte, sahen sie an einem Hang den orangeroten Schein eines Feuers.

Elchgeweih hob die rechte Hand, und die Kriegerschar hinter ihr blieb stehen. Von der Hügelkuppe aus konnte sie das ganze Tal überblicken, das sich unter ihnen erstreckte. Großmutter Mond ergoss ihr Licht über die Hügelketten, die das Tal umschlossen, und versilberte die kahlen Äste der Bäume.

Gedämpftes Flüstern wurde laut.

Sie ballte die Hand zur Faust, um den Leuten Schweigen zu gebieten.

Die kalte Nachtluft duftete nach Harz und verfaultem Laub.

Springender Dachs blieb keuchend neben ihr stehen, den Stecken mit dem schauerlichen Kopf in der rechten Hand. Die Krähenmaske sah in dem fahlen Mondlicht noch Furcht einflößender aus. »Was gibt es, alte Frau? Warum bleibst du stehen, so kurz vor unserem Ziel?«

Sie sah zu ihm hoch, betrachtete seinen langen schwarzen Zopf und die Narbe, die quer über seine Kehle lief. An seinem Biberfellmantel hingen vertrocknete Blätter und Fichtennadeln.

»Ich glaubte, einen Ruf gehört zu haben.«

Die Augen von Springender Dachs verengten sich zu Schlitzen. »Was für einen Ruf? Den Ruf eines Mannes? Eines Kindes? Einer Frau?«

Aschenmond schüttelte den Kopf. »Ich bin mir nicht sicher. Ich glaube, es war die Stimme eines Mannes.«

»Die deines ehemaligen Liebhabers?«

»Ich kann wirklich nicht sagen, wem die Stimme gehörte, Kriegsführer. Ich kann nicht einmal mit Gewissheit behaupten, dass es eine menschliche Stimme war…, aber ich glaube schon.«

»Dann müssen wir auf der Hut sein. Wir wollen unsere Beute doch nicht verschrecken.«

Er wandte sich zu seinen Kriegern um und sagte leise: »Die meisten von euch kennen diesen Ort. Verteilt euch. Kreist das Dorf ein wie beim letzten Mal. Das sollte nicht länger als zwei oder drei Hand Zeit erfordern, was bedeutet, dass es bereits dunkel sein wird, wenn wir schließlich Aufstellung genommen haben. Es wird erst angegriffen, wenn ihr mein Kommando hört« – er ahmte den Ruf des Nachtfalken nach – »*piuh, piuh.* Es steht euch frei, das niederträchtige Falschgesicht-Kind zu töten, doch die anderen liefert ihr mir lebendig aus.«

Springender Dachs übernahm die Führung und die Krieger folgten ihm den Hügel hinab. Auf sein Zeichen hin teilte sich die Truppe, eine Hälfte der Krieger bog nach Norden ab, die andere Hälfte folgte Springender Dachs, der den südlichen Weg einschlug.

Eichel blieb neben Elchgeweih stehen. »Ich für meinen Teil hoffe ja, das Dorf leer vorzufinden, damit wir endlich rasten können und etwas zwischen die Zähne bekommen. Ich bin am Verhungern. Welchen Weg nimmst du?«

Elchgeweih massierte sich kurz die schmerzende Stirn.

»Glaubst du ernsthaft, dass irgendein Mensch in einem niedergebrannten Dorf sein Lager aufschlägt?«

»Du meinst also, Blauer Rabe würde hier nicht kampieren?«

»Würdest du das denn?«

Eichel dachte einen Moment über die Frage nach. »Nein. Jedenfalls nicht in einem Dorf, das meine eigenen Leute niedergebrannt haben. Ich hätte Angst, dass die Geister aus den Körpern aufsteigen und mir meine Seelen entreißen würden.«

»Ich auch.«

Eichel kratzte sich am Hals. »Und wo würdest du dann lagern?«

Elchgeweih ließ den Blick über die grauen Weiten des Tales und der angrenzenden Hügelkette schweifen. Im Norden bauschten sich dunkle Haufenwolken. Die Luft roch nach Schnee. Bei Sonnenaufgang würde das Land unter einer dicken Schneedecke liegen, die jegliche Spuren unter sich begraben hätte. »Du hast doch Elche gejagt, Eichel. Wo legen die sich zur Nacht nieder?«

Der junge Krieger zuckte mit den Schultern. »Ich habe nicht oft Elche gesehen, doch wenn, dann immer oben auf einer Anhöhe. Sie wählen einen Platz, von dem aus sie die Wege der Menschen beobachten können. Anscheinend wissen sie ganz genau, wann sie gejagt werden.«

»Die meisten Tiere spüren die Anwesenheit eines Jägers.« Sie stützte die Hände in die Seiten. Auf dem nördlichen Hang sah man noch große Schneefelder. Sie glitzerten im Mondlicht wie weißes Feuer. »Ich werde mich an dem Kesseltreiben nicht beteiligen, sondern die Hügel hier in der Umgebung erkunden.«

Eichel fuhr mit der Hand ein paar Mal über seinen borstigen Haarkamm, das tat er immer, wenn er verunsichert war. »Springender Dachs wird dich anklagen, seine Befehle missachtet zu haben. Und wenn wir nach Hause zurückkehren, werden die Anführerinnen- …

»Ja, *falls* wir nach Hause zurückkehren. Dann ist immer noch Zeit, mir darüber den Kopf zu zerbrechzen.« Sie deutete mit dem Kinn in Richtung des östlichsten Hügels. »In der Zwischenzeit werde ich mich dort umsehen.«

»Wie du meinst«, erwiderte Eichel und seufzte vernehmlich. »Wenn dieses Kesseltreiben hier beendet ist, komme ich nach und suche dich.«

»Spar dir die Mühe«, wehrte sie ab. »Ich finde dich schon.« Damit verließ die den ausgetretenen Pfad und stapfte quer über die mondbeschienene Wiese davon.

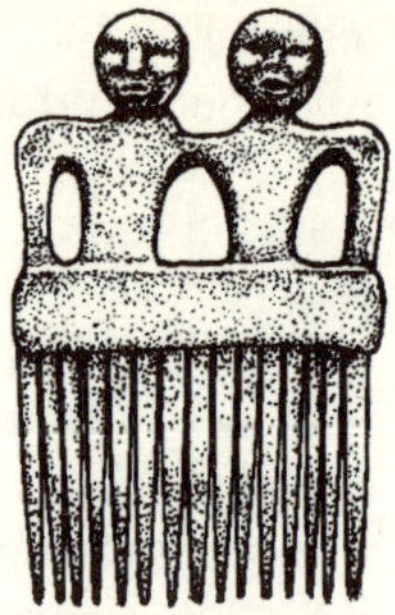

25. Kapitel

Zaunkönig hatte ihre Holzschüsseln mit Schnee ausgerieben und ging zurück zu ihrem Unterschlupf aus Ästen und Zweigen, die sie an einen Findling gelehnt hatten. Der Regen und Wind vieler Winter hatte die Vorderseite des Felsbrockens abgetragen und eine überhängende Felsklippe übrig gelassen, die ihnen jetzt ein perfektes Dach bot. An drei Seiten hatten sie Wände aus dicken Holzstämmen errichtet, von denen sie immer ein paar zur Seite schieben mussten, wenn sie ihren Unterschlupf betreten oder verlassen wollten. Acht Hand in der Höhe, fünfzehn in der Breite und ungefähr acht in der Länge maß ihre provisorische Hütte, die für einen Erwachsenen ein wenig eng gewesen wäre, doch zwei Kindern gerade genug Platz bot.

Sie drückte die sauberen Holzschalen mit einer Hand an die Brust ihres dunkelblauen Hemds, schob mit der anderen zwei Stämme zur Seite und kroch in ihr Lager. Eine angenehme Wärme schlug ihr entgegen. Polterer hockte, mit dem Rücken an den Findling gelehnt, vor einem kleinen Feuer. Er sah traurig und verloren aus. Zaunkönig rückte die Stämme wieder an ihren Platz zurück, um die Wärme festzuhalten.

Das orangerote Licht der züngelnden Flammen tanzte über Polterers kurzes schwarzes Haar und sein niedergeschlagenes Gesicht. Nachdem sie ein Feuer in Gang gebracht hatten, war es in ihrem Unterschlupf schnell warm geworden. Polterer hatte den Fuchsumhang und die Handschuhe ausgezogen und sie neben sich gelegt. Das hellblaue, mit Perlen aus Wellhornschnekenhäusern bestickte Hemd war bis zur Hüfte blitzsauber, doch am Saum waren die Schlammspritzer zu einer dicken Kruste eingetrocknet.

Zaunkönig verstaute die sauberen Holzschalen in ihrem Bündel und ließ sich dann neben Polterer vor dem Feuer nieder. Er hatte während des Abendessens kein Wort gesagt.

»Polterer? Lass mich mal deine Hände sehen. Der Fichtennadelaufguss ist fertig. Wir sollten die Wunden reinigen.«

Eiter hatte zwei der schwarzen Stoffstreifen durchtränkt, mit denen sie seine Finger verbunden hatte, und das machte ihr Sorgen. Jeden Abend hatte sie die Binden in einem Aufguss aus Fichtennadeln ausgewaschen und über dem Feuer getrocknet, damit sie am Morgen wieder frisch und sauber waren, aber dennoch waren Schattengeister in die Wunden eingedrungen.

Polterer besah sich die Bandagen und streckte dann Zaunkönig die Hände hin.

Zaunkönig legte sich ihren zusammengefalteten Hirschlederumhang über den Schoß und bettete vorsichtig seine Hände darauf. »Es wird nicht lange dauern, Polterer. Dann kannst du dich zum Schlafen niederlegen. Ich weiß, dass du schrecklich müde sein musst. Nachdem ich vom Tod meiner Eltern erfahren hatte… habe ich tagelang nur geschlafen.«

Polterer starrte noch immer seine Hände an. »Moosschnabel… er hat meine Hände ruiniert. Genau wie die von Murmeltier. Ich werde sie nie wieder richtig gebrauchen können.«

»Ich weiß, Polterer.« Behutsam wickelte sie die Stoffstreifen ab und legte sie beiseite. »Aber zumindest sehen sie nicht mehr so schlimm aus.« Das angesengte Fleisch war an den Stümpfen geschrumpft und an fast allen Fingern gut verheilt. Nur die Kuppen seiner beiden kleinen Finger waren immer noch rot und dick angeschwollen.

Als Zaunkönig den kleinen Finger seiner rechten Hand hoch hob, um ihn besser untersuchen zu können, zuckte Polterer zusammen.

»Verzeihung«, murmelte sie und drehte den Finger behutsam um. »Die Schattengeister haben hier ein ganzes Dorf errichtet. Ach, ich wünschte, ich hätte aufmerksamer zugehört, als die alte Sumpfbohne uns Unterricht über die Verwendung der verschiedenen Heilpflanzen erteilt hat. Dann wüsste ich jetzt, was ich …«

»Süßholz«, murmelte Polterer.

»Was?«

Er blickte hoch, und Zaunkönig sah den dumpfen Schmerz in seinen Augen. »Die Blätter oder die Wurzeln der Süßholzpflanze töten die Schattengeister.«

Zaunkönigs Miene erhellte sich. »Hast du Süßholz? Vielleicht in deinem Medizinbeutel?«

Polterer schüttelte den Kopf. »Nein, ich trage nur die Drei Großen Geister bei mir.«

Zaunkönig lehnte sich zurück und legte seine Hand vorsichtig auf den zusammengefalteten Umhang. »Davon habe ich noch nie gehört. Was ist das?«, fragte sie interessiert.

Auf Polterers rundem Gesicht machten sich Verunsicherung und Widerstand breit. »Das darf ich nicht verraten«, wisperte er. »In meinem Volk werden nur Ausgewählte in die Geheimnisse der Großen Drei eingeweiht.«

»Wie bei einem Heiler-Bund? Hast du auch ein Ritual absolvieren müssen, bevor du in die Gemeinschaft aufgenommen wurdest?«

Polterer nickte. »Ja, und das war sehr gruselig.« Er hob die Hände, krümmte die Finger, dass sie aussahen wie Krallen und schnitt dann eine grässliche Fratze. »Ungeheuer kriechen aus den Unterwelten, packen dich und zerren dich hinunter in die finstersten Tiefen von Großmutter Erdes Leib. Und wenn dich die abscheulichen Kreaturen, die dort unten leben, nicht auffressen, dann bist du dazu erwählt, die Wirkungen der Pflanzengeister kennen zu lernen.«

Die brennenden Äste knackten und sprühten Funken, die mit dem Rauch durch das Abzugsloch hinauswirbelten. »Mein Großvater«, sagte Zaunkönig, »hat diese Ungeheuer aus der Unterwelt auch ein paar Mal gesehen. Wie sahen denn die aus, denen du begegnet bist? Darfst du mir das verraten, oder ist das auch ein Geheimnis?«

»Nein, das darf ich dir erzählen. Wir sprechen oft von diesen Geistreisen«, erklärte er ihr mit leiser Stimme, »damit die Leute die seltsamen Wege dieser Geister besser verstehen.«

Zaunkönig lehnte sich zurück und schlug die Beine übereinander. »Einmal hat mein Großvater in der Unterwelt riesige Fledermäuse gesehen, die waren so groß wie Braunbären. Er hat erzählt, dass sie sich auf galoppierende Büffel niederstürzen, sich in deren Nacken verbeißen und ihnen das Blut aussaugen. Einmal wurde er von einem großen Schwarm dieser riesigen Fledermäuse verfolgt und aus der Unterwelt gejagt. Laut kreischend sind sie um seinen Kopf herumgeflattert und haben versucht ihn zu beißen, während er um sein Leben rannte. Ich war erst drei Winter alt, als ich die Geschichte zum ersten Mal hörte. Und ich kann dir sagen, ich habe mich dabei zu Tode gefürchtet. Als ich mich an jenem Abend schlafen legte, habe ich mir meine Decken so fest um den Hals gezogen, dass ich beinahe erstickt wäre. Hast du auch solche Fledermäuse gesehen?«

»Nein«, antwortete Polterer und schaute sie mit großen Augen an. »Aber ich habe Schlangen mit Flügeln gesehen und Bäume, die auf menschlichen Beinen gehen. Alles dort unten versucht dich entweder zu zertrampeln oder zu beißen. Die schlimmsten dieser Ungeheuer bestehen nur aus Kiefern. Sie schlängeln sich auf ihrem Kinn über den Boden und fletschen die Zähne.« Zur Verdeutlichung reckte er das Kinn vor und klapperte mit den Zähnen.

Zaunkönig zog nachdenklich die Nase kraus. »Ich wollte eigentlich immer eine Heilerin werden, aber vielleicht lasse ich das doch besser bleiben.«

Polterer betrachtete erst seine Hände und richtete dann den Blick auf Zaunkönig. »Aus dir würde einmal eine große Heilerin werden, Zaunkönig. Sieh nur, was du für meine Finger getan hast. Die meisten sind schon fast wieder heil.«

Polterers Lob entlockte ihr ein scheues Lächeln. »Ich habe schon immer versucht, Menschen zu heilen. Deshalb würde ich auch gern wissen, was es mit den Großen Drei auf sich hat, falls ich sie irgendwann einmal benötigen sollte, um einem Menschen das Leben zu retten. Aber ich möchte natürlich nicht gegen die Tabus deiner Gemeinschaft verstoßen. Das wäre nicht richtig.«

»Ich werde es dir erzählen«, sagte Polterer leise und senkte den Blick wieder auf seine Hände. »Weil du vor hast Heilerin zu werden. Und – und weil ich es dir gern erzählen möchte.«

Zaunkönig konnte an seinen Augen ablesen, dass er sich auf

diese Weise für ihre Hilfe revanchieren wollte. Sein Lächeln streichelte ihr Seelen wie weiche Daunen. »Ich werde es niemandem verraten, Polterer. Darauf gebe ich dir mein Ehrenwort.«

Er nickte und holte tief Luft. »Also, die Großen Drei, das sind Papayasamen, Eibennadeln und die Blätter des Berglorbeers.«

»Und welche Krankheiten heilen diese Geister?«

Polterer rückte näher an Zaunkönig heran. Das flackernde Licht des Feuers warf seine Schatten über den Findling wie ein tänzelnder Erdgeist. »Diese Geister sind sehr gefährlich, Zaunkönig. Wenn du sie nicht mit Respekt behandelst, dann töten sie dich.«

»Ich verspreche dir, dass ich sie nicht anfassen werde, Polterer. Ich möchte nur gern wissen, was sie bewirken.«

Polterer befeuchtete mit der Zunge die aufgesprungenen Lippen und flüsterte: »Du kannst sie ruhig anfassen, Zaunkönig. Ich weiß ja, dass du mit diesen Pflanzen niemals etwas Böses anstellen würdest.« Nach kurzem Zögern fuhr er fort: »Vom Geist der Papayasamen weißt du ja bereits, dass er Schmerzen lindert oder erträglich macht. Zudem eignen sich die Blätter der Papaya hervorragend für Breiumschläge. Als Paste aufgetragen, lassen sie ein Geschwür beinahe über Nacht abheilen.« Sein Blick wanderte durch ihren vom Feuer erhellten Unterschlupf, während er überlegte. »Der Eiben-Geist vertreibt Fieber und Schmerzen in den Gelenken. Und beschleunigt das Abstoßen der Nachgeburt. Der dritte ist der Geist des Berglorbeers. Es ist ein weiblicher Geist und zudem der mächtigste von allen. Ich kannte einen Mann, der in die Wälder gezogen war, um Blätter des Berglorbeers zu sammeln. Dabei war ihm, ohne dass er es bemerkt hatte, ein wenig von dem Nektar der Blüten auf die Finger getropft. Wahrscheinlich hat er mit den Fingern seine Lippen berührt, ehe er sich die Hände gewaschen hatte. Er schaffte es noch zurück ins Dorf, doch kurz darauf ist er eines schrecklichen Todes gestorben.«

Der ernsthafte Ausdruck auf Polterers Gesicht faszinierte Zaunkönig. Bei Gelegenheiten wie diesen rief er ein Gefühl der Ehrfurcht in ihrer Brust wach – und auch ein wenig Angst. Seine ohnehin dunklen Augen glänzten auf einmal wie schwarzer Onyx.

Instinktiv fragte sich Zaunkönig, ob Moosschnabel und Schädelkappe vielleicht mit dem Geist des Berglorbeers in Berührung gekommen waren. Sie sagte: »Warum sollte man eine so gefährliche Pflanze mit sich herumtragen, Polterer?«

»Weil der Berglorbeer sowohl Heilung als auch den Tod bringen kann. Winzige Mengen in Wasser aufgelöst helfen gegen Herzbeschwerden und Gelbsucht. Und wenn du die Blätter in sehr viel Wasser einweichst und eine Spülung zubereitest, tötet diese jede Laus und jede Zecke. Aber falls du jemals einen Berglorbeer berühst, Zaunkönig, musst du dir anschließend sofort gründlich die Hände waschen. Gerät dir nur eine winzige Menge dieses Nektars in die Augen oder den Mund, wirst du schwer krank werden.«

Zaunkönig schöpfte eine Schale voll Fichtennadeltee aus dem Topf, der neben dem Feuer stand, und stellte sie neben sich auf den Boden. Während sie einen der mit Eiter verklebten schwarzen Stoffstreifen in der dampfenden Flüssigkeit herumschwenkte, um ihn auszuspülen, sagte sie: »Wenn man damit Läuse abtöten kann, vielleicht kann man mit so einer Spülung auch Schattengeister unschädlich machen. Ich habe nicht vor, das jetzt gleich an deinen Fingern auszuprobieren, aber irgendwann möchte ich schon wissen, ob es wirkt.« Auf Polterers ängstlichen Blick hin fügte sie rasch hinzu: »Keine Sorge, ich würde es ohnehin erst an mir selbst ausprobieren.«

Jetzt zeichnete sich die schiere Panik auf seinem Gesicht ab. »Aber… du bist doch alles, was ich habe.«

Zaunkönig lächelte traurig, als sie den Verband auswrang. »Ja, wir beide sind jetzt ganz allein. Unsere Familien …«

»Wir haben uns beide.«

Zaunkönig nickte. »Ja, das stimmt. Den Geistern sei Dank dafür.« Sie griff nach seiner Hand, um den kleinen Finger in dem Fichtennadelsud zu spülen. »Ich hatte nie einen Freund wie dich, Polterer«, sagte sie leise. »Ich meine, einen echten Freund. Gauner war mir auch ein Freund, aber er war eben nur ein Hund. Und die Kinder in meinem Dorf mochten mich nicht besonders.«

»Warum nicht?«

Zaunkönig presste ganz behutsam die geschwollene Fingerkuppe, um den Eiter herauszudrücken. Den tupfte sie mit dem

Stoffstreifen ab, spülte ihn aus und wiederholte die Prozedur noch etliche Male. Polterer biss die Zähne zusammen und ertrug tapfer die Schmerzen.

»Ich weiß nicht«, erwiderte sie. »Dunkler Wind und Rebenstock, zwei Mädchen in meinem Alter, behaupteten stets, dass der Tod meiner Mutter meine Entwicklung gehemmt habe und ich nicht wüsste, wie man sich als Mädchen benimmt.« Merkwürdig, diese Worte taten ihr immer noch weh. Sie bohrten sich wie Pfeilspitzen in ihren Magen. »Und deshalb mag mich niemand leiden, sagten sie.«

Zaunkönig spülte den Verbandstreifen noch einmal gründlich aus, ehe sie ihn auswrang, und überlegte dabei, was Dunkler Wind und Rebenstock im Augenblick wohl gerade machten. Mit ihren Familien am abendlichen Feuer sitzen und lachen und sich gegenseitig necken? Vielleicht stellten sie auch Vermutungen darüber an, was Zaunkönig und dem Falschgesicht-Kind zugestoßen sein könnte. Sie versuchte die Bilder zu verscheuchen, ehe sie sich auf ihre Seelen malten, aber sie krochen wie auf dürren Spinnenbeinen in sie hinein. Schon sah sie ihre Großmutter lächeln, hörte die alte Sumpfbohne kichern und spürte, wie sie sich mit jeder Faser ihrer Seelen danach sehnte, bei ihnen zu sein.

»Ich finde schon, dass du dich wie ein Mädchen benimmst«, sagte Polterer nach einer Weile. »Abgesehen davon, dass du viel mutiger bist als andere Mädchen. Und auch mutiger als die meisten Jungen.«

Ein Lächeln huschte über ihr Gesicht. »Ich bin wohl mutig, aber längst nicht so mutig und tapfer wie du. Ich glaube, ich hätte nicht den Mut aufgebracht, mir von jemandem die Finger abschneiden zu lassen.«

Polterer zog seinen frisch gesäuberten Finger zurück und betrachtete ihn mit gerunzelter Stirn, während er ihr die andere Hand hinstreckte. »Ich wusste ja, dass du mir nicht weh tun würdest, Zaunkönig.«

»Dann hattest du mehr Vertrauen in mich als ich selbst. Ich war mir nämlich keineswegs sicher, ob …«

»Du hast mir das Leben gerettet. Du hast mir zu Essen gegeben, und deinen Umhang, und – und dieses wunderschöne Hemd.« Er strich über den hellblauen Ärmel und setzte hinzu:

»Du könntest nie einem Menschen oder einem Tier weh tun, Zaunkönig. Jedenfalls nicht absichtlich.«

Zaunkönig gab vor, sich ganz auf seinen kleinen Finger zu konzentrieren, aus dem sie behutsam die Schattengeister herauszupressen versuchte. Auf diese Weise blieb ihr das Eingeständnis erspart, dass sie große Lust verspürt hatte, Dunkler Wind die Nase zu brechen; oder sollte sie ihm erzählen, wie sie Springender Elch einst die oberen Schneidezähne ausgeschlagen hatte? Was er übrigens wirklich verdient hatte, der kleine Tyrann. Er war mit einem angespitzten Stock hinter Gauner her gewesen, nur so aus Spaß, um ihn zu quälen. Als sie Gauner hatte aufjaulen hören, war sie auf den Dorfplatz gerannt. Und da hockte der arme Kerl, kläglich winselnd und mit einer blutenden Wunde an der Schulter.

Zaunkönig warf einen Blick auf die Fingerknöchel ihrer rechten Hand. Es hatte beinahe einen ganzen Mond gedauert, bis sie wieder verheilt waren. Halb solange wie es gedauert hatte, bis Springender Elch neue Zähne gewachsen waren.

Sie tauchte den Lappen noch einmal in den Sud, wrang ihn gründlich aus und breitete ihn dann auf den Steinen an der Feuerstelle zum Trocknen aus. Bald erfüllte würziger Fichtennadelduft ihre provisorische Hütte.

»Warum wickelst du dich nicht in den Fuchsumhang ein und versuchst zu schlafen, Polterer? Ich verstaue nur noch die Beutel mit unseren Vorräten.«

Polterer gähnte herzhaft und langte nach dem Umhang. Als er sich das weiche Fell über den Kopf zog, sagte er: »Zaunkönig, ich habe… ich habe gerade über etwas nachgedacht.«

»Über was denn, Polterer?« Sie kniete sich hin, streckte die Hand nach dem blauen Vorratspäckchen aus und verstaute es in ihrem Bündel.

»Erinnerst du dich, dass ich dir einmal von meinem Vater erzählt habe?«

»Ja.«

»Also, ich habe mir überlegt, ob wir uns nicht auf den Weg machen und ihn suchen sollten«

Zaunkönig hatte gerade ein gelbes Vorratspäckchen in der Hand, doch anstatt es ebenfalls wegzupacken legte sie es in ihren Schoß und drehte sich zu Polterer um.

Er sah unter seinen langen, geschwungenen Wimpern zu ihr hoch, die Unterlippe zwischen die Zähne geklemmt, als fürchte er sich vor ihrer Antwort.

Zaunkönig erwiderte ganz ruhig: »Weißt du denn, wo er lebt?«

»Ich glaube schon. Ich hörte einmal, als ich noch ganz klein war, wie meine Mutter mit meiner Großmutter im Flüsterton darüber sprach. Sie sagte, dass mein Vater, nachdem er herausgefunden hatte, dass meine Mutter schwanger war, sich entschieden habe, ganz weit weg zu gehen, zu den Picture Rocks weit oben im Norden.«

Zaunkönig setzte sich auf den Boden. »Sind die Picture Rocks nicht der Ort, an dem sich die Geister des Waldes zu ihren grausamen Zeremonien versammeln? Wo sie die Herzen von Säuglingen verspeisen und sich mit menschlichen Knochen schmücken?«

Polterer nickte. »Ja. Aber um diese Zeit tun sie so etwas nicht, Zaunkönig. Sie halten ihre Zeremonien nur im Frühling und im Herbst ab.«

»Dann stimmt das also?«

Er nickte abermals.

»Aber Polterer, ich dachte immer, dass niemand genau weiß, wann diese Rituale stattfinden.«

»Die Geister möchten dabei nicht gestört werden. Deshalb halten sie ihre Rituale geheim. Nur wenige Eingeweihte wissen davon.«

»Polterer, ich ...«

»Keine Angst, ich werde nicht zulassen, dass sie dich verspeisen. Sie kennen mich. Und sie werden auf mich hören.«

Zaunkönig stopfte das gelbe Päckchen in ihr Bündel und zwang sich zu einem gleichmütigen Tonfall, als sie erklärte: »Ich werde dir überallhin folgen, Polterer. Aber meinst du nicht, wir sollten uns das noch einmal genau überlegen? Morgen Früh, wenn wir ausgeschlafen haben, dann ...«

»Zaunkönig? Kleiner Zaunkönig?«

Die Stimme ließ ihnen das Blut in den Adern stocken.

Polterer wirbelte herum und spähte atemlos durch die Zweige an der südlichen Seite ihres Lagers. »Zaunkönig! Wer war ...«

»Es ist mein Onkel. Sie haben uns gefunden, Polterer! Schnell, du musst hier weg! Beeil dich! Versteck dich irgendwo!«

Zaunkönig packte ihren Bogen und den Köcher mit den Pfeilen und wollte schon aufspringen, doch dann fiel ihr Blick auf die Feuerstelle. Mit flinken Bewegungen warf sie die Erde, die sie nach dem Ausheben der Feuergrube aufgehäuft hatte, über die Flammen, um sie zu ersticken.

In der plötzlichen Dunkelheit hörte sie, wie Polterer auf Händen und Knien zu ihr hin kroch. »Zaunkönig? Wo soll ich mich denn verstecken?«, stieß er mit keuchender Stimme hervor. »Sag mir, was ich tun soll!«

»Ich weiß… ich weiß es auch nicht…« Sie zitterte am ganzen Leib und ballte die Hände zu Fäusten, um ihre flatternden Nerven zu beruhigen. »Hier, nimm meinen Bogen und den Köcher«, wisperte sie und drückte ihm beides in die Hand. »Erinnerst du dich an den Pfad, der über den Hügel und dann hinunter zum Leafing Lake führt?«

»Ja.«

»Wenn ich kann, werde ich dich morgen Früh unten am Ufer treffen. Hast du verstanden? Und jetzt lauf! Wenn sie dich töten war alles, was ich für dich getan habe, umsonst. Ich will, dass du lebst. Wir sehen uns morgen. Ich werde dich finden.«

»Aber Zaunkönig, ich…« Tränen erstickten seine Stimme.

Zaunkönig tastete nach seinen Schultern, drückte ihn rasch an sich und sagte: »Warte, bis ich den Unterschlupf durch den vorderen Eingang verlassen habe, dann kriechst du hier hinten hinaus.«

Vorsichtig, um jedes Geräusch zu vermeiden, schob sie die Zweige an der Hinterseite auseinander. Das Licht des Mondes strömte herein, beschien Polterers angstverzerrtes Gesicht und den Bogen in seiner Hand. »Sobald ich draußen bin, verschwindest du durch diese Öffnung hier. Zwäng dich durch die Felsspalte dort hinten. Da kann dich niemand sehen. Verstanden?«

»Ja.«

Zaunkönig kroch zur Vorderseite des Unterstandes und schob dort die Äste auseinander. »Fertig?«, wisperte sie.

»Ich liebe dich, Zaunkönig«, flüsterte Polterer zurück. »Leb wohl.«

Zaunkönig nickte ihm aufmunternd zu, kroch durch die Öffnung, richtete sich auf und rannte los. Wie ein Pfeil flog sie den Hügel hinab, in der Hoffnung, ihre Verfolger eine Weile zu beschäftigen und von Polterer abzulenken, ehe sie sie einholten.

»Zaunkönig? So warte doch! Ich bin's, Onkel Blauer Rabe. Bleib stehen!«

Leichtfüßig setzte sie über einen umgestürzten Baumstamm hinweg und rannte quer durchs Unterholz auf den Wildpfad zu, den sie gesehen hatte, als sie bei Sonnenuntergang die Anhöhe hinaufgeklettert waren. Im gleißenden Mondlicht lag der Pfad jetzt vor ihr wie eine weiße Schlange. Als sie ihn erreicht hatte, beschleunigte sie ihr Tempo noch einmal und ihre Beine griffen weit aus, als seien sämtliche Unholde der Unterwelt hinter ihr her.

Das Stapfen von Mokassins kam immer näher.

»Zaunkönig, um unserer Ahnen willen, bleib endlich stehen! Ich bin doch gekommen, um dir zu helfen!«

Zaunkönig mobilisierte ihre letzten Kräfte. Ihr Herz hämmerte wie wild gegen ihren Brustkorb.

Der Pfad führte steil empor und wand sich dann durch einen süß duftenden Fichtenhain wieder abwärts. Dicke Wurzeln schoben sich kreuz und quer über den Weg. Zaunkönig sprang mühelos über die ersten zwei hinweg, doch die dritte ragte knorrig in die Höhe. Sie blieb mit einem Mokassin daran hängen, stolperte und fiel mit dem Gesicht voraus auf die gefrorene Erde. Schnell rappelte sie sich wieder hoch und setzte erneut zu einem rasenden Spurt an, doch da hatte eine Hand schon ihren Umhang gepackt, hielt sie fest und warf sie hart zu Boden.

»Nein!« brüllte sie. »Lass mich los. Loslassen!«

»Zaunkönig, ich bin's doch! Hör auf, wie eine Wilde um dich zu schlagen!«

Er drehte sie auf den Rücken, und sie starrte hoch in das Gesicht ihres Onkels. Seine sanften braunen Augen verengten sich, als er sie mit einem scharfen Blick musterte.

»Oh, Onkel ...«, keuchte sie noch, ehe sie von hilflosen Schluchzern übermannt wurde.

Blauer Rabe hob sie auf und drückte sie an seine Brust. »Den Ahnen sei Dank, meine Kleine. Ich habe dich so vermisst.«

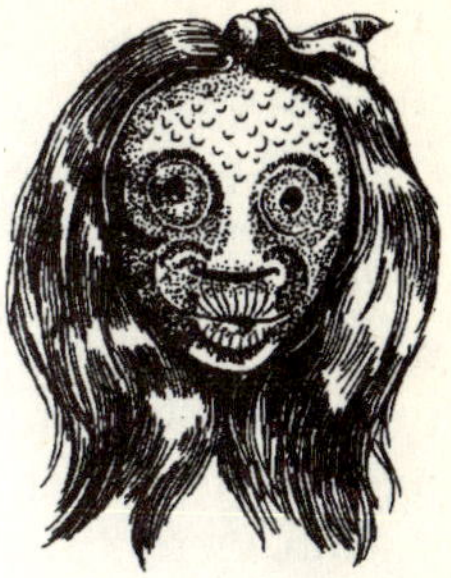

26. Kapitel

»Onkel?«, flüsterte Zaunkönig, die sich ein wenig zurückgelehnt hatte und ihn aus tränenverschleierten Augen anblinzelte. »Mein Herz jubelt vor Freude, dich zu sehen, aber sag, warum bist du hier?«

Blauer Rabe strich ihr liebevoll die zerzausten Haarsträhnen aus der Stirn. »Du meinst, warum ich alleine hier bin und nicht mit einem ganzen Kriegertrupp?«

Sie nickte. »Ich war davon überzeugt, dass du, nachdem du feststelltest, dass ich weggelaufen bin, sofort eine Ratsversammlung einberufen hast und Siebenstern daraufhin einen Trupp Krieger auf die Suche nach mir und Polterer ausgeschickt hat.««Das hat sie auch«, erwiderte Blauer Rabe. Er ließ Zaunkönig los und hockte sich neben sie auf die Erde. »Jedenfalls habe ich das gehört und ich zweifle nicht daran. Ich kann mir gut vorstellen, dass Siebenstern die heilige Wut gepackt hat, als sie erfuhr, dass wir beide und auch das Falschgesicht-Kind verschwunden sind. Mir wäre es an ihrer Stelle nicht anders gegangen. Ich hätte sogar unsere Nachbarn um Hilfe ...«

»Was meinst du damit, dass man ihr uns *beide* als vermisst gemeldet hat?«

Er fuhr sich durchs Haar. Zwischen den Bäumen hinter ihm glitzerten vom Mondlicht beschienene Schneeflächen. Aufmerksam wanderte Zaunkönigs Blick durch den Wald, um jede eventuelle Bewegung wahrzunehmen, darauf gefasst, jeden

Augenblick eine Horde Krieger aus den Schatten herausstürmen zu sehen.

»Das war so«, begann Blauer Rabe ihr den Hergang zu erklären. »Nachdem ich aufwachte und feststellte, dass Polterer verschwunden war, sah ich mich um und entdeckte die Schleifspuren im Schnee. Mir war sofort klar, dass du ihn losgebunden und irgendwie vom Lost Hill heruntergeschleppt hast. Ich habe mich dann sofort auf die Suche nach euch gemacht, weil ich dachte, wenn ich euch noch vor dem Morgengrauen fände und zurückbrächte, würde niemand erfahren, was du getan hast.«

Zaunkönig saß mit überkreuzten Beinen und gesenktem Kopf vor ihm auf dem Pfad. Die weißen Spiralen auf ihrem dunkelblauen Hemd leuchteten im Mondlicht. »Aber du hast mich nicht rechtzeitig gefunden«, sagte sie leise und sah zu ihm hoch. »Was geschah dann?«

»Ich folgte deinen Spuren bis zur Kanuanlegestelle der Händler und musste dann eine Entscheidung treffen.«

»Du hast mich gesucht?«

Er streichelte ihr übers Haar und lächelte, aber es war ein trauriges Lächeln. »Ich konnte dich das nicht allein durchstehen lassen.«

Zaunkönig wandte den Blick ab. Unten im Tal lag das verwüstete Buntfelsendorf in gespenstischer Stille da. Sie brauchte nicht hinzusehen, um sich vorzustellen, wie das unfassbare Grauen im fahlen Licht des Mondes wirkte.

»*Ich* habe nichts Unrechtes getan, Onkel«, beharrte sie. »*Wir* haben Unrecht getan. Unser Klan. Wir hätten Polterer nicht rauben dürfen.«

»Da stimme ich dir zu. Und das weißt du auch. Aber jetzt sehen die Dinge etwas anders aus.« Er streckte sich und dehnte seine verspannten Rückenmuskeln. »Du und ich – und Polterer –, wir müssen uns jetzt ganz genau überlegen, wie wir weiter verfahren. Wo ist das Falschgesicht-Kind?«

Zaunkönig verknotete unbehaglich ihre Hände im Schoß.

»Zaunkönig, ich habe dir eine Frage gestellt.« Er sah sie scharf an. »Ich möchte, dass du mir jetzt gut zuhörst. Mir sind Dinge… zu Ohren gekommen… und ich fürchte…dass sie wahr sind.«

»Was für Dinge?«

»Ich habe gehört, dass wir beide, du und ich, zum Tode verurteilt wurden.«

»Aber warum du, Onkel? Warum …«

Blauer Rabe brachte sie mit einer Handbewegung zum Schweigen. »Denk nach, Zaunkönig. Es hat kräftig geschneit in der Nacht, als wir Lost Hill verlassen haben. Du und Polterer, ihr seid etwa zwei Hand Zeit vor mir losgelaufen. Und was die Leute unseres Klans am nächsten Morgen vorgefunden haben, das waren meine Spuren, die von Lost Hill wegführten. Was würdest du daraus schließen?«

»Dass – dass du den Jungen entführt hast?«

»Genau. Aber das ist noch nicht alles. Jeder, der mir gefolgt ist, muss gesehen haben, dass ich mich mit zwei Leuten getroffen habe, und wird annehmen, dass ich vorhatte …«

»Aber Onkel! Wir können fliehen!« Sie umklammerte das Elchfell, das er um die Schultern trug, und schüttelte ihn. »Wir brauchen nicht ins Wandererdorf zurückzukehren!«

Blauer Rabe strich ihr mit einem wehmütigen Lächeln über die Stirn. »Dort ist dein Zuhause, Zaunkönig. Bei deinem Volk, bei deinem Klan. Möchtest du denn nicht wieder heimkehren?«

Ihr Magen krampfte sich zusammen. Sie fuhr mit den Fingern durch das weiche Elchfell und dachte dabei an die warmen Feuer und das fröhliche Lachen in ihrem Langhaus. »Ich träume von nichts anderem, Onkel, aber ich glaube, für mich gibt es keinen Weg zurück.«

»Doch, es gibt einen Weg.«

Angst bebte in ihrer Stimme, als sie fragte: »Und welchen?«

Blauer Rabe ergriff ihre Hand und hielt sie fest. »Ich habe eine Erklärung für mein Handeln – ich habe dich gesucht. Aber du nicht. Du bist des Verbrechens schuldig, dessen du angeklagt wirst. Die einzige Möglichkeit, die Anführerinnen dazu zu bringen, ihren Beschluss rückgängig zu machen, wäre…«

Verschwommene Schatten lösten sich aus der Dunkelheit und kamen auf sie zu. Blauer Rabe hörte das Tappen von Mokassins und rief erleichtert: »Ach – endlich!«

Es war ein Mann mit weißen Haaren, die ihm bis zur Hüfte reichten, einem eulenartigen Gesicht und einer großen, gebogenen Nase. Seine schlammverkrusteten Hosen und der Mantel hoben sich kaum von den Schatten ab. Die Frau trug einen Umhang mit einer Kapuze, doch Zaunkönig konnte darunter ein verrunzeltes Gesicht und einen dicken grauen Zopf erkennen.

»Ehrwürdige Geister«, keuchte der Mann. »Deine Nichte ist vielleicht schnell zu Fuß.«

»Du bist aber auch gerannt«, fügte die Frau hinzu, »als sei eine Meute Krieger hinter dir her.«

Zaunkönig musterte die beiden Fremden aus zusammengekniffenen Augen. Sie waren keine Angehörigen des Bären-Volkes. Ihre Kleidung trug die typischen Zeichen des Schildkröten-Klans. An ihren Onkel gewandt, flüsterte sie: »Wer sind die beiden?«

Blauer Rabe streckte der Frau eine Hand entgegen und sagte: »Das ist Anführerin Aschenmond vom Erdendonnerdorf. Und das ist Silberner Sperling. Ich weiß, dass du von ihm gehört hast. Sie sind gekommen, um Polterer mit nach Hause zu nehmen.«

Zaunkönigs Blick wanderte von ihrem Onkel zu den Schildkröten-Leuten und wieder zurück zu ihrem Onkel. Das hatte er also gemeint, als er davon sprach, sich mit zwei anderen Leuten getroffen zu haben. Zaunkönig war völlig verwirrt. Gerade eben noch hatte sie geglaubt, dass Onkel Blauer Rabe ihr erklären würde, sie müssten Polterer zurück ins Wandererdorf bringen, aber jetzt wusste sie überhaupt nicht mehr, was hier eigentlich vorging.«

Tränen brannten in ihren Augen. »Du meinst, Polterer hat ein Zuhause, wohin er gehen kann?«

Aschenmond kam zu ihnen und kniete sich neben Blauer Rabe. Dann schob sie ihre Kapuze zurück, schüttelte ihr glänzendes silbergraues Haar und sprach: »Ja. Dank deines Mutes, Kleiner Zaunkönig, hat er ein Zuhause. Wo ist der Junge?«

Zaunkönig wischte sich mit dem Handrücken die Nase ab. War das eine Falle? Onkel Blauer Rabe hatte behauptet, dass eine Kriegertruppe der Wanderer hinter ihnen her sei, und jetzt saß er hier ganz arglos herum, und das in Begleitung zweier Schildkröten-Leute. Wie passte das alles zusammen?

Sie studierte die Gesichter der Fremden, und ihre Verunsicherung wuchs.

Von dieser Anführerin Aschenmond hatte sie noch nie gehört, wohl aber erzählten sich ihre Leute Furcht erregende Geschichten über Silberner Sperling. Die Stimme von Springender Dachs klang ihr noch deutlich in den Ohren, als er am Abend der Ratsversammlung verkündet hatte: »*Kurz bevor Lahmer Hirsch starb, hat er mir erzählt, dass Silberner Sperling ins Buntfelsendorf gekommen sei, um die Bewohner zu warnen, dass wir sie überfallen und das Falschgesicht-Kind rauben wollten. Und er prophezeite, dass das Falschgesicht-Kind uns den Tod bringen würde!*« Sie hatte auch noch andere Geschichten über Silberner Sperling gehört, und die Vorstellung, dass Polterer mit einem Mann in dessen Dorf zurückkehrte, der nachts im Körper irgendwelcher Tiere herumschlich, behagte ihr gar nicht.

Zaunkönig maß den Mann mit einem argwöhnischen Blick.

Silberner Sperling schaute über die Schulter um festzustellen, ob dieser bitterböse Blick wirklich ihm galt, dann hob er die buschigen Brauen und fragte das Mädchen: »Was hast du denn?«

»Polterer hat nie von dir gesprochen.«

»Ach, ich könnte mir vorstellen, dass er Wichtigeres mit dir zu reden hatte.«

Zaunkönig legte den Kopf schräg. »Ich glaube, er hätte sehr wohl erwähnt, dass er einen so berühmten Träumer wie dich kennt.«

Sperling zuckte in einer hilflosen Geste die Schultern. »Nun, es ehrt mich zwar, dass du das annimmst, aber ich muss dir gestehen, dass die Leute des Schildkrötenvolkes von meinen Träumer-Fähigkeiten längst nicht so beeindruckt sind wie deine Leute, Kleiner Zaunkönig. Ich ...«

»Wir haben oft über Menschen gesprochen, die wir lieben. Aber dein Name ist nicht gefallen.«

»Du kennst mich noch nicht einmal hundert Herzschläge lang, kleines Mädchen«, versetzte Silberner Sperling und verzog das Gesicht zu einer geschmerzten Grimasse, »und bist bereits davon überzeugt, dass ich lüge?«

Da mischte sich Aschenmond ein. »Natürlich ist sie das, Sperling! So wirkst du nun mal auf Frauen. Komm, überlass die Sache lieber mir.«

Sperling trat mit der Spitze seines Mokassins gegen eine Wurzel und knurrte: »Bitte sehr.«

Aschenmond beugte sich vertraulich zu Zaunkönig hin, die

vor der intensiven Nähe dieser fremden Frau erschrocken zurückwich.

»Verzeih mir«, begann Aschenmond seufzend. »Aber ich bin krank vor Sorge um Polterer. Du weißt das wahrscheinlich nicht, aber ich habe den Jungen mit meinen eigenen Händen in die Welt geholt, und er und seine Mutter haben die ersten beiden Jahre seines Lebens mit Sperling und mir unter einem Dach gelebt. Er ist wie ein Sohn für uns. Wir lieben ihn über alles. Bitte, sag uns, wo er ist!«

Zwischen Misstrauen und Verwunderung hin und her gerissen, blieb Zaunkönig stumm wie ein Fisch. Sie hatte die Unterlippe zwischen die Zähne geklemmt und kämpfte gegen die Tränen an, die unaufhaltsam in ihrer Kehle hochstiegen. Wenn dies wirklich Leute waren, die Polterer liebten, dann sollte sie es ihnen sagen, und zwar schnell, damit sie ihn noch aufhalten konnten, bevor er über den Hügel und hinunter zum See gelaufen war.

Aber…

Anscheinend konnte Aschenmond die Gedanken Zaunkönigs lesen, denn sie tätschelte ihr kurz die Hand und rückte etwas von ihr ab. »Wir sollten Zaunkönig etwas Zeit lassen«, meinte sie zu den beiden Männern gewandt. »Ich kann mir vorstellen, dass das auch für sie ein schrecklicher Tag gewesen ist. Ich weiß zwar nicht, wie es euch geht, aber ich könnte jetzt eine Schale heißen Tee und etwas zu Essen vertragen. Komm mit, Sperling, wir gehen Holz suchen. Blauer Rabe und Zaunkönig möchten bestimmt ein wenig allein sein.«

Aschenmond stand auf und machte sich auf den Weg den Hang hinauf, wo der Wald begann. Silberner Sperling warf Zaunkönig einen raschen Blick zu, ehe er Aschenmond folgte. Vom kalten Licht des Mondes beschienen, sahen ihre Gesichter aus wie körperlose Geister, die durch den Wald huschten.

Zaunkönig musterte ihren Onkel mit einem scheelen Seitenblick. »Wirst du es erlauben, dass sie Polterer mitnehmen?«

Blauer Rabe senkte die buschigen Brauen, eine Geste, die sie schon hundertmal bei ihm gesehen hatte. Sie wusste, was sie bedeutete. »Ich denke, wir sollten die Entscheidung Polterer überlassen.«

»P-Polterer?«

Seine nächsten Worte mit großer Sorgfalt wählend, sagte er nach einer Weile: »Ich war nicht lange mit Polterer beisammen, doch selbst nach dieser kurzen Zeit würde ich ihn als ungewöhnlich tapferen und aufrichtigen Jungen einschätzen. Du kennst ihn natürlich viel besser. Schätzt du ihn ebenfalls so ein?«

»Oh, ja, Onkel. Ich könnte dir Geschichten erzählen von Prüfungen, die er auf unserer Flucht gemeistert hat... Wenn du die hörtest, würdest du wissen, wie tapfer er ist.«

Blauer Rabe nickte bedächtig. Zaunkönig wartete, dass er weitersprach, dass er seinen Gedanken zu Ende führte ...

»Ich glaube, wenn Polterer erfährt, dass du zum Tode verurteilt worden bist und es nur eine Möglichkeit gibt, dich zu retten, und zwar, indem er ins Wandererdorf zurückkehrt und sich stellt, dann wird er ...«

»*Nein!*« Zaunkönig war aufgesprungen und starrte Blauer Rabe mit weit aufgerissenen Augen an. »Nein, Onkel, ich flehe dich an, das kannst du nicht von ihm verlangen. Er – er ist so... empfindsam, und er liebt mich und er vertraut mir. Nein, das werde ich *nicht* zulassen!«

»Zaunkönig, bitte beruhige dich und setze dich wieder hin.« Er reichte ihr die Hand.

Zaunkönig wich einen Schritt zurück.

Er winkelte die Beine an, beugte sich vor und stützte die Ellbogen auf die Knie. Das lange, grau melierte Haar fiel ihm über die Schultern. »Zaunkönig, ich kann nicht mit ansehen, wie du stirbst. Stell dir vor ...«

»*Stell dir vor, wie wir alle uns dabei fühlen würden*«, sagte eine Frauenstimme. Sie kam aus den Schatten.

Ohne Hast nahm Blauer Rabe seine Arme von den Knien, griff nach hinten und erhob sich. »Wer ...«

»Lass deine Finger vom Bogen.«

Sein Bogen blieb über seiner Schulter hängen. »Elchgeweih!«

Zaunkönig beobachtete mit angehaltenem Atem, wie die Frau hinter einem dicken Bergahorn hervortrat, den Bogen in der Hand, einen Pfeil schussbereit auf der Sehne. Obwohl groß und kräftig von Gestalt, bewegte sie sich wie eine Nebelschwade, kam mit lautlosen Schritten den Pfad herab. Die grünen Vögel, die ihren Büffelfellmantel zierten, schimmerten im Schein des Mondes wie Kohlen.

»Ich hätte es wissen müssen. Wenn mich einer findet, dann du«, sagte Blauer Rabe.

Zaunkönig fixierte die fremde Frau einen Herzschlag lang, dann setzte sie zum Spurt an.

»Bleib hier!«, rief Elchgeweih im Befehlston. »Es ist nicht meine Gewohnheit, ein Mädchen zu töten, aber ich werde es tun, Kleiner Zaunkönig, wenn du dich nicht auf der Stelle wieder hinsetzt!«

Blauer Rabe sah seine Nichte scharf an. »Ja, setz dich hin. Tu, was sie sagt. Elchgeweih ist nicht gekommen, um uns Schaden zuzufügen.«

Zaunkönig sank wie ein Stein zu Boden. Ihr Herz hämmerte dermaßen, dass ihr übel wurde. Sie sah keine anderen Krieger, wusste aber, dass sie irgendwo in der Nähe sein mussten.

»Wo ist mein Cousin?«, fragte Blauer Rabe, auf Elchgeweih zu gehend. »Ich habe erwartet …«

»Das ist nah genug, alter Freund«, beschied ihm Elchgeweih. »Bleib dort stehen. Wo ist das Falschgesicht-Kind? Und die anderen beiden Leute, die dich begleitet haben?«

Blauer Rabe zögerte und machte dann eine unbestimmte Handbewegung, als wollte er Zeit gewinnen. Schließlich antwortete er: »Ich habe ihnen den Jungen übergeben, und anschließend haben wir uns getrennt.«

Elchgeweihs Blick forschte misstrauisch in seinem Gesicht. »Lüg mich nicht an, Blauer Rabe. Ich bin zwar gerade erst angekommen, habe aber ein wenig von eurer Unterhaltung mitgehört. Zaunkönig war diejenige, die das Falschgesicht-Kind losgeschnitten hat. Du hast gesagt, dass du ihr gefolgt bist und dass sie sich ›dieses Verbrechens schuldig gemacht‹ habe.«

Zaunkönig sah, wie sich die Nackenmuskeln ihres Onkels unter seinem Hemd anspannten.

»Elchgeweih, du kennst mich besser als jeder andere.« Die Stimme ihres Onkels nahm plötzlich einen sanften, vertraulichen Tonfall an. »Ich bitte dich, meine Geschichte anzuhören und sie genau so wiederzugeben, wie ich sie dir jetzt erzähle.«

Elchgeweih senkte ihren Bogen. »Du weißt, dass ich das tun werde.«

»Ja«, nickte Blauer Rabe. »Das weiß ich.« Er sog tief die Luft ein und ließ sie geräuschvoll entweichen. »Ich sage dir jetzt offen und ehrlich, dass *ich* den Jungen losgeschnitten habe. Zaunkönig, die mir immer das Essen brachte, kam zum Lost Hill, stellte fest, dass der Junge und ich verschwunden waren, und ist uns gefolgt. Bis gestern ahnte ich nicht einmal, dass sie hinter uns hergelaufen war.« Er machte eine Pause, dann fügte er hinzu: »Ich bin derjenige, der sich schuldig gemacht hat. Ich, und sonst niemand.«

»Aber Onkel«, rief Zaunkönig und erhob sich auf die Knie. »Das ist doch gar nicht …«

»Schh, Zaunkönig! Kein Wort mehr! Hast du mich verstanden?«

Zaunkönig warf einen raschen Blick auf Elchgeweih, dann nickte sie.

»Und wer sind die beiden Leute, die dich begleitet haben?«

»Verwandte des Jungen.«

»Sie haben dich dafür bezahlt?«

Blauer Rabes verwirrter Blick sagte Elchgeweih und Zaunkönig, dass er an so etwas bisher überhaupt noch nicht gedacht hatte.

»Ja, sie haben mich dafür bezahlt.«

Elchgeweih verzog enttäuscht den Mund. »In einem hast du Recht behalten, Blauer Rabe: Ich kenne dich. Und zwar gut genug, um zu wissen, wann du lügst.«

Blauer Rabe ließ den Kopf auf die Brust sinken und schüttelte ihn. »Ich habe dir die Wahrheit gesagt. Ich habe den Jungen losgeschnitten. Und ich habe ihn an seine Verwandten verkauft. Was möchtest du sonst noch wissen?«

»Ich …«

»*Nichts*«, verkündete Springender Dachs, der lässig aus dem Wald geschritten kam, gefolgt von zehn seiner Krieger.

Elchgeweih blieb vor Schreck der Mund offen stehen.

Springender Dachs hatte den Bogen auf sie angelegt, und für einen Moment glaubte Zaunkönig, er würde auf sie schießen. Fettige Haarsträhnen klebten ihm an den Wangen. Die Krieger hinter ihm wisperten aufgeregt, als wüssten sie nicht, was sie als nächstes tun sollten.

»Ich wusste, dass du dich zu so einer Kühnheit hinreißen lassen würdest, alte Frau.«

»Zu welcher Kühnheit?«, konterte Elchgeweih, die ihm

furchtlos in die Augen blickte. »Die Leute zu finden, hinter denen wir herjagen?«

»Ich sah dich die große Wiese überqueren, nachdem du Eichel verlassen hattest, und ich fragte mich, was dich dazu getrieben haben könnte, meinen Befehl zu missachten. Und da ist mir nur eine vernünftige Antwort eingefallen: Sie will ihren früheren Geliebten ausfindig machen und ihn warnen, damit er …«

»Du Narr! Wenn ich Blauer Rabe hätte warnen wollen, warum hätte ich dann meinen Bogen auf seine Brust gerichtet?«

Die Krieger schwärmten aus, um einen Kreis um ihren Anführer und die anderen zu schließen.

Springender Dachs machte drei Schritte auf Elchgeweih zu, die Spitze seines Pfeils auf die Mitte ihres Gesichts gerichtet. Die prachtvolle Befiederung des Schafts schimmerte in allen Regenbogenfarben. »Deinen Worte zu glauben würde mir leichter fallen, wenn du ihn in dem Augenblick getötet hättest, da er dir seine Schuld gestanden hat. Genau das hat er verdient. Er hat uns alle verraten.«

»Die Anführerinnen haben befohlen …«

Springender Dachs drehte die Schultern gerade so weit nach rechts, um auf Blauer Rabe zu zielen, und schoss.

Die Wucht des Pfeils, der Blauer Rabe mitten in den Bauch traf, warf ihn rückwärts um. Er riss den Mund auf, doch der Schock ließ jeden Schrei auf seinen Lippen ersterben. Seine Lider flatterten, als er zu Boden sank.

»*Nein!*«, schrie Zaunkönig.

»Du ausgemachter Narr!«, fuhr Elchgeweih ihn an. »Du hast soeben gegen den ausdrücklichenBefehl unserer Klan-Anführerinnen verstoßen!«

Zaunkönig sprang auf und warf sich schluchzend über die Brust ihres Onkels. »Tut ihm nichts! Ihr versteht das nicht. Ihr wisst doch gar nicht…«

Blauer Rabe fasste in Zaunkönigs Haar und zog ihren Kopf zu sich herab, bis ihr Ohr beinahe seine Lippen berührte. »Sag kein Wort mehr. Du kannst… nach Hause gehen. Ich will, dass… du nach Hause gehst.«

Zaunkönig war außer sich vor Angst. »Nein. Bitte, Onkel!« Ihre Hand griff nach seinem Arm. »Ich kann sie doch nicht in dem Glauben lassen …«

Blauer Rabes Arm wurde schlaff und fiel zu Boden.

»Nein! Bitte, liebe Ahnen! Nein!«

Steifbeinig trat Springender Dachs neben sie. »Er ist nicht tot«, erklärte er. Und dann, an seine Krieger gewandt: »Bringt ihn in unser Lager. Ehe er stirbt, müssen wir herausfinden, wohin seine Komplizen das Falschgesicht-Kind gebracht haben.«

»*Schh*! Duck dich!« flüsterte Sperling und drückte Aschenmonds Kopf auf den Waldboden.

Aschenmond spähte durch die Zweige des Reisighaufens, hinter dem sie Deckung gesucht hatten. Sie hatten die Kriegerin schon bemerkt, noch ehe sie sich Blauer Rabe zeigte, und hielten sich seither versteckt. Elchgeweih stand jetzt neben Blauer Rabe und Zaunkönig und schüttelte wütend, wie es schien, den Kopf. Das Schluchzen des Mädchens war verstummt, aber ihre Hände umklammerten die Kleider ihres Onkels, als wollten sie sie nie mehr loslassen.

Vier Krieger hatten sich um Blauer Rabe postiert und griffen nach seinen Armen und Beinen, um ihn hochzuheben. Der Pfeil hatte sich knapp unterhalb des Brustbeins in seinen Leib gebohrt. »Lass ihn los!«, fuhr der stämmige Krieger mit der Haartracht des Dornbusch-Klans Zaunkönig an.

Zaunkönig kam zitternd auf die Beine und warf Elchgeweih einen flehenden Blick zu.

Die Kriegerin legte ihr eine Hand auf den Rücken und führte sie den Abhang hinab.

»Sieht aus, als brächten sie sie ins Buntfelsendorf«, sagte Aschenmond flüsternd.

»Ja, welcher Ort wäre geeigneter, um einen verwundeten Mann und ein kleines Mädchen einzuschüchtern, als ein Schlachtfeld mit den geschundenen Leichen von Menschen, die sie vor kurzem niedergemetzelt haben. Wenn ich an seiner Stelle …«

»Kein Mensch, der noch einen Funken Verstand besitzt, würde inmitten einer Horde wütender Geister sein Lager aufschlagen.«

»Springender Dachs besitzt keinen Funken Verstand mehr. Er …«

Sperling hielt mit einem leisen Zischen die Luft an, und Aschenmond erstarrte.

»Da kommen noch mehr«, wisperte er.

»Woher weißt du das? Kannst du sie sehen?«

»Fünf oder sechs sind es.«

Sperlings Hand, die Aschenmonds Kopf nach unten drückte, ballte sich zur Faust.

In der Stille der von fahlem Mondlicht erhellten Nacht war die Bedrohung beinahe mit Händen greifbar. Aschenmond überlegte, ob ihre Seelen in der Lage wären, Schritte zu hören, die ihre Ohren nicht wahrnahmen.

»Aschenmond, steh so leise du kannst auf. Wir müssen versuchen von hier zu verschwinden, ehe sie noch näher kommen.«

Vorsichtig rollte sie sich herum und kniete sich neben Sperling hin.

Da oben in der Dunkelheit des Hügels bewegte sich tatsächlich etwas. Der Wind, der ihnen ins Gesicht blies, trug einen eigenartigen Geruch herüber – es stank eindeutig nach verwestem Fleisch. Aschenmond sah keine Krieger, sondern... leuchtende, sich auf sie zubewegende Schemen.

»Lauf! Aber ganz leise!«

Sie spürte den vertrauten Griff seines starken Arms, als Sperling sie um die Hüfte fasste und sie mit sich die Anhöhe hinaufzog, vorbei an Findlingen und umgestützten Bäumen. Seine Augen hatten im Dunkeln schon immer viel besser sehen können als die ihren. Deshalb hatte sie ihm oft vorgeworfen, ein halber Wolf zu sein.

»Geh in die Hocke, Aschenmond! Sie könnten uns entdeckt haben!«

Sie gehorchte sofort, drehte sich um und spähte hinunter, wo der Pfad verlief. Mit angehaltenem Atem verfolgte sie, wie die schemenhaften Umrisse die Gestalten von Männern annahmen, die im Gänsemarsch hintereinander her marschierten. Einer von ihnen trug einen langen Stock mit einer Maske darauf. Das Holz reflektierte das Mondlicht wie poliertes Silber, das von innen heraus zu leuchten schien. Der Krieger machte den Eindruck, als ob er seine Pflicht nur sehr widerwillig erfüllte, denn er hielt den Stock mit der Maske so weit von sich weggestreckt, wie es seine Arme erlaubten. Und Aschenmond begriff auch sofort, warum. Der Gestank nach verfaultem Fleisch folgte dem Krieger wie sein Schatten

»Schau lieber auf deine Füße!«, zischte Sperling ihr zu und zerrte sie weiter den Hang hinauf.

Beinahe im gleichen Moment rutschte Aschenmond aus und legte eine Hand auf seine breite Schulter, um sich daran festzuhalten. Der Boden war hier von einer dicken Schicht feuchten Laubs bedeckt. Sie befanden sich in einem Ahornwäldchen.

Aschenmond konnte nicht sagen, wie lange sie im Laufschritt und in beinahe vollkommener Dunkelheit durch dieses Labyrinth aus grauschwarzen Baumstämmen und Felsbrocken gerannt waren, doch als sie die Hügelkuppe erreichten, stellte sie fest, dass die Kälte, die Angst und das kräftezehrende Laufen sie fast umgebracht hatten.

Sie nahm die Hand von Sperlings Schulter und trat einen Schritt von ihm weg. Es fehlte nicht viel, und sie wäre in Tränen ausgebrochen, so erschöpft war sie – und das ärgerte sie. Eigentlich hätte sie an Polterer denken und versuchen müssen herauszufinden, wo er sich im Moment aufhalten mochte, doch stattdessen stand sie einfach da, eine Hand auf den Mund gepresst, und starrte hinunter auf die weiten, silberblauen Wasser des Leafing Lake. Wolkenriesen bauschten sich am nördlichen Horizont und segelten lautlos auf sie zu.

Springender Dachs trat an ihre Seite, und sein Blick nahm jedes Merkmal ihres Gesichts auf. Der Wind fegte über die Hügelkuppe und wirbelte ihm das weiße Haar um die Schultern. »Bist du in Ordnung?«

Aschenmond nickte ruckartig.

Sperling schürzte zweifelnd die Lippen. »Tatsächlich?«

Tränen brannten ihr in den Augen. »Mir geht es ausgezeichnet, Sperling.«

»Oh ja, das sehe ich.«

Er legte ihr einen Arm um die Schultern und führte sie zu einem großen Ahornbaum, dessen tief herabhängende Äste einen geschützten Unterstand bildeten. Der Wind, der unablässig über den See blies, hatte an dieser Stelle den Schnee und das nasse Laub weggeweht und die darunter liegenden dicken Wurzeln und flachen Steine getrocknet. Mit dem sanften Druck seiner Hand bedeutete Sperling Aschenmond, sich auf einen der flachen Steine zu setzen, ehe er sich neben ihr niederließ.

Er streifte sein schweres Bündel ab und zupfte dann an den Riemen ihres Lederbeutels. Aschenmond drehte sich ein wenig zur Seite, damit er ihr die Riemen über die Schultern ziehen konnte. Dann lehnte er beide Bündel an den Stamm des Ahorn.

Eine lange Weile saßen sie schweigend da, die Bogen auf den Knien, und schauten hinunter zum See, glücklich über die Tatsache, dass in ihren Adern noch Blut floss. Wunder geschahen, das wusste Aschenmond, aber bis zu diesem Tage hatte sie noch keines erleben dürfen. Sie legte ihren Bogen neben sich auf den Boden, streckte sich auf der Steinplatte aus und starrte blind hinauf zu den in silbernes Mondlicht getauchten Ästen. Mehrmals hintereinander sog sie tief die kühle Nachtluft ein, nur um ihre Lungen zu spüren.

Sperling streckte sich neben ihr aus, legte seinen Bogen auf ihre Bündel und stützte den Kopf auf den angewinkelten Ellbogen.

Den Blick zum Himmel gerichtet, murmelte Aschenmond.

»Sperling, es gibt so vieles, worüber wir nachdenken müssen. Wohin sollen wir …«

»Nicht heute Abend.«

Aschenmond drehte den Kopf und sah ihn verwundert an. Sperling zögerte nur einen Herzschlag lang, während er ihr tief in die Augen blickte, dann beugte er sich über sie und küsste sie.

Zärtlich glitten seine Lippen über die ihren. Aschenmond befand, dass sie keine Kraft mehr habe, um sich dagegen zu wehren, doch in Wirklichkeit wollte sie es gar nicht. Es fühlte sich so gut an, wieder geküsst zu werden. Ein warmes Prikeln breitete sich in ihrem Körper aus, das die ganzen Mühsalen des Tages zu verdrängen schien. Sperling zog sie an sich, und Aschenmond ließ sich willig in die tröstende Geborgenheit seiner Arme sinken, spürte den kräftigen Schlag seines Herzens und gewahrte-

Plötzlich wich er zurück. »Was ist denn?«, flüsterte Aschenmond und schaute erschrocken zu ihm hoch.

Tränen schimmerten in seinen Augen.

»Ich liebe dich«, sagte er. »Ich habe nie aufgehört, dich zu lieben. Das weißt du doch, nicht wahr?«

»Ja.« Sie legte eine Hand um seinen Hinterkopf, zog ihn zu sich heran und küsste ihn zärtlich.

Während der seidige Vorhang seiner Haare um ihr Gesicht strich, tropften warme Tränen auf ihre Wangen.

»Ich habe auch nie aufgehört, dich zu lieben«, flüsterte sie. »Ich mochte dich nur einfach nicht besonders.«

Aschenmond spürte ein Lächeln über seine Lippen huschen, die noch sanft auf den ihren ruhten. »Wir haben so viel miteinander geteilt.«

Der Sturm toste über ihre Köpfe hinweg, graue Schneeschleier hinter sich her ziehend. Lautlos landeten die eiskalten Flocken auf Aschenmonds Wimpern und sprenkelten Sperlings Haare.

Ihr Kuss wurde leidenschaftlicher.

27. Kapitel

Blauer Rabe lag mit angewinkelten Beinen auf der Seite, gleich hinter den schwarzen Ruinen des Buntfelsendorfs, die Hände um den blutverkrusteten Schaft des Pfeiles gefesselt, der tief in seinem Bauch steckte. Aus der Wunde drang scharfer Geruch. Er hatte in seinem Leben genügend Bauchverletzungen dieser Art gesehen, um zu wissen, was er noch zu erwarten hatte.

Zwanzig Hand von ihm entfernt hockte Zaunkönig auf dem blanken Boden, wie er an Händen und Füßen mit Lederriemen gefesselt und den Blick, in dem sich Todesangst spiegelte, starr auf Blauer Rabe geheftet.

Der Schnee, der seit geraumer Zeit aus einem bleiernen Himmel fiel, bedeckte die Bäume und begrub die Toten des zerstörten Dorfes gnädig unter sich. Die Gesichter der Leichname waren nicht mehr zu erkennen, die verkohlten Hütten hatten sich in schneeweiße Hügel verwandelt.

Der Schmerz, der sich durch seinen Bauch wühlte wie eine hungrige Ratte, ließ Blauer Rabe aufstöhnen. Kraftlos drückte er die gebundenen Hände auf den Bauch. Er wusste, wie es weiterging. Jeder Atemzug, der seine Lungen anschwellen ließ, presste Gift in seine Bauchhöhle. Aber es konnten noch Tage vergehen, ehe der Tod ihn von seinen Schmerzen erlöste.

Als er seine Lage ein wenig veränderte, weil ihm der Rücken so weh tat, formte sich ein Schmerzensschrei in seiner Kehle, der gegen seine zusammengebissenen Zähne drängte, um sich Raum zu schaffen.

Die Krieger hatten ihn auf dem Platz abgelegt, wo die Bewohner des Dorfes früher ihre Feuersteine behauen hatten. Die scharfen Steinsplitter, die überall herumlagen, glitzerten wie seltene Kristalle. Blauer Rabe betrachtete die verschiedenen Formen und versuchte gleichzeitig, gegen das Wüten in seinem Körper anzukämpfen.

Während die anderen Krieger damit beschäftigt waren, das Nachtlager aufzubauen, Feuer zu entfachen, Decken auszurollen und das Abendessen vorzubereiten, standen Elchgeweih, Eichel und Springender Dachs unter einer riesigen alten Eiche und brüllten sich gegenseitig an. Blauer Rabe musste den Kopf weit zurücklegen, damit er sie sehen konnte.

»Du närrischer Mensch!«, schimpfte Elchgeweih. »Frost-auf-den-Weiden ist unsere neue Anführerin, und du hast gerade ihren einzigen Sohn umgebracht!«

»Die Alte wird froh sein, dass dieser hinterlistige Verräter tot ist!«, brüllte Springender Dachs zurück. »Und alle anderen ebenfalls!«

Eichel hob beruhigend die Hände. »Ich bitte euch. Wenn wir einander anschreien, hilft uns das auch nicht weiter. Wir sollten uns hinsetzen und in Ruhe über alles sprechen. Seht, Pfauenauge hat schon ein Feuer in Gang gebracht. Er hat bestimmt nichts dagegen, wenn wir es mit ihm teilen.«

Doch weder Springender Dachs noch Elchgeweih machten

Anstalten, seinem Vorschlag zu folgen. Sie standen sich gegenüber, fast Stirn an Stirn, und maßen sich mit zornigen Blicken.

Blauer Rabe überlegte, was diese Neuigkeit zu bedeuten hatte. Seine Mutter konnte nur dann zur Anführerin aufgestiegen sein, wenn Siebenstern, Perlenfarn und Sumpfbohne tot waren. Diese drei Frauen waren älter als seine Mutter und genossen mehr Respekt als sie. Ohne einen zwingenden Grund hätten die Mitglieder seine Mutter nicht zur Anführerin gewählt. Und das bedeutete folgerichtig, dass ihnen keine andere Wahl geblieben war.

Hatte es Krieg gegeben? War das Wandererdorf angegriffen worden?

Eine neuerliche Schmerzwelle durchfuhr Blauer Rabe. Er krümmte sich zusammen, kniff die Augen zu und biss so hart die Zähne aufeinander, dass seine Wangenmuskeln zitterten. Er musste sich so lange es ging beherrschen, denn jedes Stöhnen war wie ein Messer, das sich in Zaunkönigs Herz bohrte.

Im Stillen betete er, dass sie an der Geschichte festhielt, die er Elchgeweih erzählt hatte. Wenn sie das tat, hatte sie gute Chancen, am Leben zu bleiben.

Er hörte, wie Springender Dachs die Stimme senkte und Elchgeweih mit rauer Stimme etwas zuflüsterte, das wie eine Drohung klang.

Elchgeweih reckte den Kopf vor, und ihre Augen waren wie Dolche: »Mit dir nehme ich es jederzeit auf. Den Tag darfst du bestimmen!«

Eichel ging dazwischen, versuchte die beiden Kampfhähne zu trennen. »Genug jetzt! Wir dürfen uns nicht gegenseitig an die Kehle gehen! Vergesst nicht, wir haben unserem Klan gegenüber eine Pflicht zu erfüllen! Wir müssen das Falschgesicht-Kind finden!«

Unwirsch schüttelte Elchgeweih die Hand Eichels ab, drehte sich um und ging zu Blauer Rabe hinüber.

Springender Dachs marschierte zum nördlichen Ende des Dorfplatzes, wo der Boden mit den Leichnamen der Säuglinge übersät war.

Mit vor Wut mahlenden Kiefern kniete sich Elchgeweih neben Blauer Rabe.

»Erzähl mir, was vorgefallen ist«, flüsterte er mühsam. »Zu Hause.«

Elchgeweih zog ihren Büffelledermantel aus und breitete ihn über ihn, dann legte sie ihr Bündel und den Wasserbeutel ab. »Quellwasser ist heute Nachmittag zu uns gestoßen. Er sagte, dass ein fürchterlicher Sturm über dem Wandererdorf gewütet hat. Die Langhäuser sind eingestürzt, und es hat viele Tote gegeben.« Sie schüttelte den Kopf. »Mehr wissen wir nicht. Deine Mutter ...«

»Ja. Das – das habe ich schon gehört.«

Elchgeweih nahm ein rot-blau gestreiftes Tuch, das sie gewöhnlich als Kopfband trug. Sie ließ Wasser aus ihrem Wasserbeutel darüberlaufen und tupfte damit Blauer Rabes Stirn ab.

Die angenehme Kühle war wie ein Geschenk der Erdengeister. Der Krampf in seinen Schultern ließ etwas nach. »Ich danke dir.«

»Den Dank kannst du dir sparen«, erwiderte sie mit gepresster Stimme. »Ich habe versucht, dich zu finden, um genau das hier zu vermeiden. Aber ich habe versagt.«

»Ich hätte mir denken können, dass mein Cousin mir den Tod wünscht.«

»Du hast auch nicht viel dazu getan, um ihn abzuwenden«, murmelte sie und wischte ihm behutsam das Gesicht und den Hals ab. »Warum hast du dich eines Verbrechens schuldig erklärt, das du nicht begangen hast?«

Blauer Rabe hob seine gefesselten, blutverschmierten Hände und packte Elchgeweihs Handgelenk. Als sie zu ihm herabsah, flüsterte er: »Ich musste Zaunkönig retten. Bitte. Ich weiß... was ich tue.«

Elchgeweih legte das Tuch zur Seite und nahm seine Hände in die ihren. Sie holte tief Luft und sagte dann: »Ich werde tun, was in meiner Macht steht, um zu gewährleisten, dass man sie für diese Sache nicht zur Verantwortung zieht. Aber das tue ich nur für dich, Blauer Rabe. Sie ...«

»Ist jung.« Er versuchte zu lächeln. »Erinnerst du dich, wie du für Gerechtigkeit gekämpft hast, als du zwölf Winter alt warst? Ich erinnere mich noch sehr gut daran.«

Ein Lächeln huschte über ihre Lippen. »Ja, das glaube ich dir aufs Wort. Und vielleicht hast du ja Recht. Wenn meine Wut und meine Enttäuschung verflogen sind, werde ich vielleicht anders empfinden.«

Er drückte ihre Hand mit der letzten Kraft, die er noch aufbringen konnte, dann wurde er von einer weiteren Schmerzattake geschüttelt. Kein Laut kam ihm dabei über die Lippen. Als das unsägliche Brennen nachließ, sank er keuchend zurück und starrte in Elchgeweihs Gesicht. Ihr schulterlanges Haar war nach vorn gefallen und umrahmte ihre braunen Augen und die flache Nase. An der Stellung ihrer Kiefer konnte er ablesen, dass sie die Zähne zusammenbiss, um ihren eigenen Schmerz zu bekämpfen, den sein Anblick auslöste.

»Ich habe vergessen«, hauchte er mit matter Stimme, »wie schön du bist.«

Sie sah ihm direkt in die Augen. »Soll ich... den Pfeil herausziehen?«

Das würde seinen Tod beschleunigen. Solange der Pfeil noch in der Wunde steckte, konnten die scharfen Säfte nicht so leicht aus seinem Magen abfließen. Andererseits würde ihm das Herausziehen des Pfeils unerträgliche Schmerzen bereiten, denn dann würde der gesamte Inhalt seines zerfetzten Magens in den Bauchraum gelangen und seine Leber, die Lunge und die Nieren verätzen.

»Bist du sicher, dass Springender Dachs dich dafür nicht töten wird? Ich nehme an, er will mich so lange wie möglich leiden sehen.«

»Wenn ich es gleich tue, ehe er noch einen anders lautenden Befehl gegeben hat..., dann ist es eben passiert.« Ihr Blick wanderte forschend über sein Gesicht.

Blauer Rabe nickte: »Gut. Aber mach schnell.«

Elchgeweih zog den Büffelmantel von Blauer Rabe herunter und legte ihn beiseite. Zuerst riss sie die blutigen Federn am Schaftende des Pfeils ab, dann ging sie um ihn herum und brach vorsichtig die Pfeilspitze aus Flintstein ab, die aus seinem Rücken ragte.

»Bist du bereit?«, fragte sie.

»So... bereit... wie nur möglich. Nun mach schon.«

Mit einer einzigen, schnellen Bewegung zog sie den Pfeilschaft durch seine Brust.

Der rasende Schmerz, der ihn durchfuhr, raubte ihm kurzzeitig die Sinne. Mit seiner Beherrschung war es vorbei. Er stieß einen gellenden Schrei aus.

»*Onkel? Onkel!*«, rief Zaunkönig entsetzt.

Es dauerte eine Zeit lang, bis er wieder zu sich kam. Als er die Augen aufschlug, saß Elchgeweih neben ihm, den Wasserbeutel in der Hand.

»Du musst durstig sein«, sagte sie.

Er nickte. Seine Zunge klebte am Gaumen und seine Kehle brannte, als habe er seit einem Mond keinen Tropfen mehr getrunken. Vorsichtig hob Elchgeweih seinen Kopf an und hielt ihm den Wasserbeutel an die Lippen. Gierig nahm er einen großen Schluck. Und noch einen. Jetzt würde auch noch Wasser zu dem Blut und den anderen todbringenden Flüssigkeiten hinzukommen, die in seinen Leib flossen, aber das war ihm gleichgültig. Er spürte bereits, wie sich sein Bauch immer mehr aufblähte.

Als er die Lippen schloss, nahm Elchgeweih den Wasserbeutel weg und legte seinen Kopf wieder sanft auf den Boden.

»Versprich mir ...«, krächzte er.

»Was denn?«

»Versprich mir, dass... du...dem ein Ende bereitest, bevor ich mich...selbst beschäme.«

Ganz langsam hob sie den Blick, und Blauer Rabe sah, wie sie erbleichte.

Deshalb fügte er rasch hinzu: »Ich – ich will nicht, dass Zaunkönig mich als... greinenden Krüppel in Erinnerung behält.«

Elchgeweih schloss die Augen und wandte das Gesicht ab.

Sie hatten beide schon dem Todeskampf vieler Menschen beigewohnt, Qualen, die sich über Tage hinzogen. Am Ende waren die Männer und Frauen soweit gewesen, alles zu sagen oder zu tun, nur um endlich von ihren unerträglichen Schmerzen erlöst zu werden.

Blauer Rabe hob seinen Arm ein wenig und zupfte schwach an den Fransen ihres Mokassin. »Ich bitte dich nicht nur als Freund darum – wir haben uns einmal geliebt.«

»Ich werde deine Qualen beenden«, sagte sie mit leiser Stimme und wandte sich ihm wieder zu.

Es war das erste Mal, dass er Tränen in ihren Augen sah.

Seine Hand zuckte zurück und presste sich auf die Wunde. Die Schmerzen kamen jetzt wie Hammerschläge, die im Rhythmus seines Atems unbarmherzig auf ihn einschlugen. »Ich…habe dir immer vertraut«, fuhr er mühsam fort, dann bäumte er sich auf, gegen die Schluchzer ankämpfend, die ihm die Kehle zuschnürten.

Elchgeweih erhob sich und setzte sich so vor Blauer Rabe hin, dass ihr Rücken den Blick des Mädchens auf ihren Onkel verdeckte.

Blauer Rabe lehnte seine Stirn an Elchgeweihs Bein und ließ stumm seine Tränen fließen.

Liebevoll strich sie ihm das veschwitzte Haar aus der Stirn. »Ich könnte es jetzt gleich tun«, flüsterte sie ihm leise zu. »Willst du …«

»Nein. Nein, das geht nicht. Springender Dachs… würde dich dafür töten. Er will mich noch einer Befragung unterziehen. Das…«, er stöhnte leise, als seine Lungen pfeifend nach Luft rangen, »das musst du zulassen. Wenn du mich vorher tötest, wird er seinen Zorn an dir und… Zaunkönig auslassen. Warte bis morgen. Nachdem er… er…«

»Ja, das werde ich«, antwortete sie und legte ihm ihre kühle Hand auf die Stirn. »Versuch jetzt ein wenig zu ruhen. Ich weiß, dass du nicht schlafen kannst, aber du musst …«

»Elchgeweih? Kann ich mit Zaunkönig sprechen? Oder hat Springender Dachs es verboten?«

Sie warf einen schnellen Blick über die Schulter. »Nein, hat er nicht. Aber …«

»Bitte. Es wird leichter… für uns beide… sein, wenn ich …noch heute … mit ihr spreche. Morgen… bin ich dazu vielleicht…nicht mehr in der Lage. Nicht ohne…« Mit dem letzten Wort verließ ihn seine Kraft.

»Ich werde es versuchen. Aber dein Cousin wird sich möglicherweise einmischen.«

»Ich verstehe.«

Elchgeweih stand auf und ging, langsam einen Fuß vor den anderen setzend, zu Zaunkönig hinüber. Die anderen Krieger schienen von ihr keine Notiz zu nehmen. Sie hockten an ihren Feuern, aßen und unterhielten sich. Blauer Rabe hielt im Lager nach Springender Dachs Ausschau, konnte ihn aber nirgendwo entdecken. Den Geistern sei Dank, dachte er erleichtert. Dann könnte es klappen.

Elchgeweih kniete sich neben Zaunkönig, zog das Messer aus der Scheide an ihrem Gürtel, schnitt ihr die Fesseln an den Füßen durch und half ihr aufzustehen. Dann führte sie das Mädchen zu Blauer Rabe.

»Lauf bloß nicht weg«, hörte er Elchgeweih zu ihr sagen.

Zaunkönig ging langsam vor ihr her, das Gesicht zu einer Maske der Verzweiflung erstarrt.

»Onkel, es tut mir so Leid«, sagte sie, nachdem sie neben ihm auf die Knie gesunken war. »Ich liebe dich. Ich wollte nicht …«

»Schh, Zaunkönig«, besänftigte er sie. »Es ist nicht deine Schuld. Du kannst nichts dafür. Hast du das verstanden?«

Sie nickte, doch die Tränen, die ihr übers Gesicht liefen, bewiesen etwas ganz anderes.

»Zaunkönig, wir können nicht lange miteinander sprechen, und vielleicht ist dies die letzte Gelegenheit, die wir haben werden. Elchgeweih hat ihr Leben aufs Spiel gesetzt, damit wir ein paar Worte wechseln können. Deshalb hör mir bitte ganz genau zu.«

»Ja, Onkel«, schluchzte Zaunkönig.

Blauer Rabe schloss kurz die Augen, als eine neue Schmerzwelle durch seinen Leib loderte. Dass er am ganzen Körper zitterte, dagegen konnte er nichts tun, doch jeden Schmerzensschrei blockte er mit zusammengebissenen Zähnen ab.

Nachdem der schlimmste Schmerz verklungen war, schlug er die Augen auf und sah in Zaunkönigs entsetztes, unendlich trauriges Gesicht. Er musste um jede Silbe kämpfen, um ihr das zu sagen, was er für das Wichtigste erachtete. »Zaunkönig, ganz gleich…was auch geschieht, du musst genau die Geschichte erzählen, die ich…Elchgeweih erzählt habe. Erinnerst…du dich noch…daran?«

»Ja, Onkel.«

»Dann wiederhole sie. Ich möchte sie…aus deinem Mund…hören.«

Zaunkönig gestikulierte fahrig mit ihren gefesselten Händen. »Ich bin zum Lost Hill gekommen und habe festgestellt, dass du und Polterer verschwunden …«

»Das Falschgesicht-Kind.«

»Dass du und das Falschgesicht-Kind verschwunden seid. Da bin ich euch gefolgt. Ich habe euch erst…« Sie blinzelte sich die Tränen aus den Augen und schüttelte unsicher den Kopf. »Wann habe ich euch gefunden?«

»Gestern. Und du warst dabei, als ich den…Jungen verkauft habe.«

»Ich war dabei, als du den Jungen an Anführerin …«

»Nein!« Er schüttelte heftig den Kopf. »Falsch. Du weißt nicht, wer die beiden waren. Es waren Angehörige des Schildkröten-Volkes…mehr weißt du nicht. Es ist alles ganz schnell gegangen. Wir haben sie getroffen…sie haben mich entlohnt…und sind weitergezogen. Wohin, das weißt du nicht.«

Zaunkönig leckte sich nervös über die Lippen. »Gestern trafen wir mit ihnen zusammen, sie haben dich bezahlt und sind mit dem Jungen weitergezogen. Wohin sie das Falschgesicht-Kind bringen wollen, das weiß ich nicht.«

»Richtig«, nickte er. »Gut gemacht, braves Mädchen. Jetzt …komm mal näher.«

Zaunkönig beugte sich so tief über ihn, dass ihre Gesichter nur eine Handbreit voneinander entfernt waren. Sie musste sich kräftig auf die Lippen beißen, um die Tränen zurückzuhalten.

Mit leiser Stimme flüsterte ihr Blauer Rabe ins Ohr: »Ich liebe dich, Kleiner Zaunkönig. Geh nach Hause und werde später einmal Anführerin unseres Klans« – er lächelte – »und mach mich stolz auf dich.«

Jetzt strömten ihre Tränen ungehindert. »Ich liebe dich, Onkel. Ach, ich wünschte, ich könnte die Zeit noch einmal zurückdrehen …«

»Das geht nicht«, sagte er ernst. »Das kann niemand. Wir können nur nach vorne blicken. Ich will…dass du immer nach vorne blickst. Niemals – niemals zurück. Zaunkönig, wenn du einmal angefangen hast, zurückzublicken, dann wirst du nichts anderes mehr tun können. Die Vergangenheit kann dich mit Haut und Haaren verschlingen. Lass das nicht zu. Erinnere dich an meine…Worte.«

»Das werde ich, Onkel. Ich werde mich an alles erinnern, was du mich gelehrt hast.«

»Leise!«, rief Elchgeweih. »Ich glaube, Springender Dachs kommt zurück.«

Rasch warf Elchgeweih ihren Mantel über Blauer Rabe, zog Zaunkönig auf die Füße und zerrte das stolpernde Mädchen hinter sich her auf ihren Platz, zwanzig Hand von Blauer Rabe entfernt. Dort hieß sie Zaunkönig, sich hinzusetzen, band ihr wieder die Beine an den Knöcheln zusammen und marschierte zurück ins Lager…, aber es war nicht Springender Dachs, der aus dem Wald trat – sondern Schildmacher.

Blauer Rabe hörte Zaunkönig weinen, doch sie klang nicht mehr so verängstigt. Sie würde es schaffen, da war er jetzt ganz zuversichtlich.

Mit zitternden Händen tastete er über den Boden, bis er einen der Steinsplitter zu fassen bekam, die im Mondlicht glitzerten. Er war etwa so lang wie sein Zeigefinger und hatte eine scharfe Kante.

Dann tat er, was er tun musste. Er schlitzte seine Lederhose auf, setzte die Klinge an der großen Ader an, die an der Innenseite seines Oberschenkels entlang lief, und zog sie mit einem Schnitt tief durchs Fleisch.

Er sah hinauf in den Himmel und beobachtete die Schneeflocken, die tanzend und wirbelnd auf die Erde herab segelten.

Ein erneuter Schmerzkrampf schlug seine Krallen in sein Innerstes.

Aber jetzt konnte er die Qualen ertragen.

Während sein Blut sich auf den gefrorenen Boden ergoss, überkam ihn ein Gefühl des Friedens.

Springender Dachs würde nicht das Vergnügen haben, ihn sterben zu sehen oder ihn vor Zaunkönigs Augen zu quälen.

Seine Beine lagen inzwischen in einer Pfütze heißen Blutes. Er zählte seine Herzschläge. Bei hundert angekommen, begannen die Schmerzen zu schwinden. Bei zweihundert spürte er nichts mehr, nur ein Gefühl der Erleichterung, das ihn sanft durchströmte und ihn etwas benommen machte. Er konnte seine Hände nicht mehr bewegen. Ein Lächeln huschte über seine Lippen.

So fühlt sich das also an.

Die Lider schließend ließ er sich treiben…

… bis er sich im Wandererdorf wieder fand. Der Tag brach soeben hinter den Wipfeln der Bäume an und sprenkelte den Dorfplatz mit seinem gelben Licht. Der Duft nach gebratenem

Fisch und gekochtem wildem Reis erfüllte die frische Morgenluft. Freude ließ seine Brust schwellen. Er hörte Himmelsbogen lachen, drehte sich um und sah den kleinen Jungen über den Dorfplatz rennen, Gauner auf den Fersen, der ihm fröhlich kläffend folgte. Seine Schwester kam in einigem Abstand gemächlich hinterher geschlendert. Als sie Blauer Rabe bemerkte, blieb sie stehen und lächelte ihm zu. Sie sah Zaunkönig so ähnlich, mit dem schmalen Gesicht und den großen, dunklen Augen. Das lange Haar fiel ihr weit über die Schultern ihres mit Fransen besetzten Lederkleides.

»Und?«, rief sie ihm zu. »Kommst du mit?«

Blauer Rabe holte tief Atem. »Ja«, sagte er und ging auf sie zu. »Ich komme.«

Während Elchgeweih ihrem sterbenden Geliebten die Hand hielt, untersuchte Springender Dachs die Überreste der toten Kinder. Wilde Tiere hatten sich über die kleinen Leichen hergemacht. Als er mit dem Fuß gegen den ausgeweideten Schädel eines Säuglings trat, kullerte der über den Schnee, blieb mit dem Gesicht nach oben liegen und starrte ihn aus leeren Augenhöhlen an.

Zu seiner Linken gewahrte er Schatten, die durch die Bäume huschten. Er fuhr herum und starrte in die Dunkelheit. Geister tanzten und wirbelten mit fliegenden Haaren umher, die dürren schwarzen Arme in die Luft gereckt.

»Der Totentanz! Sie führen den Totentanz auf! Für mich!«

Er spürte ihre Anwesenheit ganz deutlich; kalt und schwer wie das Gewicht von Granitbrocken, die ihm auf die Brust drückten. Kaum dass er noch atmen konnte.

Wenn er nicht ganz schnell etwas unternahm, würden sie ihn töten! Er musste sich hinknien und mit den Händen auf dem Boden abstützen, so sehr zitterten ihm die Knie.

Und dort, zwischen seinen gespreizten Fingern, lagen die abgenagten Knochen eines Säuglings, eines kleinen Mädchens. Ein Armband aus Steinperlen umschloss noch ihr winziges Handgelenk.

Er tat so, als betrachte er das Armband, während er aus den Augenwinkeln zu seinen Kriegern hinüber schielte. Beschäftigt mit dem Ausrollen ihrer Schlafdecken, mit Feuermachen und vertieft in gemurmelte Unterhaltungen über die Ereignisse des Tages, schenkten sie ihm keinerlei Beachtung.

Zur Vorsicht spähte er noch einmal in Elchgeweihs Richtung. Sie beugte sich gerade, den Rücken ihm zugewandt, über Blauer Rabe.

Da packte Springender Dachs das kleine Mädchen am Bein, stopfte den abgenagten Leichnam unter seinen Bibermantel und rannte tief in den Wald hinein.

Ich bin vor ihnen sicher, solange ich mich in der Nähe eines Lichts aufhalte. Sie können mich nicht holen, wenn ich im Lichtschein stehe!

Aber sie rotteten sich um ihn zusammen und neigten sich ihm wispernd zu, während er sich niederhockte, um ein Feuer zu entfachen.

Polterer zog sich die Kapuze über den Kopf und kuschelte sich in den weichen Fellumhang. Er hatte sich unter den bis auf den Boden herabhängenden Ästen einer Fichte verkrochen. Durch die Zweige sah er Wellen ans Ufer schwappen und dahinter Wasser und noch mehr Wasser.

Die Angst hielt ihn wach. Er konnte nicht schlafen. Als er die Anhöhe hinaufgerannt war, hatte er hinter sich Rufe und einen Schrei gehört.

Die Bäume ächzten im Wind, lockten ihn und wedelten mit den Armen.

»Nein«, wisperte er und drückte das Gesicht in das warme Fell.

Sein Atem wärmte seine Brust. Zitternd wiegte er sich hin und her.

Schneebedeckte Findlinge säumten das Seeufer. Tote Geister. Gewandet in weiße Leichendecken. Aber sie schrien ihm zu, weiterzulaufen.

»Nein. Zaunkönig hat gesagt, erst am Morgen.«

Der Klang ihres Namens wärmte ihn wie eine strahlende Sonne.

Er wünschte sich so sehr, dass sie jetzt bei ihm wäre. Ohne sie war alles um ihn herum dunkel.

Ach, könnte er doch nur ihren Namen in seiner schmerzenden Brust vergraben, wo diese Dunkelheit atmete. Vielleicht würden die Funken dann in alle Richtungen stieben und die Dunkelheit vertreiben.

Er schob seine wunden Hände zwischen die Knie.

Windmutter toste durch die Fichtenzweige und versetzte ihm einen heftigen Stoß.

»Nein!« Er schluckte seinen Tränen hinunter. »Zaunkönig sagte, erst am Morgen. Am Morgen würde sie hier sein!«

28. Kapitel

Dicke Schneeflocken segelten träge aus dem grauen Himmel hernieder und verdampften zischend in der Feuergrube. Elchgeweih zupfte ein saftiges Fleischstück von der gebratenen Wildente ab, die Eichel ihr gegeben hatte, und schob es in den Mund. Er saß rechts von ihr und machte sich an seiner eigenen Ente zu schaffen. Sein borstiger Haarkamm schimmerte im Schein der züngelnden Flammen in einem knalligen Orangerot. Links von Elchgeweih hockte Pfauenauge. Er war ein Riese von Mann, der zweimal soviel Raum einnahm wie Eichel, und unter dessen Lederhemd und Leggins sich massige Muskelstränge wölbten. Das schwarze Haar trug er zu zwei kurzen Zöpfen geflochten.

Ihnen gegenüber auf der anderen Seite der Feuergrube hockte Springender Dachs. In seinem Gürtel steckten vier neue Dolche mit nadelspitz zugefeilten Enden. Man brauchte nicht viel Phantasie, um herauszufinden, woher sie stammten, doch Elchgeweih wunderte sich, welchen Nutzen sie wohl brächten. Aus den fragilen Beinknochen eines Säuglings hergestellt, würden sie brechen wie Strohhalme, sobald sie sich in den Körper eines Feindes gebohrt hatten. Was bezweckte er also …

Ein Holzscheit zerbarst krachend in der Feuerstelle und tauchte das Lager in helles Licht. Springender Dachs zuckte zusammen und schrie leise auf, als dunkle Schatten durch die Bäume tanzten.

»Siehst du sie auch?«, wisperte er Elchgeweih zu und deutete auf die Bäume.

»Ich sehe niemanden, Kriegsführer«, erwiderte sie. »Wen beobachtest du denn?«

Seine Augen verengten sich zu Schlitzen. Er presste die Kiefer zusammen und drehte sich zu dem Pfahl mit dem maskierten Schädel um, den er zwei Schritte neben sich in die Erde gerammt hatte. Der Krähenschnabel leuchtete in einem intensiven Blutrot. »Ich kann sie sofort töten!«, schrie er die Maske an. »Sag es ihnen! Wenn du es ihnen sagst, dann glauben sie dir!«

Die Maske schien die Krieger zu beobachten, die im Lager umherwanderten. Aus den grob ausgehöhlten Augenlöchern sprühte der blanke Hass.

Elchgeweih riss noch einen Streifen Fleisch ab und kaute ihn mit Genuss. Lahmer Hirsch hatte allen Grund, sie heute Abend zu hassen. Sie hatten ihn in sein altes Dorf zurückgebracht und ihm durch die Vernichtung seines Klans und derer, die er liebte, einen Schlag ins Gesicht versetzt. Wenn in diesem verfaulten Schädel eine Seele wohnte, so hatte sich diese ohne Zweifel mit den unglücklichen Geistern in Verbindung gesetzt, die hier durch die Wälder irrten, überlegte sie. Ja, es würde sie nicht wundern, wenn diese Geister heute Nacht aus dem Wald geschlichen kämen und die Seelen von ihnen allen durch ihre Ohren einsaugen würden.

Sie fixierte Springender Dachs mit einem wütenden Blik.

Anscheinend hatte der Kriegsführer ihren Blick gespürt, denn er fuhr herum und starrte nicht weniger wütend zurück. Mit jedem Tag, der verstrich, gelüstete es sie mehr, diesen Mann zu töten. Und heute Abend vermochte sie diesem Drang kaum noch zu widerstehen.

Blauer Rabe lag zusammengekrümmt unter ihrem Büffelmantel. Seine blutigen Finger zu spüren, die ihre Hand umklammert hatten, war wie eine Lanze gewesen, die sich in ihr Herz bohrte.

Elchgeweih wandte den Blick ab und sah hinüber zu dem

Baumstamm, an dem Kleiner Zaunkönig kauerte, an Händen und Füßen gefesselt. Kein Laut kam über ihre Lippen, doch Elchgeweih gewahrte die Schluchzer, die ihren kleinen, in sich zusammengesunkenen Körper schüttelten.

Sie riss mit den Zähnen ein Stück Entenfleisch ab und kaute abwesend, während ihre Gedanken bei dem Mädchen weilten. Mit der Entführung des verruchten Jungen hatte sie den Menschen dem Tod geweiht, den sie über alles liebte. Wie würde sie bloß mit dem Bewusstsein weiterleben können, den Tod ihres Onkels verschuldet zu haben? Denn trotz der Versicherung von Blauer Rabe, dass sie nicht dafür verantwortlich war, wusste es Kleiner Zaunkönig mit Sicherheit besser.

Ehrwürdige Ahnen, was für eine Bürde für ein Mädchen, das gerade einmal zwölf Winter zählte!

Das polternde Lachen eines der Krieger ließ Elchgeweih hochblicken. Der auf dem Bären reitet und Schildmacher kugelten in einem spielerischen Ringkampf über den Boden, beobachtet von den grinsenden Gesichtern ihrer Kameraden.

Elchgeweih nagte die letzten Fleischfetzen von ihrer Ente und warf die Reste anschließend ins Feuer. Flammen züngelten an dem Gerippe hoch und verbrannten die Knochen; eine schwarze, stinkende Rauchwolke stieg in die Luft.

Der auf dem Bären reitet, ein Bewohner von Pfauenauges Langhaus, war dabei gewesen, als Moosschnabel und Schädelkappe starben. Und er hasste Blauer Rabe dafür, dass er das Falschgesicht-Kind verteidigt hatte. Aber kein Oberhaupt wurde von allen Mitgliedern seines Klans verehrt. Diese Männer fällten ihre Entscheidungen für gewöhnlich so, dass sie dem überwiegenden Teil ihre Volkes zum Vorteil gereichten, und das bedeutete zwangsläufig, dass es immer ein paar Leute gab, die unzufrieden waren und sich benachteiligt fühlten.

Dennoch… Elchgeweih konnte nicht begreifen, dass es Leute gab, die sich in einer Nacht wie dieser amüsieren konnten und verachtete Der auf dem Bären reitet und seine Freunde für ihr albernes Gerangel.

Eichel knuffte Elchgeweih sanft in die Seite und flüsterte: »Bist du in Ordnung?«

Sie schüttelte den Kopf. Nachdem ihr dicker Mantel über Blauer Rabe ausgebreitet lag, hatte sie sich das dünne Rehlederhemd übergezogen, das sie in ihrem Bündel mit sich führte. Es war ein hübsches Hemd, knielang und mit gelben Stachelschweinborsten bestickt, aber für diese Temperaturen viel zu dünn. Seit über einer Hand Zeit schon fror sie und würde bald am ganzen Körper zittern. Sie wusste, dass sie nur aufstehen, zu ihrem Nachtlager gehen und sich eine ihrer Felldecken um die Schultern zu legen brauchte, doch sie setzte sich ganz bewusst der Kälte und dem Schnee aus. In einer Nacht, die erfüllt war vom Tod, tat es gut zu spüren, dass man noch am Leben war.

»Blauer Rabe hat sich schon eine ganze Zeit lang nicht bewegt«, bemerkte Eichel. »Wahrscheinlich ist er vor Schmerzen ohnmächtig geworden.«

»Hoffentlich hast du Recht.«

»Was flüstert ihr dort drüben?«, verlangte Springender Dachs zu wissen.

Elchgeweih hob den Kopf und sah ihren Kriegsführer an. Vor wenigen Tagen noch war er ein gut aussehender junger Mann gewesen – aber jetzt nicht mehr. Sein einst glänzendes schwarzes Haar klebte ihm in verfilzten Strähnen an den Wangen. Seine einst selbstbewussten Augen blickten jetzt misstrauisch und furchtsam umher wie die eines waidwunden Tieres.

Selbst sein wohlgeformter Unterkiefer wirkte auf einmal so kantig, als ob er ständig die Zähne zusammenbiss.

An einem Stück Entenfleisch vorbei nuschelte Eichel: »Ich habe nur gesagt, dass Blauer Rabe anscheinend vor Schmerzen ohnmächtig geworden ist, Kriegsführer. Er hat sich schon länger nicht mehr bewegt.«

»Dann geh und weck ihn auf!«, befahl Springender Dachs. »Sofort!«

»Jawohl.« Eichel biss noch schnell ein großes Stück Fleisch ab, ehe er den Rest der Ente in seine Holzschale legte, die fettigen Hände an seiner Hose abwischte und sich ohne übertriebene Eile erhob.

Elchgeweih nahm ihre Teeschale zur Hand und trank einen Schluck. Angenehm stieg ihr der würzige Duft der Fichtennadeln in die Nase. Springender Dachs lächelte sie an. Ein Lächeln, das eher einem bösartigen Grinsen glich, so als bereitete ihm ihr Kummer ebensolches Vergnügen wie die Schmerzen, die Blauer Rabe zu ertragen hatte.

Sie erwiderte sein Lächeln. Und diese Geste barg ein Versprechen.

Augenblicklich verfinsterte sich die Miene von Springender Dachs. »Und, was soll jetzt mit dem Mädchen geschehen?«

»Wir bringen sie nach Hause. Sie ist unschuldig. Du hast doch selbst gehört, was Blauer Rabe gesagt hat.« Es fiel ihr schwer, die Worte auszusprechen, als sie erklärend hinzufügte: »Blauer Rabe war derjenige, der das Kind entführt und verkauft hat. Er ist der Verräter, nicht Kleiner Zaunkönig.«

Das Grinsen kehrte in das Gesicht von Springender Dachs zurück. »Genau, wie *ich* es immer gesagt habe, oder etwa nicht? Aber du wolltest mir ja nicht glauben. Ich kannte die Wahrheit schon von Anfang an.« Er deutete mit dem Kinn auf den Schädel mit der Maske und setzte bedeutungsschwer hinzu. »Geister lügen nicht.«

Pfauenauge rutschte unbehaglich auf seinem Platz umher. Sein Blick wanderte von der schauerlichen Maske zu seinem halb aufgegessenen Wildreiskuchen, den er in der Hand hielt und den er plötzlich mit einer unwirschen Bewegung ins Feuer warf. »Wenn du mich nicht mehr brauchst, Kriegsführer, dann würde ich mich jetzt gern auf mein Nachtlager begeben.«

»Geh«, brummte Springender Dachs und wedelte mit der Hand. »Für dich gibt es heute Abend nichts mehr zu tun.«

Pfauenauge stand auf und stapfte davon.

Springender Dachs richtete seinen Blick auf Elchgeweih. »Du und Eichel, ihr beide werdet heute Nacht die Gefangenen bewachen. Zwei Leute sollten dafür ausreichen. Morgen Früh dann, nachdem Blauer Rabe lange genug Zeit gehabt hat, über seine Verfehlungen nachzudenken, beginnen wir …«

»Verzeih, Kriegsführer.«

Elchgeweih und Springender Dachs drehten sich gleichzeitig zu Eichel um. Er hatte einen sonderbaren Ausdruck im Gesicht, wirkte beinahe erleichtert.

»Was ist jetzt schon wieder«, knurrte Springender Dachs ungehalten. »Hast du ihn geweckt?« Er reckte den Kopf und spähte an Eichels Beinen vorbei zu Blauer Rabe.

»Das habe ich versucht, Kriegsführer«, erklärte Eichel. »Aber er ist tot.«

Elchgeweih war mit einem Satz auf den Beinen und stürzte an Zaunkönig vorbei.

Noch ehe sie neben Blauer Rabe auf die Knie sank, sah sie die Blutlache, die ihren Mantel durchweicht und den Boden um seine Beine herum getränkt hatte. Blauer Rabe starrte durch halb geschlossene Lider zu ihr hoch.

»Blauer Rabe«, wisperte sie und riss ihren Mantel von seinem Körper.

Die Flintsteinklinge lag noch in seiner offenen Hand. Damit hatte er sich beide Oberschenkeladern aufgeschlitzt. Es hatte bestimmt nicht mehr als ein paar Hundert Herzschläge gedauert, bis er im Tod die Erlösung von seinen Schmerzen gefunden hatte.

Elchgeweih ließ den Kopf auf die Brust sinken und fühlte sich auf einmal so kraftlos wie noch nie zuvor in ihrem Leben. »Ruhe in Frieden, alter Freund«, flüsterte sie. »Ich werde dafür sorgen, dass Kleiner Zaunkönig nichts zustößt. So, wie du es gewünscht hast.«

Rufe hallten durchs Lager und Mokassins trampelten über den Boden. Krieger beugten sich über Blauer Rabe, deuteten unter aufgeregtem Gemurmel mit den Fingern.

Kurz darauf schob sich Springender Dachs durch die Menge der Gaffer, bewaffnet mit einer Fackel, um die Einschnitte in den Hosen von Blauer Rabe zu untersuchen.

»Er hat mich betrogen!«, fauchte er wild. »Dieser elende Verräter!« Er trat mit dem Fuß gegen Blauer Rabes Kopf und schwenkte die Fackel in der Luft herum. »Er wusste genau, dass ich ihn bei lebendigem Leib verbrennen würde, und die Vorstellung ertrug er nicht! Dieser feige, einfältige …«

»Das reicht«, befand Elchgeweih und erhob sich. Die anderen Krieger starrten sie mit unausgesprochenen Fragen auf den Lippen an. »Wir dürfen unsere Pflichten nicht vernachlässigen. Wir haben die Aufgabe, das Falschgesicht-Kind finden. Und das bedeutet, dass wir die Spuren der beiden Leute ausfindig machen müssen, denen Blauer Rabe den Jungen verkauft hat. Eichel und ich werden Kleiner Zaunkönig bewachen. Und ihr, schlage ich vor, legt euch jetzt aufs Ohr und seht zu, dass ihr etwas Schlaf findet. So bald werdet ihr dazu keine Gelegenheit mehr haben.«

Damit drängelte sich Elchgeweih an den immer noch glotzenden Kriegern vorbei, ging zu ihrem Nachtlager und nahm sich eine warme Decke. Während sie Bogen und Köcher schulterte, begann sich die Menge langsam aufzulösen. Einige Männer hockten sich wieder ans Feuer, um die Reste ihres Abendessens zu verzehren, die anderen trollten sich zu ihren Decken.

Eichel trat neben Elchgeweih hin und sagte leise: »Er mag uns ja verraten haben, aber wir sollten trotzdem nicht vergessen, dass er uns zuvor zwanzig Winter lang treu gedient hat. Daher meine ich, dass er ein ordentliches Begräbnis verdient. Wenn du mir hilfst …«

»Selbstverständlich helfe ich dir.«

»Morgen Früh? Nach der Mahlzeit?«

Sie nickte und drehte sich wieder zu Blauer Rabe um.

Nur Springender Dachs stand noch neben dem Toten. Er hielt die Fackel hoch und brüllte: »Du Verbrecher! Du gemeiner Verräter! Das hast du mit Absicht getan!«

Er holte mit einem Fuß aus und begann wie von Sinnen auf den Toten einzutreten – in den Bauch, die Beine und ins Gesicht.

Dann senkte er, in ein irres Gelächter ausbrechend, die Fakel und zog sein Messer aus dem Gürtel. Die graue Steinklinge blitzte auf, als er Blauer Rabe an den Haaren packte und ihm das Messer an die Kehle setzte.

»Nein!« schrie Elchgeweih entsetzt, und ein Dutzend Schreie folgten dem ihren, als auch andere Krieger von Entsetzen alarmiert hochfuhren.

Eichel baute sich vor Springender Dachs auf und erklärte mitvor Erregung bebender Stimme: »Im Namen unserer ehrwürdigen Ahnen, Springender Dachs! Blauer Rabes Schädel ist keine Trophäe. Er war das Oberhaupt unseres Klans!«

Als das beipflichtende Gemurmel immer lauter wurde, ließ Springender Dachs das Messer sinken, versetzte Blauer Rabe noch einen letzten Tritt und stapfte dann wütend davon.

Elchgeweihs Blick wanderte zu Zaunkönig hinüber.

Das Mädchen hatte aufgehört zu weinen. Sie hockte auf den Knien, die gefesselten Hände zu Fäusten geballt, und starrte Springender Dachs mit vor hilflosem Zorn blitzenden Augen hinterher.

Gefleckter Frosch griff nach Maishülses Schulter, um sich aufzustützen. »Heilige... Geister«, keuchte er, völlig außer Atem, »ist das unser... Lager? Bitte... sag mir, dass wir... rasten. Ich kann es...kaum glauben...dass wir einen ganzen Tag und eine halbe Nacht... gelaufen sind!«

»Ja, das ist es«, sagte Maishülse und deutete auf die Lichtung vor ihnen. Dort brannte ein Feuer, um das herum verteilt die Bündel von neunzehn Kriegern lagen.

Die Männer waren bereits damit beschäftigt, ihren abendlichen Pflichten nachzukommen. Vier Krieger sammelten Holz, vier weitere bereiteten den Lagerplatz vor, gruben Feuerstellen aus und richteten das Kochgeschirr her. Sechs waren auf der Jagd oder beim Fischen, vier hielten Wache, und ein Mann hatte sich um die zahlreichen Bedürfnisse von Gefleckter Frosch zu kümmern. Fliegendes Skelett nannte sich der Mann mit dem hageren Gesicht und den hellbraunen, leicht geschlitzten Augen, der Maishülse um drei Hand überragte.

Maishülse war sich nicht sicher, ob er den Mann mochte. Doch die straffe Organisation des Klans der Schweigenden Krähe, die gefiel ihm. Etwas Ähnliches hatte er noch nirgendwo sonst gesehen.

Wenn sie am Abend den Lagerplatz erreichten, meist weniger als einen Finger Zeit nach den vorauseilenden Kriegern, war die meiste Arbeit bereits erledigt. Die Leute von Gefleckter Frosch hatten Feuer entfacht, Wild erlegt, die Mahlzeiten vorbereitet und die Essgeschirre ausgewaschen. Das machte die Abende sehr angenehm.

»Komm mit, Gefleckter Frosch«, meinte Maishülse gutmütig und packte den fetten Arm des Klan-Oberhaupts. Fliegendes Skelett nahm den anderen Arm.

Die fleischigen Beine des gewichtigen Anführers wabbelten, als sie ihn auf die Lichtung führten und ihn auf einem der fünf Baumstämme niederließen, die die Männer als Sitzgelegenheiten um die Feuergrube gerollt hatten. Die Flammen knisterten fröhlich, blaue Rauchwolken schraubten sich in den Himmel, und über der Glut hingen bereits Töpfe, in denen es brodelte.

»Ich hatte ja...keine Ahnung...dass dieser Weg...so matschig ist!«, keuchte Gefleckter Frosch und fächelte sich mit seiner plumpen Hand Luft zu. Sein Elchlederhemd war schweißgetränkt, und auch auf seiner Stirn und der Nase glitzerten dicke Schweiperlen.

»Ach ja«, meinte Maishülse mitfühlend, als er sein Bündel abstreifte und es neben dem Baumstamm auf den Boden fallen ließ. »Dieser Mond ist unberechenbar. Einen Tag ist es brütend heiß, am nächsten fegen wieder Eisstürme übers Land.«

Fliegendes Skelett legte ebenfalls sein Bündel ab und kniete sich vor Gefleckter Frosch hin. »Ich werde dir helfen, deine Mokassins zu wechseln, Ältester.«

»Oh ja, bitte«, schnaufte er und streckte ihm das rechte Bein hin.

Fliegendes Skelett schnürte den schlammverkrusteten Mokassin auf und streifte ihn über die dicke Wade des Anfüheres ab, dann entnahm er seinem Bündel ein trockenes Paar Mokassins – mit Büffelfell besetzt – und zog ihm einen davon an.

Gefleckter Frosch streckte ihm daraufhin den anderen Fuß hin, und Maishülse verfolgte, wie sich die Prozedur wiederholte.

Er musste zugeben, dass ihn dabei ein Gefühl des Abscheus erfasste. Er selbst hielt sich möglichst von seiner Ehefrau fern, und zwar genau deshalb, weil er es hasste, bemuttert zu werden. Frauen behandelten Männer nie wie Männer. Sie alle glaubten anscheinend, Männer seien Kinder in extrem großen Körpern.

Schnell kramte er seine Büffelblase aus seinem Bündel und trank ein paar Schlucke Wasser, während er Gefleckter Frosch aus den Augenwinkeln beobachtete.

Der alte Anführer seufzte erleichtert, als Fliegendes Skelett die Prozedur abgeschlossen und die trockenen Mokassins zugeschnürt hatte.

»Wünschst du, dass ich dir jetzt das Haar kämme?«, erkundigte sich Fliegendes Skelett beflissen, nicht ohne einen scheelen Blick auf die zerzausten Zöpfe seines Herrn zu werfen. »Oder wäre dir eine Tasse heißer Tee willkommener?«

»Bring mir einfach eine Tasse Tee, und während ich den trinke, kannst du mich kämmen.«

»Jawohl, Anführer.«

Fliegendes Skelett entnahm seinem Bündel eine Trinkschale und eilte damit zur Feuergrube, wo Tee in einem großen, kegelförmigen Topf zwischen den Kohlen siedete.

Maishülse kramte seine eigene Trinkschale hervor und folgte Fliegendes Skelett ans Feuer. Nachdem der Krieger die Schale seines Anführers gefüllt und damit davongewieselt war, warf Maishülse einen Blick in den rußgeschwärzten Topf, aus dem es köstlich nach getrockneten Erdbeeren und Kürbisblüten duftete. Er tauchte seine Schale ein und schaute sich im Lager um. Ein exzellenter Platz, um zu nächtigen, befand er. Er selbst hätte keinen besseren finden können. Zwanzig Schritte zu seiner Rechten plätscherte ein kristallklarer Bach unter einer glitzernden Eisschicht den Abhang hinab. Um die Lichtung herum erhoben sich ausladende Ahornbäume und Eichen, deren Samen überall im Gras verstreut lagen. Quer über die Lichtung zogen sich die herzförmigen Fährten von Rehen und Hirschen.

Maishülse schlenderte zurück zu Gefleckter Frosch und ließ sich neben ihm auf dem Stamm nieder. Als er sich vorbeugte fiel ihm der dicke schwarze Zopf über die Schulter. Der Schein des Feuers brachte die wenigen grauen Strähnen darin zum Schimmern.

Nach und nach kehrten die Krieger zurück ins Lager. Einige schleppten Feuerholz herbei, das sie zu einem beachtlichen Haufen auftürmten. Einer der Männer hatte sieben Eichhörnchen erlegt, die er an einen Strick gebunden über der Schulter trug. Ein anderer brachte einige Fische mit. Kein Wunder, dass Maishülses Magen beim Anblick dieser Köstlichkeiten vernehmlich zu knurren begann.

»Die Tüchtigkeit deiner Männer beeindruckt mich sehr, muss ich sagen«, bemerkte Maishülse und nippte an dem süßen Früchtetee.

»Der Dank hierfür gebührt Junge Otterfrau. Ihr Verdienst ist es, dass es im Dorf der Schweigenden Krähe keine Drückeberger gibt. Wenn unsere Kinder beim Faulsein ertappt werden, müssen sie zur Strafe das doppelte Pensum ihrer täglichen Pflichten ableisten. Und wenn sie später zu jungen Frauen und Männern herangewachsen sind, kennen sie sehr genau die Strafen für Müßiggang und wissen die Früchte des Fleißes sehr zu schätzen.«

»Ja, das sieht man.« Maishülse trank noch einen Schluck Tee, der eine angenehme Wärme in seinem Bauch verbreitete. »Ach, tut das gut, endlich einmal zu sitzen.«

Fliegendes Skelett kramte einen hölzernen Kamm aus seinem Gepäck, steckte ihn in seinen Gürtel und begann, die Zöpfe des Anführers zu entwirren. Dabei ging der große, hagere Mann so behutsam mit den Haaren von Gefleckter Frosch um, als könnten sie abbrechen.

Der Krieger, der die Fische gefangen hatte, kratzte mit einer Schale einen kleinen Haufen feuchter Erde zusammen, die er anschließend fest um die Forellen drückte. Maishülse liebte diese Art der Zubereitung, bei der die Fische in einer Hülle aus feuchtem Schlamm langsam über der Glut gegart wurden. So blieb das Fleisch saftig, und wenn man später die getrocknete Hülle abbrach, löste sich gleichzeitig die schuppige Haut des Fisches mit ab, und übrig blieb nur das zarte Fleisch.

Ein anderer Krieger kniete mit einem Stock und einem Kochtopf vor der Feuerstelle. Vorsichtig schaufelte er heiße Asche an den Rand der Feuergrube, tauchte einen Holzlöffel in den Topf, in dem sich ein zäher Teig befand, und ließ den Teigklumpen dann vorsichtig in die Asche fallen. Hmm, Aschenkuchen!, dachte Maishülse und fragte sich, was für eine Sorte Teig das wohl sein mochte. Aber das würde er in Kürze herausfinden. Aschenkuchen waren schnell fertig. Die Forellen würden doppelt so lange brauchen.

»Ich bin dir sehr verbunden, Maishülse, dass du dich entschlossen hast, uns zu begleiten. Du kennst dieses Land so viel besser als meine Klan-Leute.«

Maishülse lächelte und entblößte dabei ohne Scheu sein lückenhaftes Gebiss. »Das war doch das Mindeste, was ich für dich tun konnte, Gefleckter Frosch. Dein Dorf ist sehr freundlich und großzügig zu mir gewesen.«

Tatsächlich hatten sie ihm seine Hilfe mit Kupferperlen und seltenen Marginella-Muscheln aufgewogen.

»Ich wünschte nur, wir hätten irgendeine Ahnung, wo die Kinder und Blauer Rabe jetzt sein könnten.«

Maishülse nahm seine Teeschale in beide Hände, um sich die kalten Finger zu wärmen. Als die Krieger Holz nachlegten, schlugen die Flammen hoch und verbreiteten eine scharfe Hitze. Maishülses gebrochene Nase kribbelte. »Das Letzte, was ich hörte, war, dass sie nach Norden gezogen sind, genau wie wir auch. Wenn wir dem Hauptpfad weiter folgen, erreichen wir in

Kürze das Nebelschleier-Dorf. Dort erhalten wir vielleicht weitere Hinweise. Auf jeden Fall können wir mal nachfragen.«

Die Brauen von Gefleckter Frosch zuckten und krümmten sich, während Fliegendes Skelett ihm die verfilzten Nester aus dem schulterlangen Haar kämmte. »Diese armen Kinder. Ich bete inständig, dass wir sie finden, bevor die Krieger des Wanderer-Klans ihnen auf die Spur kommen. Ich bin sicher, dass uns das Klan-Oberhaupt und die Anführerinnen des Nebelschleier-Dorfes einige ihrer Krieger für die Suche zur Verfügung stellen werden. Und selbst wenn das nicht der Fall sein sollte, dürfen wir die Suche nicht abbrechen, bevor wir Blauer Rabe und die Kinder gefunden haben. Sie waren so tapfer. Sie verdienen es, dass wir ihnen helfen.«

Maishülse nickte bedächtig. Sein Talent zum Geschichtenerzählen brachte ihm oft eine dicke Belohnung ein, aber dass er die Reaktion des Dorfes der Schweigenden Krähe derart falsch eingeschätzt hatte, war ihm unbegreiflich. Er hatte erwartet, dass die Leute des Schildkröten-Volkes jammern und stöhnen würden, aber mit einem solchen Gefühlsüberschwang, zumal von Seiten der Krieger, hätte er nie gerechnet.

Fliegendes Skelett hatte Gefleckter Frosch das Haar ausgekämmt und sagte: »Soll ich dir jetzt den Umhang umlegen, mein Anführer?«

Der alte Mann überlegte einen Moment. »Ja«, meinte er dann, »ich glaube, mein Körper hat sich jetzt genügend abgekühlt.«

Fliegendes Skelett schnürte den zusammengerollten Umhang von seinem Bündel ab, schüttelte ihn aus und legte ihn Gefleckter Frosch um die Schultern. »Kann ich dir sonst noch irgendwie dienen?«

»Nein«, erwiderte Gefleckter Frosch. »Du kannst dich jetzt um deine persönlichen Dinge kümmern. Ich danke dir, Fliegendes Skelett.«

Der große, dürre Mann verbeugte sich und verschwand im Eilschritt hinter dem nächsten Baum.

Maishülse war fasziniert. Offenbar war es Fliegendes Skelett nicht gestattet, seine Blase zu entleeren, ehe er Gefleckter Frosch nicht zu dessen Zufriedenheit versorgt hatte. Sonderbare Regeln herrschten hier, fand er.

Im Lager wimmelte es jetzt von Kriegern. Maishülse zählte achtzehn Männer. Bis auf Fliegendes Skelett, der noch zwischen den Bäumen stand, waren inzwischen alle zurückgekehrt und unterhielten sich leise.

Gefleckter Frosch starrte in seine Teeschale. »Ganz im Vertrauen«, begann er nachdenklich, »ich mache mir Sorgen.«

»Das verstehe ich gut. Verzeih mir meine Offenheit, aber deine bescheidene Kriegertruppe stellt für Springender Dachs keine ernste Gefahr dar.«

»Ich weiß. Dennoch müssen wir unser Glück versuchen.«

Maishülse rutschte auf dem Baumstamm zurück, stützte die Ellbogen auf die Knie und stierte ins Feuer. Er hatte Gefleckter Frosch zwar erzählt, dass Springender Dachs über zweihundert Krieger mit sich führte, doch war er selbst dabei gewesen, als Siebenstern angeordnet hatte, dass Springender Dachs nicht mehr als zwanzig Krieger auswählen dürfe. Demnach hatte Gefleckter Frosch fast die gleiche Anzahl von Kriegern wie Springender Dachs. Und wenn es ihm gelänge, noch zusätzliche Krieger vom Nebelschleier-Dorf zu erbitten, hätte Springender Dachs gegen Gefleckter Frosch in Wirklichkeit kaum eine Chance – ein Gedanke, der Maishülse doch sehr beruhigte.

»Ich mache mir noch über etwas anderes Sorgen«, flüsterte Gefleckter Frosch leise, der offenbar nicht wollte, dass seine Krieger mithörten.

»Und das wäre?«

»Ich weiß nicht, wie wir uns gegen Lahmer Hirsch wehren sollen«

»Das ist allerdings eine schwierige Sache, das muss ich zugeben, aber an deiner Stelle würde mir die Überzahl der Krieger von Springender Dachs mehr Kopfzerbrechen bereiten.«

Gedankenverloren ließ der alte Anführer den Tee in seiner Trinkschale kreisen. »Krieger, mein lieber Freund, können getötet werden. Aber wie bekämpft man einen heimatlosen, verzweifelten Geist? Lahmer Hirsch war ein Verwandter von mir. Und ich befürchte nun, dass er, sobald wir mit Springender Dachs und seiner Kriegertruppe zusammentreffen, an uns Vergeltung üben könnte.«

Maishülse setzte seine Teeschale an die Lippen, trank sie aus und wischte sich dann mit dem Ärmel seines speckigen Büffelfellmantels die Lippen ab. »Wenn du den Schädel zurückerobern könntest und ihn den Ritualen gemäß versorgen würdest, ihn waschen und mit Öl einreiben …«

»Ja, vielleicht würde der Sohn des Cousins meines Onkels uns verzeihen, wenn wir seinen Geist zur Ruhe betten, doch das ist erst nach der Schlacht möglich. Aber wie kann ich mich während der Schlacht gegen ihn wehren? Oder davor? Und was ist, wenn Lahmer Hirsch unser Kommen voraussieht und Springender Dachs warnt? Dann könnte er uns in einen verheerenden Hinterhalt loken.«

Der Duft nach gebratenem Fisch und Aschekuchen wehte Maishülse verlockend um die Nase. Er atmete ihn tief ein, bevor er antwortete: »Zu schade, dass wir keine seelenfliegende Hexe kennen. Sie könnte nämlich zu Lahmer Hirschs Schädel fliegen und ihm ausrichten, dass wir kommen, um ihn zu retten – und auch die Kinder und Blauer Rabe.«

Gefleckter Frosch zog nachdenklich die Brauen zusammen. »Ich kenne einige Hexen, die wohnen jedoch im Süden, in der Nähe des Dorfes Trabender Wolf. Hier in diesen nördlichen Gegenden ist mir leider keine bekannt.«

»Vielleicht steht das Oberhaupt vom Nebelschleierdorf mit so einer Frau in Verbindung. Hexen kosten freilich ein Vermögen, aber andererseits …«

»Bevor wir aufbrachen«, unterbrach ihn Gefleckter Frosch mit zuversichtlich strahlenden Augen, »hat Junge Hündin mir aufgetragen, die wagemutigen Kinder und das Oberhaupt der Wanderer zu retten, selbst wenn es unser Dorf sämtliche Reichtümer kosten sollte.«

»Bewundernswert«, erwiderte Maishülse mit angemessenem Respekt. »Aber Hexen sind noch misstrauischer als Händler. Sie fordern sofortige Bezahlung. Wie viel hast du mitgebracht?«

Gefleckter Frosch kniff die Lippen zusammen. »Einiges.«

»Einiges?«

»Genügend, glaube ich. Junge Hündin hat für alle Möglichkeiten vorgesorgt.«

Maishülse trommelte eine Weile mit den Fingern auf den Rand seiner Trinkschale und meinte dann: »Du vertraust mir nicht, habe ich Recht, Gefleckter Frosch?«

Der lächelte nur und sah der zaundürren Gestalt von Fliegendes Skelett hinterher, der gerade aus dem Wald kam und zurück ins Lager trottete.

Maishülse ließ nicht locker. »Du könntest dir einen guten Teil eurer Reichtümer ersparen, wenn wir wüssten, wo Silberner Sperling steckt. Der kann nämlich seelenfliegen. Zudem hasst er Springender Dachs wie die Seuche. Ich bin sicher, er würde uns helfen, ohne auch nur eine einzige Kupferperle dafür zu verlangen.«

»Ja«, seufzte Gefleckter Frosch. »Ich bedauere es zutiefst, dass wir keine Zeit mehr hatten, einen Boten ins Erdendonnerdorf zu schicken, aber …«

»Ich glaube nicht, dass er nach Hause zurückgekehrt ist.«

Gefleckter Frosch drehte langsam seinen massigen Körper zu Maishülse hin und starrte ihn mit offenem Mund an. »Glaubst du etwa, dass er und Aschenmond beschlossen haben, das Falschgesicht-Kind zu suchen?«

Maishülse blies über seinen heißen Tee und sah den weißen Dampfwölkchen hinterher. »Was würdest du denn tun, wenn sich ein Kind, das du wie dein eigenes liebst, auf der Flucht vor einer Horde blutrünstiger Krieger befände?«

Stirnrunzelnd wandte das Klan-Oberhaupt seinen Blick dem Feuer zu.

Fliegendes Skelett kniete vor den Aschekuchen, neben sich einen Stapel Holzschüsseln und Löffel. Vorsichtig holte er eine wohl bemessene Portion der Fladen aus der heißen Asche, legte sie in die oberste Schüssel und machte sich damit auf den Weg zu seinem Oberhaupt. Während Maishülse ihn beobachtete, musste er unweigerlich an ein überdimensionales Wiesel denken.«Mir ist sehr wohl bewusst, dass du mir nicht traust«, begann Maishülse erneut. »Aber …«

»Das habe ich nie gesagt.«

Mit einer angedeuteten Verbeugung reichte Fliegendes Skelett seinem Ältesten die Schüssel mit den Kuchen. »Der Fisch wird auch bald gar sein. Darf ich dir noch etwas Tee nachschenken?«

»Ja, vielen Dank, Fliegendes Skelett«, murmelte Gefleckter Frosch und reichte ihm seine leere Trinkschale. Dienstfertig eilte Fliegendes Skelett damit zurück zur Feuergrube.

Als Gefleckter Frosch in einen der Aschekuchen biss, breitete sich ein zufriedenes Lächeln auf seinem Gesicht aus.

»Hier«, nuschelte er kauend, »nimm dir einen.«

»Wie könnte ich ein so großzügiges Angebot ausschlagen?«, erwiderte Maishülse höflich und griff zu. Das Gebäck aus Eichelmehl und gerösteten Holundersamen zerging einem förmlich auf der Zunge. »Köstlich. Deine Leute sind wirkliche Meister in der Kunst des Backens und Brauens!«, rief er entzückt und fügte leise hinzu: »Auch wenn du mir nicht vertraust.«

Gefleckter Frosch grinste. »Maishülse, mein Freund, ich habe genauso viel Vertrauen in dich wie in alle anderen Händler.«

Maishülse dachte kurz über diese Antwort nach und seufzte dann.

Es begann wieder zu schneien. Die Flocken hüllten die Bäume ein und verglühten zischend über der Feuerstelle.

Maishülse legte eine Hand über die Augen und spähte zum Himmel empor. »Im Norden braut sich ein Sturm zusammen. Ich glaube, wir müssen uns auch morgen wieder auf einen langen Tag einstellen.«

Gefleckter Frosch schob sich das letzte Stück des Kuchens in den Mund und wischte sich die Hände am Saum seines Umhangs ab. »Ich hoffe, dass in den nächsten Tagen noch sehr viel mehr Schnee fällt.«

»Und jeden Mokassinabdruck, den die Kinder oder Blauer Rabe zurücklassen, zudeckt?«

Auch Gefleckter Frosch hob jetzt das Gesicht den träge herabfallenden Flocken entgegen, die sich auf sein Haar setzten und auf seinen dicken Pausbacken schmolzen. »Und nicht zu vergessen auch unsere Spuren, mein Freund. Wer weiß denn, ob wir nicht auch verfolgt werden?«

»Wir? Verfolgt?« Maishülse richtete sich unwillkürlich auf. »Aber wer sollte es denn auf uns abgesehen haben?«

Nach einem zweiten Aschekuchen greifend, erwiderte Gefleckter Frosch gleichmütig: »Einige Dörfer des Bärenvolkes zum Beispiel. Falls denen zu Ohren kommt, dass wir mit einer Truppe Krieger unterwegs sind, um Springender Dachs aufzuspüren, dann kann niemand vorhersagen, wie sie darauf reagieren. Diese Bärenleute sind bekanntlich alles andere als zimperlich.«

»Heilige Ahnen!«

Dass er daran nicht gedacht hatte! Großer Dachs in den Himmeln, wenn irgendjemand vom Bärenvolk herausfinden würde, dass *er* die Krieger des Schildkrötenvolkes angeführt hatte …

Gefleckter Frosch reichte die Schüssel mit den Kuchen an Maishülse weiter. »Möchtest du noch einen?«

Maishülse nahm sich gleich drei. »Ich danke dir, verehrter Anführer«, murmelte er und warf einen verdrossenen Blick auf die Kuchen. Es war gut damit beraten, ab jetzt jede Mahlzeit zu genießen, denn sie könnte unter Umständen seine letzte gewesen sein.

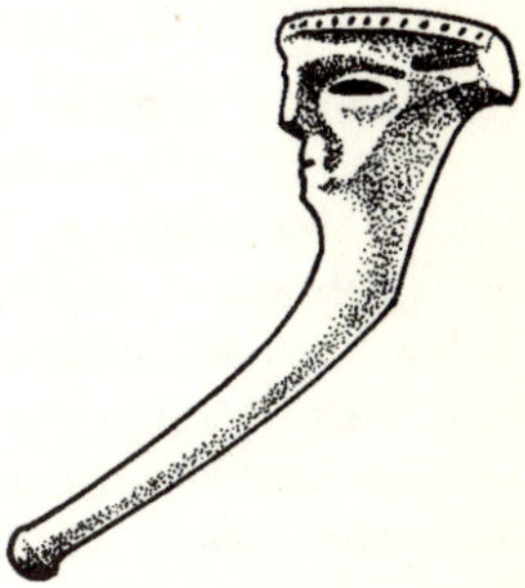

29. Kapitel

Mitten in der Nacht wurde Sperling wach. Er lag mit angezogenen Beinen dicht an Aschenmond geschmiegt, die Elchdecke über ihre Köpfe gezogen, einen Arm schützend um sie gelegt. Ihr Kopf ruhte unter seinem Kinn. Der Umstand, dass er die Hoffnung schon lange aufgegeben hatte, sie jemals wieder so in den Armen zu halten, machte ihn umso glücklicher. Vorsichtig hob er den Kopf und hauchte ihr einen zärtlichen Kuss auf den Scheitel.

»Bist du wach?«, wisperte sie schläfrig.

»Ja.«

»Meinst du, wir sollten aufstehen?«

Sie rutschte etwas näher und kuschelte sich an ihn.

Sperling drückte sie noch fester an sich. »Ich denke schon. Es schneit immer noch. Wenn wir jetzt aufbrechen, deckt der Schnee unsere Spuren gleich wieder zu.«

Doch keiner von beiden bewegte sich. Aschenmond zog seinen Arm enger um ihre Schultern, und Sperling drückte sein Kinn an ihr Haar. Ihren schlanken Körper so nah an seinem und ihren warmen Atem über seine Hand streichen zu fühlen, erfüllte ihn plötzlich mit wehmütigem Schmerz.

»Aschenmond?«

»Hmmm?«

»Es tut mir Leid.«

Sie drehte sich zu ihm um, und in dem Licht, das dabei unter die Elchdecke fiel, sah er ihre leuchtenden Augen, die von einer silbernen Haarflut umrahmt wurden. »Was denn?«

»Ich war derjenige, der unsere Liebe verletzt hat.«

Eine Weile lag sie ganz still da, dann erwiderte sie: »Sperling, es gibt keine unverletzliche Liebe …«

»Nein, Aschenmond. Hör mich an, bitte. Es war meine Schuld, nur habe ich das nie zugegeben. Verzeih mir. Du hast mich gebraucht, und ich war nicht bei dir.«

»Ja, ich habe dich gebraucht, das ist wahr. Sehr sogar.« Ein kummervoller Ausdruck breitete sich auf ihrem faltigen Gesicht aus. »Ist dir eigentlich klar, Sperling, dass alles anders gekommen wäre, wenn du mich damals in jener Nacht geweckt und mir erzählt hättest, was geschehen war?«

»Meinst du wirklich, Aschenmond?«, fragte er leise. »Bist du dir sicher?«

Sie kniff die Brauen zusammen. »Ich habe dich dafür gehasst, Sperling, dass du mich allein gelassen hast. Aber wenn ich ehrlich bin, weiß ich nicht, was schlimmer war, der Schmerz, den du mir zugefügt hast, oder der, den ich mir selbst bereitet habe. Es ist nicht einfach, jemanden den man von ganzem Herzen liebt mit seinen beiden Seelen zu hassen.«

Sperling senkte den Blick. »Hasst du mich noch immer?«

Sie zog eine Locke seines Haars an ihren Hals und strich damit liebevoll über ihre Haut. »Nein, ich hasse dich schon lange nicht mehr.«

Sperling presste seine Stirn an die ihre und flüsterte: »Es gibt so vieles, was ich dir sagen möchte. Und eigentlich ließe sich das in einem einzigen Satz zusammenfassen: Ich möchte jeden Morgen mit dir in den Armen aufwachen, Aschenmond.«

»Ach, Sperling, ich…das wird…schwierig sein. Es gab eine

Zeit, da glaubte ich, mein Herz würde sterben ohne dich. Aber es ist nicht gestorben. Es schlug weiter. Die Regenzeiten kamen und gingen. Und der Wind wehte wie immer.« Sie hob den Kopf und schaute prüfend in sein Gesicht. »Ich liebe dich. Aber kann ich mich auf dich verlassen?«

Der Tonfall ihrer Stimme traf ihn wie ein Fausthieb. Er hatte sie schon einmal im Stich gelassen; und sie wollte von ihm wissen, ob das wieder geschehen könnte. Sperling dachte an seinen Geisterhelfer, an die Bedürfnisse jener Welt, die nur zu oft schwerer wogen als die seinen...und die ihren. *Konnte* sie sich wirklich auf ihn verlassen? Was wäre, wenn er wieder so eine Vision hätte wie diese das Buntfelsendorf betreffende und unverzüglich aufbrechen müsste, um die Leute zu warnen – und Aschenmond ihn zur selben Zeit bräuchte? Würde er sich dann dafür entscheiden, an ihrer Seite zu bleiben?

Tiefe Falten zogen sich über seine Stirn. »Ich kann dir nur versprechen, dass ich es versuchen werde, Aschenmond. Das ist alles.«

Sie wandte sich von ihm ab und ließ geräuschvoll die Luft entweichen. »Versprichst du mir, dass du mir erzählen wirst, was du vorhast? Oder mir zumindest ausrichten lässt, dass du für eine Weile fort bist, damit ich nicht vor lauter Sorgen um dich den Verstand verliere?«

»Ja, Aschenmond – wenn es die Umstände erlauben.«

Ihr Blick studierte eine ganze Weile die Unterseite der Elchdecke, ehe sie sich wieder zu Sperling umdrehte. »Dann verspreche ich dir, dass ich versuchen werde, dir wieder zu vertrauen – falls wir diese Reise überleben. Und wenn wir sie nicht überleben, war uns zumindest eine schöne Zeit vergönnt. Bist du damit einverstanden?«

»Ja.« Er lächelte.

»Gut, aber jetzt sollten wir unsere Belange vergessen und an Polterer denken.«

Sperling zog die Elchdecke nach unten und setzte ihre Gesichter dem dichten Schneetreiben aus. Das Mondlicht schimmerte noch durch die dünne Wolkendecke und wurde vom See reflektiert. »Ich kann nicht sagen, wie lange dieses Wetter noch anhält. Aber wir sollten besser packen und losmarschieren. Ich wünschte nur ich wüsste, in welche Richtung.«

Aschenmond setzte sich auf. »Darüber habe ich mir auch schon Gedanken gemacht. Wenn Kleiner Zaunkönig gestern Abend entwischen konnte und weggelaufen ist – glaubst du, sie könnte dann versucht haben, uns von dem Unterschlupf wegzulocken?«

Sie streifte sich das Haar über die rechte Schulter, teilte es in drei dicke Strähnen auf und begann sie geschickt zu einem Zopf zu flechten.

Sperling hielt ihren Blick fest. »Meinst damit, dass der Junge immer noch dort sein könnte? Du meine Güte, hoffentlich nicht!«

»Warum?«

»Dieser Unterstand ist vom Buntfelsendorf aus gut zu sehen. Sobald Großvater Tagbringer über den Horizont schaut, wird Springender Dachs dort als erstes nach ihnen suchen.«

»Dann müssen wir ihm zuvorkommen.«

Jetzt setzte sich auch Sperling auf. »Das ist viel zu gefährlich, Aschenmond. Er hat bestimmt Wachen rund um das Dorf aufgestellt, denen keine Bewegung entgeht. Und dass sie nach uns suchen, steht fest. Du hast doch gehört, was Blauer Rabe dieser Kriegerin gestern Abend erzählt hat. Dass er Polterer an uns verkauft habe.«

»Ja, da hat er sich wirklich etwas einfallen lassen.« Sie hatte ihren Zopf fertig geflochten und suchte jetzt im Schnee nach dem Lederband, das sie am Abend zuvor abgelegt hatte. Sie fand es, umwickelte damit das Ende des Zopfes und meinte: »Ich habe ihn wirklich unterschätzt.«

»Nun ja«, meinte Sperling besänftigend, »man kann nicht immer voraussehen, wie Menschen unter Druck handeln.«

»Aber es wäre mir nicht in den Sinn gekommen, dass er sich selbst opfern würde, um Zaunkönigs Leben zu retten.«

»Damit hat er mich ebenfalls überrrascht, obwohl ich es eigentlich hätte erwarten müssen.«

Aschenmond zog sich die Felldecke bis ans Kinn und schaute Sperling scharf an. »Was meinst du damit?«

»Was hättest du getan, Aschenmond? Wenn man Polterer angeklagt hätte, sein Volk verraten zu haben, und du wüsstest, dass er in dem Glauben gehandelt hat, das Richtige zu tun, würdest du dann nicht auch dein Leben für ihn geben? Um der Gerechtigkeit in dieser Welt zum Sieg zu verhelfen?«

Aschenmonds Atem stand als weiße Dampfwolke vor ihren Lippen. »Ja«, flüsterte sie. »Ja, ich glaube, ich hätte das gleiche getan.«

Sperling schüttelte sich den Schnee aus den Haaren. »Aschenmond, wir müssen uns überlegen, wie wir aus dieser Gegend hier verschwinden können. Bis jetzt haben wir uns ausschließlich darauf konzentriert, Polterer zu finden. Wir *werden* ihn finden, daran besteht kein Zweifel, aber wir müssen entscheiden, wie es dann weitergehen soll.«

Ihr Blick glitt die Hügelkette entlang, streifte die Bäume, die Felsen und wanderte dann hinunter zum See. Ein schmaler, wellenförmig aufgeworfener Sandstreifen trennte das Wasser von der umliegenden Schneefläche. »Und du glaubst nicht, dass sich die Krieger damit zufrieden geben werden, die ›Verräter‹ gefangen genommen zu haben?«

»Nein. Beim ersten Tageslicht werden sie damit beginnen, Blauer Rabe zu foltern, bis er ihnen sagt, wo sich Polterer aufhält – wohin *du und ich* ihn angeblich mitgenommen haben –, und dann werden sie sich auf unsere Fährte heften wie eine Meute ausgehungerter Wölfe.«

»Aber Blauer Rabe weiß doch, dass wir Polterer nicht haben, und selbst wenn, dann wüsste er nicht, wohin wir mit ihm fliehen würden.«

Sperling strich die Decke glatt, um ihre Füße zu bedecken. Als er dann weitersprach, war er nicht imstande, die Angst aus seiner Stimme zu verbannen. »Er wird sie anlügen, Aschenmond. Er wird ihnen das sagen, was sie hören wollen. Vielleicht noch nicht heute, aber spätestens morgen Abend. Und selbst wenn er aus irgendeinem wundersamen Grund schweigen sollte, ist da immer noch Kleiner Zaunkönig. Wenn sie ihren Onkel leiden sieht, wird sie Springender Dachs alles erzählen, was er zu wissen verlangt.«

Mitleid überflutete sie und ließ die Falten in ihrem Gesicht noch tiefer erscheinen. »Armer Kleiner Zaunkönig. Sperling, vielleicht …«

»Spar dir jeden weiteren Gedanken daran. Die Aufgabe, die vor uns liegt, ist schwierig genug, auch ohne den Versuch, es mit einer ganzen Kriegerhorde aufzunehmen.«

Aschenmond nickte kurz und klopfte den Schnee von der

Decke. »Du hast Recht. Es gefällt mir zwar nicht, aber du hast einfach Recht.«

Sperling griff nach seinem Bogen und dem Köcher, die er wie üblich beim Schlafen neben sich gelegt hatte, und schlang beides um seine rechte Schulter. »Ich weiß, dass das Mädchen für Polterer sein Leben riskiert hat, aber …«

»Jeder Augenblick, den wir mit Grübeleien über Zaunkönig vergeuden, fehlt uns an der Zeit, die uns bleibt, über Polterer nachzudenken. Wir müssen uns konzentrieren, sonst wird keiner von uns lebend aus der Sache herauskommen. Also…« Sie hängte sich ihr Bündel um. »Wie sieht dein Fluchtplan aus?«

Sperling rollte die Decke zusammen und schnürte sie oben auf seinem Bündel fest. »Das nächstgelegene Dorf ist das Nebelschleierdorf. Wenn wir Polterer finden, sollten wir …«

»Aber das Dorf wurde doch erst kürzlich überfallen, Sperling. Und die Vorratshütten sind bestimmt geplündert. Die Leute dort haben viele Opfer zu beklagen. Wenn ich einer ihrer Ältesten wäre, würde ich es bestimmt nicht gerne sehen, wenn irgendwelche Fremde nachts durchs Dorf laufen und um Herberge bitten.«

Sperling schlüpfte in die Trageriemen seines Bündels und sorgte dafür, dass er Bogen und Köcher mühelos erreichen konnte. »Diese Leute haben die besten Gründe von allen, uns zu helfen, Aschenmond. Sie hassen Springender Dachs und seine Krieger noch mehr als wir.«

Damit erhob er sich und reichte Aschenmond die Hand. Aschenmond ergriff sie und stand ebenfalls auf.

Sie hob ihr Bündel auf, schulterte es und meinte dann: »Sie mögen ihn ja hassen, Sperling, aber glaubst du sie wären dazu bereit, auch das Leben der letzten überlebenden Mitglieder ihres Dorfes aufs Spiel zu setzen, um uns zu helfen? Das ist die Frage. *Ich* würde es nicht tun.«

»Tja, dann bleibt uns nur die Hoffnung, dass ihr Klan-Oberhaupt anderer Meinung ist als du.« Sperling leckte seinen Zeigefinger an und streckte ihn in die Luft. »Windmutter bläst direkt aus Norden. Mir wäre es viel lieber, mit dem Wind im Gesicht zu laufen als ihn im Rücken zu haben.«

»Ich nehme an, es ist purer Zufall, dass das auch die Richtung wäre, in der das Nebelschleierdorf liegt, oder?«

»Nun ja », brummte er und hakte die Daumen in die Trageriemen. Während er sich anschickte, den Hügel hinab zum Seeufer zu marschieren, setzte er hinzu: »Weißt du zufällig, wer jetzt Klan-Oberhaupt im Nebelschleierdorf ist?«

»Wir hörten, dass der alte Mäuseknochen bei dem Überfall getötet wurde und Hungrige Eule seinen Platz eingenommen hat.«

»Sein Sohn?«

»Richtig. Er hat zwar noch keine fünfundzwanzig Winter gesehen, aber man sagt, dass er großen Respekt genießt.«

Aschenmonds Stimme wurde immer schwächer und schwächer, und bald dämmerte Sperling, dass sie ihm nicht folgte.

Er blieb stehen und rief: »Aschenmond!«

»Du brauchst nicht mit mir zu kommen!«, rief sie zurück.

»Es wäre wahrscheinlich sogar besser, wenn du deinen eigenen Weg gingest. Angenommen, Springender Dachs oder seine Krieger entdecken mich, dann können sie nur mich gefangen nehmen, und du könntest die Suche nach Polterer fortsetzen.«

Sperling knurrte resigniert, drehte sich um und folgte seinen Fußspuren zurück den Hügel hinauf. »Ich war selbst einmal Krieger. Ich weiß, wie sie denken. Ich werde den Unterschlupf auskundschaften. Aber ich möchte, dass du einstweilen hier oben auf mich wartest. Einverstanden?«

Die gezackte Narbe unter ihrem rechten Auge, zuckte leicht. »Ich werde in der Nähe des Unterschlupfes auf dich warten. Auf diese Weise kann ich sehen …«

»Ja, ja!« Er warf die Hände in die Luft. »Ich habe verstanden. Dieser Gesichtsausdruck ist mir noch sehr vertraut. Es ist offenbar sinnlos, dich davon überzeugen zu wollen, an einem sicheren Ort auf mich zu warten. Also, gehen wir!«

Sperling bahnte sich entlang der Hügelkuppe einen Weg durch den Schnee und stapfte dann den bewaldeten Abhang hinab. Hohe Schneewehen türmten sich vor Baumstämmen und Findlingen. Er versuchte zwar diese Hindernisse weiträumig zu umgehen, versank aber dennoch gelegentlich bis zu den Hüften im Schnee.

Sie arbeiteten sich bis zu dem Wildpfad vor, der quer über die den Trümmern des Buntfelsendorfes zugewandte Hangseite verlief, und dort legte Sperling zum erstenmal eine kurze Rast ein. Aschenmond blieb dicht hinter ihm stehen, eine Hand auf seine Schulter gestützt.

»Siehst du das?«, wisperte sie.

»Ja. Dort unten. Der Unterschlupf. *Du* bleibst hier.«

»Einverstanden. Aber, bitte, Sperling, sei vorsichtig.« Sie duckte sich hinter einen Reisighaufen.

Ohne Hast lief Sperling in geduckter Haltung den Pfad entlang. Er machte drei Schritte, blieb stehen, suchte den Wald ab und lauschte, ehe er wieder drei Schritte vorwärtsschlich. Obwohl es heftig schneite, konnte er durch den milchigen Schneeschleier am Rande des Buntfelsendorfes an verschiedenen Stellen etwas Hellrotes leuchten sehen... Lagerfeuer, die bis auf die Glut heruntergebrannt waren.

Sperling spähte nun noch aufmerksamer um sich. Wo würde Springender Dachs seine Wachen postiert haben? Wahrscheinlich entlang aller Wege, die zum Dorf führten. Einen Mann neben der gepfählten Leiche von Rufender Falke; einen anderen am gegenüberliegenden Dorfende. Er konnte niemanden entdecken, aber das erwartete er auch nicht. Krieger, die Wache standen, kannten hundert Tricks, um sich unsichtbar zu machen.

Längliche Buckel erhoben sich rings um die Feuergruben – schlafende Krieger unter ihren schneebedeckten Felldecken. Sperling zählte fünfzehn Mann, aber es konnten auch mehr sein. Der dichte Schneefall machte eine klare Sicht unmöglich.

Je näher er dem Unterschlupf kam, desto intensiver wurde der Rauchgeruch.

Tief in den Schnee einsinkend, lief Sperling auf die schlanken Stämme zu, die dicht an dicht an der Vorderseite des Findlings lehnten. Sie hatten sich wirklich einen gemütlichen Unterstand gebaut.

»Polterer?«, rief er leise. »Ich bin's. Silberner Sperling... Bist du dort drinnen?«

Das Rieseln des herabfallenden Schnees von den Ästen war die einzige Antwort.

Sperling ging in die Hocke und spähte durch die Zweige ins Innere der lauschigen Höhle. Sie hatten Erde auf das Feuer geworfen, aber einige verkohlte Holzstücke glühten noch. Gedämpftes rötliches Licht erhellte das Innere. Auf den Steinen um die Feuergrube lagen ein paar Stoffstreifen. Merkwürdig, dachte Sperling stirnrunzelnd. Dann griff er zwischen den Ästen hindurch und zog das Bündel heraus, das an der provisorischen Wand aus Zweigen lehnte. Kochgeschirr klapperte darin. Er hängte sich das Bündel um und entdeckte dann den Umhang auf dem Boden ... und die Öffnung zwischen den Ästen am hinteren Ende des Unterschlupfs.

Sie hat uns weggelockt. Ehrwürdige Ahnen, wie oft hat dieses kleine Mädchen schon ihr Leben aufs Spiel gesetzt, um Polterers zu retten? Während wir hinter ihr hergelaufen sind, hat sich Polterer in die andere Richtung davongemacht.

Sperling richtete sich wieder auf und inspizierte sorgfältig den Schnee um den Unterstand herum. Alle Spuren, die Polterer hinterlassen hatte, waren längst vom Schnee zugedeckt worden. Wohin war er wohl gelaufen? Jedenfalls nicht hügelabwärts. Dann hätten sie ihn sehen müssen. Und auch nicht quer den Hang entlang, dort lagen zu viele abgestorbene Äste herum. Der einzige gangbare Weg führte von dem Findling weg geradewegs die Anhöhe hinauf.

Sperling rieb sich gedankenverloren die Stirn, dann machte er sich auf den Rückweg zu Aschenmond.

Als er dort ankam, hatte das Schneetreiben aufgehört; es fielen nur noch ein paar vereinzelte Flocken.

Aschenmond kam hinter dem Reisighaufen vor. »Polterer war schon weg, nicht wahr?« Enttäuschung schwang in ihrer Stimme.

»Ja, leider. Aber ich habe dies hier gefunden.« Er deutete auf das Bündel. »Und ich glaube, ich weiß jetzt, was mit Polterer geschehen ist.«

Aschenmond presste die Kiefer aufeinander, als wollte sie sich gegen seine nächsten Worte wappnen. »Was denn?«

»Es gibt zwei Ausgänge in ihrem Unterschlupf. Einen an der Vorderseite, den, durch den wir Zaunkönig kriechen sahen, und einen zweiten an der Rückseite. Ich vermute, Polterer hat sich kurz nachdem wir Zaunkönig entdeckten durch das hintere Schlupfloch davongestohlen.«

Aschenmond studierte sein Gesicht. »Aber wohin ist er gelaufen?«

»Den Hügel hinauf, würde ich sagen.«

Aschenmond drehte sich um, blickte um sich und begann dann in ihrer Spur den Hügel wieder hinaufzusteigen. Sperling folgte ihr schweigend.

Oben auf der Kuppe angelangt, ganz in der Nähe ihres nächtlichen Lagerplatzes, blieb Aschenmond stehen, um Atem zu schöpfen.

»Glaubst du«, fragte sie dann, immer noch keuchend, »dass die beiden einen Treffpunkt verabredet haben?«

»Das weiß ich nicht. Viel Zeit blieb ihnen ja nicht, nachdem wir sie aufgespürt hatten. Aber das hat nichts zu sagen. Kleiner Zaunkönig ist offenbar ein sehr schlaues Mädchen. Immerhin ist es ihnen gelungen, sich länger vor einer Meute Krieger zu verstecken als es manch Erwachsener geschafft hätte.«

Aschenmond betastete das Bündel. »Das muss ihr gehören. Für Polterer ist es viel zu schwer.«

Sperling nickte abwesend, während sein Blick die geschwungene Hügelkette bis zu der Stelle verfolgte, wo der Pfad hinter dem Findling herauskommen musste. »Siehst du diesen Fichtenhain? Dort unten am Ufer?«

Aschenmond drehte sich in den Wind, der ihr die Kapuze ums Gesicht flattern ließ. »Was ist damit?«

»Der Pfad, von dem ich gesprochen habe. Den Polterer vielleicht genommen hat. Er müsste knapp oberhalb der Fichten enden.«

Das Mondlicht fand eine Lücke in dem rasch dahinziehenden Pulk von Wolkenriesen und entzündete den Schnee. Der leuchtete plötzlich wie ein blau-weißes Flammenmeer.

»Glaubst du, dass er sich noch irgendwo hier in der Nähe versteckt hält?«, fragte Aschenmond. »Um auf Zaunkönig zu waren?«

Sperling ergriff ihre Hand und führte sie die Anhöhe hinunter. »Komm, lass uns das herausfinden.«

Am ganzen Körper zitternd in ihrem dunkelblauen Hemd und den Leggins, die mit Schneewasser vollgesogen waren, lehnte Zaunkönig an der alten Eiche, den Blick starr auf Blauer Rabe gerichtet. Er lag zwanzig Hand von ihr entfernt auf dem Rücken, die Augen halb geschlossen.

Sie wartete immer noch darauf, dass er sich bewegte.

Um Atem zu holen.

Eine ganze Hand Zeit über, nachdem Eichel ihn gefunden und ihr gesagt hatte, dass er tot sei, hatte sich Onkel Blauer Rabe noch bewegt. Seine Finger hatten sich zusammengekrümmt. Seine Beine gezuckt.

Eine seltsame Starre hatte Zaunkönig erfasst. Er musste tot sein. Jeder sagte das. Aber …

Unwillkürlich schlossen sich ihre Finger um den Lederstreifen an ihrem Gürtel.

Elchgeweih saß auf einem Baumstumpf ganz in ihrer Nähe, eine Decke über den Schultern, den Bogen quer über den Oberschenkeln. Wohin Eichel verschwunden war, wusste Zaunkönig nicht. Die anderen Krieger, einschließlich ihres Cousins Springender Dachs, lagen unter ihren Decken und schnarchten.

Sie musste nachdenken. Es war wichtig. Aber ihr Gehirn hatte aufgehört zu arbeiten.

Nach einer Weile stand Elchgeweih auf, streckte die steifen Glieder und ging zu Zaunkönig. »Ist dir kalt?«

Zaunkönig nickte. Sie wollte den Mund nicht aufmachen. Ihre Zähne klapperten schon seit einiger Zeit unkontrollierbar. Sie ermahnte sich zwar, die Kiefer aufeinander zu pressen, doch manchmal vergaß sie es und biss sich so fest auf die Zunge, dass ihr Mund mit blutigem Speichel gefüllt war.

Elchgeweih legte Zaunkönig ihre Decke um die Schultern, und die plötzliche Wärme traf sie wie ein Schwall kochendes Wasser. Sie zitterte noch stärker als vorher.

»Du solltest versuchen zu schlafen«, sagte Elchgeweih freundlich, während sie sich neben das Mädchen kniete.

»Elch-ge-weih«, stammelte Zaunkönig. »Sag, ist er – tot?«

Mit ernstem Gesicht erwiderte die Kriegerin: »Ja, Zaunkönig.«

»A-aber er hat sich … doch … noch be-wegt. Nachdem du es mir gesagt hattest.«

Elchgeweih seufzte. »Manchmal weiß der Körper nicht, dass er tot ist, und kämpft noch. Ich habe gesehen, wie Beine von gefallenen Kriegern versucht haben zu laufen, und die Hände von Toten nach dem Bogen griffen. Doch hinter diesen Bewegungen stecken keine Gedanken mehr.«

»Seine Seele hat ihn verlassen?«

»Ja. Darauf gebe ich dir mein Wort.«

Doch Zaunkönigs Blick blieb weiterhin auf ihrem Onkel haften, da sie fürchtete, den Augenblick zu verpassen, wenn er blinzelte oder sich aufsetzte, um Elchgeweihs Worte Lügen zu strafen.

»Kann…ich…zu ihm…gehen?«

Sanft legte Elchgeweih ihr die Hand auf die Schulter. »Zaunkönig, er hat uns verlassen. Hörst du mich? Es ging ganz schnell.«

Trost suchend umklammerte Zaunkönig Gauners Lederfetzen und wiederholte leise: »K-kann ich zu ihm gehen?«

Den Blick abwendend, schüttelte Elchgeweih resigniert den Kopf. Nach einer Weile erhob sich sich aus der Hocke, nahm ihr Messer zur Hand, durchtrennte Zaunkönigs Fußfesseln und zog sie auf die Beine. Das Mädchen war so schwach, dass sie es unterhaken musste, als sie es zu ihrem Onkel führte.

Schweigend betrachtete Zaunkönig die reglose Gestalt ihres Onkels.

Sie bemerkte die Schnitte in seinen Leggins, die Blutlache, die den Schnee um seine Beine herum rot gefärbt hatte.

»Onkel?«, rief sie.

Er rührte sich nicht.

Schneeflocken fielen in seine offenen Augen, eine nach der anderen…

»*Onkel*?«, schluchzte sie.

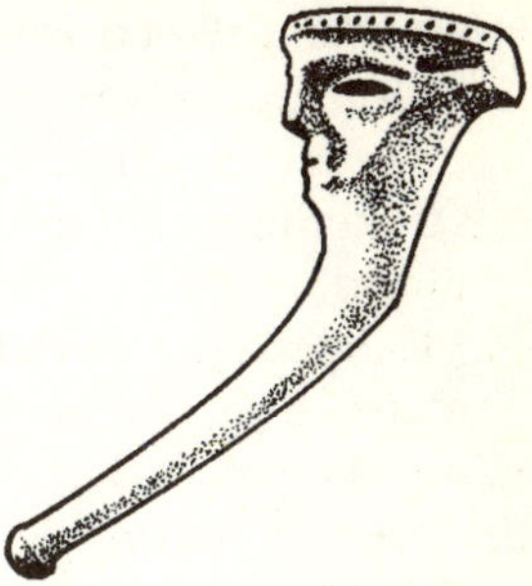

30. Kapitel

Sperling erreichte als Erster den Fuß des Hügels und eilte weiter zu dem Sandstreifen am Ufer des Sees, von dem die Wellen den Schnee geleckt hatten. Dicht hinter sich hörte er das leise Stapfen von Aschenmonds Schritten.

»Bis zum Morgengrauen werden unsere Mokassins völlig durchweicht sein«, murrte sie, als sie auf den nassen Sand trat.

»Ja, gut möglich, aber dafür wird das Wasser unsere Spuren verwischen.«

Eine steife Brise wehte über den mondbeschienenen See, die das Wasser kräuselte, mit weißen Schaumkronen bekränzte und Wellen ans Ufer spülte. Sperling atmete tief die feuchte, nach Fisch riechende Luft ein und warf einen skeptischen Blick hinauf in den nächtlichen Himmel. Wolkenriesen türmten sich über dem See, doch in den Zwischenräumen funkelten noch die Höfe der Nachtwanderer.

»Bald bricht ein Sturm los«, meinte Sperling besorgt. »Das gefällt mir nicht, Aschenmond.«

»Wir müssen trotzdem weiter. Je größer der Abstand zu Springender Dachs und seinen Kriegern wird, desto besser für uns.«

Konzentriert lenkte Sperling seine Schritte knapp an der Wasserkante entlang, ohne ins Nasse zu treten. Sie hatten ihre dicken Wintermokassins sorgfältig über dem Feuer geräuchert, um das Leder gegen Nässe und Schnee zu schützen, doch einem längeren Marsch durch knöcheltiefes Wasser würden sie nicht stand halten.

»Sperling, bist du sicher, dass Polterer gestern Abend zusammen mit Zaunkönig in diesem Unterschlupf war? Es könnte doch möglich sein, dass sie ihn irgendwo unterwegs versteckt hat und allein weitergelaufen ist …«

»Ja, möglich wäre das schon, aber ich glaube es eigentlich nicht. Allerdings habe ich keinerlei Spuren bei dem Unterstand entdeckt und auch keine Hinweise, dass sich dort zwei Personen aufgehalten haben. Dennoch bin ich mir ziemlich sicher, dass er dort war.«

»Erzähl mir, was du gesehen hast. Ihr Bündel, ja. Und, haben sie sonst noch etwas zurückgelassen?«

Sperling ging um einen Findling herum und folgte dann wieder der eingeschlagenen Richtung. »Auf dem Boden lag ein Hirschlederumhang. Als wir Zaunkönig einholten, trug sie nur ein langes blaues Hemd und Leggins, deshalb nehme ich an, dass ihr der Umhang gehört. In der Glut standen zwei Töpfe. Und dann habe ich noch etwas Seltsames entdeckt: schwarze Stoffstreifen, die auf den Steinen lagen.«

»Stoffstreifen…? Wie man sie zum Verbinden einer Wunde braucht?«

»Ja, so ähnlich sahen sie aus.«

Aschenmond verfiel in Schweigen, fragte sich wahrscheinlich genau wie er in diesem Augenblick, wer von den beiden Kindern sich verletzt hatte. An Zaunkönigs Gesicht oder an ihren Händen hatte er zwar keine Verletzungen bemerkt, aber das musste nichts bedeuten. Sie hätte sich ebenso gut an einer Stelle unter ihrer Kleidung verletzt haben können, die man von außen nicht sah. Andererseits war sie den Hang hinuntergestürzt wie ein Falke, der eine Maus erspäht, und schien bei bester Gesundheit zu sein. Wenn diese Stoffstreifen als Verband gedient hatten, dann wohl eher für Polterer.

Diese neue Erkenntnis musste Aschenmond unendliche Sorgen bereiten. Der kleine Junge brauchte anscheinend Hilfe, und sie wusste nicht, wo sie nach ihm suchen sollte, um ihm beistehen zu können.

Der Wind wehte Sperling die weißen Haare um das eulenhafte Gesicht. Sie verfingen sich in seinen Wimpern, und er strich sie mit einer unwirschen Bewegung hinter die Ohren.

Obgleich er die Besorgnis um Polterer nicht aus seinem Herzen zu verbannen vermochte, wusste er doch, dass es im Augenblick vordringlichere Dinge gab, die es zu überlegen galt.

Die ganze Nacht hindurch hatte er sich über Springender Dachs den Kopf zerbrochen. Falls er Aschenmond und ihn gefangen nähme, ehe sie Polterer gefunden hatten, könnte Springender Dachs Aschenmond als Geisel nehmen, um Sperling zu zwingen, seinen Fluch von ihm zu nehmen, und sie beide anschließend solange foltern, bis sie ihm verrieten, was sie über Polterers Aufenthaltsort wussten. Und da sie nichts wussten, würde er sie irgendwann töten.

Wenn sie aber gefasst wurden, nachdem sie Polterer gefunden hatten, würde Springender Dachs Aschenmond *und* den Jungen als Geiseln festhalten, bis Sperling den Fluch zurückgenommen hatte, und die beiden, wenn nötig, vor seinen Augen foltern, um ihn unter Druck zu setzen. Und sobald Springender Dachs sich frei von diesem Fluch fühlte, würde er sie trotz allem töten…

Die Reihenfolge spielte keine Rolle, sie waren so oder so dem Tod geweiht, sobald er Springender Dachs von dem nicht existenten Fluch befreit hatte.

Der einzige Ausweg aus diesem Dilemma war der, dass sie gar nicht in die Gefangenschaft von Springender Dachs gerieten. Doch Sperling wurde trotzdem das unangenehme Gefühl nicht los, dass er sich auf das Schlimmste vorbereiten musste.

Er studierte den Verlauf der Küste. Fünfhundert Schritte voraus bog sie scharf nach links ab, wo das schwarze Wasser bis an den Fichtenhain heranreichte. Im Lauf der Zeit hatten die Wellen das Ufer unterspült; dort ragten jetzt lange Wurzeln aus der Böschung heraus und baumelten wie verdrehte Arme im Wasser.

Die Sandbank verbreiterte sich, und Aschenmond konnte neben Sperling her gehen. Der frische Wind fing sich in ihrer Kapuze und bauschte sie um ihr Gesicht.

»Sperling«, begann Aschenmond nach einer Weile, die Lippen zu einer dünnen Linie zusammengekniffen. »Was meinst du, können wir Polterer, nachdem wir ihn aufgespürt und die Kriegermeute abgeschüttelt haben, mit zu uns nach Hause nehmen?«

»Ich weiß nicht, ob …«

Eine Welle schwappte über Sperlings Beine und durchtränkte seine Mokassins und seine Lederhose mit eiskaltem Wasser. Mit einem herzhaften Fluch sprang er zur Seite. Aschenmond rettete sich geistesgegenwärtig mit einem schnellen Satz ans Ufer. Als die Welle zurückgerollt war, gesellte sich Aschenmond wieder an Sperlings Seite.

»Was wolltest du sagen? Du weißt nicht, ob… was?«

Seine Füße waren pitschnass. »Ich weiß nicht, ob das eine gute Idee ist.« Er hatte eigentlich keine Lust, dieses Thema im Augenblick mit ihr zu besprechen, obgleich er sich schon seit Tagen den Kopf darüber zerbrach. »Ich vermute, dass sich die Gerüchte bereits in alle Himmelsrichtungen verbreitet haben und in Dutzenden von Dörfern schon über das Falschgesicht-Kind und die Vorgänge im Wandererdorf geredet wird.«

Sie hielt ihre Kapuze unter dem Kinn zusammen. »Du meine Güte, wenn Maishülse, dieser geschwätzige Händler, die Geschichte verbreitet, sind aus diesen drei Toten mindestens fünfzig geworden.«

Die Wellen, die vor ihnen über den Sand schwappten, rollten kleine Kieselsteine und von Eichhörnchen abgenagte Fichtenzapfen vor sich her. Als sie sich dem Fichtenhain näherten, roch es immer intensiver nach Harz und feuchter Erde.

»Möchtest du die Wahrheit wissen, Aschenmond?«, fragte er und streifte sie mit einem raschen Seitenblick.

»Ja, ich bitte dich darum.«

»Sämtliche Klans des Bärenvolkes haben bereits von meinem angeblichen Fluch gehört und zittern vor Angst, dass das Falschgesicht-Kind überleben könnte.«

Er beobachtete, wie sich ihre Finger fester um die Kapuze schlossen. »Du glaubst also nicht, dass Polterer irgendwo sicher wäre?«

»Nein«, sagte er leise. Dann fügte er hinzu: »Denn jedes Dorf, das ihn aufnähme, würde damit Selbstmord begehen.«

Aschenmond zwinkerte und senkte den Kopf. Schweigend ging sie neben ihm her, das Gesicht unter der Kapuze verborgen.

Geräuschvoll sog Sperling die scharfe, eiskalte Luft ein, während er den Gedankengängen von Aschenmond folgte, deren Richtung er genau kannte. Falls sie Polterer nicht mit nach Hause nehmen konnte, musste sie sich zwischen dem Jungen und dem Erdendonner-Dorf entscheiden. Der Erdendonner-Klan brauchte sie. Ihre Tochter und ihre Enkelkinder lebten dort. Aber wie könnte sie einen kleinen Jungen von gerade mal neun Wintern – einen Jungen, den sie von ganzem Herzen liebte – wildfremden Leuten überlassen?

»Wo wäre er deiner Meinung nach denn sicher, Sperling?«

»An einem Ort, wo sich niemand um die Fehden zwischen dem Bären- und dem Schildkröten-Volk kümmert.«

»Und wo wäre das?«

»An einem Ort, wo er noch nie zuvor gewesen ist. Irgendwo hoch oben im Norden zum Beispiel. Oder im Süden des Landes. Vielleicht auch hinter den westlichen Bergen.«

Der Schatten eines Vogels umkreiste sie, und Sperling sah unwillkürlich zum Himmel empor. Eine Eule segelte lautlos über das mondbeschienene Ufer und landete in einer der Fichten. Ihre Augen schimmerten wie polierte Muschelperlen. Sie bauschte ihr Gefieder gegen die Kälte und beäugte sie mit mildem Interesse.

Entlang des Hügels zog sich ein Wildpfad, der genau hinter der Eule in dem Fichtenhain verschwand. Nachdenklich betrachtete Sperling die Eule und anschließend die herausragenden Wurzeln, zwischen denen Steine und Fichtenzapfen glitzerten. Zehn Hand über ihnen, auf dem kleinen, unterspülten Überhang,ließen die Fichten traurig die Köpfe hängen. Das Gewicht des Schnees, der auf den Ästen lastete, hatte sie bis auf den Boden niedergedrückt. Die Eule drehte den Kopf und sah blinzelnd in Richtung dieser Bäume.

»Aschenmond«, flüsterte Sperling und legte ihr eine Hand auf die Schulter. »Warte mal.«

Sie sah ihn verwundert an. »Was hast du denn gesehen?«

»Ich weiß nicht…« Er schüttelte den Kopf. »Was ich sehe, ist eine Eule, aber ich habe plötzlich so ein merkwürdiges Gefühl im Bauch.«

Aschenmond bedachte ihn mit einem scheelen Seitenblick. »Silberner Sperling, reg dich ja nie wieder über mein widerspenstiges Haar oder meinen unfehlbaren Spürsinn für Abfallhaufen auf.«

»Das ist etwas ganz anderes, Aschenmond.«

Sie sah noch einmal zu der Eule hinüber. »Ach, wirklich?«

»Ja.« Er nahm seinen Bogen von der Schulter und zog einen Pfeil aus dem Köcher. Plötzlich verspürte er wieder diesen stechenden Schmerz in der Herzgegend, der ihm so vertraut war. Er stöhnte leise. »Ich weiß nicht, was hier vorgeht, Aschenmond, aber ich fühle ganz deutlich die Gegenwart der Macht. Ich habe den Eindruck, dass jeder Windhauch mir… etwas zuzuflüstern versucht.«

Polterer lag zusammengekrümmt auf der Seite, in den weißen Fuchsumhang gewickelt, und nuckelte an seinem einzigen gesunden Finger. Er hatte geweint. Die beiden Menschen, die dort unten am Ufer standen, waren nur ganz verschwommen zu erkennen, wie weit entfernte Gestalten an einem heißen Sommertag.

Der Wind und die Wellen fegten über das kiesige Ufer hinweg und verschluckten die einzelnden Worte, doch er konnte ihre Stimmen hören…

Ein eisiger Schauder durchfuhr ihn.

Die Stimmen schimmerten in seinem Inneren wie die Haut von Geistern oder tote Augen unter Wasser.

Er streckte eine Hand unter dem Fellumhang heraus und schob die schweren Fichtenzweige ein wenig auseinander, um besser sehen zu können.

Lautlos näherte sich Sperling der ausgehöhlten Uferbank, während die Eule aufmerksam jeden seiner Schritte verfolgte. Windmutter brauste zornig das Ufer entlang, rüttelte an den losen Wurzeln und blies einen weißen, im Mondlicht glitzernden Schneeschleier über den Abhang. Sperling kniff kurz die Augen zu, dann studierte er den Boden. Im Sand waren keine Fußabdrücke zu erkennen. Doch der Schmerz in seiner Brust wurde immer stärker, so als ob sein Geisterhelfer…

Ein leiser, unterdrückte Aufschrei von Aschenmond ließ Sperling herumfahren. Sie hatte eine zitternde Hand auf ihren Mund gepresst, und in den Venen an ihren Schläfen pulsierte das Blut.

»Aschenmond!« Er packte sie am Arm. »Was …«

»Siehst du denn nicht das Gesicht dort? Sein Gesicht!«

Mit einer ruppigen Bewegung schüttelte sie Sperlings Hand ab und rannte den Weg zurück, den sie gekommen waren, den Wildpfad entlang, der durch den Fichtenhain führte.

»*Polterer?*« rief sie. »*Polterer!*«

Zischen den herabhängenden Fichtenästen tauchte eine schneeweiße kleine Gestalt auf und trottete langsam hinunter zur Uferbank. Kinnlanges schwarzes Haar umrahmte das runde Gesicht, das aus der dicken Fellkapuze hervorlugte. Das Mondlicht spiegelte sich in den Tränen, die ihm über die Wangen kullerten.

Mit erstickter Stimme rief er: »*Großmutter? Großvater?*«

Aschenmond rannte auf ihn zu. Sie fiel vor ihm auf die Knie, drückte den Jungen an ihre Brust, küsste seine Wangen, den Hals und murmelte dabei Worte, die Sperling nicht verstehen konnte.

Er richtete sich auf. Die Schmerzen in seiner Brust waren verstummt. Ganz plötzlich. In dem Augenblick, als er Polterer gesehen hatte.

Unwillkürlich suchte sein Blick das Ufer ab. Er hielt Ausschau nach seinem Geisterhelfer, konnte aber niemanden entdecken.

Langsam erklomm jetzt auch er den Wildpfad.

Als er vor Polterer in die Hocke ging, löste sich der Junge aus Aschenmonds Umarmung und schlang seine Arme um Sperlings Nacken. »Großvater, Großvater!«

»Schh, jetzt kann dir nichts mehr passieren.« Sperling drückte den schluchzenden Jungen an sich und klopfte ihm beruhigend auf den Rücken. Dabei bemerkte er den Bogen und den Köcher, den Polterer unter dem Umhang trug. War das nicht Zaunkönigs Bogen? »Alles wird wieder gut.«

Er hob Polterer auf die Arme und machte sich mit ihm auf den Weg den Hügel hinunter.

Polterer streckte seine kleine Hand nach Aschenmond aus, und als sie diese ergriff, stieß er einen kurzen, klagenden Schrei aus.

»Aschenmond?«, rief Sperling erschrocken.

»Oh, Sperling, seine Finger. Er – er muss sich die Finger erfroren haben. Warte, ich muss sie mir ansehen«

»Später. Lass uns erst mal Abstand zu Springender Dachs'

Meute gewinnen. Am Abend, wenn wir lagern und essen, kannst du dir seine Hände genauer anschauen.«

Er spürte, wie Aschenmond Polterer übers Haar strich und hörte sie sagen: »Wir bringen dich jetzt erst einmal fort von hier. Und dann werden wir weitersehen.«

»Ja, Großmutter«, wimmerte Polterer und verbarg das Gesicht in der Vertiefung an Sperlings Hals.

Sperling ging zurück ans sandige Ufer und schlug dann, ein flottes Tempo anschlagend, den Weg nach Norden ein.

Es dauerte weniger als einen Finger Zeit, da hatte sich der kleine Körper in Sperlings Armen entspannt, und der gleichmäßige Atem des Jungen sagte ihm, dass er bereits eingeschlafen war.

Behutsam ließ Aschenmond seine Hand los und machte zwei schnelle Schritte an Sperlings Seite.

Besorgnis zeichnete ihr Gesicht. »Wenn wir das Tempo beibehalten, könnten wir das Nebelschleierdorf am frühen Nachmittag erreicht haben, meinst du nicht?«

»Doch. Und wir täten auch gut daran.«

Zaunkönig lag mit angezogenen Beinen auf der Seite, hatte die eiskalten Hände zwischen die Knie geschoben und beobachtete Morgenröte bei ihrer Wanderung über die Wiese. Der lavendelfarbene Saum ihres Gewandes streifte dabei über den Schnee und färbte ihn hellviolett. Ein sorgenvoller Seufzer entrang sich Zaunkönigs Brust und wehte in weißen Dunstwölkchen davon.

Eichel und Elchgeweih standen dreißig Schritt von ihr entfernt im ersten Licht des Tages und gruben mit Holzschüsseln ein Loch in den hart gefrorenen Boden. Sie hatten den Leichnam von Onkel Blauer Rabe auf die Wiese getragen und ihn in den Schnee gelegt. Seine blutgetränkten Lederhosen leuchteten in dem tiefen Rotbraun verwelkten Eichenlaubs.

In ihrer Brust breitete sich ein Kribbeln aus, als erwachten Nerven nach einem lähmenden Schlag wieder zum Leben.

Sie erinnerte sich an die Liebe in den Augen ihres Onkels an jenem Tag, als er ihr geholfen hatte, Gauner zu begraben.

Ganz behutsam hatte er den gefleckten Hund aufgehoben und in sein Grab gelegt. Nachdem Zaunkönig Gauner noch einmal gestreichelt und ihm Spielzeug und getrocknete Elchfleischstreifen mit auf den Weg gegeben hatte, hatten sie ihn mit Erde zugedeckt und ihm das Totenlied gesungen. Zaunkönig hatte nur den ersten Teil singen können, dann versagte ihr vor Kummer die Stimme. Daraufhin hatte ihr Onkel Blauer Rabe den Arm um ihre Schultern gelegt und das Lied für sie beide zu Ende gesungen.

Sie erinnerte sich an den Schmerz in seinen Augen, an dem letzten Abend, als sie ihm sein Essen auf den Lost Hill gebracht hatte... und den traurigen Blick, den er Polterer zugeworfen hatte

Ach, Polterer...

Liebe Ahnen dort oben in den Himmeln, bitte helft ihm.

Er suchte sie bestimmt. Und sicherlich fror er und war schrecklich hungrig. Hätte sie ihm gestern Abend doch nur den Beutel mit den Vorratspäckchen mitgegeben, dachte sie verzweifelt. Zum Glück hatte er wenigstens den Bogen und die Pfeile und könnte zur Not auf die Jagd gehen, falls seine Hände ihm gehorchten. Aber im Stillen betete sie, dass er so lange in seinem Versteck bleiben möge, wo immer das war, bis Springender Dachs und seine Horde weit weg waren.

Elchgeweih und Eichel legten ihre Holzschüsseln beiseite und hoben Blauer Rabe in das flache Grab, das nur vier Hand tief war. Sie taten es achtsam und mit Respekt und verteilten anschließend die Erde über seinem Leichnam.

Daraufhin erhob sich Elchgeweih und stimmte den Totengesang an. Der sanfte Morgenwind trug ihre wunderschöne helle Stimme über das Lager.

Eichels voller Bariton begleitete sie.

Zaunkönig schloss die Augen und wisperte die Worte mit: *Himmelshalter, großer Himmelshalter, komm herbei, erhebe Blauer Rabes Seele...*

Einige Krieger verließen ihre Morgenfeuer und versammelten sich um das Grab zum Totentanz. Singend reckten sie die Arme über die Köpfe, ihre Mokassins stampften rhythmisch und wirbelten dabei weiße Schneewölkchen auf.

Als Zaunkönig das Knirschen von Schritten hörte, riss sie die Augen auf.

Über ihr stand Springender Dachs, in Begleitung von Der auf dem Bären reitet, Schildmacher und Pfauenauge. Die übrigen

Krieger versahen ihre morgendlichen Arbeiten, rollten Decken zusammen, bereiteten die Mahlzeiten zu und schürten die Feuer.

In weißen Dampfwolken quoll der Atem von Springender Dachs aus seinen Nasenlöchern und wehte mit der Morgenbrise davon. Er war in einen dicken Biberfellmantel gehüllt und hielt den Pfahl mit dem Kopf des Kriegsführers in der rechten Hand.

Zaunkönig brachte kaum die Kraft auf, die neue Maske anzusehen, die das Gesicht von Lahmer Hirsch bedeckte. Ihre Augen wollten ihr einfach nicht gehorchen. Die Maske sah aus als hätte sie ein Kind von sechs Wintern geschnitzt; der Schnabel war buckelig, ein Auge größer als das andere und höher saß es auch noch. Trotzdem konnte Aschenmond durch die Löcher deutlich die eingesunkenen, mit einer gelben Kruste verklebten Augenhöhlen von Lahmer Hirsch erkennen.

Übelkeit wallte in ihrem Magen hoch.

Mit dem geknurrten Befehl »Halt ihn, bis ich fertig bin«, drückte Springender Dachs Pfauenauge den Holzpfahl in die Hand.

Der junge Krieger hielt den Pfahl auf Armlänge von sich gestreckt und drehte den Kopf zur Seite, um den widerlichen Gestank nicht einatmen zu müssen. Neben Pfauenauge, der drei Hand größer und doppelt so breit war wie sein Kriegsführer, wirkte Springender Dachs wie ein Gnom.

»Ich könnte den Pfahl einstweilen in den Schnee stecken«, schlug Pfauenauge vor und zog eine solche Grimasse, dass sämtliche Narben in seinem runden Gesicht zuckten.

»Du wirst ihn in der Hand halten, wie ich es dir befohlen habe«, blaffte Springender Dachs zurück.

»Wie du wünschst, Kriegsführer«, erwiderte Pfauenauge säuerlich.

Die anderen Krieger streiften ihren Kameraden mit unbehaglichen Blicken, in denen deutlich zu lesen war, wie froh sie waren, dass dieser Auftrag nicht an sie ergangen war.

Springender Dachs hockte sich vor Zaunkönig hin und fixierte sie mit einem kalten Lächeln. »Setz dich auf, Kusine.«

Zaunkönig stützte sich mit den gefesselten Händen auf den Boden und versuchte sich aufzurichten, doch ihre zitternden Arme vermochten sie nicht zu halten. Sie schwankte, versuchte es noch einmal, dann plumpste sie zurück in den Schnee.

Da packte Springender Dachs sie an den Schultern, zerrte sie hoch und stieß sie so grob gegen die Eiche, dass ihr Kopf krachend gegen den borkigen Stamm schlug.

Sie ließ keinen Laut hören und blinzelte ihn nur an.

Pfauenauge maß seinen Anführer mit einem ungehaltenen Blick und presste dabei wütend die Kiefer aufeinander.

Die beiden anderen Krieger, Der auf dem Bären reitet und Schildmacher, grinsten hämisch. Sie waren zwar nur Vettern, sahen aber aus wie Zwillinge. Beide hatten sie hässliche, dreieckig geschnittene Gesichter mit schmalen Nasen und schiefen Zähnen, von denen schon einige fehlten. Der auf dem Bären reitet trug einen speckigen Hirschlederumhang; Schildmacher einen Bärenfellmantel und ein Amulett auf der Brust, das vom Zungenbein eines Hundes stammte.

Auf diese makabre Weise an Gauner erinnert, schloss Zaunkönig die Augen. Sie hatte solche Sehnsucht nach ihm. Instinktiv griffen ihre gefesselten Hände nach dem zerkauten Lederfetzen. Sie versuchte sich vorzustellen, wie Gauner daran herumgenagt hatte, schwanzwedelnd und mit fröhlich blitzenden Augen.

»Schau mich an, Kusine.«

Zaunkönig zuckte zusammen und öffnete die Augen.

Springender Dachs' Gesicht war keine zwei Hand von ihrem entfernt, seine Augen starrten sie hasserfüllt an. Verfilzte schwarze Haarsträhnen hingen ihm in die Stirn. »Wo ist das Falschgesicht-Kind?«

Kraftlos schüttelte sie den Kopf. »Onkel...hat ihn...verkauft.«

»Das weiß ich selbst. Ich war dabei, als Blauer Rabe die Geschichte seines Verrats zum Besten gegeben hat. Wem hat er den Jungen verkauft?«

»Leuten...« Sie schluckte hart. Ihre Zunge war so angeschwollen, dass sie kaum sprechen konnte. »Leuten vom Schildkrötenvolk. Ich...kannte sie...nicht.«

»Wie sahen sie aus?«

Sie stutzte, wusste nicht, was sie antworten sollte. Auf diese Frage hatte Onkel Blauer Rabe sie nicht vorbereitet. Konnte es schaden, wenn sie die Wahrheit sagte? »Der Mann hat... ungefähr dreißig Winter gesehen. Sein schwarzes Haar wurde schon etwas grau. Die Frau... sie war jünger. Vielleicht... achtzehn Winter alt. Sie hatte tiefschwarzes Haar.«

»Sie hat gerade die halbe Bären-Nation beschrieben«, warf Pfauenauge ein. »Zu was soll das gut ...«

»Genau«, mischte sich jetzt auch Elchgeweih ein, die zusammen mit Eichel in den Kreis getreten war. »Was soll dieses Verhör bringen, Kriegsführer? Das Mädchen weiß nichts. Das hat Blauer Rabe selbst gesagt.«

Springender Dachs drehte sich langsam zu ihr um, und fixierte ihr Gesicht, dann die von Pfauenauge und Eichel. Unverhohlener Hass funkelte in seinen Augen. »Schon möglich, dass sie wirklich nichts weiß. Aber das habe ich noch nicht entschieden.«

Damit wandte er sich wieder Zaunkönig zu, verzog das Gesicht zu einem hässlichen Grinsen und schlug ihr seine große Hand mitten ins Gesicht.

Die Wucht des Schlages war so heftig, dass Zaunkönig zur Seite taumelte und umfiel, mit dem Kopf genau auf einen spitzen Stein, der unter dem Schnee verborgen war. Ein stechender Schmerz explodierte in ihrem Kopf, und ihr Mund füllte sich mit warmem Blut. Sie hatte sich bei dem Aufprall in die Zunge gebissen. Kraftlos spuckte sie das Blut in den Schnee.

»Springender Dachs!«, brüllte Pfauenauge zornig. »Das ist Wahnsinn! Sie ist doch noch ein Kind!«

Springender Dachs schenkte dem Krieger keinerlei Beachtung. »Setzt dich auf, Kusine! Los, setz dich wieder hin!«

Kaum hatte Zaunkönig sich mühsam hochgerappelt, schlug Springender Dachs abermals zu, noch brutaler als beim ersten Mal, und wieder fiel sie in den Schnee. Übelkeit schnürte ihr die Kehle zu. Ihr Magen drehte sich um, und sie würgte und würgte, bis sie nur noch Galle spuckte. Doch die Krämpfe ließen nicht nach. Ihr Magen revoltierte immer weiter.

Elchgeweih starrte ihren Kriegsführer mit einem Blick an, aus dem abgrundtiefe Verachtung sprach. Eichel und Pfauenauge wandten sich ab, aschfahl im Gesicht.

»Setz dich endlich hin, Kusine!«, brüllte Springender Dachs. »Auf der Stelle!«

Zaunkönig gab sich wirklich alle Mühe, seinem Befehl zu folgen, doch ihre Arme waren inzwischen so schwach wie Grashalme. Sie schaffte es bis zur Hocke, doch dann gaben ihre Arme nach und sie fiel wieder um, in ihr eigenes Erbrochenes.

Wutschnaufend packte Springender Dachs sie an den Haaren und riss sie zu einer sitzenden Position hoch. »Verflucht seist du! Sag mir endlich, wo das Falschgesicht-Kind ist! Irgendwas musst du doch gehört haben. Was sagten die Leute vom Schildkrötenvolk? Wo wollten sie mit dem Jungen hin?« Mit einem viel sagenden Blick hob er einen Stein auf und wog ihn in seiner Hand.

Benommen schüttelte Zaunkönig den Kopf. »Nein, ich…ich weiß nichts …«

Der nächste Schlag kam blitzschnell.

Sie fand sich mit dem Gesicht im Schnee liegend wieder und bekam keine Luft mehr. Mit einem groben Fußtritt drehte Springender Dachs sie auf den Rücken und brüllte wieder auf sie ein, doch seine Stimme klang jetzt wie aus weiter Ferne. Sein Gesicht kam auf sie zu, wurde immer größer und entfernte sich wieder.

»Beim Ruhme unserer Ahnen!«, schrie Elchgeweih außer sich. »Sie ist ein kleines Mädchen, Springender Dachs! Lass sie in Ruhe!«

Eichel kniete sich neben Zaunkönig und half ihr, sich aufzusetzen. Ihr Gehirn tobte, als wollte es ihren Schädel sprengen. Schlaff taumelte ihr Kopf gegen Eichels Schulter.

»Geht es wieder?«, fragte er freundlich.

»Mir ist so…schlecht.«

Springender Dachs holte mit der Faust aus und wollte wieder zuschlagen, doch diesmal packte Elchgeweih ihn am Arm und zog ihn mit einem solchen Ruck zurück, dass Springender Dachs auf dem rutschigen Schnee ins Stolpern geriet. Kaum hatte er sich wieder gefangen, griff er nach seinem Dolch, aber Elchgeweih war schneller. Auf Zehenspitzen und mit ausgebreiteten Armen tänzelte sie um ihn herum – bereit, ihm den eigenen Dolch in die Brust zu stoßen. Aus ihren Augen sprühte der blanke Hass.

»Lass uns diesen Wahnsinn beenden«, sagte sie mit bedrohlich leiser Stimme. »Hier und jetzt. Sofort.«

»Es wird mir ein Vergnügen sein, dich zu töten, alte Frau«, erwiderte Springender Dachs grinsend.

»Aufhören!« Es war Eichel, der mit einem Satz zwischen die beiden sprang. »Habt ihr denn den Verstand verloren? Die Hälfte unserer Dorfgemeinschaft ist tot, und jetzt wollt ihr euch auch noch umbringen!«

Ohne Eichels Stütze war Zaunkönig wieder in sich zusammengesackt. Sie lag auf dem Rücken im Schnee und blinzelte hinauf zu den dahinsegelnden Wolkenriesen, die über den Himmel zu tanzen schienen.

Springender Dachs stellte sich mit gespreizten Beinen in Kampfposition. Schweißperlen glänzten auf seiner Oberlippe.

»Du bist ein Dummkopf, Eichel«, sagte er. »Wenn wir nicht herausfinden, wohin diese Schildkröten-Leute das Falschgesicht-Kind bringen wollen, können wir es nie aufspüren und alle, die von unserem Klan noch übrig sind, werden sterben.«

Elchgeweih machte ein paar Schritte nach links, und Springender Dachs wich zurück. »Blauer Rabe hat dir versichert, dass Kleiner Zaunkönig nichts weiß. Wie er sagte, ist er erst gestern mit ihr zusammengetroffen. Was hat es also für einen Sinn, sie zu schlagen?«

»Ich schlage sie, weil sie mehr weiß, als sie zugibt! Das steht doch in ihrem Gesicht geschrieben. Falls Blauer Rabe den Jungen tatsächlich an diese Leute verkauft hat, wo ist dann die Bezahlung, die er von ihnen erhalten hat, hm? Seine Taschen waren leer. Hat er sie irgendwo versteckt? Dazu hatte er wohl kaum Zeit. Das Mädchen kennt die wahre Geschichte!« Er machte einen schnellen Satz auf Zaunkönig zu und brüllte: »*Oder etwa nicht, Mädchen*?« Damit versetzte er ihr einen Tritt gegen die Schulter.

Zaunkönig kugelte den Hang hinunter, überschlug sich zweimal und blieb mit dem Gesicht im Schnee liegen. Schwach und verängstigt wie sie war wusste sie, dass sie unmöglich aufstehen konnte. Deshalb hob sie nur den Kopf und sah Springender Dachs direkt in die Augen. »Ich hasse dich«, sagte sie mit einer Stimme, die kaum mehr als ein Flüstern war.

Springender Dachs machte einen Schritt auf sie zu, doch Eichel stellte sich ihm in den Weg.

Ganz ruhig sagte er: »Wenn das Leute vom Schildkrötenvolk sind, würden sie dann nicht im nächstgelegenen Schildkrötendorf Hilfe suchen? Ich an ihrer Stelle würde das tun!«

»Welches ist das nächste Dorf?«, warf Pfauenauge ein.

Die Augen von Springender Dachs verengten sich zu Schlitzen, aus denen er erst Eichel, dann Pfauenauge eindringlich musterte. Bedächtig richtete er sich auf und ließ die Hand, die den Dolch hielt, sinken. »Das Nebelschleierdorf«, sagte er. Und plötzlich, als sei ihm just in diesem Augenblick ein neuer Gedanke gekommen, fing er brüllend an zu lachen. Um ihn herum wurde es totenstill. »Das Nebelschleierdorf! Ha, diese Idioten! Glaubst du, die wissen bereits, dass wir das Falschgesicht-Kind suchen? Und wenn, meinst du, sie wären wirklich so beschränkt, das erbärmliche Leben der wenigen Überlebenden ihres Dorfes aufs Spiel zu setzen, indem sie dem Jungen Obdach gewähren?«

Pfauenauges Nasenflügel bebten vor Zorn. Er rammte den Pfahl mit dem Kopf tief in den Schnee und fixierte Springender Dachs mit einem Blick, der jedes weitere Wort überflüssig machte. Als Springender Dachs ihn nur schweigend anstarrte, drehte Pfauenauge sich um und marschierte zurück ins Lager.

Auch Elchgeweih ließ ihren Dolch sinken und trat, immer noch heftig atmend, ein paar Schritte zurück.

Sie ging zu Zaunkönig hin, schob die Arme unter die Knie und Schultern des Mädchens und hob es hoch.

Während sie das zitternde Bündel zum Lagerplatz trug, flüsterte sie dem Mädchens ins Ohr: »Zaunkönig? Antworte mir. Wollen die Leute mit dem Jungen wirklich ins Nebelschleierdorf?«

Zaunkönig lag einer Ohnmacht nahe in Elchgeweihs Armen und glaubte, ihr Schädel würde gleich platzen, so hämmerte es darin. Und sie war durstig. So schrecklich durstig wie noch nie in ihrem Leben. Jeder Muskel ihres Körpers schrie nach Wasser. »Hat...nicht gesagt«, krächzte sie. »Weiß...nicht...wohin, ehrlich...Elchgeweih.«

Ihre gefesselten Beine schwangen im Rhythmus von Elchgeweihs Schritten auf und nieder, und dabei schnitten sich die Lederriemen immer tiefer ins Fleisch. Sie spürte, wir ihr das warme Blut an den Beinen herabrann.

Elchgeweih hielt das Mädchen fest an ihre Brust gedrückt. Kaum hatten sie den Lagerplatz erreicht, drängten sich die anderen Krieger neugierig um sie, warfen besorgte Blicke auf das Mädchen und bestürmten Elchgeweih mit Fragen.

»Ist sie sehr verletzt?«

»Springender Dachs ist ein Narr! Ein Kind seines eigenen Klans zu schlagen! Hat er denn völlig den Verstand verloren?«

»Du hättest ihn umbringen sollen, Elchgeweih. Wirklich, ich wünschte …«

»Kleiner Zaunkönig braucht dringend etwas Heißes zu trinken und etwas zu essen«, sagte Elchgeweih. »Wer von euch hat schon seinen Kessel aufgesetzt?«

Pfauenauge, der mit einem langen Stock in seinem Feuer stocherte, erhob sich. Muskelpakete wölbten sich unter seinem Umhang und den Lederhosen. Er warf einen wütenden Blick auf Springender Dachs, der noch auf der Wiese stand und mit Eichel redete, dann drehte er sich zu Elchgeweih und Zaunkönig um. Seine Miene entspannte sich ein wenig, als er sagte: »Ich. Und ich habe nichts dagegen, meine Mahlzeit mit euch beiden zu teilen.«

»Ich danke…dir«, wisperte Zaunkönig kaum hörbar.

Auf einmal nahm das kantige Gesicht des bulligen Kriegers einen geradezu milden Ausdruck an. »Kommt. Setzt euch hier hin«, sagte er und deutete auf den Baumstamm, den er vor das Feuer gerollt hatte.

Mit Zaunkönig auf dem Arm ließ sich Elchgeweih dort nieder. »Meinst du, du kannst allein sitzen, Kleiner Zaunkönig, oder soll ich dich auf dem Schoß halten?«

Zaunkönig schmiegte das Kinn an das weiche Leder über Elchgeweihs Schulter und wurde plötzlich von einem Gefühl der Einsamkeit überfallen, das so stark war, dass sie glaubte, es zerrisse ihr das Herz. Onkel Blauer Rabe war tot. Gauner war tot. Ihre Eltern und ihr kleiner Bruder waren tot. Und Polterer…

Sie schluckte heftig gegen diesen überwältigenden Schmerz an und fand die Kraft zu sagen: »Halt mich … Bitte, halt mich fest.«

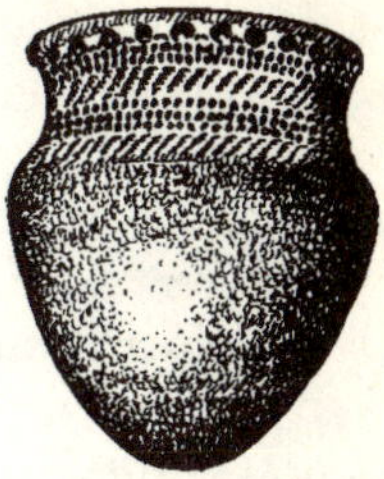

31. Kapitel

Das Licht der ersten Morgendämmerung ergoss sich über den See und verwandelte ihn in ein Meer von glitzernden Amethysten. Aschenmond und Polterer hockten auf dem schmalen Sandstreifen zwischen dem Wasser und dem Schnee und kümmerten sich um das Morgenfeuer. Die Wellen hatten sich in den frühen Morgenstunden beruhigt und rollten die Kiesel nun mit einem leisen Klickern den Strand hinauf und hinunter.

Aschenmond warf einen Blick in den Teekessel und den Kochtopf, die am Rand der Feuerstelle über der Glut hingen und zu dampfen begannen. Sie legte noch mehr Treibholz nach, bis orangerote Flammen wie Zungen an den rußigen Töpfen leckten. Schüsseln, Teeschalen und Holzlöffel lagen schon bereit. Sperling war vor etwa einer halben Hand Zeit, gleich nachdem sie Rast gemacht hatten, zum Jagen aufgebrochen und noch nicht wieder zurückgekehrt.

Polterer saß Aschenmond gegenüber und sein Blick haftete unbeweglich auf Zaunkönigs Bündel. Es lag aufgeschnürt neben der Feuergrube. Ein Zipfel von seinem schwarzen Hemd lugte heraus; es war gewaschen und sorgfältig zusammengefaltet. Aschenmond hatte das Bündel durchsucht, etliche leere Vorratspäckchen gefunden und eines, in dem sich noch eine Hand voll Maismehl befand. Mehr nicht.

Ein sorgenvoller Ausdruck lastete auf seinem runden Gesicht. »Das ist dein Hemd, nicht wahr?«, fragte sie den Jungen.

Polterer nickte. Er zog die Knie unter dem Fuchsumhang an und stützte das Kinn auf. Die weiße Kapuze, die sein rundes Gesicht einhüllte, ließ sein kinnlanges Haar noch schwärzer erscheinen. »Es war schmutzig. Zaunkönig hat mir eins von ihren Hemden gegeben.«

Die Liebe in seiner Stimme rührte Aschenmond.

»Und ihren Umhang hat sie dir auch gegeben, stimmt's?«

Anders konnte es nicht sein. Der Umhang war so geschnitten, dass er einem Mädchen bis an die Hüfte reichte, doch Polterer schlackerte er um die Knöchel.

»Ja«, sagte er leise. »Ich habe so gefroren. Zaunkönig hat sich mit dem Hirschlederumhang begnügt. Manchmal hat sie die ganze Nacht vor Kälte mit den Zähnen geklappert, Großmutter.«

Aschenmond ging ums Feuer herum und hockte sich neben ihn in den Sand. Der Duft des Fichtennadeltees stieg ihr in die Nase.

»Ich bin froh, dass sich Zaunkönig so gut um dich gekümmert hat.«

Polterer rieb seine dicken Backen an dem weichen Fuchsfell über seinen Knien. Hinter ihm, am Horizont, schossen die ersten Sonnenstrahlen wie Lanzen über den Himmel. Die Glanzlichter auf dem Wasser wechselten von Amethyst zu einem blassen gelb. »Zaunkönig ist meine beste Freundin.«

»Ich danke den Geistern, dass du eine so gute Freundin gefunden hast. Als wir erfuhren, dass du entführt worden bist und die Wanderer beschlossen haben, dich zu töten …«

»Nicht alle Leute des Wanderer-Klans, Großmutter. Zaunkönigs Onkel hat seine Leute gebeten, mir nichts zu tun – und Zaunkönig hat mir heimlich Essen gebracht, als ich auf dem Lost Hill gefesselt war.«

Aschenmond zog einen Ast aus dem Holzhaufen zu ihrer Rechten und stocherte damit in der Glut. Funken stoben auf und erloschen knisternd. So hatte er also die bittere Kälte und den Wind überstehen können. Geheiligte Ahnen, wenn einer der Klan-Angehörigen Zaunkönig dabei erwischt hätte, wie sie einem verurteilten Kind Essen brachte, wäre sie schwer bestraft, wenn nicht sogar getötet worden.

Eine sanfte, nach Seewasser riechende Brise zauste Aschenmonds graue Stirnfransen.

»Hat Blauer Rabe dich denn nicht bewacht! Wie hat Zaunkönig es denn angestellt, dir etwas zu Essen zu bringen, wenn …«

»Zaunkönig ist ein schlaues Mädchen, Großmutter«, erklärte Polterer. »Abends, wenn es dunkel war, hat sie für ihren Onkel immer Feuer gemacht und so viel Holz aufgelegt, dass die Flammen ihn blendeten. Dann ist sie auf dem Bauch zu mir hergekrochen. Sie hat immer diesen weißen Umhang getragen, deshalb konnte ihr Onkel sie im Schnee nicht sehen. Ich konnte sie selbst kaum entdecken.«

Sein dankbarer Gesichtsausdruck ließ Aschenmond das Herz schwer werden. Sie neigte den Kopf zur Seite. »Dazu braucht man wirklich Mut.«

Polterer besah sich seine verstümmelten Hände. »Ja, sie ist sehr tapfer.«

Aschenmond griff nach seinen Händen und drehte sie vorsichtig um. »Hat Zaunkönig das auch getan?«

»Ja.« Er rutschte näher zu Aschenmond, damit sie sich seine Hände besser ansehen konnte. »Sie hat die schwarz gewordenen Fingerglieder mit ihrem Messer abgeschnitten. Zuerst hatte sie Angst. Aber dann hat sie es doch fertig gebracht.«

Aschenmond begutachtete die Wunden genauer. »Sie hat sorgfältige Arbeit geleistet. Die Sehnen und Bänder sind sauber durchtrennt, und sie hat die Gelenke in der Mitte durchgeschnitten. Hat sie die Wunden anschließend ausgebrannt?«

»Ja, sie – sie hat gesagt, das würde helfen, dass sie schneller verheilen.« Polterer bewegte seine Finger. »Siehst du? Es hat geholfen. Bei den meisten jedenfalls.«

»Ja, das sehe ich.«

Die kleinen Finger beider Hände waren noch entzündet, aber da wusste Aschenmond Rat. Sie ließ Polterers Hände los und langte nach ihrem Bündel. Während sie darin herumkramte, sagte sie: »Aus Zaunkönig wird einmal eine große Heilerin werden.«

»Ich weiß. Ich – ich liebe sie, Großmutter«, murmelte er.

Aschenmond fand die ordentlich gefalteten Stoffbinden und die Heilkräuter und stellte fest, dass die Bänder des ledernden Beutels, in dem sie die Kräuter aufbewahrte, durchgenagt waren.

»Mäuse!«, rief sie ärgerlich. »Die fressen doch alles kaputt. Wenn es nach mir ginge, könnten die Götter alle Mäuse vom Angesicht unserer Erde fegen.«

Eine Brise ließ die Kapuze um Polterers Gesicht flattern. Er senkte den Kopf und sah weg.

»Was ist denn? Magst du etwa Mäuse?«, fragte sie erstaunt.

»Sie fressen alles kaputt, das stimmt, aber …«

»Aber was, Polterer?«

»Na ja, sie hören einem auch zu, Großmutter. Auf dem Lost Hill, da kamen sie jede Nacht zu mir. Ich habe zu ihnen gesprochen, und sie haben mir zugehört. Ohne die Mäuse hätte ich die Nächte nicht durchgehalten.«

Aschenmond streichelte ihm übers Haar. »Verzeih mir, Polterer. Ich werde nichts Schlechtes mehr über Mäuse sagen.«

Seine schwarzen Augen begannen zu leuchten. »Vielleicht haben die Mäuse versucht, dir etwas mitzuteilen, Großmutter, und die Lederbänder nur durchgebissen, um auf sich aufmerksam zu machen.«

Etwas verlegen zuckte Aschenmond die Schultern. »Tja, anscheinend habe ich sie wirklich nicht verstanden.«

»Mutter …«, begann er, und seine Stimme bebte. »Meine Mutter hat mir einmal erzählt, dass die Tiere ständig zu den Menschen sprechen, dass aber nur unsere Seelen sie verstehen können. Wir haben zwar menschliche Körper, sagte sie, aber unsere Seelen besitzen Flügel und Schnurrhaare. Und deshalb können sie die Stimmen der Tiere hören, die unsere Ohren nicht wahrnehmen.«

Ein Lächeln breitete sich über Aschenmonds Gesicht aus. »Ja, das klingt ganz nach Wilde Rose. Sie war eine sehr kluge Frau.«

Aschenmond schöpfte eine Schale voll Fichtennadeltee aus dem Kessel und stellte sie neben sich in den Sand, dann entfaltete sie die zwei Stoffbinden. Schattengeister flohen vor dem Fichtennadelduft wie Pumas vor dem Geruch der Menschen. Nachdem sie die Binden in dem Tee eingeweicht hatte, knotete sie die zernagten Lederbänder des Beutels auf, in dem sie die Süßholzwurzeln aufbewahrte.

Polterer schnüffelte. »Ist das Süßholz, Großmutter?«

»Ja, die getrockneten Wurzeln. Jetzt zeig mir noch mal deine Hände.«

Polterer legte die rechte Hand auf Aschenmonds Knie und sah zu, wie sie ein kleines Häufchen der zu Pulver zerriebenen

Wurzeln in ihre Teeschale gab. »Ich habe Zaunkönig von der Heilkraft der Süßholzwurzeln erzählt.«

»Wusste sie nicht, dass Süßholz die Schattengeister verjagt?«

Er schüttelte den Kopf. »Ich glaube, ihre Leute haben andere Pflanzengeister.«

Aschenmond goss ein paar Tropfen Tee über das Pulver und verrührte die Mischung mit dem Finger, bis eine dicke Paste entstanden war. Die strich sie anschließend auf die Stellen, an denen sich die Schattengeister labten, und zog dann eine der vollgesogenen Binden aus der Schale. Sie wrang sie aus und wickelte sie so behutsam wie möglich um Polterers kleinen Finger und dann noch zweimal um die Handfläche, damit der Verband nicht verrutschte. Als sie die Enden verknotete, sagte sie: »Ich verbinde dir jetzt noch rasch die andere Hand, und dann trinken wir eine Tasse Tee. Na, wie klingt das?«

»Sehr gut, Großmutter.«

Polterer reichte ihr jetzt die linke Hand, und während Aschenmond die Fingerkuppe mit der Paste bestrich, beobachtete sie Polterers Gesicht. »Woran denkst du? Deine Augenbrauen zuckten gerade so seltsam.«

Er bewegte seinen verbundenen Finger und antwortete dann mit kaum hörbarer Stimme: »Ich habe meine Mutter gefunden.«

Aschenmond zögerte kurz, legte den Verband an und verschnürte ihn. Dann tippte sie an Polterers Kinn und sah ihn direkt an. Kummer und Schmerz füllten die schwarzen Tiefen seiner Augen. Bis zu diesem Moment hatte sie nicht daran gedacht, dass der Junge womöglich mit angesehen hatte, wie Springender Dachs seine Mutter erschlug, oder wie sie aus ihrer brennenden Hütte gekrochen war … oder dass er ihre Schreie gehört hatte.

»Wir haben ihren Körper auch gesehen«, sagte Aschenmond leise.

Polterer legte seine frisch verbundenen Hände in den Schoß. »Großmutter? Glaubst du … Ich mache mir Sorgen um das zukünftige Leben meiner Mutter. Weißt du, ich habe einen Zeisig gebeten, hinauf in die Welt-über-dem-Himmel zu fliegen und nachzusehen, ob sie dort oben ist, aber er kam nie zurück. Kannst du dir vorstellen, was das zu bedeuten hat?«

Deutlich sah Aschenmond die schreckliche Angst in seinen

Augen, die Angst, dass seine Mutter einsam und allein über die Erde wanderte, ein verzweifelter, heimatloser Geist. »Ach, Polterer, das hätte ich dir schon längst sagen sollen. Du brauchst dir um deine Mutter keine Sorgen zu machen. Sperling und ich, wir haben sie begraben.«

Polterer starrte sie mit offenem Mund an. Ungläubigkeit und Hoffnung rangen in seinen Augen. »Habt ihr ihre Seele in die Welt-über-dem-Himmel gesungen?«

»Ja, wir haben ihre Seele in die Welt-über-dem-Himmel gesungen. Und ich bin sicher, dass sie in diesem Augenblick mit alten Freunden zusammensitzt und mit ihnen lacht.«

Seine Wangen zitterten. »Dann kann ich – wenn ich einmal lerne, seelenzufliegen – sie wieder sehen?«

»Ganz gewiss kannst du das.«

Selig schlang er Aschenmond die Arme um den Hals, und sie drückte ihn an sich. Seine Kapuze rutschte ihm vom Kopf. »Oh, Großmutter. Ich danke dir.«

Sie hauchte ihm einen Kuss aufs Haar. »Wir konnten sie nicht so liegen lassen, Polterer. Wir haben sie nämlich auch sehr geliebt.«

Sein warmer Atem strich an ihrem Ohr vorbei. »Ich vermisse sie so sehr«, wisperte er.

Sie drückte ihn fester. »Ich auch, Polterer. Aber es gibt etwas, über das ich mit dir sprechen möchte. Deine Mutter hat mich darum gebeten.«

»Du hast mit ihr gesprochen? Bevor ...«

»Nein, das ist schon lange her. Es war gleich nach deiner Geburt.«

Er entzog sich ihren Armen und musterte sie erstaunt. »Nach meiner Geburt?«

»Ja« Die Erinnerung zauberte ein sanftes Lächeln auf ihr Gesicht. »Ich hatte dich gerade gewaschen und in ein weiches Tuch gewickelt, da sah deine Mutter mich an und sagte: ›Aschenmond, falls mir je etwas zustoßen sollte, möchte ich, dass du Polterer zu dir nimmst. Versprich mir, dass du ihn bei dir aufnimmst und ihn großziehst, als wäre er dein eigener Sohn.‹«

Einen Moment lang schien ihm die Freude darüber, geliebt zu werden und erwünscht zu sein, die Sprache verschlagen zu haben. Er schluckte gegen seine Gefühle an und zupfte verlegen an Aschenmonds Fransen. »Ich liebe dich, Großmutter.«

»Wir lieben dich auch. Über alle Maßen. Sperling und ich, wir möchten, dass du in Zukunft bei uns lebst. Natürlich nur, wenn du das auch möchtest. Wir wissen, dass du noch andere Verwandte hast, dritte und vierte Cousins und Cousinen im Baumblüte-Dorf ...«

»Aber, Großmutter, zuerst ... Ich – ich möchte erst noch meinen Vater finden.«

»Deinen Vater?«

»Ja. Zaunkönig und ich«, wisperte er, und seine Stimme klang plötzlich furchtbar verzweifelt, »wir waren schon auf dem Weg, als Blauer Rabe uns fand. Aber jetzt könntet ihr uns ja begleiten! Du und Großvater.« Er lächelte.

»Wenn ihr bei uns wäret, bräuchten wir keine Angst zu haben.«

Der Schock verdichtete sich als harter Knoten unter ihren Rippen. »Polterer ... dein Vater ... ich weiß nicht, wo er sich aufhält.«

»Aber ich habe gehört, wie meine Mutter es dir gesagt hat! Sie sagte, mein Vater sei nach Norden zu den Bilderfelsen gezogen.«

Aschenmond fühlte sich, als sei sie soeben von einem Blitz getroffen worden. Jede Nervenfaser in ihrem Körper sirrte. Sie hatte die Unterhaltung noch so genau im Ohr, als hätte sie sie erst gestern geführt. Wilde Rose und sie hatten die Köpfe zusammengesteckt und leise geflüstert, damit sie Polterer, der im hinteren Teil der Hütte schlief, nicht aufweckten. Damals war er nicht älter als zwei Winter gewesen.

»Du meine Güte«, rief Aschenmond erstaunt aus. »Dass du dich daran noch erinnerst?«

»Ja, Aschenmond. Meine Mutter hat mir erzählt, mein Vater habe sich, kurz nachdem er erfuhr, dass sie schwanger ist, entschlossen, weit weg zu ziehen. Zu den Bilderfelsen. Weißt du das nicht mehr?«

»Doch, ja, das weiß ich sehr wohl, aber ...«

Sperling tauchte zwischen den Ulmen auf, die das Ufer säumten, ein bereits gerupftes Moorhuhn in der Hand. Windmutter hatte sein hüftlanges weißes Haar zu dichten Strähnen zerzaust; die klebten ihm jetzt an den Wangen und an der Vorderseite seines Elchfell-Mantels.

Als er näher kam, schwenkte er lächelnd das Huhn in der Luft und rief: »Es ist zwar nur ein kleiner Vogel, aber er sollte wieder ein bisschen Leben in unsere Mägen bringen.«

Das junge Licht des Tages umschattete seine eingefallenen faltigen Wangen und Schläfen und ließ seine gebogene Nase und die dunklen Augen noch stärker hervortreten.

Aschenmond bedachte Polterer mit einem ernsten Blick und meinte: »Jetzt essen wir erst einmal, und später unterhalten wir uns dann ausführlich darüber, einverstanden?«

Polterer nickte, doch er schien nicht allzu erfreut, noch warten zu müssen.

Aschenmond drückte ihm einen Kuss auf die Stirn. »So, und jetzt setz dich hin. Ich werde dir eine Schale heißen Tee bringen.«

Polterer machte es sich so gut es ging im Sand bequem.

Aschenmond schöpfte Tee in die Schale und reichte sie ihm. »Dir wird gleich warm werden, Polterer.«

Schweigend nahm er ihr die Schale ab und balancierte sie auf seinem Knie.

Sperling kniete sich neben Aschenmond und ließ seinen Blick zwischen den beiden hin und her wandern. »Ihr seht aus, als hätte euch jemand Wasserschierling in den Tee gemischt. Was ist denn los?«

»Nichts, Sperling. Hm, dieses Moorhuhn sieht wunderbar aus. Was meinst du, sollten wir es nicht vierteln und über dem Feuer rösten, anstatt es zu kochen?«

»Hört sich gut an«, meinte Sperling grinsend.

Er zog sein Messer aus dem Gürtel, schlitzte den Vogel in der Mitte auf, schnitt an der Wirbelsäule entlang und brach die beiden Hälften noch einmal durch, ehe er sie Aschenmond reichte. Sie suchte vier dünne, lange Äste aus den Holzhaufen, spießte die Hühnerteile darauf und steckte sie in den feuchten Sand. Dann stellte sie die Holzstecken schräg, damit die Hühnerviertel über der heißen Glut schmoren konnten.

Es dauerte nicht lange, da erfüllte das würzige Aroma von brutzelndem Fleisch die kühle Morgenluft.

Aschenmond füllte noch zwei Schalen mit Tee und reichte eine davon Sperling. Ihre Finger berührten sich, als Sperling seine Schale entgegennahm, und er vermeinte, ihre Anspannung zu fühlen.

»Sagst du mir jetzt, was los ist«, fragte er sie. »Oder muss ich raten?«

Ohne Eile schlürfte Aschenmond ihren heißen Tee. Der herbe Geschmack der Fichtennadeln belebte ihre ermatteten Seelen und gab ihr die Kraft, die Erinnerungen aus dem dunklen Winkel hervorzuholen, wo sie sie so lange versteckt gehalten hatte. *Seit zehn Wintern bewahre ich dieses Geheimnis sicher in meinem Herzen auf. Kann ich jetzt darüber sprechen? Nachdem Wilde Rose tot ist? Ich habe ihr mein Wort gegeben, mit niemandem darüber zu reden.*

Aschenmond hob den Blick und stellte fest, dass Sperling sie intensiv musterte.

Mit einem kleinen Seufzer begann sie dann: »Polterer möchte, dass wir ihm helfen, seinen Vater zu finden.«

»Seinen Vater? Du meinst den Waldgeist? Den Entrechteten?«

Polterer leckte mit der Zungenspitze über seine trockenen Lippen und stieß hastig hervor: »Ja, Großvater. Zaunkönig und ich waren bereits auf der Suche nach ihm, aber dann kam ihr Onkel.«

Sperling lächelte. »Aber Polterer, wer kann schon wissen, wo sich Waldgeist aufhält? Waldgeister sind sehr unstete Geschöpfe. Sie fegen mit Wirbelwinden übers Land und fliegen auf Sternschnuppen. Ich glaube nicht, dass es uns je gelingen wird …«

»Großmutter« – er sog zischend die Luft ein und schaute Aschenmond an – »weiß, wo er wohnt.«

Sperlings Brauen machten einen Satz nach oben. Er schwang herum und fixierte Aschenmond mit einem fragenden Blick. »Du weißt, wo er lebt? Woher denn?«

Gedankenverloren strich sie mit dem Zeigefinger am Rand ihrer Teeschale entlang und starrte in die hellgrüne Flüssigkeit. Bilder nahmen vor ihrem inneren Auge Gestalt an, manche etwas verschwommen, andere wiederum so klar und deutlich, dass sie glaubte, den Anblick nicht ertragen zu können. Und da waren auch wieder die erstrickten Schluchzer von Wilde Rose, die ihr in den Ohren hallten. Ihr Herz schlug dumpf gegen ihre Rippen. Benommen stellte sie die Teeschale in den Sand.

»Ich weiß es, weil – weil ich diejenige ...«war ...« Ihre Stimme brach. Sie holte tief Luft. »Ich war diejenige, die ihn gebeten hat, das Dorf zu verlassen.«

Sperling saß da, unbeweglich wie eine Holzfigur, doch Aschenmond sah, wie sich die Gedanken hinter seinen dunklen Augen zu einem Bild zusammenfügten. »Meinst du, wir sollten darüber sprechen?«, fragte er leise und streifte Polterer mit einem raschen Seitenblick.

Polterers Augen waren ganz groß geworden. Die Schale auf seinen Knien wackelte.

Aschenmond streckte die Hand aus und strich ihm mit dem Handrücken besänftigend über die Wange. »Ich habe ihr mein Wort gegeben, es dir nie zu erzählen«, sagte sie. Ihr Lächeln konnte nicht über ihre Gewissensqualen hinwegtäuschen. »Aber ich glaube, es ist an der Zeit, dass du die Geschichte erfährst.«

Polterers Stimme war kaum mehr als ein Wispern, als er fragte: »Ist er zu den Bilderfelsen gegangen?«

Aschenmond ließ ihre Hand sinken. »Ja, zunächst. Aber später erfuhr ich von Händlern, dass er seither mehrmals seinen Aufenthaltsort wechselte. Das letzte, was ich von ihm hörte, war, dass er sich zu einem Ort begeben habe, der Cove Meadows genannt wird.«

»Ist das weit? Können wir ihn dort aufsuchen?«

Aschenmond verschränkte schweigend die Finger in ihrem Schoß.

Sperling sagte kein Wort. Aber das war auch nicht nötig. Freundlichkeit und Geduld standen klar in seinem Gesicht geschrieben.

»Wie nannte man ihn denn?, erkundigte er sich nach einer Weile.

»Bullentöter.«

Sperling ließ den Kopf an die Brust sinken und schloss für einen langen Moment die Augen. »Lahmer Hirschs Vater?«

Polterers Blick huschte zwischen den beiden hin und her, dann platzte er heraus: »Lahmer Hirschs Vater? Du meinst, Lahmer Hirsch ist mein Bruder? Mein Vater ist *menschlich*?«

Aschenmond nickte bedächtig. »Ja, Polterer, das ist er.«

»Aber – aber ich dachte, Lahmer Hirsch hat seinen Vater getötet? Rote Pfeife hat mir erzählt ...«

»Das weiß ich«, erwiderte Aschenmond sanft. »Aber Rote Pfeife kannte die Wahrheit nicht. Niemand kannte sie. Nur Wilde Rose, Lahmer Hirsch, Bullentöter – und ich.«

Angst ließ Polterers Gesichtszüge erstarren. »Hat mein Vater etwas Böses getan? Hast du ihm deshalb nahe gelegt, wegzugehen?«

Aschenmond hob ihre Teeschale wieder auf und nahm einen langen Schluck.

Einer goldenen Scheibe gleich schob sich Großvater Tagbringers Antlitz über den Horizont und warf eine glitzernde Lichtflut über den See. Eine Weile schien sie ganz in den Anblick dieses Naturschauspiels versunken.

Polterer betrachtete stirnrunzelnd seine Hände. »Rote Pfeife hat mir erzählt, dass Bullentöter ein Hexer gewesen sei. Und dass Lahmer Hirsch ihn deshalb töten musste. Er ...«

»Nein, Polterer, dein Vater war kein Hexer«, widersprach Aschenmond. »Er war ein sehr guter Mann. Er hat nur seine Situation falsch eingeschätzt.«

Sperling, der den Kopf immer noch gesenkt hielt, murmelte: »Was du getan hast, Aschenmond, war das Beste für alle. Der Skandal hätte das Buntfelsendorf entzweit.«

Bedächtig drehte Aschenmond die Holzspieße mit den Hühnerteilen um. Fett tropfte ins Feuer und verbrannte knisternd auf der Glut. Sie sah zu Polterer hinüber, der sie fixierte wie ein Hund, der darauf wartet, dass man ihm einen Knochen hinwirft.

»Polterer«, begann sie dann mit belegter Stimme. »Diese Geschichte ist nicht einfach zu erzählen. Ich werde wahrscheinlich einige Zeit brauchen, bis sie mir über die Lippen kommt.«

Er sagte: »Du musst sie mir nicht erzählen, Großmutter,« murmelte er. »Ich liebe dich doch.«

Aschenmond beugte sich vor und gab ihm einen Kuss auf die Stirn. »Danke, mein Junge. Aber es ist wichtig, dass du die Wahrheit erfährst.«

Sie füllte ihre Teeschale noch einmal und hielt sie im Schoß. »Deine Mutter war elf Winter alt, als ihr Vater starb. Deine

Großmutter, Abendstern, war damals sehr einsam und verheiratete sich bald nach seinem Tod ein zweites Mal. Damit nahm das Unglück seinen Anfang. Bullentöters erste Frau war erst zwei Monde zuvor bei einem Überfall ums Leben gekommen. Auch er war sehr einsam. Als er deine Großmutter heiratete, wollte er zu ihr ins Buntfelsendorf ziehen. Abendstern stimmte seinem Wunsch zu, uns so lebte er bei ihr.«

»Und Lahmer Hirsch nahm er auch mit?«, warf Polterer ein.

Aschenmond nickte. »Bullentöter war damals dreißig Winter alt, zehn Winter jünger als Abendstern. Er … er hat sie nicht geliebt. Er hat es versucht, gewiss aber sie waren sehr unterschiedlich.« Sie sah Polterer an, der atemlos ihren weiteren Worten entgegenfieberte. »Es war ein Fehler von Bullentöter, deine Großmutter zu heiraten. Doch er hat einen noch viel größeren Fehler begangen … indem er sich in Abendsterns Tochter verliebte.«

»Meine Mutter?«, wisperte Polterer mit weit aufgerissenen Augen.

»Ja. Und deine Mutter hat Bullentöters Liebe erwidert, Polterer. Es war falsch, und das wussten die beiden auch, aber es änderte leider nichts an ihren Gefühlen füreinander.«

Abwesend rieb Polterer mit dem linken Daumen über den Verband an seiner rechten Hand. »Und deshalb hat er das Dorf verlassen?«

»Ja, aber er wollte eigentlich gar nicht gehen, Polterer. Er wollte sich von deiner Großmutter scheiden lassen und deine Mutter heiraten.«

»Heilige Ahnen«, platzte Sperling heraus. »Wenn die Buntfelsen-Ältesten die Wahrheit herausgefunden hätten, dass Wilde Rose bereits mit Polterer schwanger war, dann hätten sie die beiden, Wilde Rose und Bullentöter, verstoßen. Und Polterer hätte niemals ein Zuhause gehabt. Keinen Klan, kein Heimatdorf …«

Nachdenklich drehte Aschenmond ihre Teeschale zwischen den Handflächen. »Es geschah zu deinem Wohl, Polterer, als deine Eltern schließlich die Entscheidung fällten, dass Bullentöter das Dorf verlassen müsse.«

Kleine schwarze Rauchwölkchen stiegen von den Hühnerteilen auf, und Aschenmond zog die Spieße rasch von den

Flammen fort. Die Haut war ein wenig angebrannt, aber das Fleisch duftete trotzdem wundervoll. Sie drehte die Spieße um und verteilte die Stücke in die Holzschalen.

Als sie Sperling seine Portion reichte, nahm er sie wortlos entgegen.

Anschließend reichte sie Polterer seine Schale und sagte: »Ich weiß, dass das Ganze für dich nur schwer zu verstehen ist, Polterer. Alles, was ich noch hinzufügen kann, ist, dass Bullentöter jeden Winter einen Kundschafter zu Wilde Rose schickte, um zu erfahren, wie es euch beiden geht. Deshalb hat deine Mutter wahrscheinlich auch nie geheiratet. Sie hoffte immer noch, dass er eines Tages zurückkehren würde.«

Polterer blies auf sein Hühnerstück, und der Rauch kräuselte sich um sein ernstes Gesicht.

Im Stillen fragte sich Aschenmond, ob er überhaupt begriff, was sie ihm eben erzählt hatte. Ehebruch. Skandal. Seine Mutter, selbst fast noch ein Kind, liebte den Ehemann ihrer eigenen Mutter. Und tief in ihrem Herzen regte sich die Hoffnung, dass der Junge es nicht begreifen möge.

»Wilde Rose hat vorgehabt, dir eines Tages die Wahrheit zu erzählen, wenn du alt genug bist, um sie zu verstehen«, fügte sie hinzu.

Polterer nahm einen großen Bissen von seinem Huhn und kaute gierig. Bald glänzten seine Hände und sein Gesicht vor Fett. Aber er sagte kein Wort.

Aschenmond machte sich jetzt über ihr eigenes Stück Huhn her. Weder sie noch Sperling hatten seit dem Morgen des Vortages etwas gegessen. Der köstliche Duft des Huhns ließ ihr das Wasser im Mund zusammenlaufen. Sie aß langsam und genoss jeden einzelnen Bissen.

Die aufgehende Sonne entzündete den Himmel, und die Wolkenriesen erstrahlten in unwirklichen Rosa- und Gelbtönen.

Als Polterer seine Portion abgenagt hatte, schob er die Hände unter seinen Umhang und starrte schweigend ins Feuer, während Aschenmond und Sperling noch aßen.

Kurze Zeit später warf Aschenmond die Reste ihres Hühnerteils in die Glut und reinigte sich die Hände mit feuchtem Sand. »Polterer? Alles in Ordnung?«

Er klemmte die Unterlippe zwischen die Zähne und kaute eine Weile darauf herum. »Grußmutter?«, sagte er dann. »Glaubst du, er liebt mich?«

Ein dumpfer Schmerz bohrte sich in Aschenmonds Brust. »Oh, ja, davon bin ich überzeugt.«

Polterer musterte sie aus dem Augenwinkel. »Kommst du dann mit uns, um ihn zu suchen?«

Sperling warf ebenfalls die Überreste seines Huhns ins Feuer und sagte mit fester Stimme: »Ich komme mit, Polterer.«

Aschenmond fuhr herum.

Gelassen fing er ihren durchdringenden Blick auf, ehe er sich vorbeugte und seine Holzschale mit Sand ausrieb. »Wir können nicht hier bleiben, Aschenmond. Das weißt du. Und ich weiß es auch.«

»Aber ...« Ihre Stimme wurde leise und flehend. »Was wird aus Narzisse und unseren Enkelkindern?«

»Die werden uns gesund und munter empfangen, wenn wir zurückkehren. Die ist vielleicht Polterers einzige Chance.«

Um glücklich zu werden.

Aschenmond sammelte die Holzschalen ein, verstaute sie in ihrem Bündel und dachte dabei an diese so lange zurückliegenden Ereignisse, die die ganze Welt verändert hatten. Wenn Bullentöter Abendstern nicht geheiratet hätte, säße jetzt keiner von ihnen hier an diesem Feuer. Das Bundfelsendorf wäre eine blühende Gemeinschaft. Wilde Rose hätte einen anderen Mann geheiratet. Polterer wäre vielleicht nie geboren ...

Plötzlich schossen ihr die Tränen in die Augen. Sie nahm Polterer in die Arme und drückte ihn an die Brust. »Ich bin so glücklich, dass es dich gibt, Polterer. Wir werden deinen Vater finden. Ich werde Narzisse ausrichten lassen, dass wir einige Monate fortbleiben, und dann brechen wir auf.«

Polterer befreite sich aus Aschenmonds Umarmung und blickte sie mit glänzenden Augen an. »Sobald Zaunkönig zurückkommt?« Sperling stand auf und warf sich sein Bündel über die Schulter. »Wir sollten schon längst unterwegs sein.«

Der Junge bog den Kopf in den Nacken, damit er zu Sperling aufsehen konnte, und fragte lächelnd: »Gehen wir wieder zurück?«

»Zurück? Wohin zurück?«

»Zu den Fichten.«

Sperling sah ihn verdutzt an. »Welche Fichten denn?«
»Dort unten am Ufer.«
»Ach, du meinst … wo wir dich gestern Abend entdeckt haben? Aber wozu?«
Polterer legte seine verbundene Hand auf Aschenmonds Nacken. »Zaunkönig sagte, dass sie am Morgen kommen würde. Und jetzt ist Morgen.«
Sperling warf Aschenmond einen unbehaglichen Blick zu.
Aschenmond schluckte, dann sagte sie: »Polterer … Zaunkönig wird nicht dort sein.«
Polterer starrte sie entgeistert an. »Sie – sie hat aber gesagt, dass sie versuchen wolle zu kommen.«
»Ich weiß, aber« – Aschenmond legte ihre Hand auf die Polterers – »erinnerst du dich daran, als Zaunkönig aus eurem Unterschlupf verschwand?«
»Natürlich. Und sie sagte, ich solle unten am Ufer auf sie warten.«
Aschenmond drückte die kleine Hand behutsam. »Polterer, die Krieger von Springender Dachs nahmen Zaunkönig gefangen. Sie und ihren Onkel, Blauer Rabe. Sperling und ich, wir konnten gerade noch entkommen. Wir …«
Ein schriller, tierischer Schrei brach aus Polterers Kehle hervor.
Aschenmonds Seelen gefroren zu Eis. Sie griff nach ihm, wollte ihn halten, doch er riss sich los und raste hinunter zum Ufer. Der weiße Fuchsumhang wehte hinter ihm her wie eine Fahne.
»Zaunkönig?«, rief er. »Zaunkönig!«
»Sperling!« Aschenmond sprang auf die Füße. »Schnell! Hol ihn zurück!«
Sperling lief los. Seine langen Beine trugen ihn rasch vorwärts. »Polterer! So warte doch! Bleib stehen!«, rief er immer wieder.
Als er Polterer eingeholt hatte, packte er ihn an der weißen Fellkapuze und zog ihn zurück. Der Junge stolperte und schrie wie am Spieß: »Nein! Nein! Lass mich!« Doch Sperling hob den wild um sich tretenden Jungen mühelos hoch und nahm ihn in seine Arme.
»Polterer, hör mir zu. Hör mir zu!«, brüllte er ihn an.

Schluchzend hieb Polterer mit seinen verbundenen Händen auf Sperling ein. »Sie braucht mich! Zaunkönig braucht mich, Großvater!«

»Schh! Schh!« Sperling drückte den Jungen an sich und hörte sich Worte sagen, die er nie hatte sagen wollen: »Wir werden Zaunkönig helfen. Hast du gehört? Wir werden ihr helfen. Zuerst aber müssen wir ins Nebelschleierdorf. Wir brauchen ihre Krieger, Polterer. Die Kriegertruppe der Wanderer folgt wahrscheinlich in diesem Augenblick schon unseren Spuren. Wir drei allein können unmöglich gegen eine ganze Kriegerschar kämpfen. Falls wir es versuchten, würden wir alle umkommen. Und wer soll dann Zaunkönig retten?«

Polterer hörte auf sich zu wehren, und auch sein Schluchzen verstummte allmählich. »Dann ... bringen die Nebelschleier-Krieger Zaunkönig zu uns zurück?«

»Ja. Ich denke schon.«

»Großvater«, wisperte er mit zitternden Lippen. »Mach, dass sie schnell kommen. Ihre Echos ... Zaunkönigs Echos, sie werden immer schwächer. Ich kann sie kaum noch hören. Wir müssen es fertig bringen, dass sie sich beeilen.«

»Das werden wir«, sagte Sperling und nickte zuversichtlich. Dann trug er den Jungen das Ufer hinauf zu Aschenmond. Sie stand am Feuer; ihre langen grauen Haare wehten im Wind.

Als sie den Lagerplatz erreichten, setzte Sperling den Jungen ab, wandte sich an Aschenmond und erklärte mit einem schiefen Grinsen. »Wir machen uns jetzt auf den Weg ins Nebelschleierdorf.«

Aschenmond stieß einen erleichterten Seufzer aus. »Gut. Wie hast du ...«

»Ich habe Polterer gesagt, dass wir ins Nebelschleierdorf gehen, die Ältesten um Hilfe bitten wollen und anschließend Zaunkönig befreien würden.«

Aschenmond sah in Polterers tränenüberströmtes Gesicht, und langsam begriff sie. »Ja. Natürlich, das machen wir«, murmelte sie.

Sie schulterte ihr Bündel, warf Sand übers Feuer und sagte dann: »Also los, gehen wir.«

Sie schlugen die Richtung nach Norden ein. Polterer, der auf seinen kurzen Beinen zwischen Aschenmond und Sperling marschierte, reichte ihnen seine Hände. Behutsam schlossen sich Sperlings starke Finger um die kleine Hand. Der Blick den Aschenmond ihm daraufhin zuwarf, war herzbewegend.

Gemeinsam machten sie sich auf den Weg.

Doch wohin dieser sie führen mochte, wussten allein die Geister ...

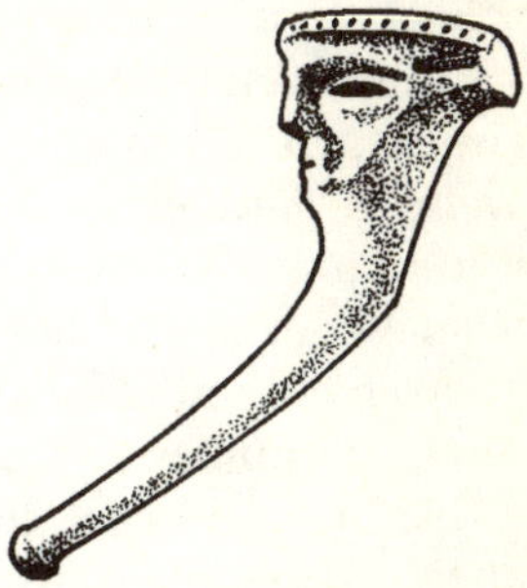

32. Kapitel

Sperling und Aschenmond verließen das sandige Seeufer und nahmen den sanft ansteigenden Pfad zum Nebelschleier-Dorf. Die drei Frauen, die auf dem Dorfplatz herumhantierten, schienen sie noch nicht gesehen zu haben. Das Licht der frühen Nachmittagssonne schien durch die Hartriegelbüsche und zeichnete ein schillerndes Flickenmuster auf die mit Rinde gedeckten, spitz zulaufenden Dächer der Hütten. Rauch quoll aus den Abzugslöchern. Die warmen Sonnenstrahlen hatten den Schnee aufgeweicht und teilweise geschmolzen. Sperling zählte sieben Hütten auf der Lichtung, erkannte aber noch die verbrannten Kreise, wo weitere vier Hütten gestanden hatten. Die verkohlten Überreste waren weggeschafft worden, doch die Erde bewahrte noch ihre Spuren.

»Wie viele hier wohl umgekommen sein mögen?«, meinte Sperling leise zu Aschenmond, die jetzt neben ihm ging. Ihr langer grauer Zopf baumelte vor ihrer Schulter. Polterer folgte ihnen mit einigen Schritten Abstand.

»Wir hörten, dass Springender Dachs die Hälfte der Dorfbewohner abgeschlachtet haben soll.«

»Diese Bestie. Trotzdem sollten an einem so warmen Tag wie heute mehr als drei Leute auf dem Dorfplatz sein.«

Aschenmond sah ihn an. »Ja, bei diesem Wetter müssten sich mindestens fünfzehn bis zwanzig Leute auf dem Dorfplatz aufhalten, Mais mahlen, neue Pfeilspitzen behauen, die Häute von unlängst erlegtem Wild schaben ... Wo, glaubst du, sind sie alle?«

Sperling zuckte unbehaglich mit den Schultern.

Als sie die kleine Anhöhe erreichten, kam eine Meute von fünf Hunden bellend und knurrend auf sie zugelaufen. Sperling riss seinen Bogen von der Schulter, um die Hunde damit abzuwehren, dann erfasste er mit einem raschen Rundblick den bis auf wenige Personen nahezu verlassenen Dorfplatz. Zur Vorsicht zog er einen Pfeil aus seinem Köcher.

Aschenmond drehte sich nach Polterer um. »Beeil dich, Polterer. Komm her und gib mir deine Hand.«

Der kleine Junge stolperte steifbeinig vorwärts, eine Hand ausgestreckt, die Aschenmond ergriff.

»Sind wir in Gefahr, Großmutter?«, flüsterte er keuchend.

»Nein, das glaube ich nicht, aber wir wollen kein Risiko eingehen.«

Polterer hatte seinen dicken Umhang ausgezogen und ihn um das lange, hellblaue Hemd geknotet. Die Muschelperlen auf seiner Brust schillerten in allen Regenbogenfarben. »Ich habe Verwandte hier«, erinnerte er Aschenmond.

»Ja, das weiß ich«, flüsterte Aschenmond. »Trotzdem möchte ich, dass du ganz dicht bei mir bleibst.«

»Ja, Großmutter.«

Kläffend und schwanzwedelnd folgten ihnen die Hunde zum Dorfplatz.

Eine der Frauen, jung und rundlich, kaum älter als zwanzig Winter, erhob sich umständlich. Ihr schwarzes Haar war zum Zeichen der Trauer kurz geschnitten. »Wer kommt da?«, rief sie ihnen entgegen.

»Aschenmond!«, rief Aschenmond zurück. »Die Anführerin des Erdendonner-Dorfes und ihre Familie. Wer bist du?«

Die Frau wischte sich die Hände an ihrem braunen Hemd ab und kniff die Augen zusammen. »Ich bin Blutbuche, die Schwester von Hungrige Eule. Kommt ihr allein? Seid ihr nur zu dritt?«

Sperling blieb stehen, den schussbereiten Bogen gesenkt.

Sein Blick suchte die Bäume ab. »Ja«, antwortete er. »Wir kommen allein. Erwartest du noch jemanden?«

Wie die Gesichter des Waldes, die unversehens aus den Schatten treten, so schoben sich plötzlich Dutzende von Leuten hinter Baumstämmen hervor; ein jeder mit einem Bogen oder einem Messer bewaffnet, selbst die Kinder, die zum Teil gerade erst laufen gelernt hatten. Schweigend kamen die Dorfbewohner näher, um die Neuankömmlinge einzukreisen. Beim Anblick von Polterer begannen sie aufgeregt zu flüstern, und ihre Augen weiteten sich.

Sperling lockerte den Griff um seinen Bogen und hob langsam die Arme. »Wir kommen in friedlicher Absicht.«

Und Aschenmond rief: »Das ist kein sehr freundlicher Empfang für Verwandte! Wir sind gekommen, um mit Hungriger Eule, eurem Dorfoberhaupt zu sprechen! Wo ist er?«

Aus einer der hintersten Hütten am westlichen Ende des Dorfes trat jetzt ein junger Mann. Er trug ein rot-schwarz gestreiftes Hemd und hatte das lange schwarze Haar zu einem einzelnen Zopf geflochten. Seine nach oben zeigende Nase überragte volle Lippen.

»Verzeih uns, Aschenmond!«, rief Hungrige Eule, indem er auf sie zugeeilt kam. »In Zeiten wie diesen können wir uns keine Freundlichkeiten leisten.« Doch dabei umarmte er Aschenmond und sagte: »Ich freue mich über euren Besuch. Kommt mit. Nehmt Platz am Feuer in meiner Hütte.«

»Ich danke dir, Hungrige Eule. Es ist anzunehmen, dass wir verfolgt werden. Du solltest vorsichtshalber Späher aussenden, falls …«

»Das ist bereits geschehen, Anführerin. Deshalb waren wir auf euer Kommen auch vorbereitet. Aber trotzdem, hab Dank für deinen Hinweis. Bitte, kommt mit.«

Hungrige Eule machte kehrt und ging wieder den Hügel hinauf. Aschenmond folgte ihm, und Polterer trottete dicht hinter ihr her, sich mit einer Hand am Saum ihres Hemds festhaltend.

Sperling bildete das Schlusslicht und nickte im Vorbeigehen den neugierig dreinblickenden Kriegern zu. Viele von ihnen trugen Verbände an Armen und Beinen. Aus dem breiten Schulterverband des einen sickerte frisches Blut. Offenbar hatte ihre Ankunft ihn von seinem Lager aufgeschreckt.

Sperling erkannte keinen der Krieger wieder. Es war schon sieben oder acht Winter her, dass er dem Nebelschleierdorf mit Aschenmond und Flint einen Besuch abgestattet hatte. Inzwischen schien sich vieles verändert zu haben. Kinder waren herangewachsen. Die Ältesten, an die sich Sperling noch erinnerte, waren inzwischen gestorben. Auch Flint war ja nicht mehr bei ihnen…

Er duckte sich unter dem Türvorhang in den von einem flackernden Feuer erhellten Innenraum. Der Fußboden war mit Büffelfellen ausgelegt und es duftete angenehm nach Rosenblütentee. Er kniete sich neben Aschenmond nieder. Hungrige Eule hatte ihnen gegenüber am Feuer Platz genommen. Polterer saß zwischen Aschenmond und Hungrige Eule im hinteren Teil der Hütte, hatte die Hände auf die angewinkelten Knie gelegt und sah sich aufmerksam um.

Sperling machte es sich im Schneidersitz bequem und legte seinen Bogen neben sich auf den Boden.

An den Wänden standen zahlreiche Vorratsgefäße, kugelige Töpfe mit abgerundeten Böden. Die untergelegten Steine verhinderten, dass die Töpfe umkippten. Einfache, unbemalte Muster zierten die Gefäße: Karos, aufrecht stehende Rechtecke und die Abdrücke von mit Schnüren umwickelten Holzstäben. Beim letzten Arbeitsgang klopften die Töpfer die Tongefäße mit der flachen Seite eines Paddels glatt. Um zu verhindern, dass das Paddel am feuchten Ton festklebte, wurde es häufig rautenförmig eingeritzt oder mit Rippen versehen; manchmal auch mit Schnüren umwickelt. Ein guter Töpfer glättete normalerweise die Abdrücke des Paddels, bevor er das Gefäß brannte, doch bei diesen hier hatte sich anscheinend niemand die Mühe gemacht. Möglich, dass die Gefäße in großer Eile hergestellt worden waren – als Ersatz für diejenigen, die während des Überfalls von Springender Dachs zu Bruch gegangen waren.

Die Flammen warfen ihr bernsteinfarbenes Licht über die verrußte Decke und die kunstvoll geflochtenen Weidenkörbe, die an den Wänden hingen.

Aschenmond legte ihr Bündel ab und zog den Umhang aus, unter dem sie ihr gelbes Kleid trug. Die Fransen an den Ärmeln tanzten noch eine ganze Weile, als sie schon still da saß. »Es tut mir Leid, dass wir euch erschreckt haben, Hungrige Eule. Wir hätten uns durch Rufen bemerkbar machen sollen, ehe wir auf eurem Dorfplatz auftauchten.«

Hungrige Eule griff nach dem Stapel Holzschalen, der neben der Feuergrube stand, und suchte vier Trinkschalen heraus. Ein spitz zulaufender Teetopf ruhte am Rand der Feuergrube in der Glut. »Seit dem Überfall sind wir sehr vorsichtig. Vielleicht zu vorsichtig, aber wir wagen es nicht, unsere Wachen abzuziehen. Auf allen Erhebungen rund um unser Dorf haben wir Späher postiert, die uns jeden Fremden melden.«

Aschenmond strich sich ein paar graue Haarsträhnen aus dem Gesicht. Den Zopf hatte sie diesmal nicht seitlich, sondern hinten im Nacken geflochten. »Ich glaube, das war eine kluge Entscheidung«, bemerkte sie freundlich und fügte hinzu: »Ich war sehr betrübt hinsichtlich der Nachricht von deinem Vater. Mäuseknochen war ein großer Anführer.«

Hungrige Eule lächelte traurig und begann die Teeschalen zu füllen. Die erste Schale reichte er Aschenmond. »Noch kurz vor dem Überfall hat er von dir und Silberner Sperling gesprochen. Er konnte es einfach nicht glauben, dass ihr euch habt scheiden lassen. Er sagte, ihr hättet immer den Eindruck vermittelt, als wäret ihr unzertrennlich.« Die nächste Schale reichte er Sperling.

Er nahm sie ihm mit den Worten ab: »Das sind wir auch. Es dauerte nur eine Weile, bis Aschenmond das klar geworden ist.«

Aschenmonds Mundwinkel zuckten, aber sie verkniff sich eine passende Anmerkung.

Die dritte Schale reichte Hungrige Eule Polterer. In seiner Stimme schwang eine Art von Ehrfurcht mit, als er sagte: »Du musst das Falschgesicht-Kind sein, von dem wir schon so viel gehört haben.«

Polterer nickte. Etwas tollpatschig nahm er mit seinen verbundenen Händen die Teeschale entgegen. »Ja. Mein Name ist Polterer.«

»Polterer«, wiederholte Hungrige Eule. »Der Name gefällt mir.«

Als er schließlich seine eigene Schale füllte, kniff er die Brauen über seiner ungewöhnlichen Nase zusammen. »Ist im Erdendonnerdorf alles in Ordnung?«

Aschenmond blickte nicht von ihrer Teeschale auf. »Soweit wir wissen, ja. Aber wir sind seit einem halben Mond unterwegs.«

Hungrige Eule nahm einen Schluck Tee und wartete auf weitere Neuigkeiten. Die roten Streifen auf seinem schwarzen Hemd leuchteten im Schein des Feuers orangefarben. »Wir hörten, dass das Falsch…, dass Polterer während des Überfalls auf das Buntfelsendorf geraubt wurde. Wie kommt es, dass er jetzt bei euch ist?«

»Willst du damit sagen«, fiel Sperling verwundert ein, »dass die Geschichte noch nicht bis zu euch vorgedrungen ist? Das überrascht mich aber. Ich glaubte, dass inzwischen jedes Dorf im Umkreis einer Mondreise davon Kunde …«

»Uns sind ein paar Neuigkeiten zu Ohren gekommen«, unterbrach ihn Hungrige Eule. »Aber nur über Polterer. Ein Händler kam vor zwei Tagen durchs Dorf und erzählte, dass das Oberhaupt des Wandererdorfes Polterer losgeschnitten habe und mit ihm in den Wald geflüchtet sei. Und wir hörten, dass eine Kriegerschar hinter diesem Mann her ist, um den Jungen zurückzuholen.« Sein Blick huschte kurz zu Polterer und richtete sich wieder auf Sperling. »Aber von euch beiden hat man uns nichts erzählt.«

»Nun ja, unsere Geschichte begann vor sechzehn Tagen, als Maishülse ins Erdendonnerdorf kam, mit der Nachricht, dass …«

Aschenmond legte ihre Hand auf Sperlings Arm. »Lass mich Hungrige Eule die Geschichte erzählen«, sagte sie. »Also, das Oberhaupt der Wanderer, Blauer Rabe nennt er sich, hat uns auf unserem Weg ins Buntfelsendorf ausfindig gemacht und uns Polterer verkauft. Und kurz danach wurde Blauer Rabe von Springender Dachs und seinen Männern gefangen genommen. Wir drei konnten nur mit knapper Not unsere Haut retten.«

Polterers Mund klappte auf, als er den verdrehten Bericht hörte, aber er wagte es nicht, seine Großmutter in Gegenwart von anderen Leuten zu verbessern.

Hungrige Eule verzog keine Miene. Er erkundigte sich nur, ob Springender Dachs jetzt hinter ihnen her sei.

»Da bin ich mir ziemlich sicher. Heute haben wir ihn nicht gesehen, aber man kann davon ausgehen, dass er uns verfolgt.«

Hungrige Eule nickte verständnisvoll. »Ja, das befürchte ich auch.« Dann wandte er sich zur Seite, hob den Türvorhang hoch und rief: »Beutelmarder?«

Beinahe im selben Moment duckte sich ein Mann durch den Vorhang und ging, auf ein Knie gestützt, in die Hocke. Er musste draußen vor der Hütte gewartet haben. Groß und breitschultrig, das lange schwarze Haar mit einem geflochtenen Lederstirnband aus dem Gesicht gehalten, zählte er etwa einundzwanzig Winter. Quer über seine rechte Wange zog sich eine gerade erst abgeheilte Schnittwunde. »Ja, Anführer?«

»Ich möchte, dass du die Alten, Kinder und jungen Mütter, sowie sämtliche Hunde in den Wald zu den Hollow Rocks bringst. Nehmt ausreichend Essen und Wasser mit. Sag unseren Leuten, dass sie dort für ein paar Tage kampieren müssen. Und bestell dem Kriegsführer, dass ich ihn sprechen möchte.«

»Jawohl, Anführer. Ich mache mich sogleich auf den Weg.«

»Ich danke dir, Beutelmarder.«

Er schlüpfte wieder durch das Türfell nach draußen, wo ihn seine Kameraden mit Fragen bestürmten. Beutelmarder brüllte Antworten und rief: »Großer Zahn? Geh und suche Möwe und richte ihm aus, dass der Anführer ihn sehen will.«

Während er auf den Kriegsführer wartete, richtete Hungrige Eule seinen Blick auf Aschenmond. »Von unserem Klan sind nicht mehr viele übrig, doch alle, die dazu in der Lage sind, werden euch helfen, das Falschgesicht-Kind zu beschützen.«

Aschenmond langte am Feuer vorbei und drückte Hungrige Eules Hand. »Ich danke dir. Du bist ein sehr großherziger Anführer.«

»Nein«, wiegelte Hungrige Eule ab und ließ langsam die Luft entweichen. »Ich bin nur der Sohn meines Vaters. Er hat mich vieles gelehrt. Eines Tages werde ich vielleicht euch um Hilfe bitten müssen.«

»Wenn das der Fall sein sollte, wirst du sie bekommen«, versprach Aschenmond.

Der Türvorhang lüftete sich und ein kalter Wind wehte in die warme Hütte, der die Flammen hochschlagen ließ und Hungrige Eule weißen Rauch ins Gesicht blies. Er blinzelte und winkte den Mann herein. »Bitte, nimm Platz, Kriegsführer.«

Möwe setzte sich zwischen Hungrige Eule und Sperling. Er

war ein Mann von ungefähr dreißig Wintern mit grimmigen Augen unter dicken schwarzen Brauen und tiefen Stirnfalten. Seinen langen Zopf durchzogen bereits die ersten grauen Strähnen. Er trug ein knielanges Hirschlederhemd und Lederhosen. »Worum geht es, Anführer?«

Hungrige Eule machte eine ausholende Handbewegung. »Das ist Polterer, auch bekannt als das Falschgesicht-Kind« – Möwes Gesichtszüge entspannten sich, respektvoll nickte er dem Jungen zu – »und das sind Anführerin Aschenmond und Silberner Sperling vom Erdendonnerdorf.«

Auch ihnen zollte er durch kurzes Nicken seinen Respekt. »Euer Besuch ist eine Ehre für uns.«

»Sie sind auf der Flucht vor einer Kriegertruppe, die vom Mörder deiner Frau angeführt wird.«

Möwes Blick wurde schlagartig hart. Sperling fixierend, fragte er: »Wie weit sind sie hinter euch zurück?«

»Ein paar Hand Zeit. Falls sie unsere Spur aufgenommen haben, könnten sie bereits bei Einbruch der Dunkelheit hier sein.«

Möwe schnitt, ins Feuer starrend, eine düstere Grimasse. »Dann bleibt uns noch etwas Zeit für Vorbereitungen. Wenn es dir recht ist, Hungrige Eule, werde ich entlang des Pfades Späher postieren. Falls sie etwas bemerken, können sie unsere Wachen alarmieren.«

»Einverstanden. Rede weiter, Kriegsführer.«

Möwe wandte sich abermals an Sperling. »Weißt du, aus wie vielen Männern die Truppe besteht?«

»Nach dem, was wir hörten, sollen es zwanzig Mann sein. Gesehen haben wir an die fünfzehn.«

»Ihr habt sie gesehen?«, fragte Möwe erstaunt. »Wann war das?«

»Gestern Abend, kurz nach dem Dunkelwerden. Bei den Ruinen des Buntfelsendorfes.«

»Des Buntfelsendorfes? Ihr wart gestern Abend im Buntfelsendorf? Wie seid ihr so schnell bis zu uns gelangt? Ihr müsst ja die ganze Nacht hindurch marschiert sein.«

»Ja, fast die ganze Nacht«, bestätigte Sperling.

Jetzt mischte sich Hungrige Eule ein. »Bei meiner Seele, das hätte ich wissen müssen. Ihr seht erschöpft aus. Meine Schwestern werden euch sofort etwas zu Essen herrichten und Decken für euch ausrollen.«

»Ich glaube nicht, dass Aschenmond oder ich uns jetzt aufs Ohr legen könnten, aber Polterer ...«

»Ihr solltet dennoch versuchen, etwas zu schlafen«, beharrte Hungrige Eule. »In ein paar Hand Zeit werdet ihr froh sein, wenn ihr ausgeruht seid. Ihr braucht keine Angst zu haben. Unsere Späher werden uns sofort ein Signal geben, wenn sie irgendetwas bemerken.«

Möwe rieb sich die buschigen Brauen. »Ihr habt mein Wort, dass ich euch im Fall einer Gefahr persönlich wecken werde. Wir brauchen jeden Bogen, den wir haben.«

Sperling studierte die harten Linien, die sich um den Mund des Kriegsführers eingegraben hatten. »Wie viele Krieger sind euch noch geblieben?«

»Erfahrene Krieger? Elf«, erwiderte Möwe. »Die übrigen verstehen zwar auch mit Pfeil und Bogen umzugehen, aber sie sind Jäger, keine ausgebildeten Krieger. Und ich bin mir nicht sicher, ob sie ihr Ziel auch dann noch treffen, wenn ihnen feindliche Pfeile um die Ohren fliegen.«

Unbewusst schlossen sich Sperlings Finger fester um seine Trinkschale. Sie waren absolut in der Minderzahl. Im Falle einer Schlacht würden noch mehr dieser gutherzigen Menschen ihr Leben lassen müssen. Ein Gedanke, der sich wie ein bitterer Geschmack auf seine Zunge legte. Jetzt wünschte er, er hätte auf Aschenmond gehört und das Nebelschleierdorf gemieden. An Möwe gewandt sagte er: »Wenn ihr uns braucht, werden wir da sein.«

Möwe nickte und richtete den Blick auf Hungrige Eule. »Falls du mir nichts weiter zu sagen hast, Anführer, würde ich jetzt gerne aufstehen und meinen Männern Anweisungen geben.«

»Ja, geh nur. Ich danke dir, Möwe.«

Der Türvorhang schwang auf und ließ eine Flut von Sonnenlicht herein, das sich über Hungrige Eules Gesicht ergoss und sich in seinen Augen spiegelte. Mit leiser Stimme sagte er: »Unsere Chancen stehen nicht gut, wie ihr zweifellos wisst. Daher meine Frage, die ich als sehr wichtig erachte: Wollt ihr, dass Polterer während eines eventuellen Kampfes in eurer Nähe bleibt, oder wollt ihr ihn lieber irgendwo im Wald verstecken? Ich würde vorschlagen, ihn zu verstecken. Und zwar aus zweierlei Gründen: Zum einen wäre er dann in Sicherheit, und zum anderen könntet ihr euch besser aufs Kämpfen konzentrieren, wenn ihr euch nicht um ihn kümmern müsstet. Aber die Entscheidung liegt selbstverständlich bei euch.«

Polterer sprang auf, stürzte auf Aschenmond zu und schlang seine Arme so fest um ihren Hals, dass er sie beinahe erstickte. Mit bebender Stimme flüsterte er ihr ins Ohr:

»Großmutter, bitte, schick mich nicht weg!«

Aschenmond ergriff seine Handgelenke und sagte: »Wir werden gemeinsam darüber nachdenken, ja? Wir haben noch ein wenig Zeit, ehe wir die Entscheidung fällen müssen.«

Polterer starrte Hungrige Eule so empört an, als habe der Mann gerade vorgeschlagen, seine Leber zum Abendessen zu servieren.

»Ja, das habt ihr«, beruhigte ihn Hungrige Eule. »Aber nicht sehr viel. Ich werde mich jetzt aufmachen und mit meinem Volk sprechen. Währenddessen werden meine Schwestern euch Essen und Decken bringen.« Damit erhob er sich. »Ihr solltet euch wirklich ausruhen.«

»Ja, das werden wir«, nickte Aschenmond. »Hab Dank, Anführer.«

Als Hungrige Eule die Hütte verlassen hatte, warf Aschenmond Sperling einen Blick zu, aus dem alle Verzweiflung dieser Welt sprach.

Sperling konnte bis auf den Grund ihrer Seelen blicken. »Ich weiß, was du denkst«, sagte er mit sanfter Stimme. »Aber Polterers Chancen zu überleben haben sich gerade verzehnfacht. Wären wir nicht hierher gekommen …«

»Was wird mit Zaunkönig geschehen?«, platzte Polterer heraus und lockerte seine Arme um Aschenmonds Hals ein wenig. »Können wir sie jetzt retten?«

Sperling strich Aschenmond sanft über den Arm, um ihre Schuldgefühle ein wenig zu lindern. Sie griff nach seinen Fingern und hielt sie fest.

»Polterer, es gibt nur eine Möglichkeit, Zaunkönig zu retten«, sagte Sperling. »Wir müssen um sie kämpfen. Möglich, dass sie dabei umkommt, aber wenn wir gewinnen, steht ihr wohl ein langes und glückliches Leben bevor.«

Polterer befeuchtete sich die Lippen und wiederholte leise: »*Wenn* wir gewinnen.«

»Anführerin Aschenmond?«, rief eine Stimme von draußen. »Darf ich eintreten?«

»Ja, bitte.«

Rotbuche, die dicke Frau, die sie auf dem Dorfplatz gesehen hatten, schlüpfte durch den Vorhang. Ihr schwarzes Haar war ziemlich sorglos abgeschnitten, zwischen den einzelnen Strähnen klafften etliche Lücken. Unter dem einen Arm trug sie drei Decken, am anderen hing ein Korb mit Brotfladen. Sie stellte den Korb vor Aschenmond hin und drückte Sperling die Deken in die Hand. »Falls ihr noch etwas braucht, findet ihr mich beim großen Feuer.«

»Danke, Rotbuche, aber ich glaube, wir haben mehr, als wir benötigen. Das war sehr freundlich von dir.«

Die Frau lächelte und sagte: »Ich wünsche euch eine angenehme Ruhe.« Damit verließ sie die Hütte.

Polterer setzte sich zwischen Aschenmond und Sperling auf den Fußboden, nahm sich einen Brotfladen und biss gierig hinein. Bald war sein hellblaues Hemd mit Brotkrumen gesprenkelt. Der Junge stopfte das Brot in sich hinein, als hätte er seit Tagen keinen Bissen zwischen die Zähne bekommen.

»Iss langsam, Polterer«, meinte Sperling gutmütig. »Du kannst anschließend noch einen Fladen haben.«

»Ja, aber ich muss mich beeilen, Großvater. Je früher ich schlafen gehe, desto eher wird Zaunkönig bei uns sein.«

Sperling nahm sich selbst einen der aus Eichelmehl und wildem Reis gefertigten Fladen, die nussig-aromatisch schmeckten, und beobachtete Aschenmond, die ebenfalls herzhaft zulangte. Polterer vertilgte noch die Hälfte eines zweiten Fladens, dann nahm er eine der Decken von Sperlings Schoß und verschwand damit in den hinteren Teil der Hütte. Den Rest des Fladens aß er unter seiner Decke und starrte dabei nachdenklich auf die schillernde Rußschicht, die die Dachsparren der Hütte überzog.

Sperling genehmigte sich ebenfalls noch einen Fladen, ehe er aufstand und sich mit den beiden übrigen Decken zu Polterer gesellte. Die Decken rollte er neben Polterers Lager auf den Büffelfellen aus und kroch unter eine davon. Ihre Gesichter waren nur vier Hand voneinander entfernt.

Aschenmond blieb noch am Feuer sitzen, beendete ohne Eile ihre Mahlzeit und schaute dabei in die tanzenden Flammen.

Sperling spürte ihre Nervosität, aber sie hatten den entscheidenden Schritt getan. Sie mussten kämpfen – oder sterben.

Seufzend schloss er die Augen und versuchte sich zu entspannen.

Polterer wischte sich die Hände an seiner Decke ab und rutschte näher zu Großvater Silberner Sperling. Das lange weiße Haar fiel dem alten Mann locker ums Gesicht. Es sah aus wie das Haar der Wolkenriesen, und Polterer fragte sich unwillkürlich, ob es wohl atmen konnte. Je höher man auf einen Berg stieg, das wusste er, desto schwerer fiel einem das Atmen. Polterer hatte schon immer darüber nachgegrübelt, ob die Wolkenriesen dort oben in der Höhe überhaupt genug Luft bekamen. Vorsichtig streckte er eine Hand aus und berührte eine silbern schimmernde Strähne.

Sperling schlug blinzelnd ein Auge auf. »Was ist denn?
Kannst du nicht schlafen?«

»Großvater, kann dein Geisterhelfer nicht kommen und uns beistehen?«

Silberner Sperling öffnete jetzt auch das andere Auge und sah Polterer nachdenklich an. Die Falten auf seiner Stirn wurden tiefer. »Nun, ich weiß nicht. Ich werde ihn darum bitten, Polterer, aber für gewöhnlich kommt er nur zu mir, wenn ich mich auf einer Visions-Suche befinde.«

»Für gewöhnlich?« fragte Polterer und bohrte seinen gesunden Finger in das weiße Haarnest. Zwischen den Strähnen gab es genügend Luft, stellte er fest. Die Haare konnten wahrscheinlich doch atmen.

»Ich habe meinen Helfer auch sonst ein paar mal gesehen; aber ehrlich gesagt war das nicht sonderlich angenehm. Einmal wachte ich auf, weil er hinter mir her war wie ein tollwütiger Wolf, und ich rannte um mein Leben.«

»Um dein Leben, Großvater?«

»Naja, so kam es mir jedenfalls vor.«

»Hmm…« Polterer seufzte. »Vielleicht war das so.«

Großvater Silberner Sperling sah ihn verwundert an. »Was meinst du damit?«

Polterer rollte sich auf den Rücken und rutschte so dicht an Großvater heran, bis sich ihre Ohren berührten. Rauchfahnen flatterten um das Abzugsloch im Dach und drängten sich aneinander vorbei, um als Erste den Weg nach draußen zu meistern und in den offenen Himmel zu steigen.

»Ich meinte, ob du weggerannt bist, weil er dich gejagt hat, oder ob er hinter dir hergerannt ist, weil du weggelaufen bist?«

Großvater zog die buschigen Brauen über seiner geschwungenen Nase zusammen. »Von der Warte aus habe ich das noch nie betrachtet. Vielleicht hätte ich nicht davonlaufen sollen, was meinst du?«

»Geisterhelfer sind ohnehin schneller als Menschen.«

»Das ist wahr. Er holt mich jedes Mal ein.« Großvater schob seine Hand in den Nacken. »Vor drei oder vier Monden, da hat er mich niedergeschlagen und seine Zähne in meine Wirbelsäule geschlagen. Ich ...«

»Du bist stehen geblieben?«

Die Falten um seine Augenwinkel kräuselten sich, als er sich in der Hütte umblickte. »Ja.«

»Anscheinend wollte er wirklich, dass du stehen bleibst, Großvater.«

Silberner Sperling drehte sich auf den Bauch, stützte sich auf die Ellbogen und sah zu Polterer herab. Sein weißes Haar ergoss sich wie ein Wasserfall über die Büffelfelldecken. »Tja, er hat seinen Willen durchgesetzt, aber dazu musste er sehr harte Maßnahmen greifen.«

»Ich glaube, du läufst besser nicht mehr vor ihm davon. Das nächste Mal geht er dir vielleicht an die Kehle oder saugt dir die Augen aus.«

Großvater kratzte sich am Ohr. »Das *wäre* in der Tat *sehr* unangenehm. Woher weißt du eigentlich so gut über Geisterhelfer Bescheid?«

Polterer gähnte mit weit aufgerissenem Mund und zog sich die Decke bis ans Kinn. Sie war aus Kaninchenfellstreifen gewebt und schmiegte sich warm und weich an sein Gesicht. »Meine Mutter ist auch immer davongelaufen. Und beim letzten Mal ist ihr ihr Geisterhelfer in den Nacken gesprungen und hat ihr die Luftröhre zugedrückt. Sie erklärte mir, dass man nur in der Ruhe zu Weisheit gelangt.«

Großvater Sperling streckte sich auf dem Bauch aus und legte das Kinn auf den Arm. Er hatte plötzlich einen sonderbaren Ausdruck im Gesicht.

Polterer machte die Augen zu.

»Schade, dass du mir das nicht schon vor zwei Wintern erzählt hast«, flüsterte Sperling.

Da schob sich Polterers kleine Hand unter der Decke hervor und tätschelte aufmunternd Großvaters Hand.

Fahles Sonnenlicht brach durch die Wolkendecke und breitete einen mattgoldenen Schleier über die schillernde Oberfläche des Leafing Lake. Die Schaumkronen auf den Wellen glitzerten gelblich.

Mit zusammengebissenen Zähnen stolperte Zaunkönig hinter Eichel das sandige Ufer entlang. Ihre völlig durchnässten Mokassins klebten wie Eisklumpen an ihren Füßen. Sie hatten ihr die Beinfesseln abgenommen, ihre gebundenen Hände jedoch zur Sicherheit mit einem langen Lederriemen an Eichels Gürtel festgeknotet. Als sie das Buntfelsendorf am frühen Morgen verlassen hatten, waren sie und Eichel zunächst der Truppe vorausmarschiert, doch wegen Zaunkönigs stolperndem Gang waren sie inzwischen ans Ende der Kolonne zurückgefallen.

Wellen wuschen über das Ufer und schoben den Sand vor und zurück. Glänzende Kieselsteine funkelten an der Wasserkante. Zaunkönig musste sich sehr konzentrieren, um Eichels Fußstapfen zu folgen.

Ihr Kopf dröhnte, als sei ihr Gehirn plötzlich gewachsen und versuchte ihre Schädeldecke zu sprengen. Mit dem rechten Auge konnte sie kaum etwas sehen. Ihre Brust tat ihr weh, und bei jedem Schritt schoss ihr ein stechender Schmerz aus dem Bauch geradewegs in die Kehle. Der Fußtritt von Springender Dachs musste ihr einige Rippen gebrochen haben.

Ungefähr zweihundert Schritte vor ihnen war die Kriegertruppe stehen geblieben. Die Männer hatten einen Kreis gebildet und starrten mit gesenkten Köpfen auf den Boden. Die Nachmittagsbrise trug ihr erregtes Gemurmel herüber, doch Zaunkönig konnte nicht verstehen, was gesprochen wurde.

»Was gibt es denn da zu sehen?«, brummte Eichel.

Zaunkönig hatte keine Kraft mehr zu antworten und schüttelte nur den Kopf.

Kurz nach dem Morgengrauen waren sie auf die Fußspuren von zwei Erwachsenen gestoßen, die vom Seeufer weg und den verschneiten Pfad hinauf zu dem Fichtengehölz führten. Zaunkönig hatte unter den Spitzen der tiefhängenden Äste die Abdrücke von Polterers Mokassins entdeckt und im Stillen den Mächten gedankt, dass es Aschenmond und Sperling gelungen war, den Jungen zu finden.

Aber sie hatten Spuren hinterlassen.

Mit Polterer, den einer von ihnen trug, waren sie zum Ufer hinuntergegangen. Im Sand verliefen sich die Spuren, doch sie hatten den Weg nach Norden eingeschlagen.

Das genügte.

Als sie sich dem Kreis der Krieger näherten, konnte auch Zaunkönig die Feuergrube im Sand erkennen. Sie hatten nicht das ganze Holz verbraucht, das sie gesammelt hatten. Neben der Feuerstelle lagen noch ein paar Äste und auf dem Aschebett die verkohlten Knochen eines Huhns. Drei Menschen hatten hier Rast gemacht. Einer von ihnen war Polterer.

Springender Dachs ging langsam um die Feuerstelle herum, den Holzpfahl, auf dem der Kopf steckte, als Gehstock benutzend. Fettige, verfilzte Haarsträhnen umrahmten seine Schlitzaugen. Vom tagelangen Marsch durch die Schneelandschaft, die das Sonnenlicht reflektierte, war seine Haut im Gesicht verbrannt, und die weiße Narbe, die quer über seine Kehle lief, trat noch deutlicher hervor.

Er zog einen Stecken aus dem Holzhaufen und stocherte damit in der Feuergrube.

»Die Asche ist kalt«, verkündete er. »Aber hier, am Seeufer, kühlt der Wind die Glutreste rascher aus als gewöhnlich. Deshalb vermute ich, dass sie nicht mehr als drei oder vier Hand Zeit Vorsprung haben.«

Der auf dem Bären reitet grinste breit. »Das heißt, dass wir sie noch heute schnappen werden.« Sein hässliches Dreiecksgesicht und die dünne Nase waren rußverschmiert. Vor vielen Wintern hatte er sich beide Eckzähne ausgeschlagen, und die Schneidezähne waren seither nach vorne gewachsen und ragten jetzt zwischen seinen Lippen hervor wie bei einem Biber.

»Ja. Am späten Nachmittag, schätze ich.«

»Verzeih, Kriegsführer«, ergriff Elchgeweih das Wort. »Ich glaube nicht, dass es klug wäre, das Dorf, das wir erst vor einem halben Mond überfallen haben, am helllichten Tag anzugreifen. Vielleicht sollten wir eine Rast einlegen, essen und trinken und uns etwas ausruhen. Und später im Schutz der Dunkelheit unser Vorhaben ausführen.«

Pfauenauge trat hinter Elchgeweih und setzte hinzu: »Ich halte das ebenfalls für sehr vernünftig, Kriegsführer. Ich habe zwar am letzten Kriegszug nicht teilgenommen, aber …«

»Aber du glaubst zu wissen, was für uns alle das Beste ist, wie?«, beendete Springender Dachs mit tiefer, drohender Stimme den Satz, sichtlich empört, dass Pfauenauge sich auf Elchgeweihs Seite geschlagen hatte. »Ich hingegen bin der Ansicht, dass diejenigen von uns, die hier schon einmal ihr Leben riskiert haben, die Sache besser beurteilen können als du.«

Pfauenauge, der die anderen Krieger ohnehin schon überragte, richtete sich zu voller Größe auf und erklärte: »Ich will nicht sterben, Kriegsführer. Und meine Brüder hier auch nicht, vermute ich. Wir wollen unseren Auftrag erfüllen, aber mit so wenigen Verlusten wie möglich. Und ein Überfall bei Nacht scheint mir hierfür die beste Lösung zu sein.«

Springender Dachs hob den Pfahl in die Höhe und rief, während sein Blick die versammelten Krieger umfasste: »Pfauenauge und Elchgeweih sind der Ansicht, wir sollten hier feige herumstehen und warten, bis es dunkel genug ist, um uns heimlich ins Nebelschleierdorf zu schleichen! Was sagt ihr dazu? Sollen wir zittern wie Mäuse, die sich vor ihrem eigenen Schatten fürchten? Wer von euch ist eine Maus? Der soll seine Hand erheben!«

Die Krieger liefen ziellos umher, mürrisches Gemurmel wurde laut, doch nur Eichel hob seine Hand.

»Um des Andenkens unserer Ahnen willen, Springender Dachs, hör auf die Stimme der Vernunft!«, rief Elchgeweih so erregt, dass ihre Nasenflügel zitterten. Dann reckte sie das schmale Kinn vor und schob sich die schulterlangen Haare hinter die Ohren. »Vorsichtig zu sein bedeutete noch lange nicht feige zu sein. Den Überlebenden des Nebelschleierdorfes sitzt bestimmt noch die Angst im Nacken und deshalb werden sie auf der Hut sein. Willst du, dass wir blindlings in einen Hinterhalt stolpern?«

»Ich auf jeden Fall nicht«, erklärte Pfauenauge bestimmt.

»Du nicht, wie?« höhnte Springender Dachs. »Hört euch den großartigen Pfauenauge an. Er weiß noch gar nicht, was genau ihm bevorsteht, aber er will sich schon mal vorsorglich vor dem Kampf drücken. Wie viele Krieger wird das Nebelschleierdorf nach unserem Überfall noch besitzen? Na, was glaubt ihr? Zehn vielleicht? Oder sogar zwölf?«

Der auf dem Bären reitet verschränkte die Arme vor der Brust seines speckigen Hirschlederumhangs. »Ich schätze zehn, Kriegsführer. Sie hatten ohnehin nur zwanzig Mann, und von denen habe allein ich schon drei getötet.«

»Jawohl«, sagte Springender Dachs stolz. »Du bist ein Kämpfer. So wie alle Krieger aus unserem Langhaus. Wenn Moosschnabel und Schädelkappe noch unter uns wären, würden sie es kaum erwarten können, das Nebelschleierdorf anzugreifen – und zwar so schnell wie möglich. Um die Sache hinter sich zu bringen, auf dass wir alle bald wieder zu Hause bei unseren Familien sind.«

Elchgeweih hob skeptisch eine Braue. »Ja, und deshalb sind sie nicht mehr am Leben. Keiner der beiden besaß so viel Urteilsvermögen, wie Fallende Frau einer Mücke mitgibt.«

Der auf dem Bären reitet trat langsam nach vorn, die Hände erhoben und zu Fäusten geballt, als wollte er auf Elchgeweih einschlagen... bis Pfauenauge an ihre Seite sprang und seinen Dolch zückte. Die Muskeln seiner massigen Schultern vibrierten, und sein Blick sandte eine tödliche Botschaft.

Der auf dem Bären reitet blieb stehen, holte tief Luft und drohte Elchgeweih mit ausgestrecktem Finger: »Wenn das hier vorbei ist, wirst du mir deine Unverschämtheiten büßen, alte Frau!«

Elchgeweih hielt seinem zornsprühenden Blick stand, ohne mit der Wimper zu zucken. »Sieh dich um! Seht euch alle um! Wir gehen uns gegenseitig an die Gurgel. Wir sind müde und verzweifelt wegen der Nachrichten von unseren Familien. Glaubt ihr wirklich, das ist der geeignete Zeitpunkt, um uns in eine Schlacht zu stürzen? Natürlich nicht! Wir sollten uns ausruhen und sehr genau überlegen, wie man am besten weiter vorgeht!«

Eichel zog Zaunkönig hinter Elchgeweih und erklärte: »Ja, es wird unser Schaden nicht sein, wenn wir kurz die Lage besprechen, oder?«

Zaunkönig ließ sich zu Eichels Füßen in den Sand fallen und blickte zu Elchgeweih hoch. Bis gestern hatte sie nie verstanden, weshalb Onkel Blauer Rabe sie einst so geliebt hatte.

Elchgeweih sorgt sich um die Menschen. Sie versteht, was in ihren Seelen vor sich geht. Genau wie Onkel. Sie sollte die Krieger anführen.

Als Zaunkönig in die Runde blickte, konnte sie ihre Gedanken auch in den Gesichtern vieler anderer Krieger lesen. Und Springender Dachs offenbar ebenfalls. Seine Kiefer unter der sonnenverbrannten Haut begannen erregt zu mahlen.

Kurz darauf rief er, den Kopf von Lahmer Hirsch in die Höhe gereckt: »Also schön, stimmen wir ab! Wer von euch will an meiner Seite gegen die Feiglinge aus dem Nebelschleierdorf kämpfen, die das Falschgesicht-Kind beschützen? Wer von euch ist bereit, mich dabei zu unterstützen, das Falschgesicht-Kind zu töten?«

»Wir wissen nicht, ob sie den Jungen beschützen …«, begann Elchgeweih.

»Wer von euch folgt mir?«, brüllte Springender Dachs in die Menge, ohne ihren Einwand zu beachten. »Wer von euch fühlt sich den Anordnungen der Anführerinnen des Wandererklans verpflichtet?«

Zaunkönig beobachtete gespannt, wie die Männer die Köpfe einzogen, nervös von einem Bein aufs andere traten und sich schließlich wie geprügelte Hunde hinter Springender Dachs aufreihten. Etliche jedoch entschieden sich, Elchgeweih zu folgen.

Nachdem die Krieger die Seiten gewählt hatten, drehte Springender Dachs sich um, zählte seine Männer und verkündete mit gewichtiger Stimme: »Zwölf tapfere Krieger stehen hinter mir, Elchgeweih. Du bringst es nur auf acht.«

Sie nickte, doch ihr Gesichtsausdruck war eiskalt. »Wir werden zu unseren Verwandten stehen, wie wir es immer getan haben«, erklärte sie. »Aber viele hervorragende Krieger werden sterben, Springender Dachs, und daran trägst du die Schuld.«

»Ja, nur zu, Elchgeweih, mach mir nur Vorhaltungen. Was kümmert mich das schon? Erfüll du nur deine Pflicht gegenüber deinen Leuten. Wir müssen das Falschegsicht-Kind töten, ehe auch noch der Rest unseres Klans stirbt!«

Damit drehte Springender Dachs sich auf dem Absatz um und stapfte das Ufer entlang, gefolgt von seinen Mannen, die mit freudlosen Mienen hinter ihm her trotteten.

Elchgeweih blickte in die Runde der Krieger, die sich ihr angeschlossen hatten und sagte: »Wir haben alle unsere Entscheidung kund getan. Und selbst wenn uns das Ergebnis nicht gefällt, sind wir dazu verpflichtet, unseren Angehörigen zu helfen. Kommt. Lasst uns den anderen folgen.«

Mit diesen Worten führte Elchgeweih die Männer an, ein zügiges Marschtempo einschlagend.

Eichel zog Zaunkönig auf die Füße, um sich der Gruppe anzuschließen.

Doch Zaunkönig, deren Kopf dröhnte, als würden darin tausend Trommeln geschlagen, und der vom schnellen Aufstehen ganz schwindlig geworden war, knickten immer wieder die Knie ein. Sie taumelte von einer Seite auf die andere, trat aus Versehen in ein tiefes Loch, das einer von Eichels Mokassins hinterlassen hatte, und fiel der Länge nach in den Sand. Eichel zerrte sie noch zwei Schritte hinter sich her, dann blieb er stehen.

Ungehalten drehte er sich zu ihr um, die Lippen zusammengepresst, und plötzlich schossen Zaunkönig die Tränen in die Augen.

Er warf der Kriegertruppe, die rasch voranschritt, einen resignierten Blick hinterher und beugte sich über Zaunkönig. Der Haarkamm, der längs über seinen rasierten Schädel verlief, glänzte im Sonnenlicht.

»Mein Kopf«, wimmerte Zaunkönig mit heiserer Stimme. »Er tut so schrecklich weh.«

»Kleiner Zaunkönig, ich kann dich nicht tragen. Ich muss meine Hände frei haben, um meinen Bogen abschießen zu können. Aber wir dürfen auch nicht hundert Schritte hinter den anderen her trödeln. Falls sie uns angreifen, werden wir beide die ersten sein, auf die sie zielen. Verstehst du das?«

»Ja.«

»Und, was soll ich jetzt mit dir machen?«

»Lass mich hier. Lass mich einfach hier.«

»Das geht nicht. Auf keinen Fall. Und wenn ich Springender

Dachs erzähle, dass du nicht mit uns Schritt halten kannst, wird er dich töten.«

Zaunkönig biss die Zähne zusammen und rappelte sich hoch, um beim nächsten Schritt, von Schwindel und Übelkeit gepeinig, wieder hinzufallen. Dann erbrach sie sich. Eine Weile blieb sie im feuchten Sand liegen, bis sie genug Kraft gesammelt hatte, um es noch einmal zu versuchen. Als sie dann aufstand, gehorchten ihr ihre Beine. »Es geht schon wieder«, wisperte sie mit dünner Stimme.

Eichel musterte ihr verschwollenes Gesicht. »Wollen wir's hoffen. Denn wenn du nochmal zusammenklappst, dann weiß ich nicht, was passiert.«

Zaunkönig nickte und Eichel zog sie weiter mit sich.

Torkelnd setzte Zaunkönig einen Fuß vor den anderen und fixierte mit dem guten Auge die Hacken von Eichels Mokassins, an denen nasse Sandklumpen klebten.

Der ganze Körper tat ihr weh, aber daran durfte sie einfach nicht denken.

Stattdessen dachte sie an Polterer. Daran, wie er sie angesehen hatte an dem Abend, als sie ihn auf ihren Umhang gerollt und vom Lost Hill gezerrt hatte. Und an sein herzzerreißendes Schluchzen, als er seine Mutter fand.

Und sie dachte an Onkel Blauer Rabe.

Noch in tausend Wintern, wenn ihre einsame Seele durch die dunklen Wälder wanderte, würde sie seine Stimme hören, die sie aufgefordert hatte zu lügen, den Leuten weiszumachen, dass er an allem Schuld habe... und der Schmerz würde sich nirgendwo in ihrem Geisterkörper verstecken können.

In den Bäumen zu ihrer Linken knackte ein Ast.

Zaunkönig hob den Kopf.

Da war etwas. Bewegte sich von Baum zu Baum.

Tanzte. Versteckte sich und lugte im nächsten Moment hinter einem Baumstamm hervor. Eine Erscheinung aus Blut und Sonnenlicht blitzte zwischen den dunklen Stämmen auf. Das Gesicht leuchtete.

Die blutroten Wunden auf seiner Brust waren zu lodernden Flammen geworden.

Sein Wispern sickerte aus dem Sand und aus dem Himmel: *Ich habe es dir gesagt, Zaunkönig. Ich sagte dir doch, dass du kommen wirst.*

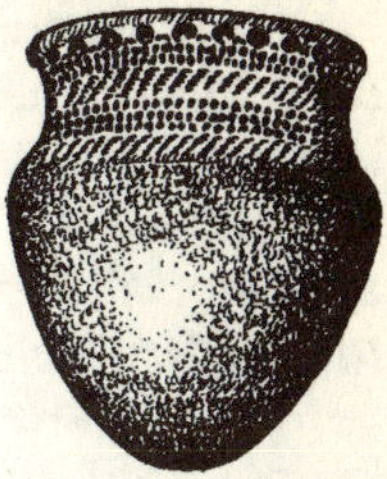

33. Kapitel

Das eisgraue Licht, das durch das Rauchabzugsloch hereinschien, ließ Aschenmond aus dem Schlaf hochschrecken. Ihr Herz raste, als sie sich auf die Ellbogen stützte und blinzelnd umsah. War es schon so spät? Das Feuer war bis auf die Glut heruntergebrannt; sanftes Licht erhellte die Hütte, das die Vorratskörbe und Polterers Haar mit einem rötlichen Schimmer überzog.

Sperling lag auf der Seite und schlief tief und fest, das Aschenmond zugewandte Gesicht umhüllt von seiner weißen Haarflut. Ihr Blick wanderte über die tiefen Furchen in seiner Stirn, die dunklen Schatten unter seinen Augen, die sinnlich geschwungenen Lippen und die gebogene Nase.

In ihrem ganzen Leben hatte sie sich noch nie so sehr danach gesehnt ihn zu berühren, wie in diesem Augenblick.

Aber sie tat es nicht. Der Anblick allein war tröstlich genug. Polterer lag auf dem Rücken, sein Kopf berührte beinahe den von Sperling, seine Hand hatte er in dessen weißem Haar vergraben. Die glühenden Äste in der Feuerstelle hinter ihnen leuchteten flackernd, und der aromatische Geruch des Holzrauchs mischte sich mit dem der feuchten Rindenwände.

Diese unschuldige, friedliche Atmosphäre machte die vor ihnen liegende Nacht schier unerträglich.

Dass sie sterben könnte, das kümmerte sie wenig, aber es war ihr ungeheuer wichtig, dass Sperling und Polterer weiterleben durften.

In der Nacht als Flint gestorben und Sperling verschwunden war, hatte sie zum ersten Mal allein auf ihrem gemeinsamen Lager gelegen und die Götter verflucht. Und Sperling. Seine Stärke war für sie wie ein Anker gewesen, der sie mit der Erde verband, und ohne diesen hatte sie die Verbindung zur Wirklichkeit verloren. Während der dreiundachtzig Tage seiner Abwesenheit war sie wie eine Schlafwandlerin durchs Dorf geirrt, mehr tot als lebendig, gefangen in einem grauenvollen Albtraum, dem sie nicht entfliehen konnte.

Ständig hatte sie die Furcht getrieben, dass Sperling tot sein könnte, und sie hatte die Götter angefleht, ihr die Kraft zu schenken, damit fertig zu werden. Tief in ihrem Inneren wusste sie, dass sie nicht verzweifeln durfte – um ihrer Tochter und der Enkelkindern willen. Und wegen ihres Klans.

Doch der Gedanke, dass er nicht mehr am Leben sein könnte, hatte in ihr immer wieder den verzweifelten Wunsch ausgelöst, ebenfalls zu sterben.

Und so einen Gedanken wollte sie nie wieder in sich spüren.

Sperlings Hand lag entspannt auf dem Büffelfell zwischen ihm und dem Jungen. Aschenmond streckte den Arm aus und strich sacht über seine Fingerspitzen.

Ein unsäglicher Schmerz glomm in ihrem Herzen auf.

Dies könnte ihr letzter gemeinsamer Tag sein, und es gab doch noch tausend Dinge, die sie ihm sagen wollte.

Versonnen strich sie seitlich an seinem Zeigefinger entlang und folgte der Biegung seines Daumens.

Da bewegten sich seine Augenlider. »Na, hast du Angst, dass wir morgen um diese Zeit tot sein könnten?«, murmelte er.

»Der Tod jagt mir keine Angst ein, Sperling«, flüsterte sie zurück. »Aber die Vorstellung, ohne dich leben zu müssen, die macht mir Angst.«

Ein Lächeln zupfte an seinen Mundwinkeln. »Du hast meine Gedanken gelesen.«

Aschenmond betrachtete seine geschlossenen Augen. »Habe ich das?«

»Ja.« Jetzt schlug er die Augen auf und stützte den Kopf auf seine Hand. »Ich habe gerade überlegt…«

Sie ließ ihm ein paar Augenblicke Zeit, um seinen begonnenen Satz zu beenden, doch als er nur gedankenverloren die Locken des Büffelfells zwischen den Fingern drehte, sagte sie: »Mir gefällt deine Überlegung schon jetzt nicht, obwohl ich nur den Tonfall deiner Stimme vernommen habe. Worum geht es?«

»Eine praktische Überlegung.« Er sog tief die Luft in die Lungen. »Es gibt keinen Grund, dass wir uns beide an dem Kampf beteiligen. Ich ...«

»Ich bleibe an deiner Seite. Ich kann mit dem Bogen sehr gut umgehen.«

»Das weiß ich, aber die Sache ist die, dass... nun ja...Polterer wird sich nicht im Wald verstecken wollen, ohne dass einer von uns mit ihm geht. Andererseits wird er dort sehr viel sicherer sein als hier im Dorf. Und genauso wichtig ist mir...« Er ergriff nach ihrer Hand und drückte sie an seine Brust. »Aschenmond, bitte, ich möchte dich hier nicht dabei haben.«

»Aber du brauchst mich. Möwe sagte, jeder verfügbare Bogen wäre nützlich«

»Ich erinnere mich sehr gut an seine Worte.« Seine Finger schlossen sich fester um ihre Hand. »Aber ich weiß auch genau, dass ich mir, wenn du neben mir stündest, unablässig Sorgen um dich machen würde und somit für Möwe keine große Hilfe wäre.«

Als er sie ansah, konnte sie deutlich die Angst in diesen dunklen, liebevollen Augen erkennen.

»Sperling, du bist kein Jüngling mehr«, wandt sie mit zitternder Stimme ein. »Dieser Kampf ...«

»Muss ausgefochten werden.«

»Sperling – bitte ... Ich will nicht, dass du stirbst.«

Sein Blick wurde beinahe melancholisch. »Es macht mich sehr glücklich, diese Worte aus deinem Mund zu hören, Aschenmond, aber du musst dir darüber im Klaren sein, dass meine Chancen, am Leben zu bleiben, sehr viel größer sind, wenn du dich von dieser Schlacht fern hältst. So kann ich mich ganz aufs Kämpfen konzentrieren, und du hast die Gewissheit, dass der Junge in Sicherheit ist. Du weißt so gut wie ich, dass du, wenn du den Jungen jemand anderem anvertrauen und an meiner Seite kämpfen müsstest, dir ununterbrochen Sorgen um ihn machen würdest. Du wärest ständig abgelenkt, weil du dich um Polterer und um mich zu sorgen hättest. Und ich wäre abgelenkt, weil ich mich um Polterer und um dich sorgen würde. Und Polterer würde sich um uns beide sorgen. Daher meine ich, dass es für uns alle am besten wäre, wenn du dich mit Polterer im Wald versteken würdest.«

Ein Windstoß fegte unter dem Vorhang hindurch in die Hütte und entfachte die Glut. Der Schein der hochzüngelnden Flammen brachte seine Augen zum Leuchten. Er hob ihre Finger an seine Lippen und küsste sie. »Stell dir vor, du wärest Klan-Anführerin. Welchen Rat würdest du uns dann geben?«

Sie verzog das Gesicht zu einer finsteren Grimasse. »Trotzdem gefällt mir das nicht.«

»Aber Polterer und mir, nicht wahr?« Er reckte sich, um Polterers Blick einzufangen.

Aschenmond war so in das Gespräch vertieft gewesen, dass sie gar nicht auf den Gedanken gekommen war, dass der Junge zuhören könnte.

Polterer strich sich die Haare hinter die Ohren und setzte sich auf. Sein rundes Gesicht schimmerte rosig.

»Wenn Großmutter mit mir in den Wald ginge, dann hätte ich keine Angst.«

»Ich weiß, Polterer, aber...«

Der Türvorhang lüftete sich, und Hungrige Eule steckte seinen Kopf herein. Er trug jetzt einen dunklen Elchlederumhang, und sein junges Gesicht unter der Kapuze wirkte auf einmal sehr blass.

»Es ist dichter Nebel aufgezogen«, sagte er. »Unsere Späher sehen nicht einmal mehr die Hand vor Augen. Vielleicht solltet ihr aufstehen.«

Sperling schlug die Decken zurück und erhob sich eilig. Als er sich nach seinem Bogen und dem Köcher bückte, sagte er: »Ich danke dir, Hungrige Eule. Wo sammeln sich deine Leute?«

»Wir haben im Wald dort oben im Norden ein Feuer angezündet.«

»Gut, wir werden uns gleich dort einfinden.«

Hungrige Eule nickte und fügte hinzu: »Bitte, leert den Teekessel über der Glut aus. Wir werden alle Feuer im Dorf löschen.« Damit ließ er den Vorhang fallen. Seine Schritte entfernten sich rasch, und Aschenmond hörte gedämpfte Stimmen vor der Hütte.

Sie legte sich den Umhang um und reichte Polterer seinen weißen Fuchsüberwurf. Er zog ihn sich über den Kopf und wartete dann mit großen Augen auf Anweisungen, entweder von Großmutter oder Großvater.

»Vergiss deinen Bogen und den Köcher nicht«, sagte Aschenmond zu ihm. Sie reichte ihm beides und ergriff dann ihren eigenen Bogen.

Polterer drückte die Waffen an seine Brust und flüsterte leise: »Zaunkönigs Bogen und Köcher.«

»Oh... Das hätte ich mir denken können. Den Geistern sei Dank für Zaunkönigs Umsicht. Polterer, deine Teeschale ist noch halb voll. Trink sie lieber aus. Wer weiß, wann wir wieder etwas Warmes bekommen.«

»Ja, Großmutter«, nickte er und griff nach seiner Trinkschale.

Während der Junge seinen Tee austrank, wechselten Sperling und Aschenmond einen langen Blick. Er schlüpfte in seinen Büffelmantel und lächelte sie zuversichtlich an.

»Ich hoffe doch«, sagte sie, »dass du deinen Geisterhelfer um ein wenig Unterstützung gebeten hast, Sperling.«

»Ich habe die meinen um Hilfe gebeten«, antwortete Polterer an Sperlings Stelle: »Und sie versprachen, aus den Himmeln herunterzukommen.« Er stellte die leere Schale neben die Feuerstelle und huschte an Aschenmond vorbei zur Tür. Bevor er den Vorhang zur Seite schlug, setzte er hinzu: »Großvater hat seinen ebenfalls aufgefordert, uns zu helfen.« Damit duckte er sich und schlüpfte hinaus, um, wie sie hörten, sein Nachtwasser zu entleeren.

Aschenmond warf Sperling einen unbehaglichen Blick zu. Dieser zuckte mit den Schultern und meinte: »Ich weiß nicht, mit wem er spricht.«

»Hast du um Hilfe gebeten?«

»Selbstverständlich.«

Sperling nahm den Teekessel, und als er den Inhalt über der Glut ausgoss, stiegen zischende Rauchwolken auf.

Aschenmond griff nach ihrem Bündel, duckte sich nach draußen in den trüben Nachmittag und hielt für Sperling den Vorhang auf. Als Sperling Polterer im Kreise der Dorfbewohner entdeckte, die zehn Schritte von ihrer Hütte entfernt um ein Feuer herumstanden, flüsterte er Aschenmond zu: »Wenn sich die Gelegenheit ergibt, dann finde heraus, was er sonst noch weiß.«

»Du meinst, ob wir siegen werden?«

»Nein, Aschenmond. Ob wir überleben werden oder nicht.«

Maishülse schob einen herabhängenden Fichtenzweig zur Seite und spähte angestrengt zwischen den Bäumen umher. Der Nebel war so dicht, dass er keine fünf Schritte weit sehen konnte. Blutahorn- und Zuckerahornbäume säumten den Pfad, und von ihren kahlen Ästen, die sich in der Höhe trafen, regneten unablässig Tautropfen auf ihn nieder. Sein räudiger Mantel klebte ihm am Leib wie ein frisch abgeschabtes Stück Büffelhaut.

Mit seiner Stimmung stand es nicht zum Besten. Sie konnten nicht mehr als eine gute Hand Zeit vom Nebelschleierdorf entfernt sein, und nicht einmal er, der diesen Pfad schon hundertmal gegangen war, hätte sagen können, wo genau sie sich befanden.

Der harzige Duft nach Fichtennadeln stieg ihm in die Nase, als er in den Wald hineinlauschte.

Kein Windhauch regte sich. Kein Vogel zwitscherte.

Seine reiche Erfahrung hatte ihn gelehrt, dass ein Mann nicht vorsichtig genug sein konnte, wenn er sich einem Dorf näherte, das erst kürzlich überfallen worden war. Die Bewohner reagierten dann oft mehr als übereifrig, wenn es um ihre Sicherheit ging. Maishülse konnte ein Lied davon singen. Vor drei Wintern hatte er gehört, dass Springender Dachs das Große Felsendorf überfallen und die Vorratshütten geplündert hatte. Und da bekannt war, dass hungernde Völker oft ihre wertvollsten Güter gegen Lebensmittel eintauschten, um ihre Kinder zu füttern, hatte Maishülse Packen mit Mais, Holunderbeeren, Sonnenblumenkernen, Bohnen, Kürbis und anderen Ackerfrüchten geschnürt und sich damit auf den Weg dorthin gemacht. Unbekümmert und mit einem freundlichen Lächeln im Gesicht war er ins Große Felsendorf marschiert. Doch noch ehe er einen Fuß auf den Dorfplatz hatte setzen können, fand er sich von Dutzenden bogenschwingender Krieger umringt – viele von ihnen noch zu jung, um über die nachteiligen Folgen Bescheid zu wissen, die ein Dorf trafen, das einen Händler tötete.

Kurz darauf sollte er erfahren, dass der Große Felsen-Klan davon überzeugt war, dass ein Händler sie an ihre Feinde verraten hatte, um anschließend aus ihrer Notlage Profit zu schlagen.

Maishülse traf an diesem Unglück zwar keinerlei Schuld, doch es vergingen etliche sehr unangenehme Tage, während derer er zusehen musste, wie sich das gesamte Dorf an seinen Gütern schadlos hielt, bis es ihm gelungen war, sie von seiner Unschuld zu überzeugen.

Jetzt verspürte er nicht die geringste Lust, diese Erfahrung noch einmal zu wiederholen.

Gefleckter Frosch schob sich an Maishülses Seite. Fliegendes Skelett hatte die schwarzen Zöpfe seines Herrn oben auf dessen Kopf zusammengerollt und sie mit einem hölzernen Kamm festgesteckt. Das aufgedunsene Gesicht des Klanoberhaupts glühte vor Anstrengung. »Was siehst du?«

Maishülse schob die Zungenspitze durch die breite Lücke seiner fehlenden Schneidezähne. »Leider nur wenig mehr als eine dicke Nebelsuppe.«

Gefleckter Frosch musterte ihn skeptisch. »Ist das der Weg zum Nebelschleierdorf?«

Der Händler legte den Kopf schief und ließ den Blick noch einmal den Pfad entlangwandern. »Wahrscheinlich.«

»Wahrscheinlich?«

Die Krieger drängten sich hinter ihnen zusammen und spähten über Gefleckter Froschs Schulter, die Pfeile auf den Sehnen, die Bögen schussbereit. Erregtes Gemurmel erhob sich.

»Ich vermag es nicht mit Sicherheit zu sagen, verehrtes Oberhaupt. Von einem erhöhten Standort aus könnte ich unsere Position ohne Schwierigkeiten bestimmen – falls es uns möglich wäre, etwas zu sehen. Aber das ist leider nicht der Fall. Daher kann ich nur sagen, dass ich glaube, auf dem richtigen Weg zu sein.«

Gefleckter Frosch wischte sich mit dem Ärmel den Schweiß von der Stirn. »Gibt es denn keine markanten Orientierungspunkte auf diesem Pfad? Findlinge, verkohlte Baumstümpfe, seltsam geformte Büsche?«

»Doch, die gibt es«, erwiderte Maishülse. »Etwa eine halbe Hand Zeit vor der Ankunft im Nebelschleierdorf passiert man eine Anhöhe, auf der eine Reihe umgeknickter Bäume steht. Die sind vor zwei Wintern einem Orkan zum Opfer gefallen. Er hat selbst die dicksten Stämme gespalten und sie durch die Luft gewirbelt wie Kienspäne. Aber bislang sind wir noch nicht daran vorbeigekommen.«

Mit einem Zischen sog Gefleckter Frosch die Luft ein und ließ sie seufzend entweichen. »Also schön, dann marschieren wir eben weiter. Falls wir auf dem falschen Weg sein sollten, werden wir das bis zum Einbruch der Dunkelheit ja wissen, oder?«

»Ganz bestimmt. Selbst bei dieser Nebelbrühe müssten wir unser Ziel in spätestens zwei Hand Zeit erreicht haben.«

»Sehr gut«, nickte Gefleckter Frosch. »Dann übernimmst du jetzt die Führung, Maishülse, und wir folgen dir.«

Unbehaglich verlagerte Maishülse sein Gewicht auf das linke Bein. Falls feindliche Krieger hier eine Falle gestellt hatten, fiele ihm als Anführer dieses Trupps gleichsam die Rolle des Versuchskaninchens zu, und auf die war er nun keineswegs erpicht.

Daher begann er mit schmeichelnder Stimme: »Bist du sicher, geehrter Anführer, dass du nicht doch lieber deine Krieger die Führung übernehmen lassen möchtest? Schließlich verfügst du über eine große Zahl von Männern, und die haben so viel mehr Erfahrung …«

»Die Entscheidung steht fest. Meine Krieger haben noch nie einen Fuß in diese Gegend gesetzt. Du hingegen schon«, beschied ihm Gefleckter Frosch. Er reckte das Kinn in die Höhe und trommelte mit den Fingern auf seinen Bogen, anscheinend auf weitere fadenscheinige Ausflüchte von Maishülse wartend.

Nach einem Blick in die Runde der Krieger, die ihn aus zusammengekniffenen Augen musterten, fügte sich Maishülse seufzend in sein Schicksal.

»Nun denn!«, rief er mit einer ausholenden Handbewegung. »Folgt mir!«

Aschenmond, Polterer und Sperling bildeten mit den vierzehn Mitgliedern des Nebelschleierdorfes einen Kreis um das große Feuer. Polterer lehnte an Aschenmonds Beinen, die Hände in den Falten ihres Rocks vergraben, die weiße Kapuze tief ins Gesicht gezogen. Von den Ästen der hohen Eichen, die sie überragten, tropfte der schmelzende Schnee ins Feuer und verdampfte unter lautem Zischen in der Glut.

Hungrige Eule hatte die Arme vor der Brust verschränkt und blickte herab zu Möwe, der vor ihm kniete. Sein grau melierter Zopf fiel ihm über die linke Schulter. Möwe trug einen sorgfältig gegerbten Hirschledermantel ohne Bemalung oder Stickereien, nicht einmal Fransen hatte er. Nichts, woran ein feindlicher Krieger seinen Rang hätte erkennen können. Seinen Bogen und den Köcher hatte er um die rechte Schulter geschlungen. Der Schein des Feuers ließ die tiefen Furchen zwischen seinen buschigen Brauen noch stärker hervortreten.

»Wir haben eine Vorhut von Spähern vorausgeschickt, Anführer«, erklärte Möwe. »Ich fürchte jedoch, dass sie uns bei diesem Nebel nicht viel nützen werden. Zumindest aber könnten sie uns ein paar hundert Herzschläge vor der eigentlichen Gefahr eine Warnung zukommen lassen, wenn sie etwas Auffälliges bemerken.«

»Ich verstehe«, sagte Hungrige Eule. »Fahre fort.«

Möwe malte mit dem Zeigefinger einen Umgebungsplan in die feuchte Erde. »Unsere elf Krieger werden ihre früheren Beobachtungsposten wieder einnehmen.« Die Punkte, die er mit der Fingerspitze in die Erde drückte, bezeichneten die einzelnen Standorte. »Der Rest von euch kann sich einem dieser Krieger anschließen. Er oder sie wird für jedes zusätzliche Augenpaar dankbar sein. Außerdem sollten wir eine Person zurücklassen, die das Feuer in Gang hält.«

»Um die Feinde ins Dorf zu locken?«, erkundigte sich Hungrige Eule.

»Ja«, antwortete Möwe. »Je näher wir sie heranlocken können, desto stärker werden die Flammen sie blenden, und wir haben besseres Licht, um unsere Pfeile abzuschießen.«

Hungrige Eule schürzte nachdenklich die vollen Lippen. »Derjenige, der das Feuer bewacht, wird die gefährlichste Position innehaben. Wem würdest du diese Aufgabe …«

»Ich werde das übernehmen«, erklärte Sperling.

Aschenmond fuhr herum und starrte ihn mit offenem Mund an. »Aber Sperling, warum ausgerechnet du? Warum nicht jemand …«

»Diese Leute riskieren ihr Leben, um uns zu helfen, Aschenmond. Und ich werde nicht zulassen, dass Hungrige Eule einen seiner lieben Angehörigen den Posten einnehmen lässt, für den ich am geeignetsten bin.«

»Und warum glaubst du, für diese Aufgabe am geeignetsten zu sein?«, warf Hungrige Eule ein.

»Wir haben jetzt nicht die Zeit, dir die ganze Geschichte zu erzählen, Hungrige Eule«, antwortete Sperling. »Aber ich bin davon überzeugt, dass Springender Dachs, wenn er mich allein am Feuer stehen sieht, mit mir wird sprechen wollen. Seine Krieger werden ihm dann auf den Dorfplatz folgen.«

Möwe wandte sich wieder an Hungrige Eule und sah zu ihm auf. »Das ist ein guter Einfall, Anführer.«

Hungrige Eule schaute in die Runde der vom Feuerschein erhellten Gesichter und fragte: »Erhebt jemand Einwände dagegen, dass Silberner Sperling das Feuer bewacht?«

Aller Augen ruhten auf Sperlings ernsthaftem Gesicht.

Aschenmond griff nach seiner Hand und drückte sie.

Hungrige Eule senkte den Kopf. »Du bist ein tapferer Mann, Sperling. Du sollst dich um das Feuer kümmern.«

Sperling nickte lächelnd.

Nach außen hin erschien er völlig ruhig und gefasst, doch sein Griff um Aschenmonds Hand verstärkte sich so, dass es ihr weh tat.

Möwes Stimme wurde leise. »Unsere lieben Familien verstecken sich bei den Hollow Rocks. Wir anderen müssen die Wanderer so lange wie möglich hier festhalten und beschäftigen. Je mehr wir von ihnen töten, desto geringer ist die Gefahr, dass sie die umliegenden Wälder nach den übrigen Mitgliedern des Nebelschleierklans absuchen. Habt ihr das alle verstanden?«

Allseitiges Nicken.

Aschenmond schnürte der Anblick dieser ernsten Gesichter förmlich die Kehle zu. Diese Männer und Frauen hatten in dem jüngst erlebten Kampf unsägliches Leid erlitten, und doch standen sie jetzt hier, bereit, alles aufs Spiel zu setzen, was ihnen noch geblieben war, um ihr und Sperling und Polterer zu helfen – entfernten Verwandten, die sie bisher vielleicht dreimal in ihrem Leben gesehen hatten.

Sie legte die Hand an Polterers Kapuze und tätschelte ihm durch das dicke Fell die Wange.

»So sei es«, verkündete Möwe abschließend und erhob sich. »Lasst uns jetzt unsere Posten einnehmen.«

Während die Männer und Frauen im Nebel verschwanden, ging Hungrige Eule ums Feuer herum zu Aschenmond. Wassertropfen perlten auf seiner Kapuze und den Schultern seines

Umhangs. »Wie hast du dich wegen Polterer entschieden? Soll er mit den anderen Kindern zu den Hollow Rocks gebracht werden?«

Polterer tastete zwischen Aschenmonds Rock nach ihren Beinen und klammerte sich daran fest, als seien sie ein Floß in einem tosenden Ozean.

»Nein«, sagte Aschenmond. »Polterer und ich, wir werden uns gemeinsam im Wald verstecken. Wir haben jeder einen Bogen.«

Polterer stieß einen erleichterten Seufzer aus.

»Wie du willst«, sagte Hungrige Eule freundlich. »Hier im Umkreis des Dorfes gibt es zahlreiche von Ranken überwucherte Büsche und umgestürzte Bäume. Da werdet ihr gewiss ein sicheres Versteck finden.«

»Ich danke dir. Ich denke, wir werden uns irgendwo am westlichen Rand des Dorfes verbergen. Ich möchte das Feuer im Auge behalten können.«

Hungrige Eule nickte. »Ja, ich verstehe. Dann würde ich den Beerenhügel vorschlagen. Er ist über und über mit Ranken bewachsen. Und es gibt etliche Höhlen und Gänge dort. Die meisten sind zwar zu eng für Menschen, aber in einigen haben Wölfe gehaust. In die könnt ihr, wenn nötig, auf dem Bauch hineinkriechen.« Er streckte den Arm aus und deutete mit dem Finger. »Ihr müsst hier entlang.«

»Danke, Hungrige Eule«, sagte Aschenmond. »Wenn ihr uns braucht, werdet ihr uns dort finden.«

»Und wenn ihr mich braucht«, setzte Hungrige Eule hinzu, »findet ihr mich am nördlichen Dorfende hinter der großen Schneewehe.«

Damit drehte Hungrige Eule sich um und entfernte sich schweigend Richtung Norden.

Aschenmond sah zu Polterer hinunter, der sie mit einem Glitzern in den schwarzen Augen anstarrte. »Bist du bereit?«

»Ja, Großmutter.«

Sie nahm Polterer an der Hand und hielt nach Sperling Ausschau. Er stand ein paar Schritte entfernt und unterhielt sich leise mit Möwe. Als Möwe sie kommen sah, nickte er höflich und sagte: »Mögen die Geister mit euch sein, Anführerin,« Damit trottete er in südlicher Richtung davon.

Aschenmond blieb vor Sperling stehen, doch die Worte blieben ihr in der Kehle stecken.

Sperling strich ihr mitfühlend über das graue Haar und forschte in ihrem Gesicht. »Wo werdet ihr euch verstecken?«

»Dort, auf dem Hügel«, brachte sie heraus und zeigte mit dem Finger. »Zwischen den wilden Reben.«

»Das ist gut«, nickte Sperling. »Ich ...«

In einer spontanen Geste schlang Aschenmond die Arme um Sperlings Hüften und zog ihn an sich. Die Wange an seine Brust geschmiegt, spürte sie, dass er über ihren Kopf hinweg lächelte.

Sperling ließ einige Augenblicke verstreichen, bevor er sagte: »Geht jetzt, Aschenmond. Wir haben wahrscheinlich nicht mehr viel Zeit.«

Sie wandte sich von ihm ab, ergriff wieder Polterers Hand und strebte mit raschen Schritten dem Hügel zu.

Nebelschwaden wirbelten träge über den Pfad und verdichteten sich zu geisterhaften Schatten. Aschenmond glaubte schemenhafte Gesichter und sich reckende Arme in dem Gewölk auszumachen, die sich lautlos in den Vordergrund schoben und genauso lautlos wieder verschwanden.

Am Beerenhügel angekommen, sah sie das Blätterwerk des Wilden Weins und der Brombeerbüsche, die sich fünfzehn Hand hoch erhoben. Die Ranken wucherten über umgestürzte Bäume, hatten sich um die Äste geschlungen und ganze Baumkronen wie mit einem Spinnennetz umwoben. Und unten am Boden entdeckte sie tunnelartige Gänge, die wilde Tiere in das stachelige Dickicht gegraben hatten.

Sie stiegen den Hügel ein Stück hinauf, bis sie einen besseren Ausblick über den Dorfplatz und das Feuer hatten, vor dem Sperling hockte. Er hatte das Gesicht nach Westen gewandt und behielt den Pfad im Auge, auf dem sie erst vor wenigen Hand Zeit ins Nebelschleierdorf gekommen waren. Zu seiner Linken lag ein Haufen Feuerholz bereit.

Polterer ließ Aschenmonds Hand los, kniete sich auf alle viere und kroch in einen der Tunnels, der sich unter einem Brombeerbusch auftat. Die Öffnung war etwa vier Hand breit.

»Komm rein, Großmutter!«, rief Polterer. »Hier drinnen ist eine Art Höhle. Sie ist groß genug für uns beide.«

Aschenmond hockte sich vor die Öffnung, legte ihr Bündel

ab und spähte hinein. Polterer kauerte in einem Hohlraum, der etwa acht Hand in der Höhe und zehn in der Breite maß. Ranken so dick wie Unterarme, die sich kreuz und quer zogen, bildeten feste Wände und eine Decke. Anscheinend hatten Dorfkinder hier drinnen gespielt. Neben Polteres Fuß lag eine von Maishülses Puppen. Er lächelte Aschenmond an und legte seinen Bogen und den Köcher quer über den Schoß. Sein weißer Fuchsmantel leuchtete in dem fahlen grauen Licht, dass von außen durch das Gestrüpp drang. Am hinteren Ende der Höhle führte ein nur zwei Hand breiter Gang ins Innere des Dornengestrüpps. Die Abdrücke von Kaninchenpfoten markierten den Weg.

»Ich bleibe einstweilen noch draußen, Polterer«, sagte Aschenmond. »Ich möchte deinen Großvater im Auge behalten. Ich …«

»Schh! Er soll uns nicht hören!«

Verwundert steckte Aschenmond den Kopf in die Öffnung. Polterer hatte einen Finger im Mund und starrte sie aus riesigen, unergründlichen Augen an. »Wer denn, Polterer? Dein Großvater?«

»Nein«, wisperte er. »Großvaters Geisterhelfer.«

Das Prickeln begann hinten in ihrem Nacken und kroch langsam ihre Wirbelsäule herab. »Er ist hier?«

Kaum hörbar flüsterte Polterer: »Ja. Er tanzt um das Dorf herum.«

Aschenmond richtete sich auf und spähte über den Dorfplatz. »Will er nicht, dass Großvater weiß, dass er hier ist?«, fragte Aschenmond leise, während sie vorsichtshalber einen Pfeil auf die Bogensehne legte. »Für gewöhnlich gibt sich ein Geisterhelfer doch seinem Träumer zu erkennen, oder?«

Polterer kroch zur Öffnung und sah zu Aschenmond hoch. »Er sagt, dass Großvater ein zu schneller Läufer wäre.«

Aschenmonds Stirn legte sich in Falten. »Und wie soll Sperling jetzt die Botschaften erhalten, die er ihm bringt?«

»Er wird sie erhalten, hat er gesagt, und dass…ich…«

Keine zehn Hand von Aschenmond entfernt, ließ sich ein Zeisig flatternd auf einem Fichtenzweig nieder. Die Schwanz- und Bauchfedern des grauschwarzen Vogels leuchteten in einem kräftigen Gelb. Der Zeisig legte sein Köpfchen schief und blinzelte Polterer fragend an. Dann breitete er wieder die Flügel, flog los und landete auf einem Brombeerast, genau über Polterers Kopf.

Die Wangen vor Aufregung gerötet, kroch Polterer aus der Höhle und kniete sich keine zwei Hand vor dem Vogel auf den Boden.

Aschenmond wagte kaum zu atmen, während sie das Schauspiel beobachtete.

Jetzt hob der Zeisig seinen Kopf und begann zu zwitschern.

Polterer ballte die Hände zu Fäusten. Seine Augen schwammen in Tränen. Er öffnete die Lippen, als wollte er zu dem Vogel sprechen.

Der Zeisig schien das gespürt zu haben. Nervös trippelte er auf dem Ast herum, dann flatterte er auf den höchsten Brombeerzweig. Und einen Augenblick später verschwand er im Nebel.

Polterer hielt sich an einer Ranke fest und sank langsam zu Boden.

»Polterer, was ist mit dir?«, flüsterte Aschenmond besorgt.

Mit erstickter Stimme wisperte er zurück: »Sie kommen. Meine Mutter hat den Vogel geschickt, damit er uns warnt.«

34. Kapitel

Die Vorboten der untergehenden Sonne drangen durch den Nebel und verliehen dem milchigem Weiß einen rosaroten Schimmer.

Springender Dachs hielt auf dem ausgetretenen Pfad inne, der vom Seeufer den Hügel hinaufführte. Zwanzig oder dreißig Personen waren heute über diesen Pfad gegangen, einschließlich der zwei Leute vom Schildkrötenvolk und des Falschgesicht-Kindes. Er reckte den Pfahl in die Höhe, um seinen Kriegern Halt zu gebieten. Murmelnde Stimmen wurden laut, die den unausgesprochenen Befehl an diejenigen weitergaben, die ihren Kriegsführer im gleißenden Gegenlicht nicht sehen konnten. Das Schlurfen von Mokassins wetteiferte mit dem rhythmischen Plätschern der Wellen.

Eine leichte Brise wehte über den See.

Springender Dachs hob schnüffelnd die Nase. Rauchgeruch drang durch den Nebel.

Die Geister wurden immer dreister. Einer stürzte sich vom Himmel herab und zupfte ihn an den Haaren, indes ein anderer sich flach auf den Boden geduckt an ihn heranschlich und sich mit eisigen Händen an seinen Beinen festklammerte. Springender Dachs stieß einen Schrei aus und machte einen Satz auf die Seite. Die Spuren von Krallen zogen sich durch den Sand, markierten den Weg, auf dem die körperlose Hand verschwunden war.

»Lasst mich in Frieden! Ihr alle!«

Nachdem er schon seit Tagen nicht mehr geschlafen hatte, war er körperlich und geistig so ausgelaugt, dass sein Gedächtnis ihn immer öfter im Stich ließ. Vor einer Hand Zeit hatte er Pfauenauge befohlen, Blauer Rabe zu ihm zu bringen. Er wollte ihn verhören. Und erst als Pfauenauge ihn mit offenem Mund und ratlosem Gesicht anstarrte, fiel ihm wieder ein, dass sein Cousin tot war.

Aber er weilte noch unter ihnen. Das Echo seiner bedachtsam gesetzten Schritte folgte seinen eigenen im Abstand einer Körperlänge. Außerdem konnte er den Mann riechen; der widerliche Gestank seiner herausgerissenen Gedärme umwehte ihn Tag und Nacht. Und plötzlich kam Blauer Rabe mit schweren Schritten, die den sandigen Boden erzittern ließen, auf ihn zu.

Springender Dachs stieß den Pfahl in die Erde und riss einen der Dolche, die er aus den Knochen der brutal abgeschlachteten Säuglinge geschnitzt hatte, aus dem Gürtel. Panik wallte in ihm hoch, versengte seine Adern. Er schrie: »Du hast dich der Armee der Geister angeschlossen, gib's zu!«

Heisere Stimmen beschimpften ihn, herangetragen von den Wellen und vom Wind. Hämisches Gelächter und schrilles Kreischen drang von überall her auf ihn ein.

Es waren plötzlich so viele! Hunderte!

Mit schweißnassen Fingern umklammerte er seinen Dolch. »Ja, kommt nur! Kommt her zu mir! Hier bin ich! Lasst uns dieses Spiel beenden!«

Elchgeweih löste sich aus der Gruppe der Krieger und stellte sich vor Springender Dachs hin. Sie trug ihren schweren Büffelmantel. Die untere Hälfte des Mantels, die einst eine Borte aus grünen Falken geziert hatte, war über und über mit dem inzwischen schwarz gewordenen Blut von Blauer Rabe getränkt. Ihre Augen nagelten Springender Dachs förmlich fest, während sie ihn an der Schulter packte.

»Hast du denn restlos den Verstand verloren?«, fauchte sie ihn an. »Oder hast du kurzerhand beschlossen, den Bewohnern des Nebelschleierdorfs durch dein Gebrüll kund zu tun, dass wir uns hier versammelt haben, um sie anzugreifen?«

Springender Dachs blinzelte verwirrt. Die Geister waren verschwunden. Ungläubig suchte sein Blick den Himmel und das Ufer ab.

Elchgeweih versetzte ihm mit der Faust einen derben Schlag gegen die Schulter. Die Flügel ihrer breiten, flachen Nase flatterten vor Zorn. »Bist du in der Lage, diesen Angriff zu führen, Springender Dachs? Oder möchtest du, dass ich …«

»Ich möchte, dass du den Mund hältst, alte Frau!«

Zischend sog er die Luft ein. Ständig entdeckte dieses Weib irgendwelche Dinge, die ihn auf dem Weg zu seinem Ziel nur aufhielten: Für niemanden sichtbare Spuren im Wald, tagealte Feuerstellen, abgeknickte Zweige und Haare von einem weißen Fuchsfell, die ihrer Meinung nach von einem Angehörigen des Schildkrötenvolkes stammten. Alle diese Dinge beanspruchten unnötigerweise seine Aufmerksamkeit. Und sie kosteten Zeit.

Wenn das alles vorbei war, würde er schon Mittel und Wege finden, sie los zu werden, das hatte er sich geschworen. Natürlich konnte er sie nicht einfach so töten. Nicht, wenn er seine

Stellung als Kriegsführer behalten wollte. Das würden die Anführerinnen nicht billigen. Er brauchte einen guten Grund dafür. Der auf dem Bären reitet und Schildmacher hassten die Frau ebenfalls. Gemeinsam mit ihnen würde er schon etwas aushecken. Sie mussten sie des Verrats überführen.

Elchgeweih fixierte ihn mit einem Blick, der ihn wie ein Schlag ins Genick traf und seine Sinnefast betäubte. »Wir befinden uns ganz in der Nähe des Dorfes«, erklärte sie. »Was jetzt, Kriegsführer?«

Der auf dem Bären reitet kam lässig herangeschlendert und blieb hinter Springender Dachs stehen. Schweißperlen glitzerten auf seinem hässlichen Gesicht. Er schob die Zungenspitze durch eine seiner Zahnlücken und funkelte Elchgeweih grimmig an.

Im Gegenzug traten jetzt Eichel und Pfauenauge vor und nahmen rechts und links von Elchgeweih Aufstellung. Kleiner Zaunkönig, deren Hände immer noch an Eichels Gürtel festgebunden waren, sank zitternd vor Erschöpfung zu Boden. Das lange schwarze Haar fiel ihr ins Gesicht.

Der untersetzte Eichel wirkte neben Pfauenauge wie ein Gnom. Der Riese von Mann, der sie alle um eine Kopflänge überragte, zwang selbst Springender Dachs dazu, zu ihm emporzublicken. Zwei kurze Zöpfe umrahmten sein von Narben bedecktes Gesicht mit den schräg gestellten Augen.

»Sie können uns nicht sehen«, flüsterte Pfauenauge, »aber sie wissen, dass wir da sind. Sollen wir den Überfall abblasen?«

Eichel fuhr sich mit der Hand über den borstigen Haarkamm – eine Angewohnheit, die Springender Dachs immer wieder aufs Neue irritierte. »Irgendetwas stimmt hier nicht«, erklärte er. »Die Hunde hätten uns schon lange wittern und anschlagen müssen, noch vor dem...Geschrei. Wir haben sie nicht einmal bellen hören.«

»Ja, das stimmt«, pflichtete ihm Elchgeweih ebenfalls mit Flüsterstimme bei. Ihre Gesichtszüge spannten sich an.

»Kriegsführer, ich schlage vor, dass ...«

Der auf dem Bären reitet fiel ihr ins Wort. »Wir sollten ausschwärmen, Kriegsführer«, sagte er, »und das Dorf umzingeln wie beim letzten Mal.«

»Nein«, widersprach Elchgeweih. »Wir dürfen es nicht riskieren, unsere Kampfkraft zu schwächen. Wir können nicht absehen, was uns erwartet. Wenn wir uns aufteilen ...«

»... können wir ein größeres Gebiet abdecken«, erklärte Springender Dachs. »Außerdem werden uns die geschwächten Krieger kein sonderlich hartes Gefecht liefern, alte Frau.« Er blickte den maskierten Kopf von Lahmer Hirsch an und legte die Stirn in skeptische Falten. Der Tote war in den vergangenen drei, vier Hand Zeit merkwürdig schweigsam gewesen. Die Krähenmaske schimmerte feucht in dem diffusen Licht. »Ich denke, wir sollten die Krieger in Zweiergruppen aussenden. Damit hätten wir sechs Gruppen, die das Dorf einkreisen, und eine größere Gruppe, die es von diesem Pfad aus angreift.«

Eichel zupfte an dem Lederriemen an seinem Gürtel, und Kleiner Zaunkönig blickte zu ihm empor. Kummer und Erschöpfung standen deutlich in dem kleinen, schmutzigen Gesicht geschrieben. »Und was sollen wir mit dem Mädchen machen, Kriegsführer?«

Die unbequeme Gefangene biss sich auf die Lippen und erwartete mit ängstlichem Blick ihr Todesurteil.

»Elchgeweih wird auf sie aufpassen«, befand Springender Dachs.

Elchgeweih blitzte ihn aus dunklen Augen an. Sie wusste so gut wie er, dass sie mit dem Mädchen am Hals und ohne einen anderen Krieger an ihrer Seite kaum Chancen hatte, dieses Gefecht zu überleben. Springender Dachs erwiderte ihren Blick mit einem selbstgefälligen Grinsen.

Da mischte sich Eichel ein. »Warum fesseln wir das Mädchen nicht einfach an irgendeinen Baum und holen es nach der Schlacht wieder ab? Elchgeweihs kriegerische Fertigkeiten zu verschwenden wäre ...«

»Nein.« Elchgeweih nickte Eichel zu. »Binde das Mädchen los. Ich übernehme sie.«

Eichel musterte seine Kameradin mit einem forschenden Blick, tat aber, wie ihm geheißen, zog sein Messer und schnitt den Lederriemen am Gürtel ab. Dann reichte er Elchgeweih das lose Ende.

Sie nahm es wortlos entgegen und band es an ihrem Gürtel fest.

»Der auf dem Bären reitet«, rief Springender Dachs im Befehlston, »teile die Krieger in Zweiergruppen ein. Sobald das geschehen ist, werden wir drei Gruppen nach Süden schicken.« Zur Veranschaulichung beschrieb er mit der linken Hand einen weiten Bogen. »Eine Gruppe, sowie du und Schildmacher, ihr kommt mit mir. Die restlichen Gruppen schwärmen in nördliche Richtung aus.« Wieder beschrieb er einen Bogen. »Auf mein erstes Signal hin werden die südlichen Gruppen sich an das Dorf heranpirschen. Mein zweites Signal richtet sich an die Gruppen im Norden, die daraufhin ebenfalls vordringen. Wenn wir...«

Gelächter. Leises, heimtückisches Gelächter.

Springender Dachs wirbelte zu Lahmer Hirsch herum. »Warum lachst du!« Er packte den Pfahl und schüttelte ihn hin und her. Dabei rutschte die Maske herunter, enthüllte den verwesten, haarlosen Schädel und ein eingetrocknetes Auge. Das starrte Springender Dachs niederträchtig an.

»Antworte mir! Geht hinter meinem Rücken etwas vor, von dem ich nichts weiß?«

Das unmenschliche Gelächter verhallte langsam zu geisterhafter Stille.

Die Krieger hinter Springender Dachs begannen nervös mit den Füßen im Sand zu scharren. Unruhiges Gemurmel wurde laut.

Springender Dachs fuhr herum und taxierte sie aus wilden Augen. Erschrocken wichen sie zurück. Die meisten schienen plötzlich etwas Interessantes an den Spitzen ihrer Mokassins entdeckt zu haben, das ihre Aufmerksamkeit fesselte.

Der auf dem Bären reitet hatte die Hände zu Fäusten geballt. Sein Blick flog zwischen seinem Kriegsführer und dem Totenkopf hin und her.

»Hast du mich nicht verstanden?«, brüllte Springender Dachs ihn an. »Ich habe dir befohlen, die Gruppen einzuteilen!«

»Jawohl, Kriegsführer«, murmelte Der auf dem Bären reitet und machte sich eilig davon. Springender Dachs hörte, wie er seinen Leuten mit Flüsterstimme Befehle erteilte.

Seine davoneilende Gestalt hatte den Nebel aufgewirbelt, weiße Spiralen schraubten sich in die Höhe, um gleich darauf wieder zu einem glitzernden Grau zu verschmelzen. Großvater Tagbringer musste bereits hinter dem westlichen Horizont verschwunden sein. Ein grauer Dunstmantel hatte sich über die Ufergestade gelegt. Die Wellen schwappten jetzt beinahe geräuschlos ans Ufer. Auch Windmutter hatte sich schon zur Ruhe begeben.

Elchgeweih, Pfauenauge und Eichel standen, einer verschworenen Gruppe gleich, dicht zusammengedrängt zur Linken von Springender Dachs und betrachteten ihren Kriegsführer mit kalten Blicken. Zaunkönig hockte auf dem Boden, den Kopf gesenkt, doch Springender Dachs spürte genau, dass dieses jämmerliche Häufchen Elend ihn nicht aus den Augen ließ. Aus jeder Pore dieses kleinen Körpers troff der blanke Hass. Kleiner Zaunkönig würde niemals vergessen, dass er ihren Onkel vor ihren Augen getötet hatte. Wenn sie älter war, musste Springender Dachs sie sorgfältig im Auge behalten, wenn er nicht eines Morgens mit einem Pfeil in der Brust aufwachen wollte.

Der auf dem Bären reitet kam ohne große Eile zurückgeschlendert. »Wir sind bereit, Kriegsführer.«

»Gut«, sagte Springender Dachs, den Blick auf den Pfad gerichtet, der hügelaufwärts führte. »Schick deine Gruppen los.«

Er selbst rührte sich nicht. Stattdessen reckte er den Kopf vor und lauschte angestrengt in den undurchdringlichen Nebel, um zu verstehen, was die Geister ihm zuriefen. Ihre Stimmen waren nur mehr ein kaum hörbares Wispern…

Wütend brüllte er: »*Was habt ihr gesagt? Los, ich will es wissen!*«

Die anderen hatten sich bereits auf ihren Weg gemacht. Elchgeweih stand mit ihrem Bogen in der Hand da, die Augen zusammengekniffen, als entdecke sie etwas im Nebel, das für Zaunkönig nicht sichtbar war.

Aber sie konnte Polterer durch die dichten Dunstschleier hindurch *spüren*. Er versteckte sich hier irgendwo ganz in der Nähe. Seine Seelen schwebten um sie herum, und wenn sie sie berührten, fühlte es sich an, als striche eine Feder sanft über ihre Schulter.

Polterer, bleib bitte in deinem Versteck. Sie kommen!

»Steh auf, Zaunkönig«, murmelte Elchgeweih.

Die Lederriemen hatten tiefe Striemen in ihre Handgelenke geschnitten, und als sie sich im Sand abstützte, um aufzustehen, schoss ihr ein brennender Schmerz in die Arme.

»Ich bin...soweit, Elchgeweih.«

Der Kopf der Kriegerin bewegte sich nicht, nur ihre Augen senkten sich, um Zaunkönig anzusehen.

Zitternd und schwer atmend stand das Mädchen vor ihr.

Elchgeweih zog ihr Messer, schnitt erst den Lederriemen von ihrem Gürtel ab und durchtrennte anschließend die Fesseln um Zaunkönigs Handgelenke. Zaunkönig beobachtete schweigend, wie die blutigen Lederriemen auf den Boden fielen, und starrte dann ungläubig zu Elchgeweih hoch.

»Ich kann keinen von uns beiden schützen, solange es mir nicht möglich ist, mich frei zu bewegen«, erklärte die Kriegerin. »Und du kannst dich mit gefesselten Händen auch nicht schützen.«

»Mich...schützen? Lässt du mich gehen?«

»Ja. Ich möchte, dass du so lange wie möglich in meiner Nähe bleibst, doch wenn die Situation ernst wird, dann rennst du los.«

Zaunkönig befeuchtete sich die aufgeplatzten Lippen. »Elchgeweih, warum bindest du mich nicht an einem Baum fest, wie Eichel es vorgeschlagen hat? Oder – oder lässt mich jetzt gleich laufen?«

»Das geht nicht.« Elchgeweih ließ seufzend die Luft entweichen. »Springender Dachs wird zurückkommen, und wenn er dann die Spuren meines Tuns im Sand entdeckt, hat er genau den Grund in der Hand, den er braucht, um mich umzubringen.« Sie zog einen Pfeil aus ihrem Köcher und legte ihn auf die Sehne. »Wenn sich deine Spuren hingegen während des Kampfgetümmels von meinen trennen, kann mir niemand einen Vorwurf machen.«

Zaunkönig schluckte hart. Ihre Kehle brannte. Hatte sie richtig gehört? Hatte Elchgeweih ihr gerade erklärt, wie und wann sie fliehen sollte?

Elchgeweih maß Zaunkönig mit einem harten Blick. »Und komm ja nicht zurück, Zaunkönig. Ich weiß, dass dein Onkel dir gesagt hat, er wünsche sich, dass du nach Hause zurückkehrst und eines Tages Klan-Vorsteherin wirst..., aber du musst mir glauben, dass dies ein schlechter Ratschlag war. Ich sage dir das von Frau zu Frau. Wenn du in dein Dorf zurückgehst, werden die Leute närrisch werden und dich mit endlosen Fragen bestürmen – und eines Tages wird die Wahrheit ans Licht kommen.« Sie prüfte die Spannung der Bogensehne, indem sie mit der Fingerspitze daran zupfte und auf das Geräusch hörte. »Ich habe deinem Onkel versprochen, alles in meiner Macht stehende zu tun, um dein Leben zu schützen. Und wenn du mir dabei helfen willst, mein Versprechen zu halten, darfst du nie wieder ins Wandererdorf zurückkehren.«

Zaunkönig drückte die Knie durch, um nicht ins Taumeln zu geraten. All ihre Erinnerungen an zu Hause, an die sie sich in diesen grauenvollen Tagen geklammert hatte, die gemütliche Wärme im Langhaus, die leisen Geräusche der Bewohner am Morgen, ihr Lachen, die Stimme ihrer Großmutter... würden die jetzt nur Erinnerungen bleiben? Auf immer und ewig?

Zaunkönig zitterte am ganzen Körper, dochsie nickte tapfer: »Ja, das will ich tun. Dir helfen, dein Versprechen zu halten.«

Sanft legte Elchgeweih eine Hand auf Zaunkönigs Schulter. »Gut, dann werde ich dir sagen, wann du loslaufen sollst. Aber wenn du mein Kommando hörst, darfst du nicht zögern. Gleichgültig, was passiert, was du siehst oder hörst. Wenn der Zeitpunkt gekommen ist, dann rennst du so schnell du nur kannst. Hast du mich verstanden?«

»Ja.«

Elchgeweih schickte sich zum Gehen an.

»Elchgeweih?«, rief ihr Zaunkönig leise hinterher, und die Kriegerin drehte sich um und sah sie an. »Ich danke dir.«

Elchgeweihs Gesicht blieb völlig ausdruckslos. »Wenn ein paar Monde ins Land gegangen sind, wirst du mir vielleicht nicht mehr dankbar sein, Zaunkönig. Der Weg, der vor dir liegt, wird kein leichter sein.«

Zaunkönig beugte den Kopf und rieb sich die schmerzenden Handgelenke, um das Blut wieder zum Zirkulieren zu bringen. »Zumindest bekomme ich Gelegenheit, diesen Weg zu gehen.«

Die Kriegerin betrachtete Zaunkönig lange Zeit, dann zog sie ihr Messer aus der Gürtelscheide und reichte es Zaunkönig, mit dem Heft voran. »Das wirst du brauchen – wenn du diese Nacht überleben willst.«

Zaunkönig nahm das Messer und hielt es mit festem Griff umfasst.

Sperling, der zwischen dem Holzhaufen und dem Feuer hockte, konnte Aschenmond nicht mehr sehen, und auch nicht die Hütten des Dorfes. Eine wabernde Nebelwand hatte ihn von der restlichen Welt abgetrennt.

Er warf ein weiteres Holzscheit ins Feuer. Flammen schossen hoch und knisterten; plötzlich flimmerten die Nebelschwaden in einem unirdischen Glanz. Sperling kam sich vor, als hätten die Geister einen schimmernden Kokon um ihn gesponnen und ihn gegen seinen Willen eingesperrt. Er zog seinen Dolch aus dem Gürtel und schob ihn in die Manteltasche.

Die Leute, die sich im Wald versteckt hielten, plagten gewiss die gleichen Ängste wie ihn. Auch sie sahen wahrscheinlich keine drei Schritte weit. Wenn es zum Kampf kam, würden Unsichtbare gegen Unsichtbare kämpfen. Die Krieger würden es nicht wagen, sich zu bewegen, aus Angst, sich den im Nebel verborgenen Angreifern durch das Knacken eines Zweiges zu verraten. Nicht einmal die kühnsten...

Piiien! Piiien! Der scharfe Pfiff eines Nachtfalken hallte durch die Bäume.

Lautlos erhob sich Sperling. Er sah nichts. Keinen Menschen. Aber er spürte, dass sich im Nebel etwas bewegte. Ganz langsam drehte er sich einmal um die eigene Achse. Schwarze Baumstämme tauchten aus den Dunstschwaden auf und verschwanden wieder. In nur hundert Hand Entfernung versteckten sich Hungrige Eule und einige seiner Leute hinter der großen Schneewehe, doch der Nebel hatte sie allesamt verschluckt.

Piiien! Piiien!

Sperling streifte den Bogen über den Kopf ab, zog einen Pfeil aus dem Köcher ...

Und wartete.

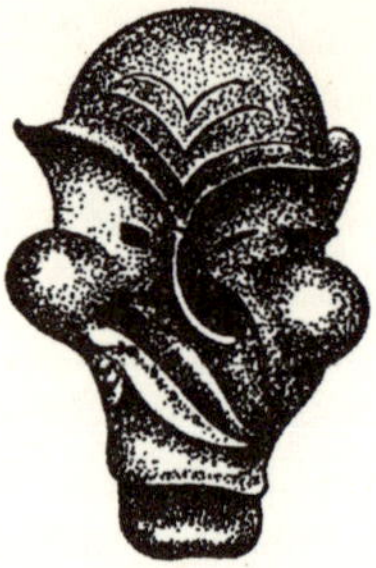

35. Kapitel

Wachsam einen Fuß vor den anderen setzend, schlich Springender Dachs den Pfad entlang. Wellen plätscherten leise ans Ufer, und von den Bäumen tropfte es unablässig. Hundert Schritte voraus glaubte er dunkle Baumstämme im Nebel zu erkennen. Doch je dämmriger es wurde, desto unsicherer fühlte er sich. Es konnten auch die Beine von Geistern sein, die von allen Seiten auf ihn zu kamen.

Der Tod hatte offenbar just auf diesen Augenblick gewartet. Er besaß keine Fackel. Und es brannte kein Feuer, um die Geister von sich fern zu halten. Seine Knie zitterten.

Hinter sich hörte er Der auf dem Bären reitet raunen: »Elchgeweih wollte unbedingt im Dunkeln angreifen. Und wie es aussieht, bekommt sie ihren Willen. Schade nur, dass wir die Feinde auch nicht besser sehen als sie uns.«

Mit erhobener Hand, die er zur Faust ballte, gebot Springender Dachs Ruhe.

Er ging einen Schritt weiter.

Der auf dem Bären reitet, Schildmacher und zwei andere Krieger folgten ihm. Das Tappen ihrer Mokassins war so leise, dass man es kaum drei Schritte weit hören konnte.

Draußen auf dem See quakte eine Ente, ein gedämpfter, gequälter Laut, als riefe sie ihren Lebensgefährten, der plötzlich nicht mehr in der Lage war, zu antworten.

Springender Dachs blieb stehen, streifte das Bündel von seinen Schultern und ließ es leise auf den Sand fallen. Mit einer Handbewegung signalisierte er seinen Kriegern, es ihm gleich zu tun. In einer gefährlichen Situation konnte das Gewicht des Bündels einen Krieger behindern oder sogar aus dem Gleichgewicht bringen, so dass sein Pfeil abgelenkt wurde. Und in dieser Nacht durften sie kein Risiko eingehen. Besonders er nicht. Er würde um sein Leben kämpfen – gegen die Lebenden und die Toten.

Sein Atem kam jetzt in flachen Stößen.

Als die Krieger ihre Bündel abgelegt hatten, setzte Springender Dachs seinen Weg fort.

Er kannte dieses Dorf. Bei ihrem ersten Überfall hatte er sich die Lage und die Wege, die zum Dorfplatz führten, sorgfältig eingeprägt. Die meisten Besucher erreichten das Dorfentweder vom Seeufer her oder über den Landpfad, der östlich am Dorf der Schweigenden Krähe vorbeiführte. Am westlichen und am südlichen Rand des Dorfes türmten sich große Haufen von Bruchholz, die exzellente Verstecke boten – und die seinen Kriegern, die ihn beim ersten Überfall begleitet hatten, gut in Erinnerung geblieben waren. Die meisten Verluste, die sie damals zu beklagen hatten, waren auf Dorfbewohner zurückzuführen, die hinter diesen Holzhaufen auf der Lauer gelegen hatten.

Springender Dachs hielt inne, als die erste der konischen Hütten vor ihm im Nebel auftauchte. Sie maß etwa vier Schritte im Durchmesser und ungefähr zwölf Hand in der Höhe. Aus dem Abzugsloch stieg kein Rauch auf.

Lautlos schlichen sie sich voran. Zwei weitere Hütten lösten sich aus dem Nebeldickicht. Beide offensichtlich kalt und verlassen.

Sein Blick wanderte forschend über den Dorfplatz. Und er konnte nichts entdecken, was darauf hindeutete, dass sich dort in den letzten Tagen Menschen aufgehalten hatten. Keine Felle auf dem Boden. Keine Körbe oder Töpfe, die wie sonst üblich um die einzelnen Feuerstellen herumstanden.

Und wieder erhoben sich die geisterhaften Stimmen. Durchdringend wie das schrille Quieken sterbender Ratten peinigten sie seine Ohren.

Springender Dachs verstärkte den Griff um das Heft seines Dolchs und spreizte die Beine. Sollten sie nur kommen, dachte er angriffslustig. Einige von ihnen würde er noch töten, bevor sie ihn träfen.

Der auf dem Bären reitet und Schildmacher schoben sich seitlich neben Springender Dachs. Die beiden jungen Krieger, die sie flankierten, Erdentaucher und Der Kahle, blieben zurück.

Der auf dem Bären reitet wisperte: »Das Dorf sieht verlassen aus. Vielleicht haben sie nach unserem letzte Überfall ihre Habseligkeiten gepackt und sind weggezogen.«

Schildmacher antwortete: »Möglich, aber wahrscheinlicher ist es, dass sie sich irgendwo im Wald versteckt haben.«

Achtsam nach allen Seiten blickend, betrat Springender Dachs den leeren Dorfplatz. Als er an der nördlichen Dorfgrenze einen orangefarbenen Schein sichtete, seufzte er erleichtert auf. Ein Feuer!

»Sieh nur!«, rief Der auf dem Bären reitet aufgeregt. »Da ist jemand!«

Springender Dachs breitete die Arme aus, in der einen Hand den Pfahl mit Lahmer Hirschs Kopf, in der anderen seinen Dolch. »Senkt die Bögen«, befahl er. Seinen eigenen Bogen und den Köcher trug er noch über der Schulter.

Die Krieger tauschten ängstliche Blicke, kamen seinem Befehl aber nach.

Springender Dachs ging weiter.

Hinter der wabernden Nebelwand nahm der Mann allmählich Gestalt an. Seine große, schlanke Silhouette zeichnete sich scharf vor dem orangeroten Feuerschein ab.

Springender Dachs kniff die Augen zusammen, glaubte, eine Flut von schneeweißen Haaren zu erkennen.

Plötzlich dämmerte ihm, wen er da vor sich hatte, und er erstarrte.

»Wer ist das?« fragte Der auf dem Bären reitet?

»Das...das ist Silberner Sperling.«

»Silberner Sperling!« Der auf dem Bären reitet machte einen Satz zurück, riss seinen Bogen hoch und zielte auf den alten Mann. Dabei stellte er sich breitbeinig hin, als gelte es, gegen einen Waldgeist zu kämpfen.

»Nicht schießen!«, zischte Springender Dachs und schlug ihm beinahe den Bogen aus der Hand. »Zuerst muss ich mit ihm sprechen. Schildmacher, komm an meine rechte Seite. Der auf dem Bären reitet, du kommst an meine linke. Und ihr beiden Jungen, ihr gebt mir Rückendeckung!«

Damit schritt Springender Dachs auf Silberner Sperling zu,

blieb vierzig Schritte und bereits im Lichtkreis der Feuers vor ihm stehen und steckte seinen Dolch zurück in den Gürtel. »Senke deinen Bogen, alter Mann!«

Silberner Sperling bückte sich, während sein wachsamer Blick sein Gegenüber fixierte, und legte Bogen und Köcher vor sich auf den Boden. Anschließend richtete er sich mit erhobenen Händen auf.

»So«, begann Springender Dachs. »Du und Aschenmond, ihr seid also die Schildkröten-Leute, die mit Blauer Rabe unterwegs waren?«

Silberner Sperling nickte. »Es überrascht mich, dass du das nicht schon längst herausgefunden hast, Springender Dachs. Ich war mir sicher, dass Maishülse ins Wandererdorf zurückgekehrt ist um dir auszurichten, dass wir deinem Wunsch gemäß zu dir kommen, um unseren *Handel* abzuschließen.«

Der auf dem Bären reitet starrte Springender Dachs verdutzt an.

»Ich weiß nicht, wovon du sprichst, alter Mann«, erwiderte Springender Dachs und zuckte unbehaglich mit den Schultern.

Irgendwo in nächster Nähe zischelten die Geister.

»Doch, doch, das weißt du genau.« Silberner Sperling breitete die Arme aus, bot Springender Dachs seine verwundbare Brust dar und schritt langsam auf ihn zu. »Wir haben dein Angebot akzeptiert. Ich habe mich bereit erklärt, zu dir zu kommen und den Fluch von dir zu nehmen, und du hast dich im Gegenzug bereit erklärt, Blauer Rabe zu töten und uns das Falschgesicht-Kind auszuhändigen, lebend und unversehrt.«

Schildmacher fiel die Kinnlade herunter. Er wirbelte herum und starrte seinen Kriegsführer ungläubig an. Die anderen beiden Krieger glotzten nur fassungslos in die Runde.

»Das sind Lügen, ihr Narren!«, brüllte Springender Dachs.

Er spürte, wie sich alles um ihn herum bewegte: die Krieger des Nebelschleierdorfes, die Geister, seine eigenen Leute. Im dichten Nebel war keiner von ihnen zu überstürzten Handlungen bereit. Die Angst hielt sämtliche spontanen Regungen in Schach. Niemand wollte blindlings in die Arme seines Feindes hineinlaufen.

Mit kleinen, achtsamen Schritten ging Springender Dachs weiter auf Silberner Sperling zu.

Der senkte seine buschigen grauen Brauen und sagte: »Warum hat es so lange gedauert? Ich habe dich schon viel früher erwartet.«

Sperlings Worte verunsicherten Springender Dachs. Hatte der alte Träumer sein Kommen vorausgesehen? Den Pfahl mit dem Totenschädel von Lahmer Hirsch wie ein Schild vor sich her tragend, kam er noch ein paar Schritte näher.

Mit einem abschätzenden Blick musterte Silberner Sperling die grob zugehauene Krähenkopf-Maske, die das Gesicht von Lahmer Hirsch nur zur Hälfte bedeckte.

Der süßliche Gestank des verwesenden Fleisches reizte selbst Springender Dachs zum Erbrechen, obgleich er mittlerweile daran gewöhnt war, und er sah auch Silberner Sperling gegen die aufsteigende Übelkeit anschlucken. Er rammte den Pfahl in den Boden und ließ die geballten Hände sinken. Silberner Sperling fixierte die fünf Dolche, die in seinem Gürtel steckten, die vier kleineren und den großen, den tödlichen.

»Es war mir nicht möglich, deinen Freund Blauer Rabe selbst zu töten. Was hast du ihm bezahlt, damit er sein Volk verriet?«

An den Rändern des Dorfes gerieten die Nebelschwaden in Bewegung. Springender Dachs zuckte unwillkürlich zusammen. Hatte eine nächtliche Brise diese Wirbel verursacht – oder die sich heranschleichenden Geister?

Silberner Sperling spreizte die Beine. »Ich habe ihm gegeben, was er verlangte, wonach es ihm am meisten gelüstete.«

Springender Dachs hob auffordernd das Kinn und musterte Sperling durch zusammengekniffene Augen. »Und was war das?«

»Das warst du.«

Springender Dachs verzog keine Miene, hielt aber instinktiv den Atem an.

Sperling kam langsam auf ihn zu.

»Halt!«, rief Springender Dachs, als Sperling auf drei Schritte herangekommen war. Er riss den Bogen von der Schulter und legte einen Pfeil ein.

Sperling hob seine leeren Hände. »Ich dachte eigentlich, dass du mir mir sprechen wolltest. Wie du siehst, hatte ich nicht genügend Zeit, um meinen Teil der Abmachung auszuführen.« Und mit einem Lächeln setzte er hinzu. »Sonst wärst du jetzt nicht mehr am Leben.«

Die Augen von Springender Dachs blitzten auf. »Was willst du von mir?«

»Ich will, dass du von hier verschwindest. Ruf deine Krieger zurück und geht nach Hause. Jetzt. Sofort. Ehe es zu spät ist.«

»Zu spät? Zu spät wofür, alter Mann?«

Doch Springender Dachs kannte die Antwort bereits. Ein eiskalter Windhauch wehte prickelnd um sein Gesicht. Und er konnte sie hören. Sie kamen näher...

Auf Zehenspitzen und den Bogen im Anschlag schlich Eichel über den Wildpfad. Der Nebel gefror auf den Ästen und Zweigen, die den Weg säumten, und überzog sie mit einer glitzernden Eisschicht. Pfauenauge ging hinter ihm. Sie näherten sich dem Dorf von nördlicher Richtung her, angezogen von dem leuchtenden Feuerschein. Ungefähr zwanzig Hand vor ihnen tauchte eine Hütte auf. Obwohl sie Springender Dachs und Silberner Sperling nicht sehen konnten, vernahmen sie plötzlich deren Stimmen.

Eichel schwenkte zu Pfauenauge herum, sah ihn fragend an.

Die Haut des bulligen Mannes schimmerte in einem matten Orangerot, und die unterdrückte Wut trieb merkwüdige Dinge mit den Narben in seinem Gesicht. Sie zuckten und dehnten sich unkontrolliert. Pfauenauge umklammerte seinen Bogen so fest, als wollten sich seine Finger um die Kehle von Springender Dachs schließen.

Als er den Mund öffnete, um etwas zu sagen, legte Eichel einen Finger an seine Lippen und schüttelte den Kopf. Wenn das, was Silberner Sperling eben gesagt hatte, der Wahrheit entsprach, würde es Springender Dachs niemals zurück nach Hause schaffen.

Er hatte vielleicht nicht die Gelegenheit gehabt, den Wanderer-Klan zu verraten, aber das war sein Plan gewesen.

Silberner Sperling sagte jetzt laut und deutlich: »Für deine Leute ist es zu spät, diese Nacht lebend zu überstehen, Springender Dachs. Aber es ist gewiss in deinem Sinne, dass einige von ihnen in euer Dorf zurückkehren, um den Anführerinnen zu berichten, was geschah, nachdem du mir und meiner Armee von Geisterkriegern begegnet bist.«

Springender Dachs stieß einen heiseren Schrei aus, dem erein hysterisches Lachen folgen ließ.

Eichel versuchte gegen den sauren Geschmack anzuschlucken, der ihm die Zunge verätzte. Geister? Seine Augen durchforschten den Nebel.

»Sag deinen Geistern, sie sollen bleiben, wo sie sind!« brüllte Springender Dachs. »Ich bin am Leben, und meine Krieger sind am Leben« – seine Stimme überschlug sich – »weil meine Macht größer ist als deine!«

Eichel sah Springender Dachs gleichsam vor sich stehen und drohend den Pfahl mit dem stinkenden Schädel herumschwenken, und dabei überfiel ihn der Wunsch, einfach davonzulaufen und seinen Kriegsführer dem Nebelschleierdorf zu überlassen.

Pfauenauges Gesicht war feuerrot geworden. Selbst im düsteren Licht konnte Eichel die glühenden Flecken auf seinen Wangen erkennen.

Mit der Spitze seines Kinns deutete Pfauenauge auf die Hütten, und Eichel nickte. Sie boten ein hervorragendes Versteck.

Sie schlichen in geduckter Haltung darauf zu.

Eichel hatte gerade drei Schritte getan, als ein Schrei, der ihm das Blut in den Adern gefrieren ließ, keine fünfzig Hand von ihm entfernt die Luft zerriss und ein Pfeil knapp an seinem linken Ohr vorbeizischte. So nah, dass er den Luftzug spürte.

Mit einer blitzartigen Bewegung schwang er den Bogen in die Richtung herum, aus der der Schuss gekommen war.

Der nächste Pfeil traf ihn in den Oberschenkel, wirbelte ihn herum wie einen Kreisel und ließ ihn rückwärts taumeln. Er stolperte, fiel hin, rollte sich zur Seite und schleppte sich hinter einen dicken Baumstamm.

Pfauenauge, dem schaumiges Blut von den Lippen troff, stakste breitbeinig auf ihn zu. Ein Pfeil hatte ihn mitten in die Brust getroffen. Ein Schauer schüttelte seinen Körper, er verlor das Gleichgewicht und stürzte zu Boden.

»Eichel!« rief er in Panik. »Eichel!«

Sein Freund brach den Pfeil ab, der in seinem Schenkel steckte, schlang seinen Bogen um die Schultern und robbte auf allen vieren vorwärts.

Pfauenauge klammerte sich an Eichels Ärmel fest, als dieser ihm das Hemd aufriss. Die Wunde um den Pfeilschaft blähte sich und sank im Rhythmus seines Herzschlags in sich zusammen. Inzwischen lief ihm das Blut in einem dicken Rinnsal aus dem Mund.

»Pfauenauge, bitte, nicht …!« Eichel knickte die Befiederung vom Schaft ab, rollte Pfauenauge auf die Seite und brach die Pfeilspitze in dessen Rücken ab. Doch ehe er noch den blutverschmierten Pfeilschaft richtig anpacken konnte, um ihn herauszuziehen, bohrte sich um sie herum eine ganze Flut von Pfeilen in den Boden.

Eichel ergriff Pfauenauges Arm und wollte ihn aus der Schusslinie ziehen. Er kam nur zwei Schritte weit, da ging plötzlich ein Zittern durch Pfauenauges Körper, und er wurde schlaff. Nach einem letzten Blick in die erloschenen Augen seines Freundes ließ Eichel ihn behutsam zu Boden gleiten.

Ein Pfeil fuhr in den Baum knapp über Eichels Kopf, spaltete einen abgestorbenen Ast und ließ ihn neben Eichel auf den Boden krachen. Eiskristalle stoben umher. Eichel hob seinen Bogen und spannte die Sehne.

Aus den Tiefen dieser grauen, flirrenden Nacht tauchte ein Mann auf, den Bogen auf Eichels Kopf gerichtet. Mit einem schrillen Kriegsschrei stürmte er auf ihn los.

Doch bevor der Mann seinen Pfeil abschießen konnte, traf Eichels Pfeil ihn in die Brust. Der Mann verlor das Gleichgewicht, drehte sich einmal um die eigene Achse und fiel um. Seine Finger krallten sich in die gefrorene Erde, bis seine Schreie verstummt waren.

So rasch es sein verwundetes Bein erlaubte, das er hinter sich herzog, kroch Eichel zum nächsten Baum und sank kraftlos gegen den Stamm. Dann legte er einen neuen Pfeil ein.

Plötzlich hörte er einen Ruf, gefolgt von lärmenden Stimmen. Die Erde um ihn herum erbebte unter dem Getrampel von Mokassins. Drei Schildkröten-Leute, zwei Männer und eine Frau, rannten den Wildpfad entlang ins Dorf. Dicht hinter ihnen vier Wanderer-Krieger.

Das scharfe Sirren von Bogensehnen hallte im Nebel wider. Einer der Männer machte einen Satz nach vorn und fiel wie ein gefällter Baum zu Boden, mit dem Gesicht voran. Die Frau wurde von einem Pfeil in den Rücken getroffen, stürzte jedoch nicht. Sie zwang ihre kraftlosen, unkontrolliert stolpernden Beine weiterzulaufen. Ein *tschock-sss!* und ein zweiter Pfeil durchbohrte ihre Brust. Jetzt sackte sie in die Knie, stützte sich aber mit einer Hand auf dem Boden ab, um aufrecht hocken zu bleiben.

Der letzte Schildkröten-Krieger drehte sich um, sah die Frau fallen und schoss hektisch auf seine Verfolger. Der Pfeil sausste über die Köpfe seiner Feinde hinweg. Einen Herzschlag später blieben drei Pfeile in seiner Brust stecken und warfen ihn zu Boden. Er war tot, noch ehe sein Körper auf der Erde aufschlug.

Die Wanderer-Krieger sprangen über Pfauenauges Leiche hinweg und rasten vorwärts. Einer hielt im Laufen kurz inne, um der Frau ins Gesicht zu treten. Jetzt erst sackte sie in sich zusammen und spuckte noch eine Weile Blut; dann blieb sie regungslos liegen.

Eichel blinzelte sich den salzigen Schweiß aus den Augen. Schreie hallten durch den Wald, kamen aus allen Richtungen.

Seine Kameraden brauchten seine Unterstützung.

Er legte den Bogen beiseite, besah sich den Pfeilschaft, der in seinem Schenkel steckte, und packte ihn mit beiden Händen. Dann zog er mit aller Kraft. Doch der Pfeil ließ sich nicht bewegen. Zitternd versuchte er es noch einmal, biss die Zähne zusammen und zerrte noch einmal so fest er konnte an dem hölzernen Schaft. Die Schmerzen, die wie eine Feuersbrunst durch seinen Körper loderten, waren schier unerträglich. Inzwischen zitterten seine Hände so stark, dass er den Schaft nicht länger halten konnte. Er lockerte seinen Griff und sank, nach seinem Bogen greifend, zurück an den Baumstamm.

Den Bogen über seine Knie gelegt betete er.

Zaunkönig lag neben Elchgeweih auf dem Bauch, das Messer in der rechten Hand. Das Herz schlug ihr bis zum Hals. Sie befanden sich am südlichen Dorfrand und waren hinter einem Haufen Felsbrocken in Deckung gegangen. Um sie herum preschten Krieger schreiend und fluchend durchs Unterholz, doch Elchgeweih hatte bislang noch keinen Versuch unternommen, sich an dem Kampf zu beteiligen.

Sie lag lang ausgestreckt auf dem Bauch, und ihre Augen durchforschten zornig blitzend den unerbittlichen Nebel.

Als hinter ihnen Äste knackten, sprang Elchgeweih auf die Füße, den Bogen im Anschlag.

Zaunkönig konnte eine Reihe von Gestalten ausmachen, die auf sie zukamen. Ihre Körper verschwammen im Dunst, wurden sichtbar, verschwanden wieder. Ob Feind oder Freund, das ließ sich nicht sagen.

Plötzlich fühlte sich Zaunkönig am Kragen gepackt und hochgezogen. »Lauf hinunter zum See und dann so schnell dich deine Beine tragen das Ufer entlang Richtung Norden«, wisperte Elchgeweih ihr zu. »Jetzt. *Lauf,* Mädchen!«

Zaunkönig flog gleichsam den Hügel hinab, mit rhythmisch ausgreifenden Beinen und rudernden Armen.

Als zwei miteinander ringende Männer auf den Dorfplatz gestolpert kamen, fuhr Springender Dachs unwillkürlich herum.

Eine Gelegenheit, die Sperling sogleich nutzte. Seinen Dolch unter dem Mantel hervorziehend, machte er zwei rasche Sätze auf Springender Dachs zu und zielte mit einer ausholenden Armbewegung auf seine Brust. Doch Springender Dachs bekam ihn am Arm zu fassen und schleuderte ihn mit einer blitzschnellen Drehung zu Boden. Noch im Fallen gelang es Sperling, seinem Gegner einen gezielten Tritt in die Kniekehle zu versetzen. Er fiel vornüber, rappelte sich aber gleich wieder hoch und stürzte sich auf Sperlings Dolch. Mit einem gellenden Kriegsschrei packte Sperling den jungen Kriegsführer am Hals, riss ihn zu Boden, warf sich auf ihn und stieß ihm zwei Finger ins linke Auge.

Springender Dachs krümmte sich wie ein verendendes Tier. Alle Kraft mobilisierend gelang es ihm, Sperling die Faust in die Kehle zu schmettern.

Der plötzliche Schmerz lähmte Sperling für einen Moment. Er bekam keine Luft mehr. Springender Dachs sah seine Chance und warf Sperling auf den Rücken.

Während die beiden Männer miteinander ringend über den Boden rollten, brach im Dorf das eigentliche Gefecht los. Aus entgegengesetzten Richtungen stürzten die Krieger auf den großen Platz, Kriegsschreie zerrissen die Nacht, Pfeile zischten sirrend durch den Nebel, Mokassins trampelten hin und her.

Sperling vernahm Aschenmonds heiseren Schrei, noch ehe er sie quer über den Dorfplatz rennen sah, gefolgt von zwei Kriegern, die sich auf sie stürzten und sie zu Boden warfen.

Er stieß einen gellenden Schrei aus und zwang alle seine Kraft in diesen Zweikampf. Aschenmond hatte Recht gehabt mit seinem Alter. Springender Dachs war es gelungen, sich mit seinem ganzen Gewicht auf ihn zu werfen, und er schaffte es nicht, die Hebelwirkung so zu nutzen, um ihn abzuschütteln. Seine Muskeln ermüdeten zunehmend, sein Griff um das Heft des Dolchs wurde schwächer.

Springender Dachs warf Aschenmond einen raschen Seitenblick zu, bevor er in Sperlings Gesicht herabstarrte, mit funkelnden Augen und einem gemeinen Lächeln auf den Lippen. »Ich werde deine Frau töten, während du dabei zusiehst!«

Er rammte einen Daumen in Sperlings Handgelenk, worauf sich dessen Finger zu öffnen begannen. Der Dolch zitterte. Springender Dachs schlug Sperlings Hand auf den Boden, der Dolch entglitt seinem Griff und blieb sechs Hand neben ihnen liegen.

Sofort hechtete Springender Dachs danach, was Sperling Gelegenheit gab, sich blitzschnell aufzurichten und sich auf seinen Gegner zu stürzen. Er schlang einen Arm um seinen Nacken, packte mit der anderen Hand sein Kinn und riss den Kopf des Kriegsführers mit einem kraftvollen Ruck herum, bis er die Wirbel krachen hörte.

Springender Dachs schrie auf, rollte mit einer geschickten Drehung unter Sperling weg und kam mit dem Dolch in der erhobenen Hand hoch.

Der erste Stoß traf Sperling in den Hals, der zweite knapp oberhalb des Brustbeins. Warmes Blut spritzte Springender Dachs ins Gesicht und in die Augen.

Sperling versuchte auf die Beine zu kommen, um wegzurennen, doch plötzlich stürzten sich drei Krieger gleichzeitig auf ihn und rissen ihn wieder zu Boden. Zwei packten ihn an den Armen, während der dritte versuchte, seine um sich tretenden Beine festzuhalten.

Ausgestreckt lag Sperling auf dem Rücken; er keuchte, und das Blut lief ihm über den Hals und die Brust.

Irgendwo in der Nähe hörte er Aschenmonds Stimme wimmern. »*Sperling …*«

Springender Dachs rappelte sich hoch und stellte sich mit gespreizten Beinen über seinen Erzfeind. Über und über befleckt mit dessen Blut und seinem eigenen, das ihm aus der Nase und dem linken Auge troff, sah er beinahe genauso entsetzlich aus, wie Sperling sich fühlte. *Immerhin, flog es ihm durch den Kopf, wenn der Dolch meine Halsschlagader getroffen hätte, wäre ich jetzt wahrscheinlich schon tot.*

Die Augen von Springender Dachs verengten sich, als hätte er Sperlings Gedanken gehört. Heftig schnaufend wedelte er mit dem Dolch herum. »Der auf dem Bären reitet…verbinde seinen Hals…ich will ihn lebend.«

»*Wenn du willst, dass er am Leben bleibt, dann lass mich das tun!*«, rief Aschenmond. »Ich bin Heilerin. Ich weiß, was zu tun ist!«

Springender Dachs maß sie erst mit einem zornigen Blick, gab dann aber dem Mann, der sie festhielt, mit einer unwirschen Geste zu verstehen, sie loszulassen.

Damit drehte er sich um, stapfte den Pfad zum Ufer hinunter und war schon bald im Nebel verschwunden.

Aschenmond ließ sich neben Sperling auf die Knie fallen und presste die Handballen auf die Wunde über seinem Mantelkragen. Als sie den Kopf hob, um ihn anzusehen, stand Angst in ihren Augen, doch sie wisperte tröstend: »Die Wunden sind tief, aber nicht tödlich. Halt still.«

Sie nahm die Handballen von der Wunde und drückte sie gleichzeitig gegen die Außenseiten seines Halses. Das Blut von ihren Fingern sprenkelte sein Gesicht.

Sperling schloss die Augen und konzentrierte sich auf seine Atmung. Er hörte jemanden würgen und dann ein tiefes Stöhnen. Kurze Zeit später erhob sich eine Vielzahl von Stimmen, die sich dem Dorfplatz näherten.

Sperling schlug die Augen wieder auf und sah, wie Möwe, Hungrige Eule und sechs andere Mitglieder des Nebelschleier-Klans ins Dorf getrieben wurden. Hungrige Eule hatte stolz das Kinn erhoben, während Möwe dahinschlich wie ein Mann, der zu seiner eigenen Exekution schreitet – was dem Anschein nach gar nicht so weit hergeholt schien. Die Gruppe wurde von Wanderer-Kriegern bewacht, die sie mit gespannten Bögen auf den Dorfplatz dirigierten.

Schnell zählte Sperling die Zahl der Feinde. Es waren zwölf Krieger, Springender Dachs mit eingerechnet. Wo waren die anderen? Tot? Verwundet? Oder versteckten sie sich noch in den Wäldern?

Aschenmond riss einen Stoffstreifen vom Saum ihres Kleides und wickelte ihn um Sperlings Hals. »Kannst du atmen?«

Er nickte, warf den beiden Kriegern, die bei ihm standen, einen raschen Blick zu und formte das Wort »Polterer?«

Nur Aschenmonds Augen regten sich. Blitzschnell schwenkten sie zu den Brombeerbüschen und wieder zurück.

Heilige Ahnen, der Junge musste unbeschreibliche Ängste ausstehen. Deshalb war Aschenmond wohl auch ins Dorf gerannt. Um die Krieger von Polterers Versteck wegzulocken.

Es bedeutete eine große Kraftanstrengung für Sperling, den Arm zu heben und Aschenmond Hand zu ergreifen. Sie sah ihm in die Augen.

Kaum hörbar flüsterte er: »Wird er dort bleiben?«

Nach einem kurzen Seitenblick auf die Krieger schüttelte sie sachte den Kopf, um ihm zu bedeuten, dass sie es nicht wisse.

Vom See her frischte ein kalter Wind auf, der den Nebel aufwirbelte und ihn über Sperlings Kopf hinwegwehte.

Sie hatten erst dann verloren, wenn Polterer aus seinem Versteck käme oder wenn ihn die Wandererkrieger entdeckten.

Doch würden beide Möglichkeiten für sie alle den sicheren Tod bedeuten.

Bekümmert ließ Sperling die Luft entweichen. Er fürchtete den Tod nicht sonderlich. Schon zu oft hatte er ihm direkt ins Auge geblickt. Wie alle Menschen. Den meisten wurde dies nur nicht bewusst. Der Tod war ein Spiegel, den sich die Menschen jeden Tag aufs Neue vors Gesicht hielten. Er erinnerte sie daran, was sie wirklich sahen und wie wenig Zeit ihnen blieb, das auch zu schätzen.

Heute Nacht jedenfalls schätzte er es. Obwohl er wünschte, dass …

Ein durchdringender Schrei, der vom Seeufer zu ihnen heraufschallte, zerriss die Nacht. Springender Dachs brüllte: »Halt still, oder ich bringe dich um!«

Der Wind wurde stärker, wehte kühl über Sperlings erhitzten Körper und zauste sein weißes Haar. Tief sog er die Luft in die

Lungen. Der Duft nach feuchter Erde und Rauch überlagerte die Gerüche von Blut und Tod.

»Oh, heilige Geister, nein!«, wisperte Aschenmond.

Sperling drehte den Kopf zur Seite und spähte den Pfad zum See entlang.

Etliche Bündel über die Schulter geworfen, tauchte Springender Dachs aus dem Nebel auf. Neben ihm Zaunkönig, die er mit eiserner Faust am Kragen gepackt hielt und wütend vor sich her schubste.

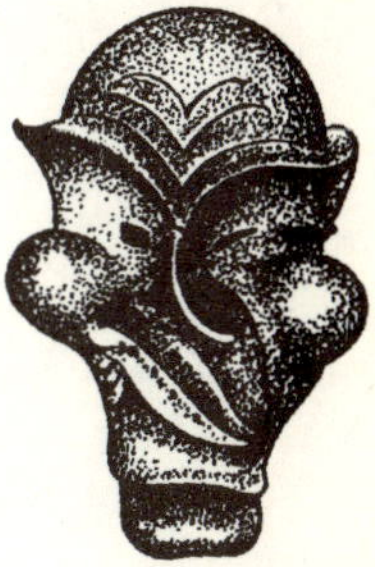

36. Kapitel

Kaum hatte Springender Dachs Zaunkönig auf den Dorfplatz gezerrt, ließ er die Bündel fallen und brüllte: »Elchgeweih! Elchgeweih, wo bist du?«

Zaunkönig gebärdete sich wie eine Wilde, trat ihm gegen das Schienbein und schlug mit den Fäusten auf die Brust von Springender Dachs ein, doch er schien das kaum zu bemerken. Eine wilde Freude siedete in seinem Blut. Er hatte die Geister besiegt! Er war am Leben, und die Geister im Nichts verschwunden! Mit festem Griff hielt er Zaunkönig am Kragen ihres blauen Hemds fest.

»*Elchgeweih*!«

Jegliche Stimmen und Geräusche auf dem Dorfplatz verstummten. Die acht Gefangenen, die zwanzig Schritte enfernt auf dem Boden hockten, bewacht von zehn Wandererkriegern, wisperten und schüttelten bei Zaunkönigs Anblick die Köpfe, als würden sie sie nicht kennen. Doch Silberner Sperling und

Anführerin Aschenmond sahen sehr besorgt aus, sie fürchteten um das Mädchen. Aschenmond saß auf dem Boden und hielt Sperlings Kopf auf dem Schoß. Frisches Blut tupfte sein runzeliges Gesicht und das weiße Haar, tränkte seinen Kragen. Um seinen Hals trug er einen dicken Verband. Springender Dachs bedachte den alten Mann mit einem überheblichen Grinsen, doch Sperling sah an ihm vorbei, studierte Zaunkönigs Gesicht, registrierte jeden Kratzer, jede Beule, und seine Lippen wurden dabei zu einem schmalen Strich. Aschenmonds Augen funkelten gefährlich.

Der Kriegsführer warf den Kopf zurück und bellte: »*Elchgeweih, du verfluchtes*...«

Die Worte erstarben ihm auf den Lippen, als die Kriegerin auf dem Hügel zur Linken von Springender Dachs zwischen zwei Ahornbäumen hervortrat. In kerzengerader Haltung und mit einem eisigen Ausdruck im Gesicht kam sie näher, den Bogen an ihrer Seite gesenkt, doch mit eingelegten Pfeil.

»Was gibt es, Kriegsführer?«, fragte sie mit gefährlich sanfter Stimme.

Springender Dachs stieß Zaunkönig grob zu Boden. Sein Brustkorb hob und senkte sich unter heftigem Schnaufen, seine Fäuste öffneten und schlossen sich in maßlosem Zorn. »Warum ist das Mädchen frei?«

»Sie ist mir während des Kampfes entwischt. Ich habe es nicht einmal bemerkt, bis ...«

»Lüg mich nicht an! Du hast sie absichtlich freigelassen! Glaubst du, ich bin ein Narr?«

Eine von Elchgeweihs Brauen hob sich spöttisch, etliche Wandererkrieger lachten.

Mit wutverzerrtem Gesicht fuhr Springender Dachs herum. »Wer hat da gelacht? Los, raus mit der Sprache, wer war es?«

Als sich keiner meldete, richtete Springender Dachs seinen funkelnden Blick auf Zaunkönig und schlug ihr dann unvermittelt mit dem Handrücken über den Mund.

Das Mädchen fiel um und spuckte Blut. Tränen brannten in ihren Augen. Sie rappelte sich hoch und versuchte auf allen vieren davon zu kriechen, doch Springender Dachs stoppte sie mit einem harten Fußtritt. Mit dem Kinn voraus schlitterte sie weinend über den gefrorenen Boden.

»Oh, Zaunkönig«, flüsterte Aschenmond.

Springender Dachs Augen weiteten sich. »Du kennst dieses Mädchen? Seit wann denn?«

Als habe sie gerade erst die Tragweite ihres Ausrufs erkannt, schüttelte Aschenmond den Kopf. »Ich kenne sie überhaupt nicht.«

»Aber sie war bei Blauer Rabe, als er euch den Jungen verkauft hat, oder? Das hat er mir jedenfalls gesagt.«

Mit angehaltenem Atem fixierte Zaunkönig Aschenmond, fürchtete, die alte Frau könnte etwas Falsches sagen.

Springender Dachs packte sie grob an den Haaren. »Kennst du Aschenmond und Silberner Sperling?«

»Nein, ich …«

»Seit wann kennst du sie?«

»Ich kenne sie nicht!«, schluchzte Zaunkönig mit tränenerstickter Stimme, worauf Springender Dachs sie mit dem Gesicht voraus auf den gefrorenen Boden stieß.

»So, und jetzt zu dir, alte Frau«, knurrte er Aschenmond an. »Du wirst mir Rede und Antwort stehen. Wie lange kennst du dieses wertlose Geschöpf schon?«

Als Aschenmond nur stumm die Kiefer aufeinander presste, trat er vor sie hin und holte mit der rechten Hand aus, um ihr diesen verstockten Ausdruck aus dem faltigen Gesicht zu schlagen.

»Du kannst wohl nur mit Gewalt argumentieren, *tapferer Kriegsführer!*« Elchgeweihs Worte ließen ihn innehalten.

Er fuhr herum und durchbohrte sie gleichsam mit seinem Blick. »Schon als Junge«, fuhr Elchgeweih mit schneidender Stimme fort, »hat es dir ungeheures Vergnügen bereitet, hilflose Geschöpfe zu quälen. Frauen, Kinder, Tiere. Das haben wir alle zur Genüge mit angesehen. Aber wenn es darum geht, eine Kriegertruppe anzuführen, dann marschierst du gern in hinterster Reihe, wo es sicherer ist. Du bist so feige, dass du dich nach Einbruch der Dunkelheit nur dann einen Schritt weiter wagst, wenn wir Fackeln anzünden, um deinen Weg zu beleuchten. Und du weigerst dich hartnäckig, deine Angriffspläne mit irgendeinem deiner Krieger zu besprechen. Stattdessen redest du pausenlos auf einen stinkenden, verwesten Schädel ein! Du bist für den Posten eines Kriegsführers nicht mehr geeignet!«

Springender Dachs ließ den Blick von Elchgeweih zu

Aschenmond und weiter zu Zaunkönig wandern. Er spürte, dass zwischend den beiden Frauen ein starkes Einvernehmen herrschte, vermochte es aber nicht zu deuten.

Abermals versetzte er Zaunkönig einen Fußtritt. »Was weißt du über sie, Mädchen, das ich nicht weiß? He? Vielleicht hatte Elchgeweih von Anfang an Recht gehabt. Erinnerst du dich?« Dann wandte er sich zu seinen Kriegern um. »Wer von euch erinnert sich noch daran, wie Elchgeweih steif und fest behauptete, dass Blauer Rabe nichts mit der Entführung des Falschgesicht-Kindes zu tun habe? Sie beharrte darauf, dass Zaunkönig den Jungen befreit habe und Blauer Rabe nur ihren Spuren gefolgt sei, um seine Nichte zu finden! Also, wer von euch erinnert sich noch an ihre Worte?«

Beinahe alle Wandererkrieger nickten.

»Na, seht ihr?«, rief Springender Dachs triumphierend.

»Vielleicht hat sie tatsächlich die Wahrheit gesprochen. Vielleicht war es wirklich dieses niederträchtige Mädchen, das das Falschgesicht-Kind entführt hat. He, ich will eine Antwort!«, brüllte er. »War dieses Mädchen der Verräter?«

Er ging vor Zaunkönig in die Hocke und schnaufte wie ein wild gewordener Puma, während sein Gesicht im Schein des Feuers glühte: »Ich will die Wahrheit wissen, Mädchen«, fuhr er sie an. »Und *du* wirst sie mir sagen.«

»Aber ich – ich weiß doch nichts. Ich habe Onkel Blauer Rabe erst vor ein paar Tagen getroffen, und er …«

Springender Dachs packte das Mädchen am Kragen und zog sie so weit zu sich heran, bis ihr Gesicht nur eine Handbreit von seinem entfernt war. Dann brüllte er: »Wo ist das Falschgesicht-Kind?«

»Bitte, tu…tu mir nicht weh«, flehte sie mit bebender Stimme und umklammerte seine Faust. »Ich schwöre, dass ich nichts weiß!«

»Wo ist das Falschgesicht-Kind? Hast du ihm zur Flucht verholfen? Wo ist der Bursche?«

Springender Dachs schüttelte Zaunkönig brutal, bis sie zusammenbrach und schluchzte wie ein Kleinkind.

Ohne seine bohrenden Blick von ihr zu nehmen, rief er: »Der auf dem Bären reitet! Schildmacher! Zündet die Hütten an. Ich brauche Licht.«

»Jawohl, Kriegsführer.«

Die beiden Männer rannten zu der Feuerstelle am nördlichen Dorfrand, zerrten lange Äste aus dem Holzhaufen und hielten die Enden in die Glut. Als sie Feuer gefangen hatten, gingen sie zur ersten Hütte, schlugen den Vorhang zur Seite und warfen einen brennenden Ast hinein, der die trockenen Rindenwände im Nu in Flammen setzte. Und weiter zur nächsten, bis sie in allen sieben Hütten Feuer gelegt hatten.

Zunächst dampften die Dächer, dann rauchten sie, und schließlich schossen aus den Rauchabzügen orangerote Flammen in die Höhe. Gleich darauf brannten die Hütten lichterloh, und ein glühender Funkenregen ergoss sich über den Dorfplatz.

Als sie züngelnden Flammen zu einer tosenden Feuersbrunst herangewachsen waren, breitete sich ein fluoreszierender Lichthof über dem Dorf aus. Er färbte den Nebel blutrot und tanzte über die versteinerten Gesichter der Gefangenen des Nebelschleierdorfs.

Springender Dachs riss Zaunkönig auf die Füße und verkündete lauthals: »Heute Nacht werden selbst die Nachtwanderer oben in den Himmeln die Schreie dieses Mädchens hören! Sie wird mir die Wahrheit sagen, sonst steche ich ihr die Augen aus, und dann ...«, er nickte zufrieden und lächelte, »dann wird sie erst erfahren, was richtige Schmerzen sind. Deinen Onkel habe ich nicht um Gnade flehen hören. Aber du, Mädchen, du *wirst* mich auf Knien um Gnade anbetteln.«

Er packte Zaunkönig an den gefesselten Handgelenken und schleuderte sie über den Boden, wo sie am Fuße des Pfahls liegen blieb. Die eingetrockneten, verkrusteten Augen, die hinter der verrutschten Maske hervorstarrten, hatten etwas Teuflisches an sich.

Springender Dachs zog sein Messer aus dem Gürtel, richtete sich zu voller Größe auf und lächelten den Leuten zu, die sein Treiben mit angehaltenem Atem verfolgten. »So, jetzt werdet ihr Zeugen des Zornes des Wanderer-Klans!«

Blitzschnell fuhr er herum und stürzte sich mit einem Satz auf Zaunkönig. Er stieß sie zu Boden, legte ihr seinen linken Arm schwer über die Brust, so dass sie sich nicht mehr bewegen konnte, und zielte mit der Spitze seines Messers auf ihr Auge.

Zaunkönig zitterte wie ein welkes Farnblatt im Wind. »Springender – Dachs … bitte. Du bist doch …verwandt mit mir. Tu mir …«

»*Hör auf damit!*«, ertönte Elchgeweihs Stimme. »Lass sie zufrieden!«

Er blickte über die Schulter und sah Elchgeweih hinter sich stehen, den gespannten Bogen auf seinen Rücken gerichtet. Die Pfeilspitze aus rotem Flinstein glühte im Schein der Feuer.

»Wir töten unsere eigenen Leute nicht, Springender Dachs«, erklärte Elchgeweih mit harter Stimme. »Ihr alle hier – seht her! Wollt ihr tatenlos mit ansehen, wie ein kleines Mädchen gefoltert wird? Ein Mitglied eures eigenen Klans? Was ist aus uns geworden, dass wir auch nur daran denken …«

Mit der Lautlosigkeit eines Nachtvogels schwang die Kriegskeule von Der auf dem Bären reitet durch die nächtliche Stille. Sie traf Elchgeweih am Hinterkopf, und sie stürzte zu Boden.

Springender Dachs warf dem hässlichen Krieger einen anerkennenden Blick zu. »Gute Arbeit. Wir kümmern uns später um sie. Pass auf die beiden auf!«, fügte er hinzu und deutete mit dem Kinn auf Aschenmond und Silberner Sperling.

Silberner Sperling war es gelungen, sich hochzurappeln, und jetzt stand er aufrecht und mit gegrätschten Beinen da. Blut sickerte aus dem Verband um seinen Hals und rann über seine Brust. Seine Augen hatten einen wild entschlossenen Glanz.

Springender Dachs wandte seine Aufmerksamkeit wieder Zaunkönig zu. Er hob sein Messer und drehte die schwarze Obsidianklinge vor ihren Augen hin und her, um ihr die Schärfe der hauchdünnen Schliffkanten zu demonstrieren.

»Ich habe mir sagen lassen, dass die Schmerzen schier unerträglich sind«, raunte er ihr zu. »Die Klinge dringt durch den Augapfel in den Schädel ein, und wenn sie langsam umgedreht wird, sieht man nur noch einen gleißenden Lichtblitz, und dann …«

»Ich weiß doch nichts!« brüllte Zaunkönig halb besinnungslos vor Angst. »Bitte, glaub mir, ich weiß …«

»*Wo* ist das Falschgesicht-Kind?« herrschte Springender Dachs sie an. »Wo ist der verruchte Junge! Er war auf dem Weg in dieses Dorf. Unten am See haben wir seine Fußspuren entdeckt. Wo ist er!« Er drückte die Messerspitze in die Lidfalte über Zaunkönigs rechtem Auge. »Sag es mir. Jetzt sofort. Sag mir, wo das Falschgesicht-Kind ist, oder ich …«

»*Nein!*« rief eine schwache, verängstigte Stimme. »*Quäle Zaunkönig nicht länger!*«

»Oh, Polterer!«, schluchzte Zaunkönig und wehrte sich verzweifelt gegen den Arm von Springender Dachs. »Nein! Lauf weg!«

Plötzlich schallte ein bizarrer Laut durchs Dorf, der Springender Dachs zu Stein erstarren ließ.

Es war ein tiefes, kehliges Knurren wie von einem Puma, dessen vermeintlich tote Beute unversehens zum Leben erwacht. Die Muskeln in den Armen von Springender Dachs spannten sich. Er richtete sich auf und beobachtete mit zusammengekniffenen Augen die im Nebel verschwimmenden Gesichter.

»Was war das?«, verlangte er zu wissen. Er fuhr hoch. Seine Finger krampften sich um den Griff seines Messers. »Wer macht so ein Geräusch?«

Schrilles, hohes Gelächter tönte durch den Nebel, gefolgt von einer tiefen, unmenschlichen Stimme, die sagte: »*Ich war das, großer Mann.*«

Erstickte Schreie wurden laut, die Leute schnappten hörbar nach Luft. Etliche seiner Krieger wirbelten, den Bogen im Anschlag, herum.

Ganz langsam folgte Springender Dachs ihren Blicken.

Das Falschgesicht-Kind stand oben auf der Anhöhe. Sein weißer Umhang glitzerte im grellen Schein der lodernden Feuer, und seine Augen leuchteten wie zwei schwarze Monde.

Springender Dachs warf seinen Kriegern einen wütenden Blick zu. »Worauf wartet ihr noch? Tötet den Jungen! Tötet das Falschgesicht-Kind!«

Kleine Lichtblitze tanzten durch den Wald, und für einen Moment glaubte Springender Dachs, die umherfliegenden Funken der brennenden Hütten hätten das trockene Wintergras entzündet.

Nein. Nein! Waren die Geister zurückgekehrt?

Seine Krieger wirbelten herum und starrten mit aufgerissenen Mündern den Lichtern hinterher.

»Der auf dem Bären reitet!«, brüllte Springender Dachs. »Töte das Kind!«

Wie ein herabstürzender Falke schoss ein Lichtstrahl über den Kopf des hässlichen Kriegers hinweg und warf ihn zu Boden. »Was war das?«, kreischte er von Panik erfasst. »Was geht hier vor?«

Angst ließ Springender Dachs das Blut in den Adern zu Eis gefrieren. Er riss Elchgeweih den Bogen aus der schlaffen Hand und bückte sich nach dem Pfeil, der neben ihr auf dem Boden lag …

Vier grelle Blitze zuckten genau über seinem Kopf durch den Nebel, glühende Fahnen hinter sich her ziehend, so als ob die Götter sich bei einem Spiel mit Feuerbällen vergnügten.

»Was ist das?«, schrie Springender Dachs erneut und wie gelähmt vor Angst, den Blick in den nebelverschleierten Himmel gerichtet. »Das sind keine Geister! Was geht hier vor?«

»Du wirst sterben, großer Mann«, antwortete eine seltsam dumpfe Stimme.

Er riss den Kopf herum und fixierte das Falschgesicht-Kind, außer Stande zu glauben, dass ein Kind solche Töne hervorbringen könnte. »Junge? Hast du das eben gesagt? Verdammt nochmal, wer hat da gesprochen!«

Springender Dachs wich einen Schritt zurück, stieß mit dem Rücken gegen etwas und fuhr so ungestüm herum, dass der aufgespießte Schädel ins Wanken geriet und ihm mitten ins Gesicht prallte. Zuerst traf ihn der unsägliche Verwesungsgestank, dann spürte er das zersetzte Fleisch an seiner Stirn kleben und an seiner Wange herabrinnen. Angewidert wandte er sich ab und wischte sich wie besessen den klebrigen Schleim aus dem Gesicht. Die Maske war beim Sturz des Schädels abgefallen. An den Stellen, die früher Haut oder Haare bedeckt hatten, schimmerten jetzt blanke Knochen.

Wieder lautes, hämisches Gelächter. Das unselige Kichern vermischte sich mit dem Prasseln der Feuer und formte sich zu einem Schrei, der unaufhaltsam in seiner Kehle hochstieg.

Diesem Schrei ließ Springender Dachs freien Lauf, als er seinen Bogen anlegte und Lahmer Hirsch mitten durch den Mund schoss.

Ich bin ja so froh, dass du mich mitgenommen hast. Auf diesen Moment habe ich schon lange gewartet.

»Sei still!« Springender Dachs warf den Bogen beiseite, packte den Pfahl mit beiden Händen und ließ ihn auf den Schädel niedersausen, wobei er wie ein Irrer brüllte. »Hör auf mit mir zu reden! Ich halte das nicht mehr aus!«

Dann hob er den Pfahl wieder hoch und schwang ihn ein paar Mal über seinen Kopf, bevor er ihn in hohem Bogen in den Wald schleuderte und die Arme fallen ließ.

Seine Krieger glotzten ihn wortlos an. Und auch die Gefangenen verfolgten die Szene mit schreckerfüllten Gesichtern.

Plötzlich tanzte ein riesiger Feuerball durch den Nebel über dem Dorfplatz, stieg senkrecht in die Höhe, kippte und raste auf sie hernieder.

Kleiner Zaunkönig krümmte sich wimmernd zu einer Kugel zusammen.

Springender Dachs war aus seiner Erstarrung erwacht und stürzte auf sie zu. »Zuerst bringe ich dich noch um, Mädchen! Hast du gehört, Junge? Ich werde das Mädchen jetzt umbringen!«

Als sich seine Hände um Zaunkönigs Kehle schlossen, schrie sie auf.

Gleichzeitig erschütterte ein zweiter Schrei die Nacht, ein Schrei, der einem das Blut in den Adern stocken ließ und sich anhörte, als habe man einem Kind den Leib aufgerissen.

Springender Dachs fuhr herum und sah den Zwergenjungen den Hügel herabrasen. So schnell ihn seine kurzen Beine trugen rannte er über den Dorfplatz, den lächerlichen Kinderbogen im Anschlag. Seine verkrüppelten Finger waren kaum in der Lage, den eingelegten Pfeil festzuhalten. Ein zittriger Schrei, den jedoch wilde Entschlossenheit begleitete, kam aus seiner Kehle.

»Glaubst du wirklich, dass du mich damit töten kannst, Junge?«, höhnte Springender Dachs lachend. »Dieser Pfeil ist ja nicht einmal lang genug, um …«

Polterer ließ den Pfeil fliegen.

Und plötzlich stand der Junge mitten in einem explodierenden Feuerwerk, Blitze flackerten auf, die aus seinen Haarspitzen, den Händen und den Augen zu flammen schienen.

Springender Dachs stieß einen gellenden Schrei aus, als zuerst der Pfeil des Jungen seine Brust durchbohrte und gleich darauf die Feuerbälle auf ihn einprasselten. Wie lautlose Blitze schlugen sie in seinen Körper ein, warfen ihn zurück, bis er stolpernd zusammenbrach, eingehüllt in seine brennenden Kleider.

»Löscht das Feuer!«, brüllte er. »Ich verbrenne, löscht es!«

Keiner seiner Krieger rührte sich.

Mit wehendem Umhang, der ihm um die Beine schlackerte, rannte Polterer an Springender Dachs vorbei, warf seinen Bogen weg unf fiel neben Zaunkönig auf die Knie. Er schlang die Arme um sie und schluchzte atemlos: »Zaunkönig? Zaunkönig, bist du verletzt?«

Springender Dachs rollte sich schreiend auf dem Boden herum, riss an seinen brennenden Kleidern…

»Keine Bewegung!«

Der Befehl kam von dem dunklen Hügel, auf dem das Falschgesicht-Kind vorher aufgetaucht war.

Das Feuer war erloschen. Springender Dachs lag auf dem Rüken und tastete mit schwachen Fingern nach den fünf langen Pfeilen und dem einen kurzen, die seine Brust durchbohrten.

Nach und nach tauchten Krieger aus den nebligen Schatten auf, mit erschöpften Gesichtern und gespannten Bögen. Einige trugen Fackeln.

Die Wandererkrieger blickten sich um, wogen ihre Chancen ab und begannen leise miteinander zu flüstern.

»Senkt eure Bögen!«, rief ein stämmiger Mann mit aufgedunsenem Gesicht, während er aus dem Wald gewatschelt kam. »Jetzt sofort! Oder wollt ihr sterben?«

Springender Dachs kam es vor, als wäre er unter einem Granitfelsen begraben. Röchelnd versuchte er Luft zu holen und blinzelte nur schwach, als er mit ansehen musste, wies seine Männer ihre Waffen fallen ließen und die Hände über den Kopf hoben. »Nein…« krächzte er.

Atemloses, triumphierendes Gelächter.

Laut und rau hallte es durchs Dorf, die ausgelassene Übermütigkeit des Siegs verkündend.

Das Gesicht von Springender Dachs verzerrte sich.

Nebelschwaden spannen ihn in ihre Netze ein. Bizarre, riesenhafte Gestalten lösten sich allerorten aus den Schatten. Immer mehr wurden es…tausende! Sie tanzten um ihn herum, sprangen auf ihn zu. Eines der Gesichter nahm klare Formen an. Das Gesicht eines kleinen Jungen mit glühenden Augen. Es schwebte über ihm. Der Junge beugte sich zu ihm herab, seine ausgreifenden Arme schienen aus Nebel gemacht, sein Mund war eine glühende Feuergrube, und er lächelte ihn an. Dann streckte er die Hände nach ihm aus…

Interessiert beäugte Aschenmond den dicken Mann, der wie eine Ente auf den Dorfplatz zuwatschelte. »Heilige Mächte, das ist doch Gefleckter Frosch!«

»Ja«, sagte Sperling. »Aschenmond, hilf mir bitte beim Gehen.«

Sie fasste ihn um die Taille. »Leg deinen Arm über meine Schultern.«

Während die Krieger von Gefleckter Frosch auf dem Dorfplatz Aufstellung nahmen, kam Maishülse mit wedelnden Armen aus dem Wald gerannt und rief: »Bitte, bewahrt alle die Ruhe! Ihr seid in Sicherheit! Euch wird nichts geschehen!«

Die Krieger des Klans der Schweigenden Krähe sammelten die Waffen ein und durchsuchten die Männer des Wanderer-Klans.

Da erhob sich plötzlich Möwe aus dem Kreis der Befreiten. Tränen schimmerten in seinen Augen. Er sah Gefleckter Frosch an und fragte ihn: »Woher kommst du? Wir dachten, wir müssten sterben.«

Gefleckter Frosch lächelte und kam in seinem Watschelgang näher. »Wir kommen aus dem Dorf der Schweigenden Krähe, mein Freund. Als wir die Feuer hier sahen, befürchteten wir das Schlimmste. Über eine halbe Hand Zeit haben wir brennende Pfeile abgeschossen, um euch darauf vorzubereiten, dass Hilfe naht. Habt ihr sie denn nicht gesehen?«

Möwe senkte den Kopf, um seine Tränen zu verbergen, die ihm jetzt in Strömen über die Wangen flossen. »Doch.« Er nickte. »Aber in diesem dichten Nebel konnten wir nicht erkennen, was es war. Aber…ja. Ich danke euch. Wir verdanken euch unser Leben.«

Mit einer lässigen Handbewegung tat Gefleckter Frosch die Dankesbezeugungen ab und richtete den Blick auf Polterer und Kleiner Zaunkönig, die auf dem Boden hockten und sich schluchzend in den Armen hielten. »Sind das die beiden Heldenkinder?«

Möwe drehte sich um. Die Falten auf seiner Stirn traten jetzt deutlicher hervor. »Der Junge ist das Falschgesicht-Kind aus dem Buntfelsendorf. Das Mädchen stammt aus dem Wandererdorf. Wir kennen sie nicht, wissen aber, dass sie Kleiner Zaunkönig heißt.«

Ehrfurcht breitete sich auf Gefleckter Froschs dickem Gesicht aus, als er schnaufend auf die beiden Kinder zuwatschelte.

»Komm, lass uns zu ihnen gehen«, sagte Sperling zu Aschenmond.

Langsam schritten sie über den Dorfplatz.

Maishülse gesellte sich zu ihnen; groß und schlaksig und immer noch in dem Büffelmantel, der jetzt noch räudiger aussah als bei ihrer letzten Begegnung. Die silbernen Strähnen in seinem schwarzen Haar glänzten. Er grinste und entblößte dabei ohne Scham seine Zahnlücken. »Na, was sagt ihr?«, meinte er stolz. »Ich habe euch wieder mal das Leben gerettet!«

»Ach, tatsächlich?« Aschenmond hob skeptisch eine Braue. »Müssen wir dir dafür danken?«

»Nun ja«, meinte Maishülse mit gespielter Bescheidenheit. »Ich habe Gefleckter Frosch und seinen Dorfbewohnern diese tragische Geschichte erzählt, doch sie waren es, die ganz spontan beschlossen, eine Kriegerschar auszusenden, um euch zu helfen. Ich habe sie allerdings hierher geführt!«

»Dann stehen wir tief in deiner Schuld, Maishülse«, erklärte Aschenmond. »Danke.«

Der Händler verbeugte sich und grinste.

Kurz bevor sie die Kinder erreichten, kam ein Mann aus dem Wald gehumpelt, der sich auf einen langen Stock stützte. Seine Haartracht war die des Dornbuschklans: entlang der Schädelmitte trug er einen borstigen Haarkamm, die beiden Seiten waren kahl rasiert. Aus einer Wunde an seinem linken Bein sickerte frisches Blut.

»Nicht schießen!«, rief er. »Ich bin unbewaffnet!«

Gefleckter Frosch gab zweien seiner Krieger ein Zeichen.

»Führt diesen Krieger zu den anderen Gefangenen.«

Die beiden jungen Männer traten mit gespannten Bögen vor, die sie auf die Brust des verletzten Kriegers richteten, und bedeuteten ihm, sich auf den Dorfplatz zu begeben.

Mühsam schwang er sein verwundetes Bein nach vorn, dann

den Stock, den er als Krücke verwendete. Als sein Blick auf den Leichnam von Springender Dachs fiel und auf Elchgeweih, die neben ihm auf dem Rücken lag, presste er die Zähne aufeinander, stieß ein heiseres Knurren aus und versetzte seinem Kriegsführer mit aller Kraft, die er noch aufzubringen vermochte, einen Fußtritt.

Andere Wandererkrieger, die die Szene beobachtet hatten, kamen hinzu, begleitet von den Wachen des Krähendorfes. Sie bildeten einen Kreis um den Leichnam von Springender Dachs, traten auf ihn ein und bespruckten ihn fluchend.

Der Anblick ließ Sperling das Mark in den Knochen gefrieren.

Aschenmond zog ihn weiter zu den Kindern. Sie erreichten sie gerade noch rechtzeitig, um mitzuverfolgen, wie Gefleckter Frosch sich vor die beiden hinkniete.

Mit freundlicher Stimme sagte das Klanoberhaupt: »Geht es euch beiden soweit gut? Braucht ihr etwas zu essen oder zu trinken?«

Polterer rieb sich mit den Händen die tränennassen Augen und musterte den dicken Mann eine geraume Weile. Dann murmelte er: »Bist du der Mann mit dem silbernen Amulett, das einen Wolf darstellt?«

Gefleckter Frosch richtete sich auf und sah den Jungen erstaunt an. Dann griff er in seinen Umhang und zog den Anhänger hervor, auf dem sich das flackernde Licht des Feuers spiegelte. »Meine Urgroßmutter hat ihn mir gegeben. Woher wusstest du …?«

»Ich hab dich gesehen«, erwiderte Polterer. »In einem Traum. Hinter dir drängten sich hundert Geisterhelfer.«

Gefleckter Froschs Krieger wechselten verwunderte Blicke und starrten ihr Oberhaupt dann mit ehrfürchtigen Mienen an.

Gefleckter Frosch grinste zufrieden. »Nun, das freut mich zu hören. Ich danke dir.«

Sperlings Arm lastete schwer auf Aschenmonds Schulter, als er sagte: »Ich kann dir gar nicht sagen, wie glücklich wir sind, dich zu sehen, Gefleckter Frosch.«

Der schwerfällige Mann hievte sich auf die Beine und betrachtete die beiden mit einem wohl wollenden Blick. »Eine Weile fürchtete ich, dass wir das Dorf nicht mehr rechtzeitig erreichen würden. Maishülse hatte den Pfad aus den Augen verloren.«

Der Händler schob die Hände in die Taschen seines Mantels und zuckte die Schultern. »Ich habe ihn aber schnell wieder gefunden, nachdem wir Fackeln angezündet hatten, ehrenwerter Anführer. In diesem dichten Nebel kann niemand …«

»Wie dem auch sei«, unterbrach ihn Gefleckter Frosch. »Wir haben es geschafft.«

Der Klanführer senkte den Blick auf Polterer und Zaunkönig und runzelte unwillkürlich die Stirn. »Was soll jetzt mit den Kindern geschehen? Werdet ihr sie in eure Obhut nehmen?«

Aschenmond verstärkte ihren Griff um Sperlings Taille. »Ja«, antwortete sie. »Obwohl ich noch nicht weiß, wohin wir mit ihnen gehen können. Zaunkönig hat ihr Volk verraten, indem sie Polterer entführte. Sie kann nicht mehr in ihr Dorf zurück, und ich …«

»Ich weiß es, wohin unser Weg führt«, wisperte Zaunkönig. Sie kniete sich hin und stand dann auf, wobei sie leise wimmerte, als ob sie sich sämtliche Rippen gebrochen hätte. »Wir müssen uns Richtung Norden halten.«

Polterer erhob sich jetzt ebenfalls und schob seine Hand in die ihre. Als er sie dann ansah, leuchteten seine Augen wie zwei Sterne.

»Großmutter«, begann er, während sein Blick unsicher die Gesichter der Leute streifte, die um sie herumstanden. »Zaunkönig und ich, wir wollen meinen Vater suchen gehen.«

Zaunkönig drückte seine kleinen Hand und erklärte eifrig nickend: »Er muss seinen Vater finden. Und wenn er es jetzt nicht versucht, wird er vielleicht nie mehr die Gelegenheit dazu haben.«

Aschenmond lächelte, empfand aber gleichzeitig auch Besorgnis. Sie wandte sich um. »Maishülse, hast du jemals die nördlichsten Inseln bereist? Kennst du einen Ort, den man Cove Meadows nennt?«

»Aber ja!«, erwiderte Maishülse sofort. »Dort bin ich schon einmal gewesen. Keine sehr aufregende Gegend allerdings.«

Liebevoll strich Aschenmond das blutverkrustete Haar aus Sperlings Gesicht und sah ihn mit einem Blick an, aus dem ihre ganze Liebe sprach. Dann wechselte ihr Blick zu Maishülse. »Wir möchten dich bitten, einem Mann dort eine Nachricht zu überbringen. Er nennt sich Bullentöter.«

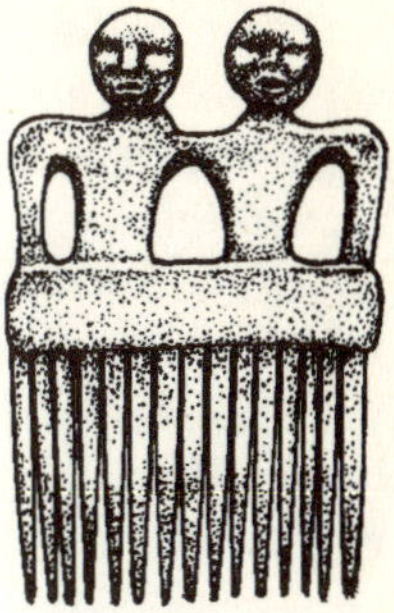

37. Kapitel

Großvater Tagbringer hielt sich noch hinter dem Horizont verborgen, doch ein goldener Schein am östlichen Himmel kündigte bereits sein baldiges Erscheinen an. Zarte Dunstschleier umwoben die Baumwipfel und segelten das Ufer entlang. Eine kühle, angenehm nach Fisch riechende Brise spielte mit Zaunkönigs langem Haar und wehte es ihr ins Gesicht.

Tief sog sie die Luft in ihre Lungen und zuckte im nächsten Augenblick zusammen. Sie saß mit übergeschlagenen Beinen vor dem großen Feuer auf dem Dorfplatz, die Hände auf die Knie gestützt, während Aschenmond breite Bandagen um ihre Brust wickelte. Neben ihr hockte Polterer und hielt ihr Hosenbein umklammert, doch seine dunklen Augen verfolgten jede Bewegung der Krieger auf dem großen Platz. Seine dicken Backen und das kinnlange Haar glänzten noch von dem gründlichen Bad, dem Aschenmond die beiden Kinder am frühen Morgen unterzogen hatte.

Aschenmond zog die Enden der Stoffstreifen straff und verknotete sie. »So, und jetzt atme tief ein, Zaunkönig. Spürst du, dass sich die Rippen bewegen?«

Zaunkönig holte vorsichtig Luft. Kleine Schmerzstiche schossen durch ihre Brust, doch die waren harmlos im Vergleich zu den glühenden Lanzen, die sie in der vergangenen Nacht gequält hatten. »Nein. Es ist schon besser. Danke, Aschenmond.«

»Fein, dann ziehen wir dir jetzt wieder dein Hemd an.«

Zaunkönig biss wegen der stechenden Schmerzen die Zähne

zusammen, während sie die Arme hob, damit Aschenmond ihr das blaue Hemd überziehen konnte. Dann legte sie dem Mädchen eine rote Decke um die Schultern und sagte: »Ich habe mir gerade überlegt, ob ich dir die Haare kämmen soll.«

Zaunkönig wandte den Kopf, um in das freundliche, tief gefurchte Gesicht zu blicken, mit dem goldenen Fleck in der Pupille des linken Auges. Das silbergraue Haar hatte sich Aschenmond zu einem Zopf geflochten. »Ja«, wisperte Zaunkönig mit einem zittrigen Lächeln. »Das wäre schön.«

Aschenmond erwiderte ihr Lächeln und entnahm ihrem Bündel, das offen neben ihr lag, einen hölzernen Kamm. Als sie damit begann, den Kamm behutsam durch Zaunkönigs Haare zu ziehen, seufzte Zaunkönig leise. Seit dem Tod ihrer Mutter hatte ihr niemand mehr die Haare gekämmt. Zufriedene Wärme erfüllte ihr Herz und strömte langsam durch ihren erschöpften Körper.

Als Polterer näher zu ihr heranrutschte, drehte sie sich zu ihm um. Sein sorgenvoller Blick galt dem Kreis der Gefangenen, die zwanzig Schritte rechts von ihm auf dem Boden hockten, an Händen und Füßen gefesselt. Einige von ihnen bluteten aus unversorgten Wunden. Elchgeweih lag zusammengekrümmt neben Eichel. Sie hatte sich am Morgen einmal aufzusetzen versucht, doch nach dem brutalen Schlag auf den Kopf, den Der auf dem Bären reitet ihr beigebracht hatte, vermutete Zaunkönig, dass sie sich erst wieder aufsetzen würde, wenn sie jemand dazu zwang. Offenbar ging es ihr sehr schlecht. Alle wurden von Schildkröten-Kriegern bewacht, die mit grimmigen Gesichtern um sie herumstanden. Gelegentlich versetzte einer der Schildköten-Krieger einem Krieger des Wandererdorfes einen Tritt. Es schmerzte, ihnen dabei zuzusehen.

Silberner Sperling stand in der Nähe der Gefangenen und unterhielt sich mit Gefleckter Frosch und Hungrige Eule. Die drei Männer boten einen seltsamen Anblick: Silberner Sperling mit seinem verwitterten Gesicht und den langen, schneeweißen Haaren neben dem jungen, dunkelhaarigen Hungrige Eule. Beide Männer überragten Gefleckter Frosch um einiges. Das Oberhaupt des Dorfes der Schweigenden Krähe hielt den Kopf gesenkt und hatte die Arme über dem ausladenden Bauch gekreuzt. Er trug sein Haar zu dünnen Zöpfen geflochten, die oben auf seinem Kopf zu einer Schnecke eingerollt und mit einem Muschelkamm festgesteckt waren. Schweigend nickte er zu Sperlings Worten.

Schließlich sagte er: »Ich stimme dir zu. Sie könnten sich entschließen, auf dem Weg zurück ins Wandererdorf noch andere Siedlungen der Schildkrötenklans zu überfallen.« Seine Augen verjüngten sich zu Schlitzen, als er die brennenden Hütten betrachtete und die Leichen, die nebeneinander aufgereiht am Waldrand lagen. »Ich möchte nicht sehen, dass andere Dörfer genauso zugerichtet werden wie wir.«

Gefleckter Frosch nickte abermals. »Ich glaube, es wäre das Beste, wenn wir sie gleich hier und jetzt töteten. Das würde den Wanderer-Anführerinnen sicherlich einen gehörigen Schrecken …«

Sperling unterbrach ihn: »Oder sie zu der Entscheidung drängen, auch noch den Rest ihrer Krieger ins Krähendorf zu entsenden.«

Hilflose Verzweiflung sprach aus Polterers Stimme, als er Zaunkönig zuwisperte: »Ich kann es nicht ertragen, noch mehr Menschen sterben zu sehen.«

Zaunkönig presste stumm die Kiefer aufeinander. Polterer schossen die Tränen in die Augen.

»Bitte, Gefleckter Frosch, hör mich an«, meldete sich Silberner Sperling zu Wort. »Dieser Wahnsinn muss irgendwie ein Ende haben. Ich …«

»Er könnte ein Ende finden«, erklärte Zaunkönig mit fester Stimme«, wenn wir ein Bündnis schlössen.«

»Ein – ein was?«, schnaubte Gefleckter Frosch. »Ein Bündnis? Mit deinem Volk? Den Bären-Leuten ist nicht zu trauen! Ihr seid alle Mörder und Diebe!«

Zaunkönig senkte den Blick und starrte zu Boden. Ihr Herz begann wild zu klopfen.

»Nein, das sind sie nicht!«, rief Polterer erregt. »Sie sind nur Menschen. Wie wir auch. Können wir denn nicht mit ihnen sprechen?«

Gefleckter Frosch sah Zaunkönig und Polterer an, und in seinem Blick lag ein Anflug von ehrfürchtigem Respekt.

Noch nie hatte ein Erwachsener Zaunkönig auf diese Weise angeblickt, und irgendwie ängstigte sie das. Sie tastete nach

Polterers Hand. Sein gesunder Finger schlang sich fest um ihren Daumen.

Silberner Sperling und Hungrige Eule folgten Gefleckter Frosch über den Platz. Eine Schrittlänge vor den Kindern blieben sie stehen, und Gefleckter Frosch fragte: »Glaubt ihr wirklich, dass so ein Bündnis Bestand haben könnte?«

Polterer nickte mit sehr viel mehr Überzeugung, als Zaunkönig verspürte. »Ja«, erklärte er. »Das könnte es.«

Zaunkönig fügte noch hinzu: »Mein Onkel…er wollte immer schon ein Bündnis zwischen dem Bären- und dem Schildkrötenvolk schließen. Er meinte, wenn wir uns darauf einigen könnten, die gegenseitigen Überfälle einzustellen und uns gegenseitig zu unterstützen, würden wir alle davon profitieren.«

Gefleckter Frosch kratzte sich nachdenklich das imposante Doppelkinn. »Tja, wenn man sich darauf einigen könnte, wäre das sicherlich gut, aber …«

»Wie können wir den Bären jemals vertrauen?«, verlangte Hungrige Eule zu wissen. »Nach allem, was sie uns angetan haben!«

Silberner Sperlings buschige Brauen senkten sich über seine Adlernase. »Fragen wir uns doch einmal, welche Vorteile eine solche Übereinkunft mit sich brächte. Mit Sicherheit würde sie dem Handel zugute kommen. Und falls wir übereinkommen, wie Zaunkönig vorgeschlagen hat, uns bei der Verteidigung unserer Dörfer beizustehen, wäre unser Bund so gut wie unbesiegbar.«

»Hm, mit Sicherheit würden es sich die Goldspecht-Klans dann in Zukunft zweimal überlegen, ob sie uns wieder angreifen«, befand Gefleckter Frosch.

Hungrige Eule maß Zaunkönig mit einem finsteren Blick. »Nun, vielleicht erklären sich die Bären tatsächlich zu einem Bündnis bereit und beschließen kurze Zeit später, uns anzugreifen, weil wir mit ihrem Angriff nicht rechnen.«

»Ja, das wäre möglich«, räumte Gefleckter Frosch ein. »Aber wenn Kleiner Zaunkönig und Polterer wirklich glauben, dass so ein Bündnis Bestand haben könnte …«

»Es *wird* Bestand haben«, ertönte plötzlich Elchgeweihs Stimme. Sie lag immer noch zusammengekrümmt auf der Seite und fixierte Gefleckter Frosch mit einem Auge.

Abrupte Stille senkte sich über das Dorf, als alle Anwesenden sich zu der Kriegerin umdrehten.

Gefleckter Frosch brach als erster das Schweigen. »Was macht dich dessen so sicher?«

Elchgeweih kniff die Augen zusammen und setzte sich mühsam auf. »Noch bin ich nicht Kriegsführerin, ehrenwertes Oberhaupt«, erklärte sie. »Aber ich glaube, man wird mich nach meiner Rückkehr dazu ernennen. Wenn du mich und meine Krieger ins Wandererdorf zurückkehren lässt, und mein Volk mich zur Kriegsführerin bestimmt... dann hast du mein Wort darauf, dass ich mit den Anführerinnen über dieses Bündnis sprechen werde. Ich habe immer daran geglaubt, genau wie Blauer Rabe, dass so ein Bund für unsere Völker mehr Sicherheit und mehr Wohlstand bringen würde.«

Gefleckter Frosch forschte in den Gesichtern seiner Krieger, bevor er meinte: »Einen Versuch ist es alle Mal wert.«

Elchgeweih nickte und ließ sich wieder auf den Boden sinken. Ihre Lippen zuckten, als versuche sie einen Anfall von Übelkeit zu unterdrücken. Dann sagte sie: »Lass uns gehen, Oberhaupt. Gib uns die Chance, gemeinsam an diesem Bündnis zu arbeiten.«

Gefleckter Frosch schien ernsthaft über Elchgeweihs Vorschlag nachzudenken, bevor er den Blick auf Silberner Sperling und Hungrige Eule richtete und die beiden Männer zustimmend nicken sah. Dass Hungrige Eule diese Geste nicht leicht fiel, entging ihm dabei nicht.

Anschließend watschelte er zu Zaunkönig und Polterer hinüber. Er blieb vor den Kindern stehen, und nachdem er eine ganze Weile schweigend ihre ineinander verschlungenen Hände betrachtet hatte, kniete er sich plötzlich nieder und legte seine Hände auf die ihren. Ein Leuchten erstrahlte in seinen Augen, und er erklärte lächelnd: » Kinder – ihr beiden habt wahrscheinlich soeben unsere Welt für immer verändert.«

The Cove Meadows
Nebelschleier-Dorf
Leafing Lake
Wanderer Dorf
Donnerer Dorf
Rennender Wolf Dorf
Green Spider Lake
Norden
Die Reise
Elisa Mitchell 1998

Epilog

»Bist du bereit?«, fragte Maishülse. »Sie sind gleich da.«

Bullentöter ließ den Pfeilschaft sinken, den er mit seinem Obsidianmesser geglättet hatte, und erhob sich. Dann wandte er sich nach Westen. Dichte Koniferenwälder bedeckten den größten Teil der Insel; ihre wohl duftenden Zweige waren so dunkelgrün, dass sie beinahe schwarz erschienen. Mitten durch diesen weitläufigen Wald schlängelte sich ein schmaler Pfad, auf dem ihnen vier Leute entgegenkamen.

Bullentöter berührte Maishülse am Arm. »Bist du sicher, dass sie es sind?«

Maishülse entblößte grinsend seine Zahnlücken. »Ich habe doch gerade mit ihnen gesprochen und bin den ganzen Weg im Laufschritt hierher gerannt, um dir mitzuteilen, dass sie kommen. Ich dachte mir, es wäre dir ganz recht, wenn du ein wenig Zeit hättest, um dich auf ihre Ankunft vorzubereiten.«

»Ja, ja«, murmelte Bullentöter nickend. »Danke.«

»Soll ich bei dir bleiben? Wenn du sie empfängst?«

Mit kaum hörbarer Stimme erwiderte Bullentöter: »Nein.«

Maishülse deutete eine Verbeugung an und trottete auf die Dorfbewohner zu, die sich zwischen den Bäumen am nördlichen Dorfrand versammelt hatten. Seit beinahe sechs Monden beobachteten sie nun schon die Geisterleute dabei, wie sie unten am Strand ihre Steinhäuser errichteten. Sie hatten sich als gefährliche Krieger erwiesen, die mit Pfeilen schossen, die wie Blitze aufleuchteten.

Hoch oben am azurblauen Himmel segelten Wolkenriesen träge über Bullentöters Kopf hinweg und warfen Schatten über das weite Land; doch der Pfad, auf dem die Leute stehen geblieben waren, lag im warmen Sonnenschein.

Bullentöter wischte sich die feuchten Hände an seinem knielangen braunen Hemd ab und sog tief die Luft in seine Lungen. Schweißperlen glänzten auf seiner spitz zulaufenden Nase und am Ansatz seiner grau melierten schwarzen Haare, die sein ovales Gesicht umrahmten und ihm bis über die breiten Schultern fielen.

Er hatte Angst – ein Gefühl, das er schon seit langem nicht mehr verspürt hatte.

Ein schwaches Lächeln umspielte seine Mundwinkel. Das letzte Mal hatte er dieses Kribbeln in der Magengrube gespürt, als er vor Aschenmond gestanden und sie ihm ihm erklärt hatte, dass er sie verlassen müsse – dass er alles aufgeben müsse, was ihm im Leben etwas bedeutete, wenn er die Menschen, die er über alles liebte, vor Unheil bewahren wollte. Sie tröstete ihn damit, dass er irgendwann lernen würde, ohne Wilde Rose zu leben – aber darin hatte sie sich getäuscht. Bis zum heutigen Tag und obgleich er wusste, dass sie tot war, hielt er sie in seinen Träumen in den Armen.

Bullentöter gab sich einen letzten Ruck und ging der kleinen Gruppe entgegen.

Vom Ozean her frischte eine leichte Brise auf; das braune Hemd wehte um seine langen Beine. Der vertraute Duft der Tannennadeln und der Geruch des Meeres beruhigten ihn ein wenig. Seit sieben Wintern lebte er jetzt hier, und die Menschen und diese nördliche Gegend waren ihm mittlerweile sehr ans Herz gewachsen.

Mit jedem Schritt konnte er Aschenmond deutlicher erkennen. Tiefe Falten durchzogen ihr Gesicht, und ihr Haar, das sie zu einem Zopf geflochten trug, war eisgrau geworden. Silberner Sperling mit dem langen weißen Haar und der Adlernase hatte sich kaum verändert. Die zierliche junge Frau, die sie begleitete, besaß ein schmales Gesicht, dessen Züge aus edelstem goldbraunem Holz gemeißelt zu sein schienen.

Dann sah er den Jungen an.

Und der Junge sah ihn an.

Bullentöters Augen verschwammen. Wer hätte vor elf Wintern gedacht, dass ein Macht-Kind aus seiner Vereinigung mit Wilde Rose hervorgehen würde?

Der Junge hatte kurze Arme und Beine und ein wunderschönes rundes Gesicht, das von glänzenden schwarzen Haaren eingerahmt wurde. Er trug ein dunkelblaues Hemd mit einem Spiralenmuster über der Brust, das ihm viel zu groß war und bis zu den Knöcheln reichte.

Aschenmond beugte sich herab und flüsterte dem Jungen etwas zu, worauf er Bullentöter mit seinen leuchtenden schwarzen Augen anstarrte. Dann gab sie ihm einen kleinen Stoß.

Mit langsamen, aber entschlossenen Schritten ging Polterer ihm entgegen.

Bullentöter kniete sich mitten auf den Weg und breitete seine Arme aus.

Ein scheues Lächeln zupfte an den Mundwinkeln des Jungen. Er beschleunigte seine Schritte ..., dann fing er an zu rennen, den ausgebreiteten Armen seines Vaters entgegen.

»Den Ahnen sei Dank«, flüsterte Bullentöter, als er Polterer in die Arme schloss und seinen kleinen Körper an die Brust drückte. »Mein Sohn, mein Sohn, ich hätte nie geglaubt, dass ich dich jemals in den Armen halten würde.« Er küsste Polterers Haar. »Ich liebe dich. Ich habe dich immer geliebt.«

»Lassen wir die beiden eine Weile allein«, sagte Sperling.

Zaunkönig nickte und ging in einem Bogen um die beiden herum, ehe sie wieder auf den Pfad zurückkehrte. Doch nach fünf Schritten konnte sie dem Drang nicht widerstehen, sich kurz nach Polterer umzudrehen. Er hatte sein Kinn auf die Schulter seines Vaters gestützt und sein Gesicht erstrahlte in einem glücklichen Lächeln. Er winkte ihr mit seinen kurzen Stummelfingern zu, und Zaunkönig winkte zurück.

Sie folgten weiter dem Pfad, und nach einer Weile fragte Zaunkönig. »Wo gehen wir denn hin, Sperling?«

Er kam an ihre Seite und legte ihr liebevoll eine Hand auf den Kopf. »Dort unten, bei den Bäumen, da sind Leute. Ich sehe Maishülse bei ihnen stehen, daher nehme ich an, dass sie uns freundlich gesinnt sind.«

»Bis jetzt«, gab Aschenmond zu bedenken. »Sie kennen Maishülse offenbar noch nicht sehr gut. Und wir sollten zusehen, dass wir bei ihnen sind, ehe sie ihn richtig kennen lernen.«

Sperling lachte. »Eine sehr weise Überlegung.«

Zaunkönig sog tief die Gerüche dieses neuen Landes in ihre Lungen. Sie hatte immer davon geträumt, Händlerin zu werden, jedoch nicht geahnt, wie schön und aufregend das Reisen an sich war. Seit sechs Monden waren sie jetzt unterwegs, zu Fuß oder im Kanu, jeden Tag von morgens bis abends, und sie hatte jeden einzelnen Augenblick genossen.

»Werden wir eine Weile hier bleiben?«, fragte Zaunkönig und blickte zu Sperling hoch.

Ein heiteres Lächeln spielte auf seinem Gesicht. »Ja. Wenigstens so lange, bis Polterer sich entschieden hat, was er weiterhin tun möchte. Warum fragst du? Möchtest du gleich wieder weiterziehen?«

Sie hob die Schultern. Ihre Haarspitzen tanzten in der warmen Meeresbrise. »Eigentlich hätte ich nichts dagegen, mich ein Weilchen auszuruhen«, gab sie zurück. »Das war eine lange Reise.«

»Ja«, erwiderte Sperling mit einem tiefen Seufzer. »Da hast du Recht.«

Als sie sich den Bäumen näherten, erhaschte Zaunkönig einen Blick auf das hellblaue Meer im Hintergrund. Sie konnte sogar die Wellen hören, die sich am Strand brachen.

Maishülse kam ihnen ein paar Schritte entgegen, über das ganze hässliche Gesicht strahlend. »Kommt! Beeilt euch! Ihr werdet es nicht glauben!«

Der Händler packte Sperling am Ärmel und zerrte ihn an der Gruppe der Zuschauer vorbei zu einer Lichtung, die sich zum Strand hin öffnete.

Zaunkönig und Aschenmond folgten ihnen gemächlicheren Schritts. Aschenmond hatte Zaunkönig den Arm um die Schultern gelegt. Zaunkönig liebte sie sehr. Sie bedeutete ihr …

Plötzlich blieb Sperling wie angewurzelt stehen und Zaunkönig sah, wie ihm die Kinnlade herunterklappte. »Was…ist das?«

Zaunkönig und Aschenmond eilten an Sperlings Seite, und ihre Augen folgten seinem fassungslosen Blick.

In den Wellen dümpelte ein riesiges, bauchiges Holzschiff.

»Seht nur!«, rief Maishülse und fuchtelte aufgeregt mit seinem Zeigefinger. »Dort sind sie!«

Sperling drehte sich um und spähte über die linke Schulter in den Wald, während Zaunkönig sich dichter an seine Seite drückte.

»Die Leute hier sagen, das sind die Geister von Großvater Tagbringers Kindern«, erklärte Maishülse mit wichtiger Miene. »Seht nur die sonnengelbe Farbe ihrer Haare und ihre weiße Haut. Die sehen aus wie Leichen. Und dort, die Steinhäuser, die sie errichtet haben! Sie lassen niemanden nahe genug heran, um sie richtig begutachten zu können. Anscheinend haben sie Angst vor Menschen!«

»Bei all unseren Ahnen«, flüsterte Sperling heiser. »Großvater Tagbringers Kinder...sie sind tatsächlich g-gekommen.«

»Was redest du da?«, zischte Aschenmond ungehalten.

Sperling machte einen Schritt zurück, als wollte er sich anschicken, wegzulaufen. »Ich sah...viele, viele Menschen... die um Hilfe schrien.«

Sperlings Worte hatten Maishülse das überlegene Grinsen im Gesicht gefrieren lassen. Stocksteif wie ein Mann am Rand eines Abgrunds stand er da und wagte es nicht, sich zu bewegen.

Und auch Zaunkönig wagte kaum zu atmen. Sie spürte ein Zittern in den Beinen, das sich in ihrem ganzen Körper verbreitete.

Sie bauen Häuser, weil sie sich vor uns fürchten...unsere Welt steht vor dem Ende. Wir müssen unsere Leute warnen, bevor es zu spät ist...

»Zaunkönig?«, rief Aschenmond besorgt. »Zaunkönig! Was hast du?«

Aschenmond kniete sich hin, fasste Zaunkönig an den Schultern und betrachtete forschend ihr Gesicht.

Zaunkönig schloss die Augen und ließ ihren Tränen freien Lauf. »Aschenmond...erinnerst du dich, dass ich – dass ich dir von dem blutenden Jungen erzählt habe?«

»Ja«, antwortete Aschenmond. Ihr runzliges Gesicht war ernst geworden. »Du sagtest, dass er verletzt war.«

Ja, sehr schwer verletzt...Hilf mir, Zaunkönig. Ich brauche deine Hilfe.

»Kleiner Zaunkönig«, drängte Aschenmond. »Was ist mit dem Jungen?«

Zaunkönig schlug die Augen auf, und ihr Blick wanderte über die Sonnengeister hinweg, die emsig umherliefen und Steine für ihre Häuser aufstapelten.

Nach einer Weile sagte sie: »Jetzt weiß ich, was ihm zugestoßen ist.«

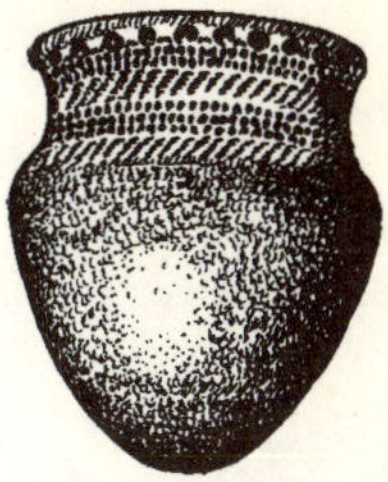

Nachwort

Cove Meadows, der Ort, wo Polterer seinem Vater begegnet, ist heute eine archäologische Fundstätte in Neufundland, die den Namen L'Anse aux Meadows trägt.

Aus altnordischen Aufzeichnungen wissen wir, dass um das Jahr 1000 n. Chr. ein gewisser Leif Eriksson von Island aus mit einem bauchigen, offenen Segelschiff, *knarr* genannt, in See stach. Seine erste Station war Baffin Island, eine Insel, die er Hulluland oder »Felsenland« nannte. Von dort aus hielt er Kurs auf die Südküste von Labrador und ging schließlich an einem Ort vor Anker, den er Vinland nannte, wegen des Wilden Weins, der dort überall wucherte.

L'Anse aux Meadows ist die einzige nachweisbare nordländische Siedlung in Nordamerika und wahrscheinlich der Ort, wo Leif Eriksson und seine Männer den Winter des Jahres 1000 verbrachten.

Zwischen 1003 und 1015 n. Chr. folgten weitere Expeditionen nach Vinland. Leifs Bruder, Thorvald, führte eine dieser Entdeckungsreisen an. Er wurde in Vinland getötet. Nach ihm rüstete Thorfinn Karlsefni eine weitere Exepition nach Vinland aus, und diesmal reisten 160 Siedler mit ihm. Karlsefni und diese ersten Kolonisten fühlten sich offenbar von den Ureinwohnern, die sie *Skraelings* nannten, bedroht und töteten etliche von ihnen. Die Indianer wehrten sich. Nach etwa einem Jahr verließen Karlsefni und seine Begleiter das Land und kehrten nie wieder dorthin zurück.

Danach geriet Vinland buchstäblich in Vergessenheit. Das einzige, was wir mit Gewissheit sagen können, ist, dass die erste Runde der folgenden Auseinandersetzungen an die Indianer ging.

Die nächste Runde begann erst 500 Jahre später. Und die sollte dramatische Konsequenzen haben, nicht nur für die ursprünglichen Bewohner Nordamerikas, sondern für die ganze Welt.

Heutzutage fallen immer wieder die Schlagworte »Vertreibung« und »Amerikanisierung«, wenn wir von den Indianern reden, aber das Gegenteil ist genauso wahr, wenn nicht sogar zutreffender. Wir alle sind »indianisiert« worden.

Man könnte sogar behaupten, dass es ohne ein Zusammentreffen mit den Indianern den Fall der Berliner Mauer nicht gegeben hätte oder den Untergang des Kommunismus. Es gäbe keine Vereinten Nationen, kein Streben nach Demokratie oder den Kampf für Menschenrechte.

Im 15. und 16. Jahrhundert fristete der Durchschnittsbürger in Europa sein Leben unter Monarchien, die meist nur sehr vage Vorstellungen von den Bedürfnissen der einfachen Menschen hatten und nur zu oft Tausende von ihnen in den Tod schickten, um die »wahre« Religion zu verbreiten oder wirtschaftliche und politische Ziele zu verfolgen. Wir erinnern uns an die Kreuzzüge, die Inquisition und die Unterdrückung der »Wilden« in Irland und Schottland, um nur einige Beispiele zu nennen. Im Gegensatz dazu war das Verständnis der amerikanischen Indianer für Demokratie geradezu verblüffend.

Thomas Jefferson schrieb, als er die Ergänzung zur Amerikanischen Verfassung erarbeitete: »Es besteht immer noch ein Irrtum, dem die meisten Staatstheoretiker verfallen sind und den das wohl bekannte Gesellschaftssystem unserer Indianer bis heute schon längst hätte ausräumen müssen. In den (europäischen) Hypothesen dieser Theoretiker, über den Ursprung von Regierungsformen gehen sie davon aus, dass diese in patriarchalischen oder matriarchalischen Systemen ihren Anfang genommen haben... (indianischen) Stammesführern steht als Machtinstrument nur ihr eigener Charakter zur Verfügung; die Indianer folgen, oder auch nicht, dem Anführer, der ihrer Meinung nach über die höchsten Qualitäten an Weisheit oder Kriegskunst verfügt...und dabei steht es jedem Anführer frei, seinen eigenen Neigungen nachzugehen. Verletzt er jedoch hierbei die Rechte anderer, so wird er in einem minderschweren Fall durch Missachtung der Gesellschaft oder der öffentlichen Meinung, wie wir sagen, bestraft. Hat er sich jedoch eines schweren Vergehens schuldig gemacht, so wird er wie ein Feind verfolgt.«

Von dem Augenblick an, als die ersten Berichte über die Lebensweisen von Ureinwohnern in Europa eintrafen, waren die Menschen davon fasziniert.

Tatsache war, dass diese Berichte zu einem ernsten Problem für die europäischen Regierungen wurden. Um der Faszination zu begegnen, die der »Edle Wilde« ausgelöst hatte, stellte die europäische Elite die »Theorie der Degeneration« auf. Diese besagte, dass das in Amerika herrschende Klima alles Leben auf dem Kontinent zum Schlechten gewandelt habe, Tiere, Pflanzen, die Ureinwohner und selbstverständlich auch jene Europäer, die ihren Fuß in dieses Land gesetzt hatten.

Diese Theorie heizte das bestehende Interesse des einfachen Volkes jedoch nur noch mehr an, und begnadete Schriftsteller wie Benjamin Franklin und Thomas Jefferson leisteten ihren Beitrag dazu, dass dieses Interesse nicht verebbte. Diese Männer *glaubten fest daran*, dass das Regierungssystem der Irokesen dem der Monarchie überlegen sei, und ermutigten alle Kolonisten, genau zuzuhören, was die Irokesen zu sagen hatten.

Damit lösten sie eine Kette von Reaktionen aus, die bis heute kein Ende gefunden hat.

Im Jahre 1744 traf der Führer der Irokesischen Liga, Canassatego, in Lancaster, Pennsylvania, mit amerikanischen Siedlern zusammen. Nachdem sie ihm von ihren Schwierigkeiten mit der Krone berichtet hatten, riet er ihnen, möglichst rasch eine Liga wie die der Irokesen zu etablieren, um sich gegen die Krone zur Wehr zu setzen.

Im gleichen Jahr schütteten wie Irokesenkrieger gekleidete Siedler Tee in den Hafen von Boston, um gegen die britischen Steuererlässe und die Konfiszierung von Schießpulver zu demonstrieren, die ihrem Recht auf Selbstverteidigung widersprach. Im Jahr 1755 brachen in Concord und Lexington schwere Unruhen aus. Am 25. August 1755, ungefähr zweihundertfünfzig Jahre nach ihrer ersten Begegnung, trafen sich die Siedler mit Führen der Irokesen-Liga in Philadelphia. Die Vertreter der Siedler erklärten gegenüber den Irokesen: »Unser Anliegen an euch besteht neben dem Wiederentfachen des traditionellen gemeinsamen Feuers und der Erneuerung unseres Bündnisses darin... euch über den weisen Rat zu informieren, den wir vor dreißig Jahren erhielten...als Canassatego zu uns sprach... Brüder, unsere Vorväter hörten mit großer Freude Canassatego diese Worte aussprechen. Sie sind tief in unsere Herzen gesunken... Wir danken dem großen Gott, dass wir alle vereinigt sind; dass wir eine starke Konföderation geschaffen haben, die sich aus zwölf Provinzen zusammensetzt...«

Die ersten »vereinigten Staaten« sind zumindest teilweise als Resultat dieses weisen irokesischen Ratschlages zu sehen.

Im Jahr 1778 schrieb James Adair ein Buch mit dem Titel *History of the American Indians*, in dem er die Grundsätze des Regierungssystems der Irokesen beschreibt: »Ihre ganze Verfassung atmet nichts als Freiheit... Gleichheit der Lebensumstände, der Sitten und Privilegien...«

Am Vorabend der Amerikanischen Revolution, im Jahr 1776, las man in einem Aufsatz über die »Amerikaner«, der in England viel Beachtung fand, folgendes: »Das größte Anliegen des Amerikaners ist die Freiheit, und zwar bis in die letzte Konsequenz. Und hierbei ist es nicht nur allein die Urbevölkerung, auf die sich diese Leidenschaft beschränkt; unsere auf diesen Kontinent entsandten Siedler scheinen sich ebenfalls diesen Prinzipien verschrieben zu haben.«

Das würde eine der größten Untertreibungen in der Geschichte der Menschheit bestätigen.

Tatsache ist, dass der Ursprung der politischen Ideale der so genannten »Freien Welt« in den reichen demokratischen Traditionen der Ureinwohner zu finden ist.

Die Regierungsform, die die Liga der Irokesen proklamierte, beinhaltete alles, was die europäischen Monarchien nicht vorsahen. Die Irokesen lehnten es strikt ab, die Macht in die Hände eines einzelnen Individuums zu legen, um zu verhindern, dass diese Macht missbraucht wurde. Oberstes Ziel der Liga war es, die Freiheit des Einzelnen zu maximieren und den Einfluss der Regierenden auf das Leben der Menschen zu minimieren. Die Irokesen lehrten, dass ein Regierungssystem das Recht des Einzelnen zu schützen, gleichzeitig aber auch das Wohl der Gemeinschaft zu gewährleisten habe; es soll Initiative anerkennen, Toleranz fördern und unanfechtbare Menschenrechte schaffen. Gute Regierungen, davon waren sie überzeugt, gewähren dem Volk ein Recht auf Mitbestimmung beziehungsweise Widerspruch und sichern das Wohl des Volkes durch ein Ein-Erwachsener-eine-Stimme-Wahlsystem. Sie akzeptieren die Gleichberechtigung von Mann und Frau und respektieren die Verschiedenheit der Menschen, ihre religiösen, wirtschaftlichen und politischen Ideale, ihre Träume.

Keine dieser Grundprinzipien waren Teil der europäischen Staatswesen; aber kein Europäer, der von diesen Prinzipien Kenntnis erhielt, konnte deren Wirksamkeit in Frage stellen.

Was nicht heißen soll, dass die europäische Zivilisation keinen Einfluss auf die Entwicklung und Form des amerikanischen Staatssystems hatte. Im Gegenteil, ihr Einfluss war tief greifend. Doch letztendlich war es der Kontrast dieser beiden traditionellen Staatsformen, der die nach Amerika ausgewanderten Europäer dazu veranlasste, ein Führungsprinzip zu entwickeln, das Demokratie und Freiheit für alle Bürger des Landes verhieß.

Wir sind der Meinung, dass alle demokratischen Staaten der Welt in letzter Konsequenz den Ureinwohnern von Nordamerika für einen sehr wichtigen Umstand zu großem Dank verpflichtet sind:

Für die Tatsache ihrer Existenz.